풍
고
집

이 책은 2015~2016년도 정부(교육부)의 재원으로 한국고전번역원의 지원을 받아 수행된
'권역별거점연구소협동번역사업'의 결과물임.

This work was supported by Institute for the Translation of Korean Classics - Grant funded by
the Korean Government.

풍고집 2

楓皐集

한국고전번역원 한국문집번역총서 / 성균관대학교 대동문화연구원

김조순 지음　이성민 옮김
金祖淳　　　　김채식

일러두기

1. 이 책의 번역 대본은 한국고전번역원에서 간행한 한국문집총간 289집 소재《풍고집 (楓皐集)》으로 하였다. 번역 대본의 원문 텍스트와 원문 이미지는 한국고전종합 DB(http://db.itkc.or.kr)에서 확인할 수 있다.
2. 내용이 간단한 역주는 간주(間註)로, 긴 역주는 각주(脚註)로 처리하였다.
3. 한자는 필요한 경우 이해를 돕기 위하여 넣었으며, 운문(韻文)은 원문을 병기하였다.
4. 맞춤법과 띄어쓰기는 한글 맞춤법과 표준어 규정을 따랐다.
5. 이 책에서 사용한 부호는 다음과 같다.
    ( ) : 번역문과 음이 같은 한자를 묶는다.
    〔 〕 : 번역문과 뜻은 같으나 음이 다른 한자를 묶는다.
    " " : 대화 등의 인용문을 묶는다.
    ' ' : " " 안의 재인용 또는 강조 문구를 묶는다.
    「 」 : ' ' 안의 재인용을 묶는다.
    《 》 : 책명 및 각주의 전거(典據)를 묶는다.
    〈 〉 : 책의 편명 및 운문·산문의 제목을 묶는다.

풍고집 제3권

시詩

동료들이 날마다 분사에 모여 늘 밥 먹고 차 마시는 여가에 마음껏 청담을
나누며 즐겼는데, 탄초 이공이 어느 날 양근 고향 집의 즐거움을 성대히
이야기하기에 장난삼아 율시 한 수를 지어 탄초에게 올려 나의 조롱에
대해 해명하기를 청하고 이어 동료들에게 전해 함께 화답하기를 청하다
諸僚日會分司 每於飯頃茶暇 輒恣淸談相娛 灘樵李公一日忽盛說楊根鄕居之
樂 戲賦一律 呈灘樵 乞破嘲 因轉塵諸僚同和 • 194

화분에 심은 석류나무에 시든 잎이 조금 생기자 김생 사호가 따내기에
장난삼아 시를 지어 스스로 마음을 달래다 盆榴稍有萎葉 金生思皓摘去之
戲賦自廣 • 197

금석 이 시랑 성로 존수 가 질그릇 항아리에 연꽃을 담아 내각에 왔기에
마침내 두실이 탄초를 희롱한 시의 운자를 써서 시를 짓다 金石李侍郎性老
存秀 用陶瓶貯菡萏至閣中 遂以斗室戲灘樵韻 賦之 • 199

거문고 악사에게 주다 贈琴師 • 201

거문고 악사의 대답을 대신 지어주다 代琴師答 • 203

그저께 두실 선생(斗室先生 심상규)이, 내가 죽석(竹石 서영보)에게 보낸
편지에 '농어를 먹고 구토증이 생겼으니 그 죄는 두실에게 있다.'라는
말이 있다는 이유로 농어 한 마리를 또 보내주었다. 나는 곧 다시 속이
좋지 않아 산중으로 달려 들어왔고 하룻밤을 자고 나자 비로소 조금 진정이
되었다. 그러나 이장길(李長吉)이 시의 '귀재(鬼才)'라는 칭찬을 받았지만
결국 심장을 토해낼 듯이 시를 지었기 때문에 요절한 일을 생각해보면,
지금 두실 선생은 분명히 나를 구토하다가 죽은 귀신으로 만들려 한 것이
다. 좌원방(左元放)은 세상에 보기 드문 환술(幻術)을 지니고도 맹덕(孟
德)을 위해 단지 농어 네 마리만 잡았는데, 지금 선생은 파옹(坡翁)이

그물을 걷어 올려 장차 강 속의 '입이 크고 비늘이 가는' 물고기 종류를 다 잡고야 말려는 것과 같으니, 아! 선생의 어질지 않음이여. 나는 해명할 방법도 없고 모면할 재주도 없다는 생각이 들어 곧 서방 극락계에서 세상을 경계하고 중생을 제도(濟度)하던 말을 읊어 시의 끝 부분에 언급하였으니, 선생께서 혹시 그 말에 마음이 싹 풀려 더 이상 나로 하여금 각종 구업(口業)을 짓지 않게 해 주실지 모르겠다. 지극히 두려운 마음으로 기다린다

8월 23일은 바로 나의 생일이었는데 집사람이 술을 마련해 권하기에 마침내 내각의 여러 공께 나누어 보내니, 여러 공이 시를 지어 축하해주었다. 기원하고 송축해주는 말은 대부분 어리석은 내가 감히 받아들일 수 있는 것이 아니었지만 눈앞에 가득한 아름다운 시들은 실로 집안에 전할 훌륭한 보배였기에 삼가 그 시에 차운하여 감사한 나의 마음을 기록하다

풍고집

제3권

詩시

옥호정사에서 봄날 밤 극옹과 두실과 운자를 뽑아 함께 짓다[1]

壺舍春夜 與展翁斗室拈韻共賦

1 옥호정사(玉壺精舍)에서……짓다 : 옥호정사는 풍고의 별장으로 옥호정(玉壺亭)·옥호산방(玉壺山房)으로 일컬어지기도 한다. 현재 삼청동 주민센터에서 북쪽으로 약 100미터 지점에 옥호정이 있었음을 알리는 표지석이 세워져 있다. 《홍재전서(弘齋全書)》의 편찬에 참여했던 15인의 학사(學士)가 편찬 작업 중에 틈나는 대로 창수한 시를 모은 《동성교여집(東省校餘集)》에 풍고의 〈죽리 노족숙 선생에게 이어 올리다[續呈竹里老叔先生]〉라는 시가 있는데, 그 시의 원주(原註)에 "옥호는 본래 장씨 성을 가진 사람이 살던 곳이었는데, 갑자년에 내가 장씨에게 사고 싶다고 했더니 장씨가 허락하고 마침내 다른 곳으로 옮겨 갔다.〔玉壺本姓張人所居, 甲子余從張生請買, 長生許之, 遂移去.〕"라는 내용이 보인다. 이를 통해 풍고가 옥호정을 처음 소유하게 된 것이 갑자년(1804, 순조4)임을 알 수 있다. 또 현재 남아 있는 〈옥호정도(玉壺亭圖)〉에서 옥호정의 모습을 추정할 수 있다. 〈옥호정도〉는 고 이병도(李丙燾) 박사가 1961년 《서지(書誌)》에 소개한 것으로 알려져 있다. 극옹(展翁)은 이만수(李晩秀, 1752~1820)로, 본관은 연안(延安), 자는 성중(成仲)이며, 극옹(展翁)은 그의 호이고 다른 호는 극원(展園)이다. 1789년(정조13)에 문과에 급제하였고, 형조 판서·병조 판서·평안도 관찰사를 역임하였으며, 수원 유수(水原留守)로 나갔다가 임지에서 죽었다. 저서로 《극옹유고》가 있다. 두실(斗室)은 심상규(沈象奎, 1766~1838)로, 본관은 청송(靑松), 초명은 상여(象輿)이고, 자는 치교(穉敎), 다른 자는 가권(可權)이다. 두실은 그의 호이며, 다른 호는 이하(彝下)이다. 정조의 지우(知遇)를 받은 뒤 상규라는 이름과 치교라는 자를 하사받았다. 1789년(정조13)년 문과에 급제한 뒤 초계문신에

저녁에 물결 일으키는 고기로 새 국 끓여 먹으니 晩食新羹吹浪魚
깊은 항아리 찰랑이는 술이 봄 호수처럼 담백하네 深樽漾綠澹春湖
산꽃은 집을 두른 솔 울타리 사이에 피었고 山花繞屋籬松間
바위샘은 수조에 걸린 대나무 홈통에 흐르네[2] 石溜懸槽筧竹孤
오늘 지금 내 역할이 있다는 걸 알았으니 吾事方知今日有
이곳에 그대들의 시가 없어서는 안 되리 公詩不可此間無
바둑 구경이 바둑 두는 괴로움과 비슷하니 觀碁較似行碁苦
다마가 도리어 반드시 초호를 축하해야 하리[3] 多馬還須慶哨壺

발탁되었고, 문형(文衡)의 자리를 네 차례나 맡았다. 1796년에 문체가 순수하지 않다는 이유로 웅천 현감(熊川縣監)으로 좌천되기도 하였다. 우의정에까지 올랐으며, 시호는 문숙(文肅)이다. 저서로 《두실존고(斗室存稿)》 4권과 《두실척독(斗室尺牘)》 6종이 필사본으로 전해진다. 왕명으로 서영보(徐榮輔)와 함께 《만기요람(萬機要覽)》을 편찬하였다. 풍고와는 평생에 걸쳐 교유를 이어갔다. 한편, 《두실존고》 권2에 수록된 〈다시 동파의 운을 뽑아 함께 읊다[復拈東坡韻共賦]〉라는 시가 풍고의 이 시와 운자가 같다.

2 바위샘은……흐르네 : 현재 남아 있는 〈옥호정도〉를 보면, 혜생천(惠生泉)이라는 바위샘이 있고 그곳에 대나무 홈통이 걸린 모습이 확인된다. 〈옥호정도〉에 대해서는 위의 주 참조.

3 바둑 구경이……하리 : 바둑에서 이긴 사람이 바둑 구경에 고생한 풍고 자신에게 축하를 해주어야 한다는 말로 보인다. '다마(多馬)'는 투호의 승자를 의미하는데, 마는 투호의 승자를 표시하기 위해 세우는 산가지로 '마(碼)'로 쓰기도 하며, 마가 세 번 세워지면 승부가 결정된다. 여기서는 바둑의 승자라는 의미로 쓰인 듯하다. '초호(哨壺)'는 주둥이가 바르지 않은 항아리로 투호를 할 때 화살을 던져 넣는 항아리를 말하는데, 주인이 빈(賓)에게 투호를 청할 때 자신의 항아리를 겸손히 일컫는 말이다. 여기서는 옥호정사의 주인인 풍고 자신을 가리키는 말로 쓰인 듯하다. 《禮記 投壺》

태묘에서 어가를 모신 뒤 파서[4]가 보여준 시에
차운해 올리다

陪駕太廟 次呈琶西見示韻

종묘에서 아침부터 어가 호종하고서	淸廟朝來扈玉輿
군막 앞의 봄날이 더디 감을 깨달았네	軍前春晝覺遲舒
대오를 해산하여 웅호를 잠재우고	散休火伍眠熊虎
한가히 상아 찌 잡아 책벌레를 찾나니[5]	閑把牙籤覓蠹魚
이는 다만 원융이 여유를 즐길 따름이지	自是元戎耽整暇
선대의 남긴 가업 돕자는 게 아니라네[6]	非關夙業補遺餘

---

4 파서(琶西) : 이집두(李集斗, 1744~1820)의 호로, 본관은 경주, 자는 중휘(仲輝)
이고, 다른 호는 구학(臞鶴)이다. 1775년(영조51)에 문과에 급제하였고, 대사성·강릉
현감(江陵縣監)·대사헌·예조 판서 등을 역임하였다. 1800년에 주청 부사(奏請副使)
로 청나라에 다녀왔고, 1810년(순조10)에 동지사(冬至使)로 다시 청나라에 다녀왔다.

5 대오(隊伍)를……찾나니 : 종묘에서 임금을 호종하는 일을 끝낸 뒤 조용히 앉아
책을 읽는다는 말이다. 원문의 '화오(火伍)'는 군대의 대오를 가리키는데, 고대 군대
편제에서 다섯 명을 오(伍), 열 명을 화(火)라고 했다. 《신당서(新唐書)》〈병지(兵
志) 4〉에 "열 명을 화라고 한다.〔十人爲火.〕"라는 구절이 보인다. 또 웅호(熊虎)는 깃
발에 그려진 문양을 말하는데, 여기서는 의장대(儀仗隊)의 깃발을 의미한다.

6 이는……아니라네 : 책을 읽는 것은 사령관으로서 여유를 즐기는 것이지 선대로부
터 이어져 온 문예의 가업을 도우려는 것이 아니라는 겸사이다. 원융(元戎)은 군대의
사령관을 일컫는 말인데, 여기서는 풍고 자신을 가리킨다. 원문의 '정가(整暇)'는 원래
'정숙하고 침착함'을 말한다. 춘추 시대 진(晉)나라의 난침(欒鍼)이 초나라에 사신으
로 갔을 때 초나라의 자중(子重)이 진나라 군대의 무용(武勇)을 묻자, 난침이 '정숙함
을 좋아한다.〔好以衆整.〕'고 하였고, 다시 '서둘지 않고 침착함을 좋아한다.〔好以暇.〕'

새로 지은 시 한 폭 누구에게 얻었나　　　　　新詩一幅從誰得

홍이 다하지 않은 노익장 파서옹이라네　　　　老健琶翁興不虛

라고 대답했던 고사에서 나온 말이다. 《春秋左氏傳 成公16年》 여기서는 단지 여유롭
다는 의미로 쓰인 듯하다.

옥호정[7]에서 생각나는 대로 읊다
玉壺漫賦

한적한 곳에 어울릴 짝 어찌 애써 찾으랴	幽伴何勞覓
집집마다 객들이 절로 찾아오는걸	家家客自尋
날씨 맑은 봄이라 더욱 떠들썩하니	天晴春更鬧
꽃 활짝 핀 골짜기엔 깊은 곳 없네[8]	花盛洞無深
아름다운 풍경에 술 마심도 잊고	佳景忘多酌
노쇠한 나이에 시 짓기 겁난다네	衰年畏苦吟
저물녘 솔 밑에서 쉬고 있자니	晚來松下歇
푸른 이내가 앞 봉우리에 떨어지누나	嵐翠滴前岑

---

7 옥호정(玉壺亭) : 삼청동에 있던 풍고의 별장이다. 29쪽 주1 참조.
8 꽃……없네 : 깊은 골짜기까지 꽃구경 하는 사람들이 찾아든다는 말이다.

명을 받들어 무과 시험을 주관하고 시험이 끝난 뒤
벽유 안에 앉아 장난삼아 이체를 읊어 두실 태사에게
올리다[9]

承命考武試 試畢 坐碧油中 戲賦俚體 呈斗室太史

군국의 요체 한 장을 외우고[10]	軍國之要講一章
단순에 두 발 맞힌들 어찌 버들잎 뚫으랴[11]	單巡兩中豈穿楊
공명은 장수와 승상이 원래 서로 같은데	功名將相元相等
무엇 때문에 용문에서 점액하기 바쁜고[12]	何苦龍門點額忙

9 명을……올리다 : 벽유(碧油)는 벽유당(碧油幢)의 준말로, 푸른 휘장을 두른 장수
의 수레를 말하며, 군영의 막사를 의미하는 말로 쓰인다. 이체(俚體)는 오체(吳體)를
가리키는 말로 보이는데, 통속적인 언어를 구사하면서 천근한 비유를 사용하여 강남(江
南) 지방의 풍미가 있는 시체로, 격률의 변체인 요율(拗律)을 사용한다. 두실(斗室)은
심상규(沈象奎)의 호이다. 심상규에 대해서는 29쪽 주1 참조.

10 군국(軍國)의……외우고 : 무과(武科) 시험 중 경전(經傳)이나 병서(兵書)를 암
송하는 강경(講經)을 표현한 것으로 보인다. 강경은 복시(覆試)에 시행된다. 군국은
군사를 통솔하고 나라를 다스리는 것에 관한 것을 말한다.

11 단순(單巡)에……뚫으랴 : 단순은 일순(一巡)하는 동안 활을 다섯 발 쏘는 시험
방식을 말한다. 순(巡)은 활을 쏠 때 각 사람이 다섯 발을 쏘는 한 바퀴이다. 두 발
맞힌다는 것은 일순하는 동안 다섯 발 중에 두 발을 적중시킨 것을 말한다. 버들잎을
뚫는다는 것은 훌륭한 활쏘기 능력을 말하는데, 춘추 시대 초 공왕(楚共王)의 장군인
양유기(養由基)가 100보 떨어진 거리에서 버들잎을 활로 쏘아 백발백중하였다는 고사
가 전한다. 《史記 卷4 周本紀》

12 공명은……바쁜고 : 실력도 없이 무과에 응시해 번번이 낙제하느니 차라리 문과에
응시해 정승이 되라는 말로, 낙제자를 희롱하는 말이다. 용문(龍門)에서 점액(點額)한

과녁 살피고 임문하느라 한 번 시끄럽더니[13]   監的臨文鬧一廻

잠시 뒤 호방에 한 명씩 이름 펼쳐졌네[14]   俄然虎榜逐名開

벽유에서 제공 모습 한가히 상상하니   碧油閑想諸公狀

취한 듯 흐린 눈으로 답안지를 살펴보리   閱卷迷離醉眼擡

수만의 유생 중에 스무 명을 뽑느라   數萬靑襟揀廿人

홀로 애태울 두실 노인 안쓰럽네   遙憐斗叟獨勞神

공정하고 엄숙함 평소의 바람인 줄 아나니   公嚴認是生平願

밝은 조정에 보배 신하 몇 명이나 보냈을까   添得明廷幾寶臣

다는 것은 과거에 낙제한 것을 비유한다. 용문은 중국 황하(黃河) 상류의 물살이 센 여울목으로, 잉어가 이곳을 거슬러 뛰어넘으면 용이 되지만 뛰어넘지 못하면 석벽에 이마를 부딪치고[點額] 되돌아온다는 전설이 있어 과거에 낙제하는 것의 비유로 쓰인다. 《水經註 河水》

13 과녁……시끄럽더니 : 과녁을 살피는 것은 무과에 응시한 자가 쏜 화살의 적중 여부를 살피는 것이다. 임문(臨文)은 시관(試官) 앞에서 강생(講生)이 책을 펼쳐 놓고 강하는 것을 말하는데, 역시 무과 시험의 한 가지이다. 《銀臺條例 兵攷 武經講》

14 잠시……펼쳐졌네 : 급제자 명단을 발표했다는 말이다. 호방(虎榜)은 무과 급제 자를 게시하는 방이다. 당(唐)나라 때 육지(陸贄)가 진사시의 시관이 되어 한유(韓愈) 등 많은 명사를 뽑자, 당시 사람들이 이를 용호방(龍虎榜)이라고 치하한 데서 온 말이 다. 우리나라에서는 이 고사를 따 문과를 용방(龍榜), 무과를 호방이라고 하였다.

김생 사호[15]로부터 북쪽 정원 땅 반 장을 빌려
나의 남쪽 담장을 넓히고 장난삼아 절구를 읊어 주다
從金生思皓 借北庭地半丈 拓南墙 戲吟絶句與之

빈 땅 넓힌 것 겨우 반 칸이지만	隙地拓來纔半間
구한 것 좁지 않고 주는 것 아끼지 않았네	求非廉也與非慳
비록 담장을 그대 창 앞까지 쌓는다 해도	雖令垣抵窓前築
그대 집 뒷산을 내 것으로 늘린 것에 불과하다오	不過延君屋上山

---

15 김생 사호(金生思皓) : 내용으로 보아 옥호정 남쪽에서 풍고의 집과 담장을 맞닿
아 살았던 서생(書生)으로 보인다.

뜨락의 홰나무
庭槐

뜨락 가 한 그루 홰나무   庭畔一槐樹

위에는 한 쌍의 까치집 있네   上有雙鵲巢

높이 솟아 둥근 일산 이루어   亭亭圓蓋成

녹음이 난간 앞에서 어우러지니   綠陰當軒交

한여름 온 줄도 모르겠고   朱夏不知來

나무 끝엔 언제나 청풍이 가득   淸風常滿梢

내 이곳을 집으로 삼고 싶으니   我欲因爲屋

지붕을 덮을 필요도 없지   不煩庇衡茅

시 지어 나무 신께 당부하나니   題詩與樹神

행여나 서리와 눈 뿌리지 마오   霜雪莫相抛

살구나무를 베다

伐杏

집을 가린 두 그루 살구나무	遮堂兩杏樹
도끼 찾아 그 가지¹⁶ 베는데	尋斧伐其頑
바람결에 쩡쩡 소리 사라지니	風便丁丁盡
하늘빛이 막힘없이 돌아왔네	天光落落還
창 앞에선 응당 달빛을 받을 테고	櫳前應得月
주렴 밖에선 오래도록 산을 생각하리라	簾外久思山
아름다운 기운 그칠 때 없어	佳氣無時歇
시 읊자 비로소 얼굴이 환해지네	哦詩始好顔

---

16 가지 : 원문은 '완(頑)'인데, 완은 켜거나 짜개지 않은 통나무를 말한다.

유 검서 본학의 〈옥호의 유천〉 시에 차운하다[17]
次柳檢書本學玉壺乳泉韻

내가 이곳에 깃들어 살 때부터	自我來棲息
이 샘물 마신 것 얼마나 될까	幾多飮此泉
배 차도록 마실 줄만 알았지	徒知滿腹飮
글로 남긴 것 하나도 없었네	述作猶寂然
유자는 천기를 드러내어	柳子發天機
향긋하고 정갈함으로 누린내 제거하니	芳潔謝葷羶
그 뜻은 세속의 사람들이	意若憾俗人
함부로 끓이는 것 서운해한 듯했네[18]	妄相事烹煎
찬황은 다시 일어날 날이 없고	贊皇起無日
홍점은 세상 떠난 지 이미 오래되었네[19]	鴻漸逝多年

17 유 검서(柳檢書)……차운하다 : 유본학(柳本學, 1770~1842)의 본관은 문화(文化)이고, 자는 백교(伯敎) 또는 경교(景敎), 호는 문암(問菴)으로, 유득공(柳得恭)의 장남이다. 유본학은 1796년(정조20) 7월에 검서관(檢書官)에 임명되어 오랫동안 임무를 수행하였다. 문집으로 《문암집(問菴集)》이 있는데, 1812년(순조12)부터 1813년 사이에 지은 시가 수록되어 있으며, 풍고가 언급한 〈옥호의 유천〉은 수록되어 있지 않다. 또 《문암문고(問菴文藁)》가 있다. 옥호에 대해서는 29쪽 주1 참조. 유천(乳泉)은 맛이 달고 깨끗한 샘물을 말한다.

18 유자(柳子)는……듯했네 : 유본학이 타고난 시적 재능으로 유천(乳泉)의 샘물에 대한 훌륭한 시를 지어, 보통 사람들이 유천의 샘물로 함부로 음식을 만들어 먹는 것을 유감스럽게 생각했다는 말로 보인다. 원문의 '훈전(葷羶)'은 매운맛이 나는 채소와 우양(牛羊) 등의 고기 냄새를 말한다.

시 읽고 다시 한 잔 따르니 　　　　　　讀詩復一酌

이 물이여 그대가 사랑하는 바로다 　　　水哉君所憐

19　찬황(贊皇)은……오래되었네 : 유천의 진가를 알아봐 줄 사람이 세상에 남아 있지
않다는 말인데, 유본학만은 그 진가를 알아준 사람이라는 의미가 들어 있다. 찬황은
당나라 때 찬황백(贊皇伯)에 봉해진 명상(名相) 이덕유(李德裕)를 가리킨다. 이덕유
가 낙양(洛陽) 남쪽에 평천장(平泉庄)을 세우고 그 주위로 샘물을 끌어와 무협(武峽)
열두 봉우리와 동정호(洞庭湖)의 아홉 물줄기를 형상했다고 한다.《舊唐書 卷174 李德
裕列傳》홍점(鴻漸)은 당나라 육우(陸羽)의 자이다. 육우는 벼슬살이를 하지 않고 저
술에 몰두했으며, 강소성(江蘇省) 오현(吳縣)의 호구산(虎丘山)에서 나오는 샘물로
차를 끓여 마셨다고 한다. 그는 저서《다경(茶經)》에서 차의 기원, 달이는 법, 맛,
그릇 등에 관하여 자세히 서술해 다도(茶道)의 시조로 일컬어진다.

비래정에 쓰다[20]

題飛來亭

옥호의 배 부분 발길 들일 만하니	壺腹堪容迹
그윽하고 한가로워 자연에 가깝네	幽閑近自然
산 빛은 유구한 옛날과 흡사하고	山光如邃古
바위 기운은 오랜 세월 누릴 만하네	石氣可長年
사람이 영원하길 구하는 게 아니니	未是人求遠
사물 어찌 세월 따라 변하지 않으랴	庸非物有遷
나의 말 응당 망령되지 않으리니	吾言應不妄
시험 삼아 혜생천[21]을 마셔 보리라	試酌惠生泉

---

20 비래정(飛來亭)에 쓰다 : 비래정은 옥호정 안에 있는 바위를 말하는 것으로 보인다. 〈옥호정도(玉壺亭圖)〉를 살펴보면 옥호정 안의 큰 바위에 "산 빛은 유구한 옛날과 흡사하고, 바위 기운은 오랜 세월 누릴 만하네.〔山光如邃古, 石氣可長年.〕"라는 글귀가 새겨져 있는데, 이 시의 함련(頷聯)과 똑같은 구절이다. 〈옥호정도〉에 대해서는 29쪽 주1 참조. 한편 《극원유고(屐園遺稿)》 권1 〈꿈을 기록해 풍옹에게 올리다〔記夢呈楓翁〕〉라는 시에 "풍옹에게 비래정을 물어보니, 죽동 옛집을 서까래 몇 개로 엮었는데, 비장방(費長房)의 옥호정으로 거처를 옮길 때, 정자 역시 공을 따라 숲속에 숨었다 하네.〔借問楓老飛來亭, 竹東舊宅數椽設, 自從移居費公壺, 亭亦隨公隱林樾.〕"라는 구절이 보인다. 이런 점으로 유추해보면, 도성 안의 죽동(竹東) 집에 있던 작은 정자가 날아와〔飛來〕옥호정 안의 바위가 되었다는 의미로 그 이름을 붙인 것으로 보인다. 죽동은 현재의 서울 중구(中區) 장교동(長橋洞) 일대에 해당하는 죽동방(竹東坊)을 가리킨다.

21 혜생천(惠生泉) : 옥호정 안에 있었던 샘물로 〈옥호정도〉에 보인다. 또 풍고의 외손자인 남병철(南秉哲)이 지은 〈또 춘호에서 부치다〔又寄春湖〕〉라는 시의 주석에 "옥호정에 혜생천이 있는데 매우 아름답다."라는 기록이 있다. 《圭齋遺藁 卷1》

심유한 능악 에게 답하다[22]

答沈維翰 能岳

성대한 은혜 입었음을 안 지 오래니	久知荷盛尊
그대 집안의 사위되면서부터였네[23]	粤自贅令門
겨우살이와 여라처럼 의탁하였고[24]	蔦與蘿爲托
아교를 옻칠에 섞은 듯 흔적 없었지[25]	膠投漆不痕
흉금을 논할 땐 밤낮이 없었고	論襟無曉夜
학업을 함께하며 더위 추위 보냈네	比業屢涼暄
희유조가 작은 비둘기 용납했는데[26]	希鳥容鷃小

---

22 심유한(沈維翰)에게 답하다 : 심능악(沈能岳, 1766~?)의 본관은 청송(青松)이고, 유한(維翰)은 그의 자이다. 1814년(순조14) 문과에 급제하였고, 이조 · 예조 · 병조의 판서를 역임하였다.

23 그대 집안의 사위되면서부터였네 : 풍고는 심능악의 부친인 심풍지(沈豐之)의 조카사위이다. 풍고는 1781년(정조5) 17세 때 심건지(沈健之)의 딸 청송 심씨(青松沈氏)를 아내로 맞았는데, 심건지는 심풍지의 형이다.

24 겨우살이와 여라(女蘿)처럼 의탁하였고 : 항상 의지하며 살았다는 말이다. 《시경》〈기변(頍弁)〉에 "겨우살이와 여라가 소나무와 잣나무에 뻗어 있도다.〔蔦與女蘿, 施于松柏.〕"라고 하였고, 주희(朱熹)는 주석에서 "이 시는 형제와 친척들이 의지하여 화목하게 사는 모습을 비유한 것이다."라고 하였다.

25 아교를……없었지 : 교분이 친밀했다는 말이다. 〈고시십구수(古詩十九首)〉 중 '객종원방래(客從遠方來)'에 "아교를 옻 속에 넣으면 누가 이를 분리할 수 있을까.〔以膠投漆中, 誰能別離此?〕"라는 구절에서 유래하였다.

26 희유조(希有鳥)가……용납했는데 : 부족한 자신을 심능악이 잘 포용해주었다는 말이다. 희유조는 전설상의 큰 새로, 여기서는 《장자(莊子)》에 나오는 대붕(大鵬)을

다른 산의 돌 온화한 옥에 부끄러웠지[27]	他山愧玉溫
맑은 조정에 함께 몸을 바쳐	淸朝身共致
늙도록 사랑 더욱 돈독해져서	遲暮愛彌敦
수레 매우게 해 장맛비 무릅쓰고[28]	命駕凌霖雨
당에 올라 마주앉아 담소하였네	登堂接晤言
공근과 어울려 진한 술에 취한 듯했고[29]	醇從公瑾醉
예법은 소시씨의 밥을 먹고 손(飱)한 것과 같았으며[30]	禮似少施飱

의미하는 말로 보인다. 《장자》〈소요유(逍遙遊)〉에 매미와 산비둘기가 9만 리를 날아가는 대붕을 이해하지 못하고 비웃는 이야기가 나온다.

27 다른……부끄러웠지 : 다른 산의 돌밖에 되지 못하는 자신의 학문과 언행이 부끄럽다는 말이다. 《시경》〈학명(鶴鳴)〉에 "다른 산의 돌이 나의 숫돌이 될 수 있다.[他山之石, 可以爲錯.]", "다른 산의 돌이 나의 옥을 갈 수 있다.[他山之石, 可以攻玉.]"라는 말이 나오는데, 풍고가 자신을 돌에 비유하여, 심능악이 하찮은 자신을 타산지석으로 삼았다는 말이다. 원문의 '옥온(玉溫)'은 옥처럼 온화하다는 뜻으로 군자를 비유하는데, 여기서는 심능악을 지칭한 말이다. 《시경》〈소융(小戎)〉에 "군자를 생각하니 온화함이 옥과 같네.[言念君子, 溫其如玉.]"라는 말이 있다.

28 수레……무릅쓰고 : 보고 싶을 때 찾아가 만났다는 말이다. 수레에 말을 매게 하는 것은 벗을 찾아가는 것을 의미한다. 삼국 시대 위(魏)나라 여안(呂安)이 혜강(嵇康)이 그리울 때마다 천 리 길을 멀다 하지 않고 수레를 타고 찾아가면 혜강이 잘 대해주었다는 고사가 있다. 《晉書 卷49 嵇康列傳》

29 공근(公瑾)과……듯했고 : 심능악과 교유하면서 그의 훌륭한 인품에 감화되었다는 말이다. 공근은 중국 삼국 시대 오(吳)나라 주유(周瑜)의 자이다. 오나라의 정보(程普)가 주유와의 두터운 교분을 비유하면서 "주공근과 교유하면 마치 진한 술을 마신 것처럼 나도 모르게 저절로 취한다.[與周公瑾交, 若飮醇醪, 不覺自醉.]"라고 한 말이 전한다. 《三國志 吳志 卷9 周瑜傳 裴松之注》

30 예법은……같았으며 : 심능악이 자신을 예우하면서 음식을 잘 대접해주었다는 말이다. 공자가 소시씨(少施氏)의 초대를 받아 가서 식사를 마친 다음 "내가 소시씨의

곡진한 정 나누며 해 지는 것 잊었고	繾綣忘暉仄
맑고 참됨으로 고달픈 여름 물리쳤네	清眞却暑煩
고상한 마음으로 담박함 품고서	高情懷澹泊
날뛰는 말세 풍속 개탄하고	末俗慨馳奔
덕을 지킴 참으로 변함없으니	秉德洵如結
넘치는 복이 아마 성대하리라	衍休庶克繁
오활할지언정 차라리 좋아하는 것 따르니	汙寧私好徇
홀로 전형 보존함에 감동하였네	感獨典型存
이 형제 같은 즐거움을 노래하나니	賦此壎簾樂
집안에 전해 대대로 잊지 말기를	傳家世勿諼

집에서 식사하며 배부름을 느꼈나니, 소시씨는 나를 예에 맞게 먹여주었다. 밥을 먹기 전에 내가 고수레를 하니 그가 일어서서 사양하기를 '거친 음식이라 고수레를 할 것이 못 됩니다.'라고 하였고, 내가 밥을 먹은 뒤 물을 부어 마시자 그가 일어서서 사양하기를 '거친 밥이라 감히 그대의 위장을 해치지 못합니다.'라고 하였다.〔吾食於少施氏而飽, 少施氏食我以禮, 吾祭, 作而辭曰: '疏食不足祭也.' 吾飧, 作而辭曰: '疏食也, 不敢以傷吾子.'〕"라고 한 내용이 있다. 《禮記 雜記下》 '손(飧)'은 밥을 배불리 먹고 난 뒤 밥을 물에 말아 세 번에 나누어 마시는 것을 말하는데, 음식을 대접해준 주인의 뜻에 감사를 표하는 예라고 한다.

신문칙 집 이 용문산의 채소를 보내오다[31]

申文則 緝 餉龍門山蔬

용문의 산사에서 채소 보내왔나니	蔬自龍門山寺出
용문은 내 고향의 이웃 고을이라네[32]	龍門是我故山隣
흡사 장한이 동조연으로 있을 때	恰如當日張曹掾
가을바람 불자 곧 순채 생각난 것과 같네[33]	政値秋風坐憶蓴

31 신문칙(申文則)이……보내오다 : 신집(申緝)은 신정하(申靖夏)의 증손(曾孫)으로, 본관은 평산(平山)이고, 문칙(文則)은 그의 자로 보인다. 풍고는 신집의 요청을 받고 신정하의 묘갈명을 지어준 바 있다.《楓皐集 卷10 副校理贈副提學申公墓碣銘》 용문산(龍門山)은 경기도 양평군에 있는 산이다.

32 용문(龍門)은……고을이라네 : 풍고의 고향은 여주(驪州)의 현암(玄巖) 일대를 가리키는데, 현재는 이천시(利川市) 백사면(栢沙面) 현방리(玄方里) 지역이다. 참고로 풍고 가문의 선영(先塋)은 여주(驪州) 개군면(介軍面) 추읍산(趨揖山) 아래 향곡리(香谷里)에 있었는데, 이곳은 현재의 양평군(楊平郡) 향리(香里) 지역이다.《楓皐集 卷12 附錄 先府君墓表)》

33 흡사……같네 : 고향 근처의 채소를 받고 보니 고향으로 돌아가고 싶어진다는 말이다. 진(晉)나라 장한(張翰)이 낙양(洛陽)에서 동조연(東曹掾)이라는 관직에 있다가 어느 날 가을바람이 불자 고향 오중(吳中)의 채소와 순챗국과 농어회가 생각나서 즉시 사직하고 고향으로 돌아간 고사가 전한다.《晉書 卷92 張翰列傳》

은혜를 입어 장군의 임무에서 풀려나 그 기쁨을 기억하려고 짓다[34]

蒙恩解將任 志喜爲賦

쉴 때가 일할 때보다 더욱 영예롭다고　　　　　　休時更比做時榮
간절히 아뢰어 내 뜻 끝내 이루어졌네　　　　　　敢道區區志竟成
예전에 어린아이로 기어서 들어왔는데　　　　　　向也嬰兒匍匐入
지금은 달리는 자로 날개까지 돋았네　　　　　　今猶走者羽翰生
부절과 인끈 풀어 놓으니 마음에 맞고　　　　　　解還符印心如得
활과 칼 걸어두니 손 절로 가볍네　　　　　　　　韜挂弓刀手自輕
내일 나귀 타고 떠난들 누가 다시 막으랴　　　　來日騎驢誰復禁
팔 년 동안 진실로 도성 나서지 못했네　　　　　八年端不出王城

34　은혜를……짓다 : 장군의 임무는 풍고가 1801년(순조1년)에 어영대장(御營大將), 1802년 10월에 훈련대장(訓鍊大將)과 호위대장(扈衛大將)에 임명된 것을 말한다. 또《순조실록》1809년(순조9) 4월 13일 기사에 풍고가 훈련대장의 직임을 면직시켜달라고 상소하여 윤허를 받은 기록이 있는데, 이 시 마지막 구절에서 '8년 동안 도성을 나가지 못했다.'고 한 말과 시기가 부합한다. 따라서 이 시는 1809년 4월 무렵에 지은 것으로 보인다. 당시 풍고의 나이는 45세였다.

사랑채 아래에서 젊은이들이 땅에 앉아 고기를 굽고 술잔을 돌리기에 마침내 부채를 읊은 연구의 시를 차운하여 장난삼아 짓다[35]

舍下諸少 地坐燒胾行酒 遂用詠扇聯句韻戲賦

모인 사람 열여덟 명	會者十八人
너도나도 모두 가죽신 신고서	人人盡躡鞋
뜰 가운데서 먹을 것 상의하는데	庭心謀所食
육포도 수육[36]도 아니었네	食非脯與胲
둥근 철판은 가운데가 오목하고	圓鐵凹其中
꼬챙이 올린 큰 화로 늘어놓았는데	加串鉅鑪排
나뭇잎만 하게 자른 고기를	割肉大視葉
소금으로 알맞게 간을 맞추었네	鹹淡調以諧
연한 것은 신선해 육회로 먹을 수 있고	軟者鮮可膾
질긴 것도 뱉어낼 정도는 아니니	剛亦不至哇
소고기[37]는 육류 중에 맛이 좋아서	大武味群毛

---

35 사랑채……짓다 : 지은 시기는 불분명하며, 부채를 읊은 연구(聯句)의 시도 어떤 시를 말하는지 분명하지 않다. 연구는 두 사람 이상이 모여 각자 돌아가며 한 구씩 읊어 하나의 시를 완성하는 시 작법의 하나이다. 5언 92구로 이루어진 장편 고시로, 젊은이 열여덟 명이 모여 소고기를 구워먹는 광경을 노래하였다.

36 수육 : 원문은 '해(胲)'인데, 육포(肉脯) 또는 익힌 음식을 말한다. 여기서는 문맥상 두 번째 의미로 이해하여 번역하였다.

37 소고기 : 원문은 '대무(大武)'인데, 종묘 제사에서 희생으로 바치는 소를 '일원대무

진귀하고 오묘한 맛 어해[38]보다 뛰어나네	珍妙絶魚鮭
수탄[39]이 처음에 붉은빛 뿜으니	獸炭初噴紫
불꽃이 홰나무 불씨보다 뜨거운데[40]	烘焰猛鑽槐
성질 급한 놈이 굽자마자 삼켰다가	彼亟燒便咽
말도 못하고 웅얼거리는 소리 내니	失聲起咿呃
다들 깔깔대며 한바탕 웃고는	衆噱一闃堂
다시 젓가락 들고 어울리네	還復擧筯偕
오목한 곳에는 놓자마자 익으니	垎科投輒爛
낚싯대 껴안은 개구리와 흡사하고[41]	有似抱竿鼃
가장자리에 있어도 천천히 집으면	沿郭取或徐
도리어 벽에 붙은 달팽이처럼 되니[42]	却像粘壁蝸
머뭇거리며 어찌 서로 양보하랴	逡巡豈推讓
빼앗는 건 미워서가 아니라네	攘奪非睽乖

(一元大武)'라고 일컫는다. 《예기》〈곡례 하(曲禮下)〉에 "종묘에 제사 지내는 예는,
소를 일원대무라 한다.〔凡祭宗廟之禮, 牛曰一元大武.〕"라고 하였다.

38 어해(魚鮭) : 생선에 채소를 곁들인 맛좋은 음식을 말한다.

39 수탄(獸炭) : 석탄을 가루로 만들어 짐승 모양으로 뭉쳐 놓은 숯을 말한다.

40 불꽃이……뜨거운데 : 원문의 '찬괴(鑽槐)'는 홰나무에 구멍을 뚫고 비벼서 불씨
를 얻는 것을 말하므로, '홰나무 불씨'로 번역하였다. 고대에는 계절의 변화에 따라
불씨를 바꾸었는데, 겨울에는 홰나무와 박달나무를 비벼 그 불씨를 얻었다고 한다.
《論語集註 陽貨》

41 오목한……흡사하고 : 불판 오목한 곳에 올린 고기가 금방 익어 오그라드는 모습
이 마치 낚싯대에 걸린 개구리가 버둥거리는 모습과 비슷하다는 말로 보인다.

42 가장자리에……되니 : 불판 가장자리의 화력이 약한 곳에 올린 고기도 천천히 집
으면 금방 타버리는 것이 벽에 말라붙어 죽은 달팽이와 같다는 말로 보인다.

둘러앉은 모습은 반형[43]과 같고	繞坐同班荊
땅을 쓰는 것은 번시하는 듯하며[44]	掃地訝燔柴
고깃덩이 낚아채는 주린 호랑이 같고	若塊攫餒虎
물결로 내달리는 목마른 망아지 같네	若流赴渴駬
배를 채우면 복음을 제어하고	充腸制伏陰
살갖에 스며들면 적매를 흩으니[45]	浹肌散積霾
사내들 모두 늙은 염파요[46]	士皆廉頗老

43 반형(班荊) : 나뭇가지를 땅바닥에 깔고 앉는다는 뜻인데, 벗과 정답게 앉아 이야기 나누는 것을 말한다. 춘추 시대 초(楚)나라 오거(伍擧)가 우연히 정(鄭)나라에서 채(蔡)나라 성자(聲子)를 만나 나뭇가지를 깔고 앉아서 이야기를 주고받았다는 고사에서 나왔다. 《春秋左氏傳 襄公26年》 여기서는 고기를 구워 먹기 위해 빙 둘러앉은 모습을 말한다.

44 땅을……듯하며 : 고기를 굽기 위해 땅을 청소한 것이 제천(祭天) 의식을 거행하기 위한 모습과 비슷하다는 말이다. 번시(燔柴)는 고대의 제천 의식인데, 《이아(爾雅)》〈석천(釋天)〉에 "하늘에 제사지내는 것을 번시라고 한다.〔祭天曰燔柴.〕"라고 하였고, 형병(邢昺)은 소(疏)에서, "제천 의식을 행할 때 땔나무를 쌓아 그 위에 옥백(玉帛)과 희생을 펼쳐놓고 불을 태워 연기와 냄새가 하늘에 닿게 하는 것을 말한다."라고 하였다.

45 배를……흩으니 : 소고기를 먹었을 때의 효험을 표현한 말로 보인다. 복음(伏陰)은 음기(陰氣)가 성하여 여름에 서리나 우박 따위가 오는 것을 말하는데, 여기서는 사람의 몸속에 숨어 있는 음기를 말하는 것으로 보인다. 또 적매(積霾)는 여기서는 피부를 덮고 있는 어두침침한 색을 말하는 것으로 보인다.

46 사내들……염파(廉頗)요 : 고기를 매우 많이 먹는다는 말이다. 염파는 전국 시대 조(趙)나라의 장군이다. 조나라가 진(秦)나라에 자주 패하자 조왕(趙王)이 물러나 있던 염파를 다시 등용하고 싶은 마음에 사자(使者)를 보내 염파가 아직 쓸 만한지 살펴보게 하였다. 염파는 사자와 만나면서 쌀 한 말의 밥과 고기 10근을 먹고 갑옷을 입고 말에 타 자신이 건장하다는 것을 과시한 고사가 있다. 《史記 卷81 廉頗藺相如列傳》

태상처럼 재계하는 이 없네[47]　　　　　人無太常齋

어찌 단약 구운 갈홍을 배우랴　　　　　肯學燒丹葛

다시 돌을 달군 여와씨를 비웃으며[48]　　回哂煉石媧

급하게 먹느라 목구멍에 소리가 나고　　噴急嚨生響

붙어 앉아 어지러이 팔을 서로 밀치네　　綴紛臂相挨

살점은 곱게 빻은 산초보다 향긋하고　　　馨香椒擣泥

육즙은 절벽에서 딴 꿀보다 달콤하네　　　汁甛蜜剖崖

기름을 더하면 폭죽 소리 들리고　　　　　添油聞炰爆

파를 썰면 반듯한 법도를 보며[49]　　　　截葱見規楷

47　태상(太常)처럼……없네 : 태상은 종묘의 제사를 관장하는 관직 명칭인데, 여기
서는 한나라 주택(周澤)을 가리킨다. 주택이 종묘에서 재계하다가 병이 나자 그의 아내
가 몰래 찾아와 안부를 물었더니, 주택이 재계를 방해하였다는 이유로 아내를 하옥하였
다. 이에 당시 사람들이 "세상에 태어나 운명이 기구해 태상의 아내 되었네. 태상은
1년 360일 중에 359일을 재계한다네."라고 하였다. 《藝文類聚 卷49 職官部5 太常》
48　어찌……비웃으며 : 진(晉)나라 때 선인(仙人) 갈홍(葛洪)은 신선술(神仙術)과
양생술(養生術)을 좋아하였는데, 교지(交趾)에서 선약(仙藥)의 재료인 단사(丹砂)가
난다는 말을 듣고 그곳의 구루 영(句漏令)을 자청하여 나갔으며 뒤에 나부산(羅浮山)
에 머물면서 단약을 굽고 연단술(鍊丹術)을 익혀 신선이 되었다. 《晉書 卷72 葛洪列
傳》 여와씨(女媧氏)는 상고 시대 제왕(帝王)의 이름이다. 공공씨(共工氏)가 축융씨
(祝融氏)와 싸우다가 이기지 못하자 화가 나서 부주산(不周山)을 들이받아 무너뜨리
는 바람에 하늘을 받치던 기둥이 꺾이고 땅을 잡아매던 밧줄이 끊겨 위태로웠는데,
여와씨가 '오색의 돌을 구워 터진 하늘을 땜질하고 자라의 발을 잘라 사방에 세워 하늘
을 받치게 했다.〔鍊五色石以補蒼天, 斷鼇足以立四極.〕'는 전설이 전한다. 《淮南子 覽
冥訓》
49　파를……보며 : 한(漢)나라 육속(陸續)의 어미가 고기를 자를 때에 반듯하지 않음
이 없었고, 파를 자를 때에 한 치로 법도를 삼았다는 고사가 전한다. 《後漢書 卷112
陸續列傳》

거품이 날려 자주 소매를 더럽히고 沫飛頻汚袖
연기 냄새는 멀리 거리를 지나네 氣焄遠過街
《예기》〈곡례〉에서 이로 끊는 것 논했고[50] 禮曲論齒決
우맹은 〈골계전〉에서 배 속에 묻으라 풍자했으며[51] 優稽諷腹埋
말고기 먹으면 오히려 상할까 걱정되고[52] 食馬恐猶傷
용고기 얘기함은 참으로 헛된 아름다움이라네[53] 談龍信徒佳
맛있다고 말하며 마음껏 씹어 먹고 稱美恣咀嚼

50　예기(禮記)……논했고 : 《예기》〈곡례 상(曲禮上)〉에 "젖은 고기는 이로 끊고, 마른 고기는 이로 끊지 않는다.〔濡肉齒決, 乾肉不齒決.〕"라는 구절이 있다.

51　우맹(優孟)은……풍자했으며 : 우맹은 춘추 시대 초(楚)나라의 배우이다. 초나라 장왕(莊王)이 자신의 애마(愛馬)가 죽어 대부(大夫)의 예로써 장사지내려 하자, 우맹이 임금의 예로써 말을 장사지내라고 풍자하여 장왕의 잘못을 깨우쳐주었다. 잘못을 깨달은 장왕이 다시 방법을 묻자 "사람들의 배 속에 장사지내십시오.〔葬之於人腹腸.〕"라고 한 일이 있다. 《史記 卷126 滑稽列傳》

52　말고기……걱정되고 : 말의 간〔馬肝〕은 독성이 있어 사람이 먹으면 목숨을 잃는다고 한다. 한(漢)나라 경제(景帝) 때 원고생(轅固生)과 황생(黃生) 두 선비가 경제 앞에서 탕(湯)과 무왕(武王)이 걸(桀)과 주(紂)를 멸하고 천자가 된 데 대하여 시비를 쟁론하자, 경제가 이르기를 "말의 간을 먹지 않아도 고기 맛을 모르는 사람이 되지 않는다 하니, 그것은 바로 학자들이 탕무(湯武)의 수명(受命)에 대해서 말하지 않아도 어리석음이 되지 않음을 이른 말이다."라고 하였다. 《漢書 卷88 轅固傳》

53　용고기……아름다움이라네 : 용고기가 진미로 알려져 있지만 누구도 먹어본 사람이 없다는 말이다. 소식(蘇軾)이 진술고(陳述古)와 이야기를 나눈 적이 있었는데, 진술고는 자신의 말을 훌륭하다고 여기고 소식의 말을 비루하게 여겼다. 이에 소식이 말하기를, "그대가 하는 말을 음식에 비유해보면 용고기와 같고 내가 하는 말은 돼지고기와 같아서 참으로 차이가 있다. 그러나 그대가 종일토록 용고기에 대해 말하더라도, 돼지고기를 실제로 먹으면 맛도 있고 배도 부른 것과 같은 나의 이야기만 못하다."라고 한 고사가 있다. 《東坡全集 卷74 答畢仲擧書》

질펀하게 먹는 동안 시간이 흘러가네　　　　　狼藉移辰牌

죽은 짐승 어찌 괴롭지 않으랴　　　　　　　死者寧不苦

포희씨가 재앙의 빌미를 만들었네[54]　　　　庖犧是厲階

고기로 입을 즐겁게 함은 조수에서 시작했으니[55]　芻悅鳥獸始

교묘하게 잡음이 그물과 작살을 만듦에 이르렀네　巧取及網叉

누가 고기 먹지 않은 영고숙을 사모하리오[56]　誰慕潁叔舍

응당 고기 품고 간 만천을 부러워하리라[57]　應羨曼倩懷

불룩한 배는 북을 달고 가는 듯하고　　　　彭亨肚軵鼓

54　포희씨(庖犧氏)……만들었네 : 포희씨는 중국 전설상의 임금 복희씨(伏羲氏)를 가리킨다. 복희씨가 그물을 만들어 짐승을 사냥하고 물고기 잡는 법을 가르쳤으며, 희생(犧牲)을 길러서 포주(庖廚)를 채웠기 때문에 포희라고 부른다.《史記 補三皇本紀》

55　고기로……시작했으니 : 원문의 '환열(芻悅)'은 고기가 사람의 입을 즐겁게 해주는 것을 말하는데, 환은 잡식(雜食) 가축으로 육류(肉類)를 뜻한다.《맹자》〈고자 상(告子上)〉에 "그러므로 의리가 우리의 마음을 즐겁게 하는 것은 마치 고기 음식이 우리의 입을 즐겁게 하는 것과 같다고 할 것이다.〔故理義之悅我心, 猶芻豢之悅我口.〕"라는 말에서 나왔다.

56　누가……사모하리오 : 영고숙(潁考叔)은 춘추 시대 정(鄭)나라 영곡(潁谷)의 봉인(封人)이다. 정나라 장공(莊公)이 동생 숙단(叔段)의 반란으로 모친 강씨(姜氏)와 틈이 벌어져 모친을 영성(潁城)에 유폐시켰다. 이에 영고숙이 장공을 만나 장공이 하사한 고기를 먹지 않고〔食舍肉〕 자기 어미에게 드리려 한다는 말로 장공을 은근히 깨우쳐 주어 모자 사이의 관계를 회복해준 고사가 전한다.《春秋左氏傳 隱公元年》여기서는 단지 영고숙이 고기를 먹지 않았던 사실만 취하였다.

57　응당……부러워하리라 : 만천(曼倩)은 한(漢)나라 동방삭(東方朔)의 자(字)이다. 무제(武帝)가 복날에 조서를 내려 시종관에게 고기를 하사하였는데, 태관 승(太官丞)이 해가 늦도록 오지 않자 동방삭이 자기 몫의 고기를 잘라낸 다음 동료 시종관들에게 "복날에는 일찍 집으로 돌아가야 하니 하사한 고기를 가지고 가겠소."라고 하고는 즉시 고기를 품고 집으로 돌아갔다는 고사가 전한다.《漢書 卷65 東方朔傳》

많이 마신 술은 회수와 맞먹으니[58]   酪酊酒抵淮

만약 조귀가 보았다면   使有曹劌看

세상에 비루한 사람들뿐이라 했으리[59]   鄙者滔滔皆

개들이 냄새 맡고 사방에서 몰려와   狗子四來嗅

주둥이 벌리고서 남은 뼈다귀 찾네   伸嘴覓遺骸

손으로 뒤집다 혹 뜨거운 것 잡으면   翻手或執熱

허겁지겁 물가로 가 씻으려 하고   迅欲濯水涯

손가락으로 집어먹는 아이들 흘겨보며   望啄睍髫指

음식 차리는 아낙들[60] 시끄럽게 떠드네   供具喧環釵

밤이 되자 바야흐로 질탕해져서[61]   卜夜方厭厭

---

58 많이……맞먹으니 : 춘추 시대 진 소공(晉昭公)이 제후와 함께 투호(投壺)를 할
때 대부(大夫) 중행목자(中行穆子)가 푸짐한 술과 안주를 일컬어 "술은 회수 같고 고기
는 모래섬 같도다.〔有酒如淮, 有肉如坻.〕"라고 한 말을 원용한 표현이다.《春秋左氏傳
昭公12年》

59 만약……했으리 : 천하에 모두 고기 먹는 사람들만 있다고 했을 것이라는 말이다.
조귀(曹劌)는 춘추 시대 노(魯)나라 사람이다. 비루한 사람은 고기 먹는 사람들을 일컬
은 말이다. 제(齊)나라가 노나라를 공격하려고 하자 노나라 장공(莊公)이 응전하려
하였다. 이에 조귀가 장공을 뵙기를 청하니 그 마을 사람들이 조귀에게 말하기를, "고기
먹는 사람들이 계획을 세웠을 것인데 무엇 때문에 상관하려 하는가?〔肉食者謀之, 又何
間焉?〕"라고 하였다. 조귀가 말하기를 "고기 먹는 사람들은 비루하여 원대한 계획을
세울 수 없기 때문이다.〔肉食者鄙, 未能遠謀.〕"라고 했던 고사가 있다.《春秋左氏傳
莊公 10年》고기 먹는 사람들은 원래 벼슬아치들을 낮추어 부르는 말인데, 이 시에서는
단순히 '고기 먹는 사람들은 비루하다'라는 조귀의 말만 단장취의하였다.

60 아낙들 : 원문은 '환차(環釵)'인데, 비녀와 가락지의 뜻으로 이해해 이렇게 번역하
였다.

61 밤이……질탕해져서 : 원문의 '복야(卜夜)'는 '밤을 놀 때로 잡는다'는 뜻으로 밤에

수운이 그쳐 싸늘해지니[62]	需雲息潜潜
술 마심은 큰 고래의 들이켬에 비교되고	飮比長鯨吸
먹는 것은 삐악거리는 병아리에 머무네[63]	哺限乳鷄啫
익은 채소는 실타래처럼 엉키고	蔬熟縷紉棼
끓는 국은 물결처럼 일렁이누나	湯滚波淪㴶
날것 잘라먹은 번쾌의 거칢 비웃고[64]	切生笑噲麤

도 계속 잔치를 이어간다는 '복주복야(卜晝卜夜)'를 줄여 쓴 말이다. 춘추 시대 제(齊)
나라 진경중(陳敬仲)이 환공(桓公)을 위해 주연을 베풀었는데 환공이 흥이 도도하여
불을 밝혀 밤에도 계속 술을 마시자고 하자, 진경중이 말하기를 "신은 낮에 모시는
일만 점을 쳤지 밤까지 모실 것은 점을 치지 않았으니, 감히 명을 받들 수 없습니다.〔臣
卜其晝, 未卜其夜, 不敢.〕"라고 한 데서 유래한 말이다. 《春秋左氏傳 莊公 22年》 또
원문의 '염염(厭厭)'은 《시경》〈담로(湛露)〉에 "맑은 이슬 내렸는데, 태양이 아니면
말리지 못하네. 질탕하게 밤에 술 마시니, 취하지 않고는 돌아가지 않으리.〔湛湛露斯,
匪陽不晞. 厭厭夜飮, 不醉無歸.〕"라고 한 구절에서 나왔다.

62 수운(需雲)이 그쳐 싸늘해지니 : 더 이상 고기를 많이 먹지 않아 남은 음식이 식었
다는 말로 보인다. 수운은 음식을 성대히 차린 연회를 말하는데, 여기서는 음식을 가리
키는 말로 쓰였다. 《주역》〈수괘(需卦) 상전(象傳)〉에 "구름이 하늘로 올라가는 것이
수괘이니, 군자가 이것을 보고서 음식을 만들어 먹으며 즐긴다.〔雲上於天, 需. 君子以,
飮食宴樂.〕"라고 한 데서 나왔다.

63 술……머무네 : 술은 많이 마시되 음식은 많이 먹지 못한다는 말로 보인다. 고래의
들이켬은 술을 많이 마시는 것을 비유하는 말이다. 두보(杜甫)의 〈음중팔선가(飮中八
仙歌)〉에 "좌상은 날마다 주흥으로 만전을 허비하여, 술을 큰 고래가 온갖 시내를 들이
켜듯 하네.〔左相日興費萬錢, 飮如長鯨吸百川.〕"라고 한 데서 나왔다. 좌상은 이적지(李
適之)를 가리킨다. 《杜少陵詩集 卷2》

64 날것……비웃고 : 번쾌(樊噲)는 한(漢)나라 패현(沛縣) 사람으로 유방(劉邦)을
도와 의병을 일으켜 많은 전공을 세웠다. 홍문(鴻門)의 모임에서 유방이 항우(項羽)에
게 위협을 받았을 때 번쾌가 유방을 보호하려 하였는데, 항우가 한 말의 술과 익히지
않은 돼지 다리를 주게 하자 번쾌는 술을 다 마신 뒤 방패 위에 돼지 다리를 얹어 놓고

배불러 죽을 광대를 걱정하면서[65]	飽死憂侏俳
굽는 즉시 석성에 들여 넣고[66]	炙卽納石城
맛보는 겨를에 삼 뿌리를 살피며[67]	味暇辨麻荄
세악[68] 펼치지 못함 아쉬워하고	惜未張細樂
짝할 미녀 끼지 못함 한스러워하네	恨不挾雙娃
위에 든 관리가 급박하게 세금 걷고	胃官棘徵斂
혀가 든 집에선 번다하게 추차하니[69]	舌家煩追差
이리처럼 탐욕스러움 괴이쩍다가	竊怪貪如狼

칼을 뽑아 썰어서 씹어 먹었다는 고사가 전한다. 《史記 卷7 項羽本紀》

65 배불러……걱정하면서 : 한(漢)나라 동방삭이 무제(武帝)에게 "난쟁이 광대는 키가 3척인데도 한 자루의 곡식과 240냥의 돈을 받고, 저는 키가 9척인데도 한 자루의 곡식과 240냥의 돈을 받으니, 난쟁이 광대는 배가 불러 죽을 지경이고 신은 배가 고파 죽을 지경입니다."라고 한 고사가 전한다. 《漢書 卷65 東方朔傳》

66 굽는……넣고 : 석성(石城)이 무엇을 의미하는지 미상인데, 고기를 굽자마자 입으로 가져가 먹는다는 말로 보인다.

67 삼 뿌리를 살피며 : 고기 굽는 불의 세기를 살핀다는 의미로 보인다. 삼 뿌리[麻荄]는 고기 굽는 불의 재료로 쓰인다. 《북사(北史)》 권35 〈왕소전(王劭傳)〉에 "오늘날 술을 데우고 고기를 구울 때 석탄이나 목탄 불, 대나무 불, 풀 불, 삼 뿌리 불 등을 사용하는데, 기운이 각각 서로 다르다.[今溫酒及炙肉, 用石炭、木炭火、竹火、草火、麻荄火, 氣味各不相同.]"라는 구절이 보인다.

68 세악(細樂) : 관악기와 현악기로 연주하는 음악을 말한다.

69 위(胃)에……추차(追差)하니 : 끊임없이 음식을 먹는 것을 비유한 말이다. 위에 든 관리가 세금을 걷는다는 것은, 《황제내경소문(黃帝內經素問)》 권3 〈영란비전론(三靈蘭秘典論)〉의 "사람의 비위는 창고를 맡은 관직이다.[脾胃者, 倉廩之官.]"라는 말이 참고가 된다. 또 《성호사설(星湖僿說)》 권16 〈인사문(人事門) 의서비유(醫書比喩)〉에 "사람의 위는 탁지의 관원이 된다.[胃爲度支之官.]"라는 말이 보인다. 혀가 든 집은 사람의 입을 비유한 말이다. 추차(追差)는 추징한다는 의미인 듯하다.

다시 승냥이로 변할까 두렵다네 復懼化爲豺

사탕수수 꺾어 먹을 땐 혹 뿌리를 먼저 먹고[70] 折蔗或先根

콩을 벨 땐 오히려 콩깍지를 남겨두나니 刈豆尙留藍

비유하자면 이네들은 몇 줌의 흙을 가지고 譬此數抔土

깊은 웅덩이를 완전히 메우려 함과 같고[71] 將塡徹底注

비유하자면 저네들은 점점이 엉긴 구름이 譬彼點綴雲

빠르게 부는 바람에 말리는 것과 같네[72] 卷入疾吹飇

뜻에 차자 마침내 손을 떼고서 滿志乃撒手

서로 보며 입술과 뺨을 닦누나 相顧吻頤揩

나의 옛날 젊은 시절 생각해보니 憶余昔年少

또한 그대들과 똑같았었지 亦與君等儕

그대들이 대식국[73]에 태어났다면 君生大食國

진실로 상경의 인끈 매었으리라 定綰上卿絓

---

70 사탕수수⋯⋯먹고 : 진(晉)나라의 고개지(顧愷之)가 사탕수수를 씹는데, 사탕수수의 맛있는 부분을 놓아두고 뿌리부터 씹어 먹기에 다른 사람들이 웃으니 고개지가 말하기를 "이렇게 해야 점차 좋은 맛의 지경으로 들어간다."라고 한 고사가 전한다. 《晉書 卷92 顧愷之傳》

71 비유하자면⋯⋯같고 : 몇 줌의 흙으로 깊은 웅덩이를 메우려고 부지런히 흙을 옮겨 나르는 것처럼 끊임없이 먹는 것을 비유한 말이다.

72 비유하자면⋯⋯같네 : 빠른 바람에 구름이 갑자기 사라지는 것과 같다는 말로, 많은 음식이 순식간에 없어지는 것을 비유한 말이다.

73 대식국(大食國) : 당나라 때에 사라센 제국을 일컫기도 하고, 중국 남해에 있던 섬나라를 지칭하기도 하는데, 여기서는 단지 '많이 먹는 사람들의 나라'라는 말로 쓰였다.

밤에 앉아 운자를 취해 김석한과 안천택과 함께 짓다[74]
夜坐拈韻 共金石閒安天宅賦

흰 이슬 차가운 걸 늘 마음으로 알았으니	耿耿心知白露寒
연꽃 분재 향기 옅고 우물가 오동 시들었네	盆荷香褪井梧殘
약옹은 지친 흥취 술잔 마주해 알고	藥翁倦興臨樽得
사수는 반백 머리 거울 빌려 본다네[75]	蓑叟斑毛借鏡看
세상만사는 응당 세속 따름이 좋은데	萬事應須從俗好
사람의 일생은 다만 가을을 막기 어렵네	一生秪是抵秋難

74 밤에……짓다 : 석한(石閒)은 풍고의 벗인 김조(金照, 1754~1825)로, 본관은 해풍(海豊)이고, 자는 명원(明遠)이며, 석한은 그의 호이다. 다른 호는 석치(石癡)·약원거사(藥園居士)·동리(東里) 등이다. 1784년(정조8) 12월에 사은사(謝恩使) 박명원(朴明源)의 수행원으로 연행에 참여했으며, 돌아온 뒤 연행록인《관해록(觀海錄)》을 남겼다.《풍고집》에 김조와 수창한 많은 시가 있어 풍고와 교유가 깊었음을 짐작할 수 있으며, 자하(紫霞) 신위(申緯), 담정(藫庭) 김려(金鑢) 등과의 교유가 확인된다. 안천택(安天宅)은 안광우(安光宇, 1753~?)로, 본관은 죽산(竹山), 천택은 그의 자이다. 1802년(순조2) 문과에 장원으로 급제하였다. 1813년 고성 군수(高城郡守)로서 통정대부(通政大夫)에 올랐으며 상주 목사(尙州牧使)를 역임하였다.《담정유고(藫庭遺藁)》권11〈동계잡록(東溪雜錄) 권후에 쓰다〔題東溪雜錄卷後〕〉에 "내가 일찍이 안만기 태정이 지은《동국유현록》을 읽었다.〔余嘗讀安晩磯泰定所述東國儒賢錄.〕"라는 기록으로《동국유현록》이라는 저술이 있었음과 태정(泰定)이라는 자를 확인할 수 있다. 또 다른 저술로는《청구호보(靑邱號譜)》,《속수청구호보(續修靑邱號譜)》등이 전한다.

75 약옹(藥翁)은……본다네 : 약옹은 약초 캐는 늙은이를, 사수(蓑叟)는 도롱이 쓴 늙은이를 말하는데, 모두 은자(隱者)의 생활을 의미한다. 여기서는 각각 김조와 안광우를 지칭한 말로 쓰인 듯하다.

창가에서 뒤척이다 등불 꽃이 맺히는데[76]　　　　　窓間輾轉釭花結

애써 시를 지어도 글자가 온당치 않네　　　　　　　苦癖吟詩字未安

---

76 창가에서……맺히는데 : 시간이 많이 흘렀다는 말이다. 등불 꽃은 등잔을 오래
켜서 심지 끝이 꽃 모양 불똥으로 엉겨 붙은 것을 이른다.

새벽에 일어나
晨興

새벽에 일어나 머리 빗고서	晨興畢梳髮
옷 걷고 높은 동산 거니니	褰衣涉高園
풀과 나무는 가을 기운 띠고	草木抱秋氣
내린 이슬은 깨끗하고 흥건하네	零露淨而繁
매미 소리 아득히 들리지 않고	高蟬邈不聞
쓰르라미들 대신해서 우는데	群蜩代其言
먼 마을 연기는 쓸쓸하고	蕭條遠墟煙
해 뜨는 맑은 하늘은 싸늘하네[77]	蒼涼澄宇暾
시절의 경물 모두가 변하니	時物一以嬗
그 감개 내 맘속에 남았어라	感慨中心存
어떻게 오늘에 이르렀을까	何以致此日
지난 세월 순식간에 달려온 듯	所歷忽如奔
전현들 이미 멀리 떠나고	前脩旣云遠
그 법도 붙잡을 수 없다네	範軌不可捫

---

77 해……싸늘하네 :《열자(列子)》〈탕문(湯問)〉에 태양이 막 뜰 때와 중천에 올랐
을 때 중 어느 쪽이 사람과의 거리가 더 멀고 가까운지에 대해 논란을 벌인 두 아이의
대화가 나온다. 그중 한 아이의 말에 "해가 뜰 때는 싸늘하지만 해가 중천에 오르면
끓는 물을 만지는 듯합니다. 가까이 있을 때 뜨겁고 멀리 있을 때 싸늘한 것 아니겠습니
까?〔日初出, 滄滄涼涼, 及其日中, 如探湯. 此不爲近者熱而遠者涼乎?〕"라는 대목이 있
다. 시 원문의 '창량(蒼涼)'은《열자》의 구절을 원용한 것이다.

한평생 진실로 짧지 않으랴   百年諒不促

건몰[78]을 또한 어찌 논할 것 있나   乾沒亦何論

---

78 건몰(乾沒) : 여러 가지 의미로 쓰이는데, 여기서는 영리에 대한 탐욕을 말하는
것으로 보인다.

눈 내릴 때 옥호정[79]으로 들어가며
雪中入玉壺

정원에 내린 눈 이미 한 치나 쌓였으니	庭院已盈寸
산중에는 그 깊이를 알 수 있다네	山中深可知
은 진흙의 기러기 발톱 자국 잠간 사이 사라지고[80]	泥銀鴻爪暫
옥가루가 말발굽 따라 날리는구나[81]	屑玉馬蹄隨
넓은 땅이 내린 눈으로 흰색이 되니	滉漾仍爲色
시끌벅적 피리 소리 들을 것 없네	喧騰不藉吹
마른 나무들 사이에 홀로 푸른빛을 띤 것은	群枯抽獨綠
분명히 매화 가지임을 나는 아노라	無錯辨梅枝

79 옥호정(玉壺亭) : 삼청동에 있던 풍고의 별장이다. 29쪽 주1 참조.

80 은……사라지고 : 흰 눈이 계속 내려 눈 위에 찍힌 기러기 발자국의 흔적이 금세 사라진다는 뜻이다. 원문의 '이은홍조(泥銀鴻爪)'는 진흙에 남긴 기러기 발자국이라는 의미의 '설니홍조(雪泥鴻爪)'를 다르게 표현한 말로 보인다. 소식(蘇軾)의 〈자유의 민지에서 옛날을 추억한 시에 화답하다〔和子由澠池懷舊〕〉라는 시에 "우리 인생 가는 곳마다 어떠한가. 응당 나는 기러기 눈 속 진흙 밟은 것과 같겠지. 진흙에 우연히 발자국 남기지만, 기러기 날아가면 어찌 동서를 따지랴?〔人生到處知何似? 應似飛鴻踏雪泥. 泥上偶然留指爪, 鴻飛那復計東西?〕"라고 한 데서 나왔다. '설니홍조'는 정처 없는 종적을 의미하는 말로 쓰이는데, 여기서는 단순히 그 말의 뜻만 취하였다. 참고로, 이은(泥銀)은 원래 아교풀에 갠 은박 가루로 서화(書畫)에 사용하는 안료이다.

81 옥가루가……날리는구나 : 말발굽에 의해 튀어 오르는 흰 눈이 마치 옥가루가 날리는 것 같다는 말이다.

석한[82]이 와서 함께 짓다

石閒至 共賦

흐릿한 산 빛에 나무는 잠자는 듯	山光漠漠樹如眠
찬 시내는 절반이 끊어진 연기 속에 들었네	一半寒谿入斷煙
남은 눈 속에 띳집에서 보내는 생활	茅屋生涯殘雪裏
소춘 전에 매화가 소식을 전해왔네[83]	梅花消息小春前
누가 있어 이야기하며 오늘 밤을 보낼까	有誰晤語聊今夕
작년보다 심한 근심 어쩔 수 없네	無奈牢愁甚去年
슬픔 기쁨 다 겪으며 몸 이미 늙었으니	歷盡悲歡身已老
호정에서 은호선을 배워볼까 하노라[84]	壺亭擬學隱壺仙

---

82 석한(石閒) : 풍고의 벗인 김조(金照)의 호이다. 57쪽 주74 참조.

83 소춘(小春)⋯⋯전해왔네 : 소춘은 음력 10월을 말하는데, 당(唐)나라 서견(徐堅)의 《초학기(初學記)》에 "10월은 날씨가 따뜻하여 봄날과 같기 때문에 소춘이라고 한다. 그리고 10월은 양월이 되기 때문에 소양춘이라고 한다.〔十月天時暖似春, 故曰小春. 十月爲陽月, 故又名小陽春.〕"라는 내용이 있다. 또 구양수(歐陽脩)의 〈어가오(漁家傲)〉의 둘째 수에 "시월이라 소춘에 매화가 망울 터트렸네.〔十月小春梅蘂綻.〕"라는 구절이 보인다.

84 호정(壺亭)에서⋯⋯하노라 : 옥호정(玉壺亭)에서 은둔해 지내고 싶다는 말이다. 호정은 풍고의 별장인 옥호정을 가리키는 동시에 신선 세상을 일컫는다. 옥호정에 대해서는 29쪽 주1 참조. 은호선(隱壺仙)은 호리병 속에 숨어 사는 신선이라는 말로, 후한(後漢) 때의 선인(仙人)인 호공(壺公)을 가리킨다. 호공은 시장에서 약을 팔다가 사람들 모르게 호리병 속으로 들어갔는데, 비장방(費長房)이 이를 보고 매일같이 정성껏 그를 시봉하였다. 이에 호공이 비장방을 데리고 호리병 속으로 들어갔더니, 그 안에 일월(日月)이 걸려 있고 신선 세계가 펼쳐져 있었다고 한다. 《後漢書 卷82下 方術列傳 費長房》《神仙傳 壺公》

송원 종숙부를 모시고 옥호동에서 노닐었는데,
함께 노닌 이는 감헌·석한·담정·삼계재이다.
당인의 운자를 뽑아 함께 짓다[85]

陪松園從叔父 遊玉壺洞 同遊者 憨軒石閒薝庭三戒齋也 拈唐韻共賦

계획 있으면 한평생도 짧지만	有計終身短
하는 일 없으면 눈 깜빡이는 시간도 길지	無爲瞬睫長
명아주 지팡이 골짝 어귀에 울릴 제	枯藜鳴洞口
늙은 나무는 산 빛을 가르네	老樹劈山光
어지러운 꽃은 진한 술 향기처럼 아뜩하고	花雜迷醇氣
맑은 날 아지랑이는 굴뚝 연기마냥 온화하네[86]	嵐晴暖墨行
현재(賢才)들에게 의지해 유유자적 즐기니	優遊資俊彦

85 송원(松園)……짓다 : 송원 종숙부는 김이도(金履度, 1750~1813)를 가리키는
데, 자는 계근(季謹)이며, 송원은 그의 호이다. 감헌(憨軒)은 호가 능양(菱洋) 또는
감료(憨寮)인 박종선(朴宗善, 1759~1819)을 지칭한 것으로 추정된다.《풍고집》권2
〈가을날에 문을 닫고 병을 요양하고 있었는데, 감헌 형과 도시춘관주인이 각자 읊은
시를 부쳐 보여주었다……〔秋日閉戶養痾 憨軒兄曁都是春觀主人 各寄示所賦……〕〉라
는 시에도 보인다. 최근 그의 시집인《능양시집(菱洋詩集)》이 성균관대학교 대동문화
연구원에서 간행되었다. 석한(石閒)은 김조(金照)의 호이다. 57쪽 주74 참조. 담정(薝
庭)은 김려(金鑢, 1766~1822)로, 본관은 연안(延安), 자는 사정(士精)이며, 담정은
그의 호이고 다른 호는 담수(薝叟)이다. 삼계재(三戒齋)는 누구인지 미상이다.

86 맑은……온화하네 : 원문의 '묵항(墨行)'이 무엇을 비유한 말인지는 정확하지 않
다. 우선 굴뚝 연기로 이해해 이렇게 번역해두었다.

금란지교 맺는 마당 부럽지 않네[87]　　　　　　　　　不羨結金場

87　금란지교(金蘭之交)……않네 : 호기 있는 젊은이들이 의기투합하여 의형제를 맺
는 곳이 부럽지 않다는 말로 보인다. 원문의 '결금(結金)'은 의형제를 맺는다는 뜻인
'결금란(結金蘭)'을 줄인 것으로 이해하였다. 금란은 《주역》〈계사전 상(繫辭傳上)〉의
"두 사람이 마음을 함께하면 그 날카로운 날이 무쇠를 끊을 수 있고, 마음을 함께하는
사람의 말은 그 향기로움이 난초와 같다.〔二人同心, 其利斷金, 同心之言, 其臭如蘭.〕"
라고 한 데서 나온 말이다. 원문의 '장(場)'은 호기 있는 젊은이들의 만남을 뜻하는
'소년장(小年場)'을 줄여 쓴 것으로 보인다. 악부(樂府) 잡곡가사(雜曲歌辭) 중 하나로
〈결객소년장행(結客少年場行)〉이 있는데, 젊은 시절 혈기만 믿고 휩쓸려 살아가는 유
협의 모습을 읊은 노래이다. 한편, 《소학(小學)》〈가언(嘉言)〉에 "온 세상이 교유를
중시하여 금란계(金蘭契)를 맺음에 견주는데, 노여움과 원망이 쉽게 생겨나 풍파가
당장 일어난다."라는 말도 참고가 된다.

당나라 시인의 운자를 취해 이생 치규와 김석한과 함께 읊다[88] 이날 저녁에 풍우가 갑자기 일어났다
拈唐人韻 與李甥穉圭金石閒共賦 是夕風雨驟作

요사이 산가에 기쁜 일이 넘치니	比日山家饒喜事
이웃집에서 파초 얻고 새 매화도 심었네	隣蕉乞得揷新梅
병근은 점차 봄추위와 함께 떠나고	病根漸與春寒去
시상은 은연중에 주량을 넓히네	詩思潛令酒戶開
헛된 명성 완전히 끝나지 않음 항상 두렵고	常懼虛名完不了
젊은 시절 가서 돌아오지 않음을 잘 안다네	深知盛歲逝難回
현명한 조카 시 솜씨 충분히 인정하며	風騷剩許賢甥擅
맹씨의 정원[89]에서 실컷 마시고 오네	孟氏園中痛飲來

---

88 당나라……읊다 : 이생(李甥) 치규(穉圭)는 이헌기(李憲琦, 1774~1824)의 자로, 본관은 전주(全州)이다. 이장소(李章沼)에게 출가한 풍고의 누이의 아들로, 풍고에게는 생질(甥姪)이 된다. 1807년(순조7) 문과에 급제하였고, 이조 판서와 공조 판서 등을 역임하였다. 석한(石閒)은 풍고의 벗인 김조(金照)의 호이다. 57쪽 주74 참조.

89 맹씨(孟氏)의 정원 : 한양의 가회방(嘉會坊) 북쪽에 있던 높은 고개인 맹현(孟峴)을 가리키는 것으로 보이는데, 맹현을 맹원(孟園)이라고도 하였다. 현재의 가회동 정독도서관 뒤 언덕배기 일대에 해당한다. 맹현이라는 이름은 조선 세종 때 좌의정을 지낸 맹사성(孟思誠)과 그의 후손으로 숙종 때 감사(監司)를 지낸 맹만택(孟萬澤)이 살았던 데서 유래하였다.

통신사가 되어 대마도로 떠나는 죽리 족숙의 행차를 삼가 전별하다[90]

奉餞竹里族叔馬洲通信之行

몰운대[91] 다하자 푸른 하늘 열리고	沒雲臺盡豁天靑
징과 북 떠들썩하게 먼 하늘에 울리네[92]	鐃鼓嘲轟破窅冥
지척에 동방의 군자 나라 있고[93]	咫尺東方君子國
언제나 남극노인성[94] 뜨는 곳	尋常南極老人星

90 통신사(通信使)가……전별하다 : 풍고의 나이 47세 때인 1811년(순조11) 2월에 지은 시이다. 죽리(竹里) 족숙은 김이교(金履喬, 1764~1832)를 말한다. 자는 공세(公世)이고, 죽리는 그의 호이다. 1789년(정조13) 문과에 급제해 초계문신(抄啓文臣)에 뽑혔고, 우의정에까지 올랐다. 시호는 문정(文貞)이다. 1811년 2월에 통신사의 정사로 대마도에 다녀왔으며, 돌아온 뒤 《신미통신일록(辛未通信日錄)》을 남겼다. 저서로 《죽리집》이 있다고 하나 현재 남아 있지 않고, 통신사로 일본에 가서 지은 《왜한창수집(倭韓唱酬集)》이 국립중앙도서관에 소장되어 있다. 《純祖實錄 11年 2月 12日》

91 몰운대(沒雲臺) : 부산 다대포(多大浦) 해안에 있는 명승지로, 낙동강 하구와 바다가 맞닿는 곳에 있다. 이 일대는 안개와 구름이 자주 끼어 모든 것이 시야에서 가려지기 때문에 '몰운대'라는 명칭이 붙여졌다고 한다. 16세기까지는 몰운도(沒雲島)라는 섬이었으나 토사의 퇴적으로 인해 다대포와 연결되어 육지가 되었다고 한다.

92 징과……울리네 : 당나라 한유(韓愈)의 〈남해신묘비(南海神廟碑)〉에 "징과 북소리 떠들썩하게 울리고, 드높은 피리 소리 멀리까지 들리네.[鐃鼓嘲轟, 高管噭譟.]"라는 구절이 보인다.

93 지척에……있고 : 대마도의 지척에 조선이 있다는 말이다. 동방의 군자 나라는 조선을 일컫는 말이다.

94 남극노인성(南極老人星) : 동양의 별자리인 28수(宿)에서 남방(南方) 7수 중 정수(井宿)에 속하는 별이다.

제해는 곤붕의 변화로 도를 비유했고[95]   諧爲喩道鯤鵬化

성인은 도마뱀으로 여겨 정신을 온전히 하였네[96]   聖自全神蝘蜓聽

돌아오는 날 부디 알아야 하리 장 박망이   歸日須知張博望

완구로 도리어 한나라 위엄 손상시켰음을[97]   宛駒却損漢威靈

95 제해(齊諧)는……비유했고 : 대마도에 다녀오면 견문이 크게 발전할 것이라는 말
이다. 제해는 괴이한 일을 잘 알고 있는 사람을 말하며, 곤붕(鯤鵬)의 변화는 곤어(鯤
魚)가 붕조(鵬鳥)로 변하는 것이다. 《장자》〈소요유〉에 "북쪽 바다에 물고기가 있으니
그 이름을 곤(鯤)이라고 한다. 곤의 크기는 몇천 리가 되는지 알 수 없다. 어느 날
이 물고기가 변해 새가 되니 그 이름을 붕(鵬)이라고 한다.……제해는 괴이한 일을
잘 알고 있는 사람이다. 제해가 말하기를 '붕이 남쪽 바다로 옮겨 갈 때에는 바다의
수면을 삼천 리나 치고서 회오리바람을 타고서 9만 리 꼭대기까지 올라간다.'라고 하였
다."라는 내용이 보인다.

96 성인은……하였네 : 바다를 건너다가 어려움을 겪더라도 두려워하지 말고 마음을
편히 가지라는 말이다. 성인은 하(夏)나라 우(禹) 임금을 말한다. 《회남자(淮南子)》
〈정신훈(精神訓)〉에 우 임금이 남방을 순시하다가 강을 건널 때 황룡(黃龍)이 배를
등으로 떠받치자 모든 사람이 두려워하였으나, 우 임금은 용을 보기를 도마뱀 보듯
하며〔視龍猶蝘蜓〕 안색이 변하지 않으니 용이 곧 귀를 내리고 꼬리를 흔들면서 도망가
버렸다는 고사가 전한다.

97 돌아오는……손상시켰음을 : 대마도에서 돌아올 때 쓸데없는 물건을 가지고 오지
말라는 의미로 보인다. 장 박망(張博望)은 한(漢)나라 무제(武帝) 때 박망후(博望侯)
에 봉해진 장건(張騫)을 가리키며, 완구(宛駒)는 대완(大宛) 지역에서 생산되는 천리
마인 한혈마(汗血馬)를 가리킨다. 장건은 무제 때 남방의 월지국(月氏國)에 사신으로
가다가 중간에 흉노에게 붙잡혀 십여 년간 억류되어 있었고, 탈출한 뒤 대완을 거쳐
월지국에 갔다가 귀국하였다. 귀국한 뒤 천자에게 대완 지역에서 생산되는 천리마의
존재를 알렸는데, 무제가 무척 좋아하여 이 말을 구하기 위해 사신을 끊임없이 파견하고
폐물을 보냈다고 한다. 한나라의 위엄을 손상시켰다는 것을 이를 두고 한 말로 보인다.
《史記 卷111 張騫列傳》

통신사의 행차를 수행하는 중화 이일우에게 주다[98] 병서

贈李中和一愚隨通信使行 并序

군(君)은 옛날 나의 부하였다. 호탕한 성격에 뛰어난 기상을 지녔는
데, 남과 잘 어울리지 못하는 데다 때를 만나지 못해 관직으로 현달
하지 못하고 집은 더욱 가난하였다. 그러나 문인(文人)들과 어울리
기를 좋아하였고 또 시를 읊는 데 뛰어났다.

선략장군(宣略將軍)의 직함을 띠고 죽리(竹里) 족숙(族叔)을 수행
하여 대마주(對馬州)로 가게 되었는데,[99] 떠날 때가 다가오자 두 번이
나 나를 찾아와 무릎을 꿇고 감당할 능력이 없다고 말하며 시를 지어
전별해주기를 청하였다. 나는 평소 그의 사람됨을 아꼈기 때문에 이미
죽리 족숙에게 추천하였고 다시 그의 요청에 응해 시를 지어준다.

벼슬길에 냉담하고 수염에 눈 내렸는데   靑雲眼冷雪侵髭

---

98 통신사(通信使)의⋯⋯주다 : 풍고의 나이 47세 때인 1811년(순조11) 2월에 지은
시이다. 이일우(李一愚)의 본관은 전주(全州), 자는 천려(千慮)이고, 호는 음재(飮齋)
이며, 1811년 2월 통신사의 정사 김이교(金履喬)의 정사 군관(軍官)으로 대마도에 다
녀왔다. 이 시의 병서(幷序)를 참고하면 이일우가 신미년 통신사의 행차에 참여하게
된 것은 풍고의 추천에 의한 것이었다. 중화(中和)는 이일우가 1807년(순조7) 6월부터
9월까지 중화 도호부사(中和都護府使)를 지낸 것을 말한다.

99 선략장군(宣略將軍)의⋯⋯되었는데 : 선략장군은 종4품 하계(下階) 무신의 품계
로, 장군 계급의 가장 말단이다. 죽리(竹里) 족속(族叔)은 김이교(金履喬)를 말한다.
김이교의 통신사행과 관련된 내용은 66쪽 주90 참조.

이씨 성 가진 장군 운수 더욱 기구해라[100]   姓李將軍數更奇

붓 던진 반생을 끝내 스스로 후회하고[101]   投筆班生終自悔

뗏목 탄 박망을 부질없이 따르네[102]   乘槎博望漫相隨

푸른 물결엔 자라가 장난해 봄 산이 흔들리고   滄波鼇戲春山動

석목에는 까마귀 날아 새벽 해 고우리라[103]   析木烏翻曉日麗

100 벼슬길에……기구해라 : 중화 도호부사로 변방에서 고생하였는데, 나이 들어 다시 대마도로 가는 수고를 하게 되었다는 말이다. 이씨 성 가진 장군의 운수가 기구하다는 것은 이일우의 삶을 의미하는 동시에 흉노를 정벌하는 데 큰 공을 세웠지만 운수가 나빠 그게 걸맞은 대우를 받지 못한 한(漢)나라 장군 이광(李廣)의 삶을 중의적으로 표현한 것이다. 《한서(漢書)》권54 〈이광전(李廣傳)〉에 "대장군이 은밀히 상의 뜻을 받아서 말하기를 '이광은 운수가 기구하니, 선우를 맞아 싸우게 하지 말라. 하고자 하는 바를 이루지 못할까 염려된다.'고 했다.〔大將軍陰受上指, 以爲李廣數奇, 毋令當單于, 恐不得所欲.〕"라는 고사가 전한다. 또 왕유(王維)의 〈노장행(老將行)〉에 "위청이 패하지 않음은 천행으로 말미암았고, 이광이 공 못 세움은 운수가 기박한 때문이었네.〔衛靑不敗由天幸, 李廣無功緣數奇.〕"라는 구절이 보인다. 《王右丞集箋注 卷6》

101 붓……후회하고 : 이일우가 문관(文官)의 업(業)을 버리고 무신(武臣)이 되었음을 후회한다는 말인데, 장군으로 통신사의 행차를 수행하는 막중한 임무를 잘 수행할 수 있을지 걱정한다는 의미이다. 반생(班生)은 후한(後漢)의 반초(班超)를 말한다. 반초가 관청의 대서(代書) 일을 하며 모친을 봉양하다가 붓을 던지며 탄식하기를, "대장부가 별다른 지략이 없더라도 부개자(傅介子)나 장건(張騫)처럼 이역에서 공을 세워 봉후(封侯)라도 되어야지, 어찌 붓만 잡고서 세월을 보내서야 되겠는가."라고 하고는, 마침내 서역(西域)에 사신으로 나가 큰 공을 세운 뒤 정원후(定遠侯)에 봉해진 고사가 있다. 《後漢書 卷47 班超列傳》

102 뗏목……따르네 : 배를 타고 대마도로 가는 사신 행렬에 참여하게 되었다는 말이다. 박망(博望)은 박망후(博望侯)에 봉해진 한(漢)나라 장건(張騫)을 가리킨다. 장건이 대하국(大夏國)에 사신 갔을 때 황하(黃河)의 근원을 찾기 위해 뗏목을 타고〔乘槎〕 은하수에 올라가 견우(牽牛)와 직녀(織女)를 만나고 왔다는 전설이 전한다. 《天中記 卷2》 장건이 사신을 다녀온 일에 대해서는 67쪽 주97 참조.

만리후에 봉해짐은 한때의 유쾌한 일일 뿐 　　萬里封侯祗一快
어찌 사람들이 바다 유람 시 암송함만 같으랴[104] 　　爭如人誦海遊詩

---

103 석목(析木)에는……고우리라 : 동해 바다에서 해돋이를 구경할 것이라는 말이
다. 석목은 원래 별자리 이름으로 미성(尾星)과 기성(箕星)이 여기에 해당한다. 방위로
는 동쪽인 인(寅)에 해당하는데, 여기서는 동해 바다를 가리키는 말로 쓰였다. 또 까마
귀가 난다는 것은 해 속에는 세 발 달린 까마귀가 있고 달 속에는 옥토끼가 있다는
전설을 원용한 표현이다.

104 만리후(萬里侯)에……같으랴 : 사신의 행차에서 임무를 잘 수행하는 것도 중요
하지만, 바다를 유람한 것을 시로 남겨 사람들이 두고두고 암송하게 하는 것이 더 좋을
것이라는 말이다. 만리후는 서역(西域)에 사신 가서 큰 공을 세워 정원후(定遠侯)에
봉해진 반초(班超)를 일컫는 말이다. 69쪽 주101 참조.

통신사의 행차를 수행하는 국은 상사를 전송하며[105]
送菊隱上舍隨通信使行

도성 문에서 사신의 행렬 전송하는데	都門祖送使臣行
문무 재주 겸비한 막부의 영재로다	文武才俱幕府英
그 속에 키 크고 얼굴 붉은 이 있으니	就裏長身頳面客
국은 이 선생이라 부른다네	呼爲菊隱李先生

인문이 바닷가에서 끝난다고 말하지 말라[106]	莫道人文限海湄
《오처경》이 〈죽지사〉에 들어 있다네[107]	吾妻鏡入竹枝詞

105 통신사(通信使)의······전송하며 : 풍고의 나이 47세 때인 1811년(순조11) 2월에 지은 시이다. 국은(菊隱)은 이문철(李文哲, 1765~1830)로, 본관은 전주(全州), 자는 군선(君善)이며, 국은은 그의 호이다. 1803년(순조3)에 진사시에 급제하였고, 1808년 동지사(冬至使)의 일원으로 북경에 다녀왔으며, 1811년 신미통신사행(辛未通信使行)에 정사(正使) 김이교(金履喬)의 반당(伴倘)으로 참여하였다. 반당은 사신이 자비로 데리고 간 종자(從者)를 뜻한다. 이문철의 행력과 통신사행에서의 활동에 대해서는 《신로사, 1811년 辛未通信使行과 朝日 문화 교류, 성균관대 박사학위논문, 2010년, 90~94쪽》에 정리되어 있다.

106 인문(人文)이······말라 : 예교(禮敎)와 문화가 조선에서 끝나고 일본에는 존재하지 않는다고 생각하지 말라는 말이다. 인문은 예교와 문화를 지칭하는 말로, 《주역》〈비괘(賁卦) 단사(彖辭)〉의 "인문을 관찰하여 천하를 교화시킨다.〔觀乎人文, 以化成天下.〕"라는 구절에서 나온 말이다. 바닷가는 여기서는 조선을 의미한다.

107 오처경(吾妻鏡)이······있다네 : 일본도 군신(君臣)의 사적이 기록된 역사서를 지닌 문명국의 하나라는 말로 보인다. 《오처경》은 일명 《동감(東鑑)》이라고도 하는데, 겸창 막부(鎌倉幕府) 시대의 일기체 역사책으로, 총 52권이며 편찬자는 미상이다.

원래부터 서적은 치교와 관계되니   從來載籍關治敎
서장의 기이한 패엽 따위 비교할 것 아니네[108]   不比西藏貝葉奇

1180년부터 1266년까지 87년 동안 일본 무가(武家)의 역사가 기록되어 있다. 청나라 주이준(朱彝尊)이 《오처경》에 발문을 짓기도 하였다. 〈죽지사(竹枝詞)〉는 청나라 우통(尤侗)이 지은 〈외국죽지사(外國竹枝詞)〉를 가리킨 것으로 보인다. 〈외국죽지사〉의 '일본(日本)' 편에 "해 뜨는 곳의 천황 지존의 호칭이요, 오기와 칠도는 부용의 신하라네. 역대로 《오처경》 부질없이 전했으니, 대각이 끝내 목하인에게 돌아갔네.〔日出天皇號至尊, 五畿七道附庸臣. 空傳歷代吾妻鏡, 大閣終歸木下人.〕"라는 구절이 보인다. 목하인은 평수길(平秀吉)을 말하는데, 정권을 찬탈한 뒤 대각왕(大閣王)이라고 일컬었다. 죽지사(竹枝詞)는 주로 칠언절구의 형태로 특정 지역의 풍속을 읊은 시이다. 《王愼之・王子今 輯, 淸代海外竹枝詞, 北京大學出版社, 1994, 7쪽》《五洲衍文長箋散稿, 詩文篇 論詩類, 外國竹枝詞辨證說》

108 원래부터……아니네 : 책에 실리는 내용은 원래 한 국가의 정치와 교화의 수준을 반영하는 것이므로, 기이한 내용으로 가득한 불경(佛經) 따위는 《오처경》과 비교할 수준이 되지 않는다는 말이다. 서장(西藏)은 티베트 지역을 가리킨다. 패엽(貝葉)은 옛날 인도에서 글자를 쓰는 데 사용하던 다라수(多羅樹)의 잎이다. 주로 바늘을 사용하여 불교의 경전을 많이 새겼으므로, 불경의 별칭으로 쓰인다.

절구를 지어 대마도로 가는 서기 박옹 이명오에게 주다[109]

絶句 贈泊翁李書記明五馬島之行

동파관[110] 아래에 푸른 비단 도포 입고서	東坡冠下碧羅袍
서기의 문장 물결 또 파도치게 되었네[111]	書記文瀾又海濤
등씨 귤씨 평씨 원씨 구신(舊臣)의 후예 많을 터	藤橘平源多舊裔

109 절구를……주다 : 풍고의 나이 47세 때인 1811년(순조11) 2월에 지은 시이다. 이명오(李明五, 1750~1836)는 본관은 전주이고, 자는 사위(士緯)이며, 박옹은 그의 호이다. 다른 호는 서오헌(書娛軒)이다. 1811년 신미통신사행 때 부사 이면구(李勉求)의 서기(書記)로 참여하였으며, 이때 지은 시가 그의 문집인 《박옹시초(泊翁詩鈔)》 권5에 '신미해행록(辛未海行錄)'으로 실려 있다. 한편, 《박옹시초》 권5 '신미해행록'에는 이명오에게 준 풍고의 전별시가 두 수 수록되어 있는데, 《풍고집》에 수록된 시는 그 둘째 수이다.

110 동파관(東坡冠) : 조선 시대 사대부들이 한가로이 거처할 때 쓰던 관으로 말총으로 만든다. 송(宋)나라의 소식(蘇軾)이 썼다고 하여 그의 호를 따 동파관이라 하였다. 이 동파관은 통신사 일행이 일본에 들어간 뒤 편복(便服) 차림으로 있을 때 착용하였다고 한다. 《박선희, 18세기 이후 통신사 복식 연구, 이화여대 박사학위논문, 2011, 153~158쪽》

111 서기(書記)의……되었네 : 이명오가 부친 이봉환(李鳳煥)의 뒤를 이어 다시 통신사의 행차에 서기로 참여하게 되었다는 말이다. 이봉환은 1748년(영조24) 정사 홍계희(洪啓禧)의 서기 자격으로 통신사행에 참여한 바 있다. 풍고가 이명오에게 "우념공(雨念公)께서 일찍이 통신사의 일원으로 일본에 다녀온 일이 있으니 그대가 그 일을 이어 받게."라고 말했다는 기록이 보인다. 우념은 이봉환의 호이다. 《東樊集 卷4 與黃山金公迫根書》

시 청하려 응당 사씨 집안 봉모를 물으리라[112]　　　索詩應問謝家毛

112　등씨(藤氏)……물으리라 : 이봉환과 창수했던 일본 문인의 후손들이 이명오를
찾아와 시를 청할 것이라는 말이다. 등씨(藤氏)·귤씨(橘氏)·평씨(平氏)·원씨(源
氏)는 모두 일본의 대표적인 성씨이다. 사씨(謝氏) 집안 봉모(鳳毛)는 부조(父祖)를
잘 닮은 훌륭한 자손을 비유하는 말인데, 여기서는 이명오를 지칭하는 말로 쓰였다.
남제(南齊) 시대 효무제(孝武帝)의 아내 은숙의(殷淑儀)가 죽었을 때 사영운(謝靈運)
의 손자인 사초종(謝超宗)이 뇌사(誄詞)를 지어 올리자, 황제가 그 글을 보고는 감탄
하기를, "초종은 특별히 봉모가 있으니, 사영운이 다시 살아나온 듯하다.〔超宗殊有鳳
毛, 恐靈運復出.〕"라고 했던 데서 온 말이다.《南齊書 卷36 謝超宗列傳》봉모(鳳毛)는
오색이 찬란한 봉황의 터럭을 이르는데 자식이 훌륭한 아버지를 잘 닮은 것을 비유하
는 말이다.

봄날 생각나는 대로 짓다
春日漫賦

하늘에서 구름 기운 내려와	自天降雲氣
뭉게뭉게 바야흐로 구름 일더니	淒淒方有湋
온화한 기운이 고택[113]을 빚어서	沖融釀膏澤
자욱하게 온 세상을 덮어주네	濛濛八表奄
촉촉함은 부드러운 연유와 같고	潤若軟酥滑
조용함은 햇살 받은 극진[114]과 같아라	密比隙塵閃
나뭇가지 꽃망울 무성히 맺히고	枝蕾菀而顆
어린 새싹[115] 싱그럽게 절로 자라네	原萌鮮自漸
비유하면 만물을 만드는 이가	譬如肖物者
손가는 대로 꾸며놓은 듯한데	隨手施粧點
더없이 고생한 조화의 마음	莫苦造化心
그 성은 가릴 수 없는 것이라네[116]	誠哉不可掩

---

113 고택(膏澤) : 기름진 은택이란 뜻으로 만물을 적셔주는 비를 의미한다.

114 극진(隙塵) : 작은 틈으로 들어온 햇살에 날리는 먼지를 말한다.

115 어린 새싹 : 원문의 '원(原)'을 '근(根)'의 의미로 보고 앞 구의 '지(枝)'와 대구를 맞춘 것으로 이해하여 번역하였다. '근맹(根萌)'은 어린 싹을 일컫는 말이다.

116 더없이……것이라네 : 조물주가 끝없이 만물을 만들어내는 것은 성(誠)에 의한 것이라는 말이다. 《중용장구》 제16장에 귀신의 성대한 덕에 대해 설명하고 있는데, 그 끝부분에 "은미한 것이 드러나니, 성의 가릴 수 없음이 이와 같네.〔夫微之顯, 誠之不可揜, 如此夫.〕"라는 구절이 있다.

나의 정원은 혜초 곁에 있고	我壇蕙草傍
그대의 집은 살구나무 아래에 있네	子屋杏樹下
어제 온화한 바람 불더니	和飇昨間吹
오늘 아침 단비가 내리네	靈雨今朝灑
선명함 참으로 사랑스러워라	的皪已可愛
활짝 피어남 그 누가 막으랴	蓬勃誰禁者
정원의 경물에 마음 의탁해	寄情園中物
저 들판도 이럴 것이라 상상해보네	想像見原野
묻노니 그대의 옛날 교외 거처에	問君舊郊居
지금은 그 누가 살고 있는가	今爲誰所舍
마을 둘러 복사꽃 붉게 피고	繞落桃始紅
시내 따라 버들이 휘늘어지니	沿溪柳方䍨
다시 푸른 깃발[117] 바람에 날리며	復應靑帘風
산골 마을에 술이 익어 가리라	酒熟山中社

---

117 푸른 깃발 : 주막에 내건 깃발을 말한다. 보통 청렴(靑帘)은 술을, 홍탄(紅炭)은
차(茶)를 파는 곳을 가리킨다.

늦봄에 원근이 북쪽으로 함경도를 유람하고 동쪽으로
금강산까지 가려고 하였다. 농암과 삼연 두 선조 이후로
우리 집안에는 동쪽과 북쪽을 아울러 유람한 사람이
없었기에, 흥이 일어 근체시를 지어 전송하다[118]

暮春之月 元根將北遊咸關 東至金剛 自農巖三淵二祖後 吾家人罕并東
北遊者 漫賦近體 送行

동쪽으로 봉래산 북쪽으로 옥저 땅   東見蓬萊北沃沮
기이한 이번 유람 집에 있는 것보다 낫지[119]   玆遊奇絶勝家居

118 늦봄에……전송하다 : 풍고의 나이 46세 때인 1810년(순조10) 3월에 아들 김원
근이 함경도 관찰사로 부임하는 종숙(從叔) 김명순(金明淳)을 수행하여 함흥(咸興)에
갈 때 지어준 것이다. 김원근(金元根, 1786~1832)은 풍고의 둘째 아들로, 자는 경미
(景渼), 호는 취정(翠庭)이다. 풍고의 장남 김유근(金逌根, 1785~1840)이 백부 김용
순(金龍淳)의 후사가 되었으므로, 김원근이 풍고의 대를 이었다. 1809년 진사시에 합격
하고 1827년(순조27) 문과에 급제하였다. 이조 참의·사헌부 대사헌을 거쳐 1832년
(순조32)에 이조 참판이 되었는데, 이해 4월 풍고가 세상을 떠났고 그도 12월 27일에
47세로 세상을 떠났다. 농암(農巖) 김창협(金昌協)은 아우 삼연(三淵) 김창흡(金昌
翕)과 함께 1671년(현종12)에 금강산을 유람했고, 1685년(숙종11) 3월에 함경북도
병마평사(咸鏡北道兵馬評事)가 되어 부임하면서 김창흡과 함께 금강산을 유람하였다.
김창흡은 금강산을 여러 차례 유람했으며 1716년(숙종42)에 함경도를 유람하고 이재형
(李載亨)을 방문한 일이 있다. 한편, 김원근은 함흥에 갔다가 돌아오는 길에 금강산을
유람한 뒤 서울로 들어왔고, 이 유람에서 《자경지함흥일기(慈慶志咸興日記)》라는 국
문 일기를 남겼다. 일기에 따르면 총 일정은 3월 18일에 출발하여 5월 6일에 돌아온
것으로 기록되어 있다. 순조(純祖)의 비(妃)가 된 여동생 순원왕후(純元王后)의 뜻을
받들어 지은 것으로 알려져 있다.

119 기이한……낫지 : 소식(蘇軾)이 담주(儋州)에 부임하기 위해 주애(朱崖)와 합

나는 바다와 산에 인연이 없었고	吾於海嶽身無分
네가 농암과 삼연 처음으로 뒤따르누나	爾與農淵踵作初
떠나는 날은 바로 삼월 중순이니	行李正當三月半
풍광은 백년 뒤에도 그대로라네[120]	風光依舊百年餘
돌아올 땐 한 단계 성장해야 할 터	歸來一格應須長
기다리는 나 하늘 끝에서 생각지 말라	莫認天涯但倚閭

포(合浦) 사이의 해협을 건너며 지은 시 〈6월 20일 밤에 바다를 건너며〔六月二十日夜渡海〕〉에 "남쪽 변방에서 아홉 번 죽어도 한이 없으니, 기이한 이번 유람 평생의 으뜸이네.〔九死南荒吾不恨, 茲游奇絶冠平生.〕"라고 한 구절이 있다. 《蘇東坡詩集 卷43》

120 떠나는……그대로라네 : 김창협이 함경북도 병마평사로 부임하면서 김창흡과 함께 떠난 날이 1685년(숙종11) 3월이며, 김원근이 김명순을 수행해 떠난 날도 3월 18일이다. 그래서 옛날이나 지금이나 떠날 때의 계절 풍광이 같다는 말이다.

북정[121]에서 동파 시의 운자를 취해 짓다

北亭拈東坡韻

푸른 누대 붉은 정자 맑은 풍광에 드는데	碧榭紅亭入霽光
바람 앞에 흰 겹옷이 가볍고 서늘하다네	風前白袷覺輕涼
군영의 문은 시내와 산의 빼어남 조용히 안았고	轅門靜擁溪山秀
벼루 놓인 책상에는 초목 향기 깊이 머무네	硯几深留卉木香
이곳에서의 꽃구경 참으로 두터운 복이니	此地看花眞厚福
제공들은 시초[122]하느라 얼마나 바쁠까	諸公視草幾多忙
이틀 밤 묵는다는 좋은 약속 있음을 알고 있기에	心知信宿佳期在
맑은 눈길 자주 돌리며 뒷산에 앉았노라	清矚頻回坐後岡

---

121 북정(北亭) : 북영(北營)의 군자정(君子亭)을 지칭하는 말이다. 북영은 훈련도
감(訓鍊都監)의 본영으로서 창덕궁(昌德宮) 서쪽 지금의 원서동에 있었으며, 창덕궁을
경비하는 주력부대 역할을 담당하였다.

122 시초(視草) : 초고(草稿)를 본다는 뜻으로 원래는 임금의 조서(詔書)나 유시(諭
示)를 수정하는 것을 말하는데, 후대에는 조서의 초안을 잡는다는 의미로 쓰였다. 당나
라 시대에는 학사(學士)들이 대궐의 북문에서 시초하였다고 한다.

곤전의 탄신일에 파서공이 시로 축하하기에 그 시의 운자에 의거해 삼가 차운하다[123]

坤殿誕辰 琶西以詩相賀 依韻謹次

장추의 경사스러운 탄신일 여름 한가운데라[124]	長秋慶節夏維中
축하하는 조정 대신들 일찍 공소에 나아갔네	祝嘏庭紳早造公
북두와 남산이 아름다운 색을 바치고[125]	北斗南山騰獻彩
상서로운 구름과 태양 송축하여 붉은빛을 바치네	祥雲瑞日頌呈紅
원길이 건도 떠받듦을 이미 알고[126]	已知元吉承乾道

---

123 곤전(坤殿)의……차운하다 : 곤전은 순조의 비이자 풍고의 딸인 순원왕후(純元王后, 1789. 5. 15~1857. 8. 4)를 말한다. 파서는 이집두(李集斗)의 호이다. 이집두에 대해서는 31쪽 주4 참조.

124 장추(長秋)의……한가운데라 : 장추는 황후가 거하던 한(漢)나라 궁전인 장추궁(長秋宮)을 말하는데, 흔히 황후의 대칭으로 쓰인다. 여기서는 순원왕후를 지칭하는 말로 쓰였다. 원문의 '하유중(夏維中)'은 여름의 한가운데인 5월을 지칭한 것으로 보인다. 음력 4월을 '유하(維夏)'로 표현하는데, 《시경》〈사월(四月)〉에 "사월에 여름이 되면 유월에 무더워진다.〔四月維夏, 六月徂暑.〕"라고 한 데서 온 말이다. 순원왕후는 1789년(정조13) 5월 15일에 태어났다.

125 북두(北斗)와……바치고 : 자연의 경물도 장수를 기원하는 뜻을 드러낸다는 말이다. 북두와 남산은 북두성과 남산처럼 영원히 존재하기를 기원한다는 의미로, 귀인(貴人)의 장수를 축원할 때 쓰는 말이다. 특히 남산은 《시경》〈천보(天保)〉의 "달이 차오르는 것처럼, 해가 떠오르는 것처럼, 남산이 장구한 것처럼 이지러지지도 않고 무너지지도 말기를.〔如月之恒, 如日之升, 如南山之壽, 不騫不崩.〕"이라고 한 데서 나온 말이다.

126 원길(元吉)이……알고 : 순원왕후가 훌륭한 덕을 갖추어 순조를 잘 보필하고 있

중광이 진궁에서 나옴을 다시 보았네[127]　　　　　更覩重光出震宮

흰머리의 시인이 축하의 말 펼치니　　　　　　　頭白詞人擒賀語

숲속 사립문에서 화답하는 시 그 마음 같다네　　　林扉抃和寸心同

다는 말이다. 원길은《주역》〈곤괘(坤卦) 육오(六五)〉에 "황색 치마이니 크게 길하리
라.〔黃裳, 元吉.〕"라는 구절에서 나온 말인데, 여자로서 높은 신분에 있으면서 중도를
지키고 아래에 거처하면 크게 길하다는 뜻이다. 여기서는 순원왕후가 왕비의 덕을 잘
지키고 있음을 말한다. 건도는 하늘의 도로, 여기서는 임금의 도를 상징한다.

127　중광(重光)이……보았네 : 순원왕후가 세자(世子)를 잘 길렀다는 말이다. 중광
은 태자를 상징하는 말인데, 한 명제(漢明帝)가 태자로 있을 때 신하들이 태자의 덕을
칭송하면서 지은 노래 4장(章) 가운데 〈일중광(日重光)〉이라는 악장(樂章)이 있었던
데서 나온 말이다.《古今注 音樂》진궁(震宮)의 진은 동방(東方)을 의미하므로 동궁
(東宮)과 같은 말이다.

밤에 달이 뜨고 더위가 물러갔기에 남쪽 마루에 누워 시냇가를 추억하다

夜月暑退 臥南軒憶溪上

빈 뜨락에 달 비치고 인적은 적막한데	空庭月照人寂寂
여름 기운 갑자기 찾을 곳 없어라	暑氣俄然無處覓
그윽하게 맑은 하늘 숲 나무 끝에 떠 있고	穆穆澄霄林梢浮
방울방울 깨끗한 이슬 풀잎 끝에 떨어지네	泫泫清露艸端滴
하염없는 시절 경물 어느새 가을 가깝고	節物悠悠暗近秋
찍찍대며 우는 벌레 문 안으로 침범하네	鳴蟲唧唧侵戶壁
이맘때 시냇가 길 아련히 생각나니	遙憐此時溪上路
높고 낮은 돌 울림 빨래터에 흩어지리	石響高低散洴澼

저물녘에 서쪽 정원을 걸으며 두보 시의 운자를 취해 짓다[128]
晚步西園 拈杜

바람과 햇살 저물녘에 더욱 좋아	風日晡逾美
정원 속을 가볍게 걸어오자니	園中細步來
가는 봄 미련 남아 붉은 꽃 절로 많고	戀春紅自剩
여름을 맞이해 푸르름 처음 돌아왔네	迎夏綠初廻
시의 흥취 시들해졌다 말하지 마소	莫道詩情倦
참으로 경물이 주량 늘게 했다오	端敎酒量開
층층이 갓에 걸리는 나무는	層層礙冠樹
태반이 작년에 심은 것이라네	多半去年栽

---

128 저물녘에……짓다 : 풍고가 차운한 두보(杜甫)의 시는 〈아우 점이 초당으로 돌아가 점검하려 하기에 애오라지 이 시를 보여주다〔舍弟占歸草堂檢校 聊示此詩〕〉라는 시이다.

이원[129]에서 우연히 눈앞의 시내를 읊다
摛院偶賦臨溪

저물녘에 한가로이 나막신을 끄니	薄暮閑引屨
학과 서로 만나기로 약속이나 한 듯하네	似與鶴相佇
은은히 들리는 옥 부딪히는 소리[130]가	暗聞漱玉響
등 넝쿨 짙푸른 곳에서 나기에	薛蘿深綠處
기쁜 맘으로 작은 돌다리에 서자	欣然臨小矼
맑은 바람 불어와 찌는 더위 씻어주네	淸吹滌蒸暑
깊고 맑게 함은 본래 내게 달렸지만	泓澄本在我
흘러가는 묘리는 언제나 너에게서 찾지	流通每求汝
어느새 명예를 추구하는 마음이 텅 비니	須臾聲聞空
부질없는 생각이 모두 사라지네	浮念一切去

오동잎 위에 시를 적어서	題詩梧葉上
마음대로 가라고 물에 던졌더니	投之任所如
흘러갈 듯하다가 갑자기 맴돌며	將流忽漩洄
내가 그리워 돌아보는 듯하네	似若顧戀余

---

129 이원(摛院) : 이문원(摛文院)으로 창덕궁에 둔 규장각(奎章閣)의 별칭이다.

130 은은히……소리 : 샘물이 바위에 부딪혀 내는 소리를 형용한 말이다. 육기(陸機)의 〈초은시(招隱詩)〉에 "산골 물 어찌 그리 차가운가, 솟아나는 샘물 옥을 씻어 울리는 듯하네.〔山溜何冷冷, 飛泉漱鳴玉.〕"라고 한 구절이 있다. 《文選註 卷22》

나도 눈길 주며 바라봤더니	余亦注眼看
맑은 하늘에 안화가 어른거려라	眼華纈淸虛
산새가 이상하게 여기지 않고	山禽不見怪
내 옷자락을 치고 날아가네	飛過衝我裾
지난날 기심 탓에 잘못된 것이지	向來緣機誤
자연과 인간은 원래 소원하지 않다네[131]	物我元未疏

---

131 지난날······않다네 : 자연과 인간은 원래 친밀한 존재이지만 인간의 기심(機心)으로 인해 서로의 관계가 어긋나게 되었다는 말이다. 기심은 사사로운 목적을 이루기 위하여 교묘하게 도모하는 마음을 말한다. 바닷가에서 매일 아침 갈매기와 벗하며 친하게 지내던 사람이 갈매기를 잡으려는 마음을 갖게 되자 갈매기들이 벌써 알아채고는 그 사람 가까이 날아오지 않았다는 이야기가 《열자(列子)》〈황제(黃帝)〉에 전한다.

밤에 앉아 춘관[132]을 그리워하다
夜坐懷春觀

기러기 떠나고 바람 높은 이 밤을 어이하랴	雁盡風高奈此宵
이별 회포 이기기 어려워라 술 자국도 사라졌네[133]	離懷難抵酒痕消
편죽에 의지한 몸은 청고함 분수로 여기고[134]	形依片竹分清苦
찬 구름에 매인 마음은 맑은 하늘과 함께하나니	心繫寒雲共沈㵩
밝은 달 뜬 산속엔 인적이 적막하고	明月山間人寂寂
외로운 배 강가에선 꿈이 아련하겠지	孤舟江上夢迢迢

---

132 춘관(春觀) : 호가 도시춘관주인(都是春觀主人)인 인물을 가리키는데, 누구인
지는 미상이다. 《풍고집》 권2에 〈가을날에 문을 닫고 병을 요양하고 있었는데, 감헌
형과 도시춘관주인이 각자 읊은 시를 부쳐 보여주었다……〔秋日閉戶養痾 憨軒兄暨都
是春觀主人 各寄示所賦……〕〉라는 시가 있다.

133 이별……사라졌네 : 함께 술을 마시다가 옷에 묻었던 술 자국이 사라져 없어질
만큼 오랫동안 만나지 못했다는 말이다. 술 자국〔酒痕〕은 이별의 감흥을 의미하는 말로
쓰인다. 당나라 잠삼(岑參)의 시에 "형남과 위북으로 헤어져 서로 만나기 어려우니,
적삼에 술 자국 남은 것 아쉬워하지 마시게.〔荊南渭北難相見, 莫惜衫襟著酒痕.〕"라는
구절이 보인다. 《全唐詩 卷201 奉送賈侍御史江外》

134 편죽(片竹)에……여기고 : 편죽은 부채를 만드는 재료로 쓰이기도 하고, 악기의
현(絃)을 타는 활의 재료로 쓰이기도 한다. 여기서는 악기를 연주하며 청고한 생활을
즐긴다는 말로 보인다.

훗날 만약 양웅의 부 지었느냐고 묻는다면   他時若問揚雄賦

단지 새로 지은 〈해조〉만 있으리[135]   祇有新編號解嘲

135 훗날……있으리 : 훗날 춘관에게 고생스러운 생활을 하며 어떤 시를 지었느냐고
묻는다면, 반드시 자신의 신념을 지키는 생활에 대해 설명하는 시를 지어 보여줄 것이라
는 말로 보인다. 한(漢)나라의 양웅(揚雄)은 부(賦)의 창작에 뛰어나 훌륭한 작품을
많이 남겼기에 '양웅부(揚雄賦)'라는 말이 있다. 〈해조(解嘲)〉역시 양웅이 지은 부이
다. 양웅이 빈한한 생활을 하며 《주역》을 모방하여 《태현경(太玄經)》을 짓고 있을
때 어떤 사람이 "당신의 도(道)가 아직 설익어서 이렇게 곤궁한 게 아닙니까."라고 조롱
하자, 양웅이 〈해조〉를 지어 부귀영화를 초탈하여 담박하게 살아가려는 자신의 마음을
해명하였다. 《漢書 卷87下 揚雄傳》

간이의 시를 차운하여 치규와 유근과 함께 읊다[136]
次簡易韻 與穉圭逌根共賦

날 개자 폭포 구경 생각하고	晴罷思臨瀑
바람 불자 배 띄울까 생각했는데	風來憶放舟
병에다 세상 걱정에 얽매이니	病仍紆俗慮
하늘이 내 유람 막은 듯하네	天若禁吾遊
굶주린 학은 빈 솥을 엿보고	飢鶴窺空鼎
가을 달팽이는 무너진 누각에 오르네	秋蝸上廢樓
아직도 옛날 버릇 버리지 못해	未能除舊癖
진경을 시로 짓는다네[137]	眞境卽詩求

---

136 간이(簡易)의……읊다 : 간이(簡易)는 최립(崔岦, 1539~1612)으로, 자는 입지 (立之)이고, 간이는 그의 호이며, 다른 호는 동고(東皐)이다. 1559년(명종14)에 문과 에 장원으로 급제했으며, 형조 참판에 이르렀다. 저서로 문집인 《간이집》을 비롯하여, 《주역본의구결부설(周易本義口訣附說)》, 《한사열전초(漢史列傳抄)》 등이 있다. 치규 (穉圭)는 풍고의 생질인 이헌기(李憲琦)이다. 65쪽 주88 참조. 유근은 풍고의 아들이 다. 자는 경선(景先), 호는 황산(黃山)이다. 1810년(순조10) 문과에 급제하였고, 병조 와 이조의 관서를 역임하였다. 저서로 《황산유고(黃山遺藁)》가 있다. 풍고가 차운한 최립의 시는 〈남강에서 밤에 배를 띄우고 술에 취해 읊다[南江夜泛醉筆]〉로, 《간이집》 권6에 수록되어 있다.

137 진경을 시로 짓는다네 : 유람을 떠나지 못해 눈앞의 경치를 읊었다는 말로 보 인다.

이원[138]에서 숙직하는 날 밤에 우연히 가을 회포를 읊다
摛院直夜 偶賦秋懷

사방에서 들리는 가을 소리에 깜짝 놀라	瞿然四聽盡秋聲
사람 없는 단청집에서 잠 못 이루네	畫屋無人睡不成
된서리에 국화는 부질없이 고생하고	霜重黃花空自苦
깊은 밤 외로운 달은 누굴 위해 밝은가	夜深孤月爲誰明
흐르는 세월은 끝에 이르러야 근심이 그치고[139]	流年到限憂方輟
모든 일은 종장(終場)이 지나야 후회가 싹트지	凡事經場悔始萌
계극과 청릉이 나와 무슨 상관있으랴[140]	棨戟靑綾何與我
이 속에서 사는 동안 흰머리 많이도 돋아났네	斑毛贏得此中生

138 이원(摛院) : 이문원(摛文院)으로 창덕궁에 둔 규장각(奎章閣)의 별칭이다.

139 흐르는……그치고 : 세상을 떠나야 근심이 그친다는 말이다.

140 계극(棨戟)과……상관있으랴 : 금위대장(禁衛大將)으로 숙직하는 삶을 표현한 말로 보인다. 풍고는 1811년(순조11) 금위대장에 임명되었다. 계극은 적흑색 비단으로 싼 나무창으로 관리가 쓰던 의장(儀仗)의 일종이다. 출행할 때에는 맨 앞의 병사가 이 창을 들고 선도하며, 임소에 당도한 뒤에는 문정(門庭)에 세워 놓는다. 여기서는 금위대장의 의장을 의미한다. 청릉(靑綾)은 숙직하는 시종신을 말한다. 한(漢)나라 때 상서랑(尙書郎)이 입직하면 청릉피(靑綾被), 백릉피(白綾被), 또는 금피(錦被)를 주었던 데서 유래하였다.

저녁에 죽동으로 돌아가며 섭섭한 마음이 들어[141]
暮歸竹東 怊悵有感

지난번 옥호 향해 올 때는	昔向壺中來
기뻐서 병이 나은 듯했는데	歡喜如已疾
오늘 옥호를 떠나가려니	今辭壺中去
아득하여 무언가 잃어버린 듯하네	蒼茫若有失
옥호가 내가 지은 집이라지만	壺中雖吾築
죽동 역시 나의 집이니	竹東亦吾室
진실로 내 몸 편안할 곳은	諒吾身所安
여기나 저기나 마찬가지요	於彼此乎一
하물며 저기는 완전하고 아름다워	矧彼完且美
누추한 이곳에 비할 바 아님에랴	非比此荒率
또 따르는 하인들의 마음은	又諸從者情
혹여 오래 머물까 걱정하고	懼或淹月日
어찌하여 오고가는 사이에	云何去來際
나만 홀로 고생을 겪나 하는데[142]	吾獨嘗茶蜜

---

141 저녁에……들어 : 옥호정(玉壺亭)에서 도성 안에 있는 거처로 돌아가며 지은 시
이다. 죽동(竹東)은 현재의 서울 중구(中區) 장교동(長橋洞) 일대의 죽동방(竹東坊)
을 가리킨다. 옥호정에 대해서는 29쪽 주1 참조.

142 나만……하는데 : 원문의 '다밀(茶蜜)'은 차와 꿀인데, 차의 맛은 쓰고 꿀의 맛은
달므로 '감고(甘苦)'의 의미로 이해하고, 감고의 의미 중 고생하다는 뜻을 취하여 번역
하였다.

고생은 본래 마음에 달렸으니	茶蜜故在心
나 또한 꾸짖을 수 없네	吾亦不能詰
푸른 소나무에게 한번 물어보니	試向靑松問
소리만 쏴아아 들려오고	有聲但瑟瑟
다시 시냇물에 말해보니	次復語溪水
멈추지 않고 졸졸 흘러만 가네	不住流汨汨
늙은 바위는 조용히 내 말 듣는 듯하지만	老石寂如聞
사실은 그 영혼이 막혀 있고	其實靈性窒
진기한 새들이 있다고 해도	縱有異禽在
어찌 사람이 가까이할 대상이랴	豈爲人所暱
한 걸음에 한 번씩 머뭇거리니	一步一跙躃
줄 끊어진 두레박과 다름없어라	如汲瓶斷綆
내 맘 알아줄 이 끝내 누구일까	知吾者竟誰
탄식하면서 사립문을 나서네	歎息柴門出

석실 선조께서 조 시어에게 준 시의 운자에 삼가 차운하여 연경에 가는 조 상서 윤대 를 전송하다[143]

謹次石室先祖贈曹侍御韻 送曹尙書 允大 赴燕

맑은 조정의 덕 높은 분 칠십 세에 가까운데　　　　清朝令德近稀年

사신 부절 또 잡고 압록강 가로 떠났네[144]　　　　使節重携鴨水邊

눈 마시고 얼음물 먹으며 여전히 건강하신지[145]　　雪飮氷餐猶健否

---

143 석실(石室)……전송하다 : 풍고의 나이 47세 때인 1811년(순조11)에 동지사(冬至使)로 사행을 떠난 조윤대(曺允大, 1748~1813)를 뒤늦게 전송한 시로 보인다. 석실(石室) 선조는 청음(淸陰) 김상헌(金尙憲, 1570~1652)을 지칭한다. 조 시어(曹侍御)는 조한영(曹漢英, 1608~1670)으로, 본관은 창녕(昌寧), 자는 수이(守而)이고, 호는 회곡(晦谷)이다. 1637년(인조15) 문과에 장원급제하였고, 예조 참판과 한성부 우윤(漢城府右尹)을 지냈다. 김상헌이 조한영에게 준 시는《청음집(淸陰集)》권10에 수록된〈시어 조수이가 지은 시의 운을 차운하다[次曹侍御守而韻]〉를 말한다. 김상헌과 조한영은 병자호란 때 화의를 반대하다가 함께 심양(瀋陽)으로 잡혀갔으며, 심양에서 두 사람이 화답한 시가《설교수창집(雪窖酬唱集)》으로 전해지는데, 풍고가 차운한 시도 심양에서 수창한 시이다. 조윤대는 조한영의 후손으로, 자는 사원(士元)이고 호는 동포(東浦)이다. 1779년(정조3) 문과에 급제한 뒤 초계문신(抄啓文臣)에 뽑혔으며, 병조와 이조의 판서를 거쳐 판돈녕부사에 이르렀다. 조윤대는 이조 판서로 있던 1811년 10월 30일에 동지사의 정사로 서울을 출발하여 연경으로 떠났는데, 당시 그의 나이는 64세였다.

144 사신……떠났네 : 조윤대가 두 번째로 사행길에 올랐다는 말이다. 조윤대는 1801년(순조1) 10월에 동지 겸 진주사(冬至兼陳奏使)의 정사로 청나라에 다녀온 바 있다.

145 눈……건강하신지 : 막중한 사신의 임무를 수행하며 건강하게 잘 지내는지 묻는 말이다. 눈을 마신다는 것은 한(漢)나라 무제(武帝) 때 흉노(匈奴)에 사신 갔던 소무(蘇武)의 고사를 원용한 것이다. 흉노의 선우(單于)가 소무를 항복시키려고 큰 움집

요동 구름 계주의 달 다시 아득하리라	遼雲薊月更茫然
세 황제의 옛 사업 산하에 남아 있고[146]	三皇舊業山河在
두 선조가 남긴 시 우주에 전해지네	兩祖遺詩宇宙傳
여구 읊고 싶었으나 병들어 누운 몸 가련해라	欲唱驪駒憐病臥
교외 정자의 언 버들로 채찍 만들지 못했네[147]	郊亭凍柳不成鞭

속에 감금하고 음식을 주지 않았으나, 소무는 내리는 눈과 털방석의 털을 섞어 먹고살면서 끝내 굽히지 않고 한나라에 대한 충절을 지킨 고사가 있다. 《漢書 卷54 蘇武傳》 또 얼음물을 먹는다는 것은 춘추 시대 초(楚)나라의 섭공(葉公) 자고(子高)의 고사를 끌어온 것이다. 자고가 제(齊)나라로 사신 가면서 공자를 찾아가 "지금 제가 아침에 명령을 받고 나서 저녁에 얼음물을 마셔대니, 저는 아무래도 몸속에 열이 있는 것 같습니다.〔今吾朝受命而夕飮冰, 我其內熱與.〕"라고 한 고사가 있다. 《莊子 人間世》

146 세……있고 : 중국 땅에는 여전히 명나라 황제의 업적이 남아 있다는 말이다. 세 황제는 명나라 태조(太祖)와 마지막 임금인 의종(毅宗) 및 임진왜란 때 원군을 보내준 명나라 신종(神宗)을 가리킨다. 조선에서 신종(神宗)의 은혜를 기리기 위해 숙종 때 대보단(大報壇)을 세워 제사를 지냈고, 영조 때 태조와 의종을 함께 제사지냈다.

147 여구(驪駒)……못했네 : 조운대가 떠날 당시에 병이 들어 전송시를 지어주지 못해 섭섭하다는 말이다. 여구는 《대대례(大戴禮)》에만 나타나는 일시(逸詩)의 편명으로, 손님이 떠나려 하면서 이별의 정을 표시하는 노래이다. 손님이 "검정 망아지 문밖에 있고 마부 모두 대기하오. 검정 망아지 길 위에 있고 마부 멍에 올리었소.〔驪駒在門, 僕夫具存. 驪駒在路, 僕夫整駕.〕"라고 노래를 부르면, 주인은 '손님이여 돌아가지 마오.〔客無庸歸.〕'라는 노래를 불렀다고 한다. 《漢書 卷88 王式傳 注》 버들가지로 채찍을 만들지 못했다는 말 역시 직접 만나 이별하지 못했다는 의미로 보인다. 한(漢)나라 사람들이 전별할 때 장안(長安) 동쪽에 있던 파교(灞橋)에서 버들을 꺾어주었던 풍속이 있었다. 《三輔黃圖》

안동의 임소로 떠나는 윤 명부 노동 를 전송하며[148]
奉別尹明府 魯東 之安東任所

사군이 고창의 수령이 되시니[149]	使君宰古昌
고창은 나의 본향이라네	古昌余本鄉
본향 사람들 사군을 존중하기에	鄉人重使君
한 번 돌아봐도 빛이 날 터인데	一顧有輝光
더구나 행차가 두 번째 왕림하니	徒御況再屈
정중히 여김이 범상치 않으리라[150]	鄭重出凡常
이별 앞두고 송별시 달라시며	臨別索贈言
나를 두고 시에 통달했다 하시는데	謂余通詞章
사군의 말씀 참으로 지나치니	使君誠過諛

---

148 안동(安東)의······전송하며 : 윤노동(尹魯東, 1753~?)은 본관은 해평(海平)이고, 자는 성담(聖膽), 호는 용서(蓉西)이다. 1790년(정조14) 문과에 급제하였다. 1805년(순조5)에 동지사(冬至使)의 서장관(書狀官)으로 북경에 다녀왔으며, 동래 부사(東萊府使)·성균관 대사성·사간원 대사간 등을 지냈다. 윤노동은 1817년(순조17) 2월에 안동 도호부사(安東都護府使)에 임명되었다. 《承政院日記 純祖17年 2月 18日》이 시는 그 무렵 지은 것으로 보인다. 명부(明府)는 지방 장관의 별칭이다.

149 사군(使君)이······되시니 : 사군은 지방 수령을 높여 부르는 말이다. 고창(古昌)은 안동의 옛 지명이다.

150 본향(本鄉)······않으리라 : 의미상 윤노동이 안동을 두 번째 방문한다는 것으로 보이는데, 첫 번째 방문은 어떤 일을 말하는지 정확하지 않다. 다만 1794년(정조18) 9월 16일에 윤노동이 경상좌도 경시관(慶尙左道京試官)의 임무를 마치고 돌아와 복명한 기록이 《승정원일기》에 보이는데, 그때의 일을 말하는 것이 아닌가 한다.

사군이 본래 대방이라네[151]	使君自大方
사군은 계유년[152]에 태어나	使君降維癸
나보다 열두 살 많으신데	長余十二霜
생각하니 옛날 남쪽 성 아래에서	憶昔南城下
어린 시절 이웃해 살며 알게 되었지	少小識隣芳
사군은 이미 관례를 올렸고	使君已勝冠
입을 열면 봉황을 토해내니[153]	開口吐鳳凰
당시 사람 좋은 구절 읊조리고	時人誦佳句
명성은 서상[154]에 자자하였네	聲名藉序庠
나는 겨우 스승에게 나아간 나이[155]	余纔及就傅
어릴 때 습관으로 여전히 놀기만 좋아했으니	童習猶嬉荒

---

151 사군이 본래 대방(大方)이라네 : 윤노동이 시의 대가라는 칭찬이다. 대방은 대가(大家)라는 뜻이다. 하백(河伯)이 자신이 다스리는 하수(河水)의 물이 불어나자 의기양양하다가 북해(北海)에 이르러서는 끝없이 펼쳐진 물을 보고는 그만 탄식하면서 "내가 길이 대방지가에 비웃음을 사겠다.〔吾將見笑於大方之家.〕"라고 한 말에서 유래하였다.《莊子 秋水》

152 계유년(癸酉年) : 윤노동이 태어난 1753년(영조29)을 가리킨다.

153 입을……토해내니 : 훌륭한 시문을 지었다는 말이다. 봉황은 뛰어난 시문을 비유한다. 한(漢)나라 양웅(揚雄)이《태현경(太玄經)》을 지을 때, "입에서 봉황이 튀어나와 짓고 있던 책 위에 잠시 머물다가 사라지는 꿈을 꾸었다.〔夢吐鳳凰, 集玄之上.〕"라는 고사에서 유래하였다.《西京雜記 卷2》

154 서상(序庠) : 고대 지방에 있던 학교를 말한다. 하(夏)나라 때에는 교(校)라고 하였고, 은(殷)나라 때에는 서(序)라고 하였고, 주(周)나라 때에는 상(庠)이라고 하였다.《孟子 滕文公上》

155 나는……나이 : 열 살이었다는 말이다.《예기》〈내칙(內則)〉에 "남자가 열 살이 되면 집 밖에 나가서 스승에게 배운다.〔十年, 出就外傅.〕"라고 하였다.

당시의 사군과 비교하면	當時比使君
두꺼비가 비황을 쫓아가는 꼴이었고[156]	蟾蜍逐飛黃
지금까지 우러러 사모하는 뜻으로	至今企羨意
지난날 망양의 탄식 바꾸지 않았는데[157]	不改昔望洋
어떻게 그대의 명에 부응하리오	將何塞尊命
창졸간에 너무도 부끄럽고 황송하네	倉卒殊慙惶
다시 사군의 어짊을 생각하니	更惟使君賢
화락하고 자애롭고 선량하며	愷悌以慈良
밝은 덕으로 외가까지 돌보아	昭德眷外氏
소원한 이들도 잊지 않았으니	疏遠且不忘
어찌 나의 비루한 노래로[158]	豈余下俚音

---

156 두꺼비가……꼴이었고 : 비황(飛黃)은 명마(名馬)의 이름이다. 당나라 한유(韓愈)가 아들에게 보낸 〈아들 부가 성남에서 독서하다〔符讀書城南〕〉라는 시에 "비황이 날쌔게 내달릴 때는 두꺼비를 돌아볼 수 없네.〔飛黃騰踏去, 不能顧蟾蜍.〕"라고 한 구절에서 나왔다. 《韓昌黎集 卷6》

157 지난날……않았는데 : 지금도 자신과 비교할 수 없는 윤노동의 큰 식견에 감탄하며 우러러본다는 말이다. 망양(望洋)의 탄식은, 타인의 위대한 면모를 접한 뒤 자신의 부족한 역량을 깨달아 탄식하는 것을 말한다. 황하(黃河)의 신인 하백(河伯)이 스스로 최고라고 자부하다가, 북해(北海)에 이르러서 끝없이 넓은 바다를 보고는 바다의 신인 약(若)에게 부끄러운 마음을 토로했다는 내용이 《장자(莊子)》〈추수(秋水)〉에 보인다.

158 비루한 노래로 : 원문의 '하리(下俚)'는 '하리파인(下俚巴人)'의 준말로 비루한 노래를 말한다. 옛날에 초나라의 서울인 영(郢)에서 어떤 사람이 노래를 잘 불러 처음에는 보통 유행가인 〈하리파인(下俚巴人)〉을 불렀더니, 같이 합창하여 부르는 자가 수만 명이었다. 그러나 고급의 노래를 부르니 따라서 합창하는 자가 수백 명에 지나지 않았고, 〈양춘백설(陽春白雪)〉이라는 최고급의 노래를 부를 적에는 따라 부르는 자가 몇

참으로 맑은 귀를 당해낼 수 있으랴	眞能淸耳當
사군은 점점 일흔에 가까워지고[159]	使君漸迫髦
나의 머리털 역시 창백(蒼白)한데[160]	余髮亦艾蒼
멀리 큰 고개[161] 밖으로 떠나가시니	邈矣大嶺外
이별하는 마음 참으로 아득하네	離緖正茫茫
조정에는 문학하는 인물이 필요한데	朝廷須文學
사군은 어찌하여 방황하시나	使君胡彷徨
관청의 일 또한 고달플 터	吏事亦勞止
사군께서 날로 건강하길 바란다네	使君願日康
바람 맞으며 좋은 말씀 생각자니	臨風想德音
감개하는 마음 깊고 길어라	慨然以深長

명에 지나지 않았다고 한다. 《樂書 卷161 歌下》

159 사군은……가까워지고 : 원문 '모(髦)'는 '모(耄)'와 통용한 글자이다. 모(耄)에 대해서는 70세, 80세, 90세라는 설이 있다. 여기서는 70세의 의미로 쓰였다. 안동 부사로 나갈 때 윤노동의 나이는 65세였다.

160 나의……창백(蒼白)한데 : 50세가 넘었다는 말이다. 《예기》〈곡례 상(曲禮上)〉에 "오십 세를 애라고 한다.〔五十曰艾〕"라는 구절이 있고, 그 소(疏)에 "머리털이 창백색인 것이 쑥과 같다.〔髮蒼白色如艾也.〕"라고 하였다. 당시 풍고의 나이 53세였다.

161 큰 고개 : 여기서는 조령(鳥嶺)을 말한다.

강우 족숙이 새로 태어난 아이의 백일 음식을 보내오다[162]
江右叔送饋新生兒百日飯

양과 술로 출생을 축하함은 옛날의 풍속이고[163]   賀生羊酒古風然
백일상엔 비단실과 가죽 주머니에 붓과 먹이 섞였네

繡縷鞶囊雜管玄
국과 밥 배불리 먹고 송축의 말 쓰나니   羹飯飽餘題頌語
지금 이 날수 미루어 그 나이 헤아리기를[164]   推今計日計渠年

---

162 강우(江右)⋯⋯보내오다 : 강우 족숙은 김이재(金履載, 1767~1847)를 말하는
데, 본관은 안동, 자는 공후(公厚)이며, 강우는 그의 호이다. 부친은 김방행(金方行)이
며, 죽리(竹里) 김이교(金履喬)의 아우이다. 1790년(정조14) 문과에 급제하여 초계문
신(抄啓文臣)에 발탁되었다. 1800년(순조1)에 이조 판서 이만수(李晩秀)의 사직 상소
가 마땅치 않다는 소를 올렸다가 언양현(彦陽縣)에 유배되고 다시 고금도(古今島)에
안치되었다. 1805년(순조5)에 풀려나 예조와 이조의 판서에 오른 뒤 기로소(耆老所)에
들어갔다. 1839년(헌종5)에 시파(時派)와 벽파(辟派) 간의 논쟁으로 경기도 변방에
유배되었다가 풀려났다. 《중경지(中京誌)》를 편찬하였다. 시호는 문간(文簡)이다. 새
로 태어난 아이는 누구를 말하는지 미상이다.

163 양(羊)과⋯⋯풍속이고 : 양고기와 술은 자식을 낳은 것을 축하하기 위해 마련한
진귀하고 맛난 음식을 말하는데, 한(漢)나라 고조(高祖)와 노관(盧綰)의 고사에서 나
왔다. 고조의 부친과 노관의 부친이 한 마을에 살며 친하게 지냈는데 두 사람이 같은
날에 고조와 노관을 낳자, 마을 사람들이 양고기와 술을 가지고 두 집에 가서 축하했다
고 한다. 《史記 卷93 盧綰列傳》

164 지금⋯⋯헤아리기를 : 지금까지 백 일 동안 살았으니 그 백 일의 하루하루를 1년
씩으로 계산해 백 살까지 장수하라는 의미이다.

중춘 7일에 한가함을 만나 생각나는 대로 읊어
연천 노족숙[165] 이양 에게 삼가 올리다

仲春七日値閑 漫賦奉呈淵泉老叔 履陽

우리네 나이 백 살까지 산다고 한들 　　　縱百吾年活

가버린 세월 돌이킬 수 있으랴 　　　　　能重逝歲來

끝은 있지만 풀에 묻힌 것 아니요[166] 　　有涯非草沒

예전처럼 다만 꽃이 피었네 　　　　　　如舊但花開

청안이 남아 있음 우선 기뻐할 뿐[167] 　　且喜靑眸在

165 　연천(淵泉) 노족숙(老族叔) : 김이양(金履陽, 1755~1845)으로, 본관은 안동, 자는 명여(命汝) 또는 이강(而剛)이고, 연천은 그의 호이며, 다른 호는 미제당(未濟堂) 이다. 초명은 이영(履永)이다. 김상용(金尙容)의 후손이다. 1795년(정조19)에 문과에 급제하였고, 호조와 이조와 예조의 판서를 지냈다. 1844년(헌종10)에 만 90세가 되어 궤장(几杖)을 하사받았으며, 이듬해 봉조하(奉朝賀)로 있다가 세상을 떠났다. 영중추 부사(領中樞府事)로 추증되었다. 저서로 필사본《김이양문집》이 국립중앙도서관에 소 장되어 있다.

166 　끝은……아니요 : 유한한 인생이지만 아직 세상에 살아 있다는 말이다. 원문의 '유애(有涯)'는 유한한 인간의 육신을 비유한 말이다.《장자(莊子)》〈양생주(養生主)〉 에 "우리의 생은 유한한데, 지식은 끝이 없다.〔吾生也有涯, 而知也無涯.〕"라는 구절이 있다.

167 　청안(靑眼)이……뿐 : 즐겁게 어울릴 벗이 살아 있음을 기뻐한다는 말이다. 원문 '청모(靑眸)'는 '청안(靑眼)'과 같은 말로 다정한 눈길을 뜻하는데, 의기투합하는 벗을 의미하는 말로 쓰인다. 삼국 시대 위(魏)나라 완적(阮籍)이 속된 사람을 만나면 흰 눈자위〔白眼〕를 드러내어 경멸의 뜻을 보이고, 의기투합하는 사람을 만나면 청안, 즉 검은 눈동자로 대하여 반가운 뜻을 드러낸 고사가 전한다.《世說新語 簡傲》

흰머리 늘어남을 어찌 따지리오   何論白髮催

바라건대 북저동¹⁶⁸에 잠깐 계시다   願公僑北渚

이번 봄 다 보내고 돌아오소서   送盡此春回

---

168 북저동(北渚洞) : 한양의 동소문(東小門)인 혜화문(惠化門) 밖 북쪽 응봉(鷹峯) 기슭의 골짜기로, 지금의 성북구 성북동(城北洞)에 해당한다. 어영청(御營廳)의 성북 둔(城北屯)이 있었기 때문에 북둔(北屯)이라고도 불렀고, 묵사(墨寺)가 있어 묵사동 (墨寺洞) 또는 북사동(北寺洞) 등으로 부르기도 했다. 또 백성들이 복숭아나무를 많이 심어서 생활했으므로 봄철이면 복사꽃을 구경하려는 사람들로 붐볐기에 도화동(桃花 洞)으로도 불렀다. 《新增東國興地勝覽 卷3 東國興地備考 第2篇 漢城府》《漢京誌略》

죽리와 강우와 창빈 이회 등 세 족숙 그리고 신중립과 아들 유근과 함께 북저동의 복사꽃을 구경했는데 나는 실로 처음 와 본 곳이었다. 연천 족숙이 갑자기 뒤쫓아 와서 함께 곳집에서 묵었다[169]

同竹里江右滄濱 履會 三叔 申仲立兒子逎根 賞北渚桃花 僕實初至 淵泉
叔忽追蹕 共宿倉舍

서산의 정자와 연못 미진 속에서 이야기 나누니	西崦亭沼話微塵
동쪽 골짝 복사꽃이 눈부시게 싱그럽다 하네[170]	東谷桃花耀眼新
십 리 떨어진 산이라 길이 먼 듯했는데	十里違山如遠道

---

169 죽리(竹里)와……묵었다 : 죽리는 김이교(金履喬)의 호이고, 강우(江右)는 김이교의 아우인 김이재(金履載)의 호이다. 66쪽 주90과 98쪽 주162 참조. 김이회(金履會, 1771~?) 역시 김이교의 아우로, 자는 공오(公午)이고 창빈(滄濱)은 그의 호이다. 1792년(정조16)에 진사에 합격하였으며 1879년(고종16)에 이조 참의로 추증된 기록이 보인다. 《承政院日記 高宗16年 10月 15日》신중립(申仲立)은 신재식(申在植, 1770~1843)으로 본관은 평산(平山), 중립(仲立)은 그의 자이고, 호는 취미(翠微)이다. 1805년(순조5) 문과에 급제하였고, 1826년(순조26)과 1836년(헌종2)에 동지사로 청나라에 다녀왔다. 대제학·대사헌·이조 판서·실록총재관(實錄摠裁官) 등을 역임하였다. 시호는 문청(文淸)이다. 저서로《취미집》이 있다고 하나 전해지지 않는다. 북저동에 대해서는 100쪽 주168 참조. 연천(淵泉)은 김이양(金履陽)의 호이다. 99쪽 주165 참조. 한편, 《극원유고(屐園遺稿)》권1에 〈삼가 풍장의 북저시에 보운하다[敬步楓丈北渚韻]〉라는 시가 이 시와 운자가 같아 참고된다.

170 서산의……하네 : 옥호정(玉壺亭)에서 서로 대화를 나누다가 북저동(北渚洞)에 복사꽃이 활짝 피었음을 들었다는 말로 보인다. 서산(西山)의 정자와 연못은 옥호정을 가리키고, 미진(微塵)은 봄날 생기는 미세한 먼지를 말하는 듯하다. 동쪽 골짝은 북저동을 가리킨다. 옥호정에 대해서는 29쪽 주1 참조.

하루아침에 성곽 나서니 곧 나루터를 알겠네[171]　　　一朝出郭便知津
복사꽃 심기 전에는 응당 황량한 곳에 속했을 터　　　種前應屬荒涼境
꽃 핀 뒤에는 참으로 부귀한 사람 될 만하네　　　開後眞堪富貴人
술 다 마시고 숲속에 머물러 묵으니　　　酒盡林間成止宿
오경 새벽달 속 이 몸은 중향에 있네[172]　　　五更殘月衆香身

인간 세상 벗어나니 울적한 맘 풀리고　　　幽情暢敍出凡塵
맑은 시내 다 걸으니 흥 더욱 새롭네　　　行盡淸溪興愈新
완연히 이 풍류가 곡수를 따르는 것과 같은데　　　宛是風流追曲水
어찌 우리 소식이 선진에서 새어 나가게 했는고[173]　　　何須消息漏仙津

---

171 십……알겠네 : 옥호정에서 북저동을 찾아가니 꽃이 활짝 피어 찾기 어렵지 않다
는 말로 보인다. 원문의 '십리위산(十里違山)'은 옥호정과 북저동의 거리를 의미하는
것으로 보이는데, 《설원(說苑)》〈정리(政理)〉에 "산에서 10리를 벗어나도 매미 우는
소리가 아직 귀에 남아 있는 법이다.〔違山十里, 蟪蛄之聲猶存耳.〕"라고 한 공자의
말을 원용한 표현이다. 또 '나루터를 안다'는 것은 길을 잘 안다는 말이다. 공자가 채(蔡)
나라로 돌아가던 도중에 자로(子路)를 시켜 주위에서 밭을 갈고 있던 장저(長沮)와
걸닉(桀溺)에게 나루터로 가는 길을 묻게 하였는데, 장저가 공자를 가리키며 "저 사람은
나루터를 잘 알 것이다.〔是知津矣.〕"라고 한 데서 나온 말이다. 《論語 微子》

172 오경……있네 : 복사꽃 향기가 사방에 퍼져 있다는 말이다. 중향(衆香)은 불교의
향적여래(香積如來)가 다스린다는 중향국(衆香國)의 약칭인데, 온갖 꽃이 만발하여
향기가 가득한 곳을 비유하는 말로 쓰인다. 《번암집(樊巖集)》 권35 〈북저동을 유람한
기문〔遊北渚洞記〕〉에도 "함께 창사로 돌아와 묵었는데, 잠자리가 마치 중향국에 있는
듯했다.〔相與歸倉舍以宿, 枕席如在衆香國矣.〕"라는 표현이 보인다.

173 완연히……했는고 : 신선 같은 계곡에 앉아 풍류를 즐기고 있는데, 연천 족숙이
갑자기 쫓아와 함께 어울렸다는 말이다. 곡수(曲水)의 풍류는 진(晉)나라 때 왕희지(王
羲之)가 삼월삼짇날에 당시의 명사(名士) 41명과 회계(會稽) 산음(山陰)에 있는 난정

꽃 사이 작은 길엔 처음 돌아가는 나그네 　　　　花間細路初歸客

소나무 아래 남은 술잔엔 반쯤 취한 사람 　　　松下餘樽半醉人

어디에서 용면 얻어 그림 그려 전하여 　　　　安得龍眠傳繪素

훗날 집에 누워서 감상할 수 있을까[174] 　　　他年看作臥遊身

(蘭亭)에 모여 유상곡수(流觴曲水)를 즐긴 것을 말한다. 이때 지은 〈난정기(蘭亭記)〉
에 "이곳에는 높은 산, 험준한 봉우리와 무성한 숲, 길게 자란 대나무가 있고, 또 맑은
시내 여울물이 난정의 좌우에 서로 비치는지라, 이를 끌어들여 굽이쳐 흐르는 물에
술잔을 띄운다.〔此地有崇山峻嶺, 茂林脩竹, 又有淸流激湍, 映帶左右, 引以爲流觴曲
水.〕"라고 한 구절이 있다. 선진(仙津)은 신선 세계의 나루터를 의미하는 말로 보이는
데, 여기서는 북저동을 가리킨다.

174 어디에서……있을까 : 훌륭한 화가를 얻어 유람하는 모습을 그림으로 남겨 훗날
다시 감상하고 싶다는 말이다. 용면(龍眠)은 송(宋)나라의 문인화가로 이름 높았던
이공린(李公麟)을 말하는데, 자는 백시(伯時)이며, 벼슬에서 물러난 뒤 고향의 용면산
(龍眠山)에 은거하며 용면거사(龍眠居士)라 자호하였다. 원문의 '회소(繪素)'는 그림
을 의미하는데, 《논어》〈팔일(八佾)〉에 "그림을 그리는 일은 흰 비단을 마련하는 것보
다 뒤에 하는 것이다.〔繪事後素.〕"라는 공자의 말에서 나왔다. 원문의 '와유(臥遊)'는
누워서 유람한다는 뜻으로, 직접 가서 보는 것이 아니라 다른 사람의 유람기나 그림을
통하여 간접적으로 유람함을 말한다. 남조(南朝) 때 송(宋)나라의 은사(隱士)인 종병
(宗炳)이 노년에 병이 들어 명산을 유람하지 못하게 되자, 그동안 다녔던 명승지를
그림으로 그려 걸어 놓고는 누워서 감상하며 노닐었던 것〔臥以游之〕에서 유래한 말이
다. 《宋書 卷93 隱逸列傳 宗炳》

숲속 집
林扄

이른대는 이내 고운 햇살이 숲속 집을 감싸는데	浮嵐麗旭擁林扄
날마다 보는 붉은 꽃 사이로 사방은 푸르네	日見繁紅間四靑
손님 오면 서로 어울려 작은 시내 찾아가고	有客相携臨小澗
사람 없으면 홀로 앉아 황량한 정자 사랑하네	無人孤坐愛荒亭
짙은 먹그림 같은 구름 덮인 산 마주하고	畫圖濃潤雲屛對
청량한 음악 같은 골짝 바람 소리 듣노라	絲竹淸泠谷籟聽
좋은 구절 언제나 장씨의 은거 시 생각하니	佳句每懷張氏隱
봄 산에 나무 찍는 소리 또 쩡쩡 울리네[175]	春山伐木又丁丁

---

175 좋은……울리네 : 장씨(張氏)의 은거 시는 두보의 〈장씨가 은거하는 곳에 쓰다
〔題張氏隱居〕〉라는 시를 말한다. 그 시에 "봄 산에 벗이 없어 홀로 그를 찾노라니,
쩡쩡 나무 찍는 소리 산 더 깊고 그윽하다.〔春山無伴獨相求, 伐木丁丁山更幽.〕"라는
구절이 있다. 《杜少陵詩集 卷1》

나무를 깎아 난간을 만들다
斲欄

작은 집 남쪽 창 아래에   小軒南牖下

소목[176] 깎아 난간을 만들었네   素木斲爲欄

난간 끝에 다다르니 처마는 짧아지고   限抵仍檐短

사방으로 통하니 방은 넓어졌네   傍通得室寬

꽃을 비추는 단청은 너무도 아름답고   映花朱已美

붓을 적시는 벼룻돌은 여전히 차갑네[177]   點筆石猶寒

한참을 기대 있어도 싫증나지 않으니   倚久心無厭

막 갠 하늘에 달 정녕 둥그렇네   新晴月正團

---

176 소목(素木) : 칠이나 문양을 새겨 넣지 않은 목재를 말한다.

177 꽃을……차갑네 : 원문의 '주(朱)'와 '석(石)'의 의미를 정확히 파악하지 못해 우선 이렇게 번역해두었다. 둘째 구는 두보(杜甫)의 〈중과하씨(重過何氏)〉의 "돌난간에 벼루를 비스듬히 놓고 붓을 적셔, 앉아서 오동잎에 시를 적노라.[石欄斜點筆, 桐葉坐題詩.]"라는 구절을 원용한 표현인 듯하다.

버드나무

柳

세찬 비 거센 바람에 몸 가누지 못하는데[178]	殢雨尤風不自持
누가 아황을 보내 춘사를 물들였을까[179]	鵝黃誰遣染春絲
우는 꾀꼬리는 온 나무 빌려 깃들었고	啼鶯借與仍全樹
건장한 말은 가지 하나 떨구며 지나가네	驕馬行經減一枝
하늘에서 뿌리를 던졌다는 옛 속담 들었고[180]	天上投根聞古諺
눈 속에서 버들개지 읊은 꽃다운 자태 생각하네[181]	雪中吟絮憶芳姿

---

178 세찬……못하는데 : 원문의 '우풍(尤風)'은 '석우풍(石尤風)'의 준말로, 강풍 또는 역풍(逆風)을 말한다. 옛날 상인(商人)인 우모(尤某)의 부인 석씨(石氏)가 무역을 떠나 돌아오지 않는 남편을 그리워하다가, 당시에 떠나는 배를 붙잡지 못한 것을 한스러워하면서 "멀리 떠나는 배가 있으면 내가 마땅히 천하의 부인들을 위해서 큰 바람을 일으켜 저지하겠다."고 말했다는 전설에서 유래한 것이다. 《江湖紀聞》

179 누가……물들였을까 : 봄에 버들개지가 노랗게 핀 것을 형용한 말이다. 아황은 빛깔이 노란 아황주(鵝黃酒)를 말한다. 원래는 노란 거위 새끼를 말하는데, 두보(杜甫)의 시 〈뱃전의 작은 거위 새끼[舟前小鵝兒]〉에 "거위 새끼 노란빛이 술 빛과 같으니, 술 대하듯 거위 새끼를 사랑하노라.[鵝兒黃似酒, 對酒愛新鵝.]"라고 한 데서 술을 의미하는 말로 쓰이게 되었다. 《杜少陵詩集 卷12》 춘사(春絲)는 봄날의 버들가지를 비유한 말이다.

180 하늘에서……들었고 : 어떤 고사를 말하는지 미상이다.

181 눈……생각하네 : 동진(東晉) 사안(謝安)의 질녀 사도온(謝道韞)이 눈발을 버들솜에 비유한 것을 말한다. 사안이 아들과 조카들을 모아 놓고 글을 강론하다가 갑자기 눈이 쏟아지자 기뻐하며, "흰 눈이 펄펄 내리는 것이 무엇과 비슷하냐?[白雪紛紛何所似?]"라고 하니, 사안의 조카인 호아(胡兒)가 "소금을 공중에 뿌리는 것과 비슷합니

찬 안개 낀 석양 무렵 청문의 길에   冷煙斜日靑門路
해마다 이별 때문인 듯 깊은 한이 서렸네[182]   幽恨年年似別離

다.〔撒鹽空中差可擬.〕"라고 하자, 질녀인 사도온이 "버들솜이 바람에 날리는 것으로
비유하는 것이 더 낫겠습니다.〔未若柳絮因風起.〕"라고 하자, 사안이 기뻐했다는 고사
가 전한다. 《晉書 卷96 王凝之妻謝氏列傳》

182 찬……서렸네 : 도성 문 앞에 서 있는 버드나무가 이별하는 사람들의 깊은 한을
함께 느끼는 듯하다는 말이다. 청문(靑門)은 옛날 장안(長安) 동남쪽의 문을 말하는데,
색깔이 파랗기 때문에 청문 혹은 청성문(靑城門)이라고 불렸다. 또 송별하는 사람들이
청문 밖의 패교(霸橋)까지 와서 그곳의 버들가지를 꺾어 작별의 정표로 주었던 고사가
전한다. 《三輔黃圖》

옥호동[183]에서 짓다

玉壺洞中作

우연히 말 타고 삼청동에 왔더니　　　　偶然騎馬三淸洞

계절 늦어 봄 다 지난 줄 모르겠네　　　　節晚不知春已經

바람 맞은 높은 버들에 새는 다정하고　　高柳帶風鳥款款

햇살 받은 아지랑이에 꽃은 그윽해라　　遊絲胃日花冥冥

두릅과 고사리[184] 참으로 딸 만하고　　木頭山鼇正堪摘

조기와 복어 탕은 술을 깨게 하누나　　石首河豚能使醒

그저 놀다가고 시 한 수 짓지 않는다면　但若遊廻無一句

응당 산신령을 슬프게 만들리라　　　　應須惱殺嶽之靈

183　옥호동(玉壺洞) : 풍고의 별장인 옥호정(玉壺亭)이 있는 삼청동 골짝을 말한다.
옥호정에 대해서는 29쪽 주1 참조.

184　두릅과 고사리 : 원문의 '목두(木頭)'는 '목두채(木頭茱)'로 두릅을 말한다. 또 '산
오(山鼇)'는 고사리를 말하는데, 고사리 모양이 마치 자라의 발처럼 생겼으므로 이렇게
표현하였다.

또 동파의 운자를 취해 여러분과 함께 짓다[185]
又拈東坡韻 與群公共賦

봄 되자 병 나으니 흥을 어이 자제하랴   春到痾除興可堪

술잔 대해 뜻 읊으며 분수 또한 달게 여기네   臨樽詠志分還甘

높은 소나무는 청계 밖에서 온 길손 머물게 하고   高松住客清溪外

석양은 큰 고개 남쪽에 있는 사람 그립게 하네   落日懷人大嶺南

술 취한 소매엔 술과 먹 자국 어지럽고[186]   醉袂縱橫痕酒墨

노쇠한 얼굴은 구름과 이내의 변화와 흡사하네[187]   衰顏彷髴化雲嵐

산속의 이 모임 참으로 자주 갖기 어려워   山間此會良難數

푸른 버들 휘늘어진 사립문을 보노라   看取柴門碧柳毿

---

185 또⋯⋯짓다 : 제목의 '또'라는 표현으로 보아 바로 앞의 시 〈옥호동에서 짓다〔玉壺洞中作〕〉과 같은 때 지어진 것으로 보인다. 풍고가 차운한 동파의 시는 〈고개를 지나며 자유에게 부친 시 삼 수〔過嶺寄子由三首〕〉이다. 《東坡全集 卷28》

186 술⋯⋯어지럽고 : 술을 마시고 시를 지으며 흥겹게 어울리는 것을 표현한 말이다. 당나라 잠삼(岑參)의 시에 "형남과 위북으로 헤어져 서로 만나기 어려우니, 적삼에 술 자국 남은 것 아쉬워하지 마시게.〔荊南渭北難相見, 莫惜衫襟著酒痕.〕"라는 구절이 보인다. 《全唐詩 卷201 奉送賈侍御史江外》

187 노쇠한⋯⋯흡사하네 : 감정에 따라 수시로 변하는 얼굴 표정이 구름과 이내의 변화와 흡사하다는 말로 보인다.

조군소의 정원에서 여러분과 두보 시의 운자로 짓다[188]
趙君素園與諸公用杜韻

거친 길에서 어울리는 벗 양중과 구중인데[189]　　　相隨荒徑問羊求

초가집은 온 골짝의 그윽함 다 거두었네　　　　茅屋全收一壑幽

곱디고운 붉은 복사꽃 작은 뜨락에 피었고　　　灼灼緋桃開小塢

꾀꼴꾀꼴 꾀꼬리 앞 언덕에 지저귀네　　　　　嚶嚶黃鳥喚前邱

늙어가니 가는 봄 아쉬워하는 시 짓기 두렵고　老來怕作傷春賦

술 취한 뒤 그저 병촉 놀이[190] 한다네　　　　醉後聊成秉燭遊

188　조군소(趙君素)의……짓다 : 조군소는 조학은(趙學殷, 1759~?)으로 본관은 임천(林川)이고, 군소는 그의 자이며, 호는 사은(斯隱)이다. 청양 현감(靑陽縣監)을 역임한 바 있으며, 기타 자세한 이력은 알려져 있지 않다. 《풍고집》 권15에 수록된 〈봉원사 유람기〔記奉元寺遊〕〉에 풍고가 봉원사를 함께 유람한 사람들의 이름을 거론하고 "모두 우리 모임에 속한 사람들이다.〔皆社中人也.〕"라고 하였는데, 거기에 조학은의 이름이 보인다. 풍고가 차운한 두보 시는 〈장씨가 은거하는 곳에 지어주다〔題張氏隱居〕〉이다. 《杜少陵詩集 卷1》

189　거친……구중(求仲)인데 : 거친 길〔荒徑〕은 은자의 집이나 정원을 말하는데, 여기서는 조학은의 정원을 말한다. 양중(羊仲)과 구중은 한(漢)나라 애제(哀帝) 때 청렴하기로 이름난 선비들인데, 그들의 벗 장후(蔣詡)가 왕망(王莽)이 섭정을 하자 벼슬을 그만두고 고향으로 돌아와 은거하면서 외부와 통하는 길 세 가닥을 터놓고 하나는 자기가, 나머지는 양중과 구중이 다니는 길로 삼아 서로 왕래하며 살았다고 한다. 《三輔決錄》 또 진나라 도잠(陶潛)도 〈귀거래사(歸去來辭)〉에서 양중과 구중의 고사를 끌어와 "세 오솔길은 황폐해졌으나 솔과 국화는 아직 남아 있다.〔三徑就荒, 松菊猶存.〕"라고 하였다. 《陶淵明集 卷5》

190　병촉(秉燭) 놀이 : 가는 봄이 아쉬워 밤새 불 밝히고 노는 것을 말한다. 이백(李

홍에 겨워 산 밖의 일 알지 못하니   乘興不知山外事
무릉 찾아 어찌 꼭 배 타고 헤매랴¹⁹¹   武陵何必獨迷舟

白)의 〈봄밤에 도리원에서 잔치하며〔春夜宴桃李園序〕〉에 "덧없는 인생은 한바탕 꿈과
같거니, 즐긴다 해도 그것이 얼마나 되겠는가. 옛사람들이 촛불 잡고 밤에도 놀았던
것이 참으로 까닭이 있었도다.〔浮生若夢, 爲歡幾何? 古人秉燭夜遊, 良有以也.〕"라는
구절이 있다. 《古文眞寶 後集 卷2》

191 홍에……헤매랴 : 지금 있는 곳이 선경(仙境)이므로 무릉도원(武陵桃源)을 찾아
헤맬 필요가 없다는 말이다. 도잠(陶潛)의 〈도화원기(桃花源記)〉에 무릉 땅에 사는
어부가 도화원의 선경에 머물다가 속세로 돌아온 뒤 다시 찾아가 보려고 했으나 결국
길을 잃고서 헤매기만 했다는 내용이 있다. 《陶淵明集 卷6》

옥호정사에서 빗속에 동파의 시를 보운하여 담옹과 함께 뜻을 말하다[192]

壺舍雨中 步東坡韻 與薝翁言志

그대 보니 출렁이는 물결과 같고	視君猶涌濤
나는 졸졸대는 개울물이라	我自居潺溜
지난날 젊은 시절에는	伊昔少年日
지혜와 힘 모두 상대가 안 되었고	智力兩莫鬪
늙어서 다시 시험해 보니	垂老更相試
나보다 뛰어남 더욱 잘 알겠네	益知處我右
내가 한 덩이 진흙을 빌려	愚欲借丸泥
그대의 지혜 구멍 막고자 하여[193]	與君塞慧竇
험준한 곳에서 억지로 각축하다가	絶險强角逐

---

192 옥호정사(玉壺精舍)에서……말하다 : 옥호정사는 삼청동에 지은 풍고의 별장인 옥호정(玉壺亭)을 말한다. 옥호정에 대해서는 29쪽 주1 참조. 담옹(薝翁)은 담정(薝庭) 김려(金鑢, 1766~1822)의 호이다. 김려에 대해서는 63쪽 주85 참조. 보운(步韻)은 다른 사람이 지은 시에 대해 운자의 순서까지 그대로 써서 차운(次韻)하는 것을 말한다. 풍고가 보운한 동파의 시는 〈서현의 삼협교[棲賢三峽橋]〉이다.《東坡全集 卷13》

193 내가……하여 : 후한(後漢) 초기 파촉(巴蜀) 지방에 할거(割據)하고 있던 외효(隗囂)가 한(漢)나라 광무(光武)에게 귀순하려 하자 이를 달가워하지 않던 장군 왕원(王元)이 "신이 한 덩이의 진흙으로 대왕을 위하여 동쪽으로 가서 함곡관을 봉쇄하겠습니다.〔臣請以一丸泥, 爲大王, 東封函谷關.〕"라고 한 고사를 원용한 표현이다.《後漢書 卷43 隗囂列傳》

재빠른 발 매달린 원숭이에 놀랐네[194]　　　　　　　　捷足驚懸猱

정요는 여름에도 또한 추웠고[195]　　　　　　　　　　　貞曜夏亦寒

공부는 배불러도 오히려 수척하였지[196]　　　　　　　工部飽猶瘦

광릉산을 누구에게 전수받았나　　　　　　　　　　　誰傳廣陵散

옹문의 연주를 듣는 듯하네[197]　　　　　　　　　　　如聞雍門奏

194 험준한……놀랐네 : 험운(險韻)으로 시 짓기를 경쟁하다가 김려의 훌륭한 솜씨에 놀라고 말았다는 말이다. 험준한 곳은 험운(險韻)을, 재빠른 발과 매달린 원숭이는 김려의 훌륭한 솜씨를 비유한 말이다.

195 정요(貞曜)는……추웠고 : 김려 시의 풍격이 청한(淸寒)함을 비유한 말이다. 정요는 당(唐)나라 때의 시인 맹교(孟郊)를 일컫는데, 맹교가 64세의 나이로 죽자 장적(張籍)이 정요선생(貞曜先生)이라는 사시(私諡)를 지어주었다고 한다.《新唐書 卷176 孟郊傳》또 소식(蘇軾)은 〈유자옥 제문[祭柳子玉文]〉에서 당나라 시인들의 시격(詩格)을 평하여 "맹교의 시격은 청한하고, 가도의 시격은 수척하다.[郊寒島瘦.]"라고 하였다.《東坡全集 卷91》

196 공부(工部)는……수척하였지 : 김려가 고심해서 시를 지었음을 비유한 말이다. 공부는 공부 원외랑(工部員外郎)을 지낸 두보(杜甫)를 가리킨다. 이백(李白)의 〈장난삼아 두보에게 주다[戲贈杜甫]〉에 "반과산 꼭대기에서 두보를 만났는데, 머리엔 대삿갓 쓰고 해는 마침 정오였네. 묻노니 작별한 뒤로 어찌 그리 파리해졌나, 모두가 종전에 괴로이 시 읊조린 때문일세.[飯顆山頭逢杜甫, 頭戴笠子日卓午. 借問別來太瘦生, 總爲從前作詩苦.]"라고 한 구절이 있다.《全唐詩 卷185》

197 광릉산(廣陵散)을……듯하네 : 김려의 시가 훌륭한 거문고 연주를 듣는 듯하다는 칭찬이다. 광릉산은 진(晉)나라의 혜강(嵇康)이 즐겨 연주했던 거문고 가락 이름인데, 낙서(洛西)에서 놀 때 화양정(華陽亭)에서 자면서 거문고를 퉁기다가 어느 객으로부터 전수받은 곡이며, 뒤에 혜강이 종회(鍾會)의 참소를 당해 사마소(司馬昭)에게 죽음을 당할 때에도 이 곡을 연주했다고 한다.《晉書 卷49 嵇康傳》옹문(雍門)의 연주 역시 훌륭한 거문고 곡조를 의미하는 말이다. 춘추 시대 제(齊)나라에 거문고를 잘 타는 주(周)라는 인물이 살았는데, 제나라 수도 옹문 밖에 살았기 때문에 당시에 옹문주(雍門周)라고 불렸다. 이 사람이 거문고를 타고 이야기를 하면 듣는 사람이 슬픔을

종횡무진 온갖 재주 자랑해도	縱橫弄百巧
저절로 고인의 법도에 들어맞으니	自中古人彀
내 자신 하찮아 부끄러운 얼굴로 대하며[198]	藐然對汗顔
작은 횃불 망령되이 낮에도 이어가네[199]	燃爝妄繼晝
산비기 진정 그대에게 어울리니	山雨政宜君
머금은 아름다움 마음껏 토해내네	盡情吐芳漱

가누지 못하고 눈물을 흘리기로 유명했다고 한다. 하루는 맹상군(孟嘗君)이 불러 자신을 울릴 수 있겠느냐고 하자, 옹문주가 "맹상군이 죽은 뒤 천만년 세월이 흐르고 나면, 나무하고 소 치는 아이들이 무덤에 올라가서, '맹상군 같은 호걸도 이젠 무덤이 되었구나.'라고 하겠지요."라고 하며 슬픈 곡조를 타니, 맹상군이 눈물을 줄줄 흘렸다고 한다. 《說苑 善說》

198 내……대하며 : 원문의 '한안(汗顔)'은 부끄러워 땀을 흘린다는 말인데, 한유(韓愈)의 〈유자후 제문[祭柳子厚文]〉에 "서투른 목수가 나무를 깎으면 손가락에 피가 흐르고 얼굴에 땀이 난다.[不善爲斲, 血指汗顔.]"라는 구절이 있다. 《韓昌黎集 卷23》

199 작은……이어가네 : 낮에는 해가 밝아 작은 횃불은 소용이 없는데도 계속 밝혀둔다는 의미로, 대등하게 시를 짓는 것에 대한 겸사이다. 요(堯) 임금이 천하를 허유(許由)에게 넘겨주려고 하면서 "해와 달이 나와 밝은데, 작은 횃불을 끄지 않는다면 그 빛은 빛나기 어렵지 않겠는가?[日月出矣而爝火不息, 其於光也, 不亦難乎?]"라는 구절이 있다. 해와 달은 허유를, 작은 횃불은 요 임금을 말한다. 《莊子 逍遙遊》 여기서는 작은 횃불은 보잘것없는 풍고 자신의 재주를, 낮은 김려의 능력을 비유한 말이다.

또 동파의 운자를 취해 함께 짓다[200]
又拈坡韻共賦

웃는 것은 기뻐하는 듯하고	笑者似乎喜
화내는 것은 원망하는 듯하지만	嗔者似乎怨
행동은 같아도 감정은 혹 다르니[201]	行同情或異
서로의 차이가 만 리도 넘네	相去不啻萬
기운이 비슷해 진실로 감통하여[202]	氣類苟感通
여라가 겨우살이덩굴에 붙은 듯해도[203]	女蘿托蔦蔓

---

200 또……짓다 : 제목에 '또'라는 말로 보아 앞의 시와 마찬가지로 김려와 함께 지은 것으로 보인다. 풍고가 차운한 동파의 시는 〈목보의 신량 시에 화답하다[和穆父新涼]〉이다. 동파 시의 제목에 나오는 목보는 송나라의 시인 전협(錢勰)의 자이다. 《東坡全集 卷26》

201 웃는……다르니 : 같은 행동을 보여도 그 내면에 존재하는 마음은 다르다는 말이다. 《맹자》〈양혜왕 하(梁惠王下)〉에 공류(公劉)와 태왕(太王)과 제선왕(齊宣王)의 호화(好貨)와 호색(好色)에 대한 이야기가 나오는데, 주희(朱熹)는 《집주(集註)》에서 "천리와 인욕은 행동은 같지만 실정은 다르다.[天理人欲, 同行異情.]"라는 말로 설명하였다. 주희의 말은 원래 송나라 호굉(胡宏)의 《지언(知言)》에 나오는 말을 인용한 것이다.

202 기운이……감통하여 : 기운이 비슷하다[氣類]는 것은 의기가 서로 투합한 것을 말한다. 《주역》〈건괘(乾卦) 문언(文言)〉의 "같은 소리끼리는 서로 응하고, 같은 기운끼리는 서로 찾게 마련이니……이는 각자 자기와 비슷한 것끼리 어울리기 때문이다.[同聲相應, 同氣相求……則各從其類也.]"라는 말에서 나왔다.

203 여라가……듯해도 : 서로 친밀하게 의지한다는 말이다. 《시경》〈기변(頍弁)〉에 "겨우살이와 여라가 송백 위에 뻗어 있는 것과 같네.[蔦與女蘿, 施于松柏.]"라는 구절이

충과 신을 밝히지 못한다면	忠信或未昭
대려의 맹세도 한갓 헛된 철권일 뿐[204]	帶礪徒虛券
당겼다 조였다 참으로 교활하여	張堅劇狡獪
백방으로 권모술수 부리게 되지[205]	百般弄機圈
마음에 불을 지펴서	莫燃心上火
황량밥 익기를 재촉하지 말라[206]	催熟黃粱飯
눈앞에 놓인 한 잔 술	眼前一杯酒
내게 있으니 그대에게 권하네[207]	我在君猶勸

있다.

204 충(忠)과……뿐 : 충과 신(信)을 밝히지 못한다면 영원한 맹세도 부질없다는 말로 보인다. 대려(帶礪)의 맹세는 원래 공신들의 영화를 영원히 지켜주겠다는 맹세를 말한다. 한(漢)나라 고조(高祖)가 개국 공신들을 책봉하면서 "황하가 허리띠처럼 좁아지고, 태산이 숫돌처럼 작아질 때까지 나라가 영원히 보존되어 후손에게 대대로 영화가 미치게 하리라.〔使河如帶, 泰山若礪, 國家永寧, 爰及苗裔.〕"라고 맹세했던 데서 나온 말이다. 《史記 卷18 高祖功臣侯者年表》 철권(鐵券)은 제왕이 공신들에게 나누어주던 철제(鐵制)의 계권(契券)을 말하는데, 맨 위에 단사(丹砂)로 서사(誓詞)를 썼다.

205 당겼다……되지 : 원문의 '장견(張堅)'은 인물의 이름으로 보이는데, 그 근거를 찾지 못했으므로 우선 의미를 추리하여 번역하였다. 또 원문의 '기권(機圈)'은 권모술수를 뜻하는 '기권(機權)'과 같은 말로 보인다.

206 마음에……말라 : 허황된 부귀영화를 꿈꾸지 말라는 말이다. 황량밥은 허망한 꿈이 깨듯 부질없는 인간사가 끝났다는 것으로, 죽음을 뜻한다. 당나라 심기제(沈旣濟)의 〈침중기(枕中記)〉에 "노생(盧生)이 한단(邯鄲)의 여관에서 도인(道人) 여옹(呂翁)을 만났다. 노생이 자기의 곤궁한 신세를 한탄하자 여옹은 그에게 목침을 주고 잠을 자게 하였는데, 노생은 꿈속에서 온갖 부귀영화를 다 누렸다. 꿈을 깨고 나니 여관 주인이 짓던 누런 기장밥이 채 익지도 않아 있었다."라고 하였다.

207 눈앞에……권하네 : 현실에 충실하자는 말이다. 진(晉)나라 장한(張翰)이 제왕(齊王)의 동조연(東曹掾)으로 있다가 가을바람이 일어나는 것을 보고 고향의 농어회

천지에 대해서도 유감이 있으며[208]	天地亦有憾
인생살이 건강할 때 얼마나 되랴	人生幾時健
하루아침에 두 다리 뻣뻣해지면[209]	一朝雙脚直
삼생의 진수성찬을 어디에 쓰겠는가[210]	安用三牲獻
북망산 혼령들에게 한 번 물어보시라	試問北邙魂
누군들 장수를 원치 않았겠나	長生誰不願

생각이 나서 벼슬을 그만두고 돌아가 술을 마시며 지냈다. 어떤 사람이 장한에게 "어찌 죽은 뒤의 명성을 생각하지 않는가?〔獨不爲身後名邪?〕"하니, 장한이 답하기를, "죽은 뒤의 명성을 생각하는 것은 눈앞의 한 잔 술을 즐기는 것만 못하다.〔使我有身後名, 不如卽時一杯酒.〕"라고 한 고사가 있다.《晉書 卷92 張翰傳》또 이백(李白)의 〈행로난(行路難)〉에 "우선 생전에 한 잔 술이나 즐길 뿐이지, 죽은 뒤에 천년의 명성을 바랄 것이 있나.〔且樂生前一杯酒, 何須身後千載名.〕"라고 한 구절이 있다.《李太白文集 卷2》

208 천지에……있으며 :《중용장구》제12장에 "하늘과 땅처럼 위대한 것에 대해서도 사람들은 오히려 치우친 점이 있다고 유감스럽게 생각한다.〔天地之大也, 人猶有所憾.〕"라는 말이 나온다.

209 두 다리 뻣뻣해지면 : 죽음을 의미하는 말이다. 달마(達摩)가 새장 속에 갇힌 앵무새 곁을 지나가자 앵무새가 새장을 벗어날 수 있는 방법을 알려달라고 하니, 달마가 말하기를 "너는 그저 눈을 감고 두 다리를 곧게 펴라.〔爾但眼緊閉, 兩脚直.〕"라고 하였다. 앵무새가 그 말대로 하자 앵무새 주인은 앵무새가 죽었다고 여겨 손바닥 위에 놓고 탄식하였는데, 이때 앵무새가 하늘로 날아갔다고 한다. 이 고사의 내용은《고환당수초(古歡堂收艸)》시고(詩稿) 권13에 수록된 〈애금(哀禽)〉시의 주석에 소개된 내용을 옮긴 것인데, 그 주석에는《결린집(結隣集)》에 나오는 내용이라고 하였다.《결린집》은《척독신초결린집(尺牘新鈔結隣集)》을 말한다.

210 삼생(三牲)의……쓰겠는가 : 자신이 죽으면 진수성찬도 아무런 소용이 없다는 말이다. 삼생은 소와 돼지와 양 세 짐승으로 요리한 진수성찬을 말하는데, 주로 맛난 음식을 잘 갖추어 부모를 봉양하는 것을 말한다.《孝經 紀孝行》

온갖 물결 끝내는 바다로 달려가니[211]	衆流終赴壑
인생에서 또한 무엇을 원망하랴	人生亦何怨
문을 나가 만고의 반타석 바라보나니[212]	出門望盤古
그 누가 다시 만수를 누렸던가	誰復壽及萬
아득한 계양[213]의 작은 길에	遙遙桂陽阡
외로운 무덤은 넝쿨 뻗어 덮였네	孤塋蒙薉蔓
슬픈 것은 현인이 죽은 뒤에	所嗟云亡後
나라가 병들게 됨을 확언할 수 있다는 것[214]	殄瘁可契券
평소의 경영하는 계책은	平生經濟術
인과 의의 울타리 넘어서지 않았는데	不踰仁義圈
몸 거두어 돌아가니 끝내 어디에 쓸까	斂歸竟安施

---

211 온갖……달려가니 : 사람은 누구나 죽기 마련이며 늘그막에는 세월이 빨리 흐른
다는 이중적 의미를 담은 표현이다. 원문의 '학(壑)'은 여기서는 바다의 의미로 쓰인
듯하다. 《장자(莊子)》〈천지(天地)〉에, "저 큰 바다는 아무리 물을 부어도 가득 차지
않고 아무리 퍼내어도 마르지 않는다.〔夫大壑之爲物也, 注焉而不滿, 酌焉而不竭.〕"라
는 용례가 보인다. 한편, 원문의 '부학(赴壑)'은 연말에 묵은해의 남은 시간이 마치
구렁으로 달려가는 뱀처럼 순식간에 사라진다는 말이다. 소식(蘇軾)의 〈수세(守歲)〉
에 "끝나 가는 금년의 모습을 알고 싶은가? 마치 구렁으로 달려가는 뱀과 같도다.〔欲知
垂盡歲, 有似赴壑蛇.〕"라고 한 비유를 원용한 표현이다. 《蘇東坡詩集 卷3》

212 문을……바라보나니 : 원문의 '반고(盤古)'는 옥호동 주변에 보이는 산봉우리 이
름으로 보이는데, 그 근거를 찾지 못해 글자의 의미를 유추하여 번역하였다.

213 계양(桂陽) : 계산(桂山)의 남쪽을 의미하는 말로 보인다. 계산은 북악산 동남쪽
기슭의 고지대를 말하는데, 삼청동(三淸洞)에서 혜화동으로 넘어가는 산줄기의 이름이
다. 현재의 중앙중학교 부근에 해당한다.

214 슬픈……것 : 《시경》〈첨앙(瞻卬)〉에 "훌륭한 사람이 없어지니, 나라가 병들게
되리라.〔人之云亡, 邦國殄瘁.〕"라는 시가 있다.

꿈에 술과 밥이 있는 것과 같다네   如夢有酒飯

지음은 오래전에 이미 끊어져   賞音久已絶

노둔하고 겁이나 창권함에 어두우니[215]   駑怯昧創勸

창자가 뽑힐 듯 큰 슬픔이 있고   抽腸有餘慟

세상만사 날마다 잘도 망각하네   萬事日忘健

하찮은 정성을 드러내는 것은   區區報微誠

그런대로 문자에 기록하는 것이라오   庶幾志文獻

삼생의 설이 진실로 사실이라면   三生信如說

우리가 형제 되기를 거듭 기원한다네[216] 兄弟重可願

---

215 지음(知音)은……어두우니 : 지음이 없어 아무에게나 징계하고 권면하지 못한다
는 말로 보인다. 원문의 '창권(創勸)'은 '징창권계(懲創勸戒)'의 의미로 보인다.

216 삼생(三生)의……기원한다네 : 불교에서 말하는 윤회설이 사실이라면 후세에는
형제로 태어나고 싶다는 말이다. 삼생은 불교 용어로 전생(前生)과 현생(現生)과 내생
(來生)을 말한다.

〈엄릉전〉을 읽고[217]

讀嚴陵傳

오경의 천문에 태사가 놀랐으니	五夜天文太史驚
양가죽 옷 입고 어인 일로 동경에 나왔나[218]	羊裘何事出東京
알겠네 그대 역시 낚시꾼 이름 얻은 사람이지만	知君亦是漁名客
반계에서 낚시질 끝내고 간 사람보다 나음을[219]	猶勝磻溪罷釣行

217 엄릉전(嚴陵傳)을 읽고 : 엄릉(嚴陵)은 후한(後漢) 때의 은사(隱士)인 엄광(嚴光)을 말하는데, 그의 자가 자릉(子陵)이므로 이렇게 불렸다. 엄광은 한나라 광무제(光武帝)와 동문수학한 사이였는데, 광무제가 황제에 오르자 이름을 바꾸고 양가죽 옷[羊裘]을 입고 낚시하며 숨어 지냈다. 광무제가 엄광을 찾아내어 조정으로 불렀으나 오지 않다가 세 번을 부른 다음에야 겨우 나왔다. 광무제와 엄광이 함께 잠을 자던 중에 엄광이 광무제의 배에 다리를 올려놓았는데, 다음 날 태사(太史)가 아뢰기를, "객성(客星)이 어좌(御座)를 범하였습니다."라고 하니, 광무제가 웃으면서, "짐이 옛 친구인 엄자릉과 함께 잤을 뿐이다."라고 하였다. 광무제가 간의대부(諫議大夫)에 임명하며 조정에 머물러 있기를 권하였으나 엄광은 절강성(浙江省)에 있는 부춘산(富春山)으로 들어가 엄릉뢰(嚴陵瀨)라는 물가에서 낚시질을 하며 지냈다. 그의 열전은 《후한서(後漢書)》 권83 〈일민열전(逸民列傳)〉에 수록되어 있다.

218 오경(五更)의……나왔나 : 위의 주석 참조. 태사(太史)는 천문과 역법(曆法)을 담당하는 관원이다. 동경은 동한(東漢)의 수도인 낙양(洛陽)을 말한다.

219 알겠네……나음을 : 끝까지 자신의 뜻을 굽히지 않고 낚시질하며 일생을 마친 엄광을 칭찬한 말이다. 반계(磻溪)는 위수(渭水) 가에 있는 시내이다. 낚시질 끝내고 갔다는 것은, 태공망(太公望) 여상(呂尙)이 반계에서 낚시질하다가 문왕(文王)을 만나 사부(師傅)로 추대되어 떠난 것을 말한다. 《史記 卷32 齊太公世家》

문중의 장로들이 옥호를 찾아주셨기에 하루 종일 모시고 즐겁게 보낸 뒤 동파 시의 운자를 취해 삼가 시를 지어 가르침을 청하다[220]

門中諸長老枉玉壺 陪歡永日 仍拈東坡韻 恭賦請教

산속 좋은 모임 약속 저버리지 않으니	嘉會山間不負期
우리 집안 장로들 한가하신 때라네	吾宗諸老迨閑時
질서 있는 연회석에 새 술동이 열고[221]	芳筵秩秩開新酒
지저귀는 산새 소리에 옛 시를 이어가네	幽鳥嚶嚶續古詩
몇 줄기 바위샘도 원래 근원은 하나요	數道巖泉元一脈
백 년 된 정원 나무 그 가지 천 개라네[222]	百年庭樹又千枝
장로들 삼가 모시고 기쁜 마음 가득하여	恭陪杖屨歡情洽
다시 서쪽 숲에 햇살 오래 머물길 바라네[223]	更願西林駐景遲

---

220 문중의……청하다 : 옥호는 풍고의 별장인 옥호정을 말한다. 29쪽 주1 참조. 풍고가 차운한 동파의 시는 〈항주에 모란이 필 때……〔杭州牡丹開時……〕〉라는 시이다. 《東坡全集 卷6》

221 질서……열었고 : 《시경》〈빈지초연(賓之初筵)〉에 "빈객이 처음 연석에 나아감에 좌우로 앉은 모습 질서 있도다.〔賓之初筵, 左右秩秩.〕"라는 구절을 원용한 표현이다.

222 몇 줄기……개라네 : 종파(宗派)가 갈려도 조상은 같고, 오래된 가문에 후손도 번성함을 비유한 말이다.

223 다시……바라네 : 즐거운 모임의 시간이 오래 지속되기를 바라는 말인데, 집안의 장로들이 장수하기를 바라는 마음이 들어 있다. 원문의 '주경(駐景)'은 빛을 잡아둔다는 말인데, 시간의 흐름을 중지시켜 늙음을 막는다는 비유로 쓰인다.

이십사일 밤에 작은 술자리를 열고 동파 시의 운자를 취해 짓다[224]

廿四夜小酌 拈坡公韻

푸른 하늘 새벽달이 주렴 앞에 걸리니	碧空殘月挂簾前
가을빛 가을 회포 모두 다 아득하네	秋色秋懷共渺然
조촐한 술자리로 벗 붙잡아 새벽 온 줄 모르고	細酌留朋忘抵曉
높은 누각에서 송별하며 해 지나감 아쉬워하네	高樓送別惜經年
백발이 빨리 닥쳐오는 것 바라볼 뿐	祗看鬢髮偏相促
문장이 반드시 전하리란 말 믿지 못하네	未信文章必可傳
꽃도 열매도 지금은 이뤄낸 것 없으니	華實如今無箇着
애초에 도선[225] 배우지 못함 후회스럽네	原初悔不學逃禪

---

224 이십사일……짓다 : 풍고가 차운한 동파의 시는 〈고산이영(孤山二詠)〉 중 첫 번째 수인 〈백당(柏堂)〉이다. 《東坡全集 卷5》

225 도선(逃禪) : 세상을 버리고 참선(參禪)하는 것을 말하는데, 여기서는 은둔을 말한다. 도선이 '참선으로부터 도망친다.'는 뜻으로 술에 잔뜩 취한 상태를 말하기도 한다. 두보(杜甫)의 〈음중팔선가(飮中八仙歌)〉에 "소진은 수불 앞에서 장기간 재계를 하는데, 취중에는 가끔 좌선을 도피하기 좋아한다네.〔蘇晉長齋繡佛前, 醉中往往愛逃禪.〕"라는 구절이 있다. 《杜少陵詩集 卷2》

죽리의 〈부왕사에서 노닐다〉라는 시에 차운하다[226]
次竹里游扶旺寺韻

첩첩 바위는 갠 하늘과 가깝고	石疊晴霄近
산 깊어 나무엔 가을 쉬이 찾아오지	山深樹易秋
바람과 구름은 산세에 부딪히고	風雲排嶽勢
밤낮으로 흐르는 강을 마주하네	日夜對江流
의상대사가 지팡이 멈추었던 곳[227]	義相棲筇地
온조왕이 도읍을 정했던 곳[228]	溫王定鼎州
이곳 노닌 사람 자못 뛰어난 분들이니	玆遊頗俊特
아름다운 발걸음 함께 머물 만하네	芳躅可同留

---

226 죽리(竹里)의······차운하다 : 죽리(竹里)는 김이교(金履喬)의 호이다. 김이교에 대해서는 66쪽 주90 참조. 부왕사(扶旺寺)는 삼각산(三角山)에 있던 절이다. 숙종 때 북한산성을 수비하기 위해서 산성 안에 12개의 절을 새로 지어 승군(僧軍)으로 하여금 산성을 지키게 하였는데, 부왕사도 그중 하나이다. 부황사(浮皇寺)·부황사(扶皇寺) 등으로도 불렸다. 현재는 터만 남아 있다.

227 의상대사(義相大師)가······곳 : 의상대사는 우리나라 화엄종(華嚴宗)의 개창자이며 화엄십찰(華嚴十刹)의 건립자이다. 당나라에서 귀국한 뒤 북한산에 머물며 수도했다는 전설이 전하며, 수도한 봉우리를 의상봉(義相峯)이라고 한다.

228 온조왕(溫祚王)이······곳 : 《삼국사기(三國史記)》 권23 〈백제본기(百濟本紀)〉에 백제의 시조 온조왕이 형 비류(沸流)와 함께 남쪽으로 내려와 부아악(負兒岳)에 올라 도읍으로 삼을 곳을 물색한 뒤 하남(河南)의 위례성(慰禮城)을 도읍으로 정했다는 기록이 전한다. 부아악은 삼각산의 별칭이다.

새 부채에 써서 신로의 낡은 부채를 바꿔주다[229]
題新箑 易新老弊箑

삼십 년 입은 갓옷 하나　　　　　　　　　　一裘三十年

가죽 남아 여전히 온기 있지만　　　　　　　鞹在猶餘溫

삼 년 부친 부채 하나　　　　　　　　　　　三年揮一扇

종이 해졌으니 어찌 바람 있으랴　　　　　　紙破風焉存

그런데 어이하여 버리지 않나　　　　　　　何不擲去之

내가 남긴 먹물 흔적 때문이라네　　　　　　爲余留墨痕

나에 대한 그대 애정 고마우니　　　　　　　感君結區區

덕과 정의 밝고 돈독함 있네　　　　　　　　德誼有昭敦

가지 하나로 계수나무인 줄 알기에 충분하니　一枝足知桂

온 나무를 어찌 다시 논하랴[230]　　　　　　全樹寧復論

---

229 새……바꿔주다 : 신로(新老)는 이재수(李在秀, 1770~1822)를 가리키는데, 본
관은 연안(延安)이고, 신로는 그의 자이다. 월사(月沙) 이정귀(李廷龜)의 후손이다.
1809년(순조9) 증광시에 장원으로 급제하였고, 대사간·이조 참의·경상도 관찰사 등
을 역임하였다. 이 시 다음에 나오는 시가 1809년 7월에 지어진 것으로 보아, 이 시도
이재수가 장원으로 급제한 1809년에 지은 것으로 보인다. 한편, 《풍고집》권4에 〈벗
이신로 재수의 고향집을 방문하다〔過李友新老在秀鄕居〕〉라는 시도 있다.

230 가지……논하랴 : 이재수가 풍고 자신이 선물한 부채를 소중히 간직하는 것만
보더라도 그의 인품이 어떤지를 알 수 있다는 말이다. 또 이재수가 문과에 장원급제한
사실 하나만 보아도 다른 능력이 훌륭할 것임은 논할 필요도 없다는 중의적인 의미도
들어 있는 것으로 보인다. '계수나무 가지'는 장원급제한 것을 비유할 때 쓰이는 말이다.
진(晉)나라 무제(武帝) 때 극선(郤詵)이 현량 대책(賢良對策)에서 장원을 차지하였는

안평중은 교유를 잘했다고   晏平善與交
노나라 성인의 극찬이 있었네[231]   魯聖有袞言

데, 무제가 극선에게 소감을 묻자 극선이 말하기를, "계수나무 숲의 가지 하나요, 곤륜산의 옥돌 한 조각입니다.〔桂林之一枝, 崑山之片玉.〕"라고 답변한 고사가 있다.《晉書卷52 郤詵列傳》이재수는 1809년 원자(元子)의 탄생을 축하하는 증광문과에서 어제(御題) '관풍각(觀豐閣)'으로 명(銘)을 지어 장원급제하였다.《崇禎三己巳冬元子誕降慶科別試增廣文武科殿試榜目》

231 안평중(晏平仲)은……있었네 : 오랜 세월 동안 변함없는 마음으로 자신을 대하는 이재수를 칭찬하는 말이다. 안평중은 춘추 시대 제(齊)나라 대부(大夫) 안영(晏嬰)으로, 평중은 그의 자이다. 노나라 성인은 공자를 말한다. 공자가 "안평중은 남과 사귀기를 잘하였다. 오래되어도 공경하는구나.〔晏平仲善與人交, 久而敬之.〕"라고 칭찬하였다.《論語 公冶長》원문의 '곤(袞)'은 '화곤(華袞)'의 의미로 보이는데, 화곤은 고대 왕공(王公)과 귀족의 복장이다. '곤언(袞言)'은 화곤보다 영예로운 말을 가리킨 것으로 이해해 번역하였다. 진(晉)나라 범녕(范寧)의 〈춘추곡량전서(春秋穀梁傳序)〉에 "한 글자의 포장이 화곤을 받는 것보다도 영광스러웠고, 한마디의 폄하가 시장에서 맞는 회초리보다도 욕스러웠다.〔一字之褒, 寵逾華袞之贈. 一言之貶, 辱過市朝之撻.〕"라는 말이 나온다.

서장관 민원지 치재 를 전송하다[232]
送書狀官閔遠之 致載

그대 지금 나의 예전 경력과 비슷하니	君今似我舊經過
해치관 쓰고 수레 모는 그 심정 어떠한가[233]	簪豸驅軺意若何
머나먼 사천 리 길 경관 또한 훌륭하고	脩路四千觀亦偉
삼백 편 고시 외우는 것 다시 많으리[234]	古詩三百誦還多

232 서장관(書狀官) 민원지(閔遠之)를 전송하다 : 풍고의 나이 45세 때인 1809년(순조9) 7월 무렵에 지은 시이다. 민치재(閔致載, 1758~?)는 본관은 여흥(驪興)이고, 원지(遠之)는 그의 자이다. 1792년(정조16) 문과에 급제한 뒤 초계문신(抄啓文臣)으로 발탁되었다. 1809년에 홍문록(弘文錄)에 이름이 올랐으며, 이해 7월에 진하 겸 사은 정사(進賀兼謝恩正使)의 서장관으로 연행을 다녀왔다. 당시 정사는 한용귀(韓用龜), 부사는 윤서동(尹序東)이었다. 《純祖實錄 9年 7月 24日》

233 그대……어떠한가 : 사헌부 장령의 직책으로 연행을 떠나는 민치재의 이력이 풍고 자신의 이력과 비슷하므로, 그 심정이 어떤지 묻는 말이다. 원문의 '잠치(簪豸)'는 '해치관을 쓰다'라는 말이다. 해치는 뿔이 하나인 전설상의 동물로 사람의 정사(正邪)와 곡직(曲直)을 분변할 줄 알아 사람들이 다투면 그중 그릇되고 사악한 자를 뿔로 들이받는다고 한다. 고대에 어사대부(御史大夫) 등 집법관(執法官)이 쓰는 관을 해치관이라 하였으며, 조선에서는 사헌부의 관원을 뜻하는 말로 쓰인다. 민치재는 연행을 떠나기 전에 사헌부 장령을 지낸 것이 확인된다. 풍고 역시 1792년(정조16) 10월 21일 동지 겸 사은사의 서장관으로 연행을 다녀왔는데, 연행을 떠나기 직전인 10월 20일에 사헌부 장령에 임명되었다. 《承政院日記 正祖 16年 10月 20日》

234 삼백……많으리 : 사신의 임무를 잘 수행할 것이라는 말이다. 삼백 편 고시를 외우는 것은 사신으로 나가 시를 가지고 응대하는 것을 말한다. 《논어》〈자로(子路)〉에 "시 삼백 편을 외우면서도 정치를 맡겼을 때 제대로 해내지 못하고 사방에 사신으로 나가 혼자서 처리하지 못한다면, 비록 많이 외운다 한들 어디에 쓰겠는가.〔誦詩三百,

문 나서며 어찌 달라진 기색 있으랴[235]　　　　出門肯有幾微色

축에 화답하며 응당 강개한 노래 부르리라[236]　　和筑應爲慷慨歌

지난 일 요양에서 학에게 묻지 말라　　　　　　往事遼陽休問鶴

영웅의 눈물 이 산하에 다 쏟았다네[237]　　　英雄淚盡此山河

授之以政, 不達, 使於四方, 不能專對, 雖多, 亦奚以爲?〕"라는 공자의 말이 있다.

235 문……있으랴 : 먼 길을 떠나면서도 아무런 근심을 하지 않는다는 말로, 훌륭한 사신의 자격을 갖추었다는 의미이다. 한유(韓愈)의 〈은 원외를 전송하는 서문〔送殷員外序〕〉에 "그런데 지금 자네는 만리 밖의 타국으로 사신을 나가면서도 유독 말과 얼굴에 조금의 달라진 기색도 드러낸 것이 없으니, 어찌 참으로 경중을 아는 대장부가 아니겠는가.〔今子使萬里外國, 獨無幾微出於言面, 豈不眞知輕重大丈夫哉!〕"라고 한 데서 온 말이다.

236 축(筑)에……부르리라 : 사행 도중 청나라에 복수를 꿈꾸는 명나라 유민을 만나면 강개한 마음으로 그들과 시를 주고받으리라는 말이다. 축에 화답한다는 것은, 전국 시대의 자객 형가(荊軻)가 연나라 태자 단(丹)의 부탁을 받고 진왕(秦王)을 죽이려고 떠날 적에 역수(易水) 가에서 축의 명인인 고점리(高漸離)의 반주에 맞추어 "바람결 쓸쓸해라 역수 물 차가운데, 장사 한번 떠나 다시 오지 않으리.〔風蕭蕭兮易水寒, 壯士一去兮不復還.〕"라는 비장한 노래를 부른 것을 말한다. 《史記 卷86 荊軻列傳》

237 지난……쏟았다네 : 1619년(광해군11)에 김응하(金應河) 장군이 명나라 지원군으로 출정하여 건주위(建州衛)에서 적에게 포위된 명나라 군대를 구출하기 위해 3천 명 휘하 군사들을 지휘해 끝까지 싸우다가 장렬하게 죽은 일을 말하는 것으로 보인다. 이 역사적 사실이 워낙 유명하므로 굳이 다른 방법으로 알아볼 필요 없이 그 유적지를 지나가면 자연스레 알게 될 것이라는 말인 듯하다. 요양(遼陽)은 요동(遼東)을 말한다. 요양의 학은 한(漢)나라 때 요동 사람 정령위(丁令威)를 가리키는데, 신선술을 배워 학이 되어 천 년 만에 요동으로 찾아와 "성곽은 옛날과 똑같은데 사람은 다르구나. 어찌 신선술을 배우지 않고 무덤만 저렇게 즐비한가.〔城郭如故人民非, 何不學仙塚纍纍?〕"라고 읊고는 떠나갔다고 한다. 《搜神後記 卷1》

저물녘에 앉아

暝坐

서산에 해 뉘엿뉘엿 지고	嶺日下冉冉
저녁 구름 함께 자욱하니	夕雲共漠漠
멀리 나무숲엔 어둠이 일어나고	遠樹起暝色
차가운 연기는 산발치를 휘감네	寒煙繞山脚
턱 고이고 처마 기둥 곁에 앉아	支頤坐檐楹
둥지 찾아가는 까치 바라보다가	注目歸巢鵲
갑자기 나의 처지 생각하자니	忽然念我止
울컥하여 마음 더욱 약해지네	感激增心弱
책을 믿는 건 참으로 독실하고[238]	信書諒已篤
뜻을 지키는 건 다시 요체가 없네	守志更無約
조금씩 스스로 나아간다 생각하며	寸寸自謂前
행동은 이미 물러나는 줄 모르니	不知行已却
큰 도는 날로 멀어져 가	大道日以遠
돌아보면 늘 부끄럽기만 하네	反顧常懷怍
집을 만들어 먼저 정돈하지 않으면	爲堂不先整

---

238 책을……독실하고 : 책을 믿는다〔信書〕는 것은 오활하여 세상과 어울리지 못함
을 뜻한다. 《맹자》〈진심 하(盡心下)〉에 "《서경》의 내용을 모두 믿는다면 차라리 《서
경》이 없는 것이 나을 것이다.〔盡信書, 則不如無書.〕"라고 한 구절에서 '서(書)'의 의미
를 단장 취의해 사용한 표현이다.

울타리를 어찌 넓힐 수 있으랴	藩籬安用拓
오이 심어 물 주고 배양하지 못하면	樹瓜失漑培
꼭지가 생겨도 끝내 시들어 떨어지네	有蔕終枯落
젊은 시절 이미 돌아가지 못하니	盛年已不及
늘그막에 다시 어이하리오	遲暮復奈若
밤낮으로 고인의 마음 사모하여	夙夜慕古心
망령되이 저작에 힘쓰려 했으나	妄欲奮著作
산의 나무는 목재로 훌륭한데	山木美可材
용렬한 목수가 헤아릴 줄 모르는 꼴	庸工昧所度
예전에는 너무나 뜻만 높았고	向來太突兀
지금은 마침내 억지로 힘만 쓴다네	於今遂穿鑿
우스워라 바람 잡는 이여[239]	堪笑捕風者
허공에 그물 쳐도 사방에 걸리는 게 없네	空網四無着
아침에 도 들으면 저녁에 죽어도 좋기에[240]	朝聞可夕死
또한 기린각을 부러워하지 않으리[241]	亦不羨麟閣

---

239 우스워라……이여 : 원문의 '포풍(捕風)'은 '포풍착영(捕風捉影)'의 준말로, 바람
과 그림자를 붙잡는 것처럼 매우 근거가 없어 허황한 말을 뜻한다.

240 아침에……좋기에 : 《논어》〈이인(里仁)〉에 "아침에 도를 들으면 저녁에 죽어도
괜찮다.〔朝聞道, 夕死可矣.〕"라는 공자의 말이 있다.

241 또한……않으리 : 공을 세워 이름 남기는 것을 부러워하지 않는다는 말이다. 기
린각(麒麟閣)은 전한(前漢) 무제(武帝) 때 지은 누각으로, 선제(宣帝) 때 이곳에 공신
(功臣) 11명의 화상(畫像)을 걸어 놓은 고사가 있다. 《漢書 卷54 李廣蘇建傳》

동이 못에 물고기를 기르고 연뿌리를 심다
盆池種魚與藕

어린 물고기 넣고 난 뒤 연뿌리 심으니	種訖魚苗種藕根
푸른 이끼 물을 덮고 물이 동이에 가득하네	蒼苔覆水水盈盆
앞으로 곧 파닥파닥 뛰는 물고기 소리 듣고[242]	佇聞潑剌銀刀躍
머지않아 올망졸망 흔들리는 푸른 일산 보리라[243]	行見高低翠蓋翻
장자가 묻고 혜시가 안다고 한 유희 많을 거고[244]	莊問惠知遊戲劇
연방 이루고 열매 맺게 할 고심이 있을 거네[245]	房成子結苦心存
봄 온 뒤 요양하며 조회 참석 게으르니	春來養疾朝參懶
산속 생활 사실대로 쓴 노래가 있다네[246]	記實山家有永言

---

242 앞으로……듣고 : 원문의 '은도(銀刀)'는 은빛을 띤 작은 물고기를 형용한 말이다.

243 머지않아……보리라 : 푸른 일산[翠蓋]은 연잎을 형용한 말이다.

244 장자(莊子)가……거고 : 장자가 친구인 혜시(惠施)와 함께 호수(濠水)의 다리를 거닐다가 물고기가 한가롭게 노니는 것을 보고 "이것이 물고기의 즐거움이다."라고 하자, 혜시가 "그대는 물고기가 아닌데, 물고기의 즐거움을 어떻게 안단 말인가?"라고 반박하니, 장자가 또 "자네는 내가 아닌데 어떻게 내가 물고기의 즐거움을 알지 못하는지 알 수 있는가?"라고 한 내용이 《장자》〈추수(秋水)〉에 나온다.

245 연방(蓮房)……거네 : 연꽃이 열매를 맺기 위해 많은 시련을 겪어야 할 것이라는 말이다. 연방은 연꽃의 열매가 들어 있는 송이 부분을 말한다.

246 봄……있다네 : 두보(杜甫)가 산림에서 한가히 쉬고 있던 하씨 장군(何氏將軍)을 읊은 〈다시 하씨를 방문하다[重過何氏]〉 시의 총 5수 중 제4수에 "조회 참석 게으른 것 자못 괴이하여라, 응당 진진한 시골 정취를 즐기겠지.[頗怪朝參懶, 應耽野趣長.]"라고 한 시를 말한다. 《杜少陵詩集 卷3》

단비

喜雨

청명의 기후가 태화²⁴⁷에 맞으니	淸明氣候太和中

청명의 기후가 태화[247]에 맞으니　　　　　淸明氣候太和中
혼연한 생기는 물아가 똑같네　　　　　　生意渾然物我同
주렴 끝 붉은 살구꽃엔 빗줄기가 날리고　　簾角斜飛紅杏雨
담장 머리 푸른 버들엔 바람이 살랑대네　　墻頭細拂綠楊風
기세 높던 빙설은 지금 어디 있는가　　　　嵯峨氷雪今何在
공평한 세월은 참으로 끝이 없네　　　　　磊落光陰正不窮
다시 남쪽 백성에게 멀리서 축하하니　　　更與南民遙祝賀
까끄라기 품은 보리 이삭 이미 풍년 점치리라[248]　漸漸麥穗已占豐

247　태화(太和) : 천지에 충만한 화기(和氣)를 말한다.

248　다시……점치리라 : 원문의 '점점(漸漸)'은 식물의 이삭이 패는 모양을 말한다.
기자(箕子)가 주(周)나라로 조빙하러 가는 길에 은(殷)나라의 옛 도읍 터를 지나다가
궁실이 모두 무너지고 그 자리에 벼와 기장이 자라는 것을 보고 지었다는 이른바 〈맥수
가(麥秀歌)〉에 "보리가 패서 까끄라기가 나옴이여, 벼와 기장이 무성하도다.〔麥秀漸漸
兮, 禾黍油油兮.〕"라는 구절이 있다. 《史記 卷38 宋微子世家》

죽리 족숙이 작년 가을에 대마도에서 분재한 감귤나무를 가져다주셔서 서실에 두었는데 올봄에 잎이 나고 꽃이 맺혔다. 꽃이 피었으니 열매가 맺힐 것도 기대할 수 있기에 이 시를 지어 기쁜 마음을 드러내고 아울러 죽리 족숙에게도 보여드리다[249]

竹里叔去秋自馬島携贈盆柑　置書室中　今春發葉結花　有花結實亦可期賦此志喜　兼奉示竹里

만 리 길 큰 파도 지나온 줄 모르겠나니　　　　萬里鯨濤過不知

화분 속 푸른 산호 가지 아무 탈이 없었네　　　盆中無恙綠珊枝

매화 핀 창에서 온기 빌려 빙상을 멀리하고　　　梅窓煖借氷霜遠

계수 난간에서 한기 녹이며 우로에 젖었네　　　桂檻寒銷雨露滋

여름 맞아 맺힌 흰 꽃 이미 기뻐했으니　　　　已喜白花迎夏結

가을 되면 드리운 노란 열매 보리라　　　　　應看黃實及秋垂

백 년 동안 덕 쌓느라 마음 늘 애썼거니　　　　百年來德心長苦

249　죽리(竹里)……보여드리다 : 죽리는 김이교(金履喬)의 호이다. 김이교가 통신사로 대마도에 다녀온 것이 1811년(순조11)이므로, 내용으로 보아 이 시는 그 이듬해인 1812년 봄에 지은 것으로 보인다. 김이교와 통신사행에 대해서는 66쪽 주90 참조.

비단과 바꾼 형주의 바보와 비교하지 말라²⁵⁰　　　莫擬荊州博絹癡

250 비단과……말라 : 삼국(三國) 시대 오(吳)나라의 단양 태수(丹陽太守) 이형
(李衡)은 치부(致富)를 반대하는 아내 몰래 무릉(武陵) 용양(龍陽)의 범주(汜洲) 가
에 집을 짓고 감귤나무 천 그루를 심었는데, 세상을 떠날 때 자식에게 당부하기를 "나
의 고향 마을에 천 명의 나무 노예[木奴]가 있다. 너희에게 의식(衣食)을 요구하지
않을 것이며, 해마다 비단 한 필씩을 바칠 것이다."라고 했던 고사가 있다. 나무 노예
는 감귤나무를 가리킨 말이다. 이형은 원래 양양(襄陽) 사람인데, 양양이 형주(荊州)
의 주치(州治)이므로 시구에서 형주로 표현한 듯하다. 《三國志 卷48 吳志 孫休傳 裴
松之注》

시詩 133

흰 진달래꽃을 읊은 시에 차운하다
次詠白杜鵑韻

유난히 밝아진 눈 옮겨갈 줄 모르니　　　　　　分外眼明看不移

천 떨기 붉은 꽃 속 한 송이 우아한 자태　　　千叢紅裏一氷姿

문군은 정녕 늙음을 슬피 읊조릴 것이요[251]　文君定爲哀吟老

괵국은 엷게 그린 고운 눈썹 자랑하지 못하리[252]　虢國休誇淡掃奇

베어 낸 흰 비단과 같지만 그림 어찌 그리랴　　綃合翦霜描豈了

날갯짓하는 나비 아님을 이전에 누가 알았을까[253]　蝶非翻綵宿誰知

251　문군(文君)은……것이요 : 문군은 한(漢)나라 사마상여(司馬相如)의 아내 탁문
군(卓文君)을 말한다. 탁문군과 부부로 지내던 사마상여가 무릉(茂陵) 땅의 여자를
첩으로 맞이하려 하자, 탁문군이 〈백두음(白頭吟)〉을 지어 부부는 늙어 백발이 되어도
사랑이 변치 않아야 한다는 뜻을 전하며 결별을 선언하니, 사마상여가 첩을 맞으려던
일을 그만두었다는 고사가 전한다.《西京雜記 卷3》여기서는 탁문군의 시 제목에서
백두(白頭)의 의미를 취해, 탁문군도 흰 진달래꽃 앞에서는 자신의 백발을 슬퍼할 것이
라고 말한 것이다.

252　괵국(虢國)은……못하리 : 괵국은 당(唐)나라 양귀비(楊貴妃)의 여형제인 괵국
부인(虢國夫人)을 말한다. 현종(玄宗)이 양귀비를 총애하여 양귀비의 세 형제까지 모
두 국부인(國夫人)으로 봉해주었는데, 그중에서도 괵국부인을 가장 총애하였다. 괵국
부인은 얼굴 피부가 하얗고 고와 언제나 화장을 하지 않고 민낯으로 현종을 대했다고
한다. 두보(杜甫)의 〈괵국부인〉에 "연지곤지가 도리어 얼굴 더럽힐까 하여, 아미만
맑게 그리고 지존을 알현했네.〔却嫌脂粉汚顔色, 淡掃蛾眉朝至尊.〕"라고 한 구절이 있
다.《杜詩詳註 卷2》두보의 위 시가《전당시(全唐詩)》에는 장우(張祜)의 시로 기록되
어 있다.

253　날갯짓하는……알았을까 : 흰 진달래꽃의 꽃잎이 가만히 앉아 있는 나비처럼 보

꽃다운 혼이 봄바람에 피를 다 뿌렸으니   芳魂灑盡東風血
달 지는 빈산에서 날개 돋칠 때로세[254]   月落山空羽化時

인다는 말이다.

254 꽃다운……때로세 : 진달래꽃과 두견새에 얽힌 고사를 읊은 구절이다. 전국 시대 촉(蜀)나라의 임금 망제(望帝)가 재상 별령(鱉令)에게 운하 공사를 맡긴 뒤 그의 아내와 간음했다가 이 일로 왕위를 내놓고 도망쳐 죽어서 두견새가 되어 항상 한밤중에 피를 토하면서 불여귀(不如歸)라는 소리를 내며 운다고 한다. 두견새가 토한 피가 묻어 진달래꽃이 붉다고 한다. 《太平御覽 卷923 羽族部十 嶲》여기서는 흰 진달래꽃을 읊었으므로, 붉은 진달래꽃이 봄바람에 피를 다 뿌리고 흰 꽃이 되었으니 다시 날개가 돋쳐 두견새가 되어 날아갈 것이라고 말한 것이다.

무안 임소로 떠나는 신중립을 전송하며[255]
送申仲立之務安任所

고을 작고 백성 가난해 뜻에 차지 않지만 　　　　縣小民貧不可聊

배고픔이 그대를 먼 바닷가로 내몰았네 　　　　　飢來驅汝海堧遙

오늘날 유능한 관리는 가렴주구 가벼이 여기고 　今之良吏輕椎髓

옛날의 고상한 사람은 허리 굽힘 중히 여겼네[256]　古則高人重折腰

백성을 구제함이 어찌 평소의 뜻 잊는 것이랴 　濟物寧忘平昔志

자신을 검속함이 오히려 밝은 조정에 보답하는 일이네

　　　　　　　　　　　　　　　　　　　　　束躬猶答聖明朝

쓸쓸한 송별 자리 여러 벗 탄식하지만 　　　　　酒間錯莫群公歎

---

255 무안(務安)……전송하며 : 풍고의 나이 48세 때인 1812년(순조12) 3월에 지은
시이다. 신중립(申仲立)은 신재식(申在植, 1770~1843)으로, 중립은 그의 자이고, 호
는 취미(翠微)이다. 신재식에 대해서는 101쪽 주169 참조. 신재식은 1812년 3월에
무안 현감(務安縣監)에 임명되었다. 《承政院日記 純祖12年 3月 22日》

256 옛날의……여겼네 : 궁벽한 곳의 지방관이지만 굽실거리지 말고 소신대로 행동
하라는 당부이다. 진(晉)나라 도잠이 팽택 현령(彭澤縣令)으로 있을 때 독우(督郵)의
시찰을 받게 되자, "내가 쌀 다섯 말 때문에 허리를 굽혀 향리의 어린아이에게 굽실거릴
수는 없다.〔吾不能爲五斗米折腰, 拳拳事向鄕里人邪.〕"라고 하고는 즉시 고향으로 돌아
갔다는 고사가 있다. 《晉書 卷94 陶潛列傳》

닭 잡는데 소 잡는 칼 쓴다고 공자께서 놀리셨네[257] 鷄割牛刀魯叟嘲

---

257 닭……놀리셨네 : 능력에 걸맞지 않는 벼슬자리로 부임함을 위로하는 말인데,
최선을 다하라는 부탁이 들어 있다. 공자의 제자 자유(子游)가 조그마한 고을인 무성
(武城)의 수령으로 있을 때 예악(禮樂)의 정사를 펼치는 것을 보고 공자가 웃으면서
"닭 잡는 데에 어찌 소 잡는 칼을 쓰랴.〔割鷄, 焉用牛刀?〕"라고 농담을 한 고사가 전한
다. 《論語 陽貨》

북둔에서 복사꽃을 구경하고 지난해 지은 시의 운자를 써서 읊다[258]

北屯賞桃 用去年韻口占

시내 따라 익숙한 길엔 먼지 날리지 않고 　　　　沿溪路熟不飛塵

골짜기 구름은 아침에 걷혀 풍광이 새롭네 　　　　雲壑朝開物色新

도화꽃 절로 피어 거듭 발걸음 이끄는데 　　　　自有桃花重引步

어부는 어이하여 예전에 나루터 잃었던가[259] 　　如何漁子昔迷津

전원으로 돌아가겠단 여생 계획 어긋나고 　　　　殘齡計謬歸田日

이곳에서 나무 심는 이와 어울릴까 한다네 　　　　此地思從種樹人

저물녘에 아쉬운 맘 꽃비 보며 앉았자니 　　　　怊悵坐看紅雨晚

흐르는 물 아득하고 이 몸 넋을 잃었네[260] 　　　渺然流水嗒然身

---

258 북둔(北屯)에서……읊다 : 북둔은 혜화문(惠化門) 밖 응봉(鷹峯) 기슭의 골짜기인 북저동(北渚洞)을 말하는데, 어영청(御營廳)의 성북둔(城北屯)이 있었기 때문에 북둔이라고 불렀다. 100쪽 주168 참조. 지난해 지은 시는 101쪽에 수록된 〈죽리와 강우와 창빈 등 세 족숙 그리고 신중립과 아들 유근과 함께 북저동의 복사꽃을 구경했는데……〔同竹里江右滄濱三叔 申仲立兒子迪根 賞北渚桃花……〕〉라는 시를 말한다.

259 어부는……잃었던가 : 두 번째도 길을 헤매지 않고 잘 찾아왔다는 말이다. 도잠(陶潛)의 〈도화원기(桃花源記)〉에 무릉(武陵) 땅에 사는 어부가 도화원의 선경에 머물다가 속세로 돌아온 뒤 다시 찾아가 보려고 했으나 결국 길을 잃고서 헤매기만 했다는 내용이 있다. 《陶淵明集 卷6》

260 흐르는……잃었네 : 이백(李白)의 〈산중답인(山中答人)〉 시에 "복사꽃 물에 떠서 아득히 흘러가니, 이곳은 별천지요 인간 세상 아니라네.〔桃花流水杳然去, 別有天地非人間.〕"라고 한 구절을 원용한 표현이다.

밤에 옥호에서 자고 아침에 일어나 동파 시의 운자를 취해 짓다[261]

夜宿玉壺 朝起拈東坡韻

밤사이 천둥과 비 그치더니	夜來雷雨息
아침 오자 개울물 세차네	朝至磵流橫
푸른 나무에 뭇 매미 모이고	碧樹萬蟬集
옥 병풍[262]에 아침 해 밝구나	玉屛初日明
돌아가려니 회포 다 안 풀려	臨歸懷未盡
영원한 작별인 듯 마음이 두근거리네	似別意相驚
물어보세 잔속에 담긴 술	借問杯中物
그대 위해 몇 번이나 기울였던고	爲君幾度傾

---

261 밤에……짓다 : 옥호는 삼청동에 있던 풍고의 별장이다. 29쪽 주1 참조. 풍고가 차운한 소식(蘇軾)의 시는 〈대진사(大秦寺)〉이다. 《東坡全集 卷2》

262 옥 병풍 : 바위로 된 벼랑 또는 산봉우리를 병풍에 비긴 것이다.

양근 배 안에서 비를 만나[263]
楊根舟中遇雨

양근현에서 비에 막혀	滯雨楊根縣
배를 대고 저녁밥 기다리네	維舟待夕炊
고향 산 볼 수가 없어	鄕山不可望
안개 낀 강에서 끝없이 슬퍼하네	煙水渺然悲
강가 언덕 미끄러워 길가는 사람 없고	岸滑行人息
물가는 싸늘하니 잠자는 백로 뒤척이네	汀寒宿鷺知
뜸 걷고[264] 한없이 한탄하는 건	褰篷無限恨
한양 길 늦어져서가 아니라네	非是入京遲

---

263 양근(楊根)……만나 : 풍고가 여주(驪州)의 고향이나 선영(先塋)을 다녀오면서
지은 시로 보인다. 풍고의 고향과 선영에 대해서는 45쪽 주32 참조.
264 뜸 걷고 : 비가 그쳐 출발하려 한다는 의미이다.

이호에서 배를 띄우고[265]

梨湖泛舟

노 소리 울리며 익숙하게 이포 찾아가는데 鳴櫓慣尋梨浦去

어이하여 고기와 물새들 사람 보고 놀라는가 何曾魚鳥駭人顔

물결 머리 바위는 천 년의 탑 이고 있고 波頭石戴千年塔

구름 사이 강물은 네 군의 산에서 오네[266] 雲際江來四郡山

어찌 문장 지어 이 세상에 남기랴 豈有文章留宇內

그저 술동이 끼고 봉창 사이에 누우리 聊携樽酒臥篷間

석양빛 따라서 모래톱으로 돌아와 好隨殘照歸沙岸

누정에 불 밝히니 구경 더 한가롭네 燈火亭樓望更閑

---

265 이호(梨湖)에서 배를 띄우고 : 여주의 고향이나 선영을 다녀오면서 지은 시로 보인다. 이호는 경기도 여주(驪州) 근처의 남한강에 있는 나루로, 시 첫 구절에 나오는 이포(梨浦)를 말한다. 풍고의 고향과 선영에 대해서는 45쪽 주32 참조.

266 구름……오네 : 네 군[四郡]은 남한강을 끼고 있는 제천(堤川)·청풍(淸風)·단양(端陽)·영춘(永春)을 말하는데, 영춘은 현재 단양군 영춘면으로 편입되었다.

높은 산을 바라보다[267]
望嶽

북쪽 언덕에 돌아가는 말 세우고	北岸停歸騎
채찍 드리운 채 먼 곳 한 번 바라보네	垂鞭一望賒
산세는 가는 물길 거두고	山形收去水
풀빛은 너른 모래밭에서 끝나네	草色限平沙
떠나는 길에 가을 구름 컴컴하고	別路秋雲黯
강바람에 저녁 비 뿌리네	江風暮雨斜
자욱한 안개가 산 감싸고 내려오니	蒼煙籠嶽下
어느 곳이 우리 집이런가	若個是吾家

267　높은 산을 바라보다 : 내용으로 보아 여주(驪州)의 고향이나 선영을 다녀오면서
지은 시로 보인다. 풍고의 고향과 선영에 대해서는 45쪽 주32 참조.

술 생각

思飲

대낮같이 맑은 저 빛	清光白如晝
한 달에 모두 몇 번 있나	一月凡幾有
서리 속에 피어 있는 국화	秀菊自傲霜
오래도록 우뚝한 정신 보이네	精神全獨久
이런 멋진 풍광을 대하고서	對此奇絶景
어찌 술 생각 나지 않으랴만	安得不思酒
술은 구할 데가 없고	酒旣無從得
내 벗도 보이지 않네	又不見我友
내 벗은 본래 술꾼이라	我友本酒人
취하려면 서 말을 마셔야 하고	一醉每三斗
시 짓는 흥취 본래 뛰어나지만	詩情故不群
귓불에 열 올라야 발휘한다네	發之耳熱後
오늘 밤 어디에 있는지	今宵在何許
내 생각은 하고 있는지	亦復思我否

| 파초로 덮은 해자 속 사슴을 찾고[268] | 覆蕉隍鹿尋 |

---

268 파초로……찾고 : 춘추 시대 정(鄭)나라의 어떤 사람이 나무를 하다가 사슴을 잡아 해자[隍]에 감추고 파초[蕉]로 덮어 두었는데, 얼마 뒤에 사슴 감춘 곳을 잊어버려 꿈속에서 일어난 일이거니 생각하고 중얼거리며 돌아갔다. 중얼거리는 소리를 들은

양념을 빻으며 쇠 절굿공이를 씹는 것²⁶⁹　　　　搗虀鐵杵嚼

꿈속의 꿈은 언제나 어지럽나니　　　　　　　　　夢中夢常亂

달인은 참으로 우습기만 하네　　　　　　　　　　達人好堪噱

초나라 재상은 정나라 원수란 말 덮어썼고²⁷⁰　　楚相冒鄭仇

조나라 성은 노나라 박주에 화를 당했네²⁷¹　　趙城罹魯薄

다른 사람이 그 말대로 찾아가서 사슴을 얻고는 집으로 가서 아내에게, "내가 사슴을
얻었으니 그 사람은 참 꿈을 꾼 것이다."라고 하였다. 그 아내가, "당신이 실제로 그
사람을 만난 것이 아니라 꿈속에서 만난 것이며, 이제 사슴을 얻었으니 당신이 참 꿈을
꾸었소."라고 했다는 고사가 있다. 《列子 周穆王》

269 양념을……것 : 진(晉)나라의 현학가(玄學家)인 위개(衛玠)가 젊은 시절에 악
광(樂廣)에게 꿈을 꾸는 이유를 묻자, 악광이 "꿈은 생각에서 온 것이다."라고 하였다.
위개가 "몸과 마음이 접하지 않은 사물도 꿈에 나타나니, 어찌 꿈이 생각에서 온 것이겠
습니까."라고 하니, 악광이 "원인(因)이 있기 때문이다. 수레를 타고 쥐구멍에 들어간다
든지 양념을 빻으면서 쇠 절굿공이를 씹는[搗虀噉鐵杵] 꿈은 한 번도 꾼 적이 없다.
이는 곧 생각도 없고 원인도 없기 때문이다."라고 한 고사가 있다. 《世說新語 文學》

270 초(楚)나라……덮어썼고 : 아무 잘못도 없이 억울한 말을 들었다는 뜻인데, 인생
의 허망함을 비유한 말로 보인다. 초나라 재상은 춘추 시대 초나라의 영윤(令尹) 자서
(子西)를 말한다. 자서가 백공승(白公勝)의 건의를 받아들여 정(鄭)나라를 공격하려
고 했는데, 백공승에게 정나라는 자신의 부친을 죽인 원수의 나라였다. 마침 진(晉)나
라가 정나라를 공격하자 자서는 오히려 정나라를 구해주고 그들과 맹약을 맺었다. 이에
백공승이 화가 나서 말하기를 "정나라 사람이 이곳에 있으니 원수가 멀리 있지 않다."라
고 하였다. 백공승이 말한 정나라 원수는 바로 초나라 영윤 자서를 일컬은 말이었다.
그러나 자서는 자신이 죽은 뒤에 영윤의 자리에 오를 사람은 백공승이라고 하며 죽이지
않았고, 결국 뒤에 백공승에게 죽임을 당하였다. 《春秋左氏傳 哀公16年》

271 조(趙)나라……당했네 : 위 구절과 마찬가지로 인생의 허망함을 비유한 말로 보
인다. 조나라 성은 조나라 수도 한단(邯鄲)을 말한다. 《장자(莊子)》〈거협(胠篋)〉에
"노나라 술이 맛이 없어 조나라 한단이 포위를 당했다.[魯酒薄而邯鄲圍.]"라는 구절이
있다. 이 구절에 대해, 초나라가 제후들과 회맹(會盟)할 때 노나라와 조나라에서 모두

괴이한 곳에 괴이함이 또 있으니	幻處幻更有
조물주도 본래 우스갯말 좋아한다네	天公本善謔
사만 팔천 년 동안	四萬八千年
내일이 다만 어제와 같았나니	來日祇如昨
눈앞의 한 잔 술을	眼前一杯酒
누가 미치게 하는 약이라 했나[272]	誰謂之狂藥

술을 바쳤는데 술을 담당하는 초나라의 관리가 조나라의 술을 맛있게 여겨 자신에게 달라고 했다가 거절당하자 화가 나 노나라의 맛없는 술을 조나라 술이라고 하며 초나라 왕에게 바쳤고, 초나라 왕이 조나라 술을 시원찮다고 여겨 한단을 포위했다는 주석이 있다. 《莊子注 卷4 許愼注淮南》

272 사만……했나 : 지나간 날도 오는 날도 모두 허무하게 지나갈 것이므로 어찌 술을 마시지 않을 수 있겠느냐는 말이다. 사만 팔천 년은, 이백(李白)의 〈촉도난(蜀道難)〉에 "잠총과 어부가 개국한 지 어이 그리 아득한가, 이후 사만 팔천 년 동안, 진나라 변새와도 왕래하지 않았네.〔蠶叢及魚鳧, 開國何茫然. 爾來四萬八千歲, 不與秦塞通人煙.〕"라고 한 데서 나온 말이다. 원래는 촉나라가 개국하여 이백이 시를 지을 당시까지의 시간을 의미하는데, 여기서는 긴 세월을 의미하는 말로 쓰였다. 《李太白集 卷3》 촉도는 섬서성(陝西省)에서 사천성(四川省)의 촉(蜀)으로 통하는 험준한 길을 말하며, 잠총과 어부는 촉나라를 건국한 왕이라고 한다. 미치게 하는 약〔狂藥〕은 술을 달리 이르는 말이다. 진(晉)나라 배해(裴楷)가 석숭(石崇)에게 "족하께서 남에게 광약을 마시게 해놓고 올바른 예를 요구한다면 어찌 잘못된 일이 아니겠습니까."라고 한 고사가 있다. 《晉書 卷35 裴楷列傳》 또 송(宋)나라 범질(范質)이 재상으로 있을 적에 품계를 올려달라는 조카 범고(范杲)의 청탁을 받고 경계의 뜻을 담아 지어 준 시에 "너는 술을 즐기지 말거라. 술은 사람을 미치게 하는 약이지 먹을 수 있는 음식이 아니니, 근후한 성품을 바꾸어 흉험한 사람으로 만든다.〔勿嗜酒, 狂藥非佳味, 能移謹厚性, 化爲凶險類.〕"라는 말이 있다. 《小學 嘉言》

아득한 원시로 돌아가서   冥冥反元始

육십갑자 세월도 잊어버리리   甲子也忘却

자취를 거두다[273]
斂迹

태평 세상에서 요행히 벼슬살면서	竊祿幸時平
못난 재주 임금에게 부끄럽다가	非材愧主明
늙어감에 사직을 생각하였고	投衰思謝事
자취 거두어 다행히 대장에서 물러났네	斂迹幸辭兵
도를 구하며 마음 오히려 급했으나	望道心猶急
임금의 은혜 입어 목숨 또한 가벼웠었지	含恩命亦輕
서성이며 옛일을 생각하면서	彷徨懷古昔
두려움에 내 평생 되짚어보네	怵惕數平生

273　자취를 거두다 : 시의 내용 중 '대장에서 물러났다'는 말로 보아, 1811년(순조11)
7월에 지은 시로 보인다. 풍고는 1811년 7월 11일에 금위대장(禁衛大將)에 임명되자
연이어 네 차례 사직 상소를 올리고 7월 23일에 사직을 허락받은 일이 있다. 당시 풍고의
나이 48세였다. 풍고의 사직상소는 《풍고집》 권8에 수록되어 있다.

헐암 종형의 대상을 마치는 날에 느낌이 있어 읊다[274]
歇菴從兄終祥日 感吟

형이여 이 아우 통곡 혹시 보고 계신지	兄乎弟慟儻監臨
아시는지 모르시는지 짐작할 수 없다오	知不知間不可斟
끝내 영령이 있다 한들 무슨 도움이 되랴	終使有靈安所補
원래 지각없는 듯한데 누굴 찾으려 하나	元如無覺欲誰尋
인간이 만든 예가 세월과 무슨 상관이랴	星霜何與人云禮
조물주 마음에는 범인과 성인의 화복이 같네	凡聖同休化底心
지기 떠난 그날의 한은[275]	郢斲牙絃當日恨

---

274 헐암(歇庵)……읊다 : 헐암 종형은 김명순(金明淳, 1759~1810)을 말하는데,
자는 대숙(大叔)이며, 헐암은 그의 호이다. 풍고의 백부(伯父)인 김이기(金履基)의
아들이다. 1801년(순조1)에 문과에 급제하였고 사간원 대사간·이조 참판·함경도 관
찰사 등을 역임하였다. 김명순은 함경도 관찰사로 있던 1810년(순조10) 7월 임소에서
세상을 떠났다.《純祖實錄 10年 7月 29日》이 시는 김명순의 대상(大祥)이 끝난 1812년
7월 무렵에 지은 것으로 보인다.

275 지기(知己)……한은 : 원문의 '영착(郢斲)'은 '영인(郢人)이 도끼로 깎아낸다'는
의미인데, 지기의 죽음을 상징하는 말이다. 영(郢) 땅의 장석(匠石)이 도끼를 휘둘러서
사람의 코끝에 살짝 묻힌 하얀 흙만 교묘하게 떼어내고 사람은 절대로 다치지 않게
하였는데, 그럴 때마다 흙을 묻힌 사람은 가만히 서서 미동도 하지 않았다. 뒤에 송
원군(宋元君)이 그 말을 듣고는 장석을 불러 시연(試演)을 청하자, 장석이 "예전에는
잘했지만 지금은 나의 짝이 오래전에 죽어서 더 이상 숨씨를 발휘할 수가 없다.〔臣則嘗
能斲之, 雖然, 臣之質死久矣.〕"라고 대답한 이야기가《장자》〈서무귀(徐無鬼)〉에 나온
다. 또 원문의 '아현(牙絃)'은 '백아(伯牙)의 거문고 줄'이라는 말로 역시 지기의 죽음을
상징하는 말이다. 거문고의 명인 백아가 자신의 음악을 알아주었던 종자기(鍾子期)가

망망한 우주에 옛날과 지금이 같네   茫茫宇宙古猶今

죽자 거문고 줄을 끊고 다시는 거문고를 연주하지 않았다는 '백아절현(伯牙絶絃)'의
고사가 《열자(列子)》〈탕문(湯問)〉에 나온다.

산방
山房

산방이 산사와 같으니	山房似山寺
비탈길은 구름 낀 산에 이르네	仄徑到雲巒
사립문은 천 그루 솔 마주해 고요하고	門對千松靜
울타리는 한 줄기 물에 휘감겨 썰렁하네	籬廻一水寒
가을 정취에 홀로 앉아 있기를 생각하고	秋情思獨坐
저무는 햇살에 멀리 바라보기 좋아라	殘照耐遙看
그윽한 곳과 통함을 가장 사랑하나니	最愛通幽處
널찍한 몇 이랑에 서리꽃이 피었네	霜花數畝寬

띳집
茅堂

기와 대신 띠풀로 집을 만드니	不瓦爲堂代以茅
다만 한적한 교외 같은 거처를 생각했네	秪思居處倣閑郊
진흙을 고루 발라 작은 솥을 앉히고	築成小銼均泥粉
대나무 끝을 잘라 성긴 울타리 꽂았네	挿得疏籬斬竹梢
푸른 봉우리 꽃다운 숲은 그림 소재가 되고	碧岫芳林當畫本
경첨276과 수놓은 상자는 책 둥지 되었네	瓊籤繡笈作書巢
유랑의 누추한 방에도 명이 있었으니	劉郎陋室銘還在
당시 사람들에게 조롱하지 말라 한 것이네277	謂語時人莫謾嘲

---

276 경첨(瓊籤) : 옥으로 만든 책갈피로, 책 속에 끼워서 찾거나 열람하기에 편하게
만든 것이다. 보통 상아로 만들기에 '아첨(牙籤)'이라고 한다.

277 유랑(劉郎)의……것이네 : 유랑은 당나라의 유우석(劉禹錫)을 가리킨다. 그가
자신의 작은 방에 붙인 〈누실명(陋室銘)〉에 "산은 높이가 중요하지 않으니 신선이 있으
면 이름이 나고, 물은 깊이가 중요하지 않으니 용이 있으면 신령해진다. 이곳은 바로
누추한 집이지만, 오직 나의 덕이 향기로울 뿐이다.〔山不在高, 有仙則名. 水不在深,
有龍則靈. 斯是陋室, 惟吾德馨.〕"라고 하였다.

오두막집
所廬

여덟 자 방 오히려 과분하니	一尋室猶過
일곱 자 몸을 수용한다네	七尺身無餘
앉고 눕고 돌고 방향을 틀 수 있고	坐臥周旋得
동서와 남북으로 빈 곳도 있네	東西南北虛
사리 달관 그 또한 이와 같기에	達觀如是故
군자는 좁은 거처 꺼리지 않네	君子不嫌居
일찍이 좋아했나니 도연명 씨가	嘗喜淵明氏
기쁘게 오두막집 사랑한 것을[278]	欣然愛所廬

---

278 일찍이……것을 : 도잠(陶潛)의 〈산해경을 읽고〔讀山海經〕〉 시의 첫째 수에 "초
여름에 풀과 나무 무성하게 자라나, 집을 에워싸고 나뭇가지 우거졌네. 새들도 깃들
곳 있어 좋아하고, 나도 내 오두막을 사랑한다네.〔孟夏草木長, 繞屋樹扶疎, 衆鳥欣有
托, 吾亦愛吾廬.〕"라는 구절이 있다. 《陶淵明集 卷4》

화성으로 가는 길에 석한[279]과 나란히 말을 몰며 두보의 시에 화답하다

華城途中 與石閒聯轡和杜

남충현은 익숙한 곳이니	慣是南充縣
해마다 사성이 되어 지났지[280]	頻年作使星
슬프게 성인의 자취 따르고	愀然攀聖躅
어렴풋이 선령을 뵙는 듯하네[281]	怳若覿先靈
늙은이 눈물 누가 닦아주려나	老淚憑誰拭
슬픈 마음 홀로 간직하고 있다네	傷心獨自銘
행궁[282]의 담장 아래 대나무는	行宮墻下竹
여전히 옛날처럼 푸르네	猶似舊時青

근력은 여전히 공을 세울 만하고	筋力猶堪效

---

279 석한(石閒) : 풍고의 벗인 김조(金照)의 호이다. 김조에 대해서는 57쪽 주74 참조.

280 남충현(南充縣)은……지났지 : 남충현은 과천현(果川縣)의 이칭이다. 사성(使星)은 임금이 지방에 파견한 사신을 일컫는 말이다.

281 슬프게……듯하네 : 성인(聖人)은 정조(正祖)를, 선령(先靈)은 풍고의 부친 김이중(金履中)을 말한다. 김이중은 1791년(정조15) 6월에 과천 현감에(果川縣監) 제수되었으며, 화성으로 가는 정조의 행차를 뒷바라지한 일이 있었다. 《풍고집》 권1 〈과천현 행궁에서의 감회〔果川縣行宮有感〕〉 시 참조.

282 행궁(行宮) : 정조가 화성으로 행차할 때 잠시 머물렀던 온온사(穩穩舍)를 말한다. 이곳은 원래 과천현의 관아에 딸린 객사(客舍)였는데, 온온사라는 명칭은 1790년(정조14)에 정조가 직접 붙였다. 《正祖實錄 14年 2月 11日》

말 모는 솜씨 또한 훌륭하다네	馳驅亦所能
날씨가 맑아 사람은 절로 유쾌하고	氣淸人自愜
한가한 지 오래라 말은 솟구칠 듯하네	閑久馬如騰
한사에서 함께 빗소리 들었고[283]	漢寺同聽雨
요하에서 모두 얼음물 마셨지[284]	遼河共飮氷
지난날 노닐던 일 다 이미 꿈같으니	昔遊皆已夢
오늘의 동행 또 어찌 말할 게 있으랴	今伴又何稱

곳곳에 벼와 기장을 보니	處處看禾黍
무성하여 말 머리를 가리네	油油沒馬頭
이엉처럼 끌채처럼 참으로 경사로니	茨梁眞有慶
산과 들판에 근심 하나 없어라[285]	山野一無愁
호박 울타리 밑엔 닭 돼지 뛰놀고	匏落鷄豚散
연꽃 연못엔 기러기 오리 떠 있네	荷塘雁鴨浮
내 가는 길 먼 줄도 모르겠나니	不知行路遠

---

283 한사(漢寺)에서……들었고 : 김조와 어울렸던 일을 회상하는 말인데, 한사(漢寺)가 어디를 가리키는지는 미상이다.

284 요하(遼河)에서……마셨지 : 풍고와 김조가 모두 연행을 다녀왔다는 말이다. 풍고는 1792년(정조16)에 동지 겸 사은사(冬至兼謝恩使)의 서장관(書狀官)으로 연행을 다녀왔고, 김조는 1784년(정조8) 12월에 사은사 박명원(朴明源)의 수행원으로 연행을 다녀왔다. 얼음물을 마신다는 것은 막중한 사신의 임무를 수행했다는 의미로, 춘추시대 초(楚)나라의 섭공(葉公) 자고(子高)의 고사에서 나온 말이다. 92쪽 주145 참조.

285 이엉처럼……없어라 : 대풍이 든 모습을 형용한 말이다. 《시경》〈보전(甫田)〉에 "증손의 농사가 이엉과 같고 수레의 끌채와 같도다.〔曾孫之稼, 如茨如梁.〕"라는 구절이 있다.

눈에 가득한 가을 풍경이로세　　　　　　滿目是登秋

난수는 당년의 일이요[286]　　　　　　　　灤水當年事

도구는 후일의 마음이라[287]　　　　　　　菟裘後日心

도랑을 파 활수를 만들고　　　　　　　　穿渠成活水

나무 심어 깊은 숲 이루었네[288]　　　　　植木作深林

홀로 중신의 계책 운용하시니　　　　　　獨運重宸策

어찌 태부의 재물 따지셨으랴[289]　　　　寧論太府金

---

286 난수(灤水)는 당년의 일이요 : 1789년(정조13)에 사도세자(思悼世子)의 묘소를 양주(楊州)에서 화성(華城)으로 이장한 것을 말한다. 난수는 중국 회하(淮河)의 지류인 과수(渦水)의 끝에 있는 강 이름인데, 무덤에 물이 들어 이장하는 것을 의미하는 말로 쓰인다. 주나라 문왕(文王)의 아버지 왕계(王季)를 과수의 끝에 장사지냈는데 난수에 의해 그 무덤이 깎여나가 관이 드러나자, 문왕이 이장했다는 고사가 있다. 《呂氏春秋 開春》한편, 영우원의 천장(遷葬)을 결정한 날 금성위(錦城尉) 박명원(朴明源)의 상소에 '뒤를 받치고 있는 곳에 물결이 심하게 부딪친다.'는 말이 보인다. 《正祖實錄 13年 7月 11日》

287 도구(菟裘)는 후일의 마음이라 : 정조가 노년을 화성에서 보내고 싶어 했다는 말이다. 도구는 원래 노(魯)나라의 지명으로, '노년의 은거지'라는 뜻으로 쓰인다. 춘추시대 노나라 환공(桓公)을 대신하여 섭정하던 은공(隱公)이 환공에게 왕위를 물려주고 은퇴하고자 지금의 산동성 사수현(泗水縣)에 있었던 도구 땅에 은거지를 조성했다는 고사에서 유래하였다. 《春秋左氏傳 隱公11年》

288 도랑을……이루었네 : 정조가 수원 화성을 축조하면서 화성 4대문 밖에 만석거(萬石渠)·축만제(祝萬堤)·만년제(萬年堤) 등의 대규모 수리시설을 설치하고, 버드나무·뽕나무·밤나무 등을 널리 심어 숲을 울창하게 만들어 경관이 달라지도록 한 것을 말한다. 《正祖實錄 22年 4月 27日, 24年 6月 1日》

289 홀로……따지셨으랴 : 정조가 화성 축조의 모든 계획을 세웠고 사사로운 재물도 아끼지 않고 내놓았다는 말이다. 중신(重宸)은 겹겹이 문으로 막은 대궐이라는 뜻으로

지지대 위에서 바라보면서	遲遲臺上望
애끊는 마음으로 옛 화답시 읊노라[290]	腸斷舊賡吟
멀고먼 길 저녁까지 걷다보니	漫漫行抵夕
갑자기 나그네 시름 더 느끼네	忽覺旅愁添
마을 불빛은 외로이 반짝이고	村火孤生耿
가을 산은 푸른 꼭대기 드러내네	秋岑碧露尖
이끼 낀 비석엔 가려진 부분 많고	苔碑多沒面
나무 장승엔 또 어찌 수염이 났을까[291]	木堠又何髥
주막의 술이 시름 씻어 줄 터이니	店酒須澆悶
시큰한 막걸리도 싫다하지 마시게	酸醨且莫嫌

임금을 가리켜 이르는 말이다. 태부(太府)는 조정의 재물 창고를 말하는데, 여기서는 임금의 개인적인 재물을 넣어두던 내탕고(內帑庫)를 의미한다.

290 지지대(遲遲臺)……읊노라 : 지지대에서 정조를 그리워하며 화답했던 시를 읊조린다는 말이다. 지지대는 서울에서 수원 화성으로 들어올 때 수원 어귀에 있는 고개이다. 정조가 현릉원을 배알하고 돌아갈 때 이 고개에 이르면 언제나 행차를 멈추고 뒤돌아보면서 발을 떼지 못했는데, 이에 감동한 고을 사람들이 이 고개 위에 돌로 대를 쌓아올려 정조가 올라가서 뒤돌아볼 수 있게 하였다.《國朝寶鑑 卷74 正祖條74, 卷75 正祖條75》

291 나무……났을까 : 원문의 '목후(木堠)'는 나무로 만든 장승을 말하는데, 말뚝에 이웃 마을의 이름과 방향, 거리를 표시하고 사람의 얼굴을 새겨서 큰길가에 세워 길을 알려주는 이정표이다. 현재 남아 있는 장승의 얼굴에 수염이 난 경우가 있다.

말 위에서 생각나는 대로 읊다[292]

馬上漫吟

복토 빠져 수레 기울어 다시 안장에 의지하니[293]　　　輹脫車傾更據鞍

매서운 바람과 서리가 옷에 스며 차갑네　　　風霜冽冽透衣寒

내 삶의 정해진 운명이 원래 고난 많아서　　　吾生注定元多苦

또 오늘 밤 길 가기가 험난하네　　　又是今宵行路難

---

292 말……읊다 : 바로 앞의 시와 마찬가지로 화성(華城)으로 가던 길에 지은 시로
보인다.

293 복토(伏兎)……의지하니 : 수레가 망가져 말을 탔다는 말이다. 원문의 '복(輹)'
은 수레의 굴대 위에 수레의 바닥판을 고정하고자 덧대는 나무로 엎드린 토끼 모양으로
생겼다고 하여 복토(伏兎)라고 하며, 우리말로는 둔테라고 한다. 《주역》〈대축괘(大畜
卦) 구이(九二)〉에 "수레의 복토가 빠졌도다.〔輿說輹.〕"라는 구절이 보인다.

한낮에 과천의 객점에서 쉬다[294]
午憩果川店舍

오홍빈이 빚은 술 그 맛 아주 좋아서	吳興彬酒味殊芳
양근의 서덕창 술보다 못하지 않네[295]	不減楊根徐德昌
한 잔 데워 마신 뒤에 책을 펼쳐 누우니	煖飮一杯攤卷臥
객점인지 산방인지 그 누가 알랴	誰知是店是山房

294 한낮에……쉬다 : 앞의 시와 마찬가지로 화성(華城)으로 가던 길에 지은 시로
보인다.

295 오홍빈(吳興彬)이……않네 : 오홍빈과 서덕창(徐德昌)은 각각 과천(果川)과 양
근(楊根)에서 술을 빚던 사람의 이름으로 보인다.

화성에서 돌아오는 길에 북방촌을 지나며[296]
華城歸路 過北方村

입동의 날씨가 봄보다 따스하니	立冬之候暖於春
들녘 햇살에 바람도 없어 사람을 취하게 하네	野日無風醉殺人
따뜻한 강엔 우는 오리가 앞다퉈 목욕하고	水暖鳧聲爭曬浴
깨끗한 모래톱엔 달리는 말이 잔 먼지 일으키네	沙晴馬迹細生塵
보리뿌리 묵지 않아 푸른빛 가지런히 서 있고[297]	麥根未宿靑齊立
산기운 여전히 짙어 검푸른 눈썹 찡그리려 하네	山氣猶濃黛欲嚬
목면화 적게 땄다고 말하지 말라	休道木綿花少摘
가난한 백성 돌보는 하늘의 뜻 알 수 있으니[298]	可知天意眷寒民

296 화성(華城)에서……지나며 : 북방촌(北方村)은 경기도 광주(廣州) 북방면(北方面)을 가리키는 것으로 보이는데, 현재는 수원군 반월면에 해당한다.

297 보리뿌리……있고 : 가을에 파종한 보리의 순이 파랗게 자란 모습을 형용한 말이다. 보리뿌리가 묵지[宿] 않았다는 것은 겨울을 나지 않았다는 말인데, 가을에 심어 봄에 수확하는 보리를 숙맥(宿麥)이라고 한다.

298 목면화(木綿花)……있으니 : 입동(立冬)에도 날씨가 따뜻해 겨울을 잘 지낼 수 있을 것이므로 가을에 목화(木花)의 수확이 적었음을 걱정하지 말라는 말이다.

책 상자 속에서 취미의 시를 얻어 보운해서 보내다[299]
篋中得翠微詩 步韻寄之

자욱한 먼지 세상 벗어난 그대를 상상하니	遐想出煙塵
비쩍 마른 몸이 산택에 어울리리라	臞形宜山澤
어이하여 가난에 내몰려	胡爲飢所驅
멀리서 허리 굽히는 객 되었는가[300]	遠作折腰客
그대 떠나보낸 뒤로 이 몸은	自我送君來
막막하여 마음에 맞는 일 적어	倀倀意少適
신음하며 옥호[301]의 집에 누웠는데	呻吟臥壺廬
문에는 찾아오는 수레 자취 드무네	門稀車轍迹

---

299 취미(翠微)의……보내다 : 취미는 신재식(申在植)의 호이다. 신재식에 대해서
는 101쪽 주169 참조. 이 시는 내용으로 보아 무안 현감(務安縣監)으로 있던 신재식에
게 보낸 것인데, 신재식은 1812년(순조12) 3월에 무안 현감에 임명되어 1813년 9월까
지 재직하였다. 《承政院日記 純祖12年 3月 22日》《外案考 卷4 全羅道 務安縣監》보운
(步韻)은 다른 사람이 지은 시에 대해 운자의 순서까지 그대로 써서 차운(次韻)하는
것을 말한다. 한편 136쪽에 〈무안 임소로 떠나는 신중립을 전송하며〉라는 시가 있다.
300 멀리서……되었는가 : 궁벽한 무안에서 현령 생활을 하게 되었느냐는 말이다.
허리 굽히는 객은 지방관 생활을 의미하는 말이다. 진(晉)나라 도잠이 팽택 현령(彭澤
縣令)으로 있을 때 독우(督郵)의 시찰을 받게 되자, "내가 쌀 다섯 말 때문에 허리를
굽혀 향리의 어린아이에게 굽실거릴 수는 없다.〔吾不能爲五斗米折腰, 拳拳事向鄉里
人邪。〕"라고 하고는, 즉시 고향으로 돌아갔던 고사에서 나온 말이다. 《晉書 卷94 陶
潛列傳》
301 옥호(玉壺) : 삼청동에 조성한 풍고의 별장인 옥호정사를 말한다. 29쪽 주1 참조.

찬 기운이 얼핏 대숲 스쳐 지나면	涼氣忽經竹
우수수 그 얼마나 운치 맑을까	清韻何摵摵
뜨락 나무엔 굼벵이가 열매를 먹고³⁰²	園柯齊食實
담쟁이 풀은 사이사이 누르고 붉으리	絡石間黃赤
가는 세월 느꺼워 갈길 멂을 걱정하고	感時憂道遠
마음속엔 스스로 빙벽³⁰³ 품었으리라	中自抱氷蘗
봉황 울음 오래도록 듣지 못하고³⁰⁴	鳴鳥久不聞
대아를 마침내 함께 짓지 못했네³⁰⁵	大雅邃無作
인생이란 참으로 쉽게 늙으니	人生良易老
흰 이슬 내리는 이 밤 어이하리오	奈此白露夕

302 굼벵이가 열매를 먹고 : 원문의 '제(齊)'를 '제(蠐)'의 의미로 보아 굼벵이로 번역하였다. 굼벵이를 제조(蠐螬)라고 하는데, 《맹자》〈등문공 하(滕文公下)〉에, "우물가에 오얏이 있는데, 굼벵이가 파먹은 것이 반을 넘었다.〔井上有李, 蠐食實者過半矣.〕"라는 구절을 염두에 둔 표현으로 보인다.

303 빙벽(氷蘗) : 맑은 얼음물을 마시고 쓰디쓴 황벽나무를 씹는다는 말로, 지방 수령으로 나가 굳게 절조를 지키면서 청백하게 사는 것을 비유한 말이다. 당나라 백거이(白居易)의 "3년 동안 자사로 있으면서, 맑은 얼음물을 마시고 쓰디쓴 소태를 씹었노라.〔三年爲刺史, 飲氷復食蘗.〕"라는 구절에서 나온 말이다. 《白樂天詩集 卷1 三年爲刺史》

304 봉황……못하고 : 신재식의 소식을 오래도록 듣지 못했다는 말이다. 원문의 '명조(鳴鳥)'는 봉황의 울음소리를 가리킨다. 《서경》〈군석(君奭)〉에 주공(周公)이 소공(召公)에게 "그대와 같은 노성한 원로의 덕이 장차 백성에게 내리지 않는다면, 우리는 봉황의 소리를 다시 듣지 못하게 될 것이다.〔耈造德不降, 我則鳴鳥不聞.〕"라는 구절이 있다.

305 대아(大雅)를……못했네 : 서로 만나 좋은 시를 짓지 못한다는 말이다. 대아는 올바른 시를 일컫는 말인데, 여기서는 좋은 시의 의미로 쓰인 듯하다.

배회하며 하늘 끝 바라보면서	徘徊望天末
끝없는 그리움에 탄식한다네	歎息思脈脈
그대가 집에 있던 날 생각하나니	念君在家日
찾아와 나와 자리를 나란히 했지	來卽竝我席
영합을 수치로 여김 내가 사모했고[306]	慕尙恥苟合
심오한 말도 어렵지 않게 풀이하였네	微言不煩釋
옥산 같은 기풍이 눈 안에 비치어[307]	玉山映眼中
외로운 달빛 높은 기상 드러내었고	峨峨露孤白
담담하여 오래도록 공경할 줄 아니[308]	澹澹久知敬
진실함이 마음속에 쌓였다네	忠誠內自積
어이할까 다시 어이할까	如何復如何

---

306 영합(迎合)을……사모했고 : 송나라 소순흠(蘇舜欽)의 〈공소 학사의 초대를 받고 삼가 화답하며〔奉酬公素學士見招之作〕〉라는 시의 첫 부분에, "인생의 교분은 영합을 수치로 여기고, 도의로 오래도록 약속 지킴을 귀하게 여긴다네.〔人生交分恥苟合, 貴以道義久可要.〕"라는 구절이 보인다. 공소는 송나라 이순(李絢)의 자이다. 《蘇學士集 卷3》

307 옥산(玉山)……비치어 : 신재식의 의용(儀容)이 준수하다는 말이다. 의용이 준수한 진(晉)나라의 배해(裴楷)에 대해 당시 사람들이 "배숙(裴叔)을 보면 마치 옥산에 가까이 있는 것처럼 사람을 비춘다.〔見裴叔, 則如近玉山, 映照人也.〕"고 칭찬했다고 한다. 《晉書 卷35 裴楷傳》

308 담담하여……아니 : 이익을 추구하지 않는 교유로 벗에 대해 공경하는 마음을 지녔다는 뜻이다. 공자가 제(齊)나라 대부(大夫) 안영(晏嬰)을 칭찬하여, "안평중은 남과 사귀기를 잘하였다. 오래되어도 공경하는구나.〔晏平仲善與人交, 久而敬之.〕"라고 하였다. 《論語 公冶長》 또 《장자(莊子)》 〈산목(山木)〉에 "군자의 사귐은 담담하기가 물과 같고, 소인의 사귐은 달기가 단술과 같다.〔君子之交淡若水, 小人之交甘若醴.〕"라는 말이 있다.

오래도록 삼상처럼 떨어져 있음을[309]	久貽參商隔
천 리에서 온 편지 받아보니	千里見尺素
거듭해서 현감 살이 하소연하는데	重複訴吏役
두통이 난다 하네 지친 백성 매질해	疾首撻疲氓
밤낮으로 세금을 거두어들이는 일	日夜租錢索
천리마 같은 재주 펼치지 못하고	驥足踢未展
세상 경륜 지난날 뜻과 어긋나지만	經綸違夙昔
귀거래사 읊으라고 어찌 말하랴	曷云賦解紱
금석지교 나의 벗 신공이여	雅契申金石
근심 걱정 지극한 마음 표하니	抒情鞠憂思
신명이 나의 마음 알아주리라	知應神祇格

309 오래도록……있음을 : 삼상(參商)은 삼성(參星)과 상성(商星)을 말하는데, 삼성은 서쪽 하늘에 있고 상성은 동쪽 하늘에 있어서 서로 만날 수가 없기 때문에, 멀리 헤어져서 만나지 못하는 것을 비유하는 말로 쓰인다. 《春秋左氏傳 昭公元年》

유근과 원근 두 아들에게 보이다[310] 이때 유근은 옥서에서
숙직하고 원근은 계방에서 숙직하였다.

示迺元兩兒 時迺根直玉署 元根直桂坊

형과 아우 그 얼마나 괴로이 공부했었나   伯仲曾何業苦攻
문과 급제해 영각에 있고 음직으로 동룡에 있네[311] 文居瀛閣蔭銅龍
강석에서 토론함은 원래 청선직이요[312]   論思講席元淸選

310 유근(迺根)과……보이다 : 김유근(金迺根)은 풍고의 장남으로 태어나 풍고의 종
형(從兄)인 김용순(金龍淳)의 후사가 되었다. 88쪽 주136 참조. 김원근(金元根)은 풍
고의 둘째 아들로, 자는 경미(景渼)이다. 1809년(순조9) 진사시에 급제하였다. 시의
주석에 보이는 옥서(玉署)는 옥당(玉堂) 즉 홍문관을 말하며, 계방(桂坊)은 세자익위
사(世子翊衛司)의 이칭이다. 김유근은 1812년(순조12) 9월 16일에 홍문관 부교리에
임명된 기록이 보인다. 또 김원근은 1812년 6월 19일에 세자익위사 세마(洗馬)에 임명
되고, 9월 2일에 세자익위사 시직(侍直)에 임명된 기록이 보인다.《純祖實錄 12年 9月
13日》《承政院日記 純祖12年 6月 19日, 9月 2日》이 기록에 근거하면 이 시는 풍고의
나이 48세 때인 1812년 9월 무렵에 지은 것으로 보인다.

311 문과(文科)……있네 : 김유근과 김원근이 각각 홍문관과 세자익위사에 근무하고
있다는 말이다. 영각(瀛閣)은 영관(瀛館)이라고도 하는데 홍문관의 별칭이다. 동룡은
동룡문(銅龍門)으로 세자가 거처하는 곳을 말하는데, 중국 한(漢)나라 때 태자가 거처
하는 궁문 위에 동(銅)으로 만든 용이 있었던 데서 생긴 이름이다. 여기서는 세자익위사
를 말한다. 김유근은 1810년(순조10) 문과에 급제하였다.

312 강석에서……청선직(淸選職)이요 : 홍문관에서 벼슬하는 김원근을 두고 한 말이
다. 원문의 '논사(論事)'는 임금과 학문을 토론하고 계책을 건의하는 것을 말한다. 홍문
관은 궁중의 경서(經書)·사적(史籍)의 관리와 문한(文翰)의 처리 및 왕의 각종 자문
에 응하는 일을 관장했다. 청선직은 학식과 문벌이 높은 사람에 한하여 임명하는 직책을
말한다.

이궁에서 호위함이 어찌 천한 신분이리오[313]　　護翊離宮豈賤蹤

너희들이 선대의 유업 이을 줄 어찌 알겠느냐　　爾輩寧知先緒接

내 삶이 성대한 때 만나 너무나 두렵네　　吾生甚懼盛時逢

앞선 수레 엎어짐 여부는 차이 많지 않았으니　　前車覆否無多別

한 바퀴는 횡으로 한 바퀴는 종으로 돌아서라네[314]　　一轍橫云一轍縱

313　이궁(離宮)에서……신분이리오 : 이궁은 세자가 거처하는 궁을 말한다. 김원근의 직책인 세자익위사 시직은 정8품의 벼슬이다.

314　앞선……돌아서라네 : 지난 역사를 살펴볼 때 형제가 화합하지 못하면 반드시 가문이 패망하게 된다는 경계의 말이다. 앞선 수레[前車]는 후인들이 경계해야 할 지나간 일들을 말한다. 《순자(荀子)》〈성상(成相)〉에, "앞의 수레가 이미 뒤집혔는데 뒤에 가는 수레가 방향을 바꿀 줄 모른다면 깨달을 때가 언제인가.[前車已覆, 後未知更, 何覺時?]"라는 구절이 있다. 원문의 '云'은 '運'의 의미로 쓰인 것으로 보이는데, 《관자(管子)》〈계(戒)〉에 "그러므로 하늘은 움직이지 않지만 사시가 운행하여 만물이 화육된다.[故天不動, 四時云下而萬物化.]"라고 한 용례가 보인다.

삼행인 신자하 위 를 전송하다[315]
送三行人紫霞申 緯

거대한 구주에 금대가 있나니　　九州之大在金臺
제왕의 역년 팔백 년이 되었네[316]　　歷帝王年八百來

315 삼행인(三行人) 신자하(申紫霞)를 전송하다 : 풍고의 나이 48세 때인 1812년(순조12) 7월에 자하(紫霞) 신위(申緯, 1769～1845)의 연행(燕行)을 전송한 시이다. 신위의 본관은 평산(平山), 자는 한수(漢叟)이고, 자하는 그의 호이며 다른 호는 경수당(警修堂)이다. 1799년(정조23) 문과에 급제해 초계문신(抄啓文臣)에 발탁되었다. 1812년(순조12) 7월에 진주 겸 주청사(陳奏兼奏請使) 이시수(李時秀)의 서장관으로 청나라에 다녀왔다. 북경에서 당시 대학자인 옹방강(翁方綱)과 교유하며 많은 영향을 받았다. 이후 춘천 부사(春川府使) 및 이조·병조·호조의 참판을 역임하였다. 문집으로 《경수당전고(警修堂全藁)》가 있다. 삼행인(三行人)은 서장관을 일컫는 말이다. 풍고는 이 시를 부채에 적어 신위에게 송별 선물로 주었는데, 신위는 북경의 석묵루(石墨樓)에서 옹방강·섭지선(葉志詵)·왕여한(汪汝瀚)과 만나 부채에 적힌 풍고의 이 시에 차운한 시를 함께 읊었다고 한다. 한편 《경수당전고》에 풍고의 이 시가 첨부되어 있는데, 제목은 〈연경으로 가는 자하 사형을 전송하며〔送紫霞詞兄赴燕〕〉로 되어 있다. 《警修堂全藁 冊1 翁星原樹崑……星原賞余所携楓公詩扇仍用原韻卽席共賦》

316 거대한……되었네 : 구주(九州)는 중국 전역을 말한다. 우왕(禹王)이 홍수를 다스리고 나서 천하를 아홉 개의 주로 나누었다고 한다. 금대(金臺)는 전국 시대 연(燕)나라 소왕(昭王)이 북경에 세운 황금대(黃金臺)를 가리키는데, 북경을 일컫는 말로 쓰인다. 요(遼)나라 태종(太宗) 회동(會同) 원년인 938년에 현재의 북경 지역인 유주(幽州)를 유도부(幽都府)로 승격하여 제2의 수도로 삼고 연경(燕京)이라고도 칭하였으며, 개태(開泰) 원년인 1012년에 유도부를 연경석진부(燕京析津府)로 개칭하였다. 이후 북경은 원나라가 들어서면서 제1의 도읍이 되어 명나라와 청나라로 이어졌다. 풍고가 이 시를 쓴 때가 1812년(순조12)이므로, 북경이 중국의 도읍으로 역할을 한 것이 대략 800년 정도가 된다.

옛날 나는 바다 본 듯 얼굴 돌리며 탄식했었고[317]　　吾昔望洋旋面歎

이제 그대는 태산 오른 듯 가슴 틔워 돌아오리[318]　　君今登嶽盪胸回

비장한 노래 무거운 승낙은 바로 남은 풍속이요[319]　　悲歌重諾仍遺俗

넓은 학식 큰 문장은 모두 훌륭한 인재라네　　博學宏詞盡茂材

유람 무르익을 때 응당 깨달으리라　　遊到酣時應自覺

바다 밖에서 태어난 몸 또한 어떠한지를[320]　　人生海外亦何哉

317 옛날……탄식했었고 : 풍고 자신이 북경에 갔을 때 그 웅장한 모습에 깜짝 놀라 탄식했다는 말이다. 바다 본 듯 탄식했다는 것은 《장자(莊子)》〈추수(秋水)〉에 나오는 '망양지탄(望洋之歎)'의 고사를 끌어온 것이다. 황하(黃河)의 신(神) 하백(河伯)이 북해(北海)에 이르러 끝이 보이지 않는 망망대해를 접한 뒤, 비로소 자만에 찬 얼굴을 거두고 바다를 바라보며 북해의 신 약(若)을 향해 탄식하며 자신의 좁은 식견을 토로했다는 고사가 전한다. 원문의 '망양(望洋)'에 대해서는 대부분의 주석서에서 '멍하니' 또는 '우러러' 등으로 풀이한다. 그런데 풍고의 이 시가 율시이므로 뒷 구절의 '등악(登嶽)'과 대구가 되어야 한다는 점에서 '바다를 바라보다'라는 뜻으로 번역하였다.

318 이제……돌아오리 : 태산(泰山)에 올라 천하를 내려다보듯 가슴이 툭 트이는 장관을 목격하고 돌아올 것이라는 말이다. 원문의 '등악(登嶽)'은 두보(杜甫)의 〈망악(望嶽)〉 시를 염두에 둔 표현으로 보이는데, 〈망악〉의 첫 수에서 태산을 읊으며, "층층 구름 생기는 데에 가슴이 환히 뚫리고, 돌아가는 새를 보는 데서 눈이 확 트이네.〔盪胸生層雲, 決眥入歸鳥.〕"라는 구절이 있다. 《杜少陵詩集 卷1》

319 비장한……풍속이요 : 북경에 옛날 연(燕)나라 선비의 유풍이 있다는 말이다. 비장한 노래와 무거운 승낙은 전국 시대 자객(刺客) 형가(荊軻)의 고사를 말한다. 127쪽 주236 참조.

320 유람……어떠한지를 : 중국을 유람하며 견문을 넓히게 되면 바다 밖 좁은 땅인 조선에서 태어난 것을 안타깝게 여길 것이라는 말이다.

섣달 십육일에 대궐에서 숙직하며 달을 보고 시를 지어 경산 소우[321]에게 보여주고 질정을 바라다
臘月旣望 禁直對月 賦示經山少友祈正

바람을 받은 금가루 부슬부슬 뿌리니[322]	映風金屑灑霏霏
백발의 시인이 수놓인 휘장을 걷네	頭白詞人捲繡幃
하늘가에는 구름 일어날 기미 보이지 않고	天際不敎雲作意
산속에는 응당 눈과 함께 빛을 더하리라	山間應與雪添輝
뜰 거닐던 언 학은 하늘로 오르며 놀라고	循庭凍鶴凌空警
나무 맴돌던 찬 까마귀 새벽인 줄 알고 날아가네	繞樹寒鴉認曉飛
맑은 달빛이 다만 오늘 밤뿐이기에	總爲淸光秪此夜
높은 누각에서 저무는 한 해를 서글퍼하노라	高樓怊悵歲華歸

---

321 경산(經山) 소우(少友) : 정원용(鄭元容, 1783~1873)으로, 본관은 동래(東萊), 자는 선지(善之)이고, 경산은 그의 호이다. 1802년(순조2)에 문과에 급제하였고, 1848년(헌종14)에 영의정에 올랐다. 헌종이 죽은 뒤 정계에서 물러났다가 1863년(철종14)에 철종이 죽자 원상(院相)이 되어 고종이 즉위하기까지 국정을 관장하였다. 《철종실록》의 편찬을 주관하였으며, 저서로 《경산집》, 《수향편(袖香編)》, 《문헌촬요(文獻撮要)》 등이 있다. 시호는 문충(文忠)이다. 소우(少友)는 자신보다 나이가 어린 벗을 일컫는 칭호이다.

322 바람을……뿌리니 : 눈이 그친 뒤 달이 떠오르고 바람이 불 때, 바람에 날리는 눈가루가 달빛을 받아 황금색으로 반짝이는 모습을 형용한 말로 보인다.

비래정에 쓰다[323]
書飛來亭

어지러운 세상 모습 무엇이 참이고 거짓일까   物態紛紛孰假眞
소라 하든 말이라 하든 나는야 편안하네[324]   呼牛與馬可安身
모르겠네 나처럼 거칠어 쓸모없는 사람이   不知無用麤如我
사만 년 이래로[325] 몇 사람이나 있었는지   四萬年來有幾人

323 비래정(飛來亭)에 쓰다 : 비래정은 옥호정(玉壺亭) 안에 있는 바위를 말하는 것으로 보인다. 41쪽 주20 참조.

324 소라……편안하네 : 세상의 시비는 다른 사람의 평가에 맡기고 자신은 상관하지 않는다는 말이다. 《장자(莊子)》〈천도(天道)〉에서 사성기(士成綺)란 사람의 물음에 대답한 노자(老子)의 말을 인용하여, "어제 자네가 나를 소라고 불렀다면 소라고 했을 것이고, 나를 말이라고 불렀다면 나는 말이라고 했을 것이다.〔昔者, 子呼我牛也, 而謂之牛, 呼我馬也, 而謂之馬.〕"라고 한 구절이 보인다.

325 사만 년 이래로 : 천지가 개벽한 이후를 말한다. 사만 년은 이백(李白)의 〈촉도난(蜀道難)〉에, "잠총과 어부가 개국한 지 어이 그리 아득한가, 이후 사만 팔천 년 동안, 진나라 변새와도 왕래하지 않았네.〔蠶叢及魚鳧, 開國何茫然. 爾來四萬八千歲, 不與秦塞通人煙.〕"라고 한 데서 나온 말인데, 긴 세월을 의미한다.《李太白集 卷3》

취미[326]의 〈거문고 소리를 듣고〉라는 시에 차운하다

次翠微聽琴韻

거문고로 말하자면 나는 아직도 수수께끼 같은데	說琴我猶謎
그대의 변설은 참으로 심오하고 분명하네	君辨殊玄著
그대는 분명하지만 나는 아직도 흐릿한 것은	著然我猶晦
또한 본래 이유가 있으니	亦自有緣故
나는 본래 사심[327]이 심해	我本師心甚
의미를 풀 때 남 생각 그저 따르기 싫어해서라네	解義厭依附
거문고 소리는 사람의 성과 같아서	絲音猶人性
소리 나고 고요함을 각각 말할 수 있고	動靜各可語
이는 하나고 기 역시 하나이지만	理一氣亦一
나뉘면 달라지니 어느 것을 고집하랴[328]	分殊執何處
손가락 움직이면 소리도 움직이고	指動音亦動
손가락 멈추면 소리도 멈추니	指住音亦住
멈추고 움직임은 단지 하나의 기에서 나왔고	住動只一氣
수만의 수도 단지 하나의 수에서 나왔으며	數萬只一數

---

326 취미(翠微) : 신재식(申在植)의 호이다. 101쪽 주169 참조.

327 사심(師心) : 자신의 마음을 스승으로 삼는다는 말로, 자신의 주관적인 견해를 굳게 지키는 것을 말한다.

328 거문고 소리는……고집하랴 : 사람의 성(性)에 동정(動靜)이 있듯이 거문고 소리의 울림과 그침을 다 연주라고 할 수 있으므로, 어느 것이 진정한 거문고 소리라고 단정해 말할 수 없다는 의미이다.

맑은 음 탁한 음도 각각 하나의 음에서 나왔으니　　　淸濁各一音

각각의 이치를 어찌 갖추지 않았으랴　　　在理豈不具

군자는 의심나는 점 빼놓았으니　　　君子闕所疑

이 때문에 즐거웠음을 알고[329]　　　是以知有譽

공자는 성을 말하지 않았는데[330]　　　魯叟不言性

감히 그것을 버리겠는가　　　而敢舍之去

싹 자라게 하려고 도리어 싹 뽑는 것　　　助苗反揠苗

맹자도 깊이 두려워하였네[331]　　　孟氏亦深懼

나의 시가 거문고의 마음에 의탁한 까닭은　　　我詩托琴心

길이 만세를 위해 염려한 때문이라네　　　長懷萬世慮

329 군자는……알고 : 잘 모르는 것에 대해 말하지 않아야 마음이 편안하다는 뜻이다. 공자가 자장(子張)에게 "많이 듣되 의심스러운 것은 빼놓고 그 나머지만을 신중히 말하면 허물이 적어질 것이다.〔多聞闕疑, 愼言其餘, 則寡尤.〕"라고 일러준 말이 있다. 《論語 爲政》 또 《시경》〈육소(蓼蕭)〉에 "이 때문에 즐거움이 있었도다.〔是以有譽處兮.〕"라는 구절이 보인다.

330 공자(孔子)는……않았는데 : 《논어》〈공야장(公冶長)〉에 자공(子貢)이 "부자의 문장은 들을 수 있으나, 부자께서 성과 천도를 말씀하시는 것은 들을 수 없다.〔夫子之文章, 可得而聞也. 夫子之言性與天道, 不可得而聞也.〕"라고 한 구절이 보인다.

331 싹 자라게……두려워하였네 : 맹자가 호연지기(浩然之氣)를 기르는 방법에 대해 설명하면서, 조급하게 이루려고 조장(助長)하다가 일을 그르친 경우를 송(宋)나라 사람이 곡식을 빨리 자라게 하려고 싹을 뽑아 올려 자라는 것을 도와주었다가 도리어 말라 죽게 만들었다는 예를 들어 비유한 적이 있다. 《孟子 公孫丑上》

죽리 족숙과 함께 서어 권 시랑 경호 상신 와 배를 띄워
즐기기로 한 약속에 갔다가 돌아오며 말 위에서 서어의 시축
속의 운자를 써서 입으로 읊다[332]

同竹里叔 赴西漁權侍郎褧好 常愼 泛舟之約 馬上用西漁軸中韻口占

주무시는 이웃 족숙 재촉해 　　　　　　　　　催動芳隣睡

말고삐 나란히 새벽길을 나서니 　　　　　　聯鑣趁早行

마을에서 몸은 이미 멀어졌고 　　　　　　　閭閻身已遠

넓은 들판에서 눈이 환히 트이네 　　　　　　郊野眼先明

촉촉한 이슬에 모래는 빛을 감추고 　　　　　晞露沙光斂

맑은 햇살에 보리는 생기가 도네 　　　　　　晴暉麥色生

---

332 죽리(竹里)……읊다 : 죽리 족숙은 김이교(金履喬)를 말한다. 66쪽 주90 참조.
권상신(權常愼, 1759~1824)은 본관은 안동이고, 경호(褧好)는 그의 자인데 경호(絅
好)로 쓰기도 한다. 서어(西漁)는 그의 호이고, 다른 호는 일홍당(日紅堂)이다. 1801년
(순조1) 문과에 장원급제하였고, 전시(殿試)에서도 장원을 차지하였다. 1803년에 동
지사의 부사(副使)로 북경에 다녀왔고, 1822년(순조22)에 조인영(趙寅永)의 세도정치
가 시작되자 함경도 영변(寧邊)으로 유배되었다가 이듬해 풀려났다. 1824년에 동지사
로 다시 북경에 가는 도중 병으로 사망하였다. 홍직필(洪直弼)·정원용(鄭元容)과 함
께 《국조대학연의(國朝大學衍義)》를 엮었으며, 문집인 《서어유고(西漁遺稿)》가 규장
각에 소장되어 있다. 시랑(侍郎)은 참판을 일컫는 말인데, 권상신은 1806년(순조6)에
형조·호조·예조·병조·공조의 참판을 역임하였다. 한편, 시의 내용으로 보아 권상
신이 강가에 집을 얻어 살고 있는 것으로 보이는데, 권상신은 1813년(순조13)을 전후하
여 마포 근처의 한강변에 위치한 소동루(小東樓)에 거처했으며, 이 무렵에 지은 시가
《서어유고》 중 '현호재집(玄湖再集)'이라는 소제목 아래에 수록되어 있다. 현호는 마포
근처의 한강을 지칭한다.

벗님은 응당 기다린 지 오랠 터이니　　　　故人應待久
삼십 년 시 모임의 정 때문이라네　　　　　詩社卅年情

스님처럼 산에 살고 신선처럼 물에 노니니　　巖居如佛水如仙
인간 세상 유희하기 누가 이보다 나을까[333]　游戲人間孰愈然
사조의 청산에 집 짓고 살지는 못하지만　　　謝朓靑山違卜宅
소공의 적벽 놀이에 그저 배에 오르네[334]　　蘇公赤壁謾登船
저녁 조수 밀려온 뒤 강 물결 일지 않고　　　江波不起晩潮後
해가 지기도 전에 봉우리에 달이 뜨네　　　　嶺月已生沈日前
제공들 힘을 다해 이 좋은 경치에 보답하시라　努力諸公酬好景
내년엔 올해의 모임 저버릴까 두려우니　　　　明年猶恐負今年

모래톱에 조금씩 저녁 안개 걷히더니　　　沙頭稍稍暝煙分
강물에 내린 남은 노을 비단 무늬 펼쳤네[335]　落水餘霞散綺文

333 스님처럼……나을까 : 권상신의 집이 산과 강을 다 누릴 수 있는 곳에 있음을 부러워한 말로 보인다. 원문의 '유희인간(遊戲人間)'은 '완세불공(玩世不恭)'과 같은 의미로 인생을 유희하듯 살아가는 생활 태도를 말한다.

334 사조(謝朓)의……오르네 : 청산에 집을 짓고 은둔하지는 못했지만, 권상신을 찾아와 뱃놀이를 즐긴다는 말이다. 청산(靑山)은 산 이름으로 청림산(靑林山)이라고도 하며, 남조(南朝) 때의 시인 사조(謝朓)가 이 근처에 집을 짓고 살았기 때문에 사공산(謝公山)이라고도 한다. 이백(李白)의 〈동계공의 유거에 쓰다〔題東溪公幽居〕〉라는 시에 "집은 청산에 가까우니 사조와 똑같고, 문엔 푸른 버들 드리워 도잠과 비슷하네.〔宅近靑山同謝朓, 門垂碧柳似陶潛.〕"라는 구절이 있다. 《李太白集 卷24》 소공(蘇公)은 소식(蘇軾)을 말한다. 소식이 황주(黃州)에 있으면서 적벽강(赤壁江)에 배를 띄우고 노닌 뒤 〈적벽부(赤壁賦)〉를 지었다. 《東坡全集 卷33》

대지 가득한 강호는 온통 나를 붙잡고　　　　　　滿地江湖渾着我

긴 모래톱 난두[336]는 정녕 그대를 생각하게 하네　長洲蘭杜正思君

밤 깊으니 그 어느 곳에 밝은 달빛 많이 비출까　夜深何處多明月

산을 다 지나오니 의연히 조각구름 같구나[337]　　山盡依然似斷雲

홀연히 선유봉이 가까워짐을 깨닫겠네　　　　　忽覺仙遊峯漸近

먼 하늘에 생학 소리 들리는 듯하니[338]　　　　遙天笙鶴怳疑聞

335　강물에……펼쳤네 : 사조(謝朓)의 시에 "남은 노을 흩어져 비단을 이루고, 맑은 강은 깨끗하기 명주 같아라.〔餘霞散成綺, 澄江靜如練.〕"라는 구절이 있다. 《文選 卷27 晚登三山還望京邑》

336　난두(蘭杜) : 난초(蘭草)와 두약(杜若)으로, 향초를 말한다.

337　산을……같구나 : 산이 있는 곳을 다 지나와 다시 그 산을 돌아보자 멀리 보이는 산이 마치 조각구름처럼 보인다는 말이다.

338　홀연히……듯하니 : 선유봉(仙遊峯)은 양화나루 남쪽에 있던 봉우리이다. 북쪽의 망원정(望遠亭)과 함께 한강 일대에서 풍광이 뛰어난 곳으로 유명하였으며, 명나라 사신들이 오면 으레 이곳을 찾았다고 한다. 양화대교가 건설되면서 선유봉은 없어졌고 현재 그 자리에 선유도 공원이 조성되어 있다. 생학(笙鶴)은 신선이 타는 선학(仙鶴)을 말한다. 주(周)나라 영왕(靈王)의 태자 왕자교(王子喬)가 학을 타고 젓대를 불며 하늘로 올라가 신선이 되었다는 고사가 전한다. 《列仙傳》

일휴정[339]에서 시축에 있는 시에 차운하다

日休亭次軸韻

푸른 언덕 아래에 배를 묶으니	繫舟靑岸下
그윽한 오솔길 이름난 정원에 이어졌네	幽徑接名園
늙은 나무엔 맑은 바람 가득히 불고	樹老淸吹密
텅 빈 강엔 뭇별 빛 무수히 비치누나	江空列宿繁
시를 지은 것은 속된 필치가 없고	題詩無俗筆
좋은 경치 따라가니 새 술동이 있네	隨境有新樽
어떡하면 세상 인연 사절하고서	安得塵緣謝
그대 따라 이곳에서 얘기 나누며 살 수 있을까	從君此晤言

---

339 일휴정(日休亭): 현재의 노량진(鷺梁津) 건너편인 서부 이촌동에 있던 정자이다. 추사(秋史) 김정희(金正喜)가 제주도 유배에서 풀려나 잠시 머물렀던 곳으로도 알려져 있다. 《유홍준, 추사 김정희, 창비, 2018, 365~368쪽》

절구를 지어 죽석에게 부쳐드리다[340] 병서

絶句寄呈竹石 幷序

기국원소(杞菊園巢)[341]에서 모임을 한 것이 부득이한 상황 때문이긴 하지만 즐거운 일을 터놓고 옛 정을 이야기하며 날이 저무는 것도 몸이 늙는 것도 잊을 수 있었으니, 어찌 조계(曹溪)를 유람한 것만 못하겠는가.[342]

---

340 절구를……부쳐드리다 : 죽석(竹石)은 서영보(徐榮輔, 1759~1816)로, 본관은 달성(達城)이고 자는 경세(慶世)이며, 죽석은 그의 호이다. 1789년(정조13) 문과에 장원급제하였고, 1790년에 서장관으로 청나라에 다녀왔다. 이조 판서와 수원부 유수(水原府留守) 등을 역임하였다. 심상규(沈象奎)와 함께《만기요람(萬機要覽)》을 편찬하였으며, 저서로《죽석관유집(竹石館遺集)》이 있다.《죽석관유집》제2책에〈각료가 기국원에서 함께 모였는데, 풍옹이 이 일을 추억하여 시를 지어 부치면서 화답을 청하였다[閣僚共會杞菊園 楓翁追賦其事 寄示求和]〉라는 제목의 칠언절구 10수가 수록되어 있는데, 풍고의 이 시에 화답한 것으로 보인다. 풍고가 시의 서문에서 "절구 다섯 수를 지어 보낸다."라고 한 언급과 일치하지 않지만, 서영보가 화답한 10수 중 5수는 풍고 시와 운자가 같다.

341 기국원소(杞菊園巢) : 서영보의 당호(堂號)로 보인다. 서영보가 지은〈검안 산인시집서(儉巖山人詩集序)〉의 마지막 부분에 "금상 14년(1814) 중추에 죽석 노인이 기국원소에서 쓰다.〔上之十有四年仲秋, 竹石老人書于杞菊園巢.〕"라는 기록이 보인다. 검안산인은 범경문(范慶文, 1738~1801)의 호이다.《儉巖山人詩集》

342 조계(曹溪)를……못하겠는가 : 내용으로 보아 풍고가 젊은 시절에 벗과 어울려 조계를 유람하자고 약속한 일이 있었던 것으로 보인다. 조계는 북한산성의 동문 밖에 있는 조계동(曹溪洞)을 말하는 듯한데, 7층으로 된 조계 폭포가 유명하여 '구천은폭(九天銀瀑)'이라는 각자가 지금도 남아 있다. '漕溪' 또는 '槽溪'로 쓰기도 하며, 인평대군(麟坪大君)이 지은 정자가 있었다고 한다.《新增東國輿地勝覽 卷3 漢城府》《星湖全集

우리는 쇠약함이 날로 심해지는데다 각자 사정이 있어 한 번 모임을 하는 것도 쉽지 않고, 또 모임을 해도 모든 사람이 다 모이는 것은 더욱 불가능한 일이었다. 그런데 오늘의 모임은 비록 사죽(絲竹)과 관현(管絃)의 음악이 없고 산림이며 시내와 골짝의 승경은 없지만 쉽지 않고 불가능한 일을 이룬 것이기에, 돌아와 생각해보니 끝내 한마디 말도 없이 지나갈 수 없었다. 이에 절구 다섯 수를 지어 보내 보여드리니, 부디 거칠고 졸렬함을 너그러이 용서하시고 특별히 연회에 참석한 제공들에게 보여주어 각자 아름다운 화답시를 지어 보내게 해주신다면, 이른바 '질그릇 소리에 옥피리 소리를 낸다.'라는 것이 될 것이니,[343] 감격과 기쁨을 어찌 다할 수 있겠는가. 죽석(竹石) 대사백(大詞伯)[344]에게 올린다.

산수 찾아가는 일 대수롭지 않은 일이라 하지만	訪水尋山謂漫然
지금에 옛날 생각하면 참으로 인연이 있어야 하네	從今想昔信關緣
술동이 앞에서 서글피 지는 해 바라보나니	罇前悵望看西日
한 굽이 조계 유람하자던 청년 시절 약속 저버렸네	一曲曹溪負盛年

| 구기자 심어 대문 삼고 울타리에 국화 기르며 | 樹杞爲門菊補籬 |
| 복사 오얏 그늘 이룬 지 또한 오래되었네 | 陰成桃李亦多時 |

卷53 遊三角山記》

343 이른바……것이니 : 하찮은 시에 좋은 시로 화답한다는 의미이다.

344 대사백(大詞伯) : 대제학(大提學)을 말한다. 서영보는 1809년(순조9)에 홍문관과 예문관의 대제학을 역임하였다.

작은 마루엔 팔을 뻗고 앉지도 못하니[345]　　　　小堂未許橫肱坐

대대로 전한 청백의 가풍 다시 누굴 꼽으랴　　　清白傳家更數誰

정원 서쪽 바윗부리가 산봉우리와 같으니　　　園西石角狀嶔崟

그대여 가래 들고 깊이 한번 파보시오　　　　　鍬鎬煩君力及深

해금강이 나올 날 응당 있을 터이니　　　　　　出海金剛應有日

뜰 가운데 봉우리 골짜기 없다고 어찌 장담하리오　安知峯壑不庭心

　　정원 가운데 돌부리가 드러나 있기에 내가 주인옹(主人翁)에게 급히 뿌리
　　를 파보라고 권하며, "만약 큰 봉우리가 땅속에 숨겨져 있다면 어찌 해금강
　　(海金剛)만 못하겠습니까."라고 하였다. 주인옹이 말하기를 "마땅히 7백
　　리는 파야 할 것이니 다 파지 못할까 그게 걱정일세."라고 하기에, 함께
　　크게 웃었다.

부채 면 분명하여 좋은 경치 또렷하니　　　　　扇面分明境不迷

이름난 정원 푸른 물에 들판 다리 나직하네　　名園綠水野橋低

소릉의 아름다운 시구 기다리는 듯하기에[346]　少陵佳句如相待

두윤이 그려 완성하고 죽로가 시를 지었네[347]　荳尹摸完竹老題

345　작은……못하니 : 팔을 뻗고 앉지 못할 정도로 집이 좁다는 말이다. 《예기》〈곡례
상(曲禮上)〉의 "함께 앉았을 때에는 팔을 옆으로 뻗지 않는다.〔竝坐不橫肱.〕"라는 구절
을 원용한 표현으로 보인다.

346　부채……듯하기에 : 기국원(杞菊園)의 훌륭한 경치가 마치 두보(杜甫)의 시를
기다리고 있는 듯하다는 말이다. 소릉(少陵)은 두보의 별호이다. 두보의 〈정광문을
모시고 하 장군의 산림을 유람하다〔陪鄭廣文遊何將軍山林〕〉라는 10수 연작시의 첫
수 함련에 "이름난 정원은 푸른 물에 기댔고, 들판의 대는 파란 하늘에 치솟았네.〔名園
依綠水, 野竹上靑霄.〕"라는 구절이 있다. 《杜少陵詩集 卷2》

술 있는데 안주 없음을 예부터 걱정했나니[348]	有酒無肴自古愁
좋은 안주 대하고서 어이 마시지 않으랴	那堪不飮對瓊羞
예부터 금주령은 새 술 빚지 말라는 것뿐	從來邦禁秖新醸
남은 술 마시는 거야 무슨 허물이 되랴	餘瀝傾殘詎足尤

주인옹은 금주령(禁酒令)이 내렸다는 이유로 전에 마시던 죽료(竹醪)[349]를 감추어두고 감히 꺼내지 못했다. 내가 말하기를 "새로 술 빚는 것을 금지하는 것이지 마시다 남은 술이야 무슨 상관이겠소."라고 하였다. 마침내 주인옹이 꺼내와 마시니 참으로 그 맛이 훌륭했다.

347 두윤(荳尹)이……지었네 : 두윤은 두계(荳溪) 박종훈(朴宗薰, 1773~1841)을 가리키는 듯하다. 본관은 반남(潘南), 자는 순가(舜可)이고, 두계는 그의 호이며, 시호는 문정(文貞)이다. 1802년(순조2) 문과에 급제한 뒤 좌의정에까지 올랐다. 박종훈은 1813년(순조14)에 풍고와 함께 《홍재전서(弘齋全書)》의 교인(校印)에 참여하였고, 이때 엮은 《동성교여집》에 많은 수창 시가 남아 있다. 《동성교여집》에 대해서는 29쪽 주1 참조. '윤(尹)'은 박종훈의 벼슬을 지칭한 듯하다. 죽로(竹老)는 죽석 서영보를 가리킨다.

348 술……걱정했나니 : 소식(蘇軾)의 〈후적벽부(後赤壁賦)〉에 "객이 있으면 술이 없고 술이 있으면 안주가 없구나. 달은 밝고 바람도 시원한데 이렇게 좋은 밤을 어찌하리오.[有客無酒, 有酒無肴, 月白風淸, 如此良夜何?]"라는 구절이 있다. 《古文眞寶後集 卷8》

349 죽료(竹醪) : 죽엽(竹葉)을 첨가하여 빚은 막걸리로 보인다.

석한이 산사에 찾아와 지난밤의 약속을 지켰기에 하룻밤 머물며 운자를 취해 짓다[350]

石閒至山舍 踐前夕之約 留宿拈韻

시내 따라 늘어선 수십 호 가운데	沿溪數十戶
탁 트인 경치는 내 집이 최고라	通敞最吾家
오로지 술 한 병 옆에 끼고서	但挈一壺酒
온 골짝 핀 꽃들 내려다보네	高臨全洞花
마을의 복사꽃 햇살 받아 피었고	塢桃烘日綻
문 앞의 버들은 산빛에 어려 비끼었네	門柳映山斜
빼어난 시구로 봄 풍광을 돋우니	秀句挑春色
호방한 마음 늙을수록 많아지네	豪情老更賖

그대여 돌아가지 마시라	勸君莫歸去
가는 곳 또한 그대 집 아니잖소	君去亦非家
감목관 관아[351]엔 좋은 술 없고	牧廨無佳醞

---

350 석한(石閒)이……짓다 : 석한은 풍고의 벗인 김조(金照)의 호이다. 김조에 대해서는 59쪽 주74 참조. 산사(山舍)는 풍고가 삼청동(三淸洞) 부근에 조성한 옥호정(玉壺亭)을 말한다. 옥호정에 대해서는 29쪽 주1 참조.

351 감목관(監牧官) 관아 : 김조가 양주 감목관(楊州監牧官)을 지내고 있는 것을 표현한 말로 보인다. 김조는 1812년(순조12) 11월 15일에 양주 감목관에 임명되어 이시를 지은 것으로 보이는 1814년 무렵까지 그 직책을 수행한 기록이 보인다. 《承政院日記 純祖12年 11月 15日》《日省錄 純祖14年 12月 22日》

우리 집 뜰에는 예쁜 꽃 있네	吾園有好花
젊은 시절 즐거움 언제나 잇기 어려운데	舊歡每難續
남은 해는 그 얼마나 기울었던가352	餘景幾何斜
머지않아 보리라 붉은 꽃 날리던 곳에	漸看紅飄處
녹음이 날로 절로 우거지게 됨을	芳陰日自賒

술은 그대의 넉넉한 주량 부러워하고	酒尙君餘戶
시는 내 아직 일가를 못 이룸이 부끄럽네	詩慙我未家
파초 잎 잔353 드는 것 사양하지 마시게	莫辭擧蕉葉
어찌 차마 복사꽃을 저버리랴	寧忍負桃花
팔뚝을 잡으니 검은 눈동자 완연한데	捉臂靑眸宛
어깨를 덮었으니 백발이 드리워졌네	披肩白髮斜
대나무 정자에 속된 손님 없으니354	筠亭無俗客
담소하는 가운데 골짝 햇살 넉넉하네	談笑洞暉賒

---

352 남은……기울었던가 : 함께 늙어 만년이 되어가고 있다는 말이다.

353 파초 잎 잔 : 깊이가 얕은 술잔을 말한다.

354 대나무……없으니 : 소식(蘇軾)의 시에 "고기가 없으면 사람이 마를 뿐이지만, 대나무가 없으면 사람을 속물로 만든다오.[無肉令人瘦, 無竹令人俗.]"라는 구절을 염두에 둔 표현이다. 《蘇東坡詩集 卷9 於潛僧綠筠軒》한편, '대나무 정자[筠亭]'는 옥호정(玉壺亭) 안에 있는 대나무로 얽은 정자를 말하는 듯하다. 김영수(金永壽, 1829~1899)의 《하정집(荷亭集)》권2 〈옥호에서[玉壺]〉라는 시의 주석에, "풍고 김공이 단풍나무 천 그루를 심어 자신의 호로 삼고 작은 대나무 정자를 엮어 놓고 옥호동이라 이름 붙였다.[楓皐金公種丹楓千樹以自號, 作小竹亭, 名以玉壺洞.]"라는 기록이 보인다. 또 현재 남아 있는 〈옥호정도(玉壺亭圖)〉에도 안채 후원에 작은 정자가 있고 '죽정(竹亭)'이라는 글씨가 보인다. 〈옥호정도〉에 대해서는 29쪽 주1 참조.

절구를 지어 삼척 권 사군 태응 에게 올려 해석을
부탁하다[355]
絶句 奉呈三陟權使君 太應 乞海石

고개의 꽃은 붉고 바다는 쪽빛과 같으리니	嶺花如赭海如藍
돌아오실 길 풍광을 부질없이 앉아서 이야기하네	歸路風光謾坐談
한 조각 운근[356]을 부탁해도 될는지요	一片雲根能丐未
주고받는 일 모두 탐욕 아님을 잘 아시리라	深知與受兩非貪

355 절구를……부탁하다 : 권태응(權太應, 1750~1816)의 본관은 안동(安東)이고, 자는 평중(平仲)이다. 1783년(정조7)에 진사시에 합격하였고, 의금부 도사·공조 정랑·직산 현감(稷山縣監) 등을 역임하였다. 1814년(순조14) 10월에 삼척 대도호부사 (三陟大都護府使)에 임명되었고 1816년 9월 임지에서 세상을 떠났다.《承政院日記 純祖 14年 10月 12日, 16年 9月 10日》《풍고집》에도 이 시에서만 이름이 확인되어 교유관계를 짐작하기가 어렵다. 해석(海石)은 바닷가에서 나는 돌을 말하는 것으로 보인다.

356 운근(雲根) : 산에 있는 바윗돌을 말한다. 두보(杜甫)의 시에 "충주 고을은 삼협 의 안에 있는지라, 마을 인가가 운근 아래 모여 있네.[忠州三峽內, 井邑聚雲根.]"라는 구절이 있고, 그 주석에 "오악의 구름이 바위에 부딪쳐 일어나기 때문에, 구름의 뿌리라 고 한 것이다.[五嶽之雲觸石出者, 雲之根也.]"라고 하였다.《杜少陵詩集 卷14 題忠州 龍興寺所居院壁》여기서는 제목에서 말한 해석(海石)을 의미하는 말로 쓰였다.

탄식할 일[357]

可歎

큰 바다 어둑하고 길은 천 리를 떨어졌으니	鯨海沈沈路隔千
생각건대 그대 오늘 눈물 줄줄 흘리리라	思君此日合潸然
한 몸 도성 떠난들 그 마음 어찌 대궐을 저버리랴	一身去國心何負
당에서 노모께 하직한 그 정리 가련하네	老母辭堂理可憐
예부터 옳고 그름은 항상 밝히기 어려운 것이요	從古是非常易晦
오늘 보니 충과 효 둘 다 온전히 하기 어렵네	看今忠孝兩難全
이 미친 늙은이가 공산을 향해서 묻는다면	狂癡却向空山問
알 수 없는 인간사를 아마도 천명이라 하리라	人事蒼茫倘謂天

---

357 탄식할 일 : 충정을 다해 간언했다가 노모를 두고 바다 건너 유배를 가는 이를
전송한 시로 보인다.

초여름에 한 문공의 〈육혼산의 불, 황보식에게 화답하며 그 시의 운자를 쓰다〉라는 시의 운자를 써서 가뭄을 걱정하다[358]

孟夏 用韓文公陸渾山火和皇甫湜用其韻之韻 憫旱

오기가 순환하여 홀이 혼으로 바뀌어서[359]	五氣嬗欵忽代渾
현명[360]을 괴롭히려 못의 근원을 말려버렸네	謀窘玄冥遏澤源
큰 입 가진 기성이 병탄을 도와서[361]	哆口之箕助竝吞

358 초여름에……걱정하다 : 한 문공(韓文公)은 한유(韓愈)로, 문(文)은 그의 시호이다. 한유의 시는, 황보식(皇甫湜)이 육혼(陸渾) 땅의 위(尉)로 있으면서 산불을 목격하고 지은 시에 화답한 것으로, 불귀신이자 여름 귀신인 축융(祝融)을 주제로 지은 시이다. 《한창려집(韓昌黎集)》권4에 수록되어 있다. 육혼산은 하남성(河南省) 낙양(洛陽)에 있는 산이다. 황보식은 한유의 문인으로 자는 지정(持正)이다. 풍고의 이 시는 매구에 압운을 한 칠언 고체인데, 이를 백량체(柏梁體)라고 한다. 한 무제(漢武帝)가 장안(長安)에 백량대(柏梁臺)를 세우고 그 위에서 신하들과 잔치를 벌이며 구(句)마다 압운을 하는 칠언시를 읊었던 데서 유래하였다. 《三輔黃圖 卷5 臺榭》

359 오기(五氣)가……바뀌어서 : 오행(五行)의 순환이 이루어져 여름이 되었다는 말로 보인다. 오기는 오행의 기운을 말한다. 홀(忽)은 북해(北海)의 신이고, 혼(渾)은 중앙의 신인 혼돈(渾沌)을 말한다. 《莊子 應帝王》 홀은 북해의 신이므로 오행으로 볼 때 겨울에 해당하며, 혼은 중앙의 신이므로 늦여름[季夏]에 해당한다.

360 현명(玄冥) : 오행 중 수(水)의 기운을 맡은 신으로, 겨울을 관장한다. 《예기》 〈월령(月令)〉에 "겨울의 상제(上帝)는 전욱(顓頊)이요, 그 귀신은 현명이다."라는 기록이 보인다.

361 큰……도와서 : 병탄을 도왔다는 것은 못의 물을 모두 마셔버렸다는 말로 보인다. 기성(箕星)은 남쪽 하늘에 있는 별자리인 기수(箕宿)로, 남기(南箕)라고도 한다. 별자리의 모양이 곡식을 까부는 키처럼 생겼다고 해서 붙여진 이름인데, 키는 '입을 크게

비렴을 선동해 멋대로 오르내리게 했네[362]　　　　煽鼓蜚廉恣輕軒

저녁엔 서에서 아침엔 동에서 키질해 말려 태워　　暮西朝東簸烘燔

벌판 태우는 불길 같아 가까이 갈 수 없고[363]　　　不可嚮邇若燎原

위로는 하늘로 오르고 아래로 땅을 뒤덮으며[364]　　上薄玄間下盪坤

누런 먼지 자욱하게 끝없이 펼쳐졌네　　　　　　　湏洞黃埃漲無垠

망서는 긴 담장을 벗어나려 하지 않고[365]　　　　望舒不肯稅捄垣

적송은 자취 거두어 한문으로 날아갔네[366]　　　　赤松斂迹狂寒門

벌린 모습' 또는 '혀'와 그 모양이 비슷하기 때문에 구설(口舌)을 주관하는 별로 간주되
었다. 《시경》〈항백(巷伯)〉에, "조금 벌어진 것으로, 남쪽의 기성을 이루었도다.〔哆兮
侈兮, 成是南箕.〕"라고 한 구절을 원용한 표현이다.

362 비렴(蜚廉)을……했네 : 비렴은 전설 속에 나오는 바람을 일으킨다고 하는 신수
(神獸)의 이름이며, 바람을 관장하는 풍신(風神)의 이름이기도 하다. '비렴(飛廉)'으로
도 쓴다.

363 벌판……없고 : 《서경》〈반경 상(盤庚上)〉에 "마치 불이 벌판을 태우는 것과 같
아 가까이 갈 수가 없다.〔若火之燎于原, 不可嚮邇.〕"라는 구절이 있다.

364 위로는……뒤덮으며 : 원문의 '현간(玄間)'은 하늘을 의미한다. 《주역》〈곤괘(坤
卦) 문언(文言)〉의 "하늘은 검고 땅은 누르다.〔天玄而地黃.〕"는 말에 근거하여 하늘을
나타내는 말로 쓰인다. 또 한유(韓愈)의 〈잡설(雜說)〉에 "용이 이 기를 타고 아득히
하늘 끝까지 올라가, 일월에 가까이 가서 광휘를 덮어 버린다.〔然龍乘是氣, 茫洋窮乎玄
間, 薄日月, 伏光景.〕"라는 구절이 있다. 《古文眞寶後集 卷4》

365 망서(望舒)는……않고 : 정확한 의미는 미상이나, 달이 계속 떠 담장을 비추므로
비가 내릴 기미가 보이지 않는다는 말로 보인다. 망서는 신화 속에 나오는 달을 위해
수레를 모는 신의 이름이며, 달을 의미하기도 한다.

366 적송(赤松)은……날아갔네 : 비가 내릴 기미가 전혀 보이지 않는다는 말이다.
적송은 염제(炎帝) 신농씨(神農氏) 때 비를 담당한 적송자(赤松子)를 말한다. 《列仙傳
卷上》 한문(寒門)은 북극(北極)의 문으로, 북방의 극한 지역을 일컫는다. 《楚辭 遠遊
王逸注》

피를 내뿜듯 시뻘겋게 새벽 해가 떠올라　　　　　殷如噀血晨出暾

토끼와 범의 광채로 닭과 원숭이를 비추네[367]　　兎虎騰彩射鷄猿

물고기 떼 거품 뿜어 거북 자라와 이웃하고　　　隊魚呷沫隣鼉黿

백로 떼 마른 몸 즐겨 꾀꼬리 댓닭과 어울리네[368]　群鷺劇乾連鶬鴅

깃발 태운다는 점사 아뢰어 괵군이 달아남을 상징했고[369]

　　　　　　　　　　　　　　　　　　　焚旐啓繇象虢奔

제단의 흙 마르면 영성에게 높은 제사 드렸단 말 들었네[370]

　　　　　　　　　　　　　　　　　　乾封徼祠聞靈尊

---

367 토끼와……비추네 : 아침 일찍 해가 떠서 하루 종일 내리쬔다는 말로 보인다. 토끼와 호랑이는 해가 뜨는 시간인 인시(寅時)와 묘시(卯時)를, 닭과 원숭이는 해가 지는 시간인 유시(酉時)와 신시(申時)를 가리킨 말로 보인다.

368 백로……어울리네 : 물가에 서식하는 백로가 가뭄으로 인해 물을 가까이하지 않는 조류와 같은 부류에 속하게 되었다는 말로 보인다. 두보(杜甫)의 〈답답한 마음 풀고자 장난삼아 노십구 조장에게 올리다[遣悶戲呈路十九曹長]〉라는 시에서 비가 오는 상황을 읊은 "꾀꼬리는 나란히 앉아 서로 젖음을 시름하고, 백로는 떼 지어 날며 말랐던 몸 크게 즐거워하네.[黃鸝竝坐交愁濕, 白鷺群飛太劇乾.]"라는 구절을 원용한 표현이다. 《全唐詩 卷234》

369 깃발……상징했고 : 《춘추좌씨전(春秋左氏傳)》 희공(僖公) 5년 기사에 진(晉)나라가 괵(虢)나라를 칠 때 아이들이 부른 동요에, "병자일 새벽에 용미성(龍尾星)이 태양 가까이에 있어 보이지 않을 때에 군복을 씩씩하게 차려 입고서 괵나라의 깃발을 빼앗는다. 순화성(鶉火星)이 새의 깃처럼 펼쳐지고 천책성(天策星)이 빛을 잃고 순화성이 남쪽 하늘에 뜰 때 군대가 승전하여 괵공(虢公)이 도망갈 것이다."라는 내용이 있다. 원문의 '요(繇)'는 점사(占辭)를 말한다.

370 제단의……들었네 : 원문의 '건봉(乾封)'은 봉선(封禪)하기 위해 쌓은 제단[封]의 흙을 마르게 한다는 뜻으로, 가뭄이 든 것을 이르는 말로 쓰인다. 《사기(史記)》 권12 〈효무본기(孝武本紀)〉에, "여름에 가뭄이 들자 공손경이 아뢰기를, '황제(黃帝) 때 제단을 쌓으면 가뭄이 들어 3년 동안 제단의 흙을 마르게 했습니다.'라고 하니, 상이

밭에서 보리 살피고 동산에서 푸성귀를 보니 　　觀麥于田草于園

둘 모두 아마도 수확 많지 않을 듯하네 　　二皆將無庶不繁

비가 오려나 비가 오려나 만백성 소리치며 　　其雨其雨萬姓喧

선창하는 남편 화답하는 아낙 지훈[371]과 같네 　　夫唱婦喁如箎壎

원님께 슬피 하소연하며 깃발을 부여잡으니 　　哀訴長吏攀麾幡

구슬 같은 눈물 떨어져 잠방이와 치마 적시네 　　淚落連珠沾襦裩

가소로운 괴룡이 살점 없는 볼기짝으로 　　乖龍可笑無膚臀

멍에 매인 망아지마냥 웅크려 굴속에 숨었네[372] 　　窟中局促駒駕轅

이때 요망한 한발이 양쪽에 활집 차고 　　是時妖魃雙屬鞬

조서를 내려, '가뭄이 든 것이 제단의 흙을 마르게 하려는 뜻인가. 천하 사람들로 하여금 공경히 영성(靈星)을 제사지내게 하라.'라고 하였다.〔夏旱, 公孫卿曰: 黃帝時, 封則天旱, 乾封三年. 上乃下詔曰: 天旱意乾封乎? 其令天下尊祠靈星焉.〕"라는 내용이 보인다. 영성은 천전성(天田星) 또는 용성(龍星)이라고도 하는데, 농사를 주관하는 별이며 용성이 나타나면 제사를 지낸다고 한다.

371　지훈(箎壎) : 악기 이름이다. 지(箎)는 대나무로 만든 피리인 저이고, 훈(壎)은 흙을 구워서 만든 질나발이다. 《시경》〈하인사(何人斯)〉에 "백씨가 질나발을 불면, 중씨는 저를 분다.〔伯氏吹壎, 仲氏吹箎.〕"고 한 데서 나온 말로 형제간의 우애를 의미하는 말인데, 여기서는 남편과 아내가 힘을 다해 비를 내려달라고 외치는 것을 비유하였다.

372　가소로운……숨었네 : 비를 내려주는 신이 굴속에 숨었다는 말이다. 괴룡(乖龍)은 전설에 나오는 나쁜 용으로, 비를 내려주는 것을 고달파해 온갖 방법으로 숨지만 결국 뇌신(雷神)에게 붙잡히고 만다고 한다. 《茅亭客話 卷5》 또 《주역》〈구괘(姤卦) 구삼(九三)〉에 "구삼은 볼기짝에 살이 없으나 그 감을 머뭇거리니, 위태롭게 여기면 큰 허물이 없으리라.〔九三 臀无膚, 其行次且, 厲, 无大咎.〕"라는 구절이 있다. 원문의 '구가원(駒駕轅)'은 수레 끌채 밑의 망아지를 의미하는 '원하구(轅下駒)'를 말한 것으로 보이는데, 힘이 약하여 수레를 잘 끌 수 없음을 의미한다. 여기서는 괴룡이 비를 내려주기 싫어서 굴속에 숨었다고 말하는 것으로 보인다.

역질을 앞에서 이끌고 붉은 수레에 올라 타[373]　　前導虐厲乘朱幡

축융의 깃발 훔쳐 멋대로 휘날리며　　　　　盜祝融旗載帗帗

은혜 저버리고 재앙 만들어 제육 만들려 하네[374]　背惠作殃圖胙膰

사방 교외에 아사한 시체들 운무처럼 가득하고　四郊殣莩霧雲屯

살아남은 이들 원통함 동이를 인 것과 같네[375]　孑遺懣鬱方戴盆

엄숙한 상제께 어찌 사사로운 맘으로 제사하랴　帝嚴寧私蓺牢罇

땅에 사는 천신이 절하며 말씀 올리네[376]　　地行賤臣拜單言

---

373 이때……타 : 한발(旱魃)은 가뭄 귀신을 말하는데, 한발이 세상에 가뭄을 퍼뜨리기 위해 준비를 갖추었다는 말이다. 원문의 '촉건(屬韃)'은 활집을 찬다는 의미로 전투 태세를 갖춘다는 말인데, 《춘추좌씨전》 희공(僖公) 23년 기사에 '오른쪽에는 활집과 화살통을 찬다.〔右屬櫜鞬.〕'라는 표현이 보인다. 원문의 '주번(朱幡)'은 원래 수레 양쪽에 진흙이 튀지 않도록 설치한 붉은색 장니(障泥)이다. 여기서는 한발이 탄 수레를 형용하였다. 한유의 〈육혼산의 불, 황보식에게 화답하며 그 시의 운자를 쓰다〔韓文公陸渾山火和皇甫湜用其韻〕〉에서 맹렬히 타오르는 불의 모습을 의인화하여 "붉은 얼굴에 다리에는 붉은 가죽으로 표범무늬 활통을 쌍으로 걸었고, 붉은 옷에 붉은 수레 덮개에 붉은 휘장 드리웠네.〔緹顔靺股豹兩韃, 丹葵繖蓋緋緗帗.〕"라고 한 것을 원용한 표현이다. 《韓昌黎集 卷4》

374 축융(祝融)의……하네 : 가뭄 귀신 한발이 여름의 신인 축융(祝融)의 깃발을 훔쳐서 인간을 희생시키려 한다는 말이다. 한발은 축융의 휘하에 있는 신인 듯하다.

375 살아남은……같네 : 원통함을 풀 길이 없다는 말이다. 동이를 머리에 이면 하늘의 해를 볼 수 없는 것처럼 깜깜한 어둠 속에 놓이므로, 억울함을 풀지 못한다는 뜻으로 쓰인다. 사마천(司馬遷)이 임안(任安)에게 보낸 글에 "동이를 머리에 이고서 어떻게 하늘을 바라볼 수 있겠는가.〔戴盆, 何以望天?〕"라고 한 데서 나온 말이다. 《文選 卷41 報任少卿書》

376 엄숙한……올리네 : 이하는 풍고가 신에게 기원하는 말이다. 《예기》〈표기(表記)〉의 "옛날 삼대의 성명한 군주는 모두 천지의 신명을 제사할 때 점을 쳐 결정하지 않음이 없었으니, 감히 사사로운 뜻으로 상제의 제사를 더럽히지 않았다.〔昔三代明王,

가뭄과 기근으로 역병이 돈 지 칠 년이니　　　　　　旱饑瘥札歲七翻

슬프게도 우리의 국세 번연히 뒤집혔네　　　　　　恫我國勢翻其反

큰 소리로 호소하고 큰 눈 떠 바라보나니　　　　　　大聲以籲視張暖

하늘이여 그 위엄을 끝까지 부리지 마소서[377]　　　　崇降疾威莫究根

어진 백성 편안히 하라 임금에게 책임 맡겨　　　　　綏厥黎獻付神孫

머리털과 이마에서 발꿈치까지 길러주셨는데　　　　生成毛髮暨頂跟

아아 어찌 은혜 끝까지 베풀지 않으려 생각하시나　　嗚呼曷念不卒恩

하물며 살려주기 좋아하는 것 덕의 으뜸임에랴　　　好生矧乃德之元

목마른 이 물 바라고 빠진 이 건져주길 바라는 것과 같으니

　　　　　　　　　　　　　　　　　　譬渴望飮溺手援

콩팥 뽑고 간을 토한들 이 충정 감히 다 말할 수 있으랴

　　　　　　　　　　　　　　　　　　抽腎嘔肝敢竭論

간청은 미약하고 저 하늘은 깊기만 하여　　　　　　縷懇裒裒邃九閽

아득한 하늘에 통하지 못하니 그 누가 이 상처 살펴줄꼬

　　　　　　　　　　　　　　　　　　徹不窅茫孰睇痕

장몽관인 무양을 내려보내 혼을 불러 위로하게 하고[378]

　　　　　　　　　　　　　　　　　　巫陽掌夢下招魂

皆事天地之神明, 無非卜筮之用, 不敢以其私褻事上帝.〕라는 구절을 원용한 표현이다.
원문의 '뇌준(牢罇)'은 제사의 희생과 술잔을 가리키는 것으로 보인다. 원문의 '배단(拜
單)'은 절할 때 까는 자리나 방석을 말한다.

377　하늘이여……마소서 : 《시경》〈소민(召旻)〉에 "하늘이 위엄을 부리어, 하늘이
두터이 상란(喪亂)을 내리시네.〔旻天疾威, 天篤降喪.〕"라는 구절이 보인다.

378　장몽관(掌夢官)인……하고 : 이하는 풍고의 기원에 대한 하늘의 대답을 표현한
것인데, 역시 풍고의 기원이다. 장몽관은 꿈을 꾸어서 미래를 점치거나 혼백을 불러들

내가 큰 상 내릴 터 슬퍼하거나 원망치 말라　　　　予其大賚勿悲冤

비가 가고 태가 오는 이치 본래 존재하니[379]　　　　往否來泰聿固存

지금부터 풍년 들어 의식이 풍족하리라　　　　繼自今豐衣足飱

너희 백성 밭 갈고 우물 파 즐겁게 시집장가 보내고

　　　　爾氓耕鑿樂嫁婚

만세토록 태평누리며 성인의 후손 보호하리라　　　　萬歲昇平護聖昆

이미 덩실덩실 춤추라 상양에게 명했고[380]　　　　已命商羊舞蹲蹲

다시 훨훨 나는 적오를 묶어두었노라[381]　　　　更縶赤烏飛騫騫

내 이 소리 받들어 근심과 걱정 잊으니[382]　　　　我奉是音忘尤怨

마치 아름다운 관현악 소리를 듣는 듯하네　　　　似聆管鳳與絃鯤

아아, 천제의 덕이여　　　　猗歟帝德

창해보다 깊고 곤륜보다 크도다　　　　深於滄海大崑崙

이는 일을 관장하는 벼슬이름이다. 무양(巫陽)은 고대 신화에 나오는 여자 무당의 이름
으로, 천제(天帝)의 명을 받들어 죽은 사람의 영혼을 불러들인다고 한다. 《楚辭 招魂》

379 비(否)가……존재하니 : 세상사에 흥망성쇠의 순환이 존재한다는 말이다. 《주
역》의 비괘(否卦)는 하늘과 땅의 기운이 서로 막혀서 통하지 않는 것을 상징하고, 태괘
(泰卦)는 만물이 형통한 것을 상징하는데, 비태(否泰)는 세상의 흥망성쇠를 의미하는
말로 쓰인다.

380 이미……명했고 : 상양(商羊)은 전설 속의 새를 가리킨다. 한(漢)나라 왕충(王
充)의 《논형(論衡)》〈변동(變動)〉에 "상양은 비가 오기 전에 먼저 아는 새이다. 비가
오려고 하면 한쪽 발을 굽히고 일어나서 춤을 춘다.〔商羊者, 知雨之物也. 天且雨, 屈其
一足起舞矣.〕"라는 말이 나온다.

381 다시……묶어두었노라 : 무왕(武王)이 주(紂)를 정벌하려고 맹진(孟津)에서 군
사를 사열할 때 불기운이 왕의 막사에 흘러 들어와 붉은 까마귀〔赤烏〕로 변했는데,
다리가 셋이었다는 고사가 전한다. 《史記 周本紀》《尚書大傳 卷2》

382 내……잊으니 : 이하는 하늘의 대답을 들은 풍고의 기쁨을 표현한 것이다.

과연 온 천지가 잠깐 새 다 어두워지니[383]　　　　果然八表俄同昏

뭉게뭉게 구름 일어 타는 가뭄 풀릴 듯하네[384]　　　有渰淒淒解恢焚

내 천심을 헤아렸으니 어찌 말 번다히 하랴　　　　我繹天心辭詎煩

응험이 행여 어긋날까 내 혀를 잡아매노라[385]　　　應如或忒舌可捫

---

383 과연……어두워지니 : 도잠(陶潛)의 시 〈정운(停雲)〉에 "멈춘 구름은 뭉게뭉게
일고 때맞춰 내리는 비는 흐릿하여라. 팔방이 다 같이 어둑하고 육지가 강이 되었네.〔停
雲靄靄, 時雨濛濛. 八表同昏, 平陸成江.〕"라는 구절이 보인다. 《陶淵明集 卷1》

384 뭉게뭉게……듯하네 : 《시경》〈대전(大田)〉에 "구름이 뭉게뭉게 일어, 대지에
듬뿍 내리는 비.〔有渰萋萋, 興雨祁祁.〕"라는 구절이 보인다. 또 〈운한(雲漢)〉에 "한발
이 포학을 부려, 속이 타는 듯하며 불을 놓는 듯하다.〔旱魃爲虐, 如惔如焚.〕"라는 구절
이 보인다.

385 혀를 잡아매노라 : 한유의 〈육혼산의 불, 황보식에게 화답하며 그 시의 운자를
쓰다〔韓文公陸渾山火和皇甫湜用其韻〕〉에서 "후회하여 그만두려고 해도 혀를 붙잡아
맬 수가 없다.〔雖欲悔舌不可捫.〕"라는 표현을 원용한 것이다. 《韓昌黎集 卷4》

극옹 태사가 감인하는 일에 홀로 참여하지 못해 전에 내가
지은 시의 운자를 써서 슬프고 한스러운 뜻을 담은 시를
지어 보여주기에 마침내 제공과 함께 삼가 그 시에 차운하여
질정을 청하다[386]

展翁太史獨阻監印之役 用僕前韻 賦示悲恨之意 遂同諸公奉次請正

무슨 맘으로 외람되이 이 일에 참여했나	何心叨是役
죽지 못한 이 몸 더욱 처량하다네	未死更凄涼
동성[387]은 텅 빈 금원(禁苑)과 이어지고	東省連空籞

---

386 극옹(展翁)……청하다 : 1813년(순조14)에 지은 시이다. 극옹 태사(展翁太史)
는 이만수(李晚秀)를 가리킨다. 29쪽 주1 참조. 감인(監印)하는 일은 《홍재전서(弘齋
全書)》의 교인(校印)을 감독하는 일을 말한다. 《홍재전서》의 교인은 1813년(순조13)
2월경에 시작되어 1814년 6월에 마무리되었는데, 풍고를 포함하여 총 15인이 참여하
였으며 이 작업에 참여한 이들이 여가를 틈타 수창한 시가 《동성교여집(東省校餘集)》
이라는 이름으로 남아 있다. 풍고가 지은 《동성교여집》의 서문이 《풍고집》 권15에
수록되어 있다. 풍고의 이 시는 《동성교여집》 권1에 수록되어 있는데, 제목의 '봉차(奉
次)'가 '경차(敬次)'로 되어 있다. 또 '전에 풍고가 지은 시의 운자를 써서 이만수가
지어 보낸 시'는 《극원유고》 권6과 《동성교여집》 권1에 수록되어 있다. 한편, 이만수
는 1810년(순조10) 평안도 관찰사로 부임하였는데, 1812년 1월 홍경래(洪景來)의 난
때 직무를 제대로 수행하지 못했다는 무고를 당해 삭직되어 경주부(慶州府)로 유배되
었다가 5월 유배에서 풀려난 뒤 노호(鷺湖)의 남쪽에 집을 짓고 은거한 채 벼슬에 나아
가지 않았다. 이로 인해 《홍재전서》의 교인 작업에 참여하지 못했는데, 이만수는 이
일에 참여하지 못한 것을 죽어도 눈을 감지 못할 한으로 여겼다고 한다. 《展園遺稿
卷15 附錄 家狀》

387 동성(東省) : 송(宋)나라 때 궁중의 도서와 비적(秘籍)을 관장한 비서성(秘書
省)의 이칭인데, 여기서는 규장각(奎章閣)의 내각(內閣)을 일컫는 말이다. 금릉(金陵)

서규[388]는 옛 빛이 완연하다네   西奎宛舊光

애간장을 녹이니 구리가 글자가 되고   腸銷銅化字

눈물을 뿌리니 유묵이 향기를 더하네   淚灑墨滋香

종사에 성상의 사모하는 마음 서렸으니[389]   終事紆宸慕

바삐 가는 세월을 저버리지 말아야 하네   毋孤歲月忙

남공철(南公轍)은 《동성교여집》의 서문을 지었는데, 그 제목을 〈내각교여집서(內閣校餘集序)〉라고 하였다. 《金陵集 卷11》

388 서규(西奎) : 서방의 규수(奎宿)를 말하는데, 여기서는 규장각을 가리킨 것으로 보인다.

389 종사(終事)에……서렸으니 : 정조의 문집을 교인(校印)하는 일은 순조가 선왕을 사모하는 마음에서 나왔다는 말이다. 종사(終事)는 '선왕종사(先王終事)'의 준말로, 세상을 떠난 선왕을 위하여 어제(御製)나 실록(實錄) 등을 편찬해 생전의 사업과 행적을 총괄할 때 쓰는 말이다. 성상은 여기서는 순조를 가리킨다.

동료들이 날마다 분사에 모여 늘 밥 먹고 차 마시는 여가에
마음껏 청담을 나누며 즐겼는데, 탄초 이공이 어느 날 양근
고향 집의 즐거움을 성대히 이야기하기에 장난삼아 율시
한 수를 지어 탄초에게 올려 나의 조롱에 대해 해명하기를
청하고 이어 동료들에게 전해 함께 화답하기를 청하다[390]
諸僚日會分司　每於飯頃茶暇　輒恣淸談相娛　灘樵李公一日忽盛說楊根
鄕居之樂　戲賦一律　呈灘樵　乞破嘲　因轉塵諸僚同和

월나라 군대가 늘 오나라 놀라게 함을 생각지 마시라

休思越甲每鳴吳

390 동료들이……청하다 : 분사(分司)는 중앙에 있는 관아의 사무를 나누어 맡기기
위하여 다른 곳에 따로 설치한 관사를 말하는데, 여기서는 《홍재전서》의 교인(校印)을
담당하기 위해 설치한 관사로 보인다. 탄초(灘樵) 이공(李公)은 이노익(李魯益, 1767~
1821)으로, 본관은 덕수(德水), 자는 군수(君受), 다른 자는 겸수(謙叟)이며, 탄초는
그의 호이다. 1805년(순조5) 문과에 급제하였고, 경기도 관찰사·대사헌·형조 판서
등을 역임하였으며, 1819년에 진하정사(進賀正使)가 되어 청나라에 다녀왔다. 이후
예조 판서·한성부 판윤 등을 지냈으며, 1821년(순조21) 평안도 관찰사로 나갔다가
임지에서 세상을 떠났다. 양근(楊根)은 지금의 경기도 양평(楊平) 지역이다. 풍고의
이 시 역시 《동성교여집》에 수록되어 있어 창작 시기가 1813년(순조13)에서 1814년
사이임을 알 수 있다. 그런데 《동성교여집》에는 위의 제목의 시를 두실(斗室) 심상규(沈
象奎)가 먼저 짓고 동료들이 화답한 것으로 되어 있는데, 풍고의 화답시는 없다. 또
심상규가 〈장난삼아 앞의 운을 다시 써서 지어 풍고에게 올리다(戲疊前韻呈楓皐)〉라는
시를 짓자 풍고가 화답한 시가 위 시이다. 한편, 시 제목 원문의 '파조(破嘲)'는 남에게
받은 조롱을 해명한다는 뜻의 '해조(解嘲)'를 달리 표현한 것으로 보인다. 이노익이
양근 고향집의 즐거움을 한껏 자랑하자, 이를 들은 풍고가 '왜 고향 생활의 즐거움을
버리고 서울에 와서 사느냐'고 놀리며 그 해명을 요청했다는 말로 보인다.

한 조각 양주의 땅 오호에 막혔으니[391]   一片揚州阻五湖

웅대한 변설이라 그대의 견과 백 넉넉하고[392]   雄辯饒君堅又白

인연의 기회에 나의 낙이 호가 됨을 증명했네[393]   緣機証我酪成醐

또 병예가 곧 술 띄우는 건 알겠지만   也知屏翳曾漂蟻

어찌 항아가 곧장 농어가 될 리 있으리오[394]   豈有姮娥直爲鱸

391 월나라……막혔으니 : 양근에 대한 자랑을 듣고 벗들이 어울려 양근으로 찾아갈 것을 걱정하지 말라는 농담이다. 첫 구절은 왕유(王維)의 〈노장행(老將行)〉의 "월나라 병사가 오나라 임금 놀라게 한 것 부끄럽다네〔恥令越甲鳴吳君.〕"라는 구절을 원용한 표현이다. 또 왕유의 시는, 전국시대 제(齊)나라 옹문자적(雍門子狄)이 월나라 병사가 침범해왔을 때 "지금 월나라 군대가 공격해 와서 우리 임금을 놀라게 했다.〔今越甲至, 其鳴吾君也.〕"라고 하고, 스스로 목을 찔러 죽었다는 고사를 원용한 것이다. 《說苑 立節》 양주(揚州)는 양근을, 오호(五湖)는 한강 물줄기를 통틀어 말한 '오강(五江)'을 달리 표현한 것으로 보인다.

392 웅대한……넉넉하고 : 이노익이 현란한 말솜씨로 양근에 대해 자랑하는 것을 전국 시대 조(趙)나라 공손룡(公孫龍)이 펼친 견백동이(堅白同異)에 비유한 것으로 보인다. 공손룡은, 단단하고 흰 돌을 눈으로 보면 '희다〔白〕'는 것만 알 수 있고, 손으로 만져보면 '단단하다〔堅〕'는 것만 알 수 있으므로, 단단한 돌과 흰 돌은 서로 다른 것이라는 궤변을 펼쳤다. 《公孫龍子 堅白論》

393 인연의……증명했네 : 양근에서 술을 담그면 맛이 훌륭해진다는 이노익의 자랑에 대해, 예전에 방문했을 때 이미 그 사실을 확인했다는 말로 보인다. 낙(酪)은 소나 양의 젖을 끓여 만든 음료이고, 호(醐)는 우락(牛酪) 위에 엉긴 기름 모양의 맛이 아주 좋은 액체이다. 《설문신부(說文新附)》에 "제호(醍醐)는 낙(酪)의 정(精)한 것이다."라고 하였다.

394 또……있으리오 : 양근에서는 술도 잘 익고 달이 뜨면 농어도 잡아서 먹는다는 이노익의 자랑에 대해, 술이 잘 익는다는 말은 믿겠지만 농어가 잡힌다는 말은 믿을 수 없다고 말한 것이다. 병예(屏翳)는 고대 전설에 나오는 신으로, 출전마다 각각 가리키는 바가 다른데, 여기서는 바람신을 가리키는 것으로 보인다. 원문의 '표의(漂蟻)'는 술의 표면에 떠 있는 거품을 가리킨다. 또 항아(姮娥)는 상고 시대 유궁후(有窮后)

뜸집과 엎어둔 항아리도 거듭 그릴 만하니　　　　蓬屋覆甖重可寫

녹거 끌고 도성에 들어온 그림에 곁들이는 건 어떨지[395]

　　　　　　　　　　　　何如挽鹿入城圖

　공이 말하기를 "달이 깜깜해진 뒤에 농어를 낚을 수 있다."라고 했는데, 다만 우리 한양으로 들어오는 입구〔京口〕에는 조강(造江)[396]을 지나야만 이 물고기가 잡힌다. 노호(鷺湖)와 동진(銅津)이 비록 큰 물이지만 이 고기가 올라오지 않는다.

예(羿)의 아내인데, 선녀인 서왕모(西王母)의 불사약을 훔쳐 먹고 신선이 되어 달 속으로 도망쳐 들어갔다는 전설이 있으므로, 달을 상징하는 말로 쓰인다.

395　뜸집과……어떨지 : 풍고의 이 시와 제목이 같은 심상규 시의 미련(尾聯)에, "화공에게 분부하여 모름지기 자세하게, 녹거 타고 도성에 들어온 그림 그리게 해야 하리.〔分付畫師須仔細, 鹿車新寫入城圖〕"라고 한 구절을 이어받은 구절이다. 녹거(鹿車)는 사슴 한 마리를 겨우 실을 수 있는 작은 수레를 말한다.《斗室存稿 卷2》《東省校餘集 卷1》

396　조강(造江) : 조강(祖江)을 가리킨 것으로 보이는데,《숙종실록》29년 5월 26일 조와《승정원일기》영조와 순조 조에도 '조강(造江)'이라고 기록한 용례가 보인다. 조강은 한강과 임진강이 합류하는 지점으로, 한강은 교하(交河) 서쪽에 이르러서 임진강과 합하며, 통진(通津) 북쪽에 이르러 조강이 되어 바다로 들어간다.《新增東國輿地勝覽 卷3 漢城府》

화분에 심은 석류나무에 시든 잎이 조금 생기자 김생 사호[397]가 따내기에 장난삼아 시를 지어 스스로 마음을 달래다

盆榴稍有萎葉 金生思皓摘去之 戱賦自廣

화분에 심은 석류나무	盆中石榴樹
여름에 열매 맺어 가을에 빛나더니	夏實秋燁燁
가을 기운이 남은 더위를 침범하자	金氣貫殘暑
조금씩 누런 이파리 보이네	稍稍見黃葉
경지[398]가 스스로 섬돌을 내려가	景芝自下階
누런 잎을 따 소매에 넣으며	摘來袖間攝
푸른 잎들 속에서	云是靑蔥裏
시든 잎 맘에 들지 않는다 하네	萎枯看不愜
그대여 괜스레 고생하지 마시게	請君莫謾苦
세상만사 어찌 늘 맘에 맞으랴	萬事豈常愜
봄에 꽃 피우길 권하지도 않았으니	春敷不待勸
가을에 시드는 걸 금할 수 있으랴	況可禁秋歇
따내는 건 손만 고생스러울 뿐	摘摘但勞手

---

397 김생 사호(金生思皓) : 옥호정(玉壺亭) 남쪽에서 풍고의 집과 담장을 맞닿아 살았던 서생(書生)으로 보인다. 36쪽에 〈김생 사호로부터 북쪽 정원 땅 반 장을 빌려 나의 남쪽 담장을 넓히고 장난삼아 절구를 읊어 주다[從金生思皓借北庭地半丈拓南墻戲吟絶句與之]〉라는 시에도 그 이름이 보인다.

398 경지(景芝) : 김사호의 자 또는 호로 보인다.

흰머리 뽑는 것과 어이 다르랴   何異白髮鑷

초목은 그래도 스스로 남아 있어   草木猶自在

시들고 피며 억겁의 세월 다 겪었지만   衰盛閱窮劫

사람의 일생은 백 년뿐이라   人生有百年

눈 깜빡하는 사이에 지나가니   頃隙若瞥睫

지금 그대 닭살 같은 주름진 얼굴도   今君鷄皮面

지난날엔 복사꽃 같은 뺨이었다네   是昨桃花頰

금석 이 시랑 성로 존수 가 질그릇 항아리에 연꽃을 담아 내각에 왔기에 마침내 두실이 탄초를 희롱한 시의 운자를 써서 시를 짓다[399]

金石李侍郞性老 存秀 用陶甁貯菡萏至閣中 遂以斗室戲灘樵韻 賦之

말할 줄 안다면 응당 오나라 멸망시킬 줄도 알 것이니[400]

解語端應解沼吳

푸른 물결 만 줄기 연꽃 전호가 생각나네[401]　　　　　淸波萬柄憶錢湖

399 금석(金石)……짓다 : 이존수(李存秀, 1772~1829)의 본관은 연안(延安)이고, 금석은 그의 호이며, 성로(性老)는 그의 자이다. 1794년(정조18)에 문과에 급제하였고, 좌의정에까지 올랐다. 시호는 문익(文翼)이다. 이존수 역시 《홍재전서》의 교인(校印)에 참여하였다. 시랑(侍郞)은 참판을 일컫는 말인데, 이존수는 공조와 이조 참판을 역임한 바 있다. 두실은 심상규(沈象奎)의 호이고, 탄초(灘樵)는 이노익(李魯益)의 호이다. 심상규와 이노익에 대해서는 29쪽 주1, 194쪽 주390 참조. 두실이 탄초를 희롱한 시는 194쪽에 나오는 〈동료들이 날마다 분사에 모여……[諸僚日會分司……]〉라는 시를 말한다.

400 말할……것이니 : 연꽃의 아름다움이 오나라를 멸망시킨 서시(西施)의 아름다움에 비견된다는 말이다. 서시는 오왕(吳王) 부차(夫差)를 유혹하여 멸망하게 한 월나라의 미녀이다. 원문의 ‘소오(沼吳)’는 오나라를 멸망시킨다는 뜻이다. 오왕 부차가 월나라를 공격해 승리했을 때 오자서(伍子胥)가 월나라를 완전히 멸망시켜야 한다고 간언했으나 오왕이 듣지 않자, 오자서가 말하기를, “월나라가 10년 동안 국력을 기르고 10년 동안 백성을 교육시켜 20년 안에 오나라를 못[沼]으로 만들어 버릴 것이다.”라고 한 데서 나온 말이다. 《春秋左氏傳 哀公元年》

401 푸른……생각나네 : 전호(錢湖)는 서호(西湖)를 말한다. 남송(南宋)의 유영(柳泳)이 서호의 풍경을 읊은 〈망해조사(望海潮詞)〉에 “가을 내내 피어 있는 계화, 십 리에 펼쳐진 연꽃.[三秋桂子, 十里荷花.]”이라는 구절이 있다. 《錢塘遺事 卷1》

선인이 바다 건너니 얼굴은 옥과 같고[402]　　　　　　仙人渡海顏如玉

묘법이라 경을 이름하니 정수리에 제호를 붓네[403]　　妙法名經頂灌醐

벽통에 담아 마시면 코끼리 코 마시기 좋고[404]　　　　釀得碧筒宜飮象

시원한 연뿌리 썰어오면 농어찜보다 낫네　　　　　　斫來冰藕勝烹鱸

서정에서의 옛날 연꽃 구경 지금은 꿈인 듯하니[405]　　西亭舊賞今疑夢

당시에 그림으로 그리지 못함이 한스러워라　　　　　恨未當時作畫圖

---

402 선인(仙人)이……같고 : 관세음보살상(觀世音菩薩像)을 형용한 말로 보이는데, 특히 달이 비친 바다 위에 하나의 흰 연꽃 위에 선 모양을 한 관세음보살상을 수월관음(水月觀音) 혹은 백의선인(白衣仙人)이라고 한다.

403 묘법이라……붓네 : 묘법이라 경을 이름했다는 것은 《묘법연화경(妙法蓮華經)》에 연(蓮)이라는 글자가 들어 있기에 한 말이다. 정수리에 제호를 붓는 것은 불가(佛家)에서 지혜를 사람에게 주입시키는 의식인 제호관정(醍醐灌頂)을 말한다.

404 벽통(碧筒)에……좋고 : 삼국시대 위(魏)나라 정각(鄭慤)이 한여름에 빈료(賓僚)들을 거느리고 사군림(使君林)에서 피서하면서 줄기가 달린 커다란 연잎에 술 두 되를 담고 잎과 줄기가 서로 통하게 비녀로 구멍을 뚫은 다음, 그 줄기를 코끼리 코처럼 잡아 올려 여러 사람이 돌려가면서 술을 빨아 마셨는데, 이를 벽통주(碧筒酒)라고 했다. 《酉陽雜俎 卷7 酒食》

405 서정(西亭)에서의……듯하니 : 서정은 서지(西池)의 정자를 말하는 것으로 보인다. 서지는 서대문 밖 반송방(盤松坊)에 있던 큰 연못으로 연꽃을 심었다고 하며, 그 곁에 천연정(天然亭)이 있었다고 한다. 《서울지명사전》 《國譯 新增東國輿地勝覽 卷3 備考篇 東國輿地備攷 漢城府》 또 정약용(丁若鏞)의 〈더위를 없애는 여덟 가지 일(消暑八事)〉이라는 시에 '서지에서의 연꽃 구경(西池賞荷)'이 있다.

거문고 악사에게 주다
贈琴師

나이 마흔아홉에	行年四十九
우연히 거문고 연주 배우고 싶었는데	偶欲學琴爲
악보만으로는 멍하니 터득하기 어려워	徒譜茫難尋
그대에게 물어 배워 스승으로 삼았네	問君待以師
연주할 수 있다고 그대 말하며	君謂足可彈
우선 익혀보라고 내게 권하기에	勸我且習之
전혀 스스로를 헤아리지 못한 채	我苦不自揣
기꺼운 마음으로 의심 없이 따랐네	甘心聽無疑
삼순에서 오순 동안 한 번 익히면	一習三五旬
훌륭한 소리 내리라 멋대로 생각했는데	妄意出聲奇
타면 탈수록 소리는 더욱 껄끄럽고	愈彈愈拙澁
늙은 손가락 송곳처럼 뻣뻣하네	老指直如錐
거문고 현과 채가 서로 응하지 않고	絃撥不相應
궁음과 상음이 매양 어긋나니	宮商每參差
듣던 자들 귀 막고 달아나며	聞者掩耳走
웃음 삼키고 나의 어리석음 비웃네	匿笑笑我癡
이 밤에 등불 매달고 앉아서	此夜懸燈坐
기러기발 세우고 현을 타려 하다가	促柱將調絲
불현듯 깨달았네 그대가 한 말이	驀然覺君言
참으로 나를 위로하는 말이었음을	大是慰藉辭

내게 거문고 탈 재주 있었던 것 아니라　　　　　　　非我有彈才

그대의 처신이 겸손했기 때문이네　　　　　　　　　則君所處卑

모든 천하의 기예는　　　　　　　　　　　　　　　凡百天下技

젊을 때 잘하고 노쇠하면 시드는 법　　　　　　　　工少而廢衰

어찌 반백 나이 늙은이가　　　　　　　　　　　　　豈有半百翁

아이처럼 배움을 시작함이 있으랴　　　　　　　　　始學如蒙兒

이 이치 늦게야 깨달았으니　　　　　　　　　　　　此理久方覺

지언의 경지 감히 스스로 기약하리오[406]　　　　　知言敢自期

이제부터 그대와 작별하고서　　　　　　　　　　　從今欲謝君

상자에 거문고 담아 시렁에 두려 하네　　　　　　　匣琴高閣宜

소문이 옛날에 거문고를 타지 않고서야　　　　　　昭文昔不鼓

비로소 성과 휴가 없어졌다네[407]　　　　　　　　乃無成與虧

---

406 지언(知言)의……기약하리오 : 거문고 악사가 처음 말했을 때 그 말의 진의를
알아채지 못했다는 말이다. 지언의 경지는 남이 하는 말의 의미를 잘 변별해내는 경지를
말한다.

407 소문(昭文)이……없어졌다네 : 졸렬한 재주로 거문고를 배우느니 차라리 배움을
그만두어 성패의 결과에서 벗어나겠다는 말로 보인다. 소문은 고대 중국의 거문고 명인
이다. 성(成)과 휴(虧)는 완전과 결함, 성공과 실패를 뜻한다. 《장자(莊子)》〈제물론
(齊物論)〉에 "성과 휴가 있는 것은 소씨가 거문고를 연주하기 때문이고, 성과 휴가
없는 것은 소씨가 거문고를 타지 않기 때문이다.〔有成與虧, 故昭氏之鼓琴也, 無成與虧,
故昭氏之不鼓琴也.〕"라고 한 데서 나온 말인데, 세상일에 손을 대면 결함이 생기고
아예 손을 대지 않으면 완전하다는 뜻으로 쓰인다.

거문고 악사의 대답을 대신 지어주다 거문고 악사가 내가
준 시를 보고 그렇지 않다고 생각하면서도 글로 자신의 뜻을 전달할
수 없기에 마침내 그의 대답을 내가 대신 시로 지었다
代琴師答 琴師見贈詩 意不然 而文不能述其意 遂代其答

공이 거문고 배우길 그만두려 하시니	公欲廢學琴
글 배우는 일을 들어 비유해 보리다	請以文喩爲
무릇 사람이 처음 글자 배울 땐	凡人初問字
훈장님을 따라서 구두를 떼고	口讀隨塾師
차차로 경서와 사서에 통하여	次次通經史
스스로 그 의미 탐구할 줄 알게 되면	自能揣摩之
그런 뒤에야 오묘한 이치 터득해	然後得妙解
저술하는 데 마침내 의심이 없어진다오	著述遂不疑
고달프게 노력하지 않으면	不有用力苦
정묘하고 남다른 경지에 어이 이르랴	焉得造工奇
학문에 전념하는 이는 정원을 살피지 않고[408]	勤者不窺園
송곳으로 허벅지 찌르기도 했다오[409]	或亦至刺錐

---

408 학문에……않고 : 한(漢)나라 동중서(董仲舒)가 장막을 내리고 공부하니 제자들
도 그의 얼굴을 볼 수가 없었으며, 정원과 채마밭이 있어도 3년 동안 방에서 나와 살펴본
적이 없었다[三年不窺園]는 고사가 있다. 《漢書 卷56 董仲舒傳》

409 송곳으로……했다오 : 전국(戰國) 시대 종횡가(縱橫家) 소진(蘇秦)은 글을 읽
다가 졸음이 오면 자신의 허벅지를 송곳으로 찔러 잠을 쫓아 피가 발까지 흘러내리곤
했다고 한다. 《戰國策 秦策》

처음엔 무디고 예리함 다른 듯하지만	始若殊鈍銛
결국엔 차이가 없음 보게 되나니	終見無參差
거문고라고 유독 어찌 이와 다르랴	琴奚獨無然
전념하면 뛰어나고 게으르면 바보 된다오	專黠惰乃癡
소리는 허공에 있지 않고	聲不在虛空
손가락 아래의 현에 숨어 있으니	只藏指下絲
손가락으로 날마다 숨겨진 소리 튕겨내면	將指日挑藏
숨긴 소리 드러내길 현이 어찌 사양하랴	藏露絲敢辭
나는 생각하오 훌륭한 연주자는	我思善彈者
재주의 고하에 한정되지 않으며	非限材高卑
잘하고 못하는 그 차이는	能與不能間
오직 뜻의 성쇠에 달려 있다오	惟志有盛衰
한 번 연주하고 다시 아홉 번 포기하여	一彈復九抛
그대 총죽아 시절처럼 내버려둔다면[410]	任公蔥竹兒
총죽 때부터 쉰 살[411]에 이르도록	蔥竹及艾髦
학문을 이룰 기약 없었으리라	無有學成期
독서할 때의 일을 생각해보신다면	試憶讀書事
응당 아시리라 거문고도 독서하듯 해야 함을	應知琴所宜

---

410 그대……내버려둔다면: 어린아이처럼 이랬다저랬다 마음 내키는 대로 하는 것을 말한다. 총죽아(蔥竹兒)는 어린 시절을 의미하는 말로 쓰인다. 총죽은 파피리를 불고 대나무말을 탄다는 '취총기죽(吹蔥騎竹)'의 준말이다.

411 쉰 살: 원문은 '애모(艾髦)'인데, '애발(艾髮)'과 같은 말로 머리카락이 쑥처럼 창백색이 된 것을 말하며 50세를 지칭하는 말로 쓰인다. 《예기》〈곡례 상(曲禮上)〉에 "오십 세를 애라고 한다.〔五十曰艾.〕"라는 구절이 있다.

아홉 길 산이 눈앞에 있어도   九仞在眼前
한 삼태기로 공을 무너지게 할 수 있다오[412]   可使一簣虧

---

412 아홉……있다오 : 포기하지 말고 끝까지 노력하라는 의미이다. 《서경》〈여오(旅獒)〉에 "밤낮으로 부지런하지 못한 점이 혹시라도 있지 않게 해야 한다. 자그마한 행동이라도 신중히 하지 않으면 끝내는 큰 덕에 누를 끼칠 것이니, 이는 마치 아홉 길의 산을 만들 적에 한 삼태기의 흙이 부족하여 그 공이 허물어지는 것과 같다.〔夙夜, 罔或不勤, 不矜細行, 終累大德, 爲山九仞, 功虧一簣.〕"라는 말이 나온다.

그저께 두실 선생(斗室先生 심상규)이, 내가 죽석(竹石 서영보)에게 보낸 편지에 '농어를 먹고 구토증이 생겼으니 그 죄는 두실에게 있다.'라는 말이 있다는 이유로 농어 한 마리를 또 보내주었다. 나는 곧 다시 속이 좋지 않아 산중으로 달려 들어왔고[413] 하룻밤을 자고 나자 비로소 조금 진정이 되었다. 그러나 이장길(李長吉)이 시의 '귀재(鬼才)'라는 칭찬을 받았지만 결국 심장을 토해낼 듯이 시를 지었기 때문에 요절한 일[414]을 생각해보면, 지금 두실 선생은 분명히 나를 구토하다가 죽은 귀신으로 만들려 한 것이다. 좌원방(左元放)은 세상에 보기 드문 환술(幻術)을 지니고도 맹덕(孟德)을 위해 단지 농어 네 마리만 잡았는데,[415] 지금 선생

413　나는……들어왔고 : 풍고가 삼청동에 조성한 옥호정(玉壺亭)으로 들어왔다는 말이다. 옥호정에 대해서는 29쪽 주1 참조.

414　이장길(李長吉)이……일 : 이장길은 당나라 때의 시인 이하(李賀)로, 장길은 그의 자이다. 시재가 뛰어나 '귀재(鬼才)'로 일컬어졌는데, 송(宋)나라 전역(錢易)의 《남부신서(南部新書)》 권3에 "이백은 천재가 빼어나고, 백거이는 인재가 빼어나고, 이하는 귀재가 빼어나다.〔李白爲天才絶, 白居易爲人才絶, 李賀爲鬼才絶.〕"라는 말이 있다. 한편 이하가 종일토록 밖에 나가 지은 시를 금낭(錦囊)에 넣어 집에 들어오곤 했는데, 모친이 그 시들을 보고 "이 아이는 자기 심장까지 토해낼 정도가 되어야만 이 일을 그만둘 것이다.〔是兒要當嘔出心始已耳.〕"라고 탄식했다는 고사가 있다. 《李義山文集箋註 卷10 李賀小傳》

415　좌원방(左元放)은……잡았는데 : 좌원방은 동한(東漢) 때의 인물인 좌자(左慈)로, 원방은 그의 자이다. 맹덕(孟德)은 조조(曹操)의 자이다. 좌자는 젊어서부터 신술(神術)을 지니고 있었는데, 조조가 송강(松江)의 농어〔鱸〕를 먹고 싶다고 하자 소반에 물을 담아오라고 하여 그 물에서 농어 한 마리를 낚았으며, 많은 사람이 먹기에 부족하다는 조조의 말을 듣고 다시 더 낚았는데 모두 길이가 석 자나 되었다고 한다. 《後漢書

은 파옹(坡翁)이 그물을 걷어 올려 장차 강 속의 '입이 크고 비늘이 가는' 물고기 종류를 다 잡고야 말려는 것⁴¹⁶과 같으니, 아! 선생의 어질지 않음이여. 나는 해명할 방법도 없고 모면할 재주도 없다는 생각이 들어 곧 서방 극락계에서 세상을 경계하고 중생을 제도(濟度)하던 말을 읊어 시의 끝 부분에 언급하였으니, 선생께서 혹시 그 말에 마음이 싹 풀려 더 이상 나로 하여금 각종 구업(口業)⁴¹⁷을 짓지 않게 해 주실지 모르겠다. 지극히 두려운 마음으로 기다린다.

斗室先生大昨 以僕於抵竹石書 有食鱸嘔心罪在斗室之語 又餉鱸一尾 僕輒復作惡 走入山間 經宿始稍定 然念李長吉有鬼才之稱 而終以嘔心 而夭 今先生使人必欲爲嘔心之鬼 左元放以絶世之幻技爲孟德 只得四 尾鱸 而今先生如坡翁之擧網 將使江中之巨口細鱗 盡其族類而後已 噫 先生之不仁也 余思無法可解無術可免 則輒誦西方極樂界中警世度人之 語 及之篇末 先生或當犁然於心 而不復造種種口業否耶 惶懼仄俟之至

그대는 구천처럼 오나라 잊지 않으니⁴¹⁸　　　　　　　　君如勾踐不忘吳

卷82下 左慈傳》좌원방이 잡은 농어가 네 마리라는 기록은 찾지 못했다. 송강에서 나는 농어는 아가미가 네 개라서 '사시로(四腮鱸)'라고 부르기도 하는데, 이를 '사미로(四尾 鱸)'로 잘못 기록한 것은 아닌지 모르겠다.

416　파옹(坡翁)이……것 : 파옹은 소식(蘇軾)을 가리키며, 입이 크고 비늘이 가는 물고기[巨口細鱗]는 농어를 가리킨다. 소식의 〈후적벽부(後赤壁賦)〉에 "오늘 저물녘에 그물을 걷어서 고기를 잡았는데, 입이 크고 비늘이 가는 것이 송강의 농어처럼 생겼다.[今者薄暮, 擧網得魚, 巨口細鱗, 狀如松江之鱸.]"라는 구절이 있다.

417　구업(口業) : 입으로 죄업(罪業)을 범한다는 불교 용어이다.

418　그대는……않으니 : 풍고가 농어를 먹고 심상규를 탓하자 심상규가 이 말에 복수

나는 지장을 본받아 감호에 숨고만 싶다오[419]　　　我效知章欲隱湖

그대 주먹 휘둘러 계륵에게 시험하지 마시라[420]　　莫逞尊拳試鷄肋

어찌 물을 반쯤 탄 것을 속여 제호와 비교하랴[421]　寧欺半水比醍醐

심장 토한 귀재 이하는 시 짓다 귀신 되고[422]　　嘔心才李詩成鬼

그물 걷던 신선 소식은 부 읊으며 농어 다 잡았네[423]

　　　　　　　　　　　　　　　　　　　舉網仙蘇賦盡鱸

금생의 각종 구업 참으로 두려우니　　　　　　種業今生眞可畏

일찍이 이설[424]을 절집의 그림에서 보았다네　　曾看犂舌佛家圖

하려고 다시 농어를 보낸 것이, 마치 원한을 품은 월왕(越王) 구천(句踐)이 오나라에 복수하려는 마음을 잊지 않은 것과 같다는 농담이다.

419　나는……싶다오 : 심상규의 복수를 피해 달아나고 싶다는 말이다. 지장(知章)은 당나라의 시인 하지장(賀知章)을 말하고, 감호(鑑湖)는 호수 이름으로 경호(鏡湖)라고도 한다. 하지장이 만년에 도사(道士)가 되어 고향으로 돌아가려 할 때 현종(玄宗)이 그에게 감호의 섬계(剡溪) 일곡(一曲)을 하사했던 고사가 있다. 《新唐書 卷196 隱逸列傳 賀知章》

420　그대……마시라 : 자신을 괴롭히지 말라는 말이다. 계륵(鷄肋)은 비쩍 마르고 힘이 약한 사람을 비유하는 말인데, 여기서는 풍고 자신을 일컬었다. 진(晉)나라의 유령(劉伶)이 술에 취해 시비가 붙었는데, 상대가 주먹을 휘두르려 하자 유령이 말하기를, "계륵 같은 이 몸은 그대 주먹을 받아들일 수 없소.〔鷄肋不足以安尊拳.〕"라고 하니, 그 사람이 웃으며 그만두었다는 고사가 전한다. 《晉書 卷49 劉伶列傳》

421　어찌……비교하랴 : 물을 반쯤 탔다는 것은 물이 반쯤 섞인 우유를 말하는 듯한데, 풍고 자신을 비유한 말로 보인다. 제호(醍醐)는 소나 양의 젖을 가공해서 만든 최상품의 기름을 말하는데, 심상규를 비유한 말로 보인다.

422　심장……되고 : 앞의 주414 참조.

423　그물……잡았네 : 앞의 주416 참조.

424　이설(犂舌) : 불교 용어인 '이설옥(犂舌獄)'의 준말로, 입을 함부로 놀리는 사람이 가게 된다는 지옥의 이름이다.

8월 23일은 바로 나의 생일이었는데 집사람이 술을 마련해 권하기에 마침내 내각의 여러 공께 나누어 보내니, 여러 공이 시를 지어 축하해주었다. 기원하고 송축해주는 말은 대부분 어리석은 내가 감히 받아들일 수 있는 것이 아니었지만 눈앞에 가득한 아름다운 시들은 실로 집안에 전할 훌륭한 보배였기에 삼가 그 시에 차운하여 감사한 나의 마음을 기록하다[425]

八月卄三 卽僕懸弧之日也 家人具酒相勸 遂分饋于閣中諸公 諸公爲賦詩相賀 祈頌之辭 多非愚鹵所敢安 然滿目瓊琚 實傳家之上寶也 謹次其韻 以識感佩之誠云

포유 같은 뛰어난 재주 준일하고 청신해라[426]   鮑庾高才俊且淸

425 8월······기록하다 : 풍고의 나이 49세 때인 1813년(순조13) 8월 생일날에 지은 시이다. 당시 풍고는 《홍재전서》의 감인(監印)에 참여하고 있었다. 192쪽 주386 참조. 《동성교여집(東省校餘集)》 권1에는 위와 같은 제목하에 총 3수가 실려 있는데 《풍고집》에는 제2수만 옮겨져 있다. 《동성교여집》에 실린 심상규(沈象奎)의 언급에 따르면, 풍고가 심상규에게 편지를 보내 생일 음식을 보내니 시로써 화답해주기를 요청했다고 한다. 한편, 《동성교여집》에는 제3구의 '본자(本籍)'가 '본자(本自)'로 되어 있다. 《동성교여집》에 대해서는 29쪽 주1 참조. 내각(內閣)은 규장각을 말한다.

426 포유(鮑庾)······청신(淸新)해라 : 포유는 남조(南朝) 송(宋)나라의 시인 포조(鮑照)와 북주(北周)의 시인 유신(庾信)을 병칭한 말이다. 두보(杜甫)의 시 〈봄날 이백을 추억하다[春日憶李白]〉에 "청신함은 유 개부의 시와 같고, 준일함은 포 참군의 시와 같네.[淸新庾開府, 俊逸鮑參軍.]"라는 구절이 있다. 《杜少陵詩集 卷1》 유 개부는 개부의동삼사(開府儀同三司)를 역임한 유신을 일컫고, 포 참군은 전군 참군(前軍參軍)을 지낸 포조를 일컫는다.

새 시 지어 생일 축하해주니 영광스럽지 않으랴 新詩賀晬不其榮

태평 시절 본래 그대들의 힘에 의지한 것 昇平本藉群公力

인간 세상의 취하고 배부른 백성 되고 싶다네 願作人間醉飽氓

또 만기 영공이 보내준 시에 차운하다[427]

又次晚磯令公見贈

갑자기 생일 맞은 내 심정 아실 것이니	忽値生朝意可知
내년에 오십 됨도 또한 멀지 않았네[428]	明年五十亦無遲
아호 신세라 다만 깊은 슬픔에 싸이고[429]	莪蒿祇自纏深慟
포류의 몸 무슨 수로 일찍 노쇠함 막으랴[430]	蒲柳那由禁早衰

427 또⋯⋯차운하다 : 풍고의 나이 49세 때인 1813년(순조13) 8월 생일날에 지은 시이다. 만기(晚磯)는 안광우(安光宇, 1753~?)의 호이다. 안광우에 대해서는 57쪽 주74 참조. 한편, 《풍고집》 권2에 〈고성 임소로 부임하는 만기를 전송하며〔送晚磯之高城任所〕〉라는 시가 있는데, 안광우는 1812(순조12)년 1월 고성 군수로 부임하여 1813년 7월까지 재직하였다.

428 갑자기⋯⋯않았네 : 49세의 생일을 맞아 자신의 일생을 돌아보며 깊이 반성한다는 말로, 《회남자(淮南子)》 〈원도훈(原道訓)〉에 "거백옥은 나이 오십이 되어서 사십구년 동안의 잘못을 알았다.〔蘧伯玉行年五十, 而知四十九年之非.〕"라는 말을 염두에 둔 표현이다. 거백옥은 춘추 시대 위(衛)나라의 현대부(賢大夫)이다.

429 아호(莪蒿)⋯⋯싸이고 : 아호는 자신을 낳아 길러주신 부모님의 기대에 부응하지 못했다는 자책의 표현이다. 부모가 세상을 떠난 뒤 생전에 효도하지 못한 슬픔을 노래한 《시경》 〈육아(蓼莪)〉의 "길고 큰 아름다운 쑥인 줄 알았더니, 아름다운 쑥이 아니라 저 천한 쑥이로다. 슬프고 슬퍼라 부모님이여, 나를 낳으시느라 수고하셨도다.〔蓼蓼者莪, 匪莪伊蒿, 哀哀父母, 生我劬勞.〕"라는 구절에서 나왔다.

430 포류(蒲柳)의⋯⋯막으랴 : 몸이 허약한 탓에 일찌감치 노쇠했다는 말이다. 포류는 창포와 갯버들의 합칭인데, 일찍 늙고 쇠하는 허약한 체질을 비유하는 말이다. 진(晉)나라 고열지(顧悅之)가 간문제(簡文帝)와 동갑이었는데도 이른 나이에 머리가 백발이 되자 황제가 그 이유를 물으니 "신은 포류와 같은 체질이라서 가을이 가까워지기만 해도 벌써 잎이 지고 맙니다.〔蒲柳之姿, 望秋而落.〕"라고 한 고사가 전한다. 《世說

선학이 남으로 날아가는 곡조 누가 피리로 들려줄까[431]

仙鶴南飛誰聽笛

청우가 서쪽으로 가는 그림 객이 시를 이루었네[432]　青牛西去客成詩

눈앞의 아녀자 같은 분분한 세상사여　　　　　眼前兒女紛紛事

한 잔 술 마셔서 깊은 시름 없애야지　　　　　消得牢愁辦一卮

　동파(東坡)의 생일에 이위(李委)가 적벽(赤壁)에서 피리를 불며 〈학남비
(鶴南飛)〉곡(曲)을 연주하였고, 양차공(楊次公)은 전목보(錢穆父)의 생
일에 〈노자출관도(老子出關圖)〉를 그리고 이어 시를 지었다.[433]

新語 言語》

431　선학(仙鶴)이……들려줄까 : 생일 연회 자리에 안광우가 참석하지 못해 아쉽다
는 말로 보인다. 소식(蘇軾)이 생일을 맞아 적벽(赤壁) 아래에서 잔치를 할 때 강가에서
퉁소 소리가 들려와 알아보게 하니, 진사(進士) 이위(李委)라는 사람이 소식을 위해
'학이 남쪽으로 날아가다'라는 뜻의 〈학남비(鶴南飛)〉라는 신곡(新曲)을 짓고 직접 퉁
소를 분 것이라는 고사가 전한다.《蘇東坡詩集 卷21 李委吹笛》

432　청우(青牛)가……이루었네 : 안광우가 풍고의 생일에 시를 보내왔다는 말로 보
인다. 청우가 서쪽으로 가는 그림은 노자(老子)가 푸른 소〔青牛〕를 타고 함곡관(函谷
關)을 지나가는 것을 그린 〈노자출관도(老子出關圖)〉를 말한다. 노자가 서쪽으로 길을
떠나 함곡관에 거의 이르렀을 때, 관령(關令) 윤희(尹喜)가 누대에 올라 사방을 바라보
다가 보라색 기운이 관문 위로 떠오는 것을 살펴보고는 분명히 진인(眞人)이 올 것이라
고 예측을 하였는데, 얼마 뒤에 과연 노자가 청우를 타고 왔다는 고사가 전한다.《列仙
傳 上》한편, 송나라의 양걸(楊傑)은 전협(錢勰)의 생일 때 〈노자출관도〉를 그려 선물
하고 이어 시를 지어주었다는 고사가 전한다. 양걸의 자는 차공(次公)이고, 전협의
자는 목보(穆父)이다.《雲齋廣錄 卷3 詩話錄》

433　동파(東坡)의……지었다 : 위의 주431과 주432 참조.

옥호에서 죽리 족숙과 하룻밤을 보내고 이튿날 소장공 시의 운자를 뽑아 이 시를 짓다[434]

玉壺 與竹里叔宿 明日拈蘇長公韻賦此

숲 언덕 곳곳이 다 울긋불긋하기에	林皐處處遍爛斑
객과 함께 구불구불한 산길 돌문을 지났네	與客崎嶇度石關
술에 목마른 유령처럼 즐겁게 땅을 자리로 삼고[435]	病渴劉伶耽席地
가을 슬퍼한 송옥처럼 원망하며 산에 올랐네[436]	悲秋宋玉怨登山
찬 구름은 아득하게 기러기 뒤에 떠 있고	寒雲莽蒼賓鴻後

---

434 옥호(玉壺)에서……짓다 : 옥호는 옥호정(玉壺亭)을 말한다. 29쪽 주1 참조. 죽리(竹里) 족숙(族叔)은 김이교(金履喬)를 말한다. 66쪽 주90 참조. 소장공(蘇長公)은 소식(蘇軾)의 경칭이다. 소식이 소순(蘇洵)의 장자이고 문장이 백대(百代)의 으뜸이라고 할 만했기 때문에, 그를 일컬어 장공(長公)이라고 하고 그의 아우 소철(蘇轍)을 소공(少公)이라고 한다. 풍고가 차운한 소식의 시는 〈호완부의 시에 차운하다〔次韻胡完夫〕〉이다. 완부는 호종유(胡宗愈)의 자이다. 《東坡全集 卷15》

435 술에……삼고 : 여기저기 돌아다니며 아무 데나 앉아서 술을 마셨다는 말이다. 진(晉)나라 죽림칠현(竹林七賢)의 한 사람인 유령(劉伶)은 술을 무척 좋아하여 〈주덕송(酒德頌)〉을 지었는데, 그 글에 "하늘을 장막으로 삼고 땅을 자리로 삼아 마음이 가는 대로 행한다.〔幕天席地, 縱意所如.〕"라는 구절이 있다. 《晉書 卷49 劉伶列傳》

436 가을……올랐네 : 송옥(宋玉)은 전국 시대 초나라의 문인이며 굴원(屈原)의 제자이다. 가을을 슬퍼하는 뜻을 담아 〈구변(九辯)〉을 노래했는데, 그 첫 부분에 "슬프다, 가을 기운이여, 쓸쓸하여라. 초목은 낙엽이 져 쇠하였도다. 처창하여라, 흡사 타향에 있는 듯하도다. 산에 올라 물을 굽어봄이여, 돌아가는 이를 보내도다.〔悲哉! 秋之爲氣也. 蕭瑟兮草木搖落而變衰, 憭慄兮若在遠行. 登山臨水兮, 送將歸.〕"라고 하였는데, 이 것을 속칭 〈비추부(悲秋賦)〉라 일컫는다. 《楚辭 卷6》

지는 해는 뉘엿뉘엿 잠깐 사이 사라졌네　　　　　殘日遲徊隙駟間

돌아와 띳집에 누워 다시 회상하자니　　　　　　歸臥茅齋還想像

지금까지 지나온 세월 온전히 한가한 적 없었네　向來光景未全閑

다시 앞 시의 운자를 거듭 써서 죽리 족숙[437]에게 올리다
復疊前韻 呈竹里叔

홍안부터 교유하며 귀밑머리 반백에 이르렀고 　　　紅頰遊從到鬢斑

그동안 문묵으로 또 서로 어울렸네 　　　　　　　邇來文墨又相關

우리의 깊은 사귐은 마음이 물처럼 담담함을 증명했고[438]

　　　　　　　　　　　　　　　　　　　神交証我心如水

그대의 웅건한 문장은 그 힘이 산을 흔들 만큼 넉넉하였네

　　　　　　　　　　　　　　　　　　　健筆饒君力撼山

한 곡조 아양곡은 종자기의 후신이요[439] 　　　一曲峨洋鍾子後

동시대의 크고 작은 하후의 사이라네[440] 　　　同時大小夏侯間

숲 단풍 섬돌 국화 슬퍼하지 마시라 　　　　　林楓砌菊休怊悵

---

437 죽리(竹里) 족숙(族叔) : 김이교(金履喬)를 말한다. 66쪽 주90 참조.

438 우리의……증명했고 : 《장자(莊子)》〈산목(山木)〉에 "군자의 사귐은 담담하기가 물과 같고, 소인의 사귐은 달기가 단술과 같다.〔君子之交淡若水, 小人之交甘若醴.〕"라는 말이 나온다.

439 한……후신이요 : 시를 지으면 그 의미를 서로 잘 알아주었다는 말이다. 아양곡(峨洋曲)은 훌륭한 거문고 연주 솜씨를 뜻하는 말인데, 거문고의 명인인 백아(伯牙)가 고산(高山)을 염두에 두고 연주하자 종자기(鍾子期)가 "높고 높아 태산과 같다.〔峩峩兮若泰山.〕"라고 하였고, 유수(流水)에 뜻을 두고 연주하자 다시 "광대한 것이 마치 강하와 같구나.〔洋洋兮若江河.〕"라고 했던 데서 나온 말이다. 《列子 湯問》

440 동시대의……사이라네 : 풍고와 김이교가 숙질(叔姪) 사이라는 말이다. 하후(夏侯)는 한(漢)나라 때 《금문상서(今文尚書)》를 전공한 하후승(夏侯勝)과 그의 조카 하후건(夏侯建)을 말하는데, 각각 대하후(大夏侯)와 소하후(小夏侯)라고 일컬어졌다.

늙은 우리 가을 깊자 병이 비로소 덜하니[441]　　二老秋深病始閑

441　숲……덜하니 : 깊은 가을 단풍과 국화를 보며 병이 조금 나았으므로 세월의 흐름을 슬퍼하지 말라는 말로 보인다.

밤에 산재에 앉아 이 공봉의 〈자극궁에서 가을의 감회를 읊다〉라는 시에 차운하니, 금년이 바로 내 나이 마흔 아홉이다[442]

山齋夜坐 次李供奉 紫極宮感秋韻 今年正四十九也

청년 시절 내 분수 헤아리지 못하고	靑年竊未揆
열심히 글 읽으면 역사에 이름 남기리라 기대했는데	劬書期汗竹
백발이 되도록 이룬 것 없으니	白首無所成
허물과 후회[443] 어찌 다 손으로 움키랴	尤悔寧可掬

442 밤에……아홉이다 : 풍고의 나이 49세 때인 1813년(순조13)에 지은 작품이다. 산재(山齋)는 옥호정(玉壺亭)을 말한다. 29쪽 주1 참조. 이 공봉(李供奉)은 당 현종(唐 玄宗) 때 한림공봉(翰林供奉)을 지낸 이백(李白)을 가리킨다. 이백 시의 원제목은 〈심 양 자극궁에서 가을을 느끼며 짓다[尋陽紫極宮感秋作]〉이다. 《李太白集 卷23》 이백의 시는 그가 50세 되던 천보(天寶) 9년(750) 가을에 심양(尋陽)에 머무르면서 노자(老 子)를 모시는 사당인 자극궁(紫極宮)에서 고향을 그리는 심경을 노래한 시인데, 그 시에 "마흔아홉 해의 잘못, 한 번 가니 다시 돌이키지 못하네.[四十九年非, 一往不可 復.]"라는 구절이 있어 후세 사람들이 50세에 이르면 흔히 이 시를 차운하였다. '마흔아 홉 해의 잘못'이란 춘추 시대 위(衛)나라 대부였던 거백옥(蘧伯玉)과 관련된 고사로, 50세 때 49년간의 잘못을 깨달아 반성하였다고 한다. 《淮南子 原道》 한편, 이 시는 《동성교여집(東省校餘集)》에도 수록되어 있는데, 시 제목 마지막 부분에 '삼가 죽리 노숙 족하에게 올리다.[拜呈竹里老叔足下.]'라는 말이 있고, 아울러 죽리 김이교의 화 답시도 첨부되어 있다. 《동성교여집》에 대해서는 29쪽 주1 참조.

443 허물과 후회 : 자장(子張)이 벼슬하는 방법을 묻자, 공자가 "언사에 허물이 적고 행실에 후회할 일이 적으면 벼슬이 그 속에 있다.[言寡尤, 行寡悔, 祿在其中矣.]"라고 한 데서 나왔다. 《論語 爲政》

서늘한 바람 옥우에 불어오는데 　　　　　　涼飆噓玉宇

잠 못 이루며 홀로 깨어 있자니 　　　　　　耿耿抱靈獨

맑은 달빛이 새벽에 기둥 가득 비추며 　　　晴月曉滿楹

내가 머무는 산간의 잠자리로 빛을 보내주네 　送我山間宿

큰 꿈에서 아직 깨어나지 못했지만 　　　　大夢雖未覺

의심하지 않으니 또 무엇을 점치랴[444] 　　不疑又何卜

옛사람은 멀리 가지 않음을 귀히 여기니[445] 　古人貴不遠

오늘은 옳게 하여 어제의 잘못 만회할 수 있네 　今是昨猶復

좋은 말은 빨리 달리면 끝내 넘어지고[446] 　良馬馳終蹶

의기는 비면 뒤집힘이 드물다는 것을[447] 　敧器虛尟覆

---

444 큰……점치랴 : 깨달음의 경지에는 이르지 못했으나 나아가야 할 방향을 알고 있다는 말이다. 큰 꿈은 인생을 비유하는 말인데, 《장자(莊子)》〈제물론(齊物論)〉에서 "깨어난 뒤에 그것이 꿈인 줄 알고, 크게 깨어난 뒤에 그것이 큰 꿈인 줄 안다.〔覺而後, 知其夢也, 且有大覺而後, 知此其大夢也.〕"라고 하여 인생을 큰 꿈에 비유한 바 있다.

445 옛사람은……여기니 : 과실을 지속하지 않고 즉시 고치는 것을 귀하게 여긴다는 말인데, 《주역》〈복괘(復卦) 초구(初九)〉의 "초구는 멀리 가지 않고 돌아오는지라, 후회함에 이르지 않으니, 크게 선하고 길하다.〔初九, 不遠復, 无祗悔, 元吉.〕"라는 말을 원용한 표현이다. 또 한유(韓愈)의 〈양지부를 부르다〔招楊之罘〕〉라는 시에 "《주역》은 멀리 가지 않고 돌아옴을 귀히 여긴다.〔易貴不遠復.〕"라는 구절이 있다. 《韓昌黎集 卷5》

446 좋은……넘어지고 : 《화서(化書)》 권3 〈덕화(德化)〉에 "잘 달리는 사람은 넘어짐에서 끝나고, 잘 싸우는 자는 패망함에서 끝난다.〔善馳者終於蹶, 善鬭者終於敗.〕"라는 구절이 있다.

447 의기(敧器)는……것을 : 의기는 기울어져서 잘 엎어지도록 고안된 그릇으로, 고대에 임금을 경계하기 위하여 만들어졌다고 한다. 《순자(荀子)》〈유좌(宥坐)〉에 "속이 비어 있으면 한쪽으로 기울어지고, 적당히 채워져 있으면 반듯하게 서 있고, 가득 차면

사십구 년 동안 살아오면서   四十九年內

진실로 이미 익숙히 겪어보았네   俯仰諒已熟

엎어진다.〔虛則欹, 中則正, 滿則覆.〕"라는 구절이 보인다.

경산 정 직각 원용 은 재주가 뛰어나고 나이도 젊어 보는
사람들이 사랑하고 좋아하였다. 또 시 짓기를 좋아하였는데
지은 시 역시 훌륭하니 후배들 가운데 내가 거의 보지 못한
자였다. 분사에 있을 때 낮에 비가 내리고 책을 교정하다가
여가가 생겼기에 부질없이 시를 지어 그에게 주었다. 비록
해학에 가까우나 실제로는 기원하는 뜻을 붙였으니 부디
한번 웃고 나서 아름다운 화답시를 아끼지 마시라[448]

經山鄭直閣 元容 才美年少 見者慕悅 而又喜爲詩 詩且工 後進中僕所罕
睹也 分司晝雨 校書有暇 漫賦此詩屬之 雖似近諧 實寓祈祝 幸於粲齒
之餘 毋慳瓊報

《춘추》에서 이미 인재가 있다 말하더니   春秋猶謂有人焉
우리 외가에서는 그대가 또 그렇다네[449]   外氏吾家子又然

448 경산(經山)……마시라 : 1813년(순조13)에 《홍재전서(弘齋全書)》를 교인(校
印)할 때 지은 시이다. 경산은 정원용(鄭元容)의 호이다. 정원용에 대해서는 168쪽
주321 참조. 직각(直閣)은 규장각의 종6품 관직이다. 정원용은 1813년 7월 8일에 규장
각 직각에 임명되었다. 분사(分司)는 중앙에 있는 관아의 사무를 나누어 맡기기 위하여
다른 곳에 따로 설치한 관사를 말하는데, 여기서는 《홍재전서》의 교인을 담당하는 곳을
말한다. 이 시는 《동성교여집(東省校餘集)》에는 〈소장공이 장자야에게 보낸 시체를
본받아 경산에게 주어 질정을 청하고 아울러 화답을 구하다〔效蘇長公贈張子野體奉贈經
山請正兼乞瓊報〕〉라는 제목으로 수록되어 있다. 소장공은 소식(蘇軾)을 말하고 장자
야(張子野)는 송(宋)나라 때의 문장가 장선(張先)을 말하는데, 자야는 그의 자이다.
《동성교여집》에 대해서는 29쪽 주1 참조.
449 춘추(春秋)에서……그렇다네 : 춘추 시대 초(楚)나라 영윤(令尹) 자원(子元)이
정(鄭)나라를 공격하다가 “정나라에 인재가 있다.〔鄭有人焉.〕”라고 감탄하고는, 제후

광문 같은 재주에 관직은 낮지 않고[450]　　　　　才似廣文官不冷

《통지》 같은 박식에 학문은 전일하네[451]　　　　　博如通志學能專

자고의 시를 그대의 아름다운 새 시로 거의 이었고[452]

　　　　　　　　　　　　　　　　　　　　　　鷓鴣幾續新篇美

서대의 학문 옛 잎이 새로워진 것 넉넉하네[453]　　　書帶應餘舊葉鮮

(諸侯)가 정나라를 구원하자 밤중에 퇴각한 고사가 있다. 《春秋左氏傳 莊公28年》 여기
서는 《춘추좌씨전》의 고사를 원용하여 정씨 집안에 인재가 있다는 의미로 사용하였다.
'우리 외가'는 풍고의 선조인 청음(淸陰) 김상헌(金尙憲)의 외조부가 정원용의 선조인
정유길(鄭惟吉)임을 말한 것으로 보인다.

450　광문(廣文)……않고 : 광문은 두보(杜甫)의 벗인 광문 선생(廣文先生) 정건(鄭
虔)을 말하는데, 시·서·화(詩書畫)에 모두 뛰어났다. 정건이 자신이 지은 시를 직접
쓰고 그림을 곁들여 현종(玄宗)에게 올리자 현종이 그 작품에 '정건삼절(鄭虔三絶)'이
라고 썼으며, 광문관(廣文館)을 설치하고 그를 박사(博士)로 삼았다. 《新唐書 卷202
文藝列傳中 鄭虔》 또 두보의 시에 "제공들 줄지어 대성에 오르는데, 광문 선생은 관직이
유독 썰렁하다네.〔諸公袞袞登臺省, 廣文先生官獨冷.〕"라는 구절이 있다. 《杜少陵詩集
卷3 醉時歌》 정원용이 정건과 같은 성씨이므로 이 고사를 인용한 것이다.

451　통지(通志)……전일(專一)하네 : 《통지》는 송나라의 정초(鄭樵)가 편찬한 유서
(類書)로, 총 200권으로 이루어져 있으며 삼황(三皇) 때부터 수(隋)나라에 이르는 동
안의 역사적인 사실을 기록하였다. 정원용이 정초와 같은 성씨이므로 이렇게 표현한
것이다. 한편 정원용은 1851년에 우리나라의 문물제도를 모아 《문헌촬요(文獻撮要)》
라는 유서를 편찬하기도 하였다.

452　자고(鷓鴣)의……이었고 : 정원용의 시가 뛰어나다는 말이다. 자고는 훌륭한 시
를 일컫는다. 만당(晚唐)의 시인 정곡(鄭谷)이 자고새의 소리를 본떠 지은 〈자고시(鷓
鴣詩)〉로 명성을 크게 떨쳐서 세상 사람들이 그를 정자고(鄭鷓鴣)라고 일컬었는데,
여기서는 정원용이 같은 정씨이고 시가 뛰어나기 때문에 이렇게 표현한 것이다.

453　서대(書帶)의……넉넉하네 : 정원용의 학문을 한나라 정현(鄭玄)의 고사를 인용
해 표현한 것이다. 서대는 서대초(書帶草)의 준말이다. 정현이 불기산(不其山) 기슭에
서 후학을 가르칠 때 자라났다는 풀로, 줄기가 부추처럼 길고 질겨 책을 묶는 띠로

어사의 명성이며 승상의 업적을   御史聲名丞相業

훗날 한당의 현자에게 양보하지 마시라   他時莫讓漢唐賢

사용하였다 한다. 소식(蘇軾)의 시에 "뜰 아래에 이미 서대초 자라나니, 그대는 아마도 정강성인가 하노라.〔庭下已生書帶草, 使君疑是鄭康成.〕"라는 구절이 있다.《蘇東坡詩集 卷14 書軒》

박 상서 종경 가 돈암의 별서에서 벼와 밤을 보내주며
옥호에도 나누어줄 만한 물건이 있는지 묻기에 붓 가는 대로
절구를 써서 사례하다[454]

朴尙書 宗慶 餉嚴墅稻栗 問壺中物有可分者 信筆書絶句爲謝

밤 붉고 벼 누래 가을 정녕 깊은데	栗紫稻黃秋正深
벗님이 교외 별서에서 맛난 음식 보내왔네	故人餉我郊莊味
옥호엔 보답할 만한 물건 없으나	壺中無物可相酬
한 조각 얼음 같은 이 마음 그대는 아실는지[455]	一片氷心君照未

454 박 상서(朴尙書)가……사례하다 : 박종경(朴宗慶, 1765~1817)은 본관은 반남(潘南)이고, 자는 여회(汝會), 호는 돈암(敦巖)이다. 그의 여동생이 정조의 후궁이자 순조의 모친인 가순궁(嘉順宮) 수빈 박씨(綏嬪朴氏)이다. 1801년(순조1) 문과에 급제하였고, 여주 목사(驪州牧使)·호조 판서 등을 지냈다. 시호는 문숙(文肅)이며, 문집으로 《돈암집》이 있다. 제목 원문의 '암서(巖墅)'는 돈암동(敦巖洞) 별서(別墅)를 말하는 것으로 보인다. 박종경은 42세 때인 1806년(순조6)에 혜화문(惠化門) 밖 돈암에 정자를 마련하고 이름을 '혼혼정(混混亭)'이라 붙였다고 한다. 《敦巖集 卷10 附錄下 年譜》 옥호는 풍고의 별장인 옥호정을 가리킨다. 29쪽 주1 참조.

455 한……아실는지 : 당나라 시인 왕창령(王昌齡)의 시 〈부용루에서 신점을 전송하며[芙蓉樓送辛漸]〉에, "낙양의 벗들이 만약 나를 묻거든, 한 조각 맑은 마음이 옥호에 있다 하게나.[洛陽親友如相問, 一片氷心在玉壺.]"라고 한 구절을 원용한 표현인데, 왕창령 시의 옥호는 자신의 고결한 마음을 비유한 것이다. 《全唐詩 卷143》

소중양 날에[456]
小重陽

먼 하늘 기러기 떼 다 남으로 나는데	遙空旅雁盡南翔
고개 돌려 천지를 보니 온갖 감회 사무치네	回首乾坤百感長
쓸쓸한 골짝엔 저녁구름 흐르는 물 고요하고	哀壑暮雲流水靜
오래된 성엔 남은 햇살 푸른 산 싸늘하네	古城殘照碧峯涼
타는 듯한 언덕 단풍잎 서리 머금어 빨갛고	烘烘岸葉含霜赤
반짝이는 듯 울밑 국화 이슬에 씻겨 노랗네	燦燦籬花濯露黃
내일 아침 산에 오르면 누가 술을 보내줄까[457]	明日登高誰送酒
하늘가로 이별할 때 생각하니 또 중양절이었지	天涯憶別又重陽

456 소중양(小重陽) 날에 : 소중양은 음력 9월 9일 중양절 다음 날을 말하는데, 여기서는 제7구의 '내일 아침 산에 오르면 누가 술을 보내줄까[明日登高誰送酒]'라는 내용으로 보아 중양절 하루 전날을 의미하는 말로 쓰인 듯하다. 중양절엔 높은 곳에 올라 국화주를 마시면서 멀리 떠난 형제들을 그리던 풍습이 있었다.

457 내일……보내줄까 : 진(晉)나라 도연명이 어느 해 중양절에 술이 없어 마시지 못하고 집 주변의 동쪽 울밑에 있는 국화 밭에서 국화를 따고 있을 때, 강주 자사(江州刺史) 왕홍(王弘)이 보낸 흰옷 차림의 심부름꾼이 술병을 들고 찾아왔다는 고사가 있다. 《續晉陽秋》

급건 이 상공 시수 이 해마다 감국화로 술을 빚는데 한 병을 내게 보내주었기에 다 마시고 시를 지어 사례하다[458]

及健李相公 時秀 歲釀甘菊爲酒 以一壺見賜 飮罷 賦詩爲謝

온갖 꽃 봄 햇살에만 아양떨고	百花媚春暉
맑은 가을 기운 모르는데	不知秋氣淸
누런 국화는 유독 무슨 맘으로	黃鞠獨何心
서리 견디며 금빛 꽃을 피웠나	凌霜發金英
저 옛날 영균은 저녁에 꽃잎 먹고	靈均昔夕餐
〈이소〉 지어 아름다운 명성 퍼뜨렸고[459]	離騷播芳聲
울밑에서 국화 송이 딴 원량은	籬下採元亮
스스로 초탈한 정취 의탁했네[460]	自托高世情

---

458 급건(及健)……사례하다 : 이시수(李時秀, 1745~1821)의 본관은 연안(延安)이고, 자는 치가(稚可)이며 급건은 그의 호이다. 1773년(영조49)에 문과에 급제하였고, 병조·이조·호조의 판서를 역임한 뒤 영의정에까지 올랐다. 순조의 묘정에 배향되었으며, 시호는 충정(忠正)이다. 감국화(甘菊花)는 들국화의 일종으로 꽃잎은 식용이 가능하다. 감국화로 술을 담그는 방법은 몇 가지가 있는데, 여기서는 시의 내용으로 보아 꽃잎을 곡물과 섞어 발효시켜 만든 감국 막걸리를 지칭한 것이다.

459 저……퍼뜨렸고 : 영균(靈均)은 전국 시대 초(楚)나라 굴원(屈原)의 자이다. 굴원의 《초사(楚辭)》 권1 〈이소(離騷)〉에 "아침에는 모란에서 떨어지는 이슬을 마시고, 저녁에는 가을 국화의 떨어진 꽃잎을 먹네.〔朝飮木蘭之墜露兮, 夕餐秋菊之落英.〕"라는 구절이 있다.

460 울밑에서……의탁했네 : 원량(元亮)은 진(晉)나라 도잠(陶潛)의 자이다. 도잠의 〈음주 이십수(飮酒二十首)〉 중 제5수에, "동쪽 울밑에서 국화꽃을 따다가, 유유히

다시 국담 가에 늙은이들 있어	復有潭傍叟
이 샘물 먹고 장수하였으니⁴⁶¹	飲泉得長生
이들 모두 국화를 사랑한 자들로	玆皆愛菊者
천년토록 그 이름 남겼네	千載留其名
우리 상공은 낙산에 사시고	相公臥駱山
오래된 채마밭 동쪽 성곽에 이어져	老圃連東城
가을이면 늦은 향기⁴⁶² 맡기를 생각하고	秋思挹晚香
다시 시든 줄기 버려짐을 애석해했네	復惜委枯莖
주머니와 베개 만드는 데 쓰지 않고	不用爲囊枕
달이고 삶는 것도 일삼지 않으며⁴⁶³	亦不事煎烹
오직 누룩으로 남은 방법을 시험하니	惟麴試餘術
향긋한 술이 언제나 가득하네	芳醴每盈盈
벗에게까지 아량을 베풀어	雅量推同好

남산을 바라보노라.〔採菊東籬下, 悠然見南山.〕"라는 구절이 있다. 《陶淵明集 卷3》

461 다시……장수하였으니 : 국담(菊潭)은 중국 하남성(河南省) 남양부(南陽府) 내향현(內鄉縣)을 지나는 물줄기 이름으로, 국천(菊泉)·국수(菊水)라고도 한다. 물가에 국화가 많이 자라고 물맛이 향기로우며 이 물을 마시면 장수한다고 한다. 후한(後漢)의 사공(司空) 왕창(王暢), 태부(太傅) 원외(袁隗), 태위(太尉) 호광(胡廣) 등이 모두 이곳 물을 마시고 장수했다고 한다. 《水經注 卷29 湍水》

462 늦은 향기 : 원문은 '만향(晚香)'인데, 국화의 향기를 의미하는 '만절향(晚節香)'의 준말이다. 송(宋)나라 한기(韓琦)의 시에 "오래된 채마밭의 담담한 가을빛 부끄럽지만, 늦가을 향긋한 국화꽃 한번 보시라.〔雖慚老圃秋容淡, 且看寒花晚節香.〕"라는 구절에서 나왔다. 《安陽集 卷14 九日水閣》

463 주머니와……않으며 : 국화 꽃잎으로 향낭(香囊)을 만들지도 않고 베갯속으로 쓰지도 않으며, 차로 우려 마시지도 않는다는 말이다.

심부름꾼 시켜 술 한 병 보내시니	一瓶勞專伻
시름에 잠겨 마침 술 생각 나던 차에	牢騷正渴病
급히 매화 앞에서 술병을 기울였네	急就梅前傾
진한 청백색 연유 흔들리고⁴⁶⁴	濃濃碧酥搖
둥둥 쌍남이 가볍게 떠 있는데⁴⁶⁵	泛泛雙南輕
한 잔 마시니 향기가 배 속까지 스며	一飮香沁脾
드디어 밥과 국 생각 사라지네	遂欲忘飯羹
두 잔을 마시니 근심 걱정 흩어져	再飮煩慮散
즐거워 마음이 화평해지며	愉愉心和平
세 잔을 마시니 다만 천진스러워져	三飮但天眞
순수한⁴⁶⁶ 어린아이로 돌아가네	肫肫還孩嬰
군산의 술은 내 맛 본 적 없고⁴⁶⁷	君山未曾嘗
백타의 술은 내 어찌 품평할 수 있으랴⁴⁶⁸	白墮那足評

---

464 진한……흔들리고 : 푸른빛이 감도는 막걸리를 형용한 말이다.

465 둥둥……있는데 : 술 위에 국화 꽃잎이 떠 있다는 말로 보인다. 쌍남(雙南)은 보통의 금보다 두 배의 가치가 나간다는 남쪽 지방의 금인 '쌍남금(雙南金)'으로, 여기서는 노란 국화 꽃잎을 비유한 말이다.

466 순수한 : 원문 '순순(肫肫)'은 간절하다는 의미인데, 여기서는 '순순(純純)'의 의미로 보아 이렇게 번역하였다.

467 군산(君山)의……없고 : 군산은 동정호(洞庭湖) 속에 있는 산으로 상산(湘山)이라고도 하는데, 여기서는 군산에 산다는 신선인 군산노부(君山老父)를 가리킨 것으로 보인다. 동정호의 상인(商人) 여향균(呂鄕筠)이 군산 곁에 배를 대었다가 군산노부를 만나 신선의 술을 마시고 피리를 불었다는 고사가 있다. 《太平廣記 卷204》

468 백타(白墮)의……있으랴 : 백타는 진(晉)나라 때 하동(河東) 사람인 유백타(劉白墮)를 말한다. 술을 잘 빚기로 유명하였는데, 그가 빚은 술을 마시면 향기가 좋고

이 술은 나처럼 어리석고 노둔한 자라도	愚魯雖似我
오래 마시면 반드시 총명해지리라	久服必聰明
내 도리어 이 술잔 들고서	我却持此觴
전갱처럼 장수하기를 그대에게 축원하노니[469]	祝公如籛鏗
그대께선 해마다 잊지 마시고	公勿忘歲歲
공영의 마음으로 나를 대해주시기를[470]	視我以公榮

취기가 달아올라 한 달이 지나도록 깨지 않았다고 한다. 《洛陽伽藍記 卷4》

469 전갱(籛鏗)처럼……축원하노니 : 전갱은 팽조(彭祖)의 이름으로, 요(堯) 임금 때 팽성(彭城)에 봉해진 뒤 하(夏)·은(殷)·주(周) 삼대(三代)에 걸쳐 팔백 년을 살았다고 한다.

470 공영(公榮)의……대해주시기를 : 술을 계속 보내달라는 말이다. 공영은 술을 좋아했던 진(晉)나라 유창(劉昶)의 자이다. 유창은 술을 마실 때 신분이 다르고 잡스러운 자들과도 어울렸는데, 이에 대해 어떤 이가 비난하자 공영이 답하기를 "나보다 나은 사람과 함께 마시지 않을 수 없고, 나만 못한 사람과도 함께 마시지 않을 수 없으며, 나와 같은 무리와도 또 함께 마시지 않을 수 없다.〔勝公榮者, 不可不與飲, 不如公榮者, 亦不可不與飲, 是公榮輩者, 又不可不與飲.〕"라고 한 고사가 전한다. 《世說新語 任誕》

충주로 돌아가는 김대경 기경 을 전송하다[471]

送金大卿 箕景 歸忠州

울적하게 세상의 홍진 속에서	鬱鬱紅塵內
유생으로 보낸 사십 년 세월	儒冠四十秋
조각배에 아내와 자식 태우고	扁舟載妻子
내일이면 충주로 올라간다네	明日上忠州
이제부터 구름 낀 산이 막히겠지만	從此雲山隔
죽마 타고 놀던 시절 어이 잊으랴	能忘竹馬遊
이별에 임해 무한한 감회 일어나니	臨分無限感
나 역시 일신의 계책 졸렬하다네	我亦拙身謀

---

471 충주(忠州)로……전송하다 : 김기경(金箕景, 1760~?)의 본관은 광산(光山)이고, 대경(大卿)은 그의 자이다. 1821년(순조21)에 음보(蔭補)로 관직에 진출하여 명릉 참봉(明陵參奉)·상의원 별제(尙衣院別提)·오위장(五衛將) 등을 역임하였으며, 1839년(헌종5) 80세 때 수직(壽職)으로 통정대부(通政大夫)에 오른 기록이 보인다.

정사로 연경에 가는 담녕 홍 상서 의호 를 전송하다[472]

送澹寧洪尙書 義浩 上使

넝쿨 옷 벗고 관모를 터니[473]	蘿衣脫却拭朝冠
천 척 두꺼운 얼음 열수는 차갑네	千尺玄氷洌水寒
밝은 조정의 노인 우대하는 선발 아니라	不是明廷優老簡
사행 길 세 번째 감은 그 임무 어려워서라오	星槎三涉使乎難

담녕은 근자에 고향[474]에서 한가로이 지내다가 세 번째로 사신의 명을 받았다.

산하와 성곽을 예전처럼 지날 터	山河城郭過如初
옥하관에 수레 멈추면 또 세모 되리라	玉館停驂又歲除

---

472 정사(正使)로……전송하다 : 홍의호(洪義浩, 1758~1826)의 본관은 풍산(豊山)이고, 자는 양중(養仲)이며, 담녕(澹寧)은 그의 호이다. 1784년(정조8) 문과에 급제하여 초계문신(抄啓文臣)에 선발되었고, 호조·예조·공조의 참판을 역임하였다. 1803년(순조3)에 사은사의 부사(副使)로 청나라에 다녀온 뒤 예조·형조·공조의 판서 등을 역임하였다. 또 1815년(순조15)과 1823년(순조23)에도 동지사의 정사(正使)로 청나라에 다녀왔으며, 1825년 봉조하(奉朝賀)가 되었다. 시호는 정헌(正憲)이다. 저서로 《담녕집》, 《청구시지(靑丘詩誌)》 등이 있다. 시의 내용에 홍의호가 세 번째 연행을 떠나게 되었다는 말로 보아 1823년 10월의 연행 때 지어준 것으로 보인다.

473 넝쿨……터니 : 벼슬에서 물러났다가 다시 나오게 되었다는 말이다. 원문의 '나의(蘿衣)'는 칡넝쿨 옷이라는 뜻인 벽라의(薜蘿衣)의 준말로, 보통 산에 사는 은자(隱者)의 복장을 가리킨다.

474 고향 : 홍의호의 고향은 원주(原州)이다. 《淵泉集 卷27 族曾大父禮曹判書公墓碣銘》

공손히 바라노니 이번 길 무탈하시어　　　　恭賀此番無一事

명사들 다 사귀고 진기한 책 구해 오시기를　　交名士盡覓奇書

용각산에 사는 늙은 화사는　　　　　　　　龍角山中老畫師

헤어보니 올해 나이 칠순을 넘었다네　　　　計今年過七旬奇

그대 편에 생사 묻는 눈물 뿌려 부치노니　　憑君灑寄存亡淚

하늘 끝에서 꿈 끊기고 편지도 없다오　　　夢斷書沈天一涯

　　자사(刺史) 장수옥(張水屋)은 스스로 '용각산중화사(龍角山中畫師)'라고
일컬었는데, 나와 교분을 맺은 것은 건륭(乾隆) 계축년(1793)이었다. 근
년에는 아득히 소식을 듣지 못했는데, 이미 작고했다는 소문도 있고, 아직
패주(霸州)의 임소에 있다는 소문도 있으며, 늙어서 벼슬을 버리고 고향
으로 돌아갔다는 소문도 있다. 담녕께서 확실한 소식을 갖고 오시기를 바
란다.[475]

475　자사(刺史)……바란다 : 장수옥(張水屋)은 장도악(張道渥, 1757~1829)으로,
수옥(水屋)은 그의 자이고, 호는 몽각(夢覺)이다. 태원(太原) 사람으로, 양주 자사(楊
州刺史)를 지냈다. 풍고는 1792년(정조16) 10월 21일에 동지 겸 사은사(冬至兼謝恩
使)의 서장관(書狀官)으로 북경에 가서 장도악을 만나 교분을 맺은 일이 있다. 《풍고
집》 권1에 〈붓을 내달려 써서 수옥 장 자사 도악에게 주다〔走筆贈水屋張刺史道渥〕〉라
는 시가 있고, 권10에 〈수옥 장도악에게 주는 편지〔與張水屋道渥〕〉가 있어 참고가
된다. 용각산(龍角山)은 산서성(山西省) 부산현(浮山縣) 남쪽에 있는 산이다. 패주(霸
州)는 하북성(河北省)에 속한 지명인데, 풍고는 〈수옥 장도악에게 주는 편지〉에서,
1808년(순조8) 동지사의 일원으로 북경에 다녀온 이문철(李文哲) 편을 통해 장도악의
편지를 받아 장도악이 패주로 부임했다는 소식을 들었다고 하였다. 한편, 위 시 제2구에
서 장도악이 칠순을 넘었다고 했는데, 장도악의 생년이 1757년이고, 홍의호가 연행을
떠난 것이 1823년이므로, 당시 장도악의 나이는 67세이다.

바둑꾼을 머물게 하다[476]
留棋者

그대와 바둑 한 판 청하노니	請與君爲戲
산은 차갑고 수레와 말 끊겼다오	山寒斷轍蹄
훈롱[477]에 언 바둑돌 데우고	熏籠焙子凍
네모난 괘선에 앉은 먼지 닦아내네	方罫拭塵棲
앉아서 은둔하면 그 명성 원래 아름답고	坐隱名元妙
지나쳐 가면 그것이 곧 하수라네[478]	過行手卽低
매실주 항아리에 거른 술 남았으니	梅樽餘漉在
이대로 해가 서산으로 질 때까지	直到日銜西

---

476 바둑꾼을 머물게 하다 : 풍고는 자신의 시 여러 곳에서 바둑과 관련된 언급을 많이 하였고, 또 정조와 순조 시대에 바둑으로 명성을 떨친 국수(國手) 김한흥(金漢興)과의 교유도 확인된다. 《楓皐集 卷5 與沈孝田趙斯隱金石閒入山終日逍遙夕燈戲賦, 卷15 記奉元寺遊》

477 훈롱(熏籠) : 향로 위에 씌워 물건을 말리는 데 사용하는 바구니 모양의 덮개를 말한다.

478 앉아서……하수라네 : 떠나지 말고 함께 머물며 바둑을 두자는 말이다. 원문의 '좌은(坐隱)'은 '앉아서 은거한다'는 의미로 바둑을 고상하게 일컫는 말이다. 《세설신어(世說新語)》〈교예(巧藝)〉에 "왕 중랑은 바둑을 앉아서 숨는 것이라고 하였고, 지공은 바둑을 손으로 담화하는 것이라고 했다.〔王中郎以圍棋是坐隱, 支公以圍棋爲手談.〕"라는 내용이 보인다. 왕 중랑은 중랑장(中郎將)을 지낸 왕탄지(王坦之)이고, 지공은 고승(高僧) 지둔(支遁)을 가리킨다. 또 원문의 '과행(過行)'은 '좌은'과 대(對)를 맞춘 말로 바둑을 두지 않고 지나쳐 가버린다는 의미이다.

수선화를 심고 시를 지어 아들 유근[479]에게 보이다
栽水仙花 賦示迺兒

누구나 좋은 사람 대하면	恒情對好人
문득 좋은 꽃으로 비유하는데	却作好花視
좋은 꽃이야 셀 수 없이 많지만	好花自無數
그 누가 이 꽃에 비유될까나	誰與玆花比
눈 속에 나온 잎 혜초 잎인 듯하고	雪抽疑蕙葉
섣달에 드리운 꽃 매화꽃과 함께 피었으며	臘垂竝梅蘂
티끌 한 점 그 몸에 남기지 않고	點塵不留身
신령한 뿌리는 차가운 물에 씻은 듯하네	靈根濯寒水
오히려 싫어하나니 푸른 연꽃이	尙嫌靑蓮藕
진흙 속에 뿌리 서림도 마다치 않음을	淖泥蟠不已
묻노니 이 꽃을 사람에게 비유하면	借問將比人
자고이래로 그 누구와 닮았을까	古來誰得似
부끄러워라 익힌 음식 먹는 내가	余愧食煙火
노쇠한 얼굴로 뻔뻔스레 널 대함이여	衰顔强對爾

---

479 유근(迺根) : 풍고의 장남이다. 88쪽 주136 참조.

눈을 읊다, 한 문공의 시에 차운하다[480]
詠雪 次韓文公詩韻

중춘이라 초사흗날에	維仲春維朏
하늘 가득 서설이 내리네	漫空瑞雪來
펄펄 나리는 모습 미련이 남은 듯하고	依依如有戀
끝없이 이어지는 모습 재촉을 당하는 듯하네	滾滾若逢催
만물을 적셔주니 그 공 도리어 신묘해라[481]	潤物功還妙
허공을 나니 그 자취 누가 시기하랴	憑虛迹孰猜
처음엔 그저 점점이 날리더니	初秖颺片片
한참 뒤엔 마침내 가득히 쌓였네	久乃積堆堆
청제가 필시 여러 번 사양해	靑帝應三讓
현명이 완연히 다시 온 듯한데[482]	玄冥宛再廻

---

480 눈을……차운하다 : 한 문공(韓文公)은 한유(韓愈)를 말한다. 풍고가 차운한 한유의 시는 〈눈을 읊어 장적에게 주다[詠雪贈張籍]〉라는 시로, 《한창려집(韓昌黎集)》 권9에 수록되어 있다.

481 만물을……신묘해라 : 봄에 눈이 내려 비의 역할을 대신한다는 말이다. 원문의 '윤물(潤物)'은 봄비의 역할을 의미하는 말인데, 두보(杜甫)의 〈봄밤의 단비[春夜喜雨]〉 시에, "좋은 비가 시절을 알아, 봄 맞아 내리니 만물이 자라네. 바람 따라 가만히 밤에 찾아와, 소리 없이 촉촉이 만물을 적시네.[好雨知時節, 當春乃發生. 隨風潛入夜, 潤物細無聲.]"라는 구절이 있다. 《杜少陵詩集 卷10》

482 청제(靑帝)가……듯한데 : 다시 겨울이 돌아온 듯하다는 말이다. 청제는 오제(五帝) 가운데 하나로 동방에 위치하여 봄을 주관하는 신이다. 동군(東君)・목제(木帝)・창제(蒼帝)라고도 한다. 현명(玄冥)은 겨울 귀신의 이름인데, 《예기》〈월령(月

몰래 날아와 문틈으로 들어옴 어여쁘고	偸飛憐抵隙
굽은 곳 따라 교묘히 덮은 것 신기하네	巧冒訝緣隈
골짜기엔 욕심대로 가득 메우려 하고	壑慾充將滿
바위 위엔 높이 쌓여 무너질까 두렵네	巖危纍恐摧
나뭇가지 꺾으면 상아 젓가락 되고	折枝爲象箸
계단을 오르면 요대에 오른 듯하네⁴⁸³	拾級上瑤臺
고래가 물결을 뿜는 듯 분분히 날리고	鯨浪紛披拂
교인이 짠 비단 재단한 듯 어지럽네⁴⁸⁴	鮫綃亂剪裁
밭을 구분하니 온통 기주의 흙 되었고⁴⁸⁵	辨田週冀壤
방 안을 비추니 진나라의 이끼 떠 있네⁴⁸⁶	照室泛秦苔
얼른 씹어보니 어금니에서 소리가 나고	嚼急牙生響
천천히 받으니 손바닥에서 비빌 것 없네	承遲掌失挼
양거를 유인하듯 온통 대나무에 흩뿌리고⁴⁸⁷	引羊渾灑竹

令)〉에 "겨울철의 상제(上帝)는 전욱(顓頊)이요, 그 귀신은 현명이다."라고 하였다.

483 나뭇가지……듯하네 : 원문의 '상저(象箸)'는 은(殷)나라 주왕(紂王)이 처음 만들었다는 상아 젓가락을 말한다.《史記 卷38 宋微子世家》요대(瑤臺)는 옥으로 장식한 누대로 신선이 거처하는 곳을 말하는데, 여기서는 눈이 쌓인 누대를 형용한 말이다.

484 고래가……어지럽네 : 고래가 뿜은 물결과 교인(鮫人)이 짠 비단은 모두 바람에 날리는 눈을 형용한 말이다. 교인은 전설상의 인어(人魚)인데, 남해 바다의 교인이 물속에서 비단을 짠다는 전설이 전한다.《述異記 卷上》

485 밭을……되었고 : 기주(冀州)의 부드러운 흙은 희고 고운 눈을 비유한 말이다.《서경》〈우공(禹貢)〉에, "기주는……그 땅은 토질은 희고 고운 흙이다.〔冀州……厥土惟白壤.〕"라고 하였다.

486 방……있네 : 눈이 방 안까지 환하게 비추고 있다는 의미로 보이는데, 원문의 '진태(秦苔)'가 무엇을 의미하는지 불분명하여 우선 글자대로 번역해두었다.

까치를 나무라듯 곧장 옥을 던지네[488]　　　　瞋鵲卽投瑰

부처의 세계는 청정을 장엄히 여기고　　　　佛界莊清淨

하늘의 마음은 티끌 먼지 싫어하니　　　　天心厭坋埃

깊은 곳 높은 곳 모두 환히 빛나고　　　　深高同奕奕

먼 곳 가까운 곳 온통 다 새하얗네　　　　遠近一皚皚

쌀로 변하면 백성들 먹을 것 넉넉할 테고　　　　化米民優食

소금으로 생각하면 나라 재정 늘어나겠네　　　　論鹽國長財

턱 괴고 앉아 내리는 눈 소리 듣다가　　　　支頤聞淅瀝

눈 돌리며 높은 산 바라볼 것을 생각하네　　　　騁目憶崔嵬

갈까마귀 새벽에 깃드니 선명하고　　　　歷歷鴉棲曉

말이 우레 밟는 소리 은은하네[489]　　　　殷殷馬踏雷

안석의 주미를 잡을 사람 없고[490]　　　　捉無安石麈

---

487 양거(羊車)를……흩뿌리고 : 눈을 소금에 비유한 말이다. 양거는 양이 끄는 작은
수레를 말한다. 진(晉)나라 무제(武帝)가 양거를 타고 양이 가는 대로 따라가서 그곳의
궁녀와 잠자리를 했으므로, 궁녀들은 앞 다투어 댓잎을 문에 꽂고 소금물을 땅에 뿌려
양을 유인했다고 한다. 《晉書 卷31 后妃列傳上 胡貴嬪》

488 까치를……던지네 : 환관(桓寬)의 《염철론(鹽鐵論)》〈숭례(崇禮)〉에 "곤륜산
근처에서는 박옥을 던져 까마귀와 까치를 잡는다.〔崑山之旁, 以玉璞抵烏鵲.〕"라는 구
절이 있는데, 곤륜산에는 진귀한 물건이 흔해 귀하게 여길 줄 모른다는 의미로 쓰인다.
그런데 여기서는 눈을 옥으로 비유해, 눈을 맞으며 나는 까치를 형용한 것으로 보인다.

489 말이……은은하네 : 말굽이 눈을 밟아 내는 소리가 천둥과 같다는 말로 보인다.

490 안석(安石)의……없고 : 눈이 내리는 광경을 함께 논할 사람이 없다는 말로 보인
다. 안석은 진(晉)나라 사안(謝安)의 자이다. 주미(麈尾)는 고라니 꼬리털을 매단 먼지
떨이를 말하는데, 위진(魏晉) 시대 청담(淸談)을 즐기던 사람들이 이것을 잡고 청담을
나누었다고 한다. 소철(蘇轍)의 시에, "안석은 담소를 잘했으니, 주미를 흔들며 부진을
물리쳤네.〔安石善談笑, 揮麈却苻秦.〕"라는 구절이 있다. 《欒城集 後集 卷1 讀史六首》

경봉의 술잔 드는 것도 잊었네[491]	擧忘慶封杯
새는 둥지가 다 묻힐까 두려워하고	鳥怯埋巢盡
동자는 눈 치워 길 내느라 지쳤지만	僮疲掃徑開
눈이 녹고 가랑비 어우러지면	消融兼靉霂
땅속에 스미어 곡식 재배 도우리라	滲漉助栽培
촉룡의 촛불 머금어 두루 비춤에 놀라고[492]	龍燭驚銜遍
반딧불로 읽은 책 잠깐 비춰줌이 우습네[493]	螢書笑映纔
길가에 흩날리니 버들솜인가 생각되고[494]	征途霏感柳
여인의 방에 떨어지니 매화인가 하네	粧閣落疑梅

또 사안이 자질(子姪)들과 글을 강론하다가 갑자기 눈이 펄펄 내리자 자질들에게 눈 내리는 모습을 형용하게 하였는데, 조카인 사랑(謝朗)이 "공중에서 소금을 뿌리는 것에 비길 만합니다.〔撒鹽空中差可擬.〕"라고 하니, 질녀(姪女)인 사도온(謝道韞)이 "버들개지가 바람에 흩날리는 것만 못합니다.〔未若柳絮因風起.〕"라고 하므로, 사안이 이들을 기특하게 여기고 크게 기뻐했다고 한다.《晉書 卷96 王凝之妻謝氏列傳》

491 경봉(慶封)의……잊었네 : 설경에 취해 술잔 드는 것도 잊었다는 말로 보인다. 경봉은 제(齊)나라 대부로, 최저(崔杼)와 함께 장공(莊公)을 시해하고 경공(景公)을 세워 재상에 올랐으며 뒤에 오나라로 도망쳤다가 죽었다. 경봉은 사냥을 좋아하고 술을 즐겼다고 한다.《春秋左氏傳 襄公 28年》《왕일자(王逸子)》에 "안연의 단사표음이 경봉의 옥 술잔보다 낫다.〔顔淵之簞瓢, 則勝慶封玉杯.〕"라는 구절이 보이는데, 경봉의 옥 술잔은 경봉이 술을 좋아하고 부귀했음을 표현한 말이다.

492 촉룡(燭龍)의……놀라고 : 눈 빛이 천지를 환히 비춰준다는 말이다. 촉룡은 신(神)의 이름으로, 촛불을 머금고서 천하를 밝게 비춘다고 한다.《楚辭 天問 王逸注》

493 반딧불로……우습네 : 진(晉)나라 때 차윤(車胤)이 기름을 구할 돈이 없어 여름에 반딧불을 주머니에 넣어서 그 빛으로 책을 보았다는 고사를 원용한 표현이다.《蒙求》

494 길……생각되고 : 길에 날리는 눈송이가 버들솜처럼 보인다는 말이다. 눈송이를 버들솜에 비유한 것은 106쪽 주181 참조.

오목한 곳 볼록한 곳 덮어 가리고	凹凸彌縫了
아름답고 추한 것 두루 덮었으며	姸媸掩飾該
삼베옷 하루살이는 처음 나옴 슬퍼하고[495]	麻衣悲掘閱
비단 부채가 배회하며 탄식하네[496]	紈扇歎徘徊
잠깐 사이에 천태만상 보이며	頃刻呈千態
종횡으로 온 천지에 흩어지니	縱橫散九垓
물결 밑의 달처럼 아득하고	蒼茫波底月
불타서 날리는 재와 같아라[497]	湏洞劫前灰
옥에 비교하면 어찌 버금이 되랴	較玉寧居次

495 삼베옷……슬퍼하고 : 하루살이가 부화해 땅을 뚫고 나오다가 눈이 덮여 추운
날씨를 슬퍼한다는 말이다. 《시경》〈부유(蜉蝣)〉에 "하루살이가 처음 나오니, 삼베옷
이 눈처럼 깨끗하도다.〔蜉蝣掘閱, 麻衣如雪.〕"라는 구절을 원용한 표현인데, 삼베옷은
하루살이의 날개를 비유한 말이다. 원문의 '굴열(掘閱)'에 대해 정현(鄭玄)은 "굴열은
땅을 뚫고 구멍을 벗어나는 것이니 하루살이가 처음 태어날 때를 말한다.〔掘閱, 掘地解
閱, 謂其始生時也.〕"라고 하였다.

496 비단……탄식하네 : 비단 부채가 쓰이지 못하고 버려짐을 한탄한다는 말이다.
한나라 성제(成帝)의 후궁(後宮) 반첩여(班婕妤)가 총애를 받다가 조비연(趙飛燕)으
로 인해 총애를 잃자 자신을 비단 부채에 비유하여 〈원가행(怨歌行)〉을 지어 불렀는데,
"항상 두려운 건 가을이 와서, 서늘함이 더위를 빼앗는 것이었지. 상자 속에 그대로
버려져서, 은총이 중간에 끊어졌구나.〔常恐秋節至, 凉風奪炎熱, 棄捐篋笥中, 恩情中道
絶.〕"라는 구절이 있다.

497 불타서……같아라 : 눈이 내리는 모습을 불이 나서 재가 날리는 모습으로 비유한
것이다. 원문의 '겁전회(劫前灰)'는 '겁회(劫灰)'를 말하는 것으로 보이는데, 겁화(劫
火)의 재라는 뜻으로 재앙을 뜻하는 불가 용어이다. 하나의 세계가 끝날 즈음에 겁화가
일어나서 온 세상을 불태운다고 하는데, 한 무제(漢武帝) 때 곤명지(昆明池) 밑바닥에
서 나온 검은 재에 대해 인도 승려 축법란(竺法蘭)이 "바로 그것이 '겁화를 당한 재〔劫
灰〕'이다."라고 대답한 고사가 전한다. 《高僧傳 卷1 漢洛陽白馬寺竺法蘭》

꽃으로 평가하면 응당 으뜸이 되리	評花合作魁
가난한 집 무너질까 근심 더하고	愁添貧屋壓
기우는 석양보다 배는 밝다네	明倍夕暉頹
물에 닿으면 자취 곧 사라지고	薄水蹤旋滅
바람에 날리면 형세 더욱 요란하네	翻風勢轉豗
보리 뿌리는 흰머리에 기름을 바른 듯하고[498]	麥根膏素髮
살구 꽃망울은 볼록한 진주 같네	杏蘂脹珠胎
면화는 탈수록 부풀어 오름을 보고[499]	綿見彈逾起
옥산은 밀지 않아도 넘어짐을 알겠네[500]	山知倒不推
떼 지어 짖으니 월나라 개처럼 미친 듯하고[501]	吠群越犬猘
홀로 노래하니 슬픈 영 땅 사람 같도다[502]	歌獨郢人哀

498 보리……듯하고 : 눈이 와서 보리를 덮으면 보리가 잘 자란다고 한다.

499 면화는……보고 : 눈이 쌓인 모습을 면화가 피어 부풀어 오른 것에 비유한 말이다.

500 옥산(玉山)은……알겠네 : 산에 눈이 쌓여 산이 무너질 것처럼 보인다는 말이다. 옥산(玉山)은 설산(雪山)의 의미로 쓰였다. 이백(李白)의 시에 "돈 한 푼 없이도 살 수 있는 맑은 바람 밝은 달빛 속에서, 술 취해 옥산처럼 혼자 쓰러질 뿐 남이 밀어서가 아니라네.〔淸風朗月不用一錢買, 玉山自倒非人推.〕"라는 구절이 있다. 《李太白集 卷6 襄陽歌》

501 떼……듯하고 : 폭설이 내리자 개가 짖어댄다는 말이다. 중국 남쪽 월(越)나라 지방에서는 평소에 눈이 내리지 않기 때문에, 눈이 오면 개들이 미친 듯이 짖어대다가 눈이 그쳐야 그만둔다는 고사가 전한다. 《柳河東集 卷34 答韋中立書》

502 홀로……같도다 : 자신의 시에 화답해줄 사람이 없다는 말로 보인다. 영 땅 사람〔郢人〕은 원래 훌륭한 시인을 말하는데, 송옥(宋玉)의 〈대초왕문(對楚王問)〉에 "영중(郢中)에서 노래하는 나그네가 있어 ……〈양춘곡(陽春曲)〉과 〈백설곡(白雪曲)〉을 노래하자 나라 안에서 창화하는 자는 수십 인뿐이었다."라고 한 데서 나왔다. 여기서는

누에똥에 스며드니 대풍 들리라 기뻐하고[503]	蠶漬欣占熟
누리가 숨으니 재해 그치리라 축하하는데[504]	蝗藏賀弭災
밝은 눈 빛은 종이 휘장에 새어들고	晶光侵紙帳
썰렁한 찬 기운은 술동이에 들었네	寒意入金罍
섬계 찾아 노 저은 건 왕휘지의 흥취요[505]	谿棹王徽興
뜰에서 연구 읊은 건 사도온의 재주였네[506]	庭聯謝蘊才
외로운 기러기 슬프게 바라보노라니	孤鴻方悵望

단지 화답해주는 사람이 없는 풍고 자신을 지칭한 말로 쓰였다. 영(郢)은 초(楚)나라의 수도이다.

503 누에똥에⋯⋯기뻐하고 :《태평어람(太平御覽)》권12 〈천부(天部) 설(雪)〉에 《범승지서(氾勝之書)》의 내용을 인용하여, 눈 녹은 물을 해묵은 누에의 똥에 대엿새 동안 스며들게 해 녹이고 이를 오곡의 씨앗과 섞으면 한해(旱害)를 견딜 수 있게 하며, 이런 이유로 눈〔雪〕을 '오곡의 정기〔五穀精〕'라고 한다는 내용이 보인다.《범승지서》는 전한(前漢) 성제(成帝) 때 범승지가 쓴 농서(農書)이다.《범승지서》의 내용은《세종실록》 19년 7월 23일 기사에도 소개되어 있다.

504 누리가⋯⋯축하하는데 : 누리는 떼를 지어 벼에 큰 해를 끼치는 메뚜기과에 속한 곤충인데, 눈이 많이 오면 땅속 깊이 들어가서 나오지 못한다고 한다. 소식(蘇軾)의 시 〈눈이 온 뒤 북대의 벽에 쓰다〔雪後書北臺壁〕〉에, "남은 누리가 응당 천 척 땅속으로 들어가리니, 하늘 닿게 자란 보리 얼마나 많은 집에서 풍년을 맞을까.〔遺蝗入地應千尺, 宿麥連雲有幾家?〕"라는 구절이 있다.《蘇東坡詩集 卷12》

505 섬계(剡溪)⋯⋯흥취요 : 왕휘지(王徽之)가 산음(山陰)에 살 때 밤에 대설이 내리자 섬계에 사는 벗 대규(戴逵)가 보고 싶어 조각배를 타고 떠나 새벽녘에 대규의 집에 도착했다가 그냥 돌아와서는, 흥이 일어나서 찾아갔다가 흥이 다해서 돌아왔다고 말한 고사가 있다.《世說新語 任誕》

506 뜰에서⋯⋯재주였네 : 사온(謝蘊)은 진(晉)나라 사안(謝安)의 질녀인 사도온(謝道韞)을 말하는데, 원문의 '蘊'은 '韞'의 잘못으로 보인다. 사도온의 고사는 106쪽 주181 참조.

한 쌍의 봉황이 갑자기 날갯짓하네[507]　　　　　雙鳳忽翩翽

호랑이 때려잡는 일은 그대의 능력일 뿐　　　　搏虎君能耳

담비 꼬리 잇는 건 나의 분에 넘치는 일이라[508]　續貂我汰哉

묘고는 고고하게 속세와 단절하고　　　　　　　藐姑摽絶俗

모모가 억지로 중매쟁이 구하는 격이네[509]　　嫫母强求媒

507 한……날갯짓하네 : 갑자기 두 친구가 찾아왔다는 말로 보인다. 한 쌍의 봉황은 재덕이 출중한 사람을 비유하는 말로 쓰인다. 《북사(北史)》 권56 〈위난근열전(魏蘭根列傳)〉에 "경의(景義)와 경례(景禮)가 모두 재주와 덕행이 있어서 향리의 사람들이 쌍봉으로 일컬었다."라고 한 용례가 있다.

508 호랑이……일이라 : 한유의 시에 차운시를 짓는 것은 자신을 찾아온 벗이 감당할 수 있는 일이지 흉내만 내는 자신에게는 분수에 넘치는 짓이었다는 말로 보인다. 원문의 '군(君)'은 앞 구절에서 '쌍봉(雙鳳)'으로 표현한 벗을 가리키는 말이다. 원문의 '속초(續貂)'는 좋지 않은 것으로 좋은 것을 이어서 격이 맞지 않는다는 뜻이다. 진(晉)나라 조왕(趙王) 사마윤(司馬倫)이 정권을 전횡하면서 봉작(封爵)을 남발하여 관(冠)의 장식으로 사용하는 담비 꼬리가 부족해지자 개 꼬리로 대신하였는데, 이 때문에 당시 사람들이 "담비 꼬리 부족하여 개 꼬리로 잇네.〔貂不足, 狗尾續.〕"라고 말했다는 데서 유래하였다. 《晉書 卷59 趙王倫列傳》 또 원문의 '태재(汰哉)'는 분수에 넘치는 짓을 했다는 말인데, 공자의 제자 자유(子游)에게 사사분(司士賁)이 묻기를, "시신을 침상 위에 두고 습(襲)을 해야 될 듯합니다."라고 하니, 자유가 대답하기를, "그렇게 하라."라고 하였는데, 현자(縣子)가 그 말을 듣고 말하기를, "분에 넘치는 짓을 하도다, 자유여. 예를 제 마음대로 남에게 허락하도다.〔汰哉叔氏, 專以禮許人.〕"라고 한 용례가 있다.

509 묘고(藐姑)는……격이네 : 묘고는 묘고야산(藐姑射山)의 신인(神人)으로, 《장자(莊子)》 〈소요유(逍遙遊)〉에 "묘고야산에 신인이 사는데 살결은 빙설과 같고 오곡을 먹지 않으며 바람을 호흡하고 이슬을 마신다."는 이야기가 나온다. 여기서는 한유의 시를 비유한 말로 쓰였다. 모모(嫫母)는 전설상 황제(黃帝)의 넷째 부인으로 모습이 매우 추해서 추녀의 대명사로 쓰인다. 《순자(荀子)》 권18 〈부(賦)〉에 "여추와 자사는 중매해주는 이가 없고, 모모와 조보만 좋아하도다.〔閭娵子奢, 莫之媒也, 嫫母刁父, 是

시어는 커다란 건곤 담아내었고	語括乾坤大
시상은 넓은 우주 다하였어라	思窮宇宙恢
마침내 미친 듯 떠든 외침 그치니	終然狂叫止
그저 어린애들 을러대는 격이로다	適可嚇嬰孩

之喜也.〕"라는 구절이 있다. 모모는 여기서는 풍고 자신의 시를 비유한 말이다. 한편, 여추는 옛날의 미녀, 자사는 자도(子都)의 잘못으로 옛날의 미남이다. 조보는 역보(力父)라고도 하는데 추남이라 한다.

어제 탄초가 마련한 술자리에 내가 참여하지 못했는데,
오늘 탄초가 술을 가지고 왔기에 내가 외람되이 상석을
차지하고서 술자리가 끝나도록 주인이 되었다[510]

灘樵昨日之飮 僕不得與 今日灘樵携酒 而僕忝據右席 卒飮作主

땅속에 양이 숨어서 처음 우레를 울리니[511]	地底潛陽初動雷
인간 세상 즐거움은 함께 술잔 드는 것	人間快樂共含杯
오늘 그대와 좋은 담소자리 이루었으니	與君今日成佳話
만사가 새로워져 길상이 찾아오리	萬事從新叶吉來

탄옹은 매화향 짙은 잘 익은 술 끼고 오고	灘翁佳釀擁梅深
두수[512]는 침 흘리며 괴로이 읊조리네	荳叟流涎費苦吟
우스워라 풍호는 몸이 하나인데	堪笑楓壺身只一

---

510 어제……되었다 : 탄초(灘樵)는 이노익(李魯益)이다. 이노익에 대해서는 194쪽
주390 참조. 《동성교여집(東省校餘集)》 권1에 이 시와 같은 제목으로 총 3수가 수록되
어 있는데, 《풍고집》에는 제2수와 제3수가 실려 있다. 《동성교여집》에 대해서는 29쪽
주1 참조.

511 땅속에……울리니 : 《주역》의 복괘(復卦)를 형용한 것으로, 동지(冬至)가 되었
다는 말이다. 동지가 되면 밑에서 일양(一陽)이 시생(始生)하는 지뢰복(地雷復 ䷗)의
괘(卦)를 이루게 되는데, 이는 땅속에서 우레가 울리는 것을 상징한다.

512 두수(荳叟) : 두계(荳溪) 박종훈(朴宗薰)을 가리킨다. 179쪽 주347 참조.

공영이 되었다가 또 양짐이 되기도 하네[513]　　　公榮做了又羊斟

513　우스워라……하네 : 풍호(楓壺)는 풍고 자신을 지칭한 말이다. 옥호동(玉壺洞)
에 별서를 마련한 뒤 옥호거사(玉壺居士)・옥호자(玉壺子) 등으로 불린 예가 보인다.
공영은 술을 좋아했던 진(晉)나라 유창(劉昶)의 자이다. 유창은 사람을 가리지 않고
어울려 술을 마셨다고 한다. 228쪽 주470 참조. 양짐(羊斟)은 춘추 시대 송(宋)나라
장군 화원(華元)의 마부였는데, 화원이 양고기를 나누어주지 않은 것에 유감을 품고
있다가 정(鄭)나라가 송나라를 침범하자 "지난번의 양고기는 당신이 주관했지만, 오늘
말을 모는 일은 내가 주관한다.〔疇昔之羊, 子爲政, 今日之事, 我爲政.〕"라고 하고는
정나라 군대의 진영 안으로 달려 들어가 송나라를 패하게 만들었던 고사가 전한다.
《春秋左氏傳 宣公2年》

분사에서 감회를 쓰다[514]

分司書感

밝은 시대 후한 녹봉으로 백발에 이르니　　　　　　明時厚祿到華顚

항상 두려웠네 이 어리석음 옛 현인에 부끄러움이　常懼顓蒙愧昔賢

나만큼 임금을 공경하는 이가 없다는 성인의 가르침 들었고[515]

　　　　　　　　　　　　　　　　　　　莫我敬王聞聖訓

어버이처럼 임금을 사랑하라는 집안에 전하는 말씀 암송했네

　　　　　　　　　　　　　　　　　　　愛君如父誦家傳

광대가 꼭대기에서 놀아도 오히려 평지처럼 여기고　竿人弄頂猶爲地

절부가 창자 가른 일 어찌 천리를 알아서랴[516]　　節婦刳肝豈識天

514　분사(分司)에서 감회를 쓰다 : 《홍재전서(弘齋全書)》를 교인(校印)할 때 지은
시인데, 1814년(순조14)에 지은 것으로 보인다. 《홍재전서》의 교인에 대해서는 192쪽
주386 참조. 분사(分司)는 중앙에 있는 관아의 사무를 나누어 맡기기 위하여 다른 곳
에 따로 설치한 관사를 말하는데, 여기서는 《홍재전서》의 교인(校印)을 담당한 곳을
말한다.

515　나만큼……들었고 :《맹자》〈공손추 하(公孫丑下)〉에, "나는 요순의 도가 아니
면 감히 왕의 앞에서 말씀드리지 않나니, 그러므로 제나라 사람 중에 나만큼 왕을 공경
하는 이가 없다.〔我非堯舜之道, 不敢以陳於王前, 故齊人莫如我敬王也.〕"라는 맹자의
말이 나온다.

516　광대가……알아서랴 : 광대와 효부는 학식이 없는 사람이지만 자신의 직분을 충
실히 수행했는데, 자신은 식자(識者)로서 선왕 정조에게 얼마나 충성을 바쳤는가라는
말이다. 효부(孝婦) 성씨(盛氏)는 가난하여 시어머니가 병이 나자 갈빗대를 도려내고
간을 취해〔刳脅取肝〕 반찬을 마련했다는 고사가 전한다. 《夢粱錄 卷17 后妃列女》

세밑에 분사에서 온갖 감회 얽히는데   窮臘分司紆百感

오경의 외로운 달이 흉금을 비추며 걸렸네   五更孤月照襟懸

입춘 날 읊어서 홍관 이 시랑 자전 용수 에게 보여주다[517]
立春日吟示莊館李侍郎子田 龍秀

앉아서 새로 온 봄 생각하다가	坐念新春入
느긋하게 대나무 사립을 여네	悠然啓竹關
녹다 만 얼음은 아직 골짝에 쌓였고	斷氷猶擁壑
말간 아침 해는 이미 산에 떠 있네	晴旭已浮山
아쉬워라 소반 속에 잘려진 나물이여	柰惜盤心翦
어여뻐라 승에 매달린 꽃이여[518]	花憐勝裏攀

517 입춘(立春)……보여주다 : 《홍재전서(弘齋全書)》의 교인(校印)이 마무리되어 가던 1814년(순조14) 입춘에 지은 시로 보인다. 《홍재전서》의 교인은 이해 3월에 끝났다. 한편 이 시는 《동성교여집(東省校餘集)》 권2에 〈입춘 날 우연히 읊어 홍관에게 보이다[立春日偶吟示莊館]〉라는 제목으로 수록되어 있다. 《홍재전서》의 교인과 《동성교여집》에 대해서는 192쪽 주386 참조. 이용수(李龍秀, 1776~?)의 본관은 연안(延安)이고, 홍관(莊館)은 그의 호이며, 자전(子田)은 그의 자이다. 몰년은 불분명하나 《순조실록》에 27년(1827) 9월까지 이름이 보인다. 시랑(侍郞)은 참판의 별칭인데, 이용수는 1814년 7월에 병조 참판에 임명된 기록이 《승정원일기》에 보인다. 1809년(순조9) 문과에 급제하였고, 《홍재전서》의 교인에 참여한 공으로 가선대부(嘉善大夫)에 올랐으며, 도승지·형조 판서·한성부 판윤 등을 역임하였다.

518 아쉬워라……꽃이여 : 고대의 풍속에 음력 1월 7일인 인일(人日)에 일곱 가지 채소를 뜯어 국을 끓이고, 채색 비단을 잘라 꽃모양으로 만든 머리꾸미개[花勝]를 서로 선물했다고 한다. 승(勝)은 부녀자들의 머리꾸미개이다. 《荊楚歲時記》 입춘과 인일이 겹쳐 이런 표현을 한 것으로 보인다. 한편, 두보(杜甫)의 〈입춘(立春)〉 시에 "입춘일 춘반 위엔 생채가 보드라웠어라, 장안과 낙양의 전성기가 갑자기 생각나네. 쟁반은 고문에서 나와 백옥이 다닌 듯하고, 채소는 섬섬옥수로 푸른 실을 보내왔었지.[春

| 인정은 고달프면 편안함 바라고 | 人情勞願佚 |
| 천도는 가고 또 돌아온다네 | 天道往斯還 |

띳집이 텅 빈 골짝에 의지하여	茆屋依呀谷
한가로움에 도성 생각 다 잊었네	蕭條忘禁城
산이 차가워 닭이 일찍 울고	山寒鷄早啼
울타리가 트여서 호랑이가 멋대로 다니네	籬豁虎橫行
탁한 술은 이웃집에서 익어가고	濁酒從隣熟
외로운 등불은 나그네 마주해 선명하네	孤燈對客淸
마음 두어야 할 곳 있음을 알기에	存心知有地
다시는 헛된 명성에 이르지 않으리	不復到浮名

日春盤細生菜, 忽憶兩京全盛時. 盤出高門行白玉, 菜傳纖手送靑絲.〕"라고 하였다. 《杜
少陵詩集 卷18》

홍관 주인이 나의 〈입춘산거〉 시를 보고 차운해 보내주며 다시 나에게 화답을 요청하기에 이 시를 지어 올리다[519]

葒館主人見余立春山居詩 次韻相投 復要余和 遂書此奉贈

우린 서로 인척일 뿐만 아니라	戚聯非但已
같은 관서에 사는 고을도 같네	同寀又同城
세의는 통가의 우호에서 중해지고[520]	世重通家好
교제는 축대의 행렬보다 깊어라[521]	交深逐隊行
세상 사람 겪느라 나는야 늙었는데	閱人吾亦老
벼슬살이하는 그대는 맑기만 하네	從宦子方清
오늘 시를 청하는 그대의 뜻	此日求詩意
명리 때문 아님을 잘 알겠네	端知不爲名

---

519 홍관(葒館)……올리다 : 홍관은 이용수(李龍秀)를 말한다. 〈입춘산거(立春山居)〉 시는 바로 앞에 나온 풍고의 시를 말한다. 247쪽 주517 참조. 이용수가 차운한 시는 《동성교여집(東省校餘集)》 권2에 〈화답하여 풍고에게 올리다〔和呈楓閣〕〉라는 제목으로 수록되어 있다. 또 《동성교여집》에는 풍고가 다시 화답한 시가 두 수 실려 있는데, 《풍고집》에는 두 번째 수만 수록되었다. 《동성교여집》에 대해서는 29쪽 주1 참조.

520 세의(世誼)는……중해지고 : 세의는 대대로 쌓아온 정의를 말하고, 통가(通家)의 우호는 인척으로 맺은 우호를 말한다.

521 교제는……깊어라 : 다른 사람들보다 서로의 우정이 깊었다는 말이다. 축대(逐隊)의 행렬은 무리지어 남을 따라 어울리는 것을 말한다.

효전 심태등 노숭 이 장차 원침에 나아가 숙직하려 하기에 율시 한 수를 읊어 올리다[522]

孝田沈泰登 魯崇 將就直園寢 賦呈一律

숲속의 풍광이 약속이나 한 듯하니　　　　　林間物色若相期

따뜻한 비 온화한 바람 차례로 찾아오네　　　暖雨和風取次時

뚝뚝 듣는 뜬 남기 누가 붓으로 적어낼까　　　滴滴浮嵐誰染筆

무성한 작은 풀도 시에 올릴 만하네　　　　　菲菲細草可登詩

맑은 샘물은 얼음 뚫으며 높은 홈통 지나고[523]　乳泉破凍通高筧

지저귀는 새는 맑은 햇살 맞느라 좋은 가지 고르네　啼鳥迎晴選好枝

---

522 효전(孝田)……올리다 : 시의 내용으로 보아 옥호정에서 지은 것으로 보인다. 옥호정에 대해서는 29쪽 주1 참조. 심노숭(沈魯崇, 1762~1837)의 본관은 청송(靑松) 이며, 효전은 그의 호, 태등(泰登)은 자이다. 1790년(정조14)에 진사시에 합격하였고 음관(蔭官)으로 관직에 진출했다. 부친 심낙수(沈樂洙)는 시파(時派)의 핵심 인물이 었다. 1801년(순조1) 벽파(辟派)가 정권을 장악하자 심낙수의 관직이 삭탈되었으며, 심노숭도 기장현(機張縣)으로 유배되었다가 1806년 풀려났다. 이후 형조 정랑·광주 판관(廣州判官)·연산 현감(連山縣監)을 역임하였으며, 1825년(순조25)에 임천 군수 (林川郡守)에서 파직된 후 파주(坡州)에 우거하다가 세상을 떠났다. 문집으로 《효전산 고(孝田散稿)》가 있고, 야사(野史)인 《대동패림(大東稗林)》 등을 편찬하였다.

523 맑은……지나고 : 따뜻한 날씨에 홈통의 얼음이 녹아 샘물이 흐른다는 말이다. 맑은 샘물[乳泉]은 옥호정(玉壺亭) 안에 있는 샘물을 지칭한 말이다. 39쪽의 〈유 검서 본학의 옥호의 유천 시에 차운하다[次柳檢書本學玉壺乳泉韻]〉라는 시가 참고가 된다. 한편, 현재 남아 있는 〈옥호정도(玉壺亭圖)〉에 혜생천(惠生泉)이라는 바위샘이 있고 그곳에 대나무 홈통이 걸려 있는 모습이 확인된다. 〈옥호정도〉에 대해서는 29쪽 주1 참조.

이제부터 산속 집에 그윽한 운치 많을 터 　　從此山居幽事足

벗이여 남쪽 갔다가 지체 없이 돌아오시게 　　故人南出莫歸遲

산비가 내릴 제 병으로 신음하다가 교정을 맡은 각료의
제공이 생각나 마침내 연전에 수창했던 운자를 써서
시를 지어 두실에게 올리고 아울러 좌료들에게도 보여주어
화답을 청하다[524]

山雨 吟病有懷諸僚對校之役 遂用年前唱酬韻 賦呈斗室 兼示左僚諸公
仍乞瓊報

새벽에 내리던 눈 녹아 낮에 비로 뿌리니　　　　　早雪融爲晝雨紛

산거는 적막하여 그대 생각 더해지네　　　　　　山居寥廓倍思君

찬 매화 핀 띳집에서 홀로 끙끙 앓는데　　　　　茅簷梅冷獨吟病

따순 향기 나는 운각[525]에서 누가 문장 교정할까　芸閣香溫誰校文

만년에 이름 나란히 함은 이두 같은 그대에게 부끄럽고[526]

　　　　　　　　　　　　　　　　　　　　末路齊名慙李杜

---

524 산비가……청하다 : 《홍재전서(弘齋全書)》의 교정에 병으로 참석하지 못하여
지은 시로,《동성교여집(東省校餘集)》권1에 이 시와 함께 두실(斗室) 심상규(沈象奎)
를 포함한 동료들의 화답시도 수록되어 있다.《홍재전서》의 교인과 《동성교여집》에
대해서는 192쪽 주386 참조.

525 운각(芸閣) : 교서관(校書館)의 별칭으로, 운관(芸館)이라고도 한다.

526 만년에……부끄럽고 : 만년에 《홍재전서》를 교정하는 일에 참여했지만 병을 얻
어 일을 하지도 못한 채 이름만 올리게 되어 부끄럽다는 겸사이다. 이두(李杜)는 후한
(後漢) 때 당고(黨錮)의 화에 연루되어 처형당한 이응(李膺)과 두밀(杜密)의 병칭인
데, 여기서는 심상규를 비롯해 《홍재전서》의 교정에 참여한 동료들을 비유한 것으로
보인다. 후한의 범방(范滂) 역시 당고의 화로 처형당하게 되어 모친께 마지막 인사를
올리자, 모친이 "네가 이제 이응과 두밀과 이름을 나란히 할 수 있게 되었으니, 죽는다

높은 재주로 나라 빛냄은 연운 같은 그대에게 양보하네[527]

高才華國讓淵雲

포천에는 납의가 응당 남아 있겠지만 　　　　　　　匏泉臘蟻應留味

어찌 다시 회포 풀며 함께 한 번 취하랴[528]　　　　寧復寬懷共一醺

한들 또 무슨 유감이 있겠느냐.〔汝今得與李杜齊名, 死亦何恨?〕"라고 했던 고사가 전한
다.《後漢書 卷67 黨錮列傳 范滂》

527　높은……양보하네 : 연운(淵雲)은 전한(前漢)의 문장가인 왕포(王褒)와 양웅
(揚雄)의 자를 병칭한 것인데, 왕포의 자는 자연(子淵)이고 양웅의 자는 자운(子雲)이
다. 여기서는《홍재전서》의 교정에 참여한 동료들을 비유한 말이다.

528　포천(匏泉)에는……취하랴 : 교정에 참여하지 못해 함께 술자리에 어울릴 면목
이 없다는 말로 보인다. 포천은 탄초(灘樵) 이노익(李魯益)의 거처를 말하는 것으로
보인다.《두실존고(斗室存稿)》권2에 〈탄초 직각의 새 거처인 포천에서 죽리와 공세와
술을 마시고……〔灘樵直閣匏泉新居 同竹里公世飮……〕〉라는 제목의 시가 보인다. 포
천은 북악산(北岳山)과 인왕산(仁旺山) 사이의 어떤 지점으로 추정되는데, 여기에 대
해서는《옥수집(玉垂集)》권17 〈기소산소강병소서(寄素山小舡幷小序)〉의 내용이 참
조가 된다. 이노익에 대해서는 194쪽 주390 참조. 납의(臘蟻)는 납주(臘酒)와 같은
말로 설날에 마시기 위해 섣달에 빚어 놓은 술을 말한다. '의(蟻)'는 술 표면에 흰개미나
구더기 모양으로 부풀어 오른 쌀알이 떠 있는 것을 말한다.

동성에서 동료들과 봄을 전별하며 당시에서 운자를 취해 짓다[529]

東省共諸僚餞春 拈唐詩韻

봄이 떠나려할 때 술잔을 드니	對酒春將盡
멀리 임 보내는 심정과 어떠하리오	何如送遠行
꽃 핀 정원엔 꿈꾸던 나비 돌아오고	芳園回夢蝶
우거진 나무엔 꾀꼬리 소리 권태롭네	深樹倦啼鶯
이미 붙잡을 방법 없음 분명하나니	已分留無術
그저 전별한다는 이름 있음만 안다네	聊知餞有名
화려한 당에 비바람 흩뿌리니	畫堂風雨散
높이 자란 버들에 그윽한 맘 붙이네	高柳係幽情

---

529 동성(東省)에서……짓다 : 《홍재전서(弘齋全書)》를 교정할 때 지은 시로, 내용으로 보아 1814년(순조14) 3월에 지은 것으로 보인다. 이 시는 《동성교여집(東省校餘集)》 권2에 〈봄을 전별하며〔餞春〕〉라는 제목으로 수록되어 있다. 동성(東省)은 규장각(奎章閣)의 내각(內閣)을 일컫는 말이다. 《동성교여집》에 대해서는 29쪽 주1 참조.

동료들과 유하정에서 놀기로 약속하여 나는 강우 족숙과
작은 거룻배를 타고 노호를 거슬러 올라 모임에 와서 운자를
취해 함께 지었다[530]

約諸僚遊流霞亭 余與江右族叔乘小艇 溯鷺湖來會 拈韻共賦

짧은 노 외로운 거룻배로 한강 거슬러 오르니	短楫孤篷溯漢洲
봄 든 강 언덕 가에 정자가 몇이나 될까	春江夾岸幾亭樓
이 사이는 팔짱 낄 만큼 좁을 필요 없어라	此間未必橫肱窄
이 세상은 원래 눈앞 스쳐가듯 허무한 걸	斯世元來過眼浮
어부가 아침에 그물 걸었단 말 들었으니	見說漁人朝擧網
신선들 저녁에 함께 배를 탈 것 알겠네[531]	懸知仙侶晚同舟

530 동료들과……지었다 : 1814년(순조14) 3월에 《홍재전서(弘齋全書)》를 교정할
때 지은 시로 보인다. 《동성교여집(東省校餘集)》 권2에는 금석(金石) 이존수(李存秀)
가 먼저 짓고 풍고가 차운한 시로 수록되어 있다. 이존수에 대해서는 199쪽 주399
참조. 유하정(流霞亭)은 지금의 옥수동(玉水洞)인 두모포(豆毛浦) 가에 있던 정자로,
원래는 조선 예종의 둘째 아들인 제안대군(齊安大君)의 집이었다가 효종이 왕위에 오르
기 전에 정자로 만들었으며, 1781년(정조5)에 규장각에 하사하였다고 한다. 《萬機要覽
財用篇4 戶曹各掌事例 別例房》《林下筆記 卷13 各司》강우(江右) 족숙(族叔)은 김이재
(金履載)를 말한다. 98쪽 주162 참조. 노호(鷺湖)는 노수(鷺水)와 같은 말로, 노량진(鷺
梁津) 부근의 한강 유역을 가리킨다.

531 어부가……알겠네 : 어부가 아침에 잡은 고기를 저녁에 동료들이 배를 타고 함께
먹게 될 것이라는 말이다. 신선들[仙侶]은 마음이 맞는 벗을 비유한 말이다. 후한(後
漢)의 은사(隱士) 곽태(郭泰)가 낙양(洛陽)에서 이응(李膺)을 만나 깊은 교유를 나누
다가 돌아가자 이응이 함께 배를 타고 전송했는데[同舟而濟], 이를 본 사람들이 신선과
같다고 찬탄했던 고사에서 나온 말이다. 《後漢書 卷68 郭泰列傳》 또 두보(杜甫)의

이번 걸음 평생의 즐거움으로 꼽을 만하니   茲行足數平生快

글 짓고 술 마시는 이들 오늘날 일류 명사라네   文酒如今第一流

〈추흥 팔수(秋興八首)〉 중 여덟째 수에, "신선들 한 배 타고 저녁에 다시 자리 옮기네.
〔仙侶同舟晚更移.〕"라는 구절이 있다. 《杜少陵詩集 卷17》

강우 족숙과 작은 배를 끌고 노호에서부터 거슬러 올라가며
몇 해 전 강을 유람할 때 지은 시의 운자를 거듭 차운하여
짓고 이어 동료들에게 보여주어 함께 짓도록 하다[532]
與江右叔挐小舟 由鷺湖溯上 疊年前江遊韻 仍示諸僚共賦

성곽 나서 수삼 리 길에   出郭數三里

말 타고 방초 따라 가네   馬隨芳草行

강은 낮게 흘러 물결 보이지 않고   江低流未見

모래밭 멀리 있어 눈이 먼저 밝아지네   沙遠眼先明

보리밭엔 맑은 바람 불어오고   麥壟淸風轉

어촌엔 여름 풍광이 물씬하네   漁村夏景生

고개 돌려 숙부께 묻노니   回頭問阿叔

이미 세상의 정을 잊었다 하네[533]   已忘市朝情

가만히 앉아 말 타는 피곤함 잊으니   坐忘鞍馬倦

맑은 한강물 눈앞에 바로 보이네   淸漢望無遙

---

532 강우(江右)……하다 : 《홍재전서(弘齋全書)》를 교정하던 때인 1814년(순조14)
봄에 지은 것으로 보인다. 《동성교여집(東省校餘集)》 권2에도 같은 제목으로 수록되어
있다. 강우(江右) 족숙(族叔)은 김이재(金履載)를 말한다. 98쪽 주162 참조. 노호(鷺
湖)는 노수(鷺水)와 같은 말로, 노량진(鷺梁津) 부근의 한강 유역을 가리킨다.

533 이미……하네 : 원문의 '시조(市朝)'는 명리를 좇는 곳을 말한다. 《전국책(戰國
策)》 〈진책(秦策)〉에 "명예를 다투는 자는 조정으로 가고, 이익을 다투는 자는 시장으
로 간다.[爭名者于朝, 爭利者于市.]"라는 말이 나온다.

돛은 서풍 맞아 불룩하고 　　　　　　　　　　　帆腹西風滿

강 가운데라 한낮 더위 사라지네 　　　　　　　　江心午熱消

목욕하는 오리는 노 소리에 움찔하고 　　　　　　浴鳧聞櫓縮

갠 하늘 제비는 물결 차며 힘차게 오르네 　　　　晴燕蹴波驕

가장 생각나는 건 절묘한 피리 소리 　　　　　　最憶吹笙妙

행포[534]의 밤과 참으로 어울렸었지 　　　　　　偏宜杏浦宵

534　행포(杏浦) : 현재의 행주대교와 방화대교 사이의 한강을 지칭하는 행호(杏湖)
를 일컬은 말로 보인다. 한강은 이 부근에 이르러 호수와 같이 넓어져 행주로 이어지는
데, 이곳을 흔히 소동정호(小洞庭湖) 또는 행호로 부르기도 했다.

덧없는 인생

浮生

덧없는 인생 반백 년 참으로 지루하니	浮生半百亦支離
세상의 수많은 기괴한 일 두루 겪어보았네	閱見寰中許怪奇
욕보는 일 많다는 말 범부도 성인의 풀이와 같고[535]	多辱凡然同聖解
깨어나지 않길 바란다는 옛말 지금 내 생각과 다르지 않네[536]	
	無訛古不異今思
철인이 바야흐로 산 물고기 선물 거절했으니	哲人方拒生魚餉
어디에서 장차 죽은 말 살릴 의원 찾을까[537]	何處將尋死馬醫

---

535 욕보는……같고 : 오래 살면 욕되는 일이 많다는 것은 평범한 사람이나 성인이나 똑같이 생각한다는 말이다. 화(華) 땅을 지키는 봉인(封人)이 요(堯) 임금에게 장수하고 부유하고 아들을 많이 두기를 축원하자, 요 임금이 "아들이 많으면 걱정이 많고 부자가 되면 해야 할 일이 많고 장수하면 욕되는 일이 많으니, 이 세 가지는 덕을 기르는 것이 아니다.〔多男子則多懼, 富則多事, 壽則多辱, 是三者, 非所以養德也.〕"라고 하며 사양한 고사가 있다. 《莊子 天地》

536 깨어나지……않네 : 차라리 잠이 든 상태에서 영원히 깨어나지 않았으면 좋겠다는 말이다. 《시경》〈토원(冤爰)〉에, "내가 태어난 뒤로 이렇게 온갖 걱정을 만났으니, 부디 잠이 들어 움직이지 말기를 바라네.〔我生之後, 逢此百罹, 尙寐無吪.〕"라는 내용이 보인다. 《시경》 원문의 '와(吪)'는 '와(訛)'와 통용되며, 움직인다는 뜻이다.

537 철인(哲人)이……찾을까 : 정확한 의미는 미상이다. 다만 전후 내용을 감안할 때 병이 깊은 사람에게 약으로 산 물고기를 선물했다가 거절당하는 모욕을 받고 풍고가 이렇게 탄식한 것이 아닌가 한다. 원문의 '사마의(死馬醫)'는 이미 병이 깊어 가망이 없지만 마지막으로 한번 치료를 해본다는 의미로 쓰이는 말이다. 한편, 산 물고기 선물과 관련된 고사는, 어떤 사람이 정(鄭)나라 자산(子産)에게 산 물고기를 선물하자 자산

곡을 할 수 없을 때엔 웃는 것이 옳으니　　　　哭不可時回是笑
외로운 등불 그림자 속에 또 시를 짓노라　　　　孤燈影裏且題詩

이 연못을 관리하는 사람에게 그 물고기를 풀어주도록 했다는 내용이 《맹자》〈만장
상(萬章上)〉에 보인다.

동료들과 유하정에서 술을 마시노라니 경산이 그리워지다[538]

與諸公飮酒流霞亭 有懷經山

떠나는 나그네의 말 쓸쓸히 울고	蕭蕭遊子馬
떠나는 신선의 배 아득하니	渺渺仙侶舟
제비와 때까치처럼	燕燕及伯勞
따로 날아 짝을 이루지 못했네[539]	分飛不作儔
아침에 남쪽 성문을 나가	朝出南城門
저녁에 강가 누각에 오르니	晚登江上樓
누각 아래 큰 강물이 소리를 내며	樓下大江鳴
저녁 햇살 속에 서쪽으로 흐르는데	日夕向西流
자사[540]의 훌륭한 잔치 자리에	刺史良讌會

---

538 동료들과……그리워지다 : 유하정은 지금의 옥수동(玉水洞)인 두모포(豆毛浦) 가에 있던 정자이다. 255쪽 주530 참조. 경산(經山)은 정원용(鄭元容)의 호인데, 정원용에 대해서는 168쪽 주321 참조. 이 시가 《동성교여집(東省校餘集)》 권2에 같은 제목으로 수록되어 있는 점, 정원용이 1814년(순조14) 4월에 부친 정동만(鄭東晩, 1753~1822)의 임소인 재령(載寧)에 다녀온 일이 있는 점으로 보아, 1814년 4월에 지은 것으로 보인다. 정원용의 부친 정동만은 1813년 7월에 재령 군수로 부임하여 1816년 2월에 순흥 부사(順興府使)로 옮겼다. 《經山集 附錄 卷1 年譜》《承政院日記 純祖 14年 7月 28日, 純祖 16年 2月 19日》《동성교여집》에 대해서는 29쪽 주1 참조.

539 제비와……못했네 : 벗과의 이별을 의미하는 말이다. 《옥대신영(玉臺新詠)》 권9 〈양무제가사(梁武帝歌辭)〉에 "동쪽으로 때까치가 날고 서쪽으로 제비가 난다.〔東飛伯勞西飛燕.〕"라고 한 데서 유래하였다.

술상 위엔 진수성찬 가득하리라 　　杯盤錯肴羞

지금 그대 어디 있는 줄 아노니 　　知君今何處

수레 달리며 파주를 지나가리라 　　飛蓋過坡州

바라봐도 수레 먼지 보이지 않으니 　　行塵望不及

내 그리움 아득하고 아득하다오 　　我思悠復悠

예부터 이별의 괴로움은 　　古來別離苦

사람들 머리 모두 세게 만들었으니 　　白盡人間頭

시 지어 그대에게 보내고 싶어도 　　作詩欲寄君

나그네 설움 더할까 또 염려된다네 　　復恐添客愁

---

540 자사(刺史) : 여기서는 재령 군수로 있던 정원용의 부친인 정동만을 지칭한다.
자사는 관찰사의 이칭으로 쓰이는데, 고려 때에는 주(州)와 부(府)의 장관의 의미로
쓰였다.

《열성어제》의 속집 인행이 완료되어 24일에 책을 진상하려 하였다. 인국(印局)을 개설한 이후 이 일에 참여한 각료들은 새벽에 출근해 밤늦게 퇴근하기를 하루도 거른 날이 없고 나와 두실 등 장료(長僚)들은 닷새에 한 번 출근하였으며, 지금 갑술년(1814, 순조14) 늦여름 20일에 일을 마쳤다. 1년 동안 이 일을 주선해오다가 장차 서로 흩어지게 되었기에 그저 시를 지어 감회를 토로한다[541]

列聖御製續印告完 二十四日將進書 開局以後 閣僚與是役者 夙入暮退 無日或曠 余與斗室諸長僚 五日一赴 迄今甲戌季夏二十日而止 朞月周 旋 行將散矣 聊述抒感

몸과 마음으로 진찰을 받들며[542]	身心塵刹奉
일을 살핀 지 벌써 한 해 되었네	董役已年餘

541 열성어제(列聖御製)의……토로한다 : 1814년(순조14) 여름에 《열성어제》의 간 행을 마치고 지은 시이다. 이 시는 《동성교여집(東省校餘集)》 권2의 마지막에도 같은 제목으로 수록되어 있다. 정조의 《열성어제》는 1814년 3월에 《홍재전서》가 간행된 뒤 기존의 《열성어제》에 정조의 어제를 간행해 붙이라는 순조의 명에 따라 규장각에서 편집해 1814년 6월에 간행하였다. 두실(斗室)은 심상규(沈象奎)의 호이다. 장료(長 僚)는 장관(長官)인 신료를 말한다. 《동성교여집》에 대해서는 29쪽 주1 참조.

542 몸과……받들며 : 몸과 마음을 바쳐 정조의 망극한 은혜에 보답한다는 말이다. '진찰(塵刹)'은 본래 '어디에든 있는 불국토(佛國土)'를 뜻하는 '진진찰찰(塵塵刹刹)'의 준말인데, 여기서는 온 천지에 가득한 임금의 은혜를 뜻하는 말로 쓰였다. 주희(朱熹) 가 "불자(佛子)의 말에 '이 몸과 마음으로 진찰을 받든다면, 이것이 바로 부처의 은혜에 보답하는 것이네.〔將此身心奉塵刹, 是則名爲報佛恩.〕'라 하였다."라고 하였다. 《朱子 大全 卷36 答陳同甫》 주희가 말한 불자의 말은 《능엄경(楞嚴經)》에 보인다.

차례 매겨 찍어내는 일 완성을 보게 되니	編印功垂就
공사 간의 감회를 기록할 만하네	公私感可書
종사543가 두 번 없을 것임을 아나니	知無終事再
만날 일 드물어짐을 어이할까나	將柰會時疏
도가 같아 임금 통해 벗이 되었으니	道合通君友
모든 사람이 각각 초심을 간직했네544	凡人各有初

---

543 종사(終事) : '선왕종사(先王終事)'의 준말로, 세상을 떠난 선왕을 위하여 어제
(御製)나 실록(實錄) 등을 편찬해 생전의 사업과 행적을 총괄할 때 쓰는 말이다.

544 모든……간직했네 : 《홍재전서》와 정조의 《열성어제》의 간행에 모든 사람이 초
심을 지키며 일을 완수해내었다는 말이다. 《시경》〈탕(蕩)〉의 "시작이 없는 경우는
없으나, 끝까지 제대로 마치는 경우는 드물다.〔靡不有初, 鮮克有終.〕"라는 구절을 원용
한 표현이다.

길을 가며 이것저것 읊다[545]
途中雜詠

모래밭 걸으며 옛날에 건넌 흔적 찾으니	沙際行尋舊涉痕
중령포에 배봉산 뿌리가 잠겨 있네[546]	中泠浦浸拜峯根
어여뻐라 안개에 덮인 황당의 버들이여	却憐霧鎖橫塘柳
몇몇 보이는 인가 이곳이 바로 부촌이라네[547]	若個人家是斧村

두 물은 선명하게 두현의 하늘을 머금었고[548]	二水明涵斗峴天

---

545 길을……읊다 : 지은 시기가 분명하지 않지만, 뒤에 연이어 나오는 시가 고향 여주(驪州)를 방문하는 내용인 것으로 보아 1814년(순조14) 여름에 《홍재전서》와 《열성어제》의 간행을 마친 뒤 선영을 참배하러 다녀올 때 지은 것이 아닌가 한다.

546 모래밭……있네 : 정조의 생부 사도세자(思悼世子)의 옛 무덤 자리를 찾는다는 말이다. 화성(華城)의 현륭원(顯隆園)으로 이장하기 전 사도세자의 무덤은 양주군 남쪽 중량포(中梁浦) 부근의 배봉산(拜峯山)에 있었는데, 중량포는 현재의 동대문구 전농동 일대의 중랑천(中浪川)을 건너는 나루터를 말하며, 중령포(中泠浦)로도 불린 기록이 보인다. 이곳에 중량교(中梁橋)라는 다리가 있었는데, 1911년에 일제가 경성부 지도를 만들면서 중량교(中浪橋)라고 잘못 표기한 이후 지금의 이름으로 굳어졌다.

547 어여뻐라……부촌(斧村)이라네 : 횡당(橫塘)은 원래 중국 남경(南京)의 서남쪽에 있는 강어귀의 둑 이름인데, 여기서는 중령포 주위의 제방을 의미하는 듯하다. 또 부촌(斧村)은 동대문구 이문동에 있었던 자연부락인 도끼말[獨基村]의 한자어로 추정된다.《풍고집》권5에 〈부촌의 연못 딸린 집에서 자다[宿斧村池舍]〉라는 시가 보인다.

548 두……머금었고 : 두현(斗峴)은 두릉(豆陵)을 지칭한 것으로 보인다. 두릉은 현재의 팔당댐 근처 북한강과 남한강이 만나는 부근으로, 두미협(斗尾峽)・두미(斗尾)・두미(斗迷) 등으로도 불렸다. 또 두릉을 두현으로 칭한 용례는《존재집(存齋集)》

온 산엔 맑게 광릉549의 안개 빛나네   萬山晴曬廣陵煙

모두가 황려의 길550로 통하니   一般是走黃驪道

강의 북쪽이든 남쪽이든 모두 다 어여뻐라   江北江南竝可憐

잠시 말에서 내려 작은 배에 올라   暫辭鞍馬載扁舟

백 길 줄 천천히 끌며551 상류로 거슬러 오르네   百丈徐牽溯上游

모르겠네 오늘밤 어디에서 묵을까   今夜不知何處宿

맑은 가을 시원한 기운 제일 먼저 느낄 곳이리라   最先涼意似淸秋

권17 〈두현의 풍석 서 봉조하공을 배알하다〔拜謁斗峴楓石徐奉朝賀公〕〉라는 시와 주석이 참조가 된다. 서 봉조하공은 풍석 서유구(徐有榘)를 말하는데, 만년에 두릉에 거처를 마련해 은거하였다.

549 광릉(廣陵) : 경기도 광주(廣州)의 이칭이다.

550 황려(黃驪)의 길 : 황려는 여주(驪州)를 말하는데, 여주에 풍고의 시골집이 있었다. 45쪽 주32 참조.

551 백……끌며 : 원문의 '백장(百丈)'은 물길을 거슬러 올라갈 때 배를 끌기 위해 대나무 껍질을 엮어 만든 밧줄을 말한다. 원래는 중국 파촉(巴蜀) 지방의 사람들이 물살이 센 곳에서 배를 뭍으로 당길 때 사용하는 밧줄로, 가늘게 쪼갠 대나무와 삼실〔麻〕을 섞어서 꼬아 만들었으며 그 길이가 100장(丈)이나 된다 하여 붙여진 이름이다.

강 너머 추읍산을 바라보다[552]

江外望趨揖山

강 너머 둥글게 솟아 있으니	隔水穹然起
멀리서 바라보매 기쁘고말고	遙瞻喜可知
날씨가 맑으니 산 빛은 또렷하고	天晴山色了
구름 지나가니 골짝 그늘 옮겨가네	雲過壑陰移
높고 밝은 지경에 아득히 서 있어	迥立高明域
대대로 이어진 터전을 안주시켰네	安居積累基
엄숙하고 공손함 그 기상을 논하면	嚴恭論氣象
성대한 덕이 고래로 그 누구였던가[553]	盛德古來誰

---

552 강……바라보다 : 풍고 가문의 선영이 여주(驪州) 개군면(介軍面) 추읍산(趨揖山) 아래 향곡리(香谷里)에 있었다. 이곳은 현재의 양평군(楊平郡) 향리(香里) 지역이다. 《楓皐集 卷12 附錄 先府君墓表》

553 엄숙하고……누구였던가 : 산 이름이 '추읍(趨揖)'이므로 이렇게 표현한 것이다.

향곡에서 배를 타고 경성으로 내려가다[554]

自香谷舟下京城

고향 동산 한 번 이별하자 온갖 수심 일어나	一別鄕園百種愁
만경창파 위 나룻배 봉창에 기대었네	滄波萬頃倚篷樓
원숭이와 학이 도리어 꾸짖음을 알겠고[555]	心知猿鶴還相誚
자라와 거북 유유히 헤엄침을 바라본다네[556]	目送黿鼉自在游
인생살이 험한 비탈에 비해 어떠한가	世路何如懸磴險
세월은 급류처럼 가버리니 어쩔 수 없지	年光無奈急灘流
강촌은 그래도 홍진 세상 밖이니	江村猶是紅塵外
서풍이 또 머리 때려도 상관없다네[557]	不妨西風又打頭

---

554 향곡(香谷)에서⋯⋯내려가다 : 향곡은 풍고 가문의 선영이 있던 곳이다. 45쪽
주32 참조.

555 원숭이와⋯⋯알겠고 : 짐승들도 고향을 떠나 서울로 돌아가는 자신을 꾸짖을 것
이라는 말이다. 남제(南齊) 때 공치규(孔稚珪)가 〈북산이문(北山移文)〉을 지어 북산
에 은거하다가 변절하여 벼슬길에 나간 주옹(周顒)을 책망하며, "혜초 장막은 텅 비어
밤 학이 원망하고, 산중 사람이 떠나감에 새벽 원숭이가 놀란다.〔蕙帳空兮夜鶴怨, 山人
去兮曉猿驚.〕"라고 한 것을 원용한 표현이다. 《古文眞寶後集 卷2》

556 자라와⋯⋯바라본다네 : 물결이 잔잔하다는 말이다. 《장자(莊子)》 〈달생(達
生)〉에 "공자가 여량을 구경하였는데, 폭포가 서른 길 높이였고 거센 물결의 물거품이
40리나 퍼지니 자라와 악어, 물고기와 거북도 헤엄치지 못하는 곳이었다.〔孔子觀於呂
梁, 縣水三十仞, 流沫四十里, 黿鼉魚鱉之所不能游也.〕"라고 한 구절을 원용한 표현이
다. 여량은 중국 사수(泗水)에 있는 여울로, 물살이 급하고 험하기로 이름난 곳이다.

557 강촌은⋯⋯상관없다네 : 강촌은 세상의 더러운 먼지가 없는 곳이므로 역풍(逆
風)이 불어 배가 더디 가도 괜찮다는 말이다.

화양정을 지나며[558]

過華陽亭

파사산의 풍광이 푸르게 너울대며	婆娑山色綠婆娑
거울 같은 이호의 물결 속에 비치네[559]	影入梨湖鏡裏波
그 풍경 처음 볼 때와 변함없는데	風景不殊初見日
백발된 이 몸은 다시 몇 번이나 지날까	白頭當復幾回過

---

558 화양정(華陽亭)을 지나며 : 고향 여주(驪州)를 방문하고 돌아올 때 지은 시로 보인다. 화양정은 주로 현재의 광진구 화양동에 있던 정자를 말하는데, 시의 내용으로 보아 여기서는 풍고의 고향인 여주 향곡(香谷) 근처에 있던 정자로 보인다. 현재 경기도 양평군(陽平君) 강상면(江上面)에 화양리라는 지명이 남아 있다.

559 파사산(婆娑山)의……비치네 : 파사산은 풍고의 선영이 있던 향곡(香谷) 근처의 산인데, 현재의 여주시 대신면(大神面) 천서리와 개군면(介軍面) 상자포리 사이에 있다. 이호(梨湖)는 경기도 여주의 남한강에 있는 나루터로 이포(梨浦)라고도 불리는데, 파사산 앞을 흐른다.

길가의 나무 장승
途上木偶

키 작은 목장승 배에 글자 있으니	短木偶人腹有文
새겨진 그 글씨는 천하대장군이라네	文云天下大將軍
헛된 이름 인간 세상에서 익히 보았기에	虛名慣是人間世
오늘 무심코 다시 너를 보고 웃노라	此日無心更笑君

교외 주막에서 우연히 짓다
郊店偶成

교외로 나가 다시 길손을 기다리며 　　　　出郊還待客

한가로이 거닐어 주막을 찾았네 　　　　閑步酒鑪過

띳집엔 한낮의 햇살이 한창이고 　　　　茅屋午暉正

들판 다리엔 봄물이 불었네 　　　　野橋春水多

뜬구름 같은 세상사 막을 수 없거니와 　　浮雲遮不了

머리에 쌓인 눈을 어이할거나 　　　　堆雪欲如何

괴이해라 내 한평생의 일이여 　　　　却怪平生事

몸과 마음이 언제나 따로였다네. 　　　　心身每兩科

평구[560]의 객점에서 점심을 먹다

平邱店舍午飯

작년에 머물러 쉰 곳에서	去年休歇處
말 먹이며 새로 짓는 밥 기다리는데	秣馬待新炊
들판 풍경은 문틈으로 빗겨 들고	野色斜通戶
강물 소리는 울타리를 멀리서 감도네	江聲迥帀籬
나물은 아침 고기반찬보다 나아 배불리 먹고	蔬賢朝肉飽
베개는 간밤의 잠자리보다 훌륭하네	枕較夜牀宜
떠나려다 다시 천천히 걷는 건	臨發重徐步
못다 지은 시 잠시 다듬기 위함일세	聊圓未了詩

---

560 평구(平邱) : 경기도 양주(楊州)에 있던 지명으로 역참이 있었는데, 평구역은
포천·영평·가평·양근·지평 일대의 역을 관할하였다.

거위를 읊다

賦鵝

뼈는 줄과 대패를 견디지 못하고[561]	骨不任鑢錫
가죽은 삽혜[562]를 만들지 못하며	皮不材靸鞋
등잔 기름으로 사르는 데 쓰지 못하고	釭膏不給燃
제사 고기로 포(脯)에 오르지 못하네	俎肉不登膎
비틀지 않았는데 목이 절로 돌아가고	不紾項自戾
밀치지 않았는데 밀친 듯이 걸으며[563]	不擠脚似排
날개는 있지만 높이 날지 못하고	有羽飛不高
음률과는 울음소리 어울리지 않네	與律聲不諧
영보는 분에 못 이겨 죽였고[564]	靈寶不忿殺
오릉은 구역질난다고 여겨 토해내었네[565]	於陵不屑哇

---

561 뼈는……못하고 : 거위의 뼈가 물러서 가공품으로 사용하지 못한다는 말이다. 원문의 '여탕(鑢錫)'은《풍고집》원문에는 '여석(鑢錫)'으로 되어 있는데,《시경》〈기욱(淇奧)〉의 "깎고 다듬은 듯하고〔如切如磋.〕"라는 구절에 대해 "뼈와 뿔을 다스리는 자는 이미 칼과 도끼로 잘라놓고 다시 줄과 대패로 간다.〔治骨角者, 旣切以刀斧, 而復磋以鑢錫.〕"라고 한 주희(朱熹)의 주석에 근거하여 수정하였다. 탕은 대패를 말한다.

562 삽혜(靸鞋) : 앞쪽이 길고 뒤축이 없는 가죽신을 말한다.

563 밀치지……걸으며 : 다리가 짧아 뒤뚱뒤뚱 걷는다는 말이다.

564 영보(靈寶)는……죽였고 : 영보는 동진(東晉) 환현(桓玄)의 다른 이름으로, 자는 경도(敬道)이다. 환온(桓溫)의 아들이다. 어려서 종형제들과 각자 거위를 길러 싸움을 시켰는데 늘 자신의 거위가 이기지 못해 매우 분하게 여기다가 어느 날 밤에 몰래 거위 우리로 가서 다른 형제들의 거위를 모두 잡아 죽였다고 한다.《世說新語 忿狷》

뭍에서는 까마귀며 까치와 짝하지 않고	陸不儷烏鵲
물에서는 벌레와 물고기를 먹지 않네	水不食蟲鮭
하얀 것은 흰 면화를 펼친 듯하고	其白白鋪綿
누런 부리는 노란 회화꽃 물들인 듯하네566	其黃黃染槐
울음은 스스로 제 이름을 부르는 듯567	其鳴自呼名
꺼억꺼억 깨액깨액	嗢戛而嚶呪
한 마리가 하늘 향해 노래하면	其一向天歌
무리들이 날개 치며 함께 화답하는데	其群拊翅偕
어여쁜 피리 소리는 꾀꼬리에게 양보하고	笙簫嬌讓鶯
시끄러운 고취 소리는 개구리와 겨루네568	鼓吹嚷爭蛙

565　오릉(於陵)은……토해내었네 : 오릉은 전국 시대 제(齊)나라의 지명이다. 여기
서는 오릉에 살았던 제나라의 귀족 진중자(陳仲子)를 일컫는데, 진중자를 오릉중자(於
陵仲子)라고도 한다. 진중자는 만종(萬鍾)의 녹을 받는 형의 녹봉을 불의(不義)한 것
이라고 여겨 오릉에 따로 살면서 궁핍하게 지냈는데, 하루는 형의 집에 갔다가 누가
산 거위[生鵝]를 가져온 것을 보고 얼굴을 찌푸리며 "꽥꽥하는 그것을 무엇 하려고
받느냐."고 하였다. 그 뒤 어느 날 또 형의 집에 가서 어머니가 요리한 음식을 먹고
있었는데, 때마침 형이 밖에서 돌아와 "그게 바로 꽥꽥하는 그 고기다."라고 하자 진중자
가 밖으로 나가서 먹은 것을 토했다는 고사가 전한다. 《孟子 滕文公下》

566　누런……듯하네 : 회화나무의 꽃[槐花]은 노란색을 물들이는 염료로 쓰이는데,
회화나무 꽃을 괴아(槐鵝)라고도 하므로 이렇게 표현하였다. 《東醫寶鑑 湯液篇3 木部
槐實》

567　울음은……듯 : 《이아익(爾雅翼)》 권17 〈아(鵝)〉에 "거위는 울 때 제 이름을 부
른다.[鵝鳴自呼.]"라는 구절이 있다.

568　시끄러운……겨루네 : 고취(鼓吹)는 음악 연주를 말하는데, 시끄럽게 떠드는 개
구리 울음소리를 비유하는 말로 쓰인다. 남제(南齊)의 공치규(孔稚珪)가 개구리 소리
를 듣고서 '양부 고취(兩部鼓吹)'라고 했던 고사에서 나왔다. 양부는 임금이 신하에게

붉은 발바닥은 파닥이는 너새보다 굳고[569]　　　　　掌紅胼蕭鴇

붉은 정수리는 소라를 붙인 듯 불룩하며　　　　　頂赭突旋蝸

먹이를 잘 먹어 납작한 주둥이 떡떡 벌리고[570]　　善唻匾咪呀

싸움을 잘해 완악한 성질 사납게 구네　　　　　能鬪頑性乖

떠다닐 땐 부평초와 부들을 희롱하고　　　　　泛卽弄萍蒲

깃들일 땐 싸리나무와 섶나무를 깔지 않으며　　棲非藉荊柴

놀라서 퍼덕일 땐 애써 기러기 흉내 내고[571]　　驚翮强學鴻

화나서 쫄 때는 도리어 공골말[572] 같네　　　　怒嚙反類騧

짧은 꽁무니는 언덕에 뜬 키 같고[573]　　　　　短尻舵浮岸

번들거리는 머리는 흙비 내린 땅과 같네[574]　　光腦土經霾

특별히 은사를 내릴 때의 성대한 음악을 말한다. 《南齊書 卷48 孔稚珪傳》

569 붉은……굳고 : 너새는 기러기와 비슷한 새로 발이 튼튼해 잘 달린다고 한다. 《시경》〈보우(鴇羽)〉에 "푸드덕 나는 너새의 깃이여, 떨기진 상수리나무 숲에 앉았네.〔肅肅鴇羽, 集于苞栩.〕"라는 구절이 보인다.

570 먹이를……벌리고 : 《연감유함(淵鑑類函)》 권426 〈조부(鳥部)9 아(鵝)1〉에 "《금경(禽經)》에 '물에서 사는 새는 부리가 대부분 납작하고 잘 쪼아 먹는다.'고 하였으니, 잘 쪼아 먹는 새는 기러기와 거위가 이런 종류이다.〔水生之鳥味多圓而善唻, 善唻鴚鵝之類也.〕"라고 하였다.

571 놀라서……내고 : 거위는 원래 기러기를 길들인 것이라고 한다.

572 공골말 : 하얀 코에 주둥이가 검은 누런색 말인 백비와(白鼻騧)인데, 이런 말은 성질이 드세다고 한다.

573 짧은……같고 : 거위의 짧은 꼬리를 비유한 것인데, 원문의 '타부안(舵浮岸)'이 무엇을 가리키는지 정확하지 않아, 우선 글자대로 번역해두었다.

574 번들거리는……같네 : 거위의 머리 부분이 흙비 맞은 것처럼 황톳빛을 띤다는 말로 보인다. 원문의 '광뇌(光腦)'는 모자를 쓰지 않은 머리나 대머리를 의미하는 '광두(光頭)'와 같은 말로 보인다.

시끄럽게 떠들 땐 금방이라도 싸움 걸 듯하고　　　喧聒俄尋鬧

조용히 있을 땐 홀연히 재계라도 하는 듯하네[575]　　斂靜忽持齋

알을 품을 때는 비록 희화와 상아를 보지만[576]　　乳雖視羲娥

춤추는 것이 어찌 풍이와 여와를 좋아해서랴[577]　　舞豈嬉馮媧

제단에 피 올리니 가뭄이 만든 재앙이요[578]　　　壇血旱是厄

575　조용히……듯하네 : 원문의 '지재(持齋)'는 원래 불교 용어로 정오(正午) 이후에 음식을 먹지 않는 것을 말한다. 《오주연문장전산고(五洲衍文長箋散稿)》의 〈아압변증설(鵝鴨辨證說)〉에 "거위도 참선을 할 줄 안다.[鵝亦能參禪.]"라는 내용이 보인다.

576　알을……보지만 : 희화(羲和)와 상아(嫦娥)는 해와 달을 상징한다. 《연감유함》 권426 〈조부(鳥部)9 아(鵝)1〉에 "《금경(禽經)》에 또 '거위가 알을 품으면 달을 맞이한다.'고 하였으니, 달을 보고 기운을 취해 부화에 도움을 받는 것을 말한다.[又云, 鵝伏卵則逆月, 謂向月取氣助卵也.]"라고 하였다. 또 《비아(埤雅)》 권6 〈아(鵝)〉에 "거위는 알을 품을 때 해를 따르고, 기러기는 알을 품을 때 달을 따른다. 논하는 사람들은 '알을 낳아 거위가 품을 때 햇빛이 도는 곳을 따르는 것이다.'라고 한다.[鵝伏隨日, 鴈伏隨月. 說者以爲乳鵝伏卵, 隨日光所轉.]"라고 하였다.

577　춤추는……좋아해서랴 : 거위가 춤을 추는 것은 천성적으로 타고났다는 말로 보인다. 풍이(馮夷)는 하백(河伯)을 말하고, 여와(女媧)는 터진 하늘을 꿰맸다는 전설상의 신녀(神女) 이름인데, 《사기(史記)》 권117 〈사마상여전(司馬相如傳)〉에 "여와에게 비파를 타고 풍이에게 춤을 추게 하였다.[使靈媧鼓瑟而舞馮夷.]"라는 구절이 있으므로, 시에서 이렇게 표현한 것이다. 참고로 《동명기(洞冥記)》 권3에 "희일이라는 거위가 있는데 해가 뜰 때 날개를 펼치고 춤을 추니 그 이름을 무일이라고도 한다.[有喜日鵝, 至日出時銜翅而舞, 又名曰舞日鵝.]"라는 내용이 보인다.

578　제단(祭壇)에……재앙이요 : 가뭄이 들었을 때 거위의 피를 제단에 바치고 기우제를 지낸 풍습을 말한 것이다. 《동파지림(東坡志林)》 권6에 도둑을 막고 뱀을 쫓아내는 거위의 능력을 설명한 뒤, "또 기우제를 지낼 때 재앙을 당함이 있다.[且又有祈雨厄.]"라고 하였고, 《천중기(天中記)》 권58 〈아(鵝)〉에도 송나라에서 기우제와 기설제를 지낼 때 흰 거위의 피를 제단에 바쳤다는 기록이 보인다. 한편 《택당집(澤堂集)》 속집(續集) 권4 〈저도에서 기우제를 지낼 때 지은 절구 두 수[楮島祈雨二絶句]〉라는

산사람의 담요되니 추위를 막을 수 있어서라오[579]	山毠寒可挨
오리가 조는 우리를 늘 가까이하고	長親鴨睡欄
송골매 깃든 벼랑을 절로 멀리하네	自遠鶻巢崖
왕랑은 신이한 꿈을 징험했고[580]	王郎徵異夢
관생은 작은 해서와 바꾸었으며[581]	管生換細楷
또 나라의 세금에 보태기를 원했으며[582]	且願資國稅

시의 원주(原註)에 저도에서 기우제를 지내는 모습이 설명되어 있는데, "거위의 목을 잘라 그 피를 올리고 나서 축문과 폐백을 모두 강 속에 던져 넣는다. 이 방법은 마냥 속되기만 할 뿐 전아(典雅)한 요소를 찾아볼 수가 없는데, 무엇에 근거해서 그렇게 하는 것인지 알 수가 없다."라는 내용이 보인다.

579 산사람의⋯⋯있어서라오 : 유종원(柳宗元)의 〈유주의 산골 백성〔柳州峒氓〕〉 시에 "거위 털로 추위 물리쳐 산사람 담요에 넣고, 닭 뼈로 풍년 점치며 수신에게 절하네.〔鵝毛禦臘縫山毠, 雞骨占年拜水神.〕"라는 구절이 있다. 《柳河東集 卷42》

580 왕랑(王郎)은⋯⋯징험했고 : 왕랑은 남조(南朝) 송(宋)나라 때 오흥 태수(吳興太守)를 지낸 왕습지(王襲之)를 말한다. 그가 처음에 진(晉)나라의 서성 낭중(西省郎中)으로 있을 때 한 쌍의 거위를 길렀는데, 어느 날 꿈에 거위가 나타나 책 한 권을 물어다 주기에 읽어보니 화복(禍福)에 관한 내용이었고 다음 날 깨어보니 불경(佛經) 한 권이 놓여 있었다고 한다. 그는 원래 노장(老莊)을 좋아하고 부처를 믿지 않아 가축을 많이 잡아먹었는데, 이 꿈 이후 살생을 금해 가축을 잡아먹지 않고 부처를 신봉했다고 한다. 《太平廣記 卷116 報應 王襲之》

581 관생(管生)은⋯⋯바꾸었으며 : 관생은 진(晉)나라 산음(山陰) 땅의 도사(道士) 관소하(管霄霞)를 말한다. 관소하가 왕희지(王羲之)에게 《도덕경(道德經)》을 써주기를 부탁하고 그 보답으로 붉은 거위 한 쌍을 선물하였다는 고사가 전한다. 《天中記 卷58 鵝》 작은 해서(楷書)는 왕희지가 써준 《도덕경》을 말한 것으로 보인다.

582 또⋯⋯원했으며 : 중국 오대(五代) 때 남당(南唐)의 임금 이변(李昪)은 국가의 재정이 부족하자 민간에서 세금을 마구 거두었는데, 거위 알에서 새끼가 두 마리 부화하면〔鵝卵出雙子〕 세금을 부과했다고 한다. 《類說 卷19》 《天中記 卷58》

부디 이웃을 괴롭히지 말라고도 했네[583]　　　　　　　　慎莫惱隣街

몹시 추악해라 유섬이 편지를 묶었고[584]　　　　　　　　醜絶庾書係

너무도 괴이해라 오왕이 뜰에 묻었네[585]　　　　　　　　怪甚吳苑埋

목 꺾는단 말이 박 삶는 데 잘못 쓰인 것 우습고[586]　　　　拗笑烹瓠誤

술 빚으면 좋은 안주로 일컬어지네　　　　　　　　　　醸稱下酒佳

기르기로는 조롱 속 백한에 견줄 만하고[587]　　　　　　畜堪比鵬籠

---

583 부디……했네 : 두보(杜甫)의 시에 "거위 오리로 하여금 이웃을 괴롭히게 하지 않네.〔不敎鵝鴨惱比鄰.〕"라는 구절이 있는데, 《보주두시(補注杜詩)》에 위(魏)나라 육욱(陸勖)은 아이들이 거위와 오리를 몰고 밖으로 나갈 때마다 이웃을 괴롭게 만든 적이 없는지를 물었다고 하는 내용이 보인다. 《補注杜詩 卷25 將赴成都草堂途中有作 先寄嚴鄭公五首》

584 몹시……묶었고 : 유섬(庾掞)은 남북조(南北朝) 시대 주(周)나라의 시인 유신(庾信)의 아우이다. 유신이 금릉(金陵)에서 벼슬하다가 후경(侯景)의 난을 당해 강릉(江陵)으로 피신해 은둔하자 상동왕(湘東王)이 서씨(徐氏)를 첩(妾)으로 하사하였다. 그 첩은 유섬과 사통(私通)한 사이였는데, 유섬이 첩을 만나보려 했으나 말을 전해 줄 사람이 없자 유신의 집 정원에 있던 거위의 목에 편지를 써서 매달았다고 한다. 《太平御覽 卷919 羽族部6 鵝》

585 너무도……묻었네 : 오(吳)나라 경제(景帝)가 병이 생기자 무당을 불렀는데, 무당의 능력을 시험하기 위해 거위를 죽여 궁궐 정원에 묻고 작은 집을 지어 주위에 부인(婦人)의 신과 옷을 걸어둔 뒤 묻혀 있는 여인이 누구인지 알아내도록 하였다. 이에 무당이 말하기를 "흰 거위 한 마리만 보일 뿐 부인이 보이지 않습니다."라고 하니, 황제가 중히 여겼다고 한다. 《意林 卷4》

586 목……우습고 : 당(唐)나라 덕종(德宗) 때 재상 정여경(鄭餘慶)이 사람들을 불러 음식을 대접하면서 측근에게 이르기를 "푹 쪄서 털만 제거하고 목을 꺾지 말라.〔爛蒸去毛, 勿拗折項.〕"고 하자, 사람들이 거위나 오리 요리가 나올 것이라 여겼다. 한참 뒤에 좁쌀 밥 한 그릇과 찐 호리병박이 나오자 사람들이 실망했다는 고사가 있다. 《說郛 卷48》

587 기르기로는……만하고 : 백한(白鵬)은 꿩과에 속하는 백조(白鳥)의 일종인데,

사랑스럽기는 또한 금패 찬 앵무와 어울리네[588]	愛亦宜鸚牌
정원 연못에 사는 것 어찌 마다하랴	寧辭處園池
때때로 다시 뜰 섬돌에 가까이 오니	時復近庭階
물결 헤치면 발길질에 무늬가 일고	波撥踏成紋
진흙길 가면 흔적이 교차하지 않네	泥行痕不叉
도둑을 경계하는 일 맡길 수 있고[589]	警盜能可使
간병을 막아주는 공 생각해줄 만하며[590]	辟癎功足懷
다섯 깃발은 옛날 헌원씨에서 시작했고[591]	五幟昔刱軒

조롱에 넣고 기르는 애완용 새이다. 당(唐)나라 옹도(雍陶)의 〈손 명부가 구산을 생각하는 시에 화답하다[和孫明府懷舊山]〉에 "가을이 와 달을 보매 고향에 돌아가고픈 생각이 많아, 스스로 일어나 조롱을 열고 백한을 날려 보낸다.[秋來見月多歸思, 自起開籠放白鷳.]"라는 구절이 보인다. 《全唐詩 卷518》

588 사랑스럽기는……어울리네 : 남송(南宋)의 고종(高宗)이 건강(建康)에 있을 때 크고 붉은 앵무새가 양자강 북쪽에서 날아와 행재소의 천막 위에 앉아 만세를 불렀고, 다리에 북송 휘종(徽宗)의 연호인 '선화(宣和)'라는 두 글자가 쓰인 작은 금패(金牌)가 묶여 있었다는 고사가 전한다. 《玉芝堂談薈 卷34 鸚鵡誦心經》

589 도둑을……있고 : 《동파지림(東坡志林)》권6에 "거위는 도둑을 막을 수 있고, 또한 뱀을 물리칠 수 있다.[鵝能警盜, 亦能却蛇.]"라는 구절이 보인다.

590 간병(癎病)을……만하며 : 간병은 경간(驚癎)·경풍(驚風)이라고도 하는데, 간질병 또는 어린아이의 경기(驚氣)를 말한다. 거위의 털은 부드럽고 따뜻하며 찬 성질을 가지고 있어, 어린아이를 덮어주기에 좋고 간병을 다스리는 효험이 있다고 한다. 《埤雅 卷6 鵝》

591 다섯……시작했고 : 원문의 '헌(軒)'은 황제(黃帝) 헌원씨(軒轅氏)를 지칭한 것으로 보인다. 《예문유취(藝文類聚)》권91 〈조부(鳥部) 아(鵝)〉에 《열자(列子)》의 내용을 인용하여, "황제가 염제와 싸울 때 조·갈·응·아·안으로 기치를 만들었다.[黃帝與炎帝戰, 以鵰鶡鷹鵝雁爲旗幟.]"라는 내용이 보인다. 통행본 《열자》에는 "황제가 염제와 판천의 들판에서 싸울 때……조·갈·응·연으로 기치를 만들었다.[黃帝與炎

삼군은 밤에 회서를 수복했네[592]	三軍夜收淮
울음소리의 차이로 암수를 분간하고	聲差雄雌辨
자태의 거만함은 새끼나 어미나 똑같네	態傲子母皆
몸에 날개 갖추었다고 누가 말하랴	誰謂身具翼
뼈와 힘줄이 단단하지 못한가 의심스럽네	疑無筋束骸
천성은 벼와 기장의 맛을 좋아하고	情夆稻粱味
잠잘 땐 풀 자란 물가를 탐내며	眠貪草水涯
둥근 눈은 엽전과 꼭 닮았고[593]	圓眼酷肖錢
드리워진 가슴은 비녀라는 이름에 꼭 맞네[594]	垂胸巧名釵
날개를 퍼덕일 땐 눈과 서리 흩날리는 듯하고	刷翻雪霜皎
어지러이 소리칠 땐 바람과 비가 몰아치는 듯하네	叫渾風雨潜

帝戰於阪泉之野……鶡鶹鷹鳶爲旗幟.〕”라고 되어 있다.

592 삼군(三軍)은……수복했네 : 당(唐)나라 헌종(憲宗) 때 채주 자사(蔡州刺史) 오원제(吳元濟)가 반란을 일으켜 3년이 되도록 평정되지 않자, 조정에서 승상 배도(裴度)를 회서 초토사(淮西招討使)로 삼아 토벌케 하였다. 배도의 휘하에 있던 이소(李愬)가 폭설이 내린 밤에 채주의 현호성(懸瓠城)에 이르니 그 주위가 모두 거위와 오리가 모여 있는 연못이었다. 이에 이소가 병사들로 하여금 거위와 오리들을 놀라게 해 군사들의 목소리와 혼동하게 하여 몰래 침입한 뒤 새벽에 습격하여 오원제를 사로잡았던 고사가 전한다.《舊唐書 卷133 李愬列傳》

593 둥근……닮았고 : 남조(南朝) 송(宋)나라 때 민간에서 사사로이 주조한 아안전(鵝眼錢)이 통행된 일이 있었다.

594 드리워진……맞네 : 거위의 드리워진 가슴을 '아(鵝)'자가 들어가는 비녀에 비유한 것으로 보이는데, 그 비녀가 무엇인지는 미상이다. 참고로《연감유함(淵鑑類函)》권426〈조부(鳥部)9 아(鵝)4〉에 “드리워진 가슴은 각월과 같다.〔胸垂却月〕”라는 말이 보인다. 각월은 반달을 뜻하는데, 당나라 여인들의 눈썹 형태인 '각월미(却月眉)'를 말한다.

울며 나는 기러기의 자태는 없지만   縱乏鳴雁姿

닭 떼와 섞여 울기를 부끄러워하네   恥入群鷄喈

부리를 숨기며 날개 펼쳐 감싸고   伏嘴拱毰毸

정강이 담근 채 출렁이는 물결을 건너며[595]   浴脛凌洭瀤

벌렁거리는 가슴은 성을 내는 듯하고   吐呑臆生嗔

오르내리는 머리는 광대 짓과 닮았네   低昂頭似俳

목마를 땐 혼탁한 진창을 피하지 않고   渴不避濁淖

배고플 땐 마른 풀뿌리도 가리지 않아   飢不擇枯荄

살찌고 둔해 뚱보라 조롱받지만   肥重嘲笨伯

새하얀 몸은 월나라 미인을 근심케 하네[596]   潔白愁越娃

천천히 갈 때는 절로 행렬 이루고   舒行自成列

길게 종종걸음 칠 땐 심부름하는 것 같네   長趨若被差

대체로 석공에 대해서는   大抵於射工

위협함이 짐승 가운데 승냥이와 같고[597]   威猶獸之豺

---

595 정강이……건너며 : 원문의 '은(洭)'은 맴도는 물의 모양을, '회(瀤)'는 물결이 출렁거려 수면이 고르지 않은 모습을 형용한 말이다. 곽박(郭璞)의 〈강부(江賦)〉에 "물결이 맴돌며 일렁이는데, 높아졌다 낮아졌다 출렁거리네〔洭淪溔瀤, 乍浥乍堆.〕"라는 구절이 보인다. 《文選 卷12 江賦 李善 注》

596 살찌고……하네 : 원문의 '본백(笨伯)'은 몸집이 비대하여 행동이 민첩하지 못한 사람을 '뚱뚱이 대장'이라고 놀리는 말이다. 진(晉)나라 때 예장 태수(豫章泰守) 사주(史疇)가 몸집이 비대하여 사람들이 본백이라고 불렀다고 한다. 《晉書 卷49 羊聃傳》 월나라 미녀는 서시(西施)를 지칭하는 말이다.

597 대체로……같고 : 석공(射工)은 물여우의 이칭이다. 《연감유함(淵鑑類函)》 권426 〈조부(鳥部)9 아(鵝)1〉에 "《금경(禽經)》에 '거위가 날면 물여우〔蜮〕가 숨는다.'라고 했는데, 물여우는 바로 석공이다.〔鵝飛則蜮沉, 蜮卽射工也.〕"라고 하였다.

뱀을 달게 여김은 지네보다 더해서[598]	甘帶過蝍蛆
벼이삭을 훑듯이 먹어버리네	啖若咂稻藷
이놈의 이름을 창가라 하고[599]	是名曰倉可
문 앞의 연못에서 길렀네	養在門前洼
언제나 소리치며 창으로 다가와	常常鳴逼窓
날갯짓 크게 하면 세찬 바람 이는데	鼓奮生急飃
나에게는 진나라 사람의 취미가 있어[600]	我有晉人癖
볼 때마다 즐겁게 눈을 비비네	見輒喜眸揩
시를 지어 그 덕을 형용하노니	爲詩狀其德
어찌 평범한 뭇 새와 같이 볼 수 있으랴	肯使凡鳥儕
호리병 만들어 그 목을 형상하고	爲壺象其頸
푸른 실 끈을 매달아두었네	繫以青絲緺

598 뱀을……더해서 : 원문의 '대(帶)'는 뱀을 말한다. 《이아익(爾雅翼)》 권17 〈아(鵝)〉에 "또 원림에 기르면 뱀이 모두 멀리 달아난다.〔又養之園林 則蛇皆遠去〕"라는 구절이 보인다. 한편, 《장자(莊子)》 〈제물론(齊物論)〉에 "지네는 뱀을 즐겨 먹는다.〔蝍且甘帶.〕"라는 구절이 보인다.

599 이놈의……하고 : 원문의 '창가(倉可)'는 기러기 또는 거위를 뜻하는 '창가(鶬鴚)'와 통용한 것으로 보인다. 양웅(揚雄)의 《방언(方言)》에 "안(雁)을 함곡관 동쪽에서는 가아(鴚鵝)라고 하고, 초나라 밖에서는 아(鵝)라고 하며, 혹은 창가(鶬鴚)라고도 한다.〔雁, 自關而東謂之鴚鵝, 南楚之外謂之鵝, 或謂之鶬鴚.〕"라는 내용이 보인다.

600 나에게는……있어 : 진나라 사람은 거위를 좋아했던 왕희지(王羲之)를 말한다. 277쪽 주581 참조.

칠석

七夕

초승달이 잠깐 사이에 점차 빛을 감추고 織月須臾漸隱輝

벌레소리와 서늘한 기운이 집 안에 가득하네 蟲聲涼意滿庭闈

밤에 도는 은하에 두 별601이 만나고 銀河夜轉雙星合

가을 돌아온 금정에 한 잎이 날리네602 金井秋廻一葉飛

반년의 세월 어찌 그리 빠른가 半載光陰何忽忽

한평생 이내 심사 유독 연연해지네 百年心事獨依依

진정 거미가 사람에게 교묘한 재주 전한다면 眞如蟢子傳人巧

절하며 응당 졸렬한 재주 바꾸어 돌아가련다603 膜拜要當換拙歸

---

601 두 별 : 견우성(牽牛星)과 직녀성(織女星)을 말한다.

602 가을……날리네 : 금정(金井)은 조각한 난간을 설치한 우물을 말하고, 한 잎은 오동잎을 말한다. 이백(李白)의 시에, "오동잎이 금정에 떨어지니, 잎 하나 은상에 날리 누나.〔梧桐落金井, 一葉飛銀床.〕"라는 구절이 있다. 《全唐詩 卷171 贈別舍人弟臺卿之 江南》

603 진정……돌아가련다 : 고대 중국의 풍속에서, 칠석날 밤에 부녀자들이 음식과 술을 마련해 견우성과 직녀성에 길쌈과 바느질 솜씨를 늘게 해달라고 비는 것을 걸교(乞 巧)라고 하는데, 이때 거미가 차려진 음식 중 참외 위에 거미줄을 치면 반드시 효험이 있다고 믿었다. 《荊楚歲時記》

시냇가에서 단풍나무 가지를 꺾다가 감회가 일어[604]
溪上折取楓枝 有感

가을 든 묘향산에서 붉은 나뭇가지 꺾으며	絳枝攀取妙香秋
금강산 노닐었던 죽석 노인 아득히 추억하네	緬憶金剛竹老遊
이 단풍잎 지금은 눈물 흘리며 싸야 하니	此葉如今堪裹淚
누구에게 벼루 상자에 넣고 누각 이름 삼게 할까	敎誰藏硯與名樓

병인년(1806, 순조6) 가을에 죽석(竹石 서영보)이 금강산(金剛山)을 유람하면서 나와 극옹(屐翁 이만수)에게 단풍잎을 부쳐주었다. 극옹은 당시 함경도 관찰사로 있었는데, 짓고 있던 누각이 때마침 완성되었기에 '홍엽루(紅葉樓)'라는 이름을 붙였다. 나는 첩(帖)에 그 단풍잎을 모사하게 하고 시와 발문을 지어 '홍엽전조(紅葉傳照)'라는 이름을 붙였다. 그리고 그 단풍잎을 싼 봉지를 옥호산방(玉壺山房)[605]의 벼루 상자에 보관해두었는데, 지금까지 바스라지지 않았다.

---

604 시냇가에서……일어 : 묘향산(妙香山)에 올라 단풍나무 가지를 꺾으며 이만수(李晩秀)·서영보(徐榮輔)와의 일을 추억하는 시인데, 내용으로 보아 이만수와 서영보가 세상을 떠난 뒤 지은 것으로 보인다. 풍고가 묘향산을 방문한 기록은 찾지 못했지만 1824년(순조24)에 휴가를 얻어 관서(關西)에 다녀온 기록이 있는데, 그때 묘향산에 올랐다가 지은 것으로 보인다. 《純祖實錄 24年 9月 7日》이 시에 붙은 원주(原註)에는 1806년(순조6)에 있었던 일화가 소개되어 있다. 참고로 이와 관련된 글을 소개해둔다. 《竹石館遺集 冊2, 紅葉帖序》《楓皐集 卷16 書紅葉帖》《屐園遺稿 卷20 答竹石徐太史榮輔書》《淵泉集 卷20 題紅葉帖後》《屐園遺稿 卷2 紅葉樓上樑文》

605 옥호산방(玉壺山房) : 삼청동에 조성한 풍고의 별장이다. 29쪽 주1 참조.

고시를 모방하여 장 곡강의 〈감우〉 시에 차운하다[606]
擬古 次張曲江感遇詩韻

찬란하게 밭두둑에 핀 국화는	燦燦畦中菊
스스로 빼어남과 고결함을 말하지 않네	不自言秀潔
천지가 처음에 본성 부여하며	后皇賦厥初
바람과 서리 견딜 절개 주었네	爲與風霜節
온갖 꽃 봄 햇살 속에 다투어 피면	群芳競春暉
그 화사함을 좋아할 만하지만	葳蕤亦可悅
좋아하는 것 진실로 같지 않으니	可悅諒不同
어찌 은사가 국화꽃 따는 것 사양하랴[607]	寧辭幽士折

푸른 대는 서리를 알지 못하니	綠竹不知霜
굳센 기운으로 맑은 가을 독차지하네	勁氣專秋淸
늙은 잣나무 엄숙히 마주 섰으니	老柏森然對

606 고시를……차운하다 : 장 곡강(張曲江)은 당나라 장구령(張九齡)으로, 곡강은 그의 고향이다. 자는 자수(子壽)이며, 다른 이름은 박물(博物)이다. 〈감우(感遇)〉 시는 그의 대표작이다. 총 12수로 이루어진 오언고시로, 완적(阮籍)의 〈영회(詠懷)〉와 진자앙(陳子昻)의 〈감우(感遇)〉 시의 전통을 이어받았으며, 격조가 강건(剛健)하다고 일컬어진다. 《곡강집(曲江集)》 권3에 수록되어 있다.

607 어찌……사양하랴 : 은자(隱者)의 대명사인 진(晉)나라 도잠(陶潛)의 시에 "동쪽 울 아래에서 국화꽃을 따다가, 한가로이 남산을 바라보노라.〔採菊東籬下, 悠然見南山.〕"라는 구절이 있다. 《陶淵明集 卷3 飮酒》

그 마음 서로 통하는 듯하네	似與通其情
거꾸로 자라는 풀나무가 어찌 지혜 있으랴만[608]	倒生寧有知
한결같은 기운으로 천지의 원기 간직했네	一氣抱元精
이들 잡고서 거듭 크게 탄식하노니	攬此增太息
누가 다시 나의 진심 살펴줄는지	誰復鑑余誠
차가운 달이 동방에서 떠올라	寒月出東方
인간 세상과 하늘을 함께 비추네	人天同照見
모를레라 이 천지 밖에도	不知四海外
또 다른 적현이 있을는지[609]	而復有赤縣
백 년 인생 정해진 기한 있으니	百年有定期
오래 사는 것 부러워하는 바 아니라오	長生非所羨
내 마음 달과 같이 똑같이 밝아서	寸心願同明
만겁토록 변함이 없기를	萬劫不受變
서리 내린 숲에 길든 학 있어	霜林有擾鶴
아침저녁으로 와서 우리 집에 머무네	朝暮來棲息
목을 빼고 아이가 주는 음식 기다리니	垂領伺僮旨

---

608 거꾸로……있으랴만 : 원문의 '도생(倒生)'은 식물을 말한다. 옛날 사람들은 식물의 뿌리를 머리로 여겨 나무가 머리를 아래로 두고 거꾸로 자란다고 생각했다고 한다.
609 모를레라……있을는지 : 천지 밖에 달이 비추는 세계가 또 있는지 모르겠다는 말이다. 적현(赤縣)은 전국 시대 제(齊)나라 추연(鄒衍)이 중원(中原) 지방을 '신주적현(神州赤縣)'이라고 일컬은 데서 유래한 말로 중국의 별칭으로 쓰이는데, 여기서는 천지 이외의 다른 세상을 의미한다.

초라한 모습 풍진 세상 행색이네 累然風塵色

울음소리는 하늘에까지 들리지만[610] 聲聞雖于天

수레바퀴 같은 날개가 도리어 부끄럽네[611] 懃負如輪翼

아, 그래도 너는 봉황의 족속이니 噫猶鳳之族

썩은 쥐 먹으려 다투지 말라 莫爭腐鼠食

바람이 낙엽을 흔들어 울리니 天風振鳴蘀

높은 뽕나무엔 가지에 붙은 잎이 없네 高桑無附枝

윤기 있던 잎 어느새 이미 시들었으니 沃若忽已變

날리지 않고 다시 무엇하리오 不飛復何爲

인생살이 참으로 생각할 만하니 人生信可念

예부터 또한 이와 같았다네 從古亦如斯

지나가 버린 세월 그 얼마나 쌓였는고 逝者日何積

아득하여 알 수가 없네 芒然不可知

한탄스러운 건 늘그막에도 所嗟遲暮境

여전히 갈림길에서 방황하는 것이라오 彷徨猶路岐

알유는 인육을 다투지만[612] 猰㺄競人肉

---

610 울음소리는 하늘에까지 들리지만 : 《시경》〈학명(鶴鳴)〉에 "학이 깊은 늪에서 울면, 그 소리가 하늘에까지 들리네.〔鶴鳴于九皐, 聲聞于天.〕"라는 구절이 있다.

611 수레바퀴……부끄럽네 : 학이 큰 날개를 지니고도 날지 못하는 것이 부끄럽다는 말이다. 소식(蘇軾)의 〈후적벽부(後赤壁賦)〉에 "마침 외로운 학이 동쪽에서 강을 가로질러 날아오는데, 날개는 수레바퀴처럼 컸다.〔適有孤鶴, 橫江東來, 翅如車輪.〕"라는 구절이 있다. 《東坡全集 卷33》

추우는 피하고 돌아보지도 않네[613]   騶虞避不顧

봉새는 날아서 아득히 가지만   鳳鳥翔而遠

우는 올빼미는 가시나무에 모이네[614]   鳴鴞萃棘樹

하늘이 낸 물(物)이 어찌 법칙 없으랴만[615]   天物豈無則

습성이라는 것이 참으로 두려워할 만하네   所習良可懼

모든 만물은 같은 배에서 나왔고   凡百同胞子

정 또한 호오를 갖추었나니   情亦具好惡

새벽닭 울 때 일어나 부지런히 힘쓰되[616]   鷄鳴起孜孜

네가 사모하는 바를 신중히 하라   尙愼爾所慕

형경은 말없이 달아났으니   荊卿默而逃

협사의 부류에 그치지 않으며[617]   不止俠士流

---

612 알유(猰㺄)는 인육을 다투지만 : 알유는 사람을 잡아먹는다는 전설상의 맹수로, '알유(猰貐)'로도 쓴다. 《이아(爾雅)》〈석수(釋獸)〉에 "알유는 이리와 비슷한데, 호랑이 발톱을 가졌으며 사람을 잡아먹는다.〔猰貐, 類貙, 虎爪, 食人.〕"라고 하였다.

613 추우(騶虞)는……않네 : 추우는 중국 전설에 나오는 상서로운 동물로, 흰 범의 모습에 검은 무늬가 있으며 살아 있는 것을 먹지 않는다고 한다. 《詩經 騶虞 毛傳》

614 봉새는……모이네 : 가의(賈誼)의 〈조굴원부(弔屈原賦)〉에 "봉황은 천 길 높이 날다가, 성인의 빛나는 덕을 보고 내려온다.〔鳳凰翔于千仞兮, 覽德輝而下之.〕"라는 구절이 보인다. 또 《시경》〈묘문(墓門)〉에, "묘문에 가시나무가 있으니, 올빼미가 모여 앉아 있다.〔墓門有梅, 有鴞萃止.〕"라는 구절이 보인다.

615 하늘이……없으랴만 : 《시경》〈증민(烝民)〉에 "하늘이 백성을 내시니 물(物)마다 법이 있도다.〔天生蒸民, 有物有則.〕"라는 구절이 있다.

616 새벽닭……힘쓰되 : 《맹자》〈진심 상(盡心上)〉에 "새벽에 닭이 울자마자 일어나서 부지런히 선행을 힘쓰는 자는 순 임금의 무리이다.〔鷄鳴而起, 孳孳爲善者, 舜之徒也.〕"라는 내용이 있다.

회음후는 장자가 아니면서	淮陰非長者
어찌 번쾌와 동렬임을 부끄러워했나[618]	何羞噲與儔
무[619]와 옥은 정해진 바탕이 있으니	碔玉有定質
높은 값을 어찌 스스로 구하랴	高價寧自求
잠 못 들고 천지간에 존재하면서	耿耿處兩間
홀로 종신의 근심거리[620] 안고 있다네	獨抱終身憂
근심이 오는 것 잊어서는 안 되니	憂來不可忘
외물로 달려가면 내면을 어찌 수양하랴	外馳內安修
맹시사도 증자와 비슷했으니[621]	孟舍似曾氏

---

617 형경(荊卿)은……않으며 : 형경은 전국 시대 위(衛)나라의 협객인 형가(荊軻)를 말한다. 형가가 한단(邯鄲)에서 노구천(魯句踐)과 바둑을 두다가 승부를 다투며 노구천이 화를 내자, 형가는 대꾸하지 않고 아무 말 없이 그 자리를 떠나[嘿而逃去] 다시는 그를 만나지 않았다고 한다. 《史記 卷86 刺客列傳 荊軻》

618 회음후(淮陰侯)은……부끄러워했나 : 회음후는 한나라 건국의 일등공신으로 초왕(楚王)에 봉해졌다가 고조(高祖)의 의심을 받아 낙양(洛陽)으로 잡혀온 뒤 회음후로 강등된 한신(韓信)을 말한다. 한신이 초왕으로 있을 때 항우(項羽)의 장군이었던 종리매(鍾離昧)가 귀의하였는데, 한신이 종리매를 바쳐 고조의 의심을 풀려 하자 종리매가 욕하며 "그대는 장자가 아니오.[公非長者.]"라고 하고 자결하였다. 이후 한신이 낙양에 와 번쾌(樊噲)의 집을 방문했다가 나오면서, "내가 살아남아 번쾌와 동렬이 되고 말다니.[生乃與噲等爲伍.]"라고 자조했던 고사가 있다. 《史記 卷92 淮陰侯列傳》

619 무(碔) : 옥(玉)과 비슷한 돌로, 무부(碔砆) 또는 부석(砆石)이라고 한다.

620 종신의 근심거리 : 성현의 경지에 이르지 못할까 평생 근심하며 노력하는 것을 말한다. 《맹자》〈이루 하(離婁下)〉에 "군자는 종신토록 근심하는 것이 있고, 일시적인 걱정은 없다.[君子有終身之憂, 無一朝之患也.]"라고 하고, 순 임금 같은 사람이 되지 못하는 것을 근심하며 그렇게 되도록 노력해야 한다고 하였다.

621 맹시사(孟施舍)도 증자(曾子)와 비슷했으니 : 맹시사도 증자와 마찬가지로 흔들림 없는 부동심을 견지했다는 말이다. 맹자가 공손추(公孫丑)에게 맹시사의 용맹을

생각하매 마음이 아득해지네	懷哉心悠悠
서리와 이슬 천지에 가득하니	霜露滿天地
아득히 생각나는 것 더해지네	渺然增所思
온갖 초목은 정히 다 시들었는데	衆卉正零落
국화 떨기만 홀로 무성하네	叢菊獨葳蕤
무성함을 또한 어찌 기뻐하리오	葳蕤亦何喜
국화도 시들면 슬픔으로 바뀌리라	零落足代悲
인간의 삶은 각자 운명 있으니	人生各有命
주재하는 자는 그 누구인가	宰者問爲誰
고인은 참으로 따라야 하지만	古人諒可企
그 시대는 쫓아갈 수 없으니	其時不可追
이 때문에 후인이 가는 길은	所以後人行
옛 도와 기약하지 못하네	不與古道期
나의 뜻을 끝내 어떻게 이룰꼬	我志竟安就
세월만 부질없이 흘러만 가네	歲月徒委遲
큰 밭을 경작할 수 없기에[622]	甫田不可田

설명하면서 "맹시사는 증자와 유사하다.〔孟施舍似曾子.〕"라고 한 뒤, 다시 "맹시사의 지킴은 기(氣)이니, 또 증자의 지킴이 요약함만 못하다.〔孟施舍之守氣, 又不如曾子之 守約也.〕"라고 하였다. 주희(朱熹)는 주석에서 "맹시사가 비록 증자와 흡사하나 그가 지킨 것은 바로 일신의 기운일 뿐이니, 증자의 자신을 반성하고 이치를 따라 지킨 바가 더욱 그 요령을 얻은 것만 못하다."라고 하였다. 《孟子 公孫丑上》

622 큰……없기에 : 자신의 뜻은 성현의 경지에 두고 있지만 외물에 가려져서 마음이 밝혀지지 않음을 한탄한 말이다. 《시경》 〈보전(甫田)〉에 "큰 밭 경작하지 말라, 가라지

세 번 탄식하고 서재의 휘장 내리네   三歎下書帷

가 무성해지리라.〔無田甫田, 維莠驕驕.〕"라는 구절이 있다. 주희(朱熹)는 주석에서,
"이로써 당시 사람들이 작은 것을 싫어하고 큰 것을 힘쓰며, 가까운 것을 소홀히 하고
먼 것을 도모하여, 장차 한갓 수고롭기만 하고 공(功)이 없음을 경계한 것이다."라고
하였다.

중추절에 냇가에서 달빛 아래 거닐다
中秋 溪上步月

가을 바위 그윽하고 가을 물 투명하니　　　　秋石幽幽秋水明

고요한 가을 산에서 맑은 가을을 보네　　　　秋山寂寂見秋淸

일 년 중 좋은 밤 중추절이라　　　　　　　　一年良夜中秋節

가을 맞은 선비가 시내 따라 달빛 밟으며 걷네　秋士沿溪踏月行

재종질 맹여 교근 의 집에서 황주 사군과 작별하다[623]
再從姪孟汝 教根 第別黃州使君

급한 피리 슬픈 거문고 밤새 울리고	急管哀絃訴夜長
오열하는 노랫소리 애간장을 쥐어짜네	歌聲嗚咽挈愁腸
난초 시들고 국화 핀 서주[624]의 길이여	蘭衰菊秀西州路
날 밝으면 떠날 사람 귀밑머리 이미 세었네	明發行人鬢已霜

장사치 아내 되어 촌스러운 치마 끌지는 않고	不成商婦曳村裙
예전 같은 노랫가락 푸른 구름도 멈추게 한다지[625]	伊昔喉音駐碧雲
서로 만나거든 번거로이 한마디 말 전해주오	相見爲煩傳一語

---

623 재종질……작별하다 : 김교근(金教根, 1766~1844)은 김태순(金泰淳)의 아들
로, 맹여는 그의 자이다. 1805년(순조5) 문과에 급제하였고, 평안도 관찰사 · 이조 판서
등을 역임하였다. 황주 사군(黃州使君)은 누구인지 정확하지 않다.

624 서주(西州) : 황해도를 말하는데, 여기서는 황주(黃州)를 의미한다.

625 장사치……한다지 : 황주(黃州)에 있는 기생에 대해 읊은 구절로, 이 기생이 예
전에 풍고와 만난 적이 있었던 것으로 보인다. 푸른 구름을 멈추게 한다는 것은 노랫소
리가 낭랑하고 음악이 아름다움을 형용한 말이다. 소식(蘇軾)의 시에, "선녀가 소매
흔들며 와서 비를 내렸으니, 노랫소리로 구름을 머물게 하지는 말라.〔已煩仙袂來行雨,
莫遣歌聲便駐雲〕"라는 구절이 있다. 《東坡全集 卷6 蘇州閶丘江君二家雨中飲酒》

백발의 보잘것없는 이 두 사훈의 안부를[626]　　　　白頭無賴杜司勳

626　백발의……안부를 : 황주에서 기생을 만나면 자신이 그리워하고 있다고 전해달라는 말로 보인다. 두 사훈(杜司勳)은 사훈원외랑(司勳員外郞)을 지낸 당나라 두목(杜牧)을 말하는데, 풍고 자신을 지칭한 것으로 보인다. 두목이 회남 절도사(淮南節度使) 우승유(牛僧孺)의 막료로서 양주(揚州)에 있을 때 기루(妓樓)를 출입하며 풍류를 즐겼다고 한다.

옥호정사[627]에서 부질없이 읊다
精舍謾吟

책은 한 권을 다 외려 하고	誦書擬一部
시는 천 수를 지으려 하였네	吟詩擬千首
매양 깨닫나니 산 오를 때의 마음	每覺上山心
산 내려오면 저버림을 면치 못함을	下山不免負

초승달이 서쪽 봉우리에 걸려	新月掛西峯
희미하게 설경과 어우러졌네	熹微和雪影
적막 속에 외로이 개가 짖나니	寥寥孤犬吠
솔숲 길에 나그네가 지나가네	客過松間徑

두꺼운 얼음 깊은 골짝에 깔렸으니	頑氷藉陰壑
그 견고함 참으로 두려워라	贔屭誠可畏
묻노니 어느 때나 되어야	問當幾何時
따뜻한 햇살이 날로 빛날까	陽德日煒煒

---

627 옥호정사(玉壺精舍) : 삼청동에 있던 풍고의 별장인 옥호정(玉壺亭)을 말한다.
29쪽 주1 참조.

밤에 앉아 농암의 시에 차운하며 각촉부시의 규정에
의거하다. 석한이, 머리가 아프다고 하면 정화수 한 사발을
벌로 마시게 하자고 하다[628]

夜坐次農巖韻 依刻燭令 石閒稱頭痛則罰一盌井潔

서글퍼라 한 해가 저물어 가니	悶然歲云暮
성근 머리털이 서풍을 어이 견디랴	疏髮奈西風
사부를 짓자니 마음은 지쳤는데	詞賦心仍倦
천지간이 유독 안중에 없지[629]	乾坤眼獨空
길게 우는 마구간의 말 가련해라	長鳴憐櫪馬
아득히 나는 구름 속 기러기 부럽네[630]	冥擧羨雲鴻

---

628 밤에……하다 : 농암(農巖)은 풍고의 선조인 김창협(金昌協, 1651~1708)의 호
이다. 풍고가 차운한 김창협의 시는 《농암집》권3에 수록된 〈군재에서 가을 느낌이
일어[郡齋秋懷]〉라는 시의 첫 수이다. 각촉부시(刻燭賦詩)는 초에 눈금을 그어 놓고
촛불이 그 눈금까지 타들어 가는 동안 시를 짓는 것을 말한다. 남조(南朝) 양(梁)나라의
경릉왕(竟陵王) 자량(子良)이 밤에 학사들을 모아 놓고 이처럼 시간을 정해 시를 짓게
했다고 한다. 《南史 卷59 王僧孺列傳》석한(石閒)은 풍고의 벗인 김조(金照)의 호이
다. 57쪽 주74 참조.

629 사부(詞賦)를……없지 : 시를 지을 능력은 없으면서 포부만 크다는 말로 보인다.
소식(蘇軾)의 시에 "이태백은 눈이 하도 높아서 사해를 다 찾아보아도 인정할 만한
사람이 하나도 없었다.[眼高四海空無人.]"라는 구절이 보인다. 《蘇東坡詩集 卷37 書丹
元子所示李太白眞》

630 길게……부럽네 : 마구간의 말은 시를 짓지 못하는 풍고 자신을, 구름 속의 기러
기는 김조를 가리키는 말로 보인다.

옛 철인을 찾아볼 길 없으니   昔哲無從見
그윽한 회포를 누구와 함께할까   幽懷誰與同

구걸하는 아이의 소리를 듣고

聞乞兒聲

아비 불러도 아비는 듣지 못하고	喚爺爺不聞
어미 찾아도 어미는 보지 않네	覓孃孃不見
아비 어미도 오히려 아는 체 않는데	爺孃尙不知
다른 사람이 어찌 돌아보리오	他人肯回眄
돌아본들 또한 무슨 도움이 되랴	回眄亦何益
제 운명은 구렁을 전전하다 죽을 뿐이네	自分溝中轉
입은 있지만 쌀 한 톨 넣지 못하고	有口無入粒
몸은 있지만 실오리도 못 걸쳤네	有身無挂絲
울고 울어 눈에서 눈물 흐르고	啼啼眼有水
흐르는 눈물 그칠 때가 없으니	水出無斷時
방울방울 맺혀서 얼음이 되어	珠珠結爲氷
반짝반짝 거적에 쌓여 있다네	瑩瑩堆藁玆
저녁에 내리는 눈 그 얼마나 혹독하며	暮雪何慘慘
새벽에 부는 바람 그 얼마나 매서울까	晨風何烈烈
손가락은 얼어 오므려도 굽혀지지 않고	指直握不僂
살갗은 부르터 부딪히면 갈라지네	膚皺觸卽裂
어찌 뼈와 살을 갖춘 사람이	豈伊骨肉形
하늘에서 떨어지고 구멍에서 솟았으랴	實空而涌穴
산을 살 만한 돈도 필요 없고	不用錢抵山
나무와 바꿀 비단도 필요 없어라[631]	不用縑易樹

남은 밥과 해진 옷이	殘飯及弊褐
생사가 곧장 갈리는 길이라오	生死立判路
개돼지를 기르는 것만도 못하거늘	狗彘畜不如
그 처음 인성을 누가 부여했단 말인가	厥初誰所賦
내가 길 가다 갑자기 너를 만나니	我行忽遇爾
만 개의 화살이 심장에 꽂힌 듯하네	萬箭攢中心
푸른 하늘은 높고 또 높기만 하고	蒼天高復高
흰 태양은 차갑고 또 차갑기만 해라	白日陰復陰
처량한 울음소리 네게 무슨 죄 있으랴	酸聲爾何辜
큰 수레 소리 참으로 부끄럽네	殊愧軒車音

631 산을……없어라 : 연명하기 위해 많은 돈이 필요하지 않다는 말이다. 산을 살 만한 돈은 은거할 산을 사기 위해 필요한 돈을 말하는데, 이를 매산전(買山錢)이라고 한다. 당나라의 우적(于頔)이 양양(襄陽)을 진무(鎭撫)할 때, 여산(廬山)의 부대산인 (符戴山人)이 매산전 100만 전을 빌려달라고 청하자 우적이 즉시 빌려주었다는 고사가 있다.《雲溪友議 卷上》또 나무와 바꿀 비단은 당나라의 부자 왕원보(王元寶)의 고사를 원용한 표현이다. 왕원보가 현종(玄宗)에게 "남산(南山)에 있는 수많은 나무에다 신 (臣)의 비단[縑] 한 필씩 걸게 하소서. 남산의 나무는 다할지언정 신의 비단은 끝이 없을 것입니다."라고 했다고 한다.《玉芝堂談薈 卷3》

옥호정사[632]에 들어오다
入壺舍

잠시 가족과 이별하고   暫與家人別
정사에 와서 산중의 짝을 찾네   來覓山中伴
산중에는 아무 일도 없기에   山中無個事
산중의 해가 짧은 줄 모르겠네   不知山日短

초가집 겨우 두어 칸이니   茅堂纔數楹
내가 여기 머물기 좋아함을 이상하게 여기겠지   怪我貪停宿
아는 사람은 안다고 하겠지만   知者謂知之
어찌 군자의 속마음을 다 알리요   寧知君子腹

632 옥호정사(玉壺精舍) : 삼청동에 지은 풍고의 별장인 옥호정(玉壺亭)을 말한다.
29쪽 주1 참조.

만기가 호초를 요구하기에[633]

晚磯索胡椒

명주가 속 찬 사람 낮게 하는 걸 어찌 보았으랴[634] 明珠那見救寒人

사랑스러워라 속 다습게 하는 덴 네가 진귀한 약임이[635]

　　　　　　　　　　　　　　　　　愛汝溫中是藥珍

산지는 진과 파로 다르나 효능은 대략 비슷하고[636] 産異秦巴功略似

가지는 남과 북으로 나뉘어 좋아하는 대로 뻗어가네[637]

　　　　　　　　　　　　　　　　　枝分南北性隨親

633　만기(晚磯)가 호초를 요구하기에 : 만기는 안광우(安光宇, 1753~?)의 호로 추
정된다. 본관은 죽산(竹山)이고 자는 천택(天宅)이다. 57쪽 주74 참조. 호초는 후추를
말한다.

634　명주가……보았으랴 : 아무리 귀한 명주라도 사람의 속병을 낮게 해주지는 못한
다는 말이다. 그런데 명주를 동글동글한 호초 열매를 비유한 말로 볼 수도 있다. 서거정
(徐居正)의 시에 "듣자하니 호초는 동방에서 나온다는데, 알알이 밝은 구슬이요 낱낱이
향기롭네.〔胡椒聞說出扶桑, 顆顆明珠一一香〕"라는 구절이 있다.《四佳集 卷14 謝慶尙
咸監司寄茶墨椒脯》서거정 시의 용례처럼 명주를 호초 열매를 비유한 것으로 본다면
"명주가 속이 찬 사람 낮게 할 줄 어찌 알았으랴"로 번역된다.

635　사랑스러워라……약임이 : 원문의 '온중(溫中)'은 한의학 용어로 비장과 위를 따
뜻하게 하는 치료법의 하나인데, 비장이 한기(寒氣)를 받아 배가 차고 아프며 대변이
묽어지는 등의 증상에 적용한다고 한다.

636　산지(産地)는……비슷하고 : 호초는 산지에 따라 진초(秦椒), 촉초(蜀椒) 등의
구분이 있다.《本草綱目 卷32 果之四》

637　가지는……뻗어가네 : 가지가 남과 북으로 나뉘는 것은 주로 매화를 표현할 때
쓰는 말인데, 여기서는 호초나무를 표현하기 위해 차용하였다.《백공육첩(白孔六帖)》

석가가 벽에 바른 건 부귀 자랑을 위함이지만[638]　　　石家泥壁緣誇富

굴자가 초서 품은 것 어찌 신에게 아첨함이랴[639]　　　屈子懷糈豈媚神

안부 여쭙나니 배앓이는 이제 나으셨는지[640]　　　問訊河魚今已否

그대에게 선물로 매운맛 주는 게 아니라오[641]　　　非伊貽握贈之辛

〈매부(梅部)〉에 "대동령의 매화는 남쪽 가지의 꽃이 떨어질 때쯤에야 북쪽 가지의 꽃이
피니, 이는 춥고 더운 날씨의 차이 때문이다.〔大東嶺上梅, 南枝落北枝開, 寒暖之候
異.〕"라는 말이 나온다.

638 석가(石家)가……위함이지만 : 석가는 진(晉)나라의 부호 석숭(石崇)을 말한
다. 석숭은 호초를 진흙에 섞어 방에 칠하여 향기가 나도록 했다고 한다. 《世說新語
汰侈》

639 굴자(屈子)가……아첨함이랴 : 굴자는 전국 시대 초나라의 굴원(屈原)을 말하는
데, 굴원이 초서(椒糈)를 품은 것은 강신(降神)하기 위함이라는 말이다. 초서는 제사
지낼 때 강신하기 위해 올리는 음식으로, 초향(椒香)을 정미(精米)와 버무려서 만든다
고 한다. 굴원의 《초사(楚辭)》〈이소(離騷)〉에 "무함이 저녁나절에 내려오니, 초서를
품고서 맞이하네.〔巫咸將夕降兮, 懷椒糈而要之.〕"라는 구절이 있다. 무함(巫咸)은 고
대의 신무(神巫)이다.

640 안부……나으셨는지 : 원문의 '하어(河魚)'는 '하어복질(河魚腹疾)'의 준 말인데,
물고기가 썩을 때 배 속부터 썩으므로 배앓이나 설사를 가리키는 말로 쓰인다. 《春秋左
氏傳 宣公12年》

641 그대에게……아니라오 : 남녀 간의 애정의 표시로 호초를 보내는 것이 아니라
배앓이가 빨리 낫기를 바란다는 의미로 한 말이다. 《시경》〈동문지분(東門之枌)〉에
"그대 보기를 금규화처럼 여기니, 나에게 한 줌의 초를 주도다.〔視爾如荍, 貽我握椒.〕"
라는 구절이 있는데, 주희(朱熹)는 남녀가 서로 좋아하여 선물을 주는 것이라고 풀이하
였다.

파서 노인642의 시에 차운하다
次琶西老人韻

덧없이 흐르는 세월 또 봄이 오니	鼎鼎光陰又及春
옥호643의 풍광이 점차 마음에 맞네	玉壺雲物漸宜人
얼음 녹은 개울 길에 샘물 소리 졸졸거리고	氷銷磵道鳴泉細
비 지난 시내 다리에 늘어진 버들 새롭네	雨過溪橋臥柳新
곧장 시통(詩筒) 받아 적막을 깨움이 기쁘다가	卽喜郵筒驚寂寞
다시 약 봉지에 정신 허비한다는 말 근심스럽네	還愁藥裹費精神
몸조리는 반드시 양기의 힘에 의지해야 하니	節宣須藉陽和力
꽃 사이로 화려한 수레 왕림하길 고대하고 있다오	佇見花間枉綺輪

642　파서 노인(琶西老人) : 이집두(李集斗)의 호이다. 31쪽 주4 참조.
643　옥호(玉壺) : 삼청동에 있던 풍고의 별장인 옥호정을 말한다. 29쪽 주1 참조.

북관을 안찰하러 가는 평천 이 상서 원여 희갑 를 전송하다[644]

送平泉李尙書元汝 羲甲 按北關

넓고 큰 북관에 자사로 가는 것 영광이니[645]   北土訏訏刺史榮

봄바람에 고삐 잡고 맑게 할 뜻 품었으리[646]   春風攬轡意澄淸

조정의 팔좌로서 새로 광영을 더했고[647]   朝廷八座新增色

막부의 참군으로 옛날 명성 있었네[648]   幕府參軍舊有聲

---

644 북관(北關)을……전송하다 : 풍고의 나이 51세 때인 1815년(순조16) 1월에 함경도 관찰사로 부임하는 이희갑(李羲甲, 1764~1847)을 전송하는 시이다. 이희갑의 본관은 한산(韓山)이고, 원여(元汝)는 그의 자, 평천(平泉)은 그의 호이다. 1790년(정조14) 문과에 급제하였고, 이조 참의·황해도 관찰사·대사간 등을 역임하였다. 1815년(순조15)에 함경도 관찰사를 지낸 뒤 곧바로 공조 판서에 올랐으며, 1820년에 동지사의 정사로 청나라에 다녀왔다. 시호는 정헌(正獻)이다. 북관은 함경도를 말한다.

645 넓고……영광이니 : 한유(韓愈)의 〈최복주에게 주는 서문[贈崔復州序]〉에, "대장부로서 관직이 자사에 이르면 영광스럽다고 하겠다.[丈夫官至刺史, 亦榮矣.]"라는 구절이 보인다. 《韓昌黎集 卷12》 자사(刺史)는 관찰사의 이칭이다.

646 봄바람에……품었으리 : 후한(後漢) 범방(范滂)이 기주 자사(冀州刺史)로 나갈 적에 "수레에 올라 고삐를 잡고 개연히 천하를 맑게 할 뜻을 품었다.[登車攬轡, 慨然有澄淸天下之志.]"라고 했다는 고사를 원용한 표현이다. 《後漢書 卷67 黨錮列傳 范滂》

647 조정의……더했고 : 팔좌(八座)는 여덟 자리의 고위 관료를 말하는데, 조선 시대에는 육조의 판서와 좌·우 참찬(參贊)을 일컬었다. 또한 판서에 해당하는 정2품 품계의 고위 관료를 뜻하기도 하는데, 여기서는 이희갑이 함경도 관찰사로 나가면서 정2품 자헌대부(資憲大夫)에 오른 것을 말한 것으로 보인다. 《心庵遺稿 卷26 判中樞兼吏曹判書李公諡狀》

648 막부(幕府)의……있었네 : 1799년(정조23) 1월에 청나라 가경제(嘉慶帝)가 세상을 떠나자 이를 알리는 객사(客使)가 나왔는데, 이때 이희갑이 문례관(問禮官)으로

활 쏘고 말 타는 인재 부족해 변방이 허술하고　　　弓馬才荒疏牧圉

인삼과 초피의 물산 고갈돼 민생이 피폐하다네　　　蔘貂産竭弊民生

걱정과 근심이 오히려 서남쪽보다 급하니　　　　　憂虞尙視西南急

그대에게 앞의 말 외워서 그대 행차에 준다네　　　誦子前言贈子行

차출되어 원접사(遠接使) 이시수(李時秀)와 함께 의주(義州)에 다녀온 일을 말한 것으로 보인다. 《承政院日記 正祖 23年 1月 22日》《心庵遺稿 卷26 判中樞兼吏曹判書李公諡狀》문례관은 칙사를 만나서 조선 국왕이 칙서(勅書)를 맞이하는 의식이나 복장 등에 대해 조율하는 임무를 맡은 임시 관원이다.

고시(古詩)를 모방하여
古意

햇살은 엄자산에 다가가는데[649]	羲車逼崦嵫
내 걸음은 아직도 도성에 있네	我行猶紫陌
백 년 세월 문득 뒤돌아보니	百年忽反顧
지나간 세월 어느 곳에 쌓였나	逝日何處積
노년의 마음이 성시에 연연하니	老情眷城市
처음 먹은 마음 역사 속에 저버렸네	初心負竹帛
문려만 부질없이 높고 크니[650]	門閭謾高大
저자의 아이들만 계극을 부러워하리[651]	市童憐棨戟

---

649 햇살은 엄자산(崦嵫山)에 다가가는데 : 노년이 되어가고 있다는 말이다. 원문의
'희거(羲車)'는 '희화(羲和)가 모는 수레'라는 뜻으로 태양의 별칭이며, '희거(曦車)'로
도 쓴다. 엄자산은 중국 감숙성(甘肅省) 서쪽에 있는 산으로, 해가 들어가는 곳으로
생각했던 산의 이름이다.

650 문려(門閭)만……크니 : 자격도 없이 선대의 업적에 힘입어 고관대작을 지내고
있다는 말이다. 한나라 우공(于公)이 옥사(獄事)를 공정하게 처리하여 억울한 사람들
을 많이 구제하였으므로, 사람들이 생사당(生祠堂)을 세워주었다. 일찍이 그의 집 대문
이 무너져 부로(父老)들이 수리를 하였는데, 자신이 쌓은 음덕(蔭德)으로 자손 가운데
고관(高官)이 많이 나올 것을 생각하며, "조금 더 집의 대문을 높고 크게 만들어 사마가
끄는 높은 수레가 드나들 수 있게 하라.〔少高大門閭, 令容駟馬高蓋車.〕"라고 하였다.
그 후 과연 그의 아들 우정국(于定國)이 승상이 되었고 대대로 자손들이 봉후(封侯)되
었다는 고사가 전한다. 《漢書 卷71 于定國傳》

651 저자의……부러워하리 : 물정 모르는 아이들만 자기 집안의 번성함을 부러워할
뿐 아무런 실상이 없다는 말이다. 계극(棨戟)은 검붉은 비단으로 싼 나무창을 말하는

엄자룽은 본래 낚싯대 있었거니와[652]	子陵自有竿
사영운은 어찌 나막신 없었으랴[653]	靈運豈無屐
옛날과 지금 진실로 다르지 않지만	古今諒不異
둔마와 준마처럼 열 배 백 배 차이나네	駑駿相什百
봄 산의 빛을 서글피 바라보노라니	悵望春山色
푸른 산 빛이 술잔 속에 짙게 비치네	映深杯中碧
해 높아지면 비로소 잠에서 깨어	日高始起眠
끼니마다 밥도 먹고 죽도 마셨네	頓頓飯鬻喫
때마침 바둑 잘 두는 자가 있어	遇有能棋者
그 솜씨가 자못 상대할 만했지	手法頗相敵

데, 고대에 관리들이 사용하던 의장(儀仗)의 하나로 출행(出行)할 때 전도(前導)로 삼았던 것이며, 후세에는 흔히 문정(門庭)에 벌여 세웠다고 한다.《소학(小學)》권5 〈가언(嘉言)〉에, "살찐 말에 가벼운 갖옷을 입고 의기양양하여 마을을 지나가니, 비록 저자 아이들의 부러움을 받으나 도리어 식자들에게는 천하게 여겨진다.〔肥馬衣輕裘, 揚揚過閭里, 雖得市童憐, 還爲識者鄙.〕"라는 구절이 있다.

652 엄자룽(嚴子陵)은……있었거니와 : 엄자룽은 후한(後漢) 때의 은사(隱士)인 엄 광(嚴光)을 말하는데, 자룽(子陵)은 그의 자이다. 엄광은 한나라 광무제(光武帝)와 동문수학한 사이였는데, 광무제가 황제에 오른 뒤 엄광을 간의대부(諫議大夫)에 임명 하며 조정에 머물러 있기를 권하였으나, 엄광은 절강성(浙江省)에 있는 부춘산(富春 山)으로 들어가 엄룽뢰(嚴陵瀨)라는 물가에서 낚시질을 하며 지냈다.《後漢書 卷83 逸民列傳 嚴光》여기서는 풍고 자신이 은거하지 못함을 표현한 말이다.

653 사영운(謝靈運)은……없었으랴 : 남조(南朝) 송(宋)나라 시인 사영운이 산에 다닐 때 항상 나막신을 신었는데, 산에 오를 때는 나막신 앞부분의 받침을 빼고 산에서 내려올 때는 반대로 뒷부분의 받침을 빼서 오르내리기에 편리하게 했다고 한다.《南史 卷19 謝靈運列傳》여기서는 풍고 자신이 산수를 유람하지 못함을 표현한 말이다.

바둑 끝내고 다시 책을 대하니	棋罷復對卷
완연히 고인을 대하는 듯하네	宛然古人覿
고인이 어찌 형체를 남겼으랴	古人豈留形
마음속으로 묵묵히 통할 뿐이네	心會在寂寂
남은 흥취를 한묵에까지 미쳐	餘情及翰墨
마음 가는 대로 필묵을 희롱하네	遊戲隨所適
졸렬한 시 지어 술을 권하기도 하고	劣詩聊勸酒
미친 듯한 글씨 벽에 걸기도 하네[654]	顚書或揭壁
밤이 되면 좋은 벗들이 모여	入夜良伴集
밤 깊도록 앉아서 등불을 돋우니	坐深燈火剔
농담할 때는 동고를 내놓았고[655]	雅謔童羖出
묘리는 추호를 분석하듯 했네	妙理秋毫析
여기에 맛 붙이니 고기 먹는 것처럼 배부르고	味玆飫芻豢
새로운 시가 들으며 쟁적 듣던 귀 씻으며[656]	聽新洗箏笛

---

654 미친……하네 : 초성(草聖)으로 불렸던 당(唐)나라 장욱(張旭)이 술을 너무도 좋아한 나머지 매번 크게 취할 때마다 미친 듯 부르짖으며 질주하다 붓을 휘갈기기도 하고 머리카락을 먹물에 적셔서 쓰기도 하였으므로, 세상에서 그를 장전(張顚)이라고 불렀다는 고사가 있다. 《新唐書 卷202 張旭列傳》

655 농담할……내놓았고 : 서로 격식을 따지지 않고 즐겁게 놀았다는 말이다. 동고 (童羖)는 뿔 없는 염소를 말한 것으로, 결코 있을 수 없는 물건을 의미한다. 《시경》 〈빈지초연(賓之初筵)〉에 "취하여 망언을 하는 자에겐, 뿔 없는 염소를 내놓으라 하리라.〔由醉之言, 俾出童羖.〕"라는 구절이 있고, 주희(朱熹)는 주석에서, 술에 취하여 함부로 말하는 것을 경계하기 위해 구할 수 없는 물건인 동고를 벌로 내놓게 한 것이라고 하였다.

656 새로운……씻으며 : 쟁적(箏笛)은 아쟁과 피리 소리로 세속의 풍악 소리를 의미

닭이 울어야 비로소 자리에 누웠으니	鷄鳴始就臥
이와 같이 하기를 일과로 삼았네	如是爲課績
이런 즐거움 이전엔 없었기에	此樂未曾有
어슴프레 겪어온 일들 생각나네	怳然思所歷
병 때문에 이 즐거움 얻었으니	緣病得此樂
어찌 하늘이 내려준 은혜 아니랴	詎非天意錫

한다. 소식(蘇軾)의 〈청현사금(聽賢師琴)〉 시에, "집에 돌아가면 우선 천 섬의 물을
찾아서, 지금까지 쟁적만 들어오던 귀를 깨끗이 씻고 싶다.〔歸家且覓千斛水, 淨洗從前
箏笛耳.〕"라는 구절이 나온다. 《蘇東坡詩集 卷12》

길에 굶어 죽은 시체가 있다는 말을 듣고 시를 읊어서 감회를 적다

聞餓莩在塗 賦而志感

빈부를 천명이라 말하지 말라	貧富休言命也夫
하늘이 사람 낼 때 남과 달리 내지 않았네	天生人不與人殊
누더기에 주린 기색 그가 무슨 죄 있으랴	衣鶉色菜渠何罪
쌀밥에 고깃국 먹는 내가 진정 어리석었네	飯稻羹魚我信愚
천 리 멀리 고생하며 정처 없이 떠돌다가	千里顚連無定向
큰길에 쓰러져도 그 누가 부축해주던가	中逵僵仆有誰扶
마음이 시큰해져 동포의 의리 생각하니[657]	酸心爲念同胞義
토끼 죽으면 슬퍼할 줄 아는 여우에게 오히려 부끄럽네[658]	
	兔死知悲尙愧狐

---

657 마음이……생각하니 : 송(宋)나라 장재(張載)의 〈서명(西銘)〉에 "하늘을 아버지라 칭하고 땅을 어머니라 칭하니……사람은 모두 내 동포이고, 만물은 모두 나의 짝이다.〔乾稱父, 坤稱母……民吾同胞, 物吾與也.〕"라는 구절이 있다. 《古文眞寶 後集 卷10 西銘》

658 토끼……부끄럽네 : 《삼국지연의(三國志演義)》 제89회에 "토끼가 죽으면 여우가 슬퍼하나니, 짐승도 동류의 불행을 슬퍼한다.〔兔死狐悲, 物傷其類.〕"라는 맹획(孟獲)의 말이 나온다.

꿈에 이문익[659]을 만나 평소처럼 이야기를 나누었는데 모두 시사에 관한 일이었다

夢遇李文翼 晤語如常 皆時事也

상국의 혼령은 어디에 있는가	相國靈何在
지산의 묵은 풀 황량해졌네[660]	砥山宿草荒
간절한 말씀은 꿈에서도 변함없고	丁寧依夢寐
친근한 모습은 평소와 같았네	款洽若平常
왕실 위해 괴로이 경륜 펼쳤고	王室彌綸苦
인간 세상에 남긴 한묵 향기로워라	人間翰墨香
지금까지 현인을 잃은 아픔에[661]	祗今殄瘁痛
남은 눈물 아직도 눈에 서리네	餘淚尙棲眶

659　이문익(李文翼) : 이병모(李秉模, 1742~1806)를 가리킨 것으로 보인다. 본관은 덕수(德水)이고, 자는 이칙(彝則), 호는 정수재(靜修齋)이며, 문익(文翼)은 그의 시호이다. 택당(澤堂) 이식(李植)의 후손으로, 1773년(영조49) 문과에 급제한 뒤, 1799년(정조23)에 영의정에까지 올랐다.

660　지산(砥山)의……황량해졌네 : 이문익이 세상을 떠난 지 오래되었다는 말이다. 《예기》〈단궁 상(檀弓上)〉에 "붕우의 묘소에 한 해를 넘겨 풀이 묵으면 곡하지 않는다.〔朋友之墓, 有宿草而不哭焉.〕"라는 말이 나온다. 지산은 경기도 지평(砥平)의 지산을 말한 것으로 보인다. 지평은 현재의 양평군(楊平郡) 지역이며, 이병모의 묘는 현재의 양평군 양서면(楊西面)에 있다.

661　지금까지……아픔에 : 원문의 '진췌(殄瘁)'는 "현인이 죽으니, 나라가 병들었네.〔人之云亡, 邦國殄瘁.〕"라고 노래한 《시경》〈첨앙(瞻卬)〉의 내용을 끌어온 것으로, 현인의 죽음을 슬퍼함을 말한다.

병중에 봄추위를 만나다

病裏春寒

삼월에 갖옷 입고도 오히려 추위가 겁나   三月披裘尙怯寒
병풍 사이에서 내내 낮잠만 자누나   屛間厭厭晝眠殘
올해의 꽃구경엔 참여 못할 줄 알겠으니   今年花事知無與
내년 봄까지 살아 있다면 자세히 보겠지   活到明春可細看

한 차례 열이 났다 한 차례 한기가 드니   一回呻熱一回寒
한탄함은 늙은 목숨 얼마 남지 않아서가 아니네   嗟歎非因老喘殘
이 몸이 부지런히 옥호정사[662] 만든 뒤로   自我勤成壺舍後
꽃 피면 남들 불러 구경하게 했었기 때문이라네   花開曾許別人看

---

662 옥호정사(玉壺精舍) : 삼청동에 있던 풍고의 별장이다. 29쪽 주1 참조.

풍고집

제4권

詩시

시 詩

높은 곳에 앉아[1]
高坐

모정에 높이 앉으니 생각이 깊어져	高坐茅亭意窅然
이따금 고개 들어 푸른 하늘 바라보네	時時擡首望靑天
옛사람의 공업은 모두 영걸에 의해 이뤄졌고	古人功業皆閒氣
지금 세상의 문장은 끝내 악연을 빚어내네[2]	今世文章竟惡緣
꽃 아래 술동이 두니 봄날이 바다 같고	花下有樽春似海
산중에 나그네 없어 하루가 일 년 같네	山中無客日如年

1 높은 곳에 앉아 : 풍고의 나이 51세 되던 1815년(순조15)경에 지은 시이다. 《풍고집》 권4는 1815년부터 1820년 사이에 지은 시가 수록되어 있는데, 대체적으로 연대순을 따랐지만 순서가 바뀐 시도 간혹 보인다.

2 옛사람의……빚어내네 : 옛날의 업적은 모두 영웅들에 의해 이룩되었음에 비하여 현재는 문장으로 인해 불행해지거나 화를 당하는 경우까지 있음을 가리킨다. 원문의 간기(閒氣)는 영웅이나 위인이 천지의 정기를 받아 세대를 걸러 한 번 태어나는 것을 가리킨다.

알겠노라, 사물의 변화가 모두 환영으로 돌아가   深知物化同歸幻
나비와 장주가 모두 한바탕 꿈인 것을[3]   蝴蝶莊周共一眠

3 사물의……것을 : 장자(莊子)가 꿈속에서 나비가 되어 날아다니다 깨어나자 현실
과 꿈의 구별이 모호하였다는 호접몽(胡蝶夢) 고사를 가리킨다.

연천숙께서 배를 타고 광릉 산중으로 돌아간다는 말을 듣고 지어 올리다[4]

聞淵泉叔舟歸廣陵山居 賦呈

산골짜기 내린 비에 냇물이 불어나니	峽雨漲新波
돌아가는 배가 구름 끝에 아득하네	歸舟渺雲際
양쪽 언덕에 봄풀 무성하여	兩岸芳草多
맑은 풍경 바라보며 몇 번이나 노를 멈추실까	晴眺幾停枻
공께서 집으로 돌아가는 것이지	念公自還家
인간 세상 떠나려는 것 아니네	非是出人世
어찌하여 나는 고개 들어 바라보는데	云何余矯領
갑자기 주살 피하는 새처럼 떠나시는가	忽如矰翩逝
높은 밭에는 보리 이삭이 패고	高田有秀麥
깊은 산에는 계수나무가 무성한데	深山有叢桂
보리가 익으면 더 바랄 것 없고	秀熟事無餘
계수나무 꽃에 마음이 절로 매이리	叢華心自繫

---

4   연천숙께서……올리다 : 연천(淵泉)은 김이양(金履陽, 1755~1845)의 호인데, 풍고의 부친 이중(履中)과 항렬이 같은 친족이므로 숙(叔)이라 호칭한 것이다. 김이양의 본관은 안동(安東), 초명은 이영(履永), 자는 명여(命汝)이다. 1795년(정조19) 문과에 급제하여 청요직을 두루 거쳐 벼슬이 이조 판서에 이르렀다. 외직으로 경상도 관찰사, 함경도 관찰사 등을 역임하였다. 1844년(헌종10)에 만 90세가 되어 궤장(几杖)이 하사되었으며, 이듬해 봉조하(奉朝賀)로 있다가 죽었다.

묻노니, 높이 누운 후로 　　　　　　　　爲問高臥後

티끌세상을 기억해주실는지 　　　　　　記否紅塵內

탐라백 한근지 상묵 에게 드리면서 아울러 화갑을 축하하다[5]

奉寄耽羅伯韓近之 象默 兼賀花甲

문노니 탐라백께서는	問訊耽羅伯
귤이 나는 고장에 평안히 계시는지	平安坐枳城
벼슬살이에 두 귀밑머리 희었지만	宦遊雙鬢皓
다스리는 법은 한마음으로 깨끗하시네	治法一心淸
제주도 백성[6]에게 왕화를 펴	蛋俗宣王化
진주조개로 정성을 바치도록 권장하시네[7]	蠙珠勸下誠
좋은 말은 골짜기마다 가득하고	驊騮千谷滿
감귤은 사방 숲에 달려 밝은데	橘柚四林明
바다가 평안하여 큰 파도 일지 않고	海晏無波警
대청 깊숙한 곳에 글 읽는 소리 울리리	堂深有誦聲

---

5 탐라백(耽羅伯)……축하하다 : 풍고의 나이 56세 되던 1820(순조20)년에 지은 시이다. 한상묵(韓象默, 1760~?)의 본관은 청주(淸州), 자는 근지(近之)·원귀(元龜)이다. 1803년(순조3) 문과에 급제하였고, 1811년(순조11)에 운산 군수(雲山郡守)를 역임하였다. 1820년(순조20) 2월에서 12월까지 제주 목사(濟州牧使)를 역임하였다.
6 제주도 백성 : 원문의 단(蛋)은 단(蜑)과 통해 쓰는데, 남방 연해 지역의 어업에 종사하는 종족을 가리키는 말이다. 여기서는 제주도 백성을 가리킨다.
7 진주조개로……권장하시네 : 제주도 백성들이 공물을 잘 바치도록 교화한다는 뜻이다. 원문의 빈침(蠙珠)은 진주조개이다. 《시경》〈반수(泮水)〉에 "저 뉘우친 오랑캐가 귀순하여 보물을 바치도다.〔憬彼淮夷, 來獻其琛.〕"라고 하였다.

우통으로 화갑을 축하하오니   郵筒祝花甲

남극노인성에 가을 정기가 빛나리[8]   南極耀秋精

---

8 우통(郵筒)으로······빛나리 : 우통은 문서나 서찰을 전달하는 대나무통을 말하고,
남극노인성(南極老人星)은 남쪽 하늘에 떠서 세상의 길흉과 인간의 수명을 관장한다는
수성(壽星)을 가리킨다. 우리나라에서는 제주도와 남해안에서 볼 수 있으므로 시에
인용하여 탐라백으로 있는 한상묵의 장수를 기원한 것이다.

이웃 사람이 시축을 보내 평가해달라기에 그 시에 차운하다

隣人送詩軸乞評 因次其韻

열흘 동안 사립문에 찾아오는 손 드물어	十日荊關客少經
이따금 홀로 지팡이 짚고 노송 곁에 머무네	孤筇時與老松停
반짝이는 앵두는 붉은 노을마냥 빛나고	櫻膚燁燁烘雲赤
촉촉한 매실9은 푸른 낙숫물처럼 떨어지네	梅頰漓漓溜雨靑
사슴의 본성과 백구의 맹세10는 가는 곳마다 드러나고	
	鹿性鷗盟隨地見
쥐의 간과 벌레 다리11는 하늘의 처분에 맡기네	鼠肝蟲臂任天聽

---

9 매실 : 원문의 매협(梅頰)은 통상 매화 꽃잎을 지칭하나, 여기서는 위 구절의 붉은 앵두와 대가 되고, 또 '푸르다'는 말은 매실이 되어야 순탄하므로 열매로 해석하였다.

10 사슴의……맹세 : 초야에 은거하여 천성대로 사는 것을 가리킨다. 송나라 소식(蘇軾)의 〈공문중 추관이 보내준 시에 차운하다[次韻孔文仲推官見贈]〉라는 시에 "나는 본디 사슴의 성질을 지녔고, 진정 수레 끄는 말의 자질은 아니라네.[我本麋鹿性, 諒非伏轅姿.]"라고 하였다. 《蘇東坡詩集 卷8》 원문의 구맹(鷗盟)은 자연에 은거하여 백구와 벗을 삼겠다는 맹세를 말한다. 송나라 육유(陸游)의 〈숙흥(夙興)〉이라는 시에 "학의 원망은 누굴 의지해 풀거나, 백구와의 맹세 이미 식었을까 염려되네.[鶴怨憑誰解, 鷗盟恐已寒.]"라고 하였다.

11 쥐의……다리 : 사람이 죽은 후에 쥐의 간이나 벌레의 다리 같은 미천한 것이 됨을 말한다. 《장자》〈대종사(大宗師)〉에 "네가 너의 간이 되겠는가, 네가 벌레 다리가 되겠는가.[以汝爲汝肝乎, 以汝爲蟲臂乎.]"라는 구절이 있다.

근래에 세상 잊는 편리한 길을 알았으니   近來認得方便路

술과 안주라야만 형체를 잊는 것 아니라네[12]   未必螯糟獨忘形

---

12 근래에……아니라네 : 술을 마시지 않고도 자연에 은거하여 하늘에 운수를 맡기는
것만으로도 세상의 구속을 떨칠 수 있다는 의미이다. 원문의 해조(螯糟)는 게의 다리와
술을 가리키는데, 술꾼으로 이름이 높았던 진(晉)나라 필탁(畢卓)이 일찍이 "술을 수백
곡의 배에 가득 싣고, 사철의 맛 좋은 음식들을 배의 양쪽 머리에 쌓아두고, 오른손으로
는 술잔을 들고, 왼손에는 게의 집게다리를 들고서, 술 실은 배에 둥둥 떠서 노닌다면,
일생을 보내기에 넉넉할 것이다.〔得酒滿數百斛船, 四時甘味置兩頭. 右手持酒杯, 左手
持蟹螯. 拍浮酒船中, 便足了一生矣.〕"라고 한 것을 가리킨다. 《晉書 卷49 畢卓列傳》
원문의 망형(忘形)은 겉치레를 잊고 상대방과 마음을 주고받는다는 의미이다. 《장자》
〈양왕(讓王)〉에 "뜻을 기르는 자는 형체를 잊는다.〔養志者忘形.〕"라고 하였다.

빗속에서 아이들의 시에 차운하다
雨中 次兒輩韻

빗방울 소리가 귀에 익숙하여	聽與淋鈴慣
소리가 없으면 되레 쓸쓸하네	無聲還索然
찾아오는 길손 근래에 드물어	客人稀比日
졸음에 겨워 하루가 일 년 같네	睡意抵長年
참새는 처마에 날아와 깃을 말리고	刷羽簷來雀
매미는 나무에 앉아 가을소리를 내네	流商樹去蟬
북쪽 숲의 승경을 어찌 잊으리오	可忘北林好
떨어지는 폭포가 집 동쪽에 있네	飛瀑屋東偏
바람이 어디서 오는지 묻지 않겠으나	不問風何自
쏟아지는 비는 하늘이 새는 듯하네	垂如天漏然
뜬구름은 촉 땅의 해인양 의심되고[13]	浮雲疑蜀日
불어난 물은 요 임금의 홍수[14]인가 싶네	積水恐堯年
띠풀이 썩어 아침에 버섯이 돋고	茆腐朝生菌
개구리 소리 시끄럽다가 저녁엔 매미가 우네	蛙誼暮代蟬

---

13 촉 땅의……의심되고 : 촉 땅의 개가 해를 보고 짖는다는 '촉견폐일(蜀犬吠日)'이
란 속담을 인용한 것이다. 사천성(四川省) 지방은 산이 높고 안개가 짙어서 해를 보는
날이 드물기 때문에 어쩌다 해가 뜨면 개가 이상하게 여겨 짖는다고 한다.

14 요 임금의 홍수 : 요(堯) 임금 때에 있었다는 극심한 홍수를 말한다. 《서경》〈요전
(堯典)〉에 "넘실거리는 홍수가 널리 해를 끼쳐 거세게 산을 에워싸고 언덕을 넘는다.〔湯
湯洪水方割, 蕩蕩懷山襄陵.〕"라고 하였다.

영남과 호남은 가물어서 풀 한 포기 없거늘 兩南猶赤地
재해도 어찌 이리 치우친단 말인가[15] 極備亦胡偏

---

15 영남과……말인가 : 원문의 적지(赤地)는 흉년이 들어 농작물이 자라지 않는 것을
가리킨다. 원문의 극비(極秘)는 우(雨)·양(暘)·욱(燠)·한(寒)·풍(風) 다섯 가지
중에 어느 하나라도 지나치게 많아 재해가 되는 것을 가리킨다. 지나치게 적은 것을
'극무(極無)'라고 한다. 《書經 洪範》

국오가 찾아왔기에 함께 읊다
菊塢來訪 與之共賦

동이에 술이 익은 지 이미 오래라	甕醸釀醅久
그대 위해 큰 술잔 띄워놓았네	爲君浮大白
인생에 서로 알아줌이 소중하니	人生貴相詡
좋은 시절이 아깝기만 하네	良辰足可惜
내 아내는 음식 솜씨가 좋아	荊妻解飲食
고기반찬 그대 입맛에 맞출 수 있고	芻豢惟君適
좌우에 기물을 벌여놓았으니	左右羅服用
오직 그대가 쓰기만을 바라네	所求惟君役
하물며 장맛비가 막 개어	況是積雨霽
하늘빛도 파랗게 개었음에랴	天光開澄碧
거문고 퉁기고 새 시를 읊으며	彈琴詠新詩
한가롭게 오늘 밤을 보내세	優哉永今夕
기쁨에 겨워 진심을 토로하거든	歡娛披眞襟
그대는 끝내 허물치 마소	願君終莫逆

아들이 차운한 도연명 시의 운에 따라 죽리 족숙께 지어 올리다[16]

次兒子和陶詩韻 奉呈竹里族叔

단정히 앉아 중양절을 보내자니	端居送重陽
서글프게 근심스러운 생각이 이네	慨然憂思生
추위와 더위가 갑자기 교대하니	寒暑忽相代
여름과 가을을 누가 이름붙였나	夏秋誰所名
처량한 골짜기에 저녁 그늘 드리우고	哀壑夕陰結
서리 맞은 숲에 붉은 잎 선명한데	霜林丹葉明
돌아가는 기러기 하늘 끝에 아득하고	歸鴻渺天末
구름 끊긴 저 멀리 울음소리 남았네	雲斷猶餘聲
배회하며 너른 뜨락을 거닐자니	徘徊步廣庭
이 늙어가는 나이가 애석하건만	惜此遲暮齡
선현들의 흔적 이미 사라졌으니	前脩迹已沈
이 깊은 심사를 뉘 함께 토로하랴	幽抱誰與傾

---

16 아들이……올리다 : 아들은 김유근(金逌根)으로 추정된다. 도연명(陶淵明)의 시는 〈구일에 한가로이 지내며〔九日閑居〕〉라는 18구의 고시인데, 중양절을 맞아 변해 가는 풍경, 나이에 따라 쇠퇴해 가는 심사, 기울어가는 시운(時運)을 붙잡지 못하는 복잡다단한 심사를 읊은 시이다. 죽리(竹里)는 김이교(金履喬, 1764~1832)의 호이다. 본관은 안동(安東), 자는 공세(公世)로 김방행(金方行)의 아들이다. 풍고의 부친 이중(履中)과 항렬이 같은 친족이므로 족숙(族叔)이라 호칭한 것이다. 풍고와 평생에 걸쳐 시문을 주고받았다.

모욕을 당할까 두려운 것 아니고　　　　　所懼非所辱

영화를 누리는 것도 기쁜 일 아니라네　　　所悅非所榮

나 또한 처음에 포부가 있었으니　　　　　吾生亦有初

바라는 바가 인정과 다르지 않았네　　　　非欲殊人情

아, 도를 들은 것이 늦어　　　　　　　　嗚呼聞道晚

흰머리 되도록 이룬 것 없도다　　　　　　白首無所成

비가 막 개어
新晴

반나절을 동이로 내리붓더니   半日翻盆雨

저녁에 갤 줄 어찌 알았으랴   寧知到夕晴

쌓였던 구름은 어디로 흩어지고   積雲何處散

둥근달이 더없이 밝네   圓月不勝明

나무를 쳐다보다 떨어지는 물방울 맞고   仰樹逢疏滴

섬돌을 거닐며 흐르는 물소리 보내네   循除送暗聲

쓸쓸하게 가을 정취가 움직여   寂然秋意動

엮은 대자리에 서늘한 기운 감도네   紋簟太涼生

석한에게 주다[17]

贈石閒

그대의 붓은 아방궁이 촉산에 솟은 듯하고[18]	君筆阿房出蜀山
내 생각은 패상에서 함곡관을 닫은 듯하네[19]	吾思灞上閉函關
나는 새는 자력으로 하늘 밖에 이르건만	羽毛自致雲霄外
동년배가 어찌 백중의 사이를 두고 따르랴[20]	行輩寧隨伯仲間
어리석음 욕망 탐욕 성냄이 모두 증과이니	癡慾貪嗔都証果
바람 꽃 달 이슬이 한가로움을 이루지 못하네[21]	風花月露不成閑

---

17 석한에게 주다 : 석한(石閒)은 김조(金照, 1754~1825)의 호이다. 본관은 해풍(海豊), 자는 명원(明遠), 또 다른 호는 석치(石癡)·약원거사(藥園居士)·동리(東里) 등이다. 1784년(정조8) 12월에 사은사(謝恩使) 박명원(朴明源, 1725~1790)의 수행원으로 연행에 참여했으며, 돌아온 뒤 연행록인 《관해록(觀海錄)》을 남겼다. 《풍고집》에는 수창한 시가 많아 교유가 깊었음을 짐작할 수 있으며, 자하(紫霞) 신위(申緯, 1769~1845), 담정(藫庭) 김려(金鑢, 1766~1822) 등과의 교유가 확인된다.

18 아방궁이……듯하고 : 상대방의 문장 솜씨가 훌륭함을 비유한 말이다. 당나라 두목지(杜牧之)의 〈아방궁부(阿房宮賦)〉에 "촉산은 높고, 아방궁이 우뚝 솟았네.〔蜀山兀, 阿房出.〕"라고 하였다.

19 패상에서……듯하네 : 자신의 창작능력이 꽉 막힌 것을 비유한 말이다. 진(秦)나라 함곡관(函谷關)은 지형이 험하고 견고하여 방어하기 좋으므로, 군사 두 사람이 군사 백 명을 수비할 수 있다고 한다.

20 동년배가……따르랴 : 김조의 문장 수준이 워낙 뛰어나 또래의 벗들이 그와 대등하게 겨룰 수 없다는 의미이다.

21 어리석음……못하네 : 자신의 수행이 부족해 어리석음과 욕망, 탐욕과 성냄을 끝내 떨치지 못하여 아름다운 자연을 보아도 한가롭게 마주하지 못한다는 뜻으로 한 말이

지금껏 사십 년 동안 서로 어울리니	秪今四十年相對
농부의 문전[22]에 얼굴에 땀난 적 얼마인가	弄斧門前幾汗顔
오솔길이 그대 집으로 들어갔다 다시 굽어져	逕入君居復轉斜
푸른 그늘 맞닿은 곳이 바로 나의 집일세	蒼陰合處卽儂家
백 길의 느릅나무는 천 그루의 재목보다 뛰어나고	百尋楡出千章木
만 그루 단풍이 이월의 꽃보다 아름답네	萬本楓多二月花
샘물 맛은 무석의 샘[23]처럼 달 것이니	泉味應如無錫溜
산 빛이 어찌 적성산 노을[24]만 못하랴	山光何減赤城霞
봄이 오면 서로 손잡고 떠나기로 하였으니	春來準擬相携去
한 켤레 짚신으로 작은 수레 대신하세	一緉芒鞋代小車

다. 증과(証果)는 수행(修行)에 의해서 얻는 결과를 가리킨다.

22　농부의 문전 : 원문의 농부(弄斧)는 도끼를 휘두른다는 말로, 안목이 높은 사람이 능숙한 솜씨로 남의 시문(詩文)을 고치는 것을 비유하는데, 여기서는 김조의 출중한 문장솜씨를 가리킨다. 영(郢) 땅의 어떤 사람이 코끝에 백토(白土)를 파리 날개처럼 묻혀 놓고 장석(匠石)을 시켜 그것을 깎아내게 하였다. 장석이 바람을 일으키며 도끼를 마음대로 휘둘러 백토를 다 깎아내었는데도 코를 다치게 하지 않았다는 고사에서 유래하였다.《莊子 徐无鬼》

23　무석의 샘 : 중국 강소성 무석현(無錫縣) 서쪽 혜산(惠山)에 샘이 있는데, 물맛이 좋기로 유명하다.

24　적성산 노을 : 적성산(赤城山)은 중국 절강성 천태현(天台縣) 북쪽에 있는 산으로 천태산의 남문인데, 손작(孫綽)의 〈유천태산부(遊天台山賦)〉에 "적성산은 노을을 들어서 표지를 세웠다.〔赤城霞擧而建標.〕"라는 구절이 있다.

조죽음 선생께서 청음 선조께 준 시에 차운하여 군소에게 드리다.[25] 병서

次趙竹陰先生贈淸陰先祖詩 奉呈君素 幷序

밤에 《죽음집(竹陰集)》을 읽다보니, 청음(淸陰) 선조께 드린 시가 있었다. 그 첫째 구에 "한 이웃과 산모퉁이 절반을 나눠 차지하니〔一隣分占半山隈〕"[26]라고 하여 완연히 우리가 근래 어울리는 것과 흡사하였다. 드디어 삼가 그 구절 운에 따라 시를 지어서 아침을 기다려 드린다. 우리 후생들이 거칠고 잔약하여 선조들을 위하는 일을 할 수 없으나, 서로 따르는 정은 옛날 어른들께 부끄럽지 않으니, 이 또한 스스로 훌륭하게 생각한다. 우리 후배들이 또 오랜 세교를 잊지 않고 이웃에 살며 오늘날처럼 끊임없이 오간다면, 어찌 천하에 드문 일이 아니겠는가. 감히 이 시로 축원한다.

이웃과 산모퉁이 절반을 나눠 차지하니　　　　一隣分占半山隈

25　조죽음(趙竹陰)……드리다 : 조죽음은 조희일(趙希逸, 1575~1638)을 가리킨다. 본관은 임천(林川), 자는 이숙(怡叔), 호는 죽음·팔봉(八峰)이다. 청음은 김상헌(金尙憲, 1570~1652)의 호이다. 본관은 안동(安東), 자는 숙도(叔度), 또 다른 호는 석실산인(石室山人)이다. 군소(君素)는 조학은(趙學殷, 1759~?)의 자(字)이다. 본관은 임천(林川), 호는 사은(斯隱)으로 음직으로 상의 주부(尙衣主簿), 한성 주부(漢城主簿), 사복 판관(司僕判官) 등을 지냈다. 팔판동(八判洞)에 거처를 마련하여 이웃에 사는 풍고와 자주 어울려 시주(詩酒)를 즐겼다.

26　한……차지하니 : 이 구절은 《죽음집(竹陰集)》 권6, 〈병중에 김숙도에게 부치다〔病中 寄金叔度〕〉라는 시의 첫구절이다.

신발자국 어지러이 돌길 이끼에 남았네　　　　　鞵印縱橫石逕苔

살구나무 숲은 그대가 앞서 삼십 년 전에 심었고　林杏君先三紀種

　군소가 팔판동(八判洞)에 산 지 삼십 년이다.

사립문은 내가 뒤늦게 십 년 전에 열었네　　　　柴荊我後十年開

　내가 옥호재(玉壺齋)를 지은 것도 벌써 십 년이 흘렀다.

덧없는 인생에 오래 못 만남을 너무 따지지 마오　浮生契闊休多辨

쇠미한 세상의 풍류는 근원이 있다네[27]　　　　衰世風流有自來

두 선조께서 굽어보시고 응당 기뻐하시리　　　　兩祖監臨應悅豫

후손들 변치 않고 날마다 어울리는 것을　　　　　雲仍不替日相陪

27　쇠미한……있다네 : 옛날부터 풍고의 선조 김상헌과 조학은의 선조 조희일이 혼란
한 세상에서도 서로 풍류를 즐겼다는 말이다.

소나무와 돌을 읊은 절구 3수
松石三絶句

마당에 늘어선 것 치우니	屛去庭中列
소나무와 돌만 남았네	惟存松與石
아침에 난간에 기대 바라보니	朝來倚檻看
풍상 겪은 자취 보이지 않네	不見風霜迹
작은 소나무가 석 자가 못 되는데	小松未三尺
구불구불 용이 솟는 모습이네	屈曲像龍起
생각건대 나는 어떤 사람이기에	憶我復何人
그동안 풍우 속에 헤매었던고	他年風雨裏
친구가 돌 세 개를 주니	故人贈三石
동해에서 가져온 기이한 것이네	東海携奇産
그중 하나가 가장 구하기 어려워	其一最難得
완연히 눈모양이 갖춰져 있네	宛然具天眼

석한[28]과 함께 달을 읊다
與石閒詠月

밝고 아름다운 빛 천지에 가득차니	皎皎娟娟滿天地
하늘엔 구름 없고 땅에는 바람 없네	天無雲氣地無風
모를레라, 흐르는 달빛 어느 산을 비치는고	不知流照何山外
오로지 이 골짜기만 밝게 비쳤으면	祗意專明此澗中
텅 비어 밝으니 바다의 너른 물인가 의심되고	空影然疑瀛海水
흩날리는 향기는 달 속의 광한궁인양 아득하네	飄香茫渺廣寒宮
한 해의 좋은 명절 팔월 중추절 밤에	一年佳節中秋夜
잔 멈추고 달에 묻길 그대와 함께하네[29]	問月停杯與子同

---

28 석한(石閒) : 김조의 호이다. 329쪽 주17 참조.

29 잔……하네 : 당나라 이백(李白)의 문월시(問月詩)에 "푸른 하늘에 저 달 몇 번이
나 왔던고, 내 이제 술잔 멈추고 한번 묻노라.〔靑天有月來幾時, 我今停杯一問之.〕"라고
하였다.

며칠 동안 날씨가 맑고 아름다워 우연히 풍경을 기록하고
아울러 이별의 회포를 적어 군수에게 드리다[30]
數日晴佳 偶書所見 兼申別懷呈君受

가을이 맑아 고운 풍경이 열리니	秋晴開氣色
푸르고 높은 하늘 공허하구나	高宇碧寥寥
비가 지나니 산이 깨끗하고	山淨雨痕過
구름이 사라지니 연못이 맑네	塘澄雲影消
연꽃은 향기를 옮겨 국화에 주고	荷移香與菊
벌레울음 이어져 매미보다 시끄럽네	蟲續語多蜩
오늘 그대가 떠난다 하니	此日聞君去
이별의 심정 가눌 길 없네	離情不禁搖

30 날씨가……드리다 : 군수(君受)는 이노익(李魯益, 1767~1821)의 자(字)이다.
본관은 덕수(德水), 호는 탄초(灘樵)이다. 1805년(순조5) 문과에 급제하고 부교리,
선교관(宣教官), 보덕 등을 역임하였다. 그 뒤 1815년에는 원소 제조(園所提調)를 거
쳐 1818년에는 경기도 관찰사를 지냈다. 1819년에 대사헌·형조 판서를 역임하고 진하
정사(進賀正使)가 되어 청나라에 다녀왔다. 1820년 예조 판서에 이어 한성부판윤·좌
부빈객(左副賓客)을 겸하였다. 이듬해 평안도 관찰사로 나갔다가 임지에서 죽었다.

질병에 대하여
述病

세상의 사백네 가지 질병은	世間病種四百四
모두 담이 원인이 되어 병이 되네	無病無痰而爲祟
담은 폐의 진액으로 기혈의 순환을 도와	痰是肺津滋榮衛
평소 혈기와 함께 동류로 작용하다가	常時亦與血氣類
화기가 오르면 비로소 창궐하여	爲火所乘方猖獗
사람을 앓게 하고 죽이는 등 별일이 다 일어나네	癃人殺人無不至
이 때문에 의가에 절실한 비유 있으니	所以醫家有切喩
당시의 맹덕도 몸이 둘이 아니었다네[31]	當時孟德身非二
다른 이의 온갖 증상 말하지 마소	他人百証且勿論
이내 인생 태어날 때부터 이것으로 괴로웠네	我生苦此自墮地
어릴 때부터 종기를 앓아 목에 혹이 맺혔고[32]	孩提患膿頷杯核
좀 자라서는 음식에 상하여 가시가 가슴을 찌르는 듯했네	
	稍長傷食膈芒刺

---

31 이⋯⋯아니었다네 : 맹덕(孟德)은 위(魏)나라 조조(曹操)의 자(字)이다. 의가
(醫家)에 전해온다는 이 고사의 출처는 미상이나, 권력이 막강한 조조도 담이 원인이
되어 건강을 해치는 것을 막아내지 못해 죽고 말았다는 의미로, 담이 무섭다는 것을
비유적으로 한 말로 보인다.

32 종기를⋯⋯맺혔고 : 목 부위에 단단한 멍울이 생겨 진물이 흐르는 연주창(連珠瘡)
종류의 질병을 가리킨다.

스물 서른이 되면서 해마다 심해져	二十三十隨年加
덩어리가 뭉쳐서 속이 늘 더부룩하니	積聚窠囊常內嬰
패모나 반하를 먹어도 효과가 없고	蝱與半夏服無靈
삼릉 백출도 효과 없어 거위털로 토해도 보았네[33]	稜朮不售鵝翎試
사십 이후에 점점 고질병 되었는데	四十之後轉成痼
하물며 오십 지나 더한층 쇠약해졌음에랴	況過五旬添衰悴
삼월과 사월에 날씨가 화창하고	三月四月天氣和
소서와 대서에 뜨거운 바람 불면	小暑大暑炎風熾
한 해에 이와 같은 백여 일 동안에는[34]	一年除此百日餘
그럭저럭 몸이 편안하고 속도 원활하여	外體粗康內通利
청주를 데우려다 찬술을 마시니	清酒將炙喫生冷
찬 것은 내 식성에 즐기는 것이었네	生冷是吾性所嗜
흰 이슬 내리고 가을 기운 움직이면	白露旣零金飆動
남들은 소생하지만 내 병은 시작되네	人言欲蘇我病自
이듬해 봄 청명절이 되기까지	直到明春清明節
천백 가지 기괴한 병이 찾아와 괴롭히네	千奇百怪來相戲
이와 같이 해마다 겪는 일 되었는데	如此年年作歲課

33 패모(貝母)나……보았네 : 패모는 진해제(鎭咳劑)로 사용하는 백합과의 다년생 약초이고, 반하(半夏)는 거담·진해의 효능이 있는 천남성과의 다년생 약초이다. 거위 털의 정확한 효능은 미상이나, 독에 중독되었을 때 거위 깃으로 간지럽혀 토하게 하는 민간요법이 있다. 《山林經濟 卷4 救急 諸中毒》

34 백여 일 동안에는 : 원문의 제(除)는 제외한다는 의미인데, '백여 일을 제외하면'으로 해석하면 질병과 계절이 호응하지 않는다. 여기서는 일 년에서 9개월을 제외한 나머지 '100일'을 강조하고자 한 문장법으로 보인다.

올해는 지난해보다 갑절 심하네 今年倍劇去年視
다리가 당기고 발이 저려 걸음이 불편하고 腿牽足麻行步倦
손아귀 뻣뻣하고 손가락 시어 팔이 말을 듣지 않네 握固指酸不聽臂
방금 일도 잊어버려 건망증이 생기고 失前遺後健於忘
심장이 두근두근 마치 놀란 듯하네 包絡冲冲如驚悸
번뇌가 그치지 않아 어지럼증이 되고 懊憹不已爲眩暈
두 눈은 아른아른 안개가 덮인 듯하네 兩目睆睆若霧墜
가장 견디기 어려운 것은 밤중의 기침이라 最是夜嗽人可堪
괴롭기 그지없어 잠을 이룰 수 없네 辛苦萬端不得寐
베개 머리에서 가르륵 소리가 들리더니 枕上自聽嘈嘈來
점차 헐떡거리다 입과 코까지 막히네 漸覺喘喘衝口鼻
큰 톱을 마주 당기듯 잠시도 쉬지 않으니 大鉅相引不暫息
누가 솜으로 목구멍을 막은 것인가 誰將綿塞喉門閟
갑자기 일어나서 침을 뱉으려고 蹶然起坐欲唾出
깩깩 소리를 내며 기운을 써보지만 咯咯作聲氣力肆
기운이 꺾이고 힘이 다해도 가래는 나오지 않아 氣摧力盡咯不出
옆구리며 가슴이 찢어지고 눈에서는 눈물이 나네 脅坼胸裂眼垂淚
백방으로 애써도 나오지 않는 가래를 어찌하랴 百般無奈不出何
목숨이 흡사 잠깐 사이에 달린 듯하네 性命眞如在造次
침을 줄줄 흘려 호자³⁵에 가득차도 縱吐涎水滿虎子
어찌하면 단단히 붙은 가래 덩어리를 깨뜨리랴 寧破頑塊據晶屓
도리어 찻물로써 사나운 속을 달래니 却將茶湯按奔突

---

35 호자(虎子) : 호랑이 모양으로 만들어진 남성용 이동식 변기이다.

문무의 춤으로 포위 푼 것[36]에 비유할 만하네 干羽解圍差足譬

시달리고 버티다 하늘이 밝으려 하니 迫詰支吾天欲曙

온몸이 나른하여 취해 거꾸러진 듯하네 百骸弛頹倒似醉

밤이며 감이 그득해도 오훼처럼 보이니 梨柿滿前看烏喙

너에게 묻노니, 성덕의 일과 어떠한가[37] 問爾何與盛德事

원화에게 나의 폐를 고치게 하지 않는다면 不是元化試麻肺

반드시 장사에게 금궤를 뒤지게 해야 하리[38] 定須長沙探金櫃

오호라, 두 분을 만날 수 없으니 嗚呼二子不可遇

이 세상 살면서 단잠 자기는 글렀네 此生此世無穩睡

36 문무의……것 : 원문의 간우(干羽)는 무무(武舞)인 간무(干舞)와 문무(文舞)인 우무(羽舞)를 가리킨다. 옛날 순(舜) 임금이 문덕(文德)을 크게 펼치고, 방패와 새깃을 들고서 두 섬돌 사이에서 춤을 추었더니, 70일 만에 묘족(苗族)들이 감복하였다는 고사가 있다. 《書經 大禹謨》

37 밤이며……어떠한가 : 가래로 인해 맛난 음식을 앞에 두고도 욕심이 나지 않는 것이 성덕(盛德)을 이루는 데 도움이 된다고 넌지시 비꼰 말이다. 오훼(烏喙)는 초오두(草烏頭) 또는 부자(附子)라고 부르는 독성이 강한 약재이다.

38 원화에게……하리 : 훌륭한 의원에게 치료를 부탁하든지, 의서를 뒤지든지 하겠다는 의미이다. 원화(元化)는 동한(東漢) 시대의 명의 화타(華陀)의 자(字)이다. 장사(長沙)는 한(漢)나라 때에 장사왕(長沙王)의 태부(太傅)로 좌천되었던 가의(賈誼)를 가리킨다. 금궤(金櫃)는 귀중한 책을 넣는 금으로 만든 상자를 가리키는데, 한나라의 장서각(藏書閣)을 가리키기도 한다.

시를 논하여 남에게 주다

論詩贈人

옛 시는 마치 음악을 합주하듯	古詩如合樂
율려가 격팔로 상생하는데[39]	律呂相隔八
지금 시는 불평하는 내용 많아	今詩多不平
절기 따라 우는 메뚜기와 매미 같네	應候吟蛩蜇
태화의 원기가 짐승을 길러주고	太和囿鳥獸
너울거리는 춤은 음악소리에 맞으니	翔舞節鳴夏
미천한 인생 초로처럼 괴롭고	微生苦草露
가을 소리는 절로 슬프고 가냘프네	流商自噍殺
옛 성인께서 시로써 가르침 삼았으니	昔聖以爲敎
세상의 성쇠를 살필 수 있었네	汚隆世可察
갑자기 노래하며 진나라 사광이 근심했고[40]	驟歌憂晉曠

---

39 격팔로 상생하는데 : 격팔상생(隔八相生)이란 음율이 생겨나는 원칙을 말한다. 12 율을 원형으로 배치하면 황종, 대려, 태주, 협종, 고선, 중려, 유빈, 임종, 이칙, 남려, 무역, 응종의 순이 되는데, 이 상태에서 황종을 궁(宮)으로 삼아 오른쪽으로 8율을 건너가 임종이 치(徵)가 되고, 임종부터 세어 오른쪽으로 8율을 건너가 태주가 상(商) 이 되고, 태주부터 세어 오른쪽으로 8율을 건너가 남려가 우(羽)가 되고, 남려부터 세어 오른쪽으로 8율을 건너가 고선이 각(角)이 된다. 《史記 卷25 律書》

40 갑자기……근심했고 : 사광(師曠)은 춘추 시대 진(晉)나라 악사의 이름이다. 진 나라와 초나라가 전쟁을 하게 되었는데, 사광이 "내가 이제 막 북방의 곡조를 노래하고, 다시 남방의 곡조를 노래하였는데, 남방의 곡조는 강하지 못하여 사성(死聲)이 많으니, 초(楚)나라는 반드시 공을 이루지 못할 것이다."라고 하였다. 《春秋左氏傳 襄公18年》

음악이 끝나자 오나라 계찰이 기뻐했네[41]	止觀悅吳札
성정은 비록 가깝더라도	情性雖邇密
풍기는 갈수록 어그러지네	風氣彌块圠
붓대 잡은 선비들께 고하노니	寄言操觚子
부디 작은 재주 탐하지 마소	愼莫耽小黠

---

41 음악이……기뻐했네 : 춘추 시대 오(吳)나라 계찰(季札)이 예악(禮樂)에 밝아 노(魯)나라로 사신 가서 주(周)나라 음악을 듣고 열국(列國)의 치란흥쇠(治亂興衰)를 예견하였는데, 제(齊)나라의 시를 듣고는 "앙앙하다. 대국의 풍이로다.〔泱泱乎, 大風也哉.〕"라고 하였고, 위(魏)나라의 시를 듣고는 "풍풍하다. 크면서도 요약되고, 검소하여 행하기 쉽다.〔渢渢乎, 大而婉, 險而易行.〕"라고 평했다고 한다. 《春秋左氏傳 襄公 29年》

남에게 알리지 않으리[42]
不告

명월의 밝음은 촛불처럼 환하고	明月之明皎如燭
백설의 흰빛은 옥보다 깨끗하네	白雪之白淨於玉
오경에 일어나 홀로 누각에 오르니	五更睡起獨登樓
사방을 둘러보매 적막한 경물이 시야에 들어오네	四顧悄悄延寒矚
깨끗함이여, 어찌하면 내 몸의 형상을 삼을까	淨者何因爲身相
밝음이여, 내 마음과 통하여 부끄러움이 없어야 하리	
	皎兮勿愧通心曲
전에는 무향이 있고 뒤에는 장원이 있어	前有武鄕後長源
왕문성에 이르러 솥의 삼족 갖춰졌네[43]	暨王文成鼎三足

---

42 남에게 알리지 않으리 : 전원에서 지내는 즐거움을 혼자서 온전히 간직하겠다는 뜻이다. 《시경》〈고반(考槃)〉에 "그릇 두드리며 언덕에서 노래하니, 대인이 은거해 사는 곳이로다. 혼자 잠들고 일어나는 생활을, 길이 맹세코 남에게 알리지 않으리라.〔考槃在陸, 碩人之軸. 獨寐寤宿, 永矢弗告.〕"라고 하였다.

43 전에는……갖춰졌네 : 풍고가 지향하는 대표적 인물형을 무략, 정치, 학술의 측면에서 제시한 것으로 보인다. 무향(武鄕)은 촉한(蜀漢)의 제갈량(諸葛亮)의 봉호이다. 유비(劉備)를 도와 제위(帝位)에 오르게 하고 승상이 되었으며 뒤에 무향후(武鄕侯)에 봉해졌다. 장원(長源)은 당나라 이필(李泌)의 자(字)이다. 당나라 숙종(肅宗)으로부터 빈우(賓友)의 대우를 받으면서, 들어와서는 국사를 의논하고 나가서는 대가(大駕)를 호종하며 중흥(中興)의 방략(方略)을 논의하였다. 왕 문성(王文成)은 명나라 왕양명(王陽明)을 가리킨다. 학문에서 묵좌징심(默坐澄心)을 위주로 하고, 만년에 치양지설(致良知說)을 제창함으로써 요강학파(姚江學派)를 형성하였다.

헤아려보니 중간에 몇몇 현인이 있었던가 商量中間幾個賢

앞 마차가 선도하매 수레가 이어진 것 아니랴 不是乘啓是車屬

하찮은 사람도 능히 밝은 명[44]을 받을 수 있으니 藐小猶能受明命

열 번 죽었다 깨어나도 선현의 자취 사모하리 十死萬一慕芳躅

한결같이 밝은 마음으로 분명히 다짐하노니 念念昭昭証明白

사람들이여, 남에게 알리지 않는 이유 묻지 마소 傍人莫問矢不告

44 밝은 명 : 원문의 명명(明命)은 하늘로부터 부여받은 인의예지(仁義禮智)와 같은
본성을 가리킨다.

저물녘 눈
暮雪

산은 옥돌 언덕 같아 무어라 이름붙일 수 없고   山比瑤邱不可名
나무는 금 골짜기와 같아 갑절이나 밝네   樹如金谷倍應明
해마다 시골 마을 눈을 감상하며 시를 지었으나   年年賦賞溪村雪
말은 끝났어도 미진한 정 아직 남았네   辭竭猶餘未盡情

용성 이천민 의철의 시에 차운하다[45]
次蓉城李天民懿喆

빠른 세월에 눈보라 연달으니   急景連風雪

차가운 소리가 저녁 숲에 이네   寒聲起夕林

지루한 석 달의 병에   支離三月病

적막한 백 년의 마음일세   牢落百年心

술 향기는 매화에 은은하게 통하고   酒馥通梅細

글 읽는 등불은 나그네를 그윽히 비추네   書燈照客深

문장을 논하며 밤 깊은 줄 잊으니   論文忘夜久

코를 잡고 새로 지은 시를 읊조리네[46]   捉鼻更新吟

---

45 용성(蓉城)……차운하다 : 용성은 이의철(李懿喆, 1779~?)의 호이다. 본관은
원주(原州), 자는 호민(好民)인데, 천민(天民)이란 자(字)도 있었던 듯하다. 1804(순
조4)년에 진사시에 합격하였다. 풍고와 자주 시를 주고받았고 수시로 문학에 대해 담론
을 나누었으며, 풍고의 아들 황산(黃山) 김유근(金逌根)과도 깊은 교유를 나눴다.

46 코를……읊조리네 : 이의철의 시가 고상하여 남이 쉽게 따를 수 없음을 뜻한다.
옛날 낙양(洛陽)의 서생들이 음영(吟詠)하는 성조는 그 음색이 본디 무겁고 탁했는데,
동진(東晉) 때 사안(謝安)은 비질(鼻疾)로 인해 음성이 탁해져서 저절로 낙양 서생들
의 성조에 능할 수 있었다. 당시 명사들이 대부분 그 성조를 좋아하면서도 따를 수가
없었으므로, 혹자는 손으로 코를 가리고 읊조려서 그 성조를 흉내 내기도 했던 데서
온 말이다. 《晉書 卷79 謝安列傳》

남랑 구순이 밤에 정사의 벽에 붙은 시에 차운하기에 나도 지어서 보여주었다[47]

南郎久淳 夜次精舍壁間韻 余亦爲賦示之

그대가 부여에서 이르러	爾自嘉林至
아침에 은자의 대문을 두드리네	朝敲隱舍關
홀로 겨울 지나 만나자는 약속을 지켜	獨尋冬後約
함께 빗속의 산을 마주했네	共對雨中山
얼음과 옥은 마주 비쳐야 하고	氷玉須交暎
토사와 송라는 본래 서로 의지하네[48]	絲蘿本互攀
노부가 몹시도 기쁨이 넘치네	老夫狂喜甚
봄 경치가 다시 막 돌아왔음에랴	春物又方還

---

47 남랑(南郎)······보여주었다 : 남구순(南久淳, 1794~?)은 풍고의 사위이다. 본관은 의령(宜寧), 자는 경장(景長)이다. 남병철(南秉哲, 1817~1863)의 부친으로 음직으로 판관을 지냈다. 풍고는 40세 이후 서울 삼청동(三淸洞)에 옥호정사(玉壺精舍)를 짓고 거처하였으므로 여기서 말한 정사(精舍)는 이곳을 가리킨다.

48 토사와······의지하네 : 혼인으로 사위와 장인이 된 것을 가리킨다. 원문의 사라(絲蘿)는 토사(免絲)와 송라(松蘿)를 말하는데, 고시(古詩)에 "그대와 새로 혼인을 했으니, 토사가 송라에 붙은 격이로다.〔與君爲新婚, 免絲附松蘿.〕"라고 하였다.

혜경궁 만장[49]
惠慶宮挽章

자궁의 심정이 화성을 보기 원하였으니	慈情戀觀華
지극한 즐거움이 구름 하늘에 있기 때문이네[50]	至樂在雲天
정호에서 용의 수레를 조알하니[51]	鼎湖朝龍馭
구잠에서 학을 탄 신선을 기다리리[52]	緱岑佇鶴仙

큰 공을 국가에 끼쳤고	功留宗國大

49 혜경궁 만장 : 풍고의 나이 51세 되던 1815년(순조15)경에 혜경궁 홍씨(惠慶宮洪氏, 1735~1815)를 애도하며 지은 만시이다. 혜경궁은 사도세자(思悼世子, 1735~1762)의 부인이며, 정조의 생모이다. 혜경궁과 사도세자의 혼인식은 1744년(영조20) 1월 11일에 있었는데, 이때 두 사람 모두 10세에 불과한 미성년자들이었다. 1815년(순조15) 음력 12월 15일에 서거하여 융릉(隆陵)에 합장되었다.

50 지극한……때문이네 : 혜경궁 홍씨의 남편 사도세자가 하늘에 있어서 화성의 융릉에 가면 만날 수 있다는 의미이다.

51 정호(鼎湖)에서……조알하니 : 혜경궁이 승하한 것을 가리키는 말이다. 옛날에 황제(黃帝)가 형산(荊山)의 정호에서 정(鼎)을 주조하고는 득도하여 신선이 된 뒤에 용을 타고 하늘로 올라가자, 신하들이 활로 용을 쏘아 황제를 떨어뜨리고자 하였으나 실패하였다. 이에 신하와 후궁들이 활을 잡고 통곡하였다고 한다. 《史記 卷28 封禪書》

52 구잠(緱岑)에서……기다리리 : 혜경궁이 승하하여 사도세자와 다시 대면한 것을 가리키는 듯하다. 주 영왕(周靈王)의 태자 왕자교(王子喬)가 일찍이 생(笙)을 잘 불어 곧잘 봉황의 울음소리를 내다가, 선인(仙人) 부구공(浮丘公)을 따라 숭산(嵩山)에 올라가서 선도(仙道)를 닦은 뒤에, 30여 년 뒤 칠석 날에 구지산(緱氏山)에서 학을 타고 승천했다는 전설이 있다. 《列仙傳 王子喬》

어진 덕은 후비 중에 으뜸이었네	德冠后妃賢
남기신 은혜를 감히 잊으랴	敢忘恩麻賜
오호라, 칠십 년이로다[53]	於乎七十年

의장대[54]는 어느 날에 돌아갔나	廞儀何日返
눈물 훔치며 엎드려 생각하네	抆涕伏思之
정성 다해 세자가 섭정하시니[55]	誠盡离明攝
행여의 학문[56]을 영조께서 알아주셨네	行餘英考知

| 어려움과 근심이 끝내 녹아 사라지니 | 艱憂終睍雪 |
| 신성께서 함이의 즐거움을 이어받았네[57] | 神聖繼含飴 |

---

53 칠십 년이로다 : 혜경궁 홍씨가 궁궐에 들어와 승하하기까지가 72년 동안이므로
칠십 년이라고 한 듯하다.

54 의장대 : 원문의 흠의(廞儀)는 거여(車輿)와 관복(冠服)이라는 뜻으로, 왕가 장
례의 각종 의장행렬을 가리킨다.

55 세자가 섭정하시니 : 원문의 이명(离明)은 세자(世子)의 명찰(明察)이란 뜻이다.
사도세자가 부왕 영조를 대신해 대리청정하던 사실을 가리킨다. 사도세자는 1749년(영
조25)부터 대리청정을 한 바 있다.

56 행여(行餘)의 학문 : 기본 도리를 행하고 남는 여가에 공부하는 것을 말한다. 이
말은 《논어》〈학이(學而)〉에 "제자가 들어가서는 효도하고 나와서는 공손하며, 행실
을 삼가고 말을 성실하게 하며, 널리 사람들을 사랑하되 인한 이를 친히 해야 하니,
이것을 행하고 여력이 있으면 글을 배워야 한다.〔弟子入則孝, 出則弟, 謹而信, 汎愛衆
而親仁, 行有餘力, 則以學文.〕"라고 한 데서 유래하였다.

57 신성께서……이어받았네 : 혜경궁이 정조에 이어 순조(純祖)를 총애한 것을 가리
킨다. 함이(含飴)는 함이농손(含飴弄孫)의 줄임말이다. 본디 엿을 입에 물고 손자를
어른다는 말인데, 노년의 편안하고 즐거운 생활을 뜻한다.

후비께서 저술하신 공덕은[58]   功德東朝筆
천추에 우뚝하여 변치 않으리   千秋卓不移

황조의 칭찬이 또한 신령하지 않은가   皇祖褒言不亦神
근원이 높은 행실에 경사가 몸에 미쳤네[59] 源高百行慶流身
과연 훌륭한 아내에 어진 어미라   果然佳婦仍賢母
이 때문에 선왕께서 또 성인이 되셨네   是以寧王又聖人
장락에 모셔 휘호를 높이니 융성함은 땅과 같고[60] 長樂揚徽隆擬地
문손을 잘 보우하심은 옥새를 내릴 때부터네[61] 文孫篤祐降符辰
다시 마름질한 짧은 상복을 보니[62]   更看衣尺裁緦制

58 후비께서 저술하신 공덕은 : 혜경궁 홍씨가 《한중록(閑中錄)》을 지어 남편 사도세
자의 죽음을 둘러싼 정황과 자신의 한 많은 인생을 서술한 것을 가리킨다.

59 황조의……미쳤네 : 황조(皇祖)는 영조를 가리키는데, 혜경궁이 1744년(정조20)
궁궐에 들어온 후로 바른 행실과 부덕을 보이자 영조가 현모(賢母)라는 칭찬을 내린
적이 있고, 정조를 낳자 영조가 기뻐하며 "너는 정명공주(貞明公主)의 후손으로서 왕가
의 빈(嬪)이 되었는데, 이제 종사(宗社)에 큰 공을 세웠으니 기특하고 다행함을 어찌
이루 다 형언할 수 있겠는가?"라고 칭찬을 내린 일이 있다. 《純祖實錄 16年 1月 21日
惠慶宮誌文 》

60 장락에……같고 : 장락궁(長樂宮)의 준말로 대비(大妃)를 이르는 말이다. 본래
장락궁은 한(漢)나라 고조가 모후를 받들기 위하여 세운 궁전이다. 화성 행궁의 침전
이름도 장락당으로 1794년(정조18) 화성 성역 중에 완공하였다. 이후 정조는 1794년
(정조18)에 혜경궁께 휘목(徽穆)이란 존호를 올렸고, 이듬해에는 혜경궁을 모시고 화
성에 행차하여 봉수당(奉壽堂)에서 연회를 베푼 일이 있다.

61 문손(文孫)을……때부터네 : 문손은 순조를 가리키는데, 정조가 승하한 뒤에 혜
경궁이 옥새를 순조에게 전하여 독실히 보호했다는 말이다.

62 다시……보니 : 원문의 의척(衣尺)은 어린 순조의 짧은 상복을 가리킨다.

반석처럼 번창함은 누구의 은혜인가[63]　　　　磐石緜瓜竟孰因

옛날 내리신 아름다운 언행을 곰곰이 생각하니　　　徽音緬想舊經過
지극한 애통은 말이 없거늘 하물며 많이 하랴　　　至慟無辭矧敢多
천륜과 성품을 모두 보전하였으니 바로 성인이신데　倫性兩全斯聖已
온갖 변고를 겪은 것도 하늘의 뜻이니 어이할꼬　　滄桑百閱奈天何
우빈이 실로 중화의 섭정을 보좌하였고[64]　　　　虞嬪實贊重華攝
주아에서 먼저 지중을 노래하여 드높였네[65]　　　周雅先推摯仲歌
칠십이 년이 하루와 같았으니　　　　　　　　　　七十二年如一日
누가 붓을 가지고 희아를 그려낼까[66]　　　　　　誰將彤筆畫羲娥

구름 명정을 펄럭이며 분천으로 향하니　　　　　雲旌冉冉向汾川

63　반석처럼……은혜인가 : 혜경궁의 은덕으로 자손이 번성하고 왕통(王統)이 면면
히 이어짐을 비유한 말이다.

64　우빈(虞嬪)이……보좌하였고 : 우빈은 요(堯)의 두 딸이며 순(舜)의 후비(后妃)
이다. 《서경》〈요전(堯典)〉에 "두 딸을 위예(嬀汭)에 내려보내 우순(虞舜)의 빈(嬪)이
되게 하였다."라고 하였다. 중화(重華)는 순 임금의 미칭으로 순 임금의 문덕이 요
임금을 계승하여 거듭 광화(光華)를 발했음을 일컫는 말이다.

65　주아(周雅)에서……드높였네 : 혜경궁 홍씨가 궁궐로 시집온 것을 비유한 말이다.
주아는 주(周)나라의 정악이란 뜻으로 대아(大雅)와 소아(小雅)를 가리킨다. 《시경》
〈대명(大明)〉에 "지(摯)나라 둘째 딸 태임(太任)이 저 은상으로부터 주나라에 시집와
서 주나라 서울에 부인이 되셨네.〔摯仲氏任, 自彼殷商. 來嫁于周, 曰嬪于京.〕"라고 하
였다.

66　희아(羲娥)를 그려낼까 : 해를 모는 신인 희화(羲和)와 달에 사는 항아(姮娥)의
병칭으로, 여기서는 혜경궁 홍씨를 가리킨다.

만백성이 둘러서 바라보매 온 도성이 비었네 　　萬姓環瞻一廓然

한 봉분에 묻어 노나라 예법으로 합장하니[67] 　　復土同封方魯祔

선왕께서 제도를 정하심은 이장할 때부터네[68] 　　寧王定制自瀍遷

성을 연달은 버들빛은 도리어 봄날인데 　　連城柳色還春日

전각 가득한 꽃풍경은 묘년과 다르네[69] 　　滿殿花光異卯年

달마다 의관을 꺼내는 의식을 건릉 곁에서 행하여 　　月出衣冠隣健寢

오직 세 번 오르내리며 평생의 애통함 위로하리[70] 　　惟三陟降慰終天

---

67 한……합장하니 : 혜경궁을 사도세자와 합장한 것을 가리킨다. 노(魯)나라의 부
장(祔葬)이란 춘추 시대에 하나의 봉분에 합장하던 장례방식이다. 노나라는 하나의
광중(壙中)에 두 관을 함께 묻었고, 위(衛)나라는 두 관을 서로 다른 광중에 묻었다고
한다. 《禮記 檀弓下》

68 선왕께서……때부터네 : 원문의 난천(瀍遷)은 이장(移葬)을 가리키는데, 정조가
부친의 묘를 현륭원(顯隆園)으로 이장할 때부터 혜경궁과의 합장을 대비하였다는 말이
다. 본래 사도세자의 묘는 1762년(영조38)에 경기도 양주군 배봉(拜峯)에 조성되어
수은묘(垂恩墓)라고 불렸는데, 정조가 1789년(정조13)에 경기도 화성군 태안읍 안녕
리로 이장한 후 현륭원으로 고쳤다.

69 묘년과 다르네 : 혜경궁 홍씨가 태어난 을묘년(1735)의 봄날과 달라졌다는 의미
이다.

70 달마다……위로하리 : 건릉(健陵)은 경기도 화성시 효행로에 있는 정조의 무덤인
데, 정조가 죽어서도 사도세자와 혜경궁을 함께 모시리라는 의미이다. 달마다 의관을
꺼내어 펼쳐 놓는 의식은 한(漢)나라 때에 고조(高祖)의 의관을 매달 초하루 아침에
사당에서 꺼내 여러 사당을 돌게 한 다음 제자리에 앉혀 놓던 고사를 원용한 것이다.
《漢書 卷43 叔孫通傳 服虔注》

임실로 부임하는 원근에게 주다[71]
贈元根赴任任實

너는 본디 정치에 서툰데	汝本疏於治
호남에 목민관으로 부임하네	湖南作吏新
지방관의 다스림[72]에 어찌 다른 방법 있으랴	絃歌寧有術
백성을 기름[73]에 정신을 수고롭혀야 하네	芻牧必勞神
윗사람 섬기며 공손함은 아첨이 아니고	事上恭非諂
백성을 다스리며 공경하는 것이 바로 인이라네	臨民敬是仁
지난날 내가 제부[74]들을 살펴보니	昔吾諸父觀
심법의 핵심은 청백과 순량에 있으셨네	心法在淸循

---

71 임실(任實)로……주다 : 풍고의 나이 52세 되던 1816년(순조16) 2월에 임실 현감 (任實縣監)으로 부임하는 둘째 아들 김원근(金元根, 1786~1832)에게 준 시이다. 김원 근의 자는 경미(景渼)이다. 1809년(순조9) 진사시에 합격했고 1827년(순조27) 문과에 급제하였다. 이조 참의, 사헌부 대사헌 등을 거쳐 이조 참판에 올랐다.

72 지방관의 다스림 : 원문의 현가(絃歌)는 예악으로써 백성들을 잘 교화하는 것을 의미한다. 공자의 제자 자유(子游)가 무성현(武城縣)의 읍재(邑宰)가 되어 예악을 바 탕으로 잘 다스렸는데, 공자가 현가 소리를 듣고 그 다스려짐을 극찬하였다. 《論語 陽貨》

73 백성을 기름 : 원문의 추목(芻牧)은 가축을 사육한다는 뜻으로 목민관을 비유하는 말이다.

74 제부(諸父) : 본래 고대에 천자가 동성(同姓) 제후, 또는 제후가 동성 대부에 대해 부르는 호칭이다. 여기서는 부친의 형제들을 두루 가리킨 말이다.

부채에 써서 동어 이상서 상황 에게 드리다[75]

書便面贈桐漁李尙書 相璜

금과 옥은 문채가 같지 않고 　　　　　　　　金玉不同章

난초와 국화도 꽃술이 같지 않네 　　　　　蘭菊不同蘂

물건이 만약 지각이 있다면 　　　　　　　　使物而有知

응당 서로 가엾게 여기리 　　　　　　　　　應復相憐已

군자는 사귀는 것 중히 여겨 　　　　　　　君子重所與

위로 천고의 선비를 벗하네 　　　　　　　　尙友千古士

아득한 천고도 오히려 그러한데 　　　　　千古复猶然

시대를 함께했으니 어찌 기쁘지 않으랴 　同時那不喜

대부께서 아름다운 명성이 있어 　　　　　大夫有令名

아름다운 바탕과 문채를 일찍부터 갖추셨네 　質文夙具美

효도와 우애는 근원이 있었고 　　　　　　孝友篤其原

충성과 정성은 평소 행실에 드러났네 　　忠款著素履

입언을 하매 한 세상에 절묘하였고 　　　立言妙一世

정사를 잘하여 왕국의 기강 바로잡았네 　幹蠱王國紀

75　부채에……드리다 : 이상황(李相璜, 1763~1841)의 본관은 전주(全州), 자는 주옥(周玉), 호는 동어(桐漁)·현포(玄圃)이다. 효령대군(孝寧大君)의 14대손으로, 아버지는 승지 득일(得一)이며, 어머니는 현감 유성모(柳聖模)의 딸이다. 1786년(정조 10) 문과에 급제, 정언·대사간·한성부 우윤·홍문관 제학 등을 거쳐 벼슬이 판서에 이르렀다. 외직으로 영남 암행어사, 개성 유수, 전라도 관찰사, 평안도 관찰사 등을 역임하였다.

지난날 난대에서 함께 지낼 적에[76]	蘭臺昔幷武
높은 의리로 나를 비루하다 여기지 않으셨네	高義感不鄙
성정은 편안히 여기는 바가 다르지만	情性殊所安
어울리는 데는 지극한 이치 있었네	流通有至理
삼십 년을 주선하는 동안	周旋三十年
돈독함[77]이 처음 마음에서 변하지 않았네	敦昭無改始
남에게 아첨하기를 그대는 하지 못했고	阿好子不能
실정보다 지나친 칭찬을 나는 부끄러워했네	過情吾所恥
생각하건대 우리가 말세에 태어나	永念生季世
옛 도를 본받는 일 행하지 못했으나	無事古道擬
오직 두 마음이 서로 비추어	惟有兩心照
물처럼 담박한 사귐을 바랍니다	庶幾淡如水
지금 모두 흰머리 되어	如今共皓首
누가 먼저 죽을지 모르겠으나	不知誰後死
죽기 전에 거듭 힘써	未死重勉勉
후인들의 모범이 되기 바랍니다	後人願式似

---

76 지난날……적에 : 원문의 난대(蘭臺)는 중국 한(漢)나라의 장서각(藏書閣)과 당나라 비서성(秘書省)의 별칭이다. 조선의 예문관과 홍문관이 여기에 해당하는데, 이상황과 풍고는 정조 11년(1787)부터 한동안 예문관 검열, 춘추관 기사관 등을 함께 역임한 일이 있다.

77 돈독함 : 원문의 돈소(敦昭)는 돈서소게(敦敍昭揭)의 준말로 친족을 돈독하고 화순하게 대하여 밝게 드러낸다는 뜻이다.

대를 심고서
種竹

서리서리 용과 뱀처럼 땅속 깊이 들어가	盤屈龍蛇入土深
긴 줄기 조밀한 잎이 무성한 숲을 이루었네	脩竿密葉儼成林
바람을 맞아 밤중에 영롱한 옥소리 들리고	迎風夜聽玲瓏玉
땅에 뻗으니 아침마다 부서진 금부스러기를 보네	布地朝看瑣碎金
번성한 떨기 떼어내도 모두 절개가 빼어나고	繁族分形均苦節
고상한 자태 도에 가까워 스스로 마음을 비웠네	高姿近道自虛心
위천의 천 묘 대밭을 무어 부러워하랴	渭川千畝何須羨
기욱에서 시인이 덕음을 노래해주었으니[78]	淇澳詩人誦德音

---

78 위천(渭川)의……노래해주었으니 : 위천의 많은 대밭을 부러워하지 않아도 내가 새로 심은 대나무가 무성해지면 시인들이 나의 덕음을 노래하리라는 의미이다. 《사기 (史記)》〈화식열전(貨殖列傳)〉에 "제노 지방에는 천 이랑의 뽕나무와 삼이 있고, 위천 에는 천 이랑의 대나무가 있으니 …… 이것을 소유한 사람들은 그 부가 모두 천호후와 맞먹는다.〔齊魯千畝桑麻, 渭川千畝竹, …… 此其人皆與千戶侯等.〕"라고 하였다. 《시 경》〈기욱(淇澳)〉에 "저 기수(淇水)의 모퉁이를 보니, 푸른 대나무가 무성하도다. 문채 나는 군자여, 절차탁마하듯 하도다.〔瞻彼淇澳, 菉竹猗猗. 有匪君子, 如切如磋, 如琢如 磨.〕"라고 하였다.

석가산을 읊은 오언고시를 경산 직각께 써서 드리다[79]
石假山五古 書贈經山直閣

돌을 쌓아 실제 산을 모방하여	累石像眞山
뜨락 가운데를 향하여 일으켰네	却向庭心起
쌓음에 따라 형태가 이루어지니	隨累隨爲形
바위골짜기가 잠깐 사이에 생겼네	巖洞生造次
비유하자면 사물을 그리는 자가	譬如畫物者
처음에 빈 종이 펴놓고서	初但臨空紙
붓을 잡고 그 형태를 상상하다가	執毫想其態
눈에 떠오르는 대로 곧장 그려내는 것 같네	現眼卽成指
고운 꽃을 심으면 곧 살아나고	佳卉種便生
작은 소나무는 옮겨도 죽지 않네	小松移不死
깊숙한 곳 황홀한 구름기운이	幽處恍雲氣
푸르게 궤안 곁으로 들어오네	蒼翠入隱几
나는 자연을 사랑하는 뜻을 붙여	我方托膏肓
아침저녁으로 기쁘게 마주하는데	朝暮對之喜
어떤 객이 너무 졸렬하다 하며	有客謂太拙

---

79 석가산(石假山)을······드리다 : 석가산은 모양이 좋은 돌을 쌓아 산의 형태를 축소해서 만든 완상물이다. 경산(經山)은 정원용(鄭元容, 1783∼1873)의 호이다. 본관은 동래(東萊), 자는 선지(善之)이다. 1802년(순조2) 문과에 급제, 이조 참의·대사간 등 내직을 두루 거쳐 벼슬이 영의정에까지 올랐다.

서둘러 헐어버리라 하네   火速還剗毀

높아도 처마에 닿지 않고   峻極不及檐

명산이 어찌 저와 같으랴 하네   名山焉用彼

나는 못 들은 척 웃으며 말하기를 我笑如不聞

그대는 이치에 밝지 못하도다   君自未明理

남산 산 빛을 바라보시게   試見南山色

이 창안에 있지 않은가   不在此窓裏

봄비에 느낌이 일어

春雨有懷

가랑비가 아침 안개에 섞여 버들개지에 스미니   細和朝烟着柳枝

한 해의 봄 기운이 가지마다 피어나네   一年春意惹絲絲

온통 세상일에 얽매어 한가한 날 없어   渾因俗事無閑日

뜨락 가득 꽃이 핀 줄 알지 못했네   開遍庭花了不知

대은루 시축의 운에 차운하여 해석 김상국 재찬 에게 드리다[80] 병서

次大隱樓軸中韻 呈海石金相國 載瓚 O幷序

병자년(1816) 초여름, 원보(元輔 영의정) 해석공(海石公)이 덕은(德隱)의 강가 별장에 은거하고 있었는데, 급건(及健) 이상공(李相公)[81]과 좌의정 소파(小波) 한공(韓公)[82]이 함께 배를 타고 방문하여 밤낮으로 질탕하게 어울리며 서로 연구(聯句)를 지어 유람을 기록하였다. 극옹 태사(屐翁太史)[83]가 근체시를 지으면서 또 연구의 운에 차운하

---

80 대은루(大隱樓)……드리다 : 대은루는 김재찬(金載瓚, 1746~1827)이 은거하며 지은 별장의 이름으로 경기도 고양시 덕양구 덕은동에 있던 것으로 추정된다. 김재찬의 본관은 연안(延安), 자는 국보(國寶), 호는 해석(海石)이다. 1774년(영조50) 문과에 급제, 청요직을 두루 거쳐 1807년(순조7)에 우의정이 되었고, 1808년(순조8)에 좌의정, 이듬해에 영의정에 올랐다. 대은루에서 지은 시축(詩軸)의 내용은《해석유고(海石遺稿)》권4〈대은루소화 여양공연구…(大隱樓小話 與兩公聯句…)〉,《극원유고(屐園遺稿)》권1〈오백씨급건공휴목금호…(吾伯氏及健公休沐琴湖…)〉가 참고가 된다.

81 급건(及健) 이상공(李相公) : 이시수(李時秀, 1745~1821)를 가리킨다. 본관은 연안(延安), 자는 치가(稚可), 급건은 그의 호이다. 1773년(영조49) 문과에 급제, 병조·이조·호조의 판서를 역임하고, 1799년(정조23)에 우의정이 되었다가 이듬해에 좌의정, 1802년(순조2)에 영의정에 올랐다. 시호는 충정(忠正)이다.

82 소파(小波) 한공(韓公) : 한용귀(韓用龜, 1747~1828)를 가리킨다. 본관은 청주(淸州), 초명은 용구(用九), 자는 계형(季亨), 호는 만오(晩悟)이다. 소파(小波)라는 호가 따로 있었던 듯하다.

83 극옹 태사(屐翁太史) : 이만수(李晩秀, 1751~1820)를 가리킨다. 본관은 연안, 자는 성중(成仲), 호는 극옹(屐翁)·극원(屐園)이다. 1789년(정조13) 문과에 급제,

여 올리자 삼정승이 다시 서로 화답하여 시축을 이루니, 참으로 성대한 일이었다. 내가 해석공에게 보여달라고 청하자 공이 허락하면서 이윽고 화답시를 요청하였다. 말이 비록 비루하지만 공이 명하셨으므로 감히 따르지 않을 수 없었다.

물가의 어부 나무꾼과 낯이 설지 않고	渚上漁樵面不生
모래톱의 갈매기 백로와 뜻이 서로 맞네	沙邊鷗鷺意相迎
공이 이제 삼공 벼슬과 바꾸어서	公今欲把三公換
십리의 강산에서 태평세월에 누우려 하시네[84]	十里江山臥太平

물결 속에 그물을 거두니 저녁 조수가 일고	波心收網夕潮生
누각 아래로 술동이 옮겨 개인 달을 맞네	樓底移樽霽月迎
오경의 별자리에 응당 징험 있으리니	五夜星文應有驗
삼태성 빛이 수성과 나란히 접했네[85]	台階光接壽躔平

내외직을 두루 거쳐 벼슬이 판서에 이르렀다. 시호는 문헌(文獻)이다.

84 공이……하시네 : 김재찬이 벼슬을 버리고 은거하려 한 것을 가리킨다. 원문의 삼공환(三公換)은 벼슬보다 부모 봉양을 우선시한다는 뜻이다. 왕안석(王安石)의 〈고우로 돌아가는 교 수재를 전송하며[送喬秀才歸高郵]〉라는 시에, "옛사람은 하루의 봉양을, 삼공의 벼슬과도 바꾸지 않았네.[古人一日養, 不以三公換.]"라는 구절이 있다. 《王荊公詩注 卷13》

85 삼태성……접했네 : 세 정승이 장수를 누린다는 의미이다. 원문의 태계(台階)는 본래 삼정승(三政丞)이 집무하는 관아를 뜻하나, 여기서는 하늘의 삼태성(三台星)을 가리킨다. 상태(上台), 중태(中台), 하태(下台)가 각각 제자리에 있으면 음양이 조화를 이루고 비바람이 순조로워 천하가 태평을 누린다고 하는데, 이것은 바로 재상의 임무와 같기 때문에 동일시한 것이다. 수성(壽星)은 노인성(老人星)을 가리키는데,

조각배 탄 세 노인이 맑은 바람 맞으니	扁舟三老溯淸風
대은루는 행포 동쪽에 높이 솟았네[86]	大隱樓高杏浦東
인간 세상 바쁘고 한가함은 조야가 다르지만	人世閑忙朝野異
강호의 근심과 즐거움은 고금이 한가지네	江湖憂樂古今同
백조의 맹세 아직 남은 줄 알고 있으나	亦知白鳥盟猶在
창생들의 희망 헛되고 말까 두렵네[87]	恐遣蒼生望遂空
외로운 꿈은 곧장 밝은 달을 따라가서	孤夢直隨明月去
물가를 두루 맴돌다 다시 방 안으로 돌아오네	汀洲繞遍更簾櫳

인간의 수명을 관장한다는 별이다.

86 대은루는……솟았네 : 대은루가 행포(杏浦)에서 약간 상류에 위치했다는 말이다. 행포는 행호(杏湖), 즉 행주산성 부근의 한강을 가리키는 말로 추정된다.

87 백조(白鳥)의……두렵네 : 김재찬이 평소 은거하려던 포부를 이루는 것도 좋으나, 고난에 겨운 창생들도 돌보지 않을 수 없다는 의미이다. 백조의 맹세는 백구맹(白鷗盟)과 같은 말로, 자연에 은거하여 백구와 벗을 삼겠다는 맹세를 말한다. 경륜과 지혜가 뛰어난 진(晉)나라 재상 사안(謝安)이 회계(會稽)의 동산(東山)에 은거하여 나오지 않자, 당시 사람들이 "사안이 세상에 나오지 않으니, 창생들을 어찌하려는가."라고 말하였다고 한다. 《晉書 卷79 謝安列傳》

빗속에서

雨中

빗소리가 잦아들다 요란하다 지겹도록 내리니	聲低聲急苦淋漓
삼일 동안 청산이 종적을 감췄네	三日靑山失不知
대 심은 땅 부드러워 죽순이 빨리 솟고	栽竹土鬆抽筍速
차 달일 땔나무 젖어 연기가 더디 이네	烹茶薪濕出烟遲
물댄 논과 여름나무는 왕마힐의 시구와 같고[88]	水田夏木王摩詰
맑은 대자리 성긴 주렴은 두습유의 시구와 같네[89]	淸簟疏簾杜拾遺
작은 누각에서 나직이 읊조리며 채필을 잡았으나	小閣沈吟拈彩筆
지금 사람은 그저 고인의 시를 모방할 뿐이네[90]	今人但擬古人詩

88 물댄……같고 : 당나라 왕유(王維)의 〈굳은비 내리는 망천의 별장에서〔積雨輞川莊作〕〉란 시에 "넓은 논에선 백로가 날고, 무성한 여름나무에 꾀꼬리 우네.〔漠漠水田飛白鷺, 陰陰夏木囀黃鸝.〕"라는 구절이 있다.

89 맑은……같네 : 원문의 청점소렴(淸簟疏簾)은 당나라 두보(杜甫)의 〈7월 1일에 종명부의 물가 누각에 쓴 시 2수〔七月一日題終明府水樓 二首〕〉에 "초강과 무협 일대는 구름 끼고 비 오는 날이 절반이니, 시원한 대자리 성긴 주렴 치고서 바둑 구경 하노라.〔楚江巫峽半雲雨, 淸簟疏簾看弈棋.〕"라는 구절에서 따온 말이다.

90 작은……뿐이네 : 좋은 붓을 잡으면 좋은 시가 나와야 하지만, 재능이 없어 고인의 시나 모방할 뿐이라고 겸사한 말이다. 채필(彩筆)은 좋은 붓 또는 훌륭한 문필을 가리키는데, 남조(南朝) 때 강엄(江淹)이 젊어서 꿈속에서 곽박(郭璞)에게 오채필을 받고서 문장이 크게 진보했는데, 만년에 꿈속에서 오채필을 돌려준 뒤부터는 좋은 글이 나오지 않았다는 고사가 있다. 《南史 卷59 江淹列傳》

한근지의 시에 차운하다

次韓近之韻

누가 당시에 옛책을 읽지 않았으랴만　　　　　　誰不當年讀古書

스스로 헤아리건대 무엇이 성현과 닮았는가　　　自量何事聖賢如

내 홀로 범을 잡으려 함을 괴상히 여기지 말라[91]　且休怪我獨探虎

그대와 함께 물고기 버리기를 권하고자 하네[92]　常欲勸君同捨魚

무정한 백발은 사람이 원망할 수 있으나　　　　白髮無情人可怨

청운의 꿈 노력해도 계책이 이미 엉성했네　　　靑雲努力計曾疏

산방의 궂은비에 향로의 불도 식어　　　　　　山房雨宿爐香燼

평소의 포부 이야기하자니 서글픔만 이네　　　話及平生悵有餘

91　내……말라 : 나 홀로 힘에 벅찬 희망을 추구함을 괴이하게 여기지 말라는 의미이
다. 범을 잡으려 하는 것은 큰 성공을 거두기 위해 모험을 감수하는 것을 말한다. 후한
(後漢)의 반초(班超)가 오랑캐를 밤에 습격하면서 "호랑이 굴에 들어가지 않으면 호랑
이 새끼를 얻지 못한다.〔不入虎穴, 不得虎子.〕"라고 하였다. 《後漢書 卷47 班超傳》

92　그대와……하네 : 명리를 제쳐두고 의리를 추구하기를 바란다는 말이다. 《맹자》
〈고자 상(告子上)〉에 "생선 요리도 내가 원하는 것이요, 곰 발바닥 요리도 내가 원하는
것이지만 이 두 가지를 겸하여 얻을 수 없다면 생선 요리를 버리고 곰 발바닥을 가질
것이다. 삶도 내가 원하는 것이고 의도 내가 원하는 것이지만 두 가지를 겸하여 얻을
수 없다면 삶을 버리고 의를 취할 것이다."라고 한 구절이 있다.

관북 안찰사 이원여에게 부치다[93]

寄贈關北按使李元汝

북방을 안찰하는 그대를 전송한 지	送君按北藩
해가 지나고도 넉 달이 되었네	周歲有四月
북방 감영이 몹시도 번화하여	藩司盛繁華
온갖 지공에 부족함 전혀 없으리	百供無一闕
아리따운 여인들 음악 솜씨 빼어나고	佳人妙竽瑟
건장한 장정들은 기백이 넘치리라	健兒威旌鉞
하물며 누각에 올라 바라보면	況乃登樓望
시내와 들판이 풍광도 빼어남에랴	川陸有超忽
모든 사람이 다투어 이곳에 나아가	衆情競就此
소요하며 한가로운 벼슬생활 즐기는데	回翔樂閑歇
어찌하여 찾아온 사자에게 물어보니	如何問來使
그대만이 모습이 바뀌었다 하는가	君獨改顔髮
참으로 경세제민의 염려로 인해	良由經濟心
자나 깨나 홀로 일어나 근심하고	寤寐苦兀兀

93　관북(關北)……부치다 : 풍고의 나이 52세 되던 1816년(순조16) 5월경에 지은
시이다. 이원여(李元汝)는 이희갑(李羲甲, 1764~1847)을 가리킨다. 본관은 한산(韓
山), 자는 원여(元汝), 호는 평천(平泉)이다. 1790년(정조14) 문과에 급제, 홍문관
교리·대사간·이조 참판 등을 거쳐 벼슬이 판서에 이르렀다. 외직으로 호남 암행어사,
황해도·함경도·평안도 관찰사 등을 역임하였다. 1815년 1월부터 이듬해 11월까지
함경도 관찰사를 역임했다.

적을 제어할 계책을 미리부터 마련하여	制勝繹遠猷
방비를 갖추는 일 갑자기 함이 없었네	蕆事無倉卒
화락한 군자를 신명이 보호할지라도[94]	豈弟雖神扶
꽃다운 정채가 쉬이 시들까 두렵네	菁華懼易竭
산마루에 궂은비가 걷히고	宿雨捲山椒
높은 나무에 매미소리 요란하니	吟蟬厲淸樾
계절의 풍경에 마음이 움직이고	時物感中情
이별의 수심은 더욱 아득하네	契闊增悗惚
덕음을 잊을 수 없고	德音不可忘
천 리 길은 뛰어갈 수 없으니	千里不可越
언제나 두 손을 맞잡고서	何當共摻手
기쁘게 이야기 나누며 갈증을 풀까	歡言解酲暍
부끄러워라, 혜강과 여안은	所慙嵇與呂
생각날 때마다 수레를 타고 찾아갔다 하네[95]	相思命駕發

---

94 화락한……보호할지라도 : 《시경》〈한록(旱麓)〉에 "화락한 군자는 신명이 보우하는 바로다.〔豈弟君子, 神所勞矣.〕"라고 한 것을 가리킨다.

95 혜강과……하네 : 진(晉)나라 때 죽림칠현의 한 사람인 혜강(嵇康)이 여안(呂安)과 매우 친하여 서로 생각만 나면 천 리 먼 길이라도 즉시 달려가 만났다고 한다. 《世說新語 簡傲》

밤에 두시의 운을 뽑아 손님과 함께 짓다[96]
夜拈杜韻 與客共賦

배움을 잃어 황폐해지는 마음 부끄럽고	失學慚茅塞
시대에 상심하여 어려운 일 염려하네	傷時念棘艱
미련하게 누가 지는 해를 붙들려 하는가[97]	癡誰粘駐日
어리석기는 삼태기로 산을 옮기고자 했네[98]	愚欲畚移山
시어는 벌레소리처럼 듣기 괴롭고	詩語蟲同苦
머리털은 나뭇잎처럼 희끗희끗하네	顚毛葉與斑
은하수가 하늘에 또렷이 걸려	星河橫耿耿
대발 사이로 고즈넉이 바라보네	悄對竹簾間

---

96 밤에……짓다 : 원시는 두보(杜甫)의 〈구일에 엄대부께 부쳐 올리다[九日奉寄嚴
大夫]〉라는 시이다.

97 미련하게……하는가 : 전국 시대 초(楚)나라 노양공(魯陽公)이 한(韓)나라와 한
창 싸우던 중에 마침 해가 곧 넘어가려 하자, 노양공이 창을 잡고 해를 향하여 휘두르니,
해가 마침내 삼사(三舍)의 거리를 되돌아왔다는 고사에서 온 말이다.

98 어리석기는……했네 : 우공이산(愚公移山)의 설화를 가리킨다. 북산(北山)의 우
공(愚公)이 앞에 산이 가로막혀 통행이 불편하였으므로, 가족들과 함께 산을 옮기려고
매일 흙을 퍼 나르기 시작하였다. 처음에는 산신령이 비웃었으나 자자손손 대대로 이
일을 행하겠다는 우공의 뜻을 알고 천제(天帝)에게 보고하자, 이에 감동한 천제가
신력(神力)의 소유자인 과아씨(夸娥氏)를 내려 보내 그 산을 등에 업고 다른 곳으로
옮기게 했다고 한다. 《列子 湯問》

한창려의 〈추회〉 시에 차운하다[99]
次韓昌黎秋懷韻

젊어서 제 힘을 헤아리지 못하고   少也未度力

허황하게 천고를 능멸하리라 생각했네   狂圖千古凌

중년에 드디어 낙척하게 되자   中年遂濩落

어리석기가 추위 만난 파리와 같았네   癡如秋後蠅

세상의 먼지 얼굴에 가득하여   紅埃滿面目

아는 사람들에게 미움 받기 십상이었네   識者宜見憎

봉황은 만 길을 나는데   鳳凰翔萬仞

제비 참새는 처마 끝에 집을 짓는다네   燕雀巢簷稜

배를 삼키던 고래도 개미에게 농락을 당하니   吞舟或困蟻

신령스러운 물건은 그물로 잡을 수 없네   神物不可罾

아, 성인께서 말씀 남기셨으니   嗚呼聖垂言

사람마다 한 가지 재능 가졌다 하네   人各有一能

책을 펼쳐 한 권을 읽기도 전에   披書未罄卷

종이 창문이 벌써 어두워졌네   紙窗忽已暗

어두운 창문은 다시 밝아지련만   窗暗當復明

99 한창려(韓昌黎)의……차운하다 : 한창려는 당나라 한유(韓愈)를 가리킨다. 〈추회(秋懷)〉는 가을을 맞아 자신의 포부가 세상과 화합하지 못하는 심사를 적은 것으로 모두 11수이다. 여기서는 4, 7, 8, 9번째 시의 운자를 따라 지었다.

어른거리는 눈은 참으로 한스럽네	眼花眞可憾
어른거리는 눈은 닦아낼 수 있다지만	花暈猶待拭
안개 낀 마음은 보일락 말락 하네	心霧瞰非瞰
화려한 무늬는 흰 바탕에서 나오고	繪繡文出素
현주¹⁰⁰의 맛은 담박함에 있네	玄酒旨在淡

현주¹⁰⁰의 맛은 담박함에 있네 — 玄酒旨在淡

오묘한 솜씨는 졸렬함만 못 하다 하니¹⁰¹ — 至妙莫如拙

어른거리는 눈은 참으로 한스럽네	眼花眞可憾
어른거리는 눈은 닦아낼 수 있다지만	花暈猶待拭
안개 낀 마음은 보일락 말락 하네	心霧瞰非瞰
화려한 무늬는 흰 바탕에서 나오고	繪繡文出素
현주[100]의 맛은 담박함에 있네	玄酒旨在淡
오묘한 솜씨는 졸렬함만 못 하다 하니[101]	至妙莫如拙
말은 거만해도 뜻은 과장된 것 아니네	言傲意非濫
만 년도 마침내 다할 때가 있으니	萬歲會有窮
끝나는 것은 눈 깜짝할 사이에 닥치네	窮則瞥暎塹
준마는 늘 달리지 않고	駿馬不常驟
빈 배도 늘 매여 있지 않아	虛舟不常纜
사물마다 이치가 비록 다르지만	物物理雖殊
궁극에는 공평한 데로 귀결되네	究竟一槩勘
일찍이 듣자니 석숭 같은 부자도	曾聞石崇富
처음엔 한 섬의 곡식도 없었다 하네	本無資甀甔

흰 구름은 남쪽 봉우리에서 날고	白雲飛南峰
누런 잎은 서쪽 마루에 떨어지네	黃葉墜西軒
세찬 바람에 모진 모멸을 받으며	勁飆侮蔑甚

---

100 현주(玄酒) : 제사 때 술 대신 올리는 물을 고상하게 일컫는 말이다.

101 오묘한……하니 : 노자(老子)의 《도덕경》 45장에 "크게 곧은 것은 굽은 것처럼 보이고, 크게 교묘한 것은 졸렬한 것처럼 보이고, 큰 언변은 어눌한 것처럼 보인다.〔大直若屈, 大巧若拙, 大辯若訥.〕"라고 하였다.

위아래로 몹시 분주하게 흩날리네	上下劇逐奔
들창에 기대 하릴없이 바라보며	倚戶漫寓矚
묵묵히 할 말을 잊었네	默默忘晤言
문득 화분 속의 국화를 보니	忽見盆中菊
창문 앞에 수려한 빛 감돌아	秀色當囪前
아침에 원량이 따고[102]	朝爲元亮採
저녁엔 영균이 먹네[103]	夕代靈均餐
먹고 먹어도 배부르지 않아	餐餐不成飽
고시 몇 편을 읊었네	誦古詩數篇
작자를 마주한 듯 황홀하여	作者怳相對
천 년 전의 일임을 깨닫지 못하였네	不覺歲去千
어찌하여 시구 속의 말이	胡爲詩上語
깨끗한 중에 맵고 쓴 뜻 품었는가	奇潔含辛酸
맵고 쓴 것은 감촉된 바가 있어서이니	酸辛觸所感
내버려두고 잠을 자느니만 못 하네[104]	不如置而眠

---

102 원량(元亮)이 따고 : 원량은 진(晉)나라 때의 시인 도잠(陶潛)의 자(字)이다. 국화를 몹시 좋아하여 〈음주(飮酒)〉 시에 "동쪽 울타리 아래에서 국화를 따고 유유히 남산을 바라보노라.〔採菊東籬下, 悠然見南山.〕"라는 유명한 구절이 있다.

103 영균(靈均)이 먹네 : 영균은 전국 시대 초(楚)나라 굴원(屈原)의 호이다. 그가 지은 〈이소(離騷)〉에 "아침에 모란의 이슬 방울 받아 마시고, 저녁에는 떨어진 가을 국화 꽃잎 주워 먹네.〔朝飮木蘭之墜露兮, 夕餐秋菊之落英.〕"라고 하여 자신의 향기롭고 고결한 자태를 노래하였다.

104 맵고……못 하네 : 옛날의 시인이 신랄한 맛을 품은 것은 당시에 감촉한 바가 있어서인데, 지금 자신은 그런 괴로움을 일부러 느낄 필요는 없다는 말이다.

잠자는 동안에 정신이 화락하여 　　　　　　　眠時神熙熙
얼핏 희황의 시절을 사랑하네[105] 　　　　　　薄愛羲皇年

봉황은 연실을 쪼고 　　　　　　　　　　　　鵷雛啄練實
올빼미는 썩은 쥐를 달게 여기네[106] 　　　　鴟甘腐鼠乾
연석[107]은 소경을 속이던 것인데 　　　　　燕石瞞瞍者
때때로 진짜 옥돌과 혼동되네 　　　　　　　時乃混琅玗
월인은 박옥을 안고 우는데 　　　　　　　　刖人泣荊璞
어린아이는 밥덩이를 움켜드네[108] 　　　　孩童攫黍團

105　잠자는……사랑하네 : 희황(羲皇)은 중국 고대의 복희(伏羲) 시대를 가리키는
데, 꿈속에서 태평시절을 누리면서 현실의 고단함을 잊겠다는 의미이다.

106　봉황은……여기네 : 군자와 소인의 지향이 완전히 다름을 비유한 말이다. 원추
(鵷雛)는 봉황의 일종이며, 연실(練實)은 죽실(竹實)을 이른다. 《장자》〈추수(秋水)〉
에 "남방에 새가 있는데 그 이름이 원추이다. 그대는 아는가? 저 원추가 남해를 출발하
여 북해로 날아갈 적에 오동나무가 아니면 쉬지 않고 연실이 아니면 먹지 않으며, 단물
이 나오는 샘이 아니면 마시지 않는데, 썩은 쥐를 얻은 솔개가 마침 그 위를 지나가는
원추를 보고는 제 썩은 쥐를 빼앗길까 두려워 꾹하고 울러댄다."라는 구절이 있다.

107　연석(燕石) : 연산(燕山)에서 나오는 보석과 비슷한 돌이다. 옛날 송(宋)나라의
어리석은 사람이 이 돌을 오대(梧臺)의 동쪽에서 얻고는 큰 보물이라 여겨 비단으로
몇십 겹을 싸서 잘 보관하였으나 결국 일반 돌과 다름이 없었다는 고사가 있다. 《太平御
覽 卷51 引 闕子》

108　월인(刖人)은……움켜드네 : 보옥을 증명하다가 발뒤꿈치가 잘린 사람이 있는
반면, 어린아이에게 보옥과 밥덩이를 제시하면 대뜸 밥덩이를 움켜쥔다고 하여, 처지에
따라 관심사가 판이함을 비유한 말이다. 월인은 춘추 시대 초(楚)나라 사람 변화(卞和)
를 가리킨다. 그가 진귀한 옥돌을 얻어 초나라 왕에게 바쳤다가 임금을 속인다는 누명을
쓰고 두 차례나 발이 잘렸으나, 끝내는 진가를 인정받고서 천하제일의 보배인 화씨벽
(和氏璧)을 얻게 되었다는 고사가 있다. 《韓非子 卷4 和氏》

한유 선생께 묻노니	借問老先生
선생께선 무엇을 편히 여기시는가	夫子何所安
선생은 벙어리처럼 대꾸하지 않아	先生啞不贗
나로 하여금 눈물 흘리게 하네	使我涕汎瀾
어제 꿈에 신선을 만나니	昨夢遇仙客
나에게 소반 위의 구슬을 주었네	遺我盤中丸
혹시 꿈을 참으로 만들 수 있다면	儻將夢作眞
마치 말이 굴레를 벗은 듯하리	如馬脫羈鞍

이상서 면응 를 곡하다[109]

哭李尙書 冕膺

백 명으로도 대속하기 어렵다는 옛사람의 시도 있거니와[110]

百身難贖昔人詩

눈물 섞어 읊조림은 어찌 나의 사사로움이리오   和淚吟諷豈我私

이른 나이에 규장을 잡고 조정에 서길 기대했고   早歲圭璋廊廟待

만년엔 태산북두처럼 사림들이 추숭했네   晚來山斗士林推

구름이 비고 물 떨어지니[111] 진면목 드러나고   雲空水落方眞面

호랑이 떠나고 용이 죽으니[112] 이 슬픔 어이하랴   虎逝龍亡奈此悲

---

109 이상서(李尙書)를 곡하다 : 풍고의 나이 48세 되던 1812년(순조12) 8월 이후에
이면응(李冕應, 1746~1812)의 죽음을 애도하며 지은 시이다. 이면응의 본관은 연안
(延安), 자는 대언(帶彦)이다. 1787년(정조11) 문과에 급제, 홍문관 교리·비변사 제
조·이조 참판 등을 지냈다. 역적 홍서영(洪緖榮)을 침랑(寢郞)에 기용했다는 죄목으
로 1801년(순조1) 창성부(昌城府)에 유배되었다가 1806년에 이조 참판에 서용되었다.
이때 직무태만을 이유로 다시 전주부(全州府)에 유배되었다가 풀려나 다시 이조 참판
에 기용되어, 한성부 판윤·공조 판서·전라도 관찰사 등을 지내고, 1812년 8월에 사헌
부 대사헌으로 있다가 죽었다.

110 백……있거니와 : 원문의 백신난속(百身難贖)은 돌아간 분을 살려낼 수만 있다
면 백 번 죽더라도 자신의 몸을 대신 바치겠다는 말이다. 《시경》〈황조(黃鳥)〉에 "저
푸른 하늘이여, 우리 좋은 사람을 죽이도다. 만약 대속할 수 있다면 사람마다 그 몸을
백 번이라도 바치리라.〔彼蒼者天, 殲我良人, 如可贖兮, 人百其身.〕"라고 하였다.

111 구름이……떨어지니 : 큰 인물이나 대학자의 죽음을 가리키는 말이다. 예컨대
순(舜) 임금과 주희(朱熹)가 죽은 것을 '창오운단 무이산공(蒼梧雲斷 武夷山空)'이라
표현하는 것과 같은 조어 방식이다.

가을날 강 누각에서 병중에 나눈 대화는　　　　秋日江樓扶病話
우군애국의 지성을 푸른 하늘이 알아주리　　　　至誠憂愛上蒼知

독실히 행한 외로운 지조를 모든 사람이 알고　　篤行孤操衆所知
학자의 바른 풍류는 스승이 되기에 충분함에랴　風流儒雅況堪師
맑고 고고한 집안 전통 대대로 이어받아　　　　承家氷蘗靑氈在
창주[113]의 도를 보호하다 백발이 되었네　　　　衛道滄洲白髮滋
하늘에 맹세한 속수는 일찍이 벼슬에 이름을 올렸고[114]

　　　　　　　　　　　　　　　　　　　涑叟指天曾列榜
바다를 건넌 파공은 오히려 시를 전하였네[115]　坡公過海尙傳詩

112　호랑이……죽으니 : 큰 인물이 죽음을 비유한 말이다. 소식(蘇軾)이 지은 〈제구
양문충공문(祭歐陽文忠公文)〉에 "깊고 큰 못에 용이 사라지고 호랑이가 죽으면 변괴가
뒤섞여 나와서 미꾸라지를 춤추게 하고 여우들을 호령하게 한다.〔深淵大澤, 龍亡而虎
逝, 則變怪雜出, 舞鰌鱓而號狐狸.〕"라고 하였다.

113　창주(滄洲) : 송나라 주희(朱熹, 1130~1200)의 호이다.

114　하늘에……올렸고 : 이면응이 벼슬하지 않기로 맹세했다가 나중에 다시 벼슬에
진출한 것을 비유한 말이다. 속수(涑叟)는 송(宋)나라의 명신 사마광(司馬光)을 가리
킨 듯하다. 고향이 속수(涑水)였기 때문에 속수선생이라고 불렸다. 신종(神宗) 때 청묘
조역법(靑苗助役法)의 불편함을 강력히 말하였다가 왕안석(王安石)의 뜻을 거스르게
되자 낙중으로 돌아가서 지내며 정치에 대해 논하지 않았다. 그러다가 철종(哲宗)이
즉위하자 재상 직책을 맡아 백성에게 해를 끼치는 신법(新法)을 모두 고쳤다.《宋史
卷336 司馬光列傳》

115　바다를……전하였네 : 이면응이 귀양을 갔을 때에도 풍류를 잃지 않았다는 것을
비유한 말이다. 파공(坡公)은 송나라 소식(蘇軾)을 가리킨다. 송나라 철종(哲宗)이
친정을 시작하여 신법파(新法派)가 득세하자, 소식은 혜주 사마(惠州司馬)로 좌천되었
다가 해남도(海南島)로 유배되었다. 이때 귀양살이하는 동안 많은 시를 지으며 풍류를

지금 만사가 재가 된 날에　　　　　　　　　　如今萬事成灰日
궁귀의 야유가 갈수록 서글프네[116]　　　　　窮鬼揶揄轉可悲

영고성쇠를 주관하는 자 누구인가　　　　　　欣戚榮枯主者誰
오늘 공이 돌아갈 줄 어찌 예상이나 했으랴　　公歸今日豈曾期
끝내 태평성대 경륜의 솜씨를 버리고　　　　　終抛聖代經綸手
호남 백성들에게 부모의 은혜만 끼쳤네[117]　　但博湖民父母思
거문고 속의 아양 곡조는 좋은 짝 만나지 못해　琴裏峨洋無好友
술잔 사이에 조잘대는 어린아이만 있네[118]　　杯間嗃哳有纖兒
침문[119]의 석양녘에 울음소리 멈추고서　　　　寢門殘照呑聲罷
생각을 짜내어 부끄러움 무릅쓰고 제문을 짓네　哀誄抽腸不愧辭

즐기다가 철종이 죽자 복권되었으나 돌아오는 길에 죽었다.

116　궁귀(窮鬼)의……서글프네 : 이면응이 많은 곤궁을 겪은 것을 말한다. 사람을 궁하게 만드는 다섯 귀신이 있으니, 곧 지혜가 궁한 지궁(智窮), 배움이 궁한 학궁(學窮), 문장이 궁한 문궁(文窮), 운명이 궁한 명궁(命窮), 사귐이 궁한 교궁(交窮)을 말한다. 당나라 한유(韓愈)는 〈송궁문(送窮文)〉에서 이 다섯 궁귀가 자기를 늘 따르고 있다고 하였다.

117　호남……끼쳤네 : 이면응이 1808년(순조8) 9월부터 1810년(순조10) 4월까지 전라도 관찰사를 역임한 것을 가리킨다.

118　거문고……있네 : 상대방의 덕망에 어울리는 벗은 없고, 다만 자신처럼 하찮은 사람들만 남았다는 겸손의 표현이다. 아양(峨洋) 곡조는 춘추 시대 백아(伯牙)가 연주하고 그의 벗 종자기(鍾子期)가 들었다는 거문고 곡조로, 고산유수곡(高山流水曲)이라고도 한다.

119　침문(寢門) : 친구의 죽음을 가리키는 말이다. 《예기》〈단궁 상(檀弓上)〉에 공자가 말하기를 "스승의 상에는 정침에서 곡하고, 친구의 상에는 침문 밖에서 곡한다.〔師, 吾哭諸寢, 朋友, 吾哭諸寢門之外.〕라고 한 데서 유래한 말이다.

두실이 나에게 창문을 바르라고 권하기에 창문을 바르고 나서 고체 1편을 지어서 올리다[120]

斗室勸余塗窓 旣塗 漫賦古體一篇却呈

내가 이 집에 들어온 지	自余入此室
지금까지 8년이 되었는데	于今滿八禩
남북으로 일곱 군데 창을 내어	南北七扇窓
처음부터 종이 바르기 쉽지 않았네	初不易塗紙
먼지와 연기에 오래 그을려	塵煤經久濕
무늬가 검붉게 변하였고	文理成黯紫
찢어질 때마다 보수하다보니	觸破但隨補
수천 군데 멍이 든 것 같네	千創似疿痏
그 사이에서 늘 거처하여	寢處慣其間
오래되니 누추함을 잊어	久仍忘陋矣
매양 날씨가 흐릴 때엔	每値天陰時
연기와 노을이 눈속에 어른대고	烟霞生眼裏
글자 획과 바둑판 줄이	字畫及枰道
갈라졌다 다시 포개지니	歧分或疊絫

---

120 두실(斗室)이……올리다 : 두실은 심상규(沈象奎, 1766~1838)의 호이다. 본관은 청송(靑松), 초명은 상여(象輿), 자는 가권(可權)·치교(穉敎), 호는 부정(浮亭)·두실·이하(彛下)이다. 풍고와 평생에 걸쳐 교유하여 《풍고집》에 수창한 시가 다수 실려 있다.

구부정히 안경에 의지하여	傴僂藉靉靆
간신히 구별할 정도인데	辛苦僅辨視
그럼에도 스스로 깨닫지 못하고서	故猶不自覺
노쇠한 현상이라 말할 뿐이네	秖道衰相耳
두옹께서 어제 방문하시어	斗翁昨見枉
담소가 참으로 정겨웠네	談吐正旖旎
문득 창을 향해 웃음 지으며	忽然向窓哂
나를 돌아보며 손가락으로 가리키면서	顧余以手指
공은 얼른 고치시오	公須亟改爲
어찌 이리 검댕이가 되도록 두었소	黸黑何至是
공의 평소의 행실을 아노니	知公平昔操
화려함을 가까이하려 하지 않는데	不欲近華靡
화려함은 본래 병으로 여겨야 되지만	華靡固可病
밝은 광채야 어찌 아름답지 않겠소	光明寧不美
또 남이 이해하지 못하여	又恐人不諒
일부러 베이불을 덮는다 기롱할까 두렵고[121]	貽譏在布被
게다가 창문을 바르는 의미도 있고[122]	矧惟墐塞義
이제 겨울철이 시작됨에랴	玆當冬令始

---

121 일부러……두렵고 : 일부러 검소한 척 가식을 떤다고 남들에게 오해를 받을까 두렵다는 의미이다. 한 무제(漢武帝)의 승상 공손홍(公孫弘)이 삼공의 지위에 있으면 서 검소함을 가장하려고 일부러 평민처럼 베이불을 덮어 기롱을 받은 일이 있다. 《史記 卷112 平津侯列傳》

122 창문을……있고 : 《시경》〈칠월(七月)〉에 "빈틈을 막고 쥐를 몰아내며, 북쪽 바 라지를 막고 창문을 바른다.〔穹窒熏鼠, 塞向墐戶.〕"라는 구절을 가리킨다.

나는 말씀을 듣고 놀라서	惕余聞之罷
감사를 드리며 한참을 꿇어앉았네	致謝便長跪
어찌 상자 속에 종이가 없었으랴만	豈無篋中儲
그대로 버려둔 것이 너무 심하였네	任他殆甚已
다만 성품이 게을러서	直緣性荒懶
생각이 여기에 미치지 못했을 뿐	圖慮不及此
그대의 말 의미가 있음에 감사하여	感君言有味
마음이 움직여 입으로 곧장 대답하였네	心動口卽唯
다만 한스럽게도 겨울 햇볕이	但恨寒天景
일찍 해가 저물어[123] 일하기 어려워	妨功迫濛汜
말똥말똥 잠을 이루지 못하다가	耿耿睡未穩
해가 중천에 뜨기 전에 먼저 일어났네[124]	却先高舂起
종이를 자르고 풀을 쑤어	裁紙兼煎膠
분주히 비복들을 부리네	奔走役僕婢
끽끽 지도리를 움직여보고	關關動樞響
차근차근 맑은 물을 뿌려	旋旋灑淸水

---

123 해가 저물어 : 원문의 몽사(濛汜)는 해가 넘어가는 곳을 가리키는데, 종종 인간의 노년을 비유하는 말로 쓰인다. 장형(張衡)의 〈서경부(西京賦)〉에 "해가 부상(扶桑)에서 떠올라 몽사로 넘어간다."라는 구절이 있다.

124 해가 중천에 뜨기 : 원문의 고용(高舂)은 본래 저녁을 가리키는 말이지만, 여기서는 일찍 일어난 것을 말하는 듯하다. 송나라 소순흠(蘇舜欽)이 자신의 평온한 생활을 묘사하기를, "삼경이 되면 잠자고 고용이 되면 일어나서, 고요한 집 밝은 창 아래 경사와 거문고와 술동이를 죽 늘어놓고 스스로 즐긴다.〔三商而眠, 高舂而起, 靜院明窓之下, 羅列圖史琴樽以自愉悅.〕"라고 한 것이 참고가 된다.《宋史 卷422 文苑列傳 蘇舜欽》

옛것을 벗기고 새 종이 입히니 去舊而卽新

깨끗하기가 비단보다 낫네 皎潔勝紋綺

열고 닫기가 부드러워지고 開闔固自如

밤과 낮이 판연히 구분되네 宵晝判轉徙

아침 햇살이 밝게 비치니 朝暾適映射

영롱하기 형언할 수 없어 玲瓏不可擬

다시 방 안을 깨끗이 쓸고 旣復淨掃室

순서대로 안석과 궤안도 늘어놓았네 分序奠案几

꼿꼿이 앉아 서책을 읽으니 高坐讀黃卷

자잘한 글씨도 분명하여 기쁘네 了了細可喜

장지문 사이에 두고 합매를 바라보니 隔紗窺閤梅

또렷이 몇 송이가 피었네 歷歷數珠蘂

바둑친구가 밖에서 찾아와 碁伴自外來

기술도 좋다면서 짐짓 소리치고 驚詫謂盡技

종들이 몰래 소곤대며 皁隷相竊語

주인 마음 밝아졌는지 몹시 괴이해하네 劇怪公心侈

베개에 기대 고요히 생각하니 敧枕試靜念

이것을 계기로 다른 것 볼 수 있네 擧此足題彼

작게는 사람의 마음에 비유하자면 小則譬人心

자포자기의 부끄러움을 생각지 않는데 罔念暴棄恥

하루라도 극기복례하면 一日能克復

밝은 천명을 곧 살필 수 있네[125] 明命便顧諟

---

125 밝은……있네 : 《서경》〈태갑 상(太甲上)〉에 "선왕이 이 하늘의 밝은 명을 돌아

계로는 돼지 패옥을 버렸고[126]	季路去佩猳
자은은 명사가 되었지 않은가[127]	子隱爲名士
크게는 나라를 예를 들면	大而如人國
혼란이 극에 달하면 반드시 다스림을 생각하니	亂極必思理
정치 법도가 모두 병들고	政度盡疵疣
윤리가 거의 어두워져	彝則將晦否
술자리 파하자 문득 강씨의 목소리 들리고	罷飮忽聞姜
음악소리 그치자 문득 미씨가 보이네[128]	斷簧遽見芈

보아 하늘과 땅의 신을 받들며 사직과 종묘를 공경하고 엄숙히 하지 않음이 없으시니, 하늘이 그 덕을 살펴보고 천명을 모아 만방을 어루만지고 편안하게 하셨다.〔先王顧諟天之明命, 以承上下神祇, 社稷宗廟, 罔不祇肅, 天監厥德, 用集大命, 撫綏萬方.〕"라는 내용이 보인다.

126 계로는……버렸고 : 비루한 성품을 버리고 교화되었다는 의미이다. 계로(季路)는 공자의 제자 중유(仲由)의 자(字)인데, 자로(子路)로 더 잘 알려져 있다. 계로는 공자보다 7세 연하로 성격이 비루하고 용맹을 숭상하여 수탉으로 관을 쓰고 돼지를 허리에 찼다고 한다. 그런데 공자가 예로써 회유하자 유복(儒服)을 입고 폐백을 바치면서 제자가 되기를 청하여 나중에 훌륭한 제자가 되었다고 한다.《史記 卷67 仲尼弟子列傳》

127 자은(子隱)은……않은가 : 개과천선하여 훌륭한 사람이 된 것을 말한다. 자은은 진(晉)나라 주처(周處)의 자(字)인데, 양선(陽羨) 사람으로 젊어서 향리에서 행패를 부리는 탓에 사람들이 남산(南山)의 호랑이, 장교(長橋) 아래의 교룡(蛟龍)과 함께 '삼해(三害)'라고 일컬었다. 나중에 주처가 호랑이와 교룡을 모두 죽인 다음 자신은 개과천선해 독실히 공부하여 관직이 어사중승(御史中丞)에 이르렀다.

128 술자리……보이네 : 부인이 윤리를 어지럽히는 것을 일컫는다. 강씨(姜氏)와 미씨(芈氏)는 춘추 시대 정 문공(鄭文公)의 두 부인으로 강씨는 제나라 출신이고, 미씨는 초나라 출신이었다. 노 희공(魯僖公) 22년 봄에 초자(楚子)가 송(宋)나라를 치고 돌아가면서 정(鄭)나라에 들렀을 때, 두 부인이 초자를 가택(柯澤)에서 위로하니, 초자가

바람과 우레가 경각 사이에 진동하면	風雷奮頃刻
백가지 괴변이 다 사라지니	百怪悉消弭
아, 이후[129]의 용맹함은	於乎二后勇
청사에 밝게 빛나네	炳烺耀靑史
대개 창을 바르는 일은	大抵塗窓事
너무 자잘하여 기록할 가치 없는데	瑣屑不堪紀
하물며 장황하게 시를 지었으니	張皇況爲詩
나의 습성이 이렇게 시킨 것이라	多由習氣使
인과 지는 서로 가까우니	仁智有相近
군자의 채택을 기다리네	裁擇待君子
붓대를 잡고 장폭을 쓰며	搦管掃長幅
기교를 다퉈 괴이함 자랑했는데	鬪奇誇弔詭
그대의 술이 익어간다 들었으니	聞君酒向熟
혹시 이것으로 술동이를 덮지 않겠소	儻不覆瓿以

노획물을 두 부인에게 보여주었다. 연향이 끝나자 미씨는 초자를 초나라 군중까지 전송하였다. 이에 대해 "부인이 남을 전송하거나 영접할 때 방문을 나가지 않고, 형제를 만날 때에도 문지방을 넘지 않는 것이다. 전쟁에 관한 일에는 여인의 기물을 가까이하지 않는다."라고 논평하였다. 《春秋左傳 僖公22年》

129 이후(二后) : 주(周)나라의 문왕(文王)와 무왕(武王)을 가리킨다. 《시경》〈호천유성명(昊天有成命)〉에 "호천이 이룬 명이 있으시거늘 두 임금이 받으셨느니라. 〔昊天有成命, 二后受之.〕"라고 하였다.

소화 이직각 광문 이 두실이 그린 소나무 부채그림을 읊은 시에 차운하다[130]

次小華李直閣 光文 詠斗室畫松便面韻

이것이 소나무와 닮았는지 논하지 말라	休論似否是爲松
유희하는 마음을 짙은 먹으로 그린 것이네	游戲神情寫墨濃
한생은 붓을 대기만 하면 속된 말이 없었고[131]	筆下韓生無俗馬
소자는 사람 중에서 진짜 용이었네[132]	人中蘇子卽眞龍
그대가 본디 하늘에 솟을 뜻 있음을 아노니	知君故有凌空意
나는 세상에 나갈 용모가 아닌 것 부끄럽네	愧我殊非出世容
북산에 돌아가 산골 계곡 곁에서	歸去北山山澗畔
찬 물결 이는 곳에 함께 지팡이 멈추세	寒濤起處共停筇

---

130 소화(小華)……차운하다 : 이광문(李光文, 1778~1838)의 본관은 우봉(牛峰), 자는 경박(景博), 호는 소화이다. 1807년(순조7) 과거에 급제, 내외직을 두루 거쳐 벼슬이 이조 판서에 이르렀다.

131 한생은……없었고 : 한생(韓生)은 말그림으로 유명했던 당나라 한간(韓幹)을 가리킨다.

132 소자는……용이었네 : 소자(蘇子)는 송나라 시인 소식(蘇軾)을 가리킨다. 명나라 원화(袁華)가 지은 〈배석단(拜石壇)〉 시에 "미산의 세 소씨는 유학의 종장인데, 장공은 우뚝하여 사람 속의 용일세.〔眉山三蘇宋儒宗, 長公矯矯人中龍.〕"라고 한 구절이 있다.

이웃 마을에 갔다가 돌아오는 길에 문득 "저녁 햇살에 산의 눈이 밝고, 외로운 연기에 초가집이 싸늘하네.〔落景明山雪, 孤烟冷草廬.〕"라는 한 연구를 얻었다. 천민이 완성하기를 권하기에 드디어 이렇게 써서 석한 노우에게 드린다[133]

過隣洞歸路 率得一聯云落景明山雪 孤烟冷草廬 天民勸足成 遂書此 奉呈石閒老友

물굽이 휘도는 시냇가 길에	灣回溪上路
읊조리고 구경하느라 나귀 걸음을 늦추네	吟望緩驅驢
저녁 햇살에 산의 눈이 밝고	落景明山雪
외로운 연기에 초가집이 싸늘하네	孤烟冷草廬
어느 집 매화가 피었는가	誰家梅發後
전날 밤 술이 막 익었네	前夜酒生初
이웃 노인이 오래 병을 앓은 때문이지	隣叟呻疴久
내 편지가 뜸해서 못 만난 것 아니라네	非吾阻奉書

---

133 이웃……드린다 : 천민(天民)은 이의철(李懿喆, 1779~?)을 가리킨다. 본관은 원주(原州), 자는 호민(好民)인데, 천민(天民)이란 자도 있었던 듯하다. 호는 용성(蓉城)이다. 1804(순조4)년 진사시에 합격하였다. 석한 노우(石閒老友)는 풍고와 어울려 많은 시를 수창한 김조(金照, 1754~1825)의 호이다. 본관은 해풍(海豊), 자는 명원(明遠), 또 다른 호는 석치(石癡)・약원거사(藥園居士)・동리(東里) 등이다.

양화진에서 물고기를 잡으며 정명부 의 에게 드리다[134]
楊津打魚贈鄭明府 漪

방초 무성한 제방에 비가 처음 개니	芳草連堤雨捲初
구름 뚫고 비친 햇살에 바람도 살랑이네	江雲漏日晚風疏
양화도 입구 복사꽃 떠가는 물에	楊花渡口桃花水
가득히 헤엄치는 금비늘은 쏘가리일세	一半金鱗是鱖魚

134 양화진(楊花津)에서……드리다 : 양화진은 서울 마포구 합정동의 한강 북안에
있던 나루로 양화도(楊花渡)라고도 하였다. 조선 시대에 한양에서 강화도로 가는 주
요 교통요지였다. 명부(明府)는 지방관을 고상하게 높여 부르는 말이다. 정의(鄭漪,
1782~1832)의 본관은 연일(延日), 초명은 진명(鎭命), 자는 청부(淸夫)·성여(性
汝)이다. 아버지는 흥은부위(興恩副尉) 재화(在和)이며, 어머니는 장헌세자(莊獻世
子)의 딸 청선옹주(淸璿翁主)이다. 음보(蔭補)로 벼슬에 나가 순조 초에 감찰을 거쳐
1815년(순조15)에 수원 판관, 1822년(순조22)에 동부승지를 지냈고 형조 참판으로
은퇴하였다.시문·서화에 뛰어났고 국조전고(國朝典故)에 달통하여 공가(公家)의 어
려운 일에 자문한 일이 많았다. 만년에 낙봉(駱峰)의 기슭에 은거하여 야노(野老)들
과 어울려 지냈다.

아이들이 한만하게 읊은 시에 차운하여 국은에게 부치다[135]

次兒輩謾吟韻 寄菊隱

꽃가지 움직이려 하자 풀빛이 많아지고	花枝欲動草痕多
동풍이 시원히 불자 비가 다시 지나네	吹徹東風雨更過
아지랑이 어른대는 봄 성곽에 동이 트고	野馬晴迷春郭曉
복어가 밤에 거슬러 오르느라 포구에 물결 이네	江豚夜逆海門波
거닐다 흰 도포 벗으니 맑은 시냇물은 따스하고	行披白袷澄溪暖
앉아서 누런 주렴 걷으니 푸른 산이 우뚝하네	坐捲緗簾碧岫峨
어두운 눈으로도 봄 풍경을 구경할 수 있는데	霧眼猶堪烟景對
사람을 놀래는 그대의 아름다운 시구야 말해 무엇 하랴	驚人佳句奈君何

---

135 아이들이……부치다 : 국은(菊隱)은 이문철(李文哲, 1765~?)의 호이다. 본관은 전주(全州), 자는 군선(君善)이다. 1803(순조3)년에 진사시에 합격하였다. 1811년(순조11)에 김이교(金履喬)를 정사로 한 통신사행에 반인(伴人)으로 다녀왔다. 영원군수(寧遠郡守)를 역임했다.

밤에 두실의 집에서 모였을 때, 극옹이 장구를 지어 부채에
써서 나에게 주기에, 이튿날 아침 그 운에 화답하여 똑같이
부채에 써서 답례하였다[136]
夜集斗室 屐翁成長句 題便面見贈 明朝和其韻 亦書便面奉酬

정축년 봄 경술일에	庚戌其日丁丑春
곡우비가 절기에 맞춰 소원에 흩날리네	穀雨應節飛蕭園
소원의 주인은 두실 노인이라	蕭園主人斗室老
정채가 번쩍번쩍한데 모습은 온화하네	精華燁燁貌溫溫
좌석 위의 풍만한 극옹 이 노인은	座上褻然屐翁李
문장은 여사이고 삼달존[137]도 갖추셨네	文章餘事兼三尊
추천해주고 보살펴줌을 미치지 못할 듯이 하고	薦推煦陶如不及
여러 벗을 사랑하여 수레가 바삐 다니네	寵諸損友屈駋軒
우리 집의 명사로 두 분께서 계시고	吾家名士有兩叔
죽리와 강우[138]는 재주 있고 어질며	竹里江右才且賢

---

136 밤에……답례하였다 : 1817년 3월에 두실(斗室) 심상규(沈象奎)의 소원(蕭園)
에서 모임이 열렸을 때, 극원(屐園) 이만수(李晩秀)가 지은 시에 화답한 것이다. 이만
수의 시는 《극원유고(屐園遺稿)》 권1에 〈여제공회음소원(與諸公會飮蕭園)〉이란 제목
으로 실려 있다.

137 삼달존(三達尊) : 누구나 높게 여기는 나이, 벼슬, 덕을 가리킨다.《孟子 公孫丑下》

138 죽리와 강우 : 죽리(竹里)는 김이교(金履喬, 1764~1832)의 호이다. 본관은 안
동(安東), 자는 공세(公世)이다. 1789년(정조13) 문과에 급제해 초계문신에 뽑혔고,
육조의 판서를 거쳐 우의정에까지 올랐다. 시호는 문정(文貞)이다. 강우(江右)는 김이

느긋한 영야[139]는 옛것을 사모하고 　　　　寧野休休慕古態

활발한 홍관[140]은 평범한 재주 아니네 　　　莊館潑潑非凡鱗

하늘이 두계를 낳아 북해와 마주 세우니[141] 　天生荳溪對北海

순씨 집안의 명학이고 구름 사이 사룡일세[142] 　荀家鳴鶴士龍雲

높은 누각 해가 기울어 꽃가지가 가까워지니 　高樓日斜花枝近

바람이 녹의를 불어 술동이에 움직이네[143] 　風吹綠蟻沿綺樽

재(金履載, 1767~1847)의 호이다. 본관은 안동(安東), 자는 공후(公厚)이다. 우의정 김이교(金履喬)의 아우이다.

139 영야(寧野) : 서준보(徐俊輔, 1770~1856)의 호이다. 본관은 대구(大丘), 자는 치수(穉秀), 다른 호는 죽파(竹坡)이다. 아버지는 이조 판서 유방(有防)이며, 유린(有隣)에게 입양되었다. 1794년(정조18) 문과에 급제, 내외직을 두루 역임하여 벼슬이 판서에 올랐다. 시호는 문정(文貞)이다.

140 홍관(莊館) : 이용수(李龍秀, 1776~?)의 호이다. 본관은 연안(延安), 자는 자전(子田)이다. 1801(순조1)년에 진사시, 1809(순조9)년에 증광시에 합격하였다.

141 하늘이……세우니 : 두계(荳溪)는 박종훈(朴宗薰, 1773~1841)의 호이다. 본관은 반남(潘南), 자는 순가(舜可)이다. 1802년(순조2) 문과에 급제, 내직을 주로 거쳐 좌의정에까지 올랐다. 시호는 문정(文貞)이다. 북해(北海)는 조종영(趙鍾永, 1771~1829)의 호이다. 본관은 풍양(豊壤), 자는 원경(元卿)이다. 1799년(정조23) 문과에 급제, 승지·홍문관 부제학을 역임하였다. 1823년(순조23) 3월에 규장각 직제학이 되었고, 이후 성균관 대사성, 이조 참판, 이조 판서 등을 두루 역임하였다.

142 순씨……사룡일세 : 모두 천하에 빼어난 인재들이란 의미이다. 명학(鳴鶴)은 순은(荀隱)의 자(字)이고, 사룡(士龍)은 육운(陸雲)의 자(字)이다. 모두 진(晉)나라 재사(才士)로 장화(張華)의 처소에서 서로 처음 만날 때, 장화는 두 사람이 모두 출중한 분들이니 자기소개를 하되 평범한 말로 하지 말라고 주의를 주었다. 이에 육운이 "나는 구름 사이의 육사룡이오.〔雲間陸士龍.〕"라고 하니, 순은이 "나는 태양 아래 순명학이오.〔日下荀鳴鶴.〕"라고 대답했다고 한다.

143 바람이……움직이네 : 녹의(綠蟻)는 술 표면에 뜬 녹색 밥알을 가리키는데, 바람이 불어 녹의가 술동이 안에서 빙빙 돈다는 의미이다.

취중에 활달해져 천진이 드러나니　　　　　　　　醉間磊落天眞見

여러 옥산이 쓰러질락 말락 하네[144]　　　　　　　將倒未倒群玉山

부채에 시를 연달아 쓴 것이 어찌 우연이리오　　　畫筆聯題豈偶爾

나이 순서를 따져 즐거움을 만끽하네　　　　　　序齒叩籌極歡然

수염 덥수룩한 극옹은 눈초리가 움직여　　　　　髯叟于㦥復目動

삼십육 운자를 제비 뽑아 나누었네　　　　　　　三十六韻許鬮分

촛불을 여러 번 바꾸자 이웃집 닭이 우니　　　　隣鷄喔喔燭屢換

서로 바라보매 모두 청춘 시절의 얼굴이 아니네　相顧俱非少壯顔

여생에 이런 모임 몇 번일지 말하지 말고　　　　未說餘生此會幾

한 순배 돌아가는 술잔을 거절치 마소　　　　　莫負壺中酒一巡

호중의 모임은 내가 주관할 것이니　　　　　　壺中之期我爲政

내가 누군지 묻는다면 자는 사원이라네[145]　　　問我是誰字士源

144　여러……하네 : 옥산(玉山)은 좌중의 사람을 비유한 말로, 술에 취해서 몸을 가누지 못하는 것을 가리킨다. 삼국 시대 위(魏)나라 혜강(嵇康)이 풍채가 뛰어났는데, 그의 친구 산도(山濤)가 평하기를 "평소에는 꼿꼿한 모습이 마치 소나무가 홀로 서 있는 것과 같은데, 술에 취하기만 하면 몸이 기울어 마치 옥산이 무너지려는 것과 같다.[巖巖若孤松之獨立, 其醉也, 傀俄若玉山之將崩.]"라고 하였다. 《世說新語 容止》

145　호중(壺中)의……사원(士源)이라네 : 호중은 호리병 속의 선경(仙境)이라는 말인데, 풍고의 옥호정사(玉壺精舍)를 중의적으로 가리킨 것이다. 사원은 풍고의 자(字)이다.

서원에 화답하다
和西園

고요가 비를 들고 쓰는데	皐陶擁篲掃
하늘을 무슨 수로 쓸랴[146]	掃天有何道
사안석이 기생을 버리고 나와서	安石捨妓出
산을 나서자 소초가 되었네[147]	出山爲小草
어부가 음식을 먹으라 권해도	漁父勸啜餔
근심에 쌓인 삼려대부는 초췌해졌네[148]	憫然三閭槁

---

146 고요가……쓸랴 : 고요(皐陶)는 순(舜) 임금의 신하인데, 이에 얽힌 자세한 고사
는 미상이나, 당나라 이백(李白)의 〈노군의 요사에서 서경으로 돌아가는 명부 두박화를
전송하며〔魯郡堯祠送竇明府薄華還西京〕〉라는 시에 "어찌 고요로 하여금 빗자루를 들
고 천지를 횡행하며, 곧장 푸른 하늘에 올라 뜬구름을 흩게 하지 않는가.〔何不令皐陶擁
篲橫八極, 直上靑天揮浮雲.〕"라는 구절이 참고가 된다.

147 사안석(謝安石)이……되었네 : 은거하는 생활을 끝까지 지키지 못함을 가리킨
다. 동진(東晉)의 명사 사안(謝安)이 처음에 기생을 거느리고 동산(東山)에 들어가
은거하였다가, 뒤에 소명(召命)이 누차 이르자 마지못해 나와 환온(桓溫)의 사마(司
馬)가 되었다. 그때 마침 어떤 사람이 환온에게 약초를 보내왔는데, 그중에 원지가
있으므로 환온이 사안에게 "이 약초의 별명은 소초(小草)이니, 어찌하여 한 약초를
두고 두 이름으로 일컫는가?"라고 묻자 사안이 즉시 대답하지 못하였다. 이때 곁에
있던 학륭(郝隆)이 대답하기를 "이것은 알기가 매우 쉬우니, 산속에 있으면 원지(遠
志)이고, 산을 나오면 소초가 되는 것입니다."라고 하자, 사안이 매우 부끄러워했다고
한다.

148 어부가……초췌해졌네 : 초(楚)나라 굴원(屈原)이 지은 〈어부사(漁父辭)〉에
나오는 내용이다. 삼려대부(三閭大夫)를 지낸 굴원이 간신배의 참소로 방축되어 강이

난쟁이는 작아도 배가 부르고[149]	侏儒短亦飽
풍당은 재주가 있어도 이미 늙었네[150]	馮唐材已老
아득히 천고를 생각하니	悠悠緬千古
까마득하여 따져 물을 수 없네	茫昧不可討
변신과 칩거가 각기 때가 있으니	變蟄各以時
도를 듣기는 이를수록 좋네[151]	聞道莫如早
불후의 명성은 스스로 보존되나니	不朽自有存
금과 옥을 보배로 삼아선 안 되네	金玉非所寶

나 못가에서 노닐고 시를 읊조리매 안색이 초췌하고 형용은 비쩍 말랐는데, 이때 만난 어부가 사람들이 모두 취했다면 어찌 술지게미라도 먹고 그들과 동화되지 않는지 묻자, 굴원은 차라리 강물에 뛰어들어 물고기 밥이 될지언정 깨끗한 몸을 더럽힐 수 없다고 대답하였다.

149 난쟁이는……부르고 : 하찮은 재주로 많은 녹봉을 받는 것을 비유한 말이다. 한 (漢)나라 동방삭(東方朔)이 지위와 대우가 자신의 능력에 걸맞지 않음에 불만을 품고 한 무제(漢武帝)에게 "난쟁이는 키가 3척인데도 한 자루의 곡식과 240냥의 돈을 받고 신은 키가 9척인데도 한 자루의 곡식과 240냥의 돈을 받으니, 난쟁이는 배가 불러 죽을 지경이고 신은 배가 고파 죽을 지경입니다. 신의 말이 쓸 만하다면 예우를 달리해 주시고, 신의 말이 쓸 만하지 않다면 파직시켜 장안(長安)의 쌀을 축내는 일이 없도록 하소서."라고 하였다. 《漢書 卷65 東方朔傳》

150 풍당(馮唐)은……늙었네 : 재주가 있는 사람이 대우를 받지 못함을 비유한 말이다. 한 문제(漢文帝) 때 풍당(馮唐)이 늘그막에야 효(孝)로써 중랑서 장(中郞署長)에 등용되었는데, 뒤에 무제(武帝)가 즉위하여 현자(賢者)를 구할 때에 그가 천거를 받았으나 나이가 이미 90여 세나 되어 등용되지 못했다고 한다.

151 도를……좋네 : 《논어》〈이인(里仁)〉에 공자가 이르기를, "아침에 도를 들으면 저녁에 죽어도 괜찮다.〔朝聞道, 夕死可矣.〕"라고 하였다.

성인의 가르침[152]
昔訓

성인께서 옛날에 가르침 남기시어	聖人昔有訓
말만 잘하면 위태롭고 정나라 음악이 음탕하다 하셨네[153]	佞殆鄭聲淫
어찌하여 저 경박한 사람들은	彼何淪薄子
새 울음과 벌레소리를 내는가	鳥啾復蟲吟
이어받고 바꾸는 사이에	際出禪革間
중원이 드디어 멸망하였네[154]	神州遂陸沈
세상을 그르친 말은 그나마 작지만	誤世言猶輕
성인을 모욕한 죄는 더욱 깊다네	侮聖罪更深
교묘한 혀가 울림판과 같아도	巧舌雖如簧
끝내 금수로 귀결되고 말리라	終歸獸與禽
호랑이도 더럽다 먹지 않을 텐데	有虎當不食

---

152 성인의 가르침 : 이 시는 중국에 서학(西學)이 전래되자, 성현들이 남긴 가치가 부정되고 이단의 학설이 횡행하는 현실을 개탄한 시로 보인다.

153 말만……하셨네 : 《논어》〈위령공(衛靈公)〉에 안연(顏淵)이 나라 다스리는 것을 묻자, 공자께서 말하기를 "하나라의 책력을 행하며, 은나라 수레를 타며, 주나라 면류관을 쓰며, 음악은 소무를 할 것이다. 정나라 음악을 추방해야 하며 말재주 있는 사람을 멀리할 것이니, 정나라 음악은 음탕하고 말 잘하는 사람은 위태롭다.〔行夏之時, 乘殷之輅, 服周之冕, 樂則韶舞. 放鄭聲, 遠佞人, 鄭聲淫, 佞人殆.〕"라고 하였다.

154 이어받고……멸망하였네 : 공맹(孔孟)의 가르침을 이어받거나 새로운 학문으로 바꾸는 사이에 중국의 문화가 무너진 것을 가리킨다.

선비들이 동조해서야 될 일인가   士子肯同襟

나는 두 귀를 가리고 싶으니   我欲掩兩耳

말세의 소리를 듣고 싶지 않네   不聞衰世音

두실[155]이 달구경을 하고 시를 지어 보내기에 떠오르는 대로
차운하다.

斗室見月寄詩 率爾次韻

송단에서 모자를 벗으니 바람이 수염을 날리고　　　　露頂松壇風拂鬚

노래가 끝나자 여의[156]로 빈 술병을 두드리네　　　　歌殘如意打空壺

돌아가는 계절은 서로 바뀌는데　　　　　　　　　　天時滾滾相推欻

복잡한 세상사 누가 시시비비를 가리랴　　　　　　人事紛紛孰有無

잎이 드문[157] 화분의 대나무가 너무도 수척한데　　　盆竹眼疏太生瘦

속 넓은 뜨락의 파초는 쉬이 살이 오르네　　　　　庭蕉心闊易爲腴

서쪽에 사는 늙은 벗이 미친 버릇이 도져　　　　　西隣老友呈狂態

달빛 아래 시를 전해오매 필세도 거치네　　　　　月下傳筒筆勢麤

<hr>

155　두실(斗室) : 심상규(沈象奎)의 호이다. 375쪽 주120 참조.

156　여의(如意) : 옥·뿔·금속 등을 써서 끝이 굽은 고사리 모양으로 만든 불구(佛
具)이다.

157　잎이 드문 : 원문은 안소(眼疏)인데, 대나무에 특별히 눈이라 볼 만한 것이 없으
므로 댓잎의 홀쭉한 모습을 눈으로 표현한 것으로 풀이하였다.

박옹의 장편시를 읽고 내키는 대로 읊어 평을 대신하다[158]
讀泊翁長篇 率吟代評

바다를 뒤집고 강물을 헤치는 수단이 능란하니	攪海翻江手段强
누가 팔십에 이처럼 기세가 드센가	誰能八十此鴟張
검남의 만 편 시라야 대적할 만한데	劍南萬首差相敵
길이 비출 찬란한 광채는 응당 양보받으리[159]	光燄猶應讓許長

---

158 박옹(泊翁)의……대신하다 : 박옹은 이명오(李明五, 1750~1836)의 호이다. 본
관은 전주(全州), 자는 사위(士緯), 아버지는 봉환(鳳煥)이다. 어려서부터 아버지에
게 시를 배워 시사(詩史)에 능하였다. 사마시에 합격하였으나 경인년(1770)의 옥사에
아버지가 연루되어 죽자, 이를 원통히 생각하여 관직에 뜻을 두지 않았다. 길거리에
거적을 깔고 옷을 바꾸어 입지 않고 왕이 지나가는 길목에서 수차례 탄원하다가 귀양을
가기도 하였다. 순조 때에 아버지가 신원(伸寃)되자 음관(蔭官)으로 세상에 나가 종사
관(從事官)이 되어 일본을 내왕하였고, 벼슬은 3품에 이르렀다.

159 검남의……양보받으리 : 이명오(李明五)가 보내온 시가 기세가 매우 매서워 육
유(陸游)조차도 오히려 뒷걸음질할 것이라는 의미이다. 검남(劍南)은 송(宋)나라 육
유(陸游, 1125~1210)의 별칭으로 자는 무관(務觀), 호는 방옹(放翁)이다. 시와 사
(詞), 산문에 능했고, 사학(史學)에 조예가 깊었다. 금나라에 대해 철저한 항전을 주장
한 격렬한 기질의 소유자였다. 32세부터 85세까지 50년 동안 1만 수에 달하는 시를
남겨 최다작 시인으로 꼽는다.

영화정[160]
迎華亭

푸른 나무 사이 붉은 정자가 반쯤 석양에 물드니	綠樹紅亭半夕陽
무수히 연꽃이 피어 돈연못이라 불러도 좋으리	藕花無數號錢塘
걸어서 만석거[161] 앞길을 지나니	行過萬石渠前路
물기운이 흡사 팔월처럼 서늘하네	水氣渾如八月涼

160 영화정(迎華亭) : 경기도 수원시 장안구 송죽동 만석공원 내에 있는 정자이다. 1795년(정조19) 5월 정조의 명으로 인공저수지인 만석거(萬石渠)가 축조되었고, 그해 9월 만석거 남서쪽 언덕에 영화정이 건립되었다. 영화정은 교구정(交龜亭)이라고도 불렸는데, 이곳에서 구관·신관 부사와 유수들이 거북 모양의 관인을 인계인수하는 교구의식을 했다 하여 이름이 붙었다.

161 만석거(萬石渠) : 경기도 수원시 장안구 송죽동에 있는 조선 시대의 방죽이다.

화성 도중에서
華城途中

일렁이는 버들가지는 강바람에 나부끼고	柳梢搖曳水風斜
화려한 성가퀴 붉은 누각에 저녁놀이 아른대네	綺堞丹樓漾晚霞
분사[162]에 말을 전하여 보를 잘 보호케 하니	寄語分司勤護埭
선왕께서 연꽃을 사랑한 때문이 아니라네	先王不是愛蓮花

올벼는 침해를 받고 늦벼가 고개 숙이니	早稻侵黃晚稻垂
목면의 줄기가 짧아도 실을 뽑을 수 있네	木棉莖短尙堪絲
지난번 장마는 어찌 그리 심했던고	向來霖雨緣何極
그러나 끝내 푸른 하늘이 가여운 백성 돌보았네	終是蒼穹眷子遺

---

162 분사(分司) : 나라에 특별한 일이 있을 때 도성 이외의 다른 지방에 임시로 설치하는 관아를 말하는데, 여기서는 수원 유수를 가리킨다.

안시혁의 적벽첩에 다시 쓰다[163] 병서

重題安時赫赤壁帖 幷序

지난해 밤에 앉아 있을 때, 안시혁이 옆에 있었다. 내가 우연히 몽당
붓을 들고 〈적벽부(赤壁賦)〉를 써서 주었는데, 이처럼 잘 꾸며 간직
할 줄은 생각지 못하였다. 안시혁도 호사가인지 이처럼 또 시를 써주
기를 요청하였다. 정축년(1817) 칠석.

몽당붓으로 어지러이 글자를 갈겨썼는데	禿毫胡亂字塗鴉
이날 다시 보니 졸렬하기 그지없네	此日重看拙莫加
괜스레 그대가 첩으로 꾸며	多事煩渠裝褙力
흡사 절집 벽의 벽사롱을 마주한 것 같네[164]	恰如僧壁對籠紗

---

163 안시혁(安時赫)의……쓰다 : 풍고의 나이 53세 되던 1817년(순조17) 7월에 지
은 시이다. 안시혁의 자세한 내력은 미상인데, 현감을 지냈다. 적벽첩(赤壁帖)은 풍고
가 써준 송나라 소식(蘇軾)의 〈적벽부(赤壁賦)〉를 첩으로 꾸민 것이다.

164 흡사……같네 : 상대방이 자신의 글씨를 소중히 보관하였음을 가리키는 말이다.
원문의 농사(籠紗)는 벽사롱(碧紗籠)을 가리키는데, 옛날 귀인과 명사가 지어 벽에
걸어 놓은 시문을 청사(靑紗)로 덮어서 오래도록 보존하며 존경의 뜻을 표한 것을 말
한다.

가을날에 극옹·죽석과 함께 재간정을 유람하였는데, 극옹이 정자 이름으로 운자를 정하기에 함께 지었다[165]

秋日 同屐翁竹石遊在澗亭 屐翁以亭名命韻 共賦

그 사람 성품이 골짜기를 몹시 사랑하여	爲人性癖愛山澗
입이 고기반찬 좋아함[166]에 비할 바 아니네	不啻其口悅芻豢
하물며 근래 벼슬에 몸이 매였으나	況復邇來係仕宦
마음은 강호에서 노는 물오리와 매한가지였네	情同江湖處鳧鴈
성북으로 떠나는 행차가 여유로운데	揭向城北行慢慢
서씨의 이름난 정자를 전부터 익히 들었네	徐氏名亭聞曾慣
우이동 계곡이 정자 아래 둘러 있고	牛耳之溪亭下環
흰 돌은 반짝이고 물은 정강이를 치는데	白石磷磷水及骭
수풀은 창을 세우고 갑옷을 걸친 듯	森如戟攢又甲摜
도봉과 삼각의 푸른 산이 둘러쳤네	道峯三角靑糾縵

165 가을날에……지었다 : 극옹(屐翁)은 이만수(李晩秀, 1751~1820)의 호이다. 죽석(竹石)은 서영보(徐榮輔, 1759~1816)의 호이다. 본관은 달성(達城), 자는 경세(慶世)이다. 좌의정 명균(命均)의 증손으로, 할아버지는 영의정 지수(志修)이고, 아버지는 대제학 유신(有臣)이다. 1789년(정조13) 문과에 장원, 내외직을 두루 거쳐 벼슬이 판서에 이르렀다. 시호는 문헌(文憲)이다. 재간정(在澗亭)은 서영보의 증조 서명균(徐命均, 1680~1745)이 북한산 우이동 계곡에 지은 정자이다.

166 입이 고기반찬 좋아함 : 추환(芻豢)은 풀을 먹는 소·양, 곡식을 먹는 개·돼지를 두루 일컫는 말이다. 《맹자》〈고자 상(告子上)〉에 "이(理)와 의(義)가 우리 마음에 기쁨을 주는 것은 추환이 우리 입을 기쁘게 하는 것과 같다.〔理義之悅我心, 猶芻豢之悅我口.〕"라고 하였다.

산속 주방에서 느릿느릿 점심을 마련하니　山廚遙巡午飧辦

씨암탉 살이 오르고 알밤은 막 벌어졌네　伏雌初肥栗駭綻

바위에 털썩 앉아 허리춤 풀어헤치고　石上頹然解裙襻

두런두런 이야기에 해 기우는 줄 잊네　娓娓笑語忘日晏

티끌세상과 십 리 떨어진 잔교를 건너니　紅塵十里隔橋棧

맑고 신묘한 천기를 뉘라서 훼방하랴　天機淸妙誰復間

사람이 지닌 지혜는 붕새와 뱁새처럼 다르고　人生有知殊鵬鷃

평생 추구한 명성은 몽환과 같으니　百年圖名等夢幻

어찌하면 이제부터 속세에 자취를 끊고서　安得凡蹤自此鏟

근심걱정 없이 길이 산수를 즐겨볼꼬　永樂仁智無憂患

긴 밤
夜長

밤이 길어 물시계 깊어지니   夜長添漏水

인정 소리가 누대에 진동하네   人定湧樓臺

가는 주렴이 살포시 일렁이더니   細箔微波動

마른 숲에 소나기가 내리네   枯林驟雨來

국화는 나에게 시구를 재촉하고   黃花催我句

밝은 달은 그대에게 술잔을 권하는데   明月勸君杯

두 곳에서 오늘 밤 사념은   兩地今宵意

아련히 가눌 길이 없어라   迢迢不可裁

작은 누각의 가을 풍경
小樓秋事

가을 누각의 햇살은 일 년처럼 긴데   秋樓耐日尙如年

해가 뜨락의 오동으로 움직여 대낮이 고요하네   影轉庭梧晝闃然

한가로이 도가 서적 뒤적이다 게으름이 심해져   閑閱道書慵更甚

어린 국화에 물을 주려 섬돌 앞에 이르네   自澆稚菊到堦前

백 그루 죽순을 그려 아들 유근에게 주다

寫百筍與逌兒

화폭 가득 촉촉하게 죽순을 그리니	滿幅淋漓寫竹胎
옹기종기 솟아나는 형세가 웅장도 하네	叢叢蟲蟲勢雄哉
시를 지어 우리 아들에게 축원하노니	題詩却與吾兒祝
한 뿌리로 무성해져 일만 그루 이루었으면[167]	一本苞成萬梃來

---

167 한……이루었으면 : 대나무 뿌리가 이어진 것처럼 한 조상에서 나온 후손들이
번창하기를 바란다는 뜻이다.

도연명의 〈음주〉 시에 화답하다[168]
和陶飲酒韻

도연명은 어떠한 사람인가	淵明何許人
사람들 모두가 흠모하네	人人皆慕之
나도 귀와 눈을 갖추었으되	我亦具耳目
그와 동시대에 태어나지 못해 한스럽네	恨未生並時
가을 햇살에 산수가 깨끗하여	秋暉淨山水
마침 이곳에 집을 엮었네	結廬適在玆
젊은 나이는 붙들 수 없으니	盛年逝莫駐
술을 마실 뿐 무엇을 의심하랴	飲酒復何疑
어찌 맛좋은 제철 안주가 없으랴	豈無時殽美
집게발 안주를 왼손으로 쥐어야 하리[169]	螯當左手持

사람이 천지의 중정을 받았으니[170]	人受天地中

---

168 도연명(陶淵明)의……화답하다 : 진(晉)나라 도잠(陶潛)의 〈음주(飲酒)〉 20수 중에서 1, 3, 6, 8, 9, 11, 14, 15, 18, 20번째 수의 운을 차운하였다.

169 집게발……하리 : 술에 흠뻑 취하자는 의미이다. 진(晉)나라 필탁(畢卓)이 술을 몹시 좋아하여 "한 손엔 집게발 안주를 잡고, 다른 손엔 술잔을 들었으니, 이만하면 일생을 보낼 만하지 않나.[一手拿着蟹螯, 一手捧着酒杯, 便足以了一生.]"라고 말했던 '지오파주(持螯把酒)'의 고사가 있다. 《世說新語 任誕》

170 사람이……받았으니 : 《춘추좌씨전》성공(成公) 13년 조에 "사람이 천지의 중정한 기운을 품부받고 태어나니, 이것이 이른바 천명이라고 하는 것이다.[民受天地之中以生, 所謂命也.]"라는 유자(劉子)의 말이 나온다.

응당 천지의 심정을 알리라	應識天地情
만물은 자연의 이치를 따르니	萬物循自然
그 신묘함은 형용하기 어렵네	其妙在難名
분분하게 이해를 따지면	紛紛較利害
나를 낳아준 천지에 누를 끼치지 않겠는가	無乃忝所生
세상의 칭송은 기뻐할 일 아니고	世譽不足悅
홀로 나아감도 놀랄 일 아니네	獨行非可驚
석 잔이면 태화에 도달하여	三杯適太和
대도가 저절로 이루어지리[171]	大道以自成

깬 자는 취한 자를 그르다 하고	醒者謂醉非
취한 자는 깬 자를 옳다 하지 않네	醉不謂醒是
내 생각에 깬 자가 명성을 얻는 것은	我思醒得譽
취한 자가 비난을 받음과 다르지 않네	無異醉取毀
필경에 실제를 보존하지 못하면	底竟非存實
양을 잃음은 너나 나나 매한가지네[172]	亡羊均我爾

---

171 석……이루어지리 : 원문의 태화(太和)는 천지 사이에 충만하고 조화로운 기운을 가리킨다. 이백(李白)의 〈월하독작(月下獨酌)〉에 "석 잔을 마시면 큰 도에 통하고, 한 말을 마시면 자연과 합치되네.〔三杯通大道, 一斗合自然.〕"라는 구절이 있다. 《李太白集 卷22》

172 양을……매한가지네 : 진심으로 전념하여 추구하지 않으면 누구나 진리를 깨닫기 어렵다는 뜻이다. 《장자(莊子)》〈변무(駢拇)〉에 "장(臧)은 책을 읽다가 양을 잃어버리고, 곡(穀)은 노름을 하다가 양을 잃어버렸으나, 양을 잃어버린 것은 모두 똑같다."라고 하였다.

| 몸을 가린 도구를 보지 못했나 | 不見掩體具 |
| 털옷과 칡베옷도 비단에 견줄 수 있네 | 毳葛比羅綺 |

밝은 달은 누가 만들었는가	明月誰所作
얼음과 옥 같은 자태가 환하네	皎然氷玉姿
오강은 다시 무슨 심사로	吳剛復何意
밤마다 계수나무 가지를 찍는가[173]	夜夜斫桂枝
만겁을 지나도 마치 새것인양	萬劫見如新
물건의 성질이 참으로 기이하네	爲物眞太奇
달을 마주하여 술잔을 권하지 않으면	對此不勸觴
술이 있어도 헛된 일이라	有酒亦徒爲
몸을 세우고 술동이를 안고서	攬身願抱取
길이 취하여 구속되지 않으려네	長醉以不羈

흰머리는 뽑아도 다시 생기고	白髮鑷又生
티끌먼지는 떨어도 사라지지 않네	紅塵撥不開
내 술동이 속의 술을 가져다	取我罇中酒
내 천고의 회포를 씻고 싶네	瀉我千古懷
고금이 아주 끊어진 것이 아닌데	古今非邈絶

---

173 오강(吳剛)은……찍는가 : 오강은 전설상의 선인(仙人)으로 그의 자(字)가 질(質)이므로 오질(吳質)이라고도 한다. 한나라 때 서하(西河) 사람으로 일찍이 선도(仙道)를 배우다가 잘못을 저지르고 달 속으로 귀양 가서 항상 계수나무만 찍는다고 하는데, 계수나무의 키가 5백 길이나 되어 도끼질을 하면 다시 달라붙곤 한다고 한다. 《酉陽雜俎 天咫》

조화옹이 괴팍하게 장난치기 좋아하여 化翁喜弄乖
상호가 간혹 낟알을 쪼기도 하고 桑扈或啄粟
원추는 오동나무 둥지를 잃네[174] 鵷雛失梧棲
이 때문에 현달한 사람은 所以賢達人
늘 고주망태처럼 취하기 원하였네 長願醉如泥
평생 게으른 대로 맡겨두니 平生任懶惰
열 가지에 아홉 가지가 어그러졌네 十事九無諧
오직 참된 마음을 온축하여 唯有蘊眞心
칠성처럼 길을 잃지 말아야 하리[175] 不作七聖迷
혼미한 자는 스스로 멀어진 것이니 迷者卽自遠
일찍이 길이 굽은 적 있었으랴 何曾道迂廻

푸른 하늘이 어찌 마음이 없으랴 穹蒼詎無心
비바람의 조화로움에 도가 있다네 風雨愜有道
풀이 어릴 때부터 잘 보살펴 吹噓從草稀

174 상호가……잃네 : 정상적인 도리에 어긋난 것을 가리킨다. 상호(桑扈)는 곡식을 먹지 않는 새로 기름[脂膏]을 잘 훔쳐 먹는 까닭에 이름을 절지(竊脂)라고도 한다. 원추(鵷雛)는 남방에 사는 봉황의 일종인데, 남해를 출발하여 북해로 날아갈 적에 오동나무가 아니면 쉬지 않고 대나무 열매가 아니면 먹지 않으며, 단물이 나오는 샘이 아니면 마시지 않는다고 한다. 《莊子 秋水》

175 칠성(七聖)처럼……하리 : 칠성은 황제(黃帝) 시대의 일곱 성인을 가리킨다. 황제가 방명(方明)·창우(昌寓)·장약(張若)·습붕(謵朋)·곤혼(昆閽)·활계(滑稽)와 함께 구자산(具茨山)으로 대외(大隗)를 만나러 가다가 양성(襄城)의 들판에 이르러 일곱 성인이 모두 길을 잃었다가 마침 말 먹이는 동자를 만나 결국 목적지에 도달했다고 한다. 《莊子 徐無鬼》

잎이 쇠할 때까지 이루어주네	成就及葉老
어리석은 백성들 동요하면서	蚩蚩氓胥動
예부터 싹이 마름을 원망했는데	伊昔怨苗槁
어찌 조화옹의 마음을 헤아리랴	寧測造化心
끝내 온갖 곡식 잘 여물거늘	終然百穀好
군왕이 큰 상서를 이루면	君王致上瑞
민가에도 보배가 쌓인다네	蔀屋堆至寶
기쁨에 겨워 술 취해 노래하면	狂喜爲酣歌
기쁨의 소리 팔방까지 퍼지리	歡聲散八表
수풀 아래 갑자기 비가 내리니	林下雨不期
빠른 걸음으로 맑은 선비가 이르러	翩翩淸士至
고상하게 꽃다운 말씀 토하니	雅吐揚芳芬
마시기도 전에 마음이 먼저 취하네	未飮心先醉
스스로 희황 시대 사람에 비기니	自擬羲皇上
어찌 노중련처럼 되어야 만족하랴[176]	寧安魯連次
도덕의 숲에 몸을 붙이고	依身道德藪
부귀를 뜬구름처럼 보네	雲視富與貴
화락하게 즐거움 도울 것으로	怡然且助歡

---

176 스스로……만족하랴 : 훌륭한 선비와 고상한 담론을 나누는 것만으로도 충분히
만족스러우니 굳이 은거할 필요가 없다는 의미이다. 노중련(魯仲連)은 전국 시대 제
(齊)나라의 고사(高士)로 무도(無道)한 진(秦)나라가 천하를 차지한다면 "나는 동해로
걸어 들어가 죽겠다.〔連有踏東海而死耳.〕"라고 맹세하여 진나라의 예봉을 저지하였다.
노년에 노중련은 동해(東海)에 은거했다고 한다.

| 나에게 봄을 지난 진미가 있네 | 我有經春味 |

술 마시는 중에 늘 축원하노니	酒中常有祝
성대하게 청산에 집을 지으면	蔚然靑山宅
처마 끝 둥지에 기이한 새가 알을 품고	檐巢異禽菢
뜨락에는 노루와 사슴 발자국 어지러우리	園交麖鹿迹
이웃 사람이 기이한 글자를 물어오고	隣人問奇字
계집종이 시 삼백 편을 암송하며	女奴誦三百
예닐곱 장성한 아들 손자가	六七長兒孫
머리가 풍성하고 키도 크고 말끔하리	鬚髭而頎白
이 일은 참으로 비용이 들지 않으니	此事諒不費
하늘의 뜻이 어찌 끝내 아끼랴	天意豈終惜

술이 생기지 않았어도 좋으나	酒不生亦可
생겨났으니 마시지 않을쏜가	生可不飮得
온화함을 기름은 이것보다 나은 것 없는데	養和莫此然
성품을 해침은 참으로 술에 미혹된 때문이네	伐性良所惑
세상 인정은 고금이 다르지 않고	世情無古今
하늘의 때는 열리고 닫힐 때가 있네	天時有啓塞
제나라 재상은 생선을 구울 줄 알았고	齊相解烹鮮
진한 술을 잡고 나라를 열기도 했네[177]	持醇定開國

177 제나라……했네 : 음식과 술을 만드는 방법이 정치의 도리와 상통하는 점이 있다는 뜻인데, 전고는 미상이다.

조급하게도 삼려대부 굴원은 　　　　　　褊迫怪三閭

홀로 깨어 침묵할 생각만 하네 　　　　　獨醒懷默默

예전에 시문을 연마하며 　　　　　　　　伊昔攻詩文

자나 깨나 참된 경지에 나아가기 원했는데 寤寐思造眞

벗들이 터무니없이 좋게만 보아 　　　　同人謬見賞

이따금 예스럽고 순박하다 칭찬해주었네 往往推古醇

계책이 어그러지고 노년이 닥치자 　　　蹉跎衰境逼

옛것을 새롭게 변화시킬 수 없으니 　　苦舊不化新

육조 시대는 바라보기 아득하니 　　　六朝望已眇

하물며 선진 시대를 엿보랴 　　　　　況乃睋先秦

가을바람이 숲의 꼭대기에 움직이고 　商飆動林顔

궂은비가 묵은 먼지를 씻어주니 　　　宿雨洗煩塵

이슬 맞은 매미는 소리가 더욱 맑고 　露蟬厲淸響

멈춘 구름에 친구 생각도 간절하네 　停雲懷亦勤

가을 분위기가 날마다 깊어지는데 　　秋思日邁深

그저 술잔과 서로 친하여 　　　　　杯酌聊相親

취한 얼굴로 서가의 책을 마주하고 　醺然對架書

술을 깨려 차로 입을 헹구네 　　　　解酲漱芳津

마음 맞는 구절은 곧 소리를 질러 　會心便叫絶

비녀와 두건이 떨어지는 줄 모르네 　不覺遺簪巾

내가 노둔하고 졸렬하지만 　　　　雖余鹵且莽

오히려 고인들을 잘 알고 있네 　　猶足知古人

붓을 시험하며 한만하게 근체시를 짓다
試筆漫賦近體

덧없는 인간 세상에	倏忽人間世
갑자기 초겨울이 되었네	無端及孟冬
정신이 피폐하니 남은 날이 짧고	精疲知日促
짧은 머리엔 서리만 무성하네	髮短剩霜濃
시골집은 그림으로 보고	鄉舍憑圖見
산림의 벗은 꿈속에서 만나네	林朋待夢從
깃들어 살아감은 가시나무의 봉황처럼 서글프고[178]	棲遲悲枳鳳
신묘한 변화는 구름 속 용에 부끄럽네	神變愧雲龍
수심을 삭이려 긴 대를 어루만지고	散悶摸脩竹
나이를 잊으려 작은 소나무를 심네	忘年種小松
옛날 방에 종이 장막을 드리우니	舊房垂紙帳
책갑이 이리저리 나뒹구네	書帙漫橫縱

---

178 깃들어……서글프고 : 공명을 탐하여 타향살이하는 신세가 봉황이 가시나무에 앉아 곤경을 당하는 것과 같다는 의미이다.

꿈에 대하여
夢問

깬 것의 반대가 꿈이니	對覺謂之夢
그 까닭을 궁구하기 어렵네	其故難究詰
진짜 같기도 하고 허황되기도 하며	似眞亦似妄
환상이 아니면서 또 실제도 아니네	非幻亦非實
이처럼 허황과 환영에서	若是妄與幻
어찌 흉함과 길함을 점칠 수 있으랴	奚占凶與吉
이처럼 실제와 참은	若是實與眞
곧 깬 것과 마찬가지니	卽與覺爲一
화서는 과연 어떠한 나라이기에	華胥果何國
헌원씨는 정치의 술법을 배웠는가[179]	軒轅得資術
진목공과 조간자는	秦繆及趙簡
천유가 어찌 질병을 틈탔는가[180]	天遊何賴疾

---

179 화서(華胥)는……배웠는가 : 화서는 황제(黃帝) 헌원씨(軒轅氏)가 낮잠을 자다
가 꿈속에서 보았다는 이상 국가(理想國家)의 이름이다. 황제가 이 나라를 여행하면서
무위자연(無爲自然)의 이상적인 정치가 실현되는 꿈을 꾸고, 여기에서 계발되어 천
하에 크게 덕화를 펼쳤다는 전설이 전한다. 《列子 黃帝》

180 진목공과……틈탔는가 : 두 사람이 꿈을 꾼 것이 모두 질병이 있었을 때라는 의미
이다. 천유(天遊)는 꿈속에서 아무런 걸림이 없이 자연스러운 상태로 노니는 것을 뜻하
는 말이다. 춘추 시대 진(晉)나라 진목공(秦繆公)이 병이 나서 7일 동안 누웠다가 깨어
난 날에 공손지(公孫支)에게 "내가 꿈에 상제(上帝)의 처소에 갔는데 몹시 즐거웠다."
라고 하였다고 한다. 후대에 왕위를 이어받은 조간자(趙簡子)가 병이 나서 5일 동안

공자가 주공을 뵙고서	尼父見周公
어찌 언어를 진술하지 않았으랴[181]	何無言語述
어찌 자세하고도 틀림이 없이	何能審不謬
은 고종이 좋은 재상을 닮게 그렸는가[182]	殷宗肖良弼
이는 모두 옛날부터 전해진 이야기라	玆皆古所傳
참과 거짓을 누가 구분하겠는가	眞妄誰甲乙
혹자가 말하기를 낮에 생각이 맺히면	或言晝結想
밤에 꿈에서 반드시 만난다 하네	宵寐遇之必
혹자가 말하기를 꿈이 깨는 것은	或言其於覺
마치 그림자가 형체를 따름과 같다 하네	如影爲形匹
내가 생각하고 사고하는 바는	如我所思惟
그 원인 또한 은밀하니	其因亦微密
꿈꾸는 바가 인정에 맞지 않으면	所夢或非情
기준으로 삼으려 해선 안 되고	不可想爲律

사람을 알아보지 못하더니, 이틀 반이 지나서 깨어나더니 대부에게 "내가 꿈에 상제의 처소에 가서 심히 즐거웠다. 온갖 신(神)과 더불어 균천(鈞天)에서 노니는데, 광악(廣樂)의 아홉 곡을 연주하고 만인이 춤을 추니, 삼대(三代)의 음악과 같지 않았어도 그 소리가 마음을 감동케 하였다."라고 하였다고 한다. 《史記 卷43 趙世家》

181 공자가……않았으랴 : 공자가 꿈속에서 주공(周公)을 만나 많은 대화를 나눴을 것이라는 의미이다. 《논어》〈술이(述而)〉에 "심하도다, 나의 쇠함이여! 오래되었구나, 내가 더 이상 꿈에서 주공을 뵙지 못하였도다.〔甚矣, 吾衰也. 久矣, 吾不復夢見周公.〕"라고 탄식한 공자의 말이 있다.

182 어찌……그렸는가 : 은(殷)나라 고종(高宗)은 꿈에서 자신을 보필할 사람을 만난 뒤, 그 얼굴을 그려서 온 천하에 수소문하여 마침내 부암(傅巖)의 공사 현장에서 일하던 부열(傅說)을 찾아내서 재상으로 삼았다고 한다. 《書經 說命上》

도리어 꿈꾸지 않을 때도 있으니	還有無夢時
그림자가 해를 따르는 것과는 다르네	非如影隨日
보통 사람이 사물에 응하면	凡人應事物
마음이 눈의 주인이 되어	心爲眼之帥
눈감으면 보이는 것 없어도	瞑則雖無見
사물이 저절로 다 갖추어져 있네	而物自具悉
정신은 호흡을 따라	精神隨呼吸
잠깐 사이에 온축되고 충일해지니	倏忽有蓄溢
이 때문에 만리를 감에	所以適萬里
몸은 이 방을 떠나지 않고	身不離此室
이 때문에 십 년 백 년도	所以十百年
잠깐 사이에 두루 지날 수 있고	閱歷頃倉卒
이 때문에 행하는 것도	所以其作爲
마치 얻었다가 다시 잃는 듯하네	如得復如失
깨거나 깨지 않은 사이에	覺與非覺間
이치가 통하기도 막히기도 하니	理有通或窒
환경은 처한 곳에 따라 생기고	境由卽地生
감정은 본심에서 우러나오네	情以本然出
나 또한 꿈이 많은 사람이라	我亦多夢者
성신을 만나 물어보고 싶네	願從聖神質

눈을 보면서
對雪

비 내린 뒤 소록소록 눈이 내려   綏綏乘雨下

한 길 한 자에 상서를 드러내네   丈尺表呈祥

옥이 아름다워도 그 흠을 지적할 수 있고   玉美瑕生指

꽃이 밝아도 시들면 광채가 사라지네   花明老謝光

정녕 이처럼 고운 것 다시 없으니   定無如是艶

필시 천연의 향기가 있으리   疑有自然香

눈을 노래한 시가 고금에 넘치지만   賦詠橫今古

조물주가 감춘 것을 어찌 엿보았으랴   寧窺造物藏

길 위에서 떠오르는 대로 읊다
途上漫吟

밭둑 사이 오두막에서 말을 먹이니	秣馬田間舍
봄 산에 비가 막 지났네	春山雨過初
농부는 허연 무논을 갈고	丈夫耕白水
어린 소녀는 푸성귀를 따네	穉女摘靑蔬
농사일이 그칠 날 없지 않아서	勞作非無已
그때는 편안하고 한가로운 여유 있으리	安閑自有餘
모를레라, 금관성의 사당이	不知錦官廟
녹문산의 은거와 어떠한가[183]	何似鹿門居

---

183 금관성의……어떠한가 : 살아서 고생하다 죽어 제향을 받는 것보다 살아 있을
때 은거하여 소박한 즐거움을 누리는 것이 낫다는 의미이다. 금관성(錦官城)의 사당은
곧 사천성(四川省)에 성도(成都)에 있는 제갈량의 사당을 가리킨다. 녹문산(鹿門山)
의 은거란 후한(後漢)의 방덕공(龐德公)을 가리키는데, 그는 제갈량이 존경하여 배알
을 하기도 했던 고사(高士)로서 형주 자사(荊州刺史) 유표(劉表)의 간곡한 초빙을 뿌
리치고 처자를 거느리고 녹문산에 들어가 약을 캐며 은거하여 다시는 세상에 나오지
않았다고 한다. 《高士傳 下》

화전행

火田行

줄지어 솟은 산이 천만 길인데	崩屴高山千萬丈
꼭대기 이곳저곳에 불탄 흔적이 있네	絶巓處處燒痕上
건장한 소도 다리가 떨려 밭을 갈지 못하는데	健牛蹄怯耕不得
노인은 호미 들고 날마다 홀로 다니네	田叟携鋤日獨往
새벽부터 밭을 일구니 저녁 해가 기울고	清晨撥土到山曛
돌은 많고 흙은 적어 손에 물집이 잡히네	石多土少腫手掌
부르튼 손바닥과 시큰한 허리는 개의치 않고	掌腫腰酸不自憐
그저 기장 심어 가을이 풍성하기만 바라네	但願投黍秋穰穰
작년 재작년엔 비가 많이 와서	去年上年雨水多
흙이며 어린 싹이 깨끗이 씻겨	和土和苗一洗盪
맥 풀리고 마음 꺾이고 하늘도 어둑하여	力盡心摧天冥冥
기어서 돌아와 주운 도토리를 먹었네	匍匐歸來食拾橡
도토리 주워 식량을 삼아주리거나 말거나	拾橡充食饑不饑
주려 죽거나 주려 사는 것 되레 한가한 상상이네	饑死饑活猶閑想
두 해에 걸쳐 모자란 세금을 백지에 징세하니[184]	兩年欠稅徵白地
관가에서 정한 날짜에 볼기를 맞네	官庭限日逢笞杖
죽기야 쉽다지만 돈이 어디서 나오랴	死是容易錢何從

---

184 백지에 징세하니 : 백지징세(白地徵稅)를 가리킨다. 조세를 면제한 땅이나 납세
의무가 없는 사람에게 세금을 물리는 것을 말한다.

목 놓아 울어도 억울함을 하소연할 곳 없네　　　啼啼無處訴寃枉

너에게 묻노니, 어찌하여 낙토에 태어나지 못해　問汝胡不樂土生

해마다 고통 참으며 마른 땅을 일구는가　　　　忍痛年年斲枯壤

마른 흙이여, 마른 흙이여, 기장이야 많이 나지만　枯壤枯壤猶多黍

너른 세상 어디인들 고을 수령 없을쏘냐　　　　溥天何地無官長

강가를 거닐며
江行

강가의 푸른 산 천만 겹인데	江上靑山千萬重
봄이 오니 운수[185]는 갑절이나 짙네	春來雲樹倍深濃
어찌하면 속세의 의관을 벗고 떠나서	如何脫却塵衫去
사립문 열고 좋은 봉우리 마주할까	闢個柴門對好峯
언덕에는 흐드러진 풀빛이 줄지었고	岡坂漫漫草色齊
봄 구름은 암담하게 안장 아래에 드리웠네	春雲黯淡壓轎低
외로운 무덤 찾아 탄식한들 무슨 소용이랴	孤墳尋到嗟何補
들새가 사람을 따르며 쓸쓸히 우네	野鳥隨人寂寂啼
성 머리는 푸른 하늘과 한 뼘 거리인데	城頭一握去靑天
온조가 나라를 일으킨 때를 상상하네[186]	想像溫王定鼎年
지리는 응당 고금에 차이가 없으련만	地利應無今古別
살면서 작은 조선을 못내 부끄러워하네	人生堪愧小朝鮮

---

185 운수(雲樹) : 구름 속의 나무라는 뜻인데, 멀리 있는 벗을 못내 그리워하는 뜻
으로 쓰인다. 두보(杜甫)의 〈봄에 이백을 그리며〔春日憶李白〕〉라는 시에 "위북에는
봄 하늘 아래 나무요, 강동엔 저물녘의 구름이로세.〔渭北春天樹, 江東日暮雲.〕"라고
하였다.

186 온조가……상상하네 : 온조(溫祚)가 고구려의 시조인 동명왕(東明王)의 아들로
한강 남쪽 지방에 백제를 건국하였다.

돌 사이 맑은 물소리에 나그네 시름도 걷히고　　　石礀泠泠客慮空
날 저물어 굽은 난간 동쪽으로 자리를 옮겼네　　　暮天徙倚曲欄東
평소 꽃구경할 복이 너무도 없어　　　　　　　　平生苦欠看花福
삼월이라 봄 산에 꽃 한 송이조차 없네　　　　　三月春山無點紅

닻줄로 배를 엮어 푸른 물결에 흘러가니　　　　　纜索聯舟下綠波
맑은 모래 싱그러운 풀밭에 석양이 짙네　　　　　晴沙芳草夕陽多
인생에서 마음에 맞는 풍경은 이와 같으니　　　　人生適意應如此
흰머리에 부는 봄바람을 어쩌란 말인가　　　　　頭白春風可奈何

소를 타고서
騎牛

푸른 숲 정자 앞에 들길이 굽었는데	森翠軒前野路回
노을 안개가 티끌이 앉지 못하게 감싸주네	烟霞不遣着塵埃
세상 사람들이 소타는 취미를 어찌 알랴	世人那識騎牛趣
그저 함곡관의 붉은 기운[187]만 이야기하네	秖道函關紫氣來

---

187 함곡관(函谷關)의 붉은 기운 : 노자(老子)가 소를 타고 서쪽으로 함곡관을 나갈 적에, 관문을 지키던 윤희(尹喜)가 붉은 서기(瑞氣)가 관문 위에 떠 있음을 미리 알고서 노자가 그곳을 통과할 줄 알았다는 고사가 있다. 《史記 卷63》

형천의 운을 뽑다[188]

拈荊川韻

오솔길 소나무와 문 앞의 버들이 은자의 거처 다우니

　　　　　　　　　　　　　　　　逕松門柳儼幽居

병으로 한가함 얻어 누워서 책을 보네　　　　　因病生閑臥擁書

산중의 재상[189]이라 불린 것 가소로우니　　　可笑山中稱宰相

차라리 강가의 나무꾼이나 어부가 되고자 하네　寧期江上老樵漁

188　형천(荊川)의 운을 뽑다 : 형천은 명(明)나라 당순지(唐順之)의 호이다. 자는
응덕(應德), 시호는 문양(文襄)이다. 고문(古文)과 수학(數學)에 밝아 당세의 종주를
이루었다. 저서에 《형천집(荊川集)》이 있다. 인용된 운자는 《형천집(荊川集)》 권3 〈장통정께
드리다[贈張通政]〉, 〈운을 써서 스스로 읊다[用韻自述]〉라는 두 시에 사용되었다. 원
시는 율시로 구성되어 거(居), 서(書), 어(漁), 여(如), 거(車)의 운자를 썼으나 앞의
절반의 운자만 인용하였다.

189　산중의 재상 : 남조(南朝) 시대 제(齊)나라의 고사 도홍경(陶弘景)이 고제(高
帝) 때에 제왕 시독(諸王侍讀)을 지내다가 사직하고 구곡산(句曲山)에 은거하였는데,
양 무제(梁武帝)가 즉위하여 나라에 큰일이 있을 때마다 그에게 자문하였으므로 산중
재상(山中宰相)이라고 일컬어졌다. 《南史 卷76 隱逸列傳下 陶弘景》

여주 도중에서[190]
黃驪途中

강이 얕으니 뱃사공 탄식하고	江淺舟人咨
길이 험하여 수레꾼 헐떡이네	路險車徒喘
사람을 바꿔 나를 메게 하니	替人擔我苦
내 조치가 어찌 아름답지 않은가	吾道豈未善
들에는 푸른 풀 무성하고	野田綠蕪蕪
백로는 빗속에 섰는데	白鷺雨中立
나를 보고 갑자기 놀라 나니	見我忽驚飛
지난번엔 한가롭더니 지금은 어찌 급한가	昔閑今何急

---

190 여주 도중에서 : 황려(黃驪)는 경기도 여주의 옛 지명이다. 고구려 때에는 골내 근현(骨乃斤縣)이었다가 신라의 영토가 된 뒤 황효현(黃驍縣)이 되었다. 고려 태조 때에는 황려현(黃驪縣) 또는 황리현(黃利縣)이 되었다가 조선 예종 1년(1469)에 여주 목(驪州牧)으로 승격되었다.

자포 도중에서[191]
紫浦途中

돌아오는 길 겨우 몇 리인데	歸程纔數里
보리밭에 갑자기 바람이 멎었네	麥隴忽無風
푸른 풀은 어두운 구름에 닿았고	碧草昏雲際
황매화가 가랑비 속에 피었네	黃梅細雨中
내 소는 걸음이 몹시 빠른데	我牛行甚駛
그대의 말은 어찌 그처럼 잘 걷는고	君馬步何工
나루의 아전이 손님 맞기에 익숙하여	津吏嫺迎送
모래톱에 벌써 거룻배를 대놓았네	沙頭已艤篷

---

191 자포(紫浦) 도중에서 : 자포는 뱃길로 여주로 가는 도중에 남한강의 북쪽 편에 있던 지명으로 현재 경기도 양평군 개군면 상·하자포리가 여기에서 유래하였다.

이호에서 양화로 거슬러 오르며[192]

自梨湖溯楊花

노를 저어 양화로 향하니	鼓枻楊花去
미풍에 작은 배가 가볍네	微風一葉輕
고기잡이는 본래 업으로 삼을 만하니	捕魚元可業
벼슬살이가 어찌 영화롭기만 하랴	結駟豈專榮
여울을 돌자 빗소리가 급하고	灘轉雨聲急
빈 연못에 산 빛이 가득 비치네	潭虛山色盈
문득 풀밭 밖을 바라보니	忽看芳草外
해오라기가 배를 스치고 날아가네	飛鷺掠舟橫

192 이호(梨湖)에서……오르며 : 이호는 경기도 여주군 금사면 이포리 부근을 가리
키는데, 1914년 이후로 이포(梨浦)로 부르게 되었다고 한다. 양화(楊花)는 현재 경기
도 여주시 능서면 양화로 부근을 가리키는 지명이다.

동쪽 성곽 길 위에서 입으로 읊다

東郭路上口占

통운교[193] 옆의 길이	通雲橋上路
동쪽 성곽문으로 곧게 통하니	東郭門相直
어찌하면 온 세상 사람들로 하여금	安遣普世人
모든 마음을 이처럼 곧게 만들까	心心如此得

---

193 통운교(通雲橋) : 안국동에서 내려와 현재 종로2가 네거리 부근에 있던 다리이다.

길옆의 무덤들
路傍群塚

줄지은 무덤이 모두 닮은 채	纍纍皆相似
성곽 모퉁이 황량한 언덕에 있네	荒原自郭隅
뉘라서 꼴 베고 소먹이는 자를 금하랴	誰能禁樵牧
현자와 우민을 구별할 방도가 없거늘	無復別賢愚

광산 원의민 유영에게 주다[194]

贈匡山元義民有永

옷은 팔꿈치가 나오고 각건은 처졌으나	露肘之衣墊角巾
배 속에 든 학식은 그의 가난과 같지 않네	雖然腹笥不隨貧
허벅지 찌르며 글을 읽어 공부에 고생하니	引錐自讀幾辛苦
붓 들고 글을 지으면 아순하기도 하네	下筆爲文能雅馴
때를 만나면 물 만난 고기처럼 활기차지만	時至沛應魚縱壑
운수가 궁하면 사람을 따르는 새처럼 가련하네	途窮憐似鳥依人
이 세상에 그대만큼 어울릴 만한 사람도 드무니	相携此世如君少
아침마다 반가운 눈동자 새로이 비비네	靑眼朝朝每拭新

---

194 광산(匡山)……주다 : 원유영(元有永)의 본관은 원주(原州), 자는 의민(義民), 호는 광산(匡山)이다. 자세한 이력은 알 수 없고, 1798년(정조22) 2월 22일에 삼일제 (三日製)에서 삼하(三下)를 맞은 기록이 있고, 함창 현감(咸昌縣監)을 역임한 기록이 있을 뿐이다. 풍고가 만년에 자주 어울린 사람으로 추정된다.

석류

石榴

옥구슬 선명하고 붉은 껍질 탱탱하니	珠粒輕明丹殼腴
남방에서 나는 귤유자에 비해 어떠한가	何如橘柚産荊吳
꽃은 여름에 비단 천 필을 깐 것보다 낫고	評花夏賽鋪千錦
과일은 가을 되어 육호[195]에 올릴 만하네	品果秋宜薦六瑚
양매[196]와 닮았으되 되레 신맛이 나고	任是楊梅還酢有
부평초 열매가 아니라면 어찌 단맛 없으랴	除非萍實豈甛無
그대는 부남국 기록을 찬찬히 읽어보소	請君熟讀扶南記
좋은 술 찰랑찰랑 날마다 병에 가득하다네[197]	美酒盈盈日貯壺

---

195 육호(六瑚) : 종묘의 제례에 쓰는 일종의 제기로 은(殷)나라는 육호를 사용했고, 하(夏)나라는 사련(四璉)을 썼다고 한다.

196 양매(楊梅) : 제주도 등 따스한 지방에 자생하는 소귀나무 열매로 6~7월에 암적색으로 익는다.

197 부남국(扶南國)……가득하다네 : 부남국은 인도차이나반도 남동부 메콩강 하류에 있던 나라로 지금의 캄보디아 지역이다. 《양서(梁書)》 권54 〈제이열전(諸夷列傳) 부남국(扶南國)〉에 "부남국에 안석류(安石榴)와 닮은 주수(酒樹)라는 나무가 있는데, 그 꽃과 즙을 따서 항아리 속에 넣으면 며칠 만에 술이 된다."라는 기록이 있다.

협간정에서 운자를 나누어 공(空) 자를 얻다[198]

夾澗亭分韻 得空字

산방에서 잠이 깨니 눈이 흐릿한데	山房睡起眼朦朧
고개 들고 술잔 잡고서 조화옹에게 묻네	仰首持杯問化翁
삼재와 만물은 본디 존재한 것인데	自有三才及萬物
모든 사람이 늘 조화옹의 공으로 돌리네	衆論每歸翁之功
옹의 성명이 무엇이고 나이는 얼마인지	翁何名姓年壽幾
이목구비는 사람과 닮으셨는가	耳目口鼻與人同
문장과 언어는 반드시 본받을 만하고	文章言語必可法
삼교와 구류[199]에 모두 달통하였으리	三教九流儻皆通
나는 옹의 공력을 의심하여 옹께 질의하니	我疑翁功向翁質
내 말이 바르지 않다면[200] 나는 참으로 몽매하고	
	其言若屈我信蒙

---

198 협간정(夾澗亭)에서……얻다 : 풍고의 나이 54세 되던 1818년(순조18)경에 지은 시이다. 협간정은 한양 동쪽 타락산(駝駱山) 아래에 있던 정자로 시내와 폭포가 있어서 동촌(東村) 사람들이 자주 놀러 가는 곳이었다고 한다. 극옹(屐翁) 이만수(李晩秀, 1752~1820)의 별장이 근처에 있었다.

199 삼교(三敎)와 구류(九流) : 모든 종교와 학문을 통칭한 말이다. 삼교는 유교(儒敎), 불교(佛敎), 도교(道敎)이고, 구류는 유가(儒家), 도가(道家), 음양가(陰陽家), 법가(法家), 명가(名家), 묵가(墨家), 종횡가(縱橫家), 잡가(雜家), 농가(農家)이다.

200 노자의 《도덕경》 45장에 "크게 곧은 것은 굽은 것처럼 보이고, 크게 교묘한 것은 졸렬한 것처럼 보이고, 큰 언변은 더듬는 것처럼 보인다.〔大直若屈, 大巧若拙, 大辯若訥.〕"라는 말이 나온다.

의심에 대답한 옹의 말이 만약 모호하면	翁若芒芒疑所對
중론이 모두 옹이 총명하지 않다고 하리	雖衆所歸亶不聰
춘하추동은 하늘이 소식함이요	春夏秋冬天消息
생로병사는 사람의 처음과 끝이네	生少老死人始終
더위만 있고 추위가 없어도 하늘에 무슨 손해이며	有暑無寒豈天損
이미 나고 또 죽음은 사람에게 상심할 일 아니네	旣生又死非人恫
꽃을 때리는 비는 바로 꽃을 적시는 비요	打花雨是潤蕊雨
잎을 여는 바람은 도리어 낙엽을 부르는 바람이네	開葉風還吹籜風
전생에 누가 후생의 복을 닦았으랴	前世誰修後生福
지금 어디에 옛날의 영웅이 있는가	而今安在古來雄
천 년 동안 송백은 푸르름 변치 않고	松栢千年不改翠
잠깐 피는 도리화는 붉은 꽃잎 남기지 않네	桃李片時無留紅
빠르기론 상자의 요절[201]만큼 심함이 있으랴	疾之胡甚夭殤子
사랑 또한 부귀한 석숭에게만 너무 치우치네	愛亦太偏富石崇
대인이 덕을 잡음에 전일해야 하고	大人執德德宜一
군자가 마음을 단속함에 공정해야만 하네	君子秉心心宜公
나는 지금 오십 년에 네 살 더 먹어	我今半百又四齒
희끗한 귀밑털이 몹시 어지러운데	鬢邊二毛殊蒙戎
조금도 다른 취미 없이 책 속에서 늙어	少無他癖老經籍

---

201 상자(殤子)의 요절 : 어려서 죽은 아이를 가리키는데, 7백 년을 산 팽조(彭祖)와 대비되어 요절을 대표하는 말로 쓰인다. 《장자(莊子)》〈제물론(齊物論)〉에 "상자보다 더 오래 살 수 없다고 여길 수도 있고, 팽조를 일찍 죽었다고 여길 수도 있다.〔莫壽乎殤子, 而彭祖爲夭.〕"라는 구절이 있다.

둔한 자질로 무딘 칼을 아직도 갈고 있네 　鉛刀忘鈍猶磨礱

명성과 업적은 역사에 빛나기 부끄러우나 　名業縱媿耀靑素

어질고 지혜로우면 산수를 즐길 수 있네 　仁智還能樂峙融

북저동²⁰² 시냇가에 늦봄이 되어 　北渚溪上暮春者

친구들과 어울려 술 마시고 꽃떨기를 바라볼 제 　惠好携飮看花叢

술기운 한창 올라 꽃구경 다하지 않았는데 　飮至方酣看未足

적송자가 잠깐 사이 뇌신을 몰고 지나가네 　赤松俄過驅靈隆

우산 펴고 밥을 먹으매 우습기 짝이 없는데 　張傘喫飯已堪笑

처마 밑에 붙어 앉으니 정녕 조롱 속 새 신세라 　茅檐縶坐眞鳥籠

해 저물어 말머리를 나란히 어디로 향하는가 　日暮聯鑣向何處

극노²⁰³의 이름난 동산이 산의 동쪽에 있네 　屐老名園山之東

맑은 술에 산적 안주로 오늘 저녁을 즐기세 　淸酒將炙永今夕

줄지어 벌여놓은 잔칫상에 여러 시동 분주하네 　筵几秩秩趨群僮

갑자기 우리 집안 대사마²⁰⁴께서 납시니 　忽驚吾宗大司馬

푸른 비단 초롱불 밝히고 청총마를 타셨네 　碧紗映燭跨靑驄

대사마의 영걸스러운 자태는 설전에 익숙하여 　司馬英姿慣舌戰

일만 마리가 내달림에 모두 준마인 것과 같네 　萬騎馳騁皆騄駬

---

202 북저동(北渚洞) : 혜화문 밖에 있던 지명으로 현재 성북동에 해당하며 복사꽃이
많아서 민간에서 도화동(桃花洞)이라 불렀다 한다.

203 극노(屐老) : 이만수(李晩秀, 1752~1820)를 가리킨다. 본관은 연안(延安), 자
는 성중(成仲), 호는 극옹(屐翁)·극원(屐園)이다.

204 대사마 : 병조 판서를 고상하게 이르는 말이다. 이때 연천(淵泉) 김이양(金履陽,
1755~1845)이 병조 판서로 있었는데 풍고의 부친 김이중(金履中)과 항렬이 같다.

지난날 나는 편사로 힘써 맞섰으니 　　　　　　我昔偏師苦與角

뒤섞인 초한이 홍구를 경계로 나뉜 듯하였네[205] 　　紛然漢楚成割鴻

기의 숲과 이의 굴에 성곽과 보루를 세워 　　　　氣藪狸窟開壁壘

두세 번 교전하다보니 먼지가 자욱하네 　　　　三交再敵塵濛濛

이곳에서 서로 만난 즐거움 가눌 길 없으니 　　此地相逢樂可勝

그대의 창과 방패 배열하고 그대의 활을 당기시오[206]

　　　　　　　　　　　　　　　　　　比爾干戈張爾弓

나는 본래 마음을 스승 삼고 성인을 신봉하여 　我本師心復信聖

익익과 풍풍[207]은 말하지 않았으니 　　　　　不道翼翼與馮馮

천리와 인사의 경계가 아득하여 엿보기 어려운데 天人之際杳難見

우리 부자가 아니시면 뉘라서 절충하리 　　　靡我夫子誰折衷

앞에는 이부[208]가 있어 진수를 뽑아냈고 　　前有吏部抽眞髓

뒤에는 여릉[209]이 있어 신령한 눈동자 부라렸네 後有廬陵盱神瞳

---

205 지난날……듯하였네 : 두 사람의 의견이 달라 대치하였다는 의미이다. 편사(偏師)는 주력군 이외의 비정규군대를 말하는데, 여기서는 시문의 격조나 견해가 단조로움을 의미한다. 홍구(鴻溝)는 하남성(河南省)에 있는 지역으로서 이곳을 경계로 동쪽이 초(楚)나라이고 서쪽이 한(漢)나라이다.

206 그대의……당기시오 : 오늘 만난 참에 다시 설전(舌戰)을 벌일 준비를 하자는 의미이다.

207 익익(翼翼)과 풍풍(馮馮) : 형태가 없이 혼돈스러운 모습을 말하는데, 여기서는 공자가 말하지 않았다던 괴력난신(怪力亂神) 따위의 비이성적 현상을 가리킨다.

208 이부(吏部) : 당 헌종 때 이부 시랑(吏部侍郎)을 지낸 한유(韓愈)를 가리킨다.

209 여릉(廬陵) : 구양수(歐陽脩)를 가리킨다. 자는 영숙(永叔), 호는 취옹(醉翁)·육일거사(六一居士), 시호는 문충(文忠)이다. 길주(吉州) 여릉 사람이다.

체를 갖춘 안자도 공자의 우뚝함 따르기 괴로웠고[210]

具體顔猶苦孔卓

산정하신 시서도 다시 진나라 불길을 겪었네　　　刪定書復殘秦烘

안자는 맹자에 미치지 못했으니 마무리한 결과가 없었고

顔不及孟無是處

주역이 서경보다 온전하니 정성을 다하지 않으랴　易完於書未敢悾

등문공과 고자편의 다양한 비유가 참으로 웅변인데　滕告異喩儘雄辯

온 천하가 지금은 충서를 말하지 않네　　　　　　六合不言卽恕忠

대사마께서 수염을 흔들며 임기응변 부릴 적에　　司馬掀髥動機變

백만 마디 스승의 말씀이 마치 주문을 외듯하니　師說百萬如詛訌

사방 좌석이 기쁨에 겨워 한껏 웃으며　　　　　　四座欣欣不厭笑

허리 굽혀 호랑이와 곰의 싸움을 주목하네　　　　憑軾注目鬥虎熊

그 누가 하어를 내 뱃속에 집어넣어　　　　　　　誰遣河魚入我腹

강과 바다가 뒤집히고 천지에 안개가 자욱하게 하였나[211]

江翻海攪天地霿

기쁨을 다 누리기 전에 한밤중이 되어　　　　　　歡娛未畢夜將半

큰 대 자로 뻗어 부축받으며 총총히 돌아왔네　　四大倩扶歸怱怱

이튿날 아침 병이 나으니 정신이 어른어른한데　明朝霍然太怳惚

210　안자도……괴로웠고 : 한(漢)나라 양웅(揚雄)이 쓴 《양자법언(揚子法言)》〈학행(學行)〉에 "안자는 공자의 우뚝함을 따라가려고 괴로워하였다.〔顔苦孔卓.〕"라고 하였다.

211　그……하였나 : 두 사람이 설전하는 동안에 풍고가 갑자기 복통으로 인사불성이 된 것을 가리킨다. 하어(河魚)는 복통을 가리키는데, 물고기가 썩을 때 배 속부터 썩으므로 속으로부터 병드는 것을 비유하는 말이다.

옥호정사[212] 맑은 그늘에 한가로이 누워 있네 　　　　　閑臥玉壺淸陰中
북저동에서 낭패하고 동원에서 병이 드니 　　　　　北渚狼貝東園病
자나 깨나 생각하매 마음만 걱정스럽네 　　　　　　輾轉思想心忡忡
만약 세상의 논의 따라 이유를 찾아보면 　　　　　苟從世論尋端緖
조화옹이 교활하게 나를 속여서 그런 것이네 　　　　緣翁狡獪欺人工
대사마께서 유람할 때엔 조화옹의 보호를 받아 　　　司馬每遊誇見護
몸엔 탈이 없고 날씨는 맑았다 자랑하건만 　　　　　身無疢恙晴暉曈
내가 한번 유람하면 비가 내리고 병도 생기니 　　　我試一遊雨兼病
무슨 죄를 지었기에 조금도 나를 보호하지 않는가 　何負不肯少骿幪
사사로이 보살펴주지 않음이 늘 이와 같으니 　　　不恒多私乃如此
옹이여, 옹이여, 어찌 이리 혼미한가 　　　　　　　翁乎翁乎何瞢瞢
나는 본래 말이 서툴고 아첨하는 성품도 아니라 　我本辭拙性無諂
다만 명백하게 황천의 보호를 받고자 하네 　　　　只要明白承皇穹
내 물음은 이것뿐이니 옹께서 잘 대답하시면 　　　我訊止此翁對善
이 잔을 받들어 올려 옹의 배가 부르시리 　　　　　願奉此杯翁腸充
그렇지 않고 핑계를 일삼아 이리저리 둘러대면 　　不然遁辭但饒舌
나의 신령한 마음이 옹의 군색함 알아채리 　　　　我有靈心知所窮
산림은 엄숙하고 사람은 근심스러운데 　　　　　　山林蕭蕭人悄悄
말을 늘어놓고 송구함에 겨워 국궁하고 서자 　　　陳辭竦仄立鞠躬
한참 동안 보이지도 않고 들리지도 않으니 　　　　良久無覿復無聞
옹이여, 옹이여, 진정 벙어리에 귀머거린가 　　　　翁乎翁乎眞啞聾

212　옥호정사(玉壺精舍) : 풍고 자신이 조성한 서울 삼청동(三淸洞)의 별서를 가리
킨다.

비로소 알겠노라, 음양이 처음 갈라진 뒤로 　　　　乃知陰陽肇判後

낮은 곳은 낮아지고 높은 곳은 높아져 　　　　卑者自卑隆者隆

사람이 그 사이에 처하여 꿈틀거리며 　　　　人處其間自蠢蠢

백 년을 수명으로 사는 가련한 벌레가 되었네 　　　　則百爲壽可憐蟲

이 몸이 어찌 상제의 사업에 관여하여 　　　　此物何干上帝故

밝은 명을 움직여 흉년과 풍년을 조절하랴 　　　　多煩明命制嗇豐

하늘엔 비가 있고 몸에는 병이 있으니 　　　　有天則雨身則病

이 이치는 삼척동자도 속이기 어렵네 　　　　此理難誣三尺童

사람의 일이란 자연히 생기는 데 불과하니 　　　　人事不過自然爾

흡사 회오리가 쑥대를 굴리는 것과 같네 　　　　恰似回飆轉枯蓬

내 술을 내가 마시고 내 즐거움 내가 즐기니 　　　　我飮我酒樂我樂

날마다 삼백 냥의 돈을 허비해도 아깝지 않네 　　　　不惜日費三百銅

산꼭대기와 물가에 이 목숨 의탁하여 　　　　山顚水涯托性命

봄철의 꽃들과 가을의 단풍을 즐기세 　　　　三春百花九秋楓

여유롭게 지내며 두 다리가 굳어질 때까지 　　　　優遊直到雙脚直

우선 제공들에게 우통을 번갈아 전하리[213] 　　　　聊與諸公遞郵筒

노래 마치고 기쁜 마음으로 문을 나서 바라보니 　　　　歌罷陶然出門望

꽃은 지고 새가 우는데 푸른 하늘만 보이네 　　　　花落鳥啼但碧空

---

213 여유롭게……전하리 : 남은 인생을 여유롭게 지내며 서로 시를 주고받자고 약속
하는 말이다. 원문의 각직(脚直)은 죽어서 두 다리가 뻣뻣해지는 것을 가리킨다.

서장관으로 심양에 가는 조윤경 만영 을 전송하며[214]

送趙胤卿 萬永 書狀赴瀋陽

한양에서 일천 리를 가면	王都一千里
서쪽으로 곧장 압록강에 닿고	西直鴨江水
강을 건너 사백 리를 가면	過江四百程
바로 심양성에 닿네	卽是瀋陽城
이번 행차에 연경과 계문을 보리니	此行視燕薊
절반만 보아도 내가 미치지 못하리	半猶跂不逮
그대가 나에게 이별의 말을 구하니	君辱乞贐言
내가 장차 무엇을 말하겠는가	我將何所論
유월이라 장마가 한창이라	六月方霖潦
두 고개에 풀과 나무 무성하리	兩嶺茂樹草
험한 여정에 평안을 기원하니	畏道祝平安
그대의 여행길이 어려울 줄 알겠네	知君行路難

---

214 서장관으로……전송하며 : 1818년(순조18)에 서장관으로 심양에 가는 조만영 (趙萬永, 1776~1846)을 전송하며 지은 시이다. 조만영의 본관은 풍양(豐壤), 자는 윤경(胤卿), 호는 석애(石厓)이다. 아버지는 이조 판서 진관(鎭寬)이다. 어머니는 홍 익빈(洪益彬)의 딸이다. 1818년에 심양사(瀋陽使) 한용귀(韓用龜)와 함께 서장관이 되어 청나라에 다녀왔다. 이듬해 그의 딸이 효명세자(孝明世子)의 빈(후일의 趙大妃) 으로 책봉된 후로 이조 참의·대사성·금위대장을 거쳤고, 1827년 안동 김씨의 세도를 견제할 목적으로, 순조가 건강상 이유를 들어 세자에게 대리청정을 명하자 그는 이조 판서로서 어영대장을 겸해 실력자로 부상, 풍양 조씨 세도의 기초를 마련하였다.

연수²¹⁵에서 오열하는 소리 듣고	衍水聞嗚咽
석문령²¹⁶에서 광활한 들 바라보리	石門望曠闊
내가 지난날 여행하던 일 생각하니	憶我昔遊時
그대의 가슴 트이게 될 줄 알겠네	知君胸次奇
질관²¹⁷은 소문으로 들었고	質館憑傳語
야판²¹⁸은 어디인지 알지 못하니	野坂不知處
당시의 일에 마음 상하여	當時事傷心
그대가 눈물을 흘릴 줄 알겠네	知君灑淚深
그대에게 해줄 말은 이것뿐이라	諗君詞止此
어찌 여행길에 위로가 되랴	那堪慰行李
갈림길에서 다시 주저하노니	臨歧更踟躕
돌아올 땐 눈이 길에 가득하리	歸來雪載塗

---

215 연수(衍水) : 태자하(太子河)를 가리킨다. 연(燕)나라 태자 단(丹)이 형가(荊軻)를 시켜 진시황(秦始皇)을 암살하려고 했는데, 형가가 그 일에 실패하자 태자 단은 요동으로 피신하여 이곳 연수로 들어갔다고 한다.

216 석문령(石門嶺) : 중국 요동 지방에 있는 고개의 이름으로 고갯마루의 석벽이 문짝이 열린 것과 같아서 석문령이라는 이름이 붙었다고 한다.

217 질관(質館) : 인질이 거처하는 관사란 뜻으로, 병자호란 후 인질로 간 소현세자(昭顯世子) 등이 거처하던 관사인 심양관(瀋陽館)을 말한다.

218 야판(野坂) : 효종이 심양(瀋陽)에 있을 때에 청나라 사람이 심양성 십 리 밖에 있는 한 구역의 채전(菜田)을 바쳤는데, 효종이 거기에 정자를 세우고 야판정(野坂亭)이라 명명했다고 한다.

연천숙[219]께서 나에게 갑주를 빌리고 또 종이가 부족하다
하시는데, 집안사람이 한 장도 찾지 못하였기에 떠오르는
대로 지어 올리다

淵泉叔從余借甲冑 又云紙乏 家人索一張不得 應率賦呈

연천 대사마께서	淵泉大司馬
청운의 뜻을 이미 이뤘고	靑雲旣身致
덕이 높고 명성도 성대한데	德崇名自盛
생각이 재물에는 미치지 않았네	慮不及貨利
병조 판서로서 철갑옷을 빌리고	摠戎借金甲
글씨를 쓰려는데 흰 종이가 없으시네	臨池無白硾
남들은 이런 일 부끄러워하지만	此事人所恥
공은 껄껄 웃고 마네	公獨笑之咥
아침엔 서산에 올라 기상을 살피고	西山朝看氣
밤에는 북쪽 골짜기에서 거나하게 취하니	北澗夜扶醉
천성[220]이 이와 같은데	天放也如此
무엇에 구애받으시랴	何物爲其累
나는 대대로 청백을 전해 받았으니	我世傳淸白
공에게 참으로 부끄러움이 없네	於公信無愧

---

219 연천숙(淵泉叔) : 김이양(金履陽)을 말한다. 317쪽 주4 참조.

220 천성 : 원문의 천방(天放)은 인위적인 조작이 없는 순일한 상태를 가리킨다. 장
자가 말하기를 "순일하여 한쪽에 치우치지 않는 것을 천방이라 한다.〔一而不黨, 命曰天
放.〕"라고 하였다. 《莊子 馬蹄》

술로 국은을 만류하다.[221] 국은 이생이 매번 나의 집에 와서 오래 앉아 있으려 하지 않기에, 술을 먹이고 시를 지어서 만류하였다.

酒留菊隱 菊隱李生 每至余室 不肯久坐 飮之酒而賦詩留之

국은 시인은 모습이 우람한데	菊隱詩人貌俁俁
궁정을 향해서 춤을 추지 않네[222]	不向公庭張萬舞
역량은 무관이 되어 강한 쇠뇌도 당길 만한데	力可材官拓彊弩
즐겨 무변에 종사하려 하지 않았네	不肯甘心事弁武
무엇 하러 악착같이 장보관 쓰고서	胡爲齷齪冠章甫
쌀값 비싼 장안[223]에서 수모를 당하는가	米貴長安但受侮
음식이 없으면 늘 글씨를 써서 배를 채우고	無食每用書充肚
옷이 있어도 겨우 정강이를 가릴 베옷뿐이네	有衣纔得褐及股

---

221 술로 국은을 만류하다 : 국은(菊隱)은 이문철(李文哲, 1765~?)의 호이다. 본관은 전주(全州), 자는 군선(君善)이다. 1803년(순조3)에 진사시에 합격하였다. 1811년(순조11)에 김이교(金履喬)를 정사로 한 통신사행에 반인(伴人)으로 다녀왔다. 영원군수(寧遠郡守)를 역임했다.

222 국은(菊隱)……않네 : 훌륭한 재능을 지니고도 벼슬 하지 못한 것을 가리킨다. 《시경》〈간혜(簡兮)〉에 "훌륭한 그 사람은 몸집도 큰데, 궁전 앞뜰에서 춤도 잘 추누나.〔碩人俁俁, 公庭萬舞.〕"라고 하였다. 만무(萬舞)는 고대의 춤 이름으로 방패와 깃털을 잡고 추는데, 종묘와 산천의 제사에 사용한다.

223 쌀값 비싼 장안 : 당나라 백거이(白居易)가 약관 시절에 고황(顧況)이라는 이를 찾아가 인사를 올렸더니 그는 백거이의 성명을 한참 보더니만 하는 말이, "장안에는 쌀이 귀해서 살기가 매우 쉽지 않을 것이네.〔長安米貴, 居大不易.〕"라고 하였다고 한다. 《全唐詩話》

죽을 때까지 과거장에서 온갖 괴로움 맛보며   抵死荊圍喫萬苦

간신히 상사생[224]이라는 이름을 얻었네   苦博上舍生名取

상사생으로 어찌 집안을 건사하랴   上舍生豈持門戶

오십 살에도 팔순의 부친을 봉양하지 못하네   五十莫養八十父

안타까워라, 품은 재주를 팔 수 없다면   嗟哉韞櫝不售賈

천 마디 말이 무슨 소용 있으랴   下筆千言將何補

비유하자면 일생 동안 도박을 좋아한 사람이   譬如一生人喜賭

기술이 신묘해질수록 집안은 점점 가난해짐과 같네 賭技轉妙家轉窶

하물며 술을 좋아하고 기운이 거칠어   況復嗜酒氣麤莽

천하를 형제로 삼고 천지를 집으로 여김에랴   海內兄弟天地宇

북쪽으로 얼음길 걸어 유연[225]의 땅을 밟고   北踏氷雪幽燕土

동쪽으로 해와 달이 뜨는 바다 나라 구경했네[226]   東觀日月鯨鼉府

돌아와선 쓸쓸히 국화밭을 가꾸며   歸來寂寞理菊圃

시주머니 속 시고들로 해진 벽을 바르네   囊槀筍墨破壁拄

지난날 그와 이야기하며 늦게 만남을 한탄하고서   昔我傾蓋恨晚覩

십 년 동안 친구로 지내며 손님과 주인을 잊었네   十年契好忘賓主

겸광이 드러나 스스로 적식과 나란한데[227]   謙光自與籍湜伍

---

224 상사생(上舍生) : 성균관에 거처하던 유생을 말한다.

225 유연(幽燕) : 중국의 요동(遼東) 및 하북(河北) 지방을 가리킨다. 전국 시대의
연(燕)나라이고 당나라 이전에는 유주(幽州)였다.

226 동쪽으로……구경했네 : 이문철이 1811년(순조11)에 김이교(金履喬)를 정사로
한 통신사행에 반인(伴人)이 되어 일본에 다녀온 것을 가리킨다. 원문의 경타(鯨鼉)는
경후타명(鯨吼鼉鳴)에서 온 말로, 비바람을 몰고 온다는 대해(大海)의 거센 물결 소리
를 가리킨다.

나를 지금 시대의 한유라 한껏 높여주었네	夸言推我今韓愈
몇 번이나 눈을 치뜨고 고금을 논하였고	幾回盱衡論今古
때때로 온 힘을 쏟아 간담을 토로했네	有時促刺訴肝腑
나도 그대에겐 이미 마음 허락했으니	我亦於君默已詡
튀어나온 광대와 콧날도 모두 아름답게 보이네	高顴危準皆媚嫵
그저 날마다 서로 만나기를 원하니	但願日日首相聚
담소할 때라면 밤과 낮을 가리지 마세	談笑之時無子午
그대의 마음은 붙잡기 어려운 호랑이 같아	君心難縶似活虎
한 번 천하를 굽어보고 이미 두 번 다녀왔네	一俛六合已再撫
올 때는 끌려오듯 하고 갈 때는 노한 듯하니	來如被差去如怒
회오리바람이 아니면 바로 소나기이리	不是顚風是驟雨
열흘 사이 대면한 것이 네댓 번이니	一旬對面秖三五
쓸쓸히 거처하는 노둔한 나를 안타까워해서라네	嗟我索居增鄙魯
잠에서 깨니 아침 햇살에 눈 쌓인 언덕이 밝고	睡起朝暉明雪塢
종이창 가득히 따사로운 기운 번지는데	紙窓氤氳暖細煦
따스함이 매화에 들어 몇 송이 피어나니	細煦入梅珠可數
향기 은은한 맑은 풍경에 정신이 돌아오네	疏香淸境神相迕
근심에 겨워 〈이소〉를 읽자니 훈고가 괴로워	悄讀離騷苦訓詁

227 겸광(謙光)이……나란한데 : 이문철의 겸손한 덕이 밖으로 성대하게 드러나 한유(韓愈)의 문인인 장적(張籍)과 황보식(皇甫湜)에 필적하다는 뜻이다. 《주역》〈겸괘(謙卦)〉 단사(彖辭)의 '겸존이광(謙尊而光)'의 줄임말이다. 소식(蘇軾)의 〈조주한문공묘비(潮州韓文公廟碑)〉에서 한유의 문장을 예찬하며 "적식은 땀 흘리며 쫓아가다 넘어지곤 했으나, 지는 해 그림자 같아 바라볼 수 없었네.〔汗流籍湜走且僵, 滅沒倒景不得望.〕"라고 하였다.

박산향로엔 다시 푸른 실연기 오르지 않네[228]　　　博山無復裊靑縷

일어나 거문고 당겨 궁조 우조를 고르니　　　　起援綺桐調宮羽

누가 듣는 자의 깊은 외로움을 달래주랴　　　　誰與聽者殊踽踽

갑자기 발자국 소리가 대청에 울리더니　　　　忽驚跫然響庭廡

그대가 어디선가 허리를 굽히고 들어오네　　　君從何處來傴僂

그대를 만나기 전엔 그리움이 몹시 깊더니　　　未見君前思長窶

그대를 만나고 보니 흥이 더욱 고동치네　　　既見君後興便鼓

사람 불러 용지의 술[229]을 가져오라 하니　　　喚取龍池宅中酤

여린 노을이 술잔에 감돌아 뽀얀 술이 밝네　　　輕霞繞杯光酥乳

봉황 골수와 기린 육포 안주는 없을지라도　　　雖無鳳髓與麟脯

언 강에 물고기 두드리고 그물로 꿩을 잡았네　　　氷江擊鮮雉離罝

일부러 그대에게 본성 해치는 술을 주려는 게 아니고

　　　　　　　　　　　　　　　　　　　　　非故贈君伐性斧

그대가 비범하게 진부함을 사절한 걸 사랑해서네　　　愛汝磈磊絶酸腐

백 년 인생도 준마가 달리듯 잠깐이라　　　百年倏忽騁驕駏

아무리 귀부에 주석을 달아도 기쁘지 않네[230]　　　不樂幾何註鬼簿

내가 가진 물건을 돈과 바꾸어　　　我自有物散阿堵

---

228 근심에……않네 : 〈이소(離騷)〉의 훈고를 읽으며 집중하느라 향로의 불이 꺼진 것도 개의치 않는다는 의미이다. 박산(博山)은 중국의 전설에 나오는 산의 이름으로 바다 가운데 있으며 신선이 산다고 한다.

229 용지(龍池)의 술 : 궁궐의 좋은 술을 의미한다. 본래 용지는 대궐 안의 연못을 가리킨다.

230 귀부(鬼簿)에……않네 : 귀부에 주석을 단다는 것은 귀신 명부를 점고한다는 말로 시를 지을 때 옛사람의 성명을 많이 인용하는 것을 비방하는 말이다.

되로 말로 마셔 한 섬을 넘겨보세   吸盡升斗至區斞

반가운 눈으로 당겨 앉아 옥주231를 휘두르니   靑眸促膝揮玉麈

휘파람은 노래할 만하고 신음도 사라질 만하네   歘可以歌呻可瘉

술 마신 자 이름을 남겼으니232 더 노력하세   飮者留名須力努

의적은 잘못 없으니233 우 임금께 하소연해보세   儀狄非辜疏神禹

곧장 소매 떨치고 일어나 나를 근심케 하지 말고   莫便拂袖使人憮

술동이 사이에 취해 누운 필이부가 되어보세234   甕間臥作畢吏部

나는 그대에게 동고를 내라 채근하지 않으리니235   我不詛君出童羖

---

231 옥주(玉麈) : 진(晉)나라 시대에 청담(淸淡)하는 사람들이 주미(麈尾)를 들고 휘저으며 말하였는데 왕연(王衍)은 주미의 자루를 백옥으로 하였다고 한다.

232 술……남겼으니 : 이백(李白)의 〈장진주(將進酒)〉에 "예부터 잘난 이들 죽으면 자취도 없지만, 술 잘 마신 사람들만은 그 이름을 남겼네.〔古來賢達皆寂寞, 惟有飮者留其名.〕"라는 구절이 있다.

233 의적(儀狄)은 잘못 없으니 : 하우씨(夏禹氏) 때 술을 잘 빚었다는 사람 이름이다. 당나라 육귀몽(陸龜蒙)의 〈주성(酒城)〉이라는 시에 "기필코 술을 차지하려 다툰다면, 의적씨보다도 먼저 성에 오르리라.〔必若據而爭, 先登儀狄氏.〕"라고 하였다.《全唐詩 卷620》

234 술동이……되어보세 : 필이부(畢吏部)는 진(晉)나라 필탁(畢卓)을 가리킨다. 필탁이 이부 낭(吏部郎)으로 있으면서 늘 술에 젖어 직사(職事)를 폐기했었는데, 하루는 이웃집 동료의 술동이를 훔쳐 마시다가 관원에게 붙잡혔다. 주인이 아침에 보니 필이부(畢吏部)였으므로 포박을 풀어주고 같이 술을 마셨다고 한다.《晉書 卷49 畢卓列傳》

235 나는……않으리니 : 상대가 술에 취해 주정을 하더라도 탓하지 않겠다는 뜻이다. 동고(童羖)는 뿔 없는 염소를 가리킨다.《시경》〈빈지초연(賓之初筵)〉에 "취해서 함부로 말하면 동고를 내놓게 하리라.〔由醉之言 俾出童羖〕"라고 하였는데, 그 주석에 "동고는 있을 수 없는 물건인데, 술에 취하는 것을 경계하기 위하여 구할 수 없는 물건을 벌로 내놓게 한 것이다."라고 하였다.

돌아가고 싶으면 내 술잔을 토해내야 하리　　　　　欲歸當令我觴吐
우선 비단병풍에 기대 채색붓을 세우고서　　　　　且倚錦屛彩筆竪
그대 위해 팔차를 하고 체두를 노래하네[236]　　　　　爲君八叉賦杕杜

236　팔차(八叉)를……노래하네 : 팔차는 시를 민첩하게 짓는 것을 가리킨 말이다.
당나라 시인 온정균(溫庭筠)이 시를 민첩하게 잘 지었는데, 그가 손으로 깍지를 여덟
번 끼는 동안 여덟 수의 시를 지었으므로, 그를 온팔차(溫八叉)라고 불렀다는 고사가
있다. 《北夢瑣言 卷4》〈체두(杕杜)〉는 《시경》 당풍(唐風)의 편명으로, 형제 하나 없
이 쓸쓸하게 지내는 외로운 심정을 읊은 시이다.

강에서 노닐며 죽리·강우·연천 등 세 숙부,
북해 조시랑 종영·서어와 함께 짓다[237]

江游 同竹里江右淵泉三叔北海趙侍郎 鐘永 西漁賦

물가 누각에 새벽닭이 꼬끼오 우니	水舍晨鷄喔喔鳴
뱃사공들 이른 조수가 난다고 말들을 하네	舟人共語早潮生
이 몸이 이미 푸른 강가에 누웠으니	此身已臥滄江上
예전에 마냥 부러워하던 심정이 도리어 우습네	回笑從前坐羨情

---

237 강에서……짓다 : 서어(西漁)는 권상신(權常愼, 1759~1824)의 호이다. 본관은
안동(安東), 자는 경호(絅好), 다른 호는 일홍당(日紅堂)이다. 1801년(순조1) 문과에
장원하였다. 정치적으로 김조순(金祖淳)을 옹호했으며, 1820년에는 병조 판서·광주
유수를 지내면서 남공철을 수반으로 하는 정부의 중요한 소임을 담당했다. 죽리(竹里)
는 김이교(金履喬)의 호이고, 강우(江右)는 김이재(金履載)의 호이며, 연천(淵泉)은
김이양(金履陽)의 호이다.

이튿날 다시 배를 띄우다
翌日復泛

불어난 물이 밝은 창에 비쳐	積水連窓曙
텅 빈 밝음이 마음에 쏙드네	虛明切素襟
음양은 묘리가 원래 한 가지였고	兩儀元一妙
지혜로운 자도 어진 마음이 있네[238]	智者亦仁心
담담한 흐름이 어찌 끝이 있으랴	澹澹流何極
푸른빛은 바라볼수록 깊어지네	蒼蒼望却深
소문이 그간 연주하지 않았으니	昭文閑不鼓
누가 더불어 지음이 되랴[239]	誰與爲知音

238 음양은……있네 : 하늘과 물이 맞닿아 구별할 수 없는 것을 음양이 한 가지인 것으로 표현하고, 산 그림자가 물에 비친 모습을 지(智)와 인(仁)이 교섭하는 것으로 표현한 말이다.

239 소문(昭文)이……되랴 : 소문은 《장자(莊子)》〈제물론(齊物論)〉에 나오는 고대의 가야금 명인인데, 여기서는 풍고 자신을 소문에 비유하여 세상에 지음(知音)이 적음을 한탄한 말이다.

석경루에 묵으며[240]
宿石瓊樓

황량한 석경루에	荒絶石瓊樓
섞여 앉아 주객을 잊었네	雜坐忘主客
날리는 샘물이 동북쪽에서 흘러와	飛泉東北來
가벼이 날리어 첩첩한 바위 사이를 흐르네	噴薄穿疊石
산비에 골짜기 입구가 어둑하여	山雨暗谷口
점심을 저녁식사와 겸하였네	午饍遂兼夕
내년에 다시 이곳에 모이면	明年復此會
응당 취한 필적이 기쁘리	應喜醉墨迹
난간에 기대 흐르는 물 마주하여	倚欄對逝水
백 년의 나그네 신세를 속으로 슬퍼하네	潛悲百年客
일만 겁을 겪은 사람이라도	萬劫閱遊人
뉘라서 심정이 돌처럼 무디겠는가	誰能頑似石
두 가락의 피리로 좋은 술맛 돋우니	雙笳侑美酒
이 밤을 즐길 만하네	可以娛此夕
모를레라, 그림 같은 이 자리에	不知畫圖中
시문이 없을 수 있겠는가	堪着少文迹

---

240 석경루(石瓊樓)에 묵으며 : 석경루는 도성의 북쪽인 서울 종로구 세검정 위쪽에 있던 별장이다. 추사 김정희가 소유한 적이 있었는데, 19세기 서울의 시인들이 자주 모이던 명소이다.

사람이 이 세상에 살며	人生在世間
왕래하기가 모두 나그네 신세이니	往來均是客
북산이문도 이미 부질없는데	移文作已煩
하물며 바위에 새길 것까지 있겠는가[241]	況乃復勒石
산수를 즐김도 모두 허망한 것이라	山水亦虛名
웃고 즐기는 이 순간이 곧 나의 저녁이네	歡笑卽吾夕
날마다 시냇가 모래밭에	日日溪頭沙
몇 번이나 발자취 지워졌는가	生滅幾鞵迹

241 북산이문(北山移文)도……있겠는가 : 사람이 자연에서 즐기다 죽으면 그만이
지, 들어오고 나가면서 자취를 남길 필요 없다는 의미이다. 남제(南齊) 때 주옹(周顒)
이 일찍이 종산(鍾山)에 은거하다가 조정의 부름을 받아 해염 현령(海鹽縣令)으로 나
갔는데, 그가 임기를 마치고 도성(都城)으로 가는 길에 다시 종산에 들르려 하자, 일찍
이 그와 함께 은거했던 공치규(孔稚圭)가 그의 변절(變節)을 매우 못마땅하게 여겨
산신령의 뜻을 가탁하여 그를 거절하는 뜻으로 〈북산이문(北山移文)〉을 지었다. 그
글에 "종산의 영령과 초당의 신령이 연기로 하여금 역로를 달려가서 종산의 광장에
이문을 새기게 하였다.……어찌 푸른 봉우리로 하여금 재차 욕되게 하고, 붉은 절벽으
로 하여금 거듭 더럽혀지게 하리오.〔鍾山之英, 草堂之靈, 馳煙驛路, 勒移山庭.……碧
嶺再辱, 丹崖重滓.〕"라고 하였다.

두실[242]이 연꽃을 읊은 시에 차운하다

次斗室詠荷

봄 풍경이 돌아와 붉은 노을 피어나니	春光廻笑爛霞蒸
맑은 물 높다란 꽃이 층층 연잎에 비치네	淸水高花暎碧層
널리 퍼진 장엄한 모습은 본래 깨끗한 몸으로	敷座莊嚴元淨體
강물에 젖은 옷깃이 또 고결하게 씻겼네	涉江被服又修能
이슬 내린 옥떨기처럼 둥근 달모양 이루고	露垂瓊珮規成月
가을에 물든 붉은 비단이 얼음처럼 밝네	秋染紅紈炯似氷
사방으로 뻗으니 현포의 나무를 논하지 말라[243]	四出休論玄圃樹
일만 가지가 광릉의 등불에 비길 만하네[244]	萬枝差擬廣陵燈

---

242 두실(斗室) : 심상규(沈象奎)의 호이다. 375쪽 주120 참조.

243 사방으로……말라 : 연꽃이 어우러진 풍경이 아름다워 신선이 사는 곳을 언급할 필요 없다는 의미이다. 현포(玄圃)는 곤륜산(崑崙山) 정상에 있다는 신선이 사는 곳으로 다섯 금대(金臺)와 열두 옥루(玉樓)가 있다고 한다.

244 일만……만하네 : 연꽃이 관등(觀燈)놀이에 비견될 만큼 아름답다는 의미이다. 광릉(廣陵)은 당나라 때 가장 유명했던 관등(觀燈)놀이 장소라고 한다. 개원(開元) 18년(730) 정월대보름에 섭선사(葉仙師)가 도술로 무지개다리를 만들어 현종을 모시고 광릉에 가서 관등놀이를 구경했다고 한다. 《古今事文類聚 前集 卷7 廣陵觀燈》

패영에 근친하러 가는 이홍관 시랑을 전송하며[245]
送李菑館侍郎觀浿營

부친은 평안도 관찰사요[246]	父作平安觀察使
아들은 규장각 직학사네	兒爲奎章直學士
태평시대에 이름난 가문이 줄지었으나	昭代名門森相望
그대 집안만 한 복록이 어디 있으랴	福祿君家誰復似
아들이 부친을 찾아뵈러 목욕휴가를 청하니	兒行覲父諗暇沐
온 조정이 어찌 찬탄하며 부러워하지 않으랴	滿朝那不共羨美
멀고 먼 관도에 사현 서쪽으로 떠나면[247]	官道迢迢沙峴西
서풍이 불어와 대동강물을 치는데	西風吹拂浿江水
벌써 색동옷 입고 안부를 여쭙고	已將綵服問溫淸

245 패영(浿營)에⋯⋯전송하며 : 1818년(순조18)경에 평안도 감영에 근친하러 가는 이용수(李龍秀, 1776~?)에게 써준 시이다. 이용수의 본관은 연안(延安), 자는 자전(子田), 호는 홍관(菑館)이다. 1809년(순조9)에 증광시에 합격, 내직으로 오랫동안 승정원에 있으면서 좌우승지를 거쳐 도승지에까지 올랐고, 이조 참판, 규장각 직제학 등을 지냈다. 외직으로 황해도 관찰사, 개성유수 등을 역임하였다.

246 부친은 평안도 관찰사요 : 이용수의 부친은 이조원(李肇源, 1758~1832)으로 자는 경혼(景混), 호는 옥호(玉壺)이다. 1818년(순조18) 4월부터 1819년(순조19) 2월까지 평안도 관찰사를 역임하였다.

247 멀고⋯⋯떠나면 : 관도(官道)는 조정에서 관리하는 간선도로를 가리키고, 사현(沙峴)은 서대문 밖 모화관에서 홍제동으로 넘어가는 고개로 현재는 무악재로 널리 불린다. 고개 왼쪽에 솟은 두 봉우리가 안산(鞍山) 또는 무악(毋岳)이기 때문에 길마재, 무악재라는 이름으로 불렸다.

이어 수레를 몰고 고을을 돌아보리　　　　　旋隨輶軺行邑里

왕검성²⁴⁸의 번화는 새삼 논할 것 없으니　　　王儉繁華未重論

졸본성²⁴⁹의 명승도 그다음이 되리　　　　卒本名勝定其次

이곳은 철옹성의 바깥 산으로　　　　　　最是鐵甕城外山

수려하고 깊은데다 웅장하게 솟으니　　　　旣秀而深雄且峙

묘향이란 이름은 의미를 짐작할 수 없으나　　妙香名義不可思

동천복지를 이루 다 기록할 수 없네　　　　福地洞天莫殫記

검은 머리에 좋은 유람하며 시 읊기 좋아하니　黑頭璟遊愛吟詩

나그네 차림은 하찮은 곳에 멈춤을 싫어하리　笻屨應嫌淺處止

용무군영에 달은 대낮 같은데　　　　　　龍武軍營月如畫

여러 공들이 술동이 놓고 여행길 축하하리　　群公置酒賀行李

수중의 부채에 나의 시를 구하기에　　　　手中便面索我題

취중에 먹물 적셔 접은 부채에 쓰네　　　　醉墨淋漓灑摺紙

흉악한 도적이 천상을 어지럽히고 나서　　　自從劇盜亂天常

바람 불면 풀이 눕는 것도 옛말이 되었네²⁵⁰　風行草偃非昔比

백성을 위무함은 청렴과 엄함에 달려 있으니　懷保勞來在淸嚴

이제야 비로소 좋은 지방관을 얻었네　　　如今始得良刺史

자사의 아들도 당시의 고관이라　　　　　刺史之兒亦時宰

248　왕검성(王儉城) : 단군왕검이 도읍한 곳으로 요동 지방에 위치한다는 설과 평양 지역이라는 설이 있었으나, 최근에는 평양 지역이 우세하나 정확한 위치는 아직 미상이다.

249　졸본성(卒本城) : 고구려의 건국 장소로 요녕성(遼寧省) 환인현(桓因縣)에 있다.

250　흉악한……되었네 : 1811년(순조11)부터 5개월간 평안도를 중심으로 일어난 홍경래(洪景來)의 난으로 인해 임금의 교화가 미치기 어렵게 되었음을 가리킨다.

풍류를 그저 음악과 기생에만 부치랴　　　　風流可但寄聲妓

이날의 영광은 그대 마음이 스스로 알 것인데　此日榮耀心自知

곧 아름다운 덕이 원근에 드러남을 들으리　　佇聞令德昭遐邇

이번 행차의 막중함이 조정과 관계되니　　　行矣輕重係朝廷

서쪽 백성들 눈 비비며 그대 부자를 바라보리[251]　西人拭目君父子

251　이번……바라보리 : 이용수가 평안도 감영으로 근친을 가는 것이 개인적인 영광을 넘어서, 조정에서 서북 백성을 소홀히 하지 않음을 은연중 보여준다는 의미이다.

문장을 논하여 천민[252]에게 보이다

論文示天民

나에게 문장의 도리를 물으니	問余以文道
그대 위해 시말을 고하겠네	爲君告始末
옛날에 문장에 뜻을 둔 자들은	古之有意者
서책을 기갈 든 듯이 좋아하여	嗜書急飢渴
육경으로 먼저 배를 채우고	六籍先飮河
구류를 차례로 섭렵했네	九流次祭獺
치란에 따라 세상의 소리 구분하고	理亂世音辨
슬픔과 기쁨에 따라 인사를 나누어	哀正人事括
천고의 역사를 대략 이해하고	千古訖領略
백가의 학문을 마음껏 탐독했네	百家恣探撮
그런 연후에 학문이라 하겠으니	然後敢學爲
대체로 뜻을 전달함을 위주로 했네[253]	大抵主辭達
은주 시대의 호악함을 거슬러 오르고[254]	殷周溯灝噩

---

252 천민(天民) : 이의철(李懿喆)의 자이다. 345쪽 주45 참조.

253 뜻을……하네 : 《논어》〈위령공(衛靈公)〉에 공자가 "문장은 뜻이 통하기만 하면
된다.〔辭達而已矣.〕"라고 한 것을 가리킨다.

254 은주(殷周)……오르고 : 호악(灝噩)은 삼대(三代)의 문장을 평론한 말로. 양웅
(揚雄)의 《법언(法言)》에 "우하 시대의 글은 혼혼하고, 상서는 호호하고, 주서는 악악
하다.〔虞夏之書渾渾爾, 商書灝灝爾, 周書噩噩爾.〕"라고 하였다. 혼혼은 밝고 엄숙한
모양이고, 호호는 끝없이 멀고 아득한 모양이고, 악악은 엄숙한 모양, 또는 밝고 곧은

공양과 곡량에서 하와 갈을 탐구하니[255]	公穀參何曷
길흉에 따라 상징이 드러나고	吉凶象有著
홍과 비의 의미를 파악할 수 있었네	興比義可掇
《장자》와 《이소》는 신묘한 변화를 추구하고	莊騷追神變
《좌전》과 《국어》는 권세를 독차지하네	左國思榮割
한유는 맹자를 경유하여 달렸고	韓由孟轍蹹
유종원은 사마천을 거쳐 벗어나니	柳自馬轡脫
두 사람이 모든 장점 독차지하여	二子擅千長
신묘한 솜씨가 조화의 공을 빼앗았네	工妙造化奪
길 가는 자가 넓은 대로를 버려두고	行者舍康莊
곤란함 당한 뒤에 근심하지 않는 자 드무네	尠不憂蹇跋
그대에게 권하노니 이것이 본받을 법이니	勸君此師法
법 속에 죽고 사는 길이 있네	法中有死活

모양이다.

255 공양과……탐구하니 : 원문의 하(何)와 갈(曷)은 모두 의문사이다. 무언가를 물을 때, 《춘추공양전(春秋公羊傳)》에서는 하와 갈 중에서 갈의 사용빈도가 높고, 《춘추곡량전(春秋穀梁傳)》에서는 갈을 거의 사용하지 않고 하를 주로 사용하였다.

연사의 운자를 차운하다

次蓮社韻

사립문이 외로이 산을 향해 열리고	柴門悄悄向山開
계곡물이 졸졸 밭모퉁이를 돌아 흘러오는데	澗水潺潺繞町來
한가로이 도가 서적 읽으며 조용한 방에 거처하고	閑讀道書棲靜室
취한 김에 이웃 친구 이끌고 위층 누대로 오르네	醉拕隣友上層臺
백 년을 살면서 몸이 벌써 늙었고	百年俯仰身仍老
한 기운이 서늘하여 가을이 돌아오건만	一氣蕭森秋自廻
울타리 아래 벌써 징사의 국화를 심었으니	籬下已栽徵士菊
창 앞에 필시 우승의 매화가 피어나리[256]	窓前須辦右丞梅

256 울타리……피어나리 : 징사(徵士)는 동진(東晉)의 시인 도잠(陶潛)을 가리키는데, 징사는 학행(學行)이 뛰어나 조정에서 부르는데도 벼슬에 나아가지 않는 선비를 일컫는 말이다. 우승(右丞)은 상서 우승(尙書右丞)의 벼슬을 지낸 당나라 시인 왕유(王維)를 가리킨다.

서원에서 구경하다 느낌이 일어

西園屬目有感

석류 껍질이 선홍색이 되자 석류 잎은 누른데   榴殼明紅榴葉黃

나팔꽃 줄기 뻗으매 씨앗이 검푸르네   牽牛蔓綠子玄蒼

어느 염색장이가 가을바람만큼 교묘하랴   染工誰似秋風巧

시인을 향해 불어 또 귀밑에 서리가 내렸네   吹向騷人又鬢霜

늙어가며

老去

늙어가며 서글픔이 많아지니 老去多悽愴

죽음이 가까워서가 아니라네 非關近死然

시서는 젊은 시절의 포부를 저버렸고 詩書違宿志

명성과 사업은 동시대 현자들께 부끄럽네 名業媿時賢

젊은 시절로 돌아갈 날 분명 없는데 返少應無日

이 생에 기대어 천도를 어찌 알겠는가 憑生豈識天

서풍이 짧은 머리에 불어오고 西風吹短髮

찬비가 또 등불 앞에 내리네 涼雨又燈前

하릴없이 읊다
謾詠

관중과 제갈량을 꿈꾸던 초심이 모두 잘못은 아닌데   初心管葛未全非
농사를 지으려던 만년의 계획도 이미 글렀네   晩計農桑亦已違
훗날 누군가 우리나라 역사를 본다면   他日誰看東國史
가련한 인생이 구이를 벗어나지 못했으리   可憐生死九夷歸

호중의 늦가을[257]

壺中秋晚

초가집 대나무방에 앉으니 청량하기 그지없어	茅堂竹室坐來清
시내와 산을 가리키며 이름을 새삼 확인하네	指點溪山始有名
송이를 찾으니 붉은 고사리보다 낫고	却覓松蕈勝紫蕨
메벼로 밥을 지으며 청정반[258]을 생각하네	旋炊秔飯憶青精
무심한 구름 절로 흩어져 수풀을 뚫고 당도하니	閑雲自解穿林到
조용한 골짜기 홈통에 떨어지는 물방울 이따금 바라보네	
	幽澗時看落筧明
가을 깊어 호중에 좋은 일 많으니	秋晚壺中饒好事
막 갠 날씨에 책과 약재를 말리네	曝書曝藥遇新晴

---

257 호중의 늦가을 : 풍고의 거처인 옥호정사(玉壺精舍)에서 지은 시이다. 본래 호중 (壺中)은 호리병 속의 선경(仙境)이라는 말로 후한(後漢)의 술사(術士) 비장방(費長 房)이 시장에서 약을 파는 선인(仙人) 호공(壺公)의 총애를 받아 그의 호리병 속으로 들어갔더니, 그 안에 별천지(別天地)가 펼쳐져 있더라는 전설에서 유래하였다. 《後漢 書 卷82下 方術列傳 費長房》

258 청정반(青精飯) : 도가(道家)에서 청정석(青精石)으로 지은 밥을 말하는데, 이 밥을 오래 복용하면 안색이 좋아지고 장수한다고 한다. 두보의 〈증이백(贈李白)〉 시에, "어찌하여 청정반으로, 내 얼굴 좋게 할 길 없겠는가?〔豈無青精飯, 使我顔色好?〕"라는 구절이 있다.

석한[259]을 위해 술을 노래하다
頌酒爲石閒

향기는 신명께 올릴 만하고	馨可薦神明
박주일망정 찻물보다 낫네	薄亦勝茶湯
그대가 술을 사랑함을 아노니	知君旣愛酒
어찌 가득 찬 술잔을 권하지 않으랴	寧不勸滿觴
집사람이 두견주를 빚으며	家人釀杜鵑
차조와 누룩을 옛 방식대로 담그니	秫麴依古方
삼칠일 만에 발효를 마치고	三七畢醱醅
뚜껑을 여니 타락처럼 빛이 나네	坼泥酥酪光
흰개미밥알이 동동 떠서	輕輕泛素蟻
풍미가 이루 말할 수 없는데	風味不可當
명주 자루로 맑게 거르니	絹帒濾其淸
밤 술주자에 봄비가 길어라	夜槽春雨長
술동이에 맑은 술 찰랑거려	綺樽盛激激
어떤 꽃의 향기도 이만 못하리	百花讓其香
술 향기가 사람의 코를 쏘고	其香撲人鼻
얼얼한 맛은 창자를 씻어주네	其洌滌人腸
마시지 않는 사람은 있을지라도	雖有不飮人
어찌 맛보지 않을 재간 있나	焉得不少嘗

---

259 석한(石閒) : 김조(金照)의 호이다. 329쪽 주17 참조.

하물며 그대는 술고래에다 況君鯨吸者

오랜 갈증으로 미치기 직전임에랴 久渴思欲狂

내 동산에 꽃나무가 즐비하고 吾園羅卉植

주위엔 화려한 담장을 둘렀으니 周遭依粉墻

상쾌한 기운이 서산에 닿고 爽氣接西山

맑은 바람은 북쪽 언덕에서 불어오네 淸風來北岡

그 속에 늙은 매화나무가 中有老梅樹

둔덕 옆으로 가지를 뻗어 布柯在壇傍

푸른 열매는 둥글고 단단하여 綠實圓更磊

올려다보면 밝은 구슬과 같소 仰視如明瑯

그 아래 여린 풀밭이 빙 둘러 其下繞芳草

누워 쉬기에 침상도 필요 없으니 偃息不用床

취하지 않고 무엇을 하랴 不醉復何爲

청컨대 이 술자리를 와서 보시오 請看此飮場

일찍 일어나 산에 내린 눈을 보고 장난삼아 읊다
早起見山雪戱吟

산과 내 정수리가 똑같은 빛이라   山與吾顚一色攄
서로 바라보면 둘이 어색하지 않으리   相看卽可兩無疏
봄바람 분 뒤에 산이 도로 푸르러도   春風吹後山還黛
아마 내 정수리는 예전처럼 썰렁하리   秖恐吾顚冷自如

나태함
放慵

관복 입고 새벽 종소리에 달려가던 일 그만두고	且休簪笏趁晨鍾
산속 집에서 병으로 신음하며 게으름을 부리네	山屋吟痾寄放慵
이날 쇠약한 모습은 마구간에 매인 준마 신세인데	此日衰形悲櫪驥
당시의 헛된 계책은 곤룡포를 보좌하려는 것이었네	當時妄計補山龍
골목까지 눈이 이어져 깊은 바퀴 자국이 없고	雪連委巷無深轍
성긴 울타리가 바람에 꺾이자 먼 봉우리가 보이네	風落疏籬有遠峯
그나마 쌍매화가 차례로 꽃눈을 맺으니	稍喜雙梅相次蕚
화로와 종이 장막 속에서 늦겨울을 버팀이 기쁘네	熏爐紙帳可殘冬

두실이 어제 앞 시에 첩운하여 보여주니, 수선화가 싹이 나온 것을 기뻐한 것이다. 나는 두실보다 한 살이 많고, 그의 수선화 싹이 나온 것도 하루 더뎠다. 곧 화답시를 지었으니, 삼가 수정해주길 기다린다[260]

斗室昨疊前韻投示 蓋喜水仙出芽也 僕與斗室 生年癡長一齒 水仙之芽 其出又遲一日 輒又續貂 恭俟斤政

꽃 또한 사람처럼 기이하지 않을쏘냐	花亦如人可不奇
싹이 튼 차례도 나이 순서와 맞네	芽生次第序相宜
내 꽃이 하루 일찍 피는 게 당연하니	開應一日吾差早
그대 나이는 한 해가 우연히 늦었다네	降以連年子偶遲
꾸밈이 없는 수려한 빛은 연꽃처럼 깨끗하고	秀色去雕荷共淨
허리에 차니 한마음이라 혜초처럼 무성하네	同心爲珮蕙交滋
도리어 화분의 물을 보니 맑은 거울이 담겨	却看盆水涵淸鏡
꽃다운 뿌리가 내 흰 귀밑머리와 혼동되게 하네	都遣芳根混鬢絲

---

260 두실(斗室)이……기다린다 : 두실 심상규(沈象奎, 1766~1838)가 풍고 김조순
(1765~1832)보다 1년 늦게 태어난 것에 주목하여 지은 시이다. 심상규의 기록에 따르
면 풍고가 수선화 뿌리 5덩어리를 주어 심었다고 하는데, 1814년(순조14)경의 일로
추정된다. 《斗室存稿 卷2 次韻楓皐》

기묘년 정월 3일에 만오 노인께 시를 써 보내 약재를 청하다[261]

己卯元月三日 書囑晚悟老人 丐仙料

세 등급 사백 종류의 약재에서	三品四百種
감국이 바로 명약이네	甘菊是名藥
복용함에 꺼리는 바 없어	服食無所忌
눈이 밝아지고 가슴이 맑아지네	明目而淸膈
늙어갈수록 생각만 깊어지니	老去轉思深
수명이 늘어남은 즐거운 일 아니네	延年非所樂
다만 바라기는 서책을 마주하여	但願對黃卷
어두운 눈에 방해받지 않았으면	不被昏花隔
밤중에 본초를 점검하여	夜來檢本草
신기한 처방 손쉽게 찾았으니	奇方不勞獲
그대 약상자에 비축된 것이	知君籠中貯
약재로 적합함을 알겠네	應自刀圭適
아끼지 말고 한껏 꺼내주시오	莫惜盡情取
내 시가 약값이 되지 않겠소	吾詩正相直

---

261 기묘년……청하다 : 풍고 나이 55세 되던 1819년(순조19)에 지은 시이다. 만오(晚悟)는 한용귀(韓用龜, 1747~1828)의 호이다. 본관은 청주(淸州), 초명은 용구(用九), 자는 계형(季亨)이며, 다른 호는 소파(小波)이다.

경희궁 내각에서 재계하며 자다가 떠오르는 대로 지어 검서 제군들에게 보이다

齋宿慶熙宮內閣 謾賦示檢書諸君

화려한 전각이 적막하기가 선방과 같아	雕堂闃寂似仙扃
삼일의 재계에 성령이 상쾌해지네	三日齋居愜性靈
느리게 숲 허리를 걸으니 새싹이 옹기종기 돋고	步倦林腰班細綠
읊조리며 처마모퉁이를 돌자 푸른 산이 다가오네	吟巡簷角屬遙靑
미풍에 졸음이 쏟아지니 찻물도 다 끓여졌고	微風引睡茶俱熟
고운 풍경에 글 읽느라 밥 먹기도 잊었네	麗景消書飯始停
그저 청한함을 이처럼 누릴 수만 있다면	但得淸閑如是了
노년에 굳이 산에 들어가야 이름이 나리오	衰年何必入山名

퇴청하면서 옛 궁궐을 지나다

朝退過舊闕

궁궐 버들이 햇살을 받아 세상 먼지를 떨고   宮柳迎暉拂陌塵

궁궐 도랑에 흐르는 물에 금비늘 반짝이네   御溝流水動金鱗

동풍이 밤 사이에 잔설을 불어가니   東風一夜吹殘雪

씻긴 봄 산이 싱그럽게 성곽을 둘렀네   洗却春山繞郭新

유근이 꿈속의 구절을 채워 지은 시에 차운하다[262] 함련에서 꿈속의 구절을 썼다

次逌根足夢作韻 頷聯用夢句

시냇가에 읊조리니 흡사 봄을 찾는 듯하고	溪畔沉吟似覓春
수풀 사이 쓸쓸히 앉으니 몸을 숨긴 것 아니네	林間悄坐豈逃身
과연 흐르는 물이 무슨 일을 성취할꼬	果然流水成何事
다만 날리는 꽃잎이 인간 세상과 멀어지게 하네	秪是飛花不近人
덧없는 인생 그 누가 꿈과 현실 구분하랴	浮世誰曾分夢覺
남은 인생에 그대는 탐욕과 성냄 그쳐야 하리	餘生君可息貪嗔
산새가 울고 난 뒤 산이 더욱 고요하여	山禽啼了山逾靜
날마다 몸과 정신이 서로 친해지게 만드네	日遣形神兩得親

---

262 유근(逌根)이……차운하다 : 주몽(足夢)이란 꿈속에서 얻은 일부 구절을, 꿈이 깨고서 마저 완성하는 형식을 가리킨다.

생질 이치규가 손수 꽃나무를 심었다는 말을 듣고 위소주의 운을 써서 지어 보내다[263]

聞李甥穉圭手種花樹 用韋蘇州韻賦示

동풍이 검은 땅에 움직이니	條風動靑陸
땅 기운이 날마다 풀리고	土脉日以疏
지난밤에 제철 비가 지나니	時雨過前宵
궁궁이가 생기를 머금었네	生意含蘪蕪
듣자니, 그대가 한산한 직책이라	聞君職事微
전원에서 한가롭게 지내며	林樊閑自如
방건 쓰고 아이종을 데리고	方冠領小竪
삽과 호미 준비하여 묘목을 심었다지	播植戒鍪鋤
십 년도 긴 세월이 아니니	十年亦未遠
노력하면 계책이 헛되지 않으리	勉力計非虛
녹음이 드리웠는지 살펴보시게	請看綠陰成
그댈 위해 원예 서적을 편집해보겠네	爲君輯藝書

---

263 생질……보내다 : 이치규(李穉圭)는 풍고의 생질 이헌기(李憲琦, 1774~1824)
를 가리킨다. 본관은 전주(全州), 치규는 그의 자(字)이다. 부친은 이장소(李章紹)이
고 모친은 김이중(金履中)의 딸로 풍고의 여동생이다. 1807년(순조7) 문과에 급제,
세자시강원 겸문학, 이조 참의 등 여러 관직을 역임하였고, 1821년(순조21) 이후 도승
지·대사헌·우참찬 등을 거쳐 벼슬이 판서에 이르렀다. 1824년(순조24)에 상호군(上
護軍)으로 재임 중에 죽었다. 위소주(韋蘇州)는 당나라 시인 위응물(韋應物)을 가리키
며, 인용된 시는 〈오이심기〔種瓜〕〉이다.

다리 위에서 생질 이치규²⁶⁴가 동산에 나무 심는 모습을 바라보고 돌아와서 지어 보내다
橋上 望見李甥稺圭種樹園中 歸而賦示

삐걱대는 내 수레바퀴가	喊喊我車轍
궁궐의 다리를 돌아 들어가는데	轉入苑橋口
눈을 들어 앞 숲을 바라보니	擧眼屬前林
바로 그대 집 뒤편 언덕일세	政君屋後阜
문득 보니 네댓 사람이	忽見三五輩
앞서거니 뒤서거니 산보하는데	散步上先後
그중에 관을 쓴 자는	就裏戴冠者
응당 나를 삼촌이라 부르겠지	知應謂我舅
돌아보며 지휘하는 듯이	顧眄若指麾
담장 좌우를 두루 다니는데	周行垣左右
상투를 드러낸 장정이	却有露髻漢
허리를 구부렸다 다시 고개 숙이네	躬腰復俛首
두 팔을 자주 내렸다 올리며	兩臂屢下上
마치 땔나무를 꺾는 듯한데	頗似析薪榾
텅 빈 숲 묵은 풀밭에	空林宿草際
무슨 주울 물건이 있으랴	豈有物拾取
생각건대 울타리감이 급하여	意者急籬材

---

264 이치규(李稺圭) : 이헌기(李憲琦)의 자이다. 468쪽 주263 참조.

흙을 파고 버드나무라도 옮기는가　　掘土移梓柳

하는 일을 자세히 모르겠으나　　所事雖未辨

다만 무척 한가로워 보였네　　但覺饒閑趣

그대가 높은 데 섰으니　　君自立高處

또한 나를 보았으려나　　亦復見我否

산 누각에서 제생들과 함께 짓다

山館與諸生共賦

홰나무 뿌리를 베개 삼고 돌로 침상을 삼아	枕是槐根石代床
한가로이 서책을 펼치고 조용히 향을 사르네	閑披經卷靜燒香
이곳의 풍경이 참으로 마음에 꼭 드니	烟霞此地眞成癖
세월과 여생을 잊을 성도 싶네	歲月餘生若可忘
뒤섞여 앉아 아궁이 앞자리를 다투고[265]	雜坐爭於煬者席
부어라 마셔라 시골 술판인 양 어지럽게 마시네	無巡亂似野人觴
파옹이 스스로 속세의 기운을 멀리했으니	坡翁自遠紅塵氣
어찌 시골 아낙이 꿈을 깨주기를 기다릴쏜가[266]	寧待田婆悟夢場

천 번 만 번 빙빙 돌며 문을 나서지 못하니	萬轉千廻不出門
이 산골 마을에서 늙어 죽으려는 듯하네	似將終老此溪村

---

265 뒤섞여……다투고 : 제생들과 스스럼없이 어울린다는 의미이다. 춘추 시대에 양
자거(陽子居)라는 사람이 눈을 부릅뜨고 행패를 부리면, 숙소의 사람들이 두려워 불을
쬐던 아궁이까지도 자리를 양보했다. 그러다 노자(老子)로부터 거만해서는 안 된다는
가르침을 받고 태도를 고치자, 동숙자들이 스스럼없이 어울리며 자리를 다툴 정도로
친숙하게 되었다는 고사가 있다. 《莊子 寓言》

266 파옹이……기다릴쏜가 : 스스로 세상의 부귀영화를 멀리해야 한다는 말이다. 송
나라 소식(蘇軾)이 좌천되어 절강성 창화(昌化)에 있을 적에 큰 바가지를 등에 메고
논밭 사이를 오가며 노래를 불렀는데, 어떤 노파가 소식에게 "소내한의 지난날 부귀는
한바탕 봄꿈이었소.〔內翰昔富貴, 一場春夢.〕"라고 하니, 소식이 그 말을 듣고 고개를
끄덕였다고 한다. 《古今事文類聚 別集 卷29 春夢婆》

누각에서 잠에 취하니 구름이 벗이 되고 　　　　樓中愛睡雲爲伴
돌 위에서 형체를 잊으니[267] 새가 대신 말을 하네 　　石上忘形鳥代言
매실을 먹으니 이번 여름에 딴 것이고 　　　　　食實梅從今夏分
그늘을 이룬 단풍나무엔 지난해의 흔적이 가셨네 　成陰楓過去年痕
시를 읊고 술에 취함도 도리어 유난스러워라 　　哦詩取醉還多事
날마다 벼루와 술동이 씻는 산골아이를 보네 　　日見山童洗硯樽

---

267 형체를 잊으니 : 원문의 망형(忘形)은 겉치레를 잊고 상대방과 마음을 주고받는
다는 의미이다. 《장자(莊子)》〈양왕(讓王)〉에 "뜻을 기르는 자는 형체를 잊는다.〔養志
者忘形.〕"에서 유래하였다.

앞의 운을 다시 쓰다
疊用前韻

진달래가 피어 대문을 붉게 비추고 　　　山躑躅開紅暎門

갯버들 우거져 녹음 속에 마을을 감췄네 　　水楊柳暗綠藏村

이 사이에 적적한 채로 꼿꼿이 앉으니 　　此間寂寂成高坐

그윽한 깨달음 흐뭇하여 말하지 않아도 좋네 　玄解融融在不言

만물은 천지의 힘을 응당 잊었으련만 　　萬物應忘天地力

서책들은 고금의 흔적을 스스로 드러내네 　　群書自露古今痕

어찌 술을 많이 마셔야만 이름을 남기랴[268] 　豈能飲者留名獨

필경 소탈한 흉금을 술동이에 부쳤을 뿐이지 　至竟疏襟托酒樽

언덕이 벌어져 문을 이룬 곳에 　　　呀然坡脚住成門

구름까지 솟은 느릅나무만 마을 위로 솟았네 　榆樹參雲獨出村

천년 동안 신령한 풍경은 신이 기다린 듯 　靈境千年神有待

한 줄기 이름난 샘물은 신묘함을 형언키 어렵네 　名泉一派玅難言

숲을 베어내도 나에게 청산의 빛은 그대로이고 　斲林還我青山色

바위를 쓸어도 붉은 이끼의 흔적 남았네 　掃石留他紫蘚痕

창윤한 곳에 앉았노라니 살짝 비가 내려 　蒼潤坐來添小雨

다시 시인을 이끌고 향긋한 술동이 놓았네 　重携騷客整芳樽

268　어찌……남기랴 : 당나라 이백(李白)의 〈장진주(將進酒)〉에 "예부터 잘난 이들 죽으면 자취도 없지만, 술 잘 마신 사람들만은 그 이름을 남겼네라.〔古來賢達皆寂寞, 惟有飲者留其名.〕"라는 구절이 나온다.

비 내리는 저녁에 검서 이희구, 인의 이명두와 함께 짓다

雨夕 與李檢書熙耉李引儀明斗 共賦

늙어가며 문장으로 인해 도를 깨달으니	老有因文悟
응당 행동은 진실해야 하리	應須作事眞
고금에 별다른 길 없고	古今無異路
천지는 사람을 살릴 뿐이네	天地但生人
진탑을 매단 것[269]은 이미 심하고	已甚懸陳榻
곽건을 본받음[270]은 비웃을 만하네	堪呀效郭巾
제군들과 비오는 저녁을 만났으니	諸君逢雨夕
정담을 나누며 자주 촛불 돋우세	情話剔燈頻

---

269 진탑(陳榻)을 매단 것 : 호오에 따라 교유가 편협함을 가리킨다. 후한(後漢)의 진번(陳蕃)이 남창 태수(南昌太守)로 있으면서 빈객을 접견하지 않았는데, 오직 서치 (徐穉)가 찾아오면 특별히 자리 하나를 마련했다가 깔아주고 그가 떠나면 자리를 걷어 벽에 매달아두었다고 한다. 《後漢書 卷53 徐穉傳》

270 곽건(郭巾)을 본받음 : 명성에 휩쓸려 맹목적으로 본받는 것을 가리킨다. 후한 (後漢)의 곽태(郭泰)는 자(字)가 임종(林宗)인데, 여러 군국(郡國)을 주유(周遊)하다 가 진량(陳梁) 지방에서 비를 만나 두건의 한쪽 귀퉁이가 쭈그러졌는데, 당시에 그를 숭모하는 사람들이 일부러 두건의 한쪽 귀퉁이를 쭈그러뜨려서 착용하고는 이름을 임종 건(林宗巾)이라 불렀다고 한다. 《後漢書 郭泰傳》

내가 지난해 대나무 뿌리 몇 그루를 얻어서 남쪽 창 아래 심었더니, 해가 지나 무성해져 긴 줄기와 조밀한 잎이 제법 수풀을 이루었다. 마음으로 기뻐하여 시를 짓고자 했으나 오래도록 이루지 못하다가 이날 날이 막 개어 우연히 《격양집(擊壤集)》을 보다가 〈고죽(高竹)〉 8수가 있기에 드디어 붓 가는 대로 그 시에 차운하였다. 시를 지었다고 말하기엔 부족하지만 우선 대나무를 사랑하는 마음을 붙여 기호를 같이하는 벗들에게 보여준다. 때는 기묘년 5월 28일이다[271]

僕上年丐竹數根 種於南窓之下 經歲而茂 脩竿密葉 儼然成林 心喜欲賦 久而未就 是日新晴 偶閱擊壤集 有高竹八首 遂縱筆次其韻 非曰能詩 聊志愛竹之心 與凡同嗜者看 時己卯五月二十八日也

남쪽 창 아래 대를 심으니	藝竹南窓下
땅이 기름져 잘 자랄 만하네	土肥宜厥生
긴 막대기로 처마 위까지 묶어주고	箝高揹檐上
긴 끈으로 섬돌을 따라 줄을 치니	鞭長循砌行
한 길 남짓 되는 땅에	不過方丈地

---

271 내가……28일이다 : 1819년(순조19) 5월 28일에 지은 시이다. 《격양집(擊壤集)》은 송나라 유학자 소옹(邵雍, 1011~1077)의 문집이다. 자는 요부(堯夫), 시호는 강절(康節)이다. 상수학(常數學)을 원리로 하는 관념론적 철학을 수립하였다. 〈고죽(高竹)〉 8수는 대나무를 읊은 시로, 첫 구절을 '고죽(高竹)'이란 말로 시작하는 것이 특징이다.

초록빛이 벌써 선명하네   深綠已許明

비로소 알겠노라, 왕자유가   乃知王子猷

남들과 다른 심정이 아니었음을[272]   了不異人情

대의 성질이 다른 풀과 달라서   竹生異凡靑

성글어도 몹시 그윽한 운치가 나는데   疏少亦孔幽

해가 지나 숲을 이루면   經歲況成林

한여름에도 가을인가 의심되리   朱夏疑淸秋

그 사이에서 기거하면서   起居於其間

휘파람 불며 풍류를 즐기리니   嘯傲爲風流

누군가 저술에 빼어나   誰能工述作

아름다운 풍경을 나를 위해 묘사하리   佳景爲余收

게으름은 나의 습성이라   疏懶習如性

모든 일이 남보다 못하건만   百事居人下

무슨 까닭인지 대나무를 사랑할 줄 아니   何緣解愛竹

이 마음만은 자랑삼을 만하네   此心堪自詫

나머지는 참으로 논할 것 없고   餘者固無論

나와 마음 통하는 걸 또 어찌 멀리하랴   知音又何謝

272 왕자유(王子猷)가……아니었음을 : 풍고가 대나무를 사랑하는 마음이 왕자유의
마음과 다름이 없다는 의미이다. 왕자유는 진(晉)나라 왕휘지(王徽之)의 자(字)인데,
평소 대나무를 좋아한 나머지 남의 빈 집에 잠시 거처할 동안에도 사람들에게 대나무를
빨리 심도록 다그쳤다고 한다. 《晉書 卷80 王徽之列傳》

묵묵히 세한의 절개를 기약하노니	默默期歲寒
잊으려 해도 그만둘 수가 없네	欲忘不能罷

무성한 수십 수백 줄기가	猗猗百十竿
하나하나 고고하고도 맑아	一一含高淸
미풍이 불면 살랑거리며	微風時動之
서로 부딪혀 옥소리를 내네	相切爲玉聲
비가 내리다 개어도 아름다우니	旣雨晴亦佳
호젓함은 세상의 정서와 다르네	蕭然非世情
남을 해치려는 사람도	雖有忮心人
대나무를 보면 불평이 사라지리	見應消不平

높은 버들로 병풍을 치고	高柳鋪爲障
반송으로 일산을 펼치니	圓松擎作蓋
두 가지도 기뻐할 만하지만	二者雖所欣
차군273을 마주함만 하랴	曷如此君對
움직이고 고요함이 모두 청진하니	動靜合淸眞
말이 없어도 정신으로 이해하네	無語有神會
비유하자면 저 울타리 아래 국화가	譬彼籬下菊

---

273 차군(此君) : 대나무의 별명이다. 진(晉)나라 왕휘지(王徽之)가 거처를 옮기고
서 대나무를 빨리 심도록 재촉하자, 사람들이 그 이유를 물으니, "어떻게 하루라도 차군
이 없이 지낼 수가 있겠는가.〔何可一日無此君耶?〕"라고 답한 고사가 있다.《晉書 卷80
王徽之列傳》

도연명의 사랑을 독차지한 것과 같네 　　　獨爲徵士愛

난간에 의지해 대나무 떨기를 희롱하며 　　　倚欄弄叢玉
남에게 얻어 심던 때를 가만히 회상하네 　　　緬惟丐植初
처음에 두어 뿌리 얻었음에도 　　　初只兩根得
그래도 내 얼굴을 펴게 해주었네 　　　猶遣吾顏舒
이제는 이처럼 무성해져서 　　　蕃茂直如此
남에게 나눠주고도 남을 정도네 　　　分人今有餘
이런 의미로 대나무에 값을 매긴다면 　　　此意欲相値
황금 일만 냥으로도 논할 수 없으리 　　　不論金萬銖

아득한 하늘이 높이 있고 　　　寥寥天蓋高
일어서도 정수리를 떠나지 못하네 　　　立不離頂上
뿌리를 서남쪽으로 뻗는 것이 이로우니 　　　西南利攸行
또한 향할 곳을 능히 아는구나 　　　復能知所向
늘 비루하고 인색함은 보이지 않고 　　　不見常鄙吝
바라보면 그윽하고 광활하네 　　　望之卽幽曠
마음으로 경모함이 있으니 　　　心乎有敬慕
어찌 공경의 상에 비할 뿐이랴 　　　何啻貴公相

마디를 이룸이 참으로 길쭉하여 　　　爲節信挺然
날 때부터 이파리에 덮이지 않으니 　　　生不以掩葉
어찌 들판의 풀나무처럼 　　　肯如閑卉木
떡잎부터 구불구불 자라랴 　　　詰屈自芽甲

새벽에 일어나 천 수를 읊고　　　　　　　　　晨興諷千回

저녁이 되면 백 번을 맴돌아　　　　　　　　　夕來行百帀

죽어 여기에 묻혀도 나쁘지 않으니　　　　　何妨死埋此

유령의 삽274을 빌리고 싶네　　　　　　　　　欲借劉伶鍤

274　유령(劉伶)의 삽 : 유령은 진(晉)나라 때 죽림칠현(竹林七賢)의 한 사람으로 자
는 백륜(伯倫)이다. 유달리 술을 좋아하여 늘 호로병의 술을 가지고 다녔는데, 시종에
게 삽을 메고 따라다니게 하여 자기가 죽으면 그 자리에 묻어달라고 하였다 한다.《晉書
卷49 劉伶列傳》

대를 심고 한이부의 〈영순〉 운에 차운하다[275]

栽竹了 次韓吏部詠筍韻

호서에서 역말로 오죽을 보내와	湖郵烏竹至
마당 정자 곁에 손수 심었는데	手植逼庭軒
달구로 다지고 흙을 북돋우자마자	築杵纔封密
옷깃을 헤치니 벌써 번뇌가 씻기네	披襟已滌煩
들쭉날쭉 이어진 뿌리는 군대 행렬 흡사하고	參差行部曲
나란히 선 줄기는 자손을 껴안고 있네	羅列擁兒孫
바위에 의지하여 땅 구역을 차지하고	地理占依石
화분을 없애버려 사람 수고 사라졌네	人勞息去盆
생기는 멀든 가깝든 동일하게 받았고	生均符近遠
자태는 아침과 저녁이 딴판인데	態異割晨昏
굳은 절개는 서리를 이겨 매섭고	苦節凌霜厲
텅 빈 속은 햇살 받아 온유하네	虛心就日溫
만져보니 매끄러워 검은 옥을 깎은 듯하고	拊疑玄玉削
붙잡으니 시원하여 푸른 하늘을 날 것만 같네	攀欲碧霄騫
북돋아주면 효과를 늘 볼 수 있고	培壤功常見
샘물을 끌어주면 기묘한 기운이 홀로 빼어나네	澆泉妙獨存

---

275 대를……차운하다 : 한이부(韓吏部)는 당나라 한유(韓愈)를 가리키며 그가 지은
〈후 협률과 대나무를 읊다〔和侯協律詠筍〕〉라는 시는 대나무를 읊은 시로 26운 52구에
달하는 장편이다.

싹이 돋을 때엔 다발처럼 뾰족하고 　　　　　萌抽方似束

껍질에 쌓여 하늘 끝까지 솟으려 하니 　　　　包絡定窮垠

기수의 물굽이만이 어찌 아름다우랴 　　　　淇澳寧專美

오나라 노인이 어찌 망언을 하는가[276] 　　　吳傴詎妄言

진일에 묵은 뿌리를 캐기에 좋고[277] 　　　　辰宜追舊蘄

나무못 박아 새 뿌리 보호할 만하네[278] 　　　丁可護新根

줄기가 두꺼우면 피리를 만들 만하고 　　　　肉厚應供笛

떨기가 조밀하면 울타리가 튼튼하리 　　　　叢稠亦壯藩

알록달록한 무늬는 표범가죽인가 싶고 　　　蔚斑窺豹變

구불구불 뿌리는 뱀이 달리는 모습일세 　　　蜿委效蛇奔

굽어볼 물이 없음이 한스러워 　　　　　　恨結臨無水

정원 가득 심을까 상상해보네 　　　　　　癡思布滿園

안개와 노을이 수려한 빛을 보태고 　　　　烟霞增秀色

비와 이슬에 큰 은혜가 쌓이네 　　　　　　雨露積洪恩

일만 척을 모사할 때는 비단이 필요하고[279] 　萬尺摸須絹

---

276 기수(淇水)의……하는가 : 내 정원의 대나무가 아름다워 기수의 물굽이에 필적할 만하다는 의미이다. 《시경》 위풍(衛風)의 〈기욱(淇奧)〉이란 시에 "저 기수 벼랑을 보니, 푸른 대나무 무성하도다.〔瞻彼淇澳, 菉竹猗猗.〕"라고 한 구절이 있다. 오창(吳傴)은 남방의 늙은이라는 뜻으로 보이는데, 자세한 전거는 미상이다.

277 진일(辰日)에……좋고 : 예부터 대나무는 2월부터 5월 사이의 진일에 많이 심는데 이날을 죽취일(竹醉日)이라 한다. 황정견(黃庭堅)의 시에 "대나무는 반드시 진일에 캐야지 새순이 올라와 잘 자란다.〔竹須辰日劚, 筍看上番成.〕"라고 하였다. 《古今事文類聚 後集 卷24 竹醉日》

278 나무못……만하네 : 원문의 정(丁)은 대나무와 관련된 것이 미상이므로, 정(丁)자 모양의 나무못을 박아 뿌리가 움직이지 않게 땅에 고정시키는 것으로 풀이하였다.

열 길을 읊은 것은 대울타리에서라네[280]	十尋詠在垣
맑고 기이함은 노송나무보다 낫고	清奇傾檜栢
담박함은 산초와 향초에 뒤지지 않네	澹泊猥椒蓀
대숲 틈의 달빛으로 한밤중임을 알고	漏月知中夜
구름까지 닿은 깃대에 상번 시간인줄 아네	干雲候上番
이름이 높아 소나무와 대등하고	名高松並立
재목은 갈대와 같으니 논해 무엇하리	材適荻何論
창 앞에 조용히 있으면 정녕 기뻐	正喜當窓穩
갑자기 수많은 번민덩어리를 깨뜨리네	居然破塊繁
긴 줄기는 낚싯줄 매기에 좋고	竿脩堪繫釣
여린 죽순은 어찌 먹지 않을쏘냐	笋細奈違飡
발밑에서 명랑한 너의 패옥소리 울리고[281]	琅爾環鳴屧
나의 문 앞에 창을 빽빽하게 세웠네	森吾戟樹門
여름엔 바람 맞은 나무 끝이 나부껴 사랑스럽고	風梢憐夏拂

279 일만……필요하고 : 송(宋)나라 때 묵화(墨畫)를 잘 그린 문동(文同, 1018~1079)이 소식(蘇軾)에게 "아계견(鵝溪絹)에 만 자 되는 대나무를 그리려 한다."라고 하자 소식이 "대나무의 길이가 만 자면 비단 250필을 써야 할 것이다."라고 하였다. 문동이 자신의 말이 터무니없음을 인정하며 "세상에 어찌 만 자의 대나무가 있겠는가?"라고 하자 소식이 "세상에 천 길 높이의 대나무만 있더라도, 빈 뜨락에 달빛이 비칠 때면 그 그림자의 길이가 얼마나 되겠는가?"라고 하여 해명해준 일이 있다. 《古今事文類聚 前集 卷40 文與可畫篔簹谷偃竹記》

280 열……대울타리에서라네 : 당나라 두보(杜甫)의 〈제성중원벽(題省中院壁)〉에 "대궐 곁의 대울타리엔 오동나무가 열 길인데, 동문의 마주한 처마 밑은 항상 침침하도다.〔掖垣竹埤梧十尋, 洞門對霤常陰陰.〕"라고 한 구절이 있다.

281 명랑한……울리고 : 원문의 환(環)이 대나무에서 무엇을 지칭하는지는 미상이다.

겨울엔 눈 내린 이파리가 흩날리는 모습 상상되네　雪葉想冬掀
껍질 줍는 이들은 와서 엿보지 말라　篋子休來覘
불 때는 아이가 감히 민둥산 만들게 두랴　樵童敢折髡
깊숙한 그늘은 취해 잠자기 좋고　深深留醉睡
우뚝한 자태는 시혼을 깨끗이 씻어주네　落落淨詩魂
애호하는 심정은 지치지도 않아　愛好情忘倦
아침 해가 솟을 때부터 바라보고 있네　相看自出暾

밤에 읊어 국은[282]에게 보이다

夜吟示菊隱

산비가 스산하여 산의 나무가 짙어지는데   山雨凄凄山木深

주렴 사이 한가로이 앉으니 밤기운이 서늘해지네   簾間燕坐夜涼侵

달고 쓰고 울고 웃는 분분한 세상사에   甘酸啼笑紛紛事

삼십 년 전부터 그대 마음을 알았네   三十年來始識心

달을 기다리려면 깊은 밤이 되어야 하는데   待月應須到夜深

그대가 먼저 잠 귀신에 당할까 두렵네   恐君先被睡魔侵

구름이 일고 사라짐은 잠깐 사이라   雲興雲滅祇俄頃

유난히 밝은 달에 내 마음을 보리   特地空明見我心

처음부터 서헌에 앉은 것이 깊지 않은 것 아니지만   未始西軒坐不深

매양 세상일이 날마다 침범함이 가련하네   每憐人事日相侵

삼일 밤을 찬 시냇물을 베고 누우니   三宵却枕寒泉臥

여래를 향한 한 번의 참회보다 낫네   勝向如來一懺心

---

282 국은(菊隱) : 이문철(李文哲)의 호이다. 384쪽 주135 참조.

〈석전모옥가〉를 지어 김생 천서에게 장난삼아 주다
石田茅屋歌 戲贈金生天敍

산길이 험준하여 소발굽도 이지러지니	山蹊犖确牛蹄缺
한 뙈기 밭을 하루에 갈지 못하네	一畝一日耕未訖
조촐한 팔구 칸 초가집에서	草廬蕭灑八九間
몸소 처자를 거느리고 유유자적하네	身兼妻子容槃桓
밭갈이는 끝날 때가 있고 씨뿌리면 수확하니	耕有訖時種有穫
유유자적하는 곳에 어찌 즐거움 없으랴	槃桓足處豈無樂
그대에게 권하노니 이 소년 시절에	勸君及此少年時
골짜기에 터를 잡아 편의를 도모하게	占個巖壑討便宜
도성의 저잣거리엘랑 절대 기웃거리지 말아야지	切莫彷徨城市內
명리도 얻지 못하고 귀밑머리만 한탄하게 되리	名利無當恨鬢絲

김우하에게 주다[283]

贈金宇夏

아침에 모이자고 이미 약속했기에	已証詰朝飮
더디 가는 밤이 되레 한스럽네	猶嫌餘夜遲
작은 정자가 별천지를 굽어보는데	小亭臨別界
좋은 잔치가 꽃시절에 열렸네	良讌及芳時
그대 가슴이 활달한 것이 사랑스럽고	愛汝胸無芥
나의 허연 귀밑머리가 가엾네	憐吾鬢有絲
새로 사귐이 더없이 즐거운데	新交元莫樂
시를 몹시 좋아하고 또 잘 지음에랴	苦癖況能詩

---

283 김우하(金宇夏)에게 주다 : 김우하의 본관은 김해(金海), 자는 춘수(春叟)로 글
씨에 능하고 시를 잘 지었으나 매우 곤궁하게 살았다. 풍고 김조순, 옥수(玉垂) 조면호
(趙冕鎬), 석한(石閒) 김조(金照) 등과 어울렸다. 《楓皐集 卷6 書贈金宇夏》

이자전의 시에 차운하여 연천 족숙이 북한산에서 단약을 굽는 곳에 함께 부치다[284]

次李子田韻 同寄淵泉族叔北漢煉藥之所

명산에서 귀한 약을 만들어	名山修寶劑
법화로 신령한 약물을 조화시키네	法火調靈液
구 년에 두 번 교지를 받드니	九年再奉旨
우리 공의 자취가 기이하지 않은가	不奇我公迹
가을이 깊으니 구름 이불 싸늘하고	秋深雲臥冷
하늘이 가까워 항해[285]가 쌓이네	天近沆瀣積
이별한 지 칠일이 되었으니	小別及七日
시든 얼굴에 도로 윤기가 돌리라	衰顔應返澤
따르고자 하면 길이 멀지 않으나	欲從匪道遠
허전히 바라보매 그리움만 사무치네	悵望憂思劇

284 이자전(李子田)의……부치다 : 이자전은 이용수(李龍秀, 1776~?)를 가리키고 자전은 그의 자(字)이다. 본관은 연안(延安), 호는 홍관(莊舘)이다. 1801년(순조1)에 진사시에 합격하였고, 1809년(순조9)에 증광문과에 급제하였다. 연천(淵泉)은 김이양(金履陽)의 호이다.

285 항해(沆瀣) : 야간(夜間)의 수기(水氣)가 엉긴 맑은 이슬을 말하는데, 보통 선인(仙人)의 음료수를 뜻하는 말로 쓰인다.

은산 현감 박공익 내겸 을 보내며[286]

送殷山縣監朴公益 來謙

지난해 암행어사로 소문이 자자하더니	去年風動繡衣聲
오늘은 갑자기 수령의 행차를 보네	今日翻看五馬行
담담정 앞에 가을 물이 있으니	澹澹亭前秋水在
사람들이 사또의 청렴함에 비견하리	會教人比使君淸

286　은산(殷山)……보내며 : 1824년(순조24)에 평안도 은산 현감(殷山縣監)으로 나
가는 박내겸(朴來謙, 1780~?)에게 써준 시이다. 박내겸의 본관은 밀양(密陽), 자는
공익(公益)으로 1809년(순조9) 문과에 급제, 사간원 정언을 지내고 평안도 암행어사,
예조 참판 등을 지냈다. 1824년 6월부터 1826년 1월까지 은산 현감을 역임했다.

화성
華城

벌판의 온갖 곡식에 서리가 내린 뒤에	霜落郊原百稼同
날씨가 맑자 사방 이웃들 너나없이 추수하네	晴收銍稭四隣通
하늘의 마음은 일념으로 차별 없이 품어주고	天心眷眷仁無外
백성들 온 힘을 다하니 이로움이 그 속에 있네	民力勞勞利在中
신풍이라 누각에 이름 붙이니[287] 풍년을 만났고	樓號新豐逢樂歲
뜻한 대로 제방이 이뤄지니[288] 신묘한 공을 보았네	堤成如意見神功
탁지의 재정이 지금부터 풍족해져	度支經用從今足
시인들이 다시는 대동[289]을 노래하지 않으리	無復詩人賦大東

용주사[290] 뒤쪽 봉우리에 수목이 울창하니	樹密龍珠寺後峯
절은 보이지 않고 종소리만 들리네	寺藏不見但聞鍾

287 신풍이라……붙이니 : 화성 행궁의 정문이 신풍루(新豐樓)인데, 1790년(정조 14)에 누문 6칸을 세우고 진남루(鎭南樓)라고 했다가 1795년에 신풍루로 고쳤다.

288 뜻한……이뤄지니 : 정조가 화성을 경영하면서 만든 저수지가 여러 곳인데 만석 거(萬石渠), 축만제(祝萬堤), 만년제(萬年堤)가 대표적이다.

289 대동(大東) : 《시경》 소아(小雅)의 편명으로, 동방의 나라 전체가 부역과 착취에 시달리는 참상을 서술한 시이다.

290 용주사(龍珠寺) : 경기도 화성시 송산동의 화산(華山) 기슭에 있는 사찰이다. 신라 시대에 갈양사(葛陽寺)가 있다가 도중에 소실되었는데, 조선 정조가 부친 장헌세 자(莊獻世子)의 능인 현륭원을 화산으로 옮긴 후, 1790년 이 자리에 능사(陵寺)로서 용주사를 세우고 부친의 명복을 빌었다.

어가가 돌아온 하늘에는 삼계가 열렸고[291]   天回鑾蹕開三界

주구와 접한 땅은 몇 겹으로 막혔네[292]   地與珠邱隔數重

부처의 힘이 나라의 운세에 도움이 되는가   法力其能資國脉

승려들이 부질없이 군대의 위의를 익히네[293]   緇徒謾自習軍容

앞 시내에 물이 불어 아무도 건너지 못하니   前溪水漲無人渡

선방 창가의 나른한 낮잠이 기억나네   記得禪窓午睡慵

길의 먼지가 나그네 옷에 오르거나 말거나   不憚征塵上客衣

집 떠난 삼일 동안 돌아가길 잊었네   離家三日便忘歸

긴 여행길에 실컷 산을 보았으니   秪緣長路看山好

평소 생활에 성곽을 나갈 일 드물겠네   自是平居出郭稀

291 어가가……열렸고 : 정조가 용주사(龍珠寺)를 창건한 것을 가리킨 듯하다. 삼계(三界)는 불가의 용어로, 일체 중생이 윤회하는 욕계(欲界), 색계(色界), 무색계(無色界)를 가리킨다. 이 삼계 속의 만물은 끊임없이 변화하여 고정된 실체가 없다고 한다.

292 주구(珠邱)와……막혔네 : 주구는 임금의 능침을 가리키는 말로 사도세자의 무덤을 가리킨다. 옛날 순(舜) 임금의 무덤에 새가 날아와 구슬을 떨어뜨린 것이 쌓여서 언덕을 이루었다는 고사에서 유래하였다. 《拾遺記 虞舜》

293 부처의……익히네 : 용주사(龍珠寺)가 왕실의 원찰(願刹)로써 기능할 뿐만 아니라, 승군(僧軍)을 조직하여 화성 수비에 활용한 것을 가리킨다. 실록에 따르면 용주사가 창건된 이듬해부터 중들의 사치스러운 군장(軍裝)을 금하라는 기사가 있는 것으로 보아 용주사 창건 때부터 승군을 조직했음을 알 수 있다. 《正祖實錄 15年 1月 14日》 또한 비변사에서도 승군의 효용을 높이 평가하여, 승도(僧徒)가 성을 지키는 것이 성정(城丁)보다 나을 수 있고, 용주사에 이미 총섭(摠攝)을 두어 승도를 단속하고, 외영(外營)에 소속시켜 가끔 포 쏘는 법을 시험하여, 남한산성이나 북한산성의 승졸(僧卒)과 다름없으므로 절목을 마련하여 적극 관리해야 한다고 건의하기도 하였다. 《正祖實錄 22年 10月 19日》

까마귀 깃든 석양녘에 붉은 잎이 움직이고　　　　殘照鴉棲紅葉動

기러기 사라진 먼 하늘엔 흰 구름이 나네　　　　遙空鴈盡白雲飛

풍경을 구경하며 말을 재촉해 모는데　　　　　　行携物色催驅馬

서촌²⁹⁴ 십 리 길의 흥취가 물리지 않네　　　　　十里鋤村興莫違

294 서촌(鋤村) : 경기도 과천시 삼현로 일대를 가리키는 듯하다. 본래 부림현(富林縣)에 있던 소지명으로 삼현(三峴)이라고도 불렸다고 한다.《五洲衍文長箋散稿 人事篇 器用類 石碾磨辨證說》

벗 이신로 재수 의 고향집을 찾아가다[295]

過李友新老 在秀 鄉居

해 저무는 검양현[296] 서쪽에	斜日黔陽縣治西
산에 가득한 빗물 기운이 아직도 서늘하네	連山雨氣尙凄凄
장마에 물이 괸 바퀴자국은 보기에도 근심인데	見愁轍陷逢新潦
옛 시내 불어 다리가 무너졌다니 겁부터 나네	聞怯橋崩漲舊溪
쓸쓸한 마음은 가을 기러기 따라서 날고	寥廓心隨霜鴈擧
험난한 여행길에 저녁 까마귀가 우네	間關行趁暮鴉啼
정자 언덕에 나뭇잎 떨어지고 가을 그림자가 긴데	亭皋葉脫秋陰逈
몇 번이나 고개 돌려 헤어짐을 애석해하네	幾度回頭惜解携

대로의 가을에 진흙길을 말이 가는 대로 돌아오며	官道秋泥信馬回
이별의 수심을 들판의 주막에 들러 억지로 펴보네	愁情强借野酤開
황국화는 곳곳에 서리 맞아 피어나고	黃花處處迎霜發
흰기러기는 때때로 비를 몰고 날아오네	白鴈時時拖雨來

295 벗……찾아가다 : 이재수(李在秀, 1770~1822)의 본관은 연안(延安), 자는 신로(新老)이다. 정구(廷龜)의 후손으로, 할아버지는 영상 천보(天輔)이고, 아버지는 판서 문원(文源)이며, 어머니는 심숙(沈鏽)의 딸이다. 1809년(순조9) 문과에 갑과로 합격하고, 홍문관 응교·대사간·이조 참의·경상도 감사 등을 역임하였다.

296 검양현(黔陽縣) : 지금의 서울시 금천구(衿川區) 일대를 가리킨다. 본래 시흥(始興)에 소속된 현으로 금천(黔川)으로 바뀌었다가 정조 때에 금천(衿川)으로 바뀌었다.

어찌 석실에다 수장할 문장이 있으랴   豈有文章藏石室

참으로 공신각에 초상화 걸릴 업적이 없네   眞無功業畫雲臺

백 년을 안달복달하다 흰 귀밑머리만 남았는데   百年齷齪餘絲鬢

초심을 저버린 것은 또한 슬퍼할 만하네   抛擲初心亦可哀

우파의 이우 상국의 옛 정자를 찾아서[297]
過牛陂二憂相國故亭

근심을 먼저 하고 즐거움 나중 여기며[298] 이 정자에 우거하시니

先憂後樂寓斯亭

산이 맑고 강은 비고 땅도 신령스럽네 　　　　山淨江空地亦靈

무슨 일로 늦가을에 나그네 되어 찾아왔나 　　何事殘秋客過日

울타리 가득 황국화 피어 묵은 대문을 가렸네 　滿籬黃菊鎖塵扃

---

297 우파(牛陂)의……찾아서 : 우파는 우파(牛坡)로도 쓰는데, 서울 금천구(衿川
區)에 있던 옛 지명으로 이우당(二憂堂) 조태채(趙泰采, 1660~1722)의 별장이 있던
곳이다. 조태채의 별호에 우파(牛坡)가 있고, 그의 후손 조두순(趙斗淳)이 철 따라
이곳에서 독서한 일이 있다. 《心庵遺稿 卷29 牛坡讀書記》

298 근심을……여기며 : 원문의 선우후락(先憂後樂)은 송(宋)나라 범중엄(范仲淹)
의 〈악양루기(岳陽樓記)〉에 나오는 "천하의 걱정거리에 대해서는 그 누구보다도 먼저
걱정하고, 천하의 즐거운 일에 대해서는 그 누구보다도 뒤에 즐긴다.〔先天下之憂而憂,
後天下之樂而樂.〕"라는 말을 요약한 것이다.

금천서원[299]

衿川書院

검산[300]이 큰 강가에 우람하게 솟아	黔山磅礴大江濱
이곳에서 공이 태어나니 참으로 신령스럽네	此地生公信有神
문곡성 정기가 멀리 사신을 놀래니	文曲星精驚遠使
고려의 운수가 종신에 달렸네[301]	高麗氣數係宗臣
천년의 향화에 영령이 신령스러우시니	千年香火英靈邃
백대의 위엄과 명성이 흰 비단에 새롭네	百代威名竹素新

299 금천서원(衿川書院) : 현재 금천서원이란 이름의 서원은 남아 있지 않다. 다만 충현서원(忠賢書院)이 경기도 광명시 소하동에 있는데, 1658년(효종9) 지방 유림의 공의로 강감찬(姜邯贊)·서견(徐甄)·이원익(李元翼)의 학문과 덕행을 추모하기 위해 창건하여 위패를 모셨다. 서견과 강감찬은 금천에서 출생하였다. 《湖洲先生集 卷5 衿川三賢書院祭文》삼현사도 동일한 기능을 하는 사당이었다.

300 검산(黔山) : 검지산(黔芝山)을 가리키는데, 금천의 진산(鎭山)으로 호암산(虎巖山)이라고도 불렸다.

301 문곡성(文曲星)……달렸네 : 고려 시대에 거란의 침략을 막아낸 강감찬(姜邯贊, 948~1031)을 읊은 것이다. 문곡성은 문운을 주관하는 문창성(文昌星)을 가리킨다. 전설에 따르면, 어떤 사신이 밤에 시흥군(始興郡)에 들어갔는데 큰 별이 인가에 떨어지는 것을 보고 아전을 보내어 가보도록 하였다. 그런데 마침 그 집 부녀가 사내아이를 낳았기에 사신이 마음속으로 이상히 여겨 아이를 데리고 돌아와서 길렀는데 이 사람이 강감찬이었다. 후에 송의 사신이 강감찬을 보고 자기도 모르는 사이에 뜰 아래 내려가 절하면서 말하기를, "문곡성을 보지 못한 지가 오래였는데 지금 이곳에 있구나."라고 하였다고 한다. 《高麗史節要 卷3 顯宗元文大王 辛未 22年》

예부터 인재 얻기 어려웠고 지금은 더 화급하니   自古才難今更急

국가를 부지함에 어찌하면 이런 분을 빌릴까   扶持安得借斯人

양녕대군 사당을 바라보며[302]

望讓寧大君祠

미치광이라고 할 수도 청렴하다고 할 수도 있으니	可與顛狂可與淸
임금 자리를 뜬구름으로 여김은 진심이었네	浮雲千乘自純誠
살아서 동국의 한량 공자 되었고	生爲東國閑公子
죽어서 서방의 부처형을 따르네[303]	死逐西方古佛兄
천하에선 응당 왕계의 업적을 훌륭하다 하지만	天下應多王季業
인간 세상에 백이의 이름이 드무네[304]	人間秖少伯夷名

302 양녕대군 사당을 바라보며 : 양녕대군(讓寧大君, 1394~1462)을 모신 사당은 지덕사(至德祠)를 가리킨다. 지덕사는 1675년(숙종1) 양녕대군의 외손인 우의정 허목의 건의로 남대문 밖 서쪽 남산기슭에 건립하여 이듬해 완공하였다. 1789년(영조13) 사액되었고, 이후 순조·철종·고종 연간에 보수가 행해졌으나 1912년 일제의 횡포 때문에 묘소가 있는 동작구 상도동으로 옮겨졌다. 양녕대군의 이름은 이제(李禔)이고 자 후백(厚伯)으로 태종의 장남이며 세종의 형이다. 1404년(태종4) 10세 때 세자로 책봉되었으나 궁중생활에 잘 적응하지 못하고 여색으로 인한 문제를 야기하다가 1418년에 폐위되었다. 시, 서, 음악에 능하였고, 폐위된 이후 전국을 누비며 풍류를 즐겼다고 한다.

303 살아서⋯⋯따르네 : 양녕대군이 평소에 "살아서는 임금의 형이 되고, 죽어서는 부처의 형이 될 것이다.〔生爲王兄, 死爲佛兄.〕"라는 우스갯소리를 하였는데, 여기서 부처는 불교에 심취했던 효령대군(孝寧大君)을 가리킨다.

304 천하에선⋯⋯드무네 : 제왕이 되어 업적을 세운 사례는 많으나, 백이(伯夷)처럼 왕위를 사양하고 물러난 사람은 드물다는 뜻으로, 양녕대군을 백이에 비유한 말이다. 주 태왕(周太王)에게 태백(泰伯), 중옹(仲雍), 왕계(王季) 세 아들이 있었는데, 태왕이 왕계에게 왕위를 전할 뜻이 있음을 알고 태백이 아우 중옹을 데리고 몸을 피하였다.

석양녘 끝없이 황량한 비탈길에   夕陽無限荒坡路

사당의 단청만 선명히 눈에 비치네   遺廟丹靑照眼明

백이는 고죽국(孤竹國) 제7대 군주인 아미(亞微)의 장자인데, 고죽국의 군주는 셋째 아들인 숙제(叔齊)를 후계로 삼으려고 하였다. 이에 숙제가 백이에게 왕위를 양보하자, 백이도 이를 거절하고 숙제와 더불어 도피했다. 나중에 주(周) 무왕(武王)이 상(商)나라를 정벌하려 하자 백이가 이를 극력으로 반대했으나, 주 무왕이 자신들의 말을 듣지 않자 수양산으로 은거하여 평생 나오지 않았다.

다시 봉원사를 찾아서[305]
重遊奉元寺

고개 돌리니 삼십구 년이 헛일이라	回頭三十九年空
갑자기 다시 찾으니 마치 꿈속 같네	驀地重來似夢中
알던 사람은 오직 금부처만 남았고	舊識惟餘黃面佛
동행들 모두 흰 수염 노인이 되었네	同行皆作皓鬚翁
높다란 참나무숲은 강 건너 모래톱에 있고	槲林長矣江沙隔
소나무 홈통은 여전히 돌계단에 통하는데	松筧依然石砌通
일찍이 벽에 시를 남기지 못함이 한이라	恨未曾留題壁句
지금쯤 벽사롱[306]이 보기에 좋았으련만	如今好見碧紗籠

305 다시 봉원사를 찾아서 : 풍고의 나이 55세 되던 1819년(순조19) 11월에 봉원사 (奉元寺)를 유람하고 지은 시이다. 풍고가 봉원사를 유람한 것은 동짓달인데, 봉원사 유람의 내력은 《풍고집》 권15 〈기봉원사유(記奉元寺遊)〉가 참고가 된다. 봉원사는 서울 서대문구 봉원동(奉元洞) 안산(鞍山)에 있는 절로 889년(진성여왕3)에 도선국사 (道詵國師)가 창건하고 반야사(般若寺)라고 이름하였다. 1592년(선조25) 임진왜란으로 불탄 것을 지인(智仁)이 크게 중창하였다. 1748년(영조24)에 찬즙(贊汁)・증암(增巖) 두 대사가 현 위치로 이전 중건하면서 봉원사라 개칭하였다.

306 벽사롱(碧紗籠) : 옛날 귀인과 명사가 지어 벽에 걸어 놓은 시문을 청사(靑紗)로 덮어서 오래도록 보존하며 존경의 뜻을 표하는 것을 말한다.

다시 벗들과 함께 짓다[307]
又與諸友共賦

한번 떠나 돌아오지 못하고 세월도 가버려　　一去無還並逝年

선방에서 옛날 참선하던 이를 볼 수 없네　　房中不見舊棲禪

어찌하여 지난 일이 허망함을 깨닫지 못해　　如何未悟前塵妄

다시 새 친구들과 악연을 심으려는가　　又與新知種惡緣

영웅호걸은 예부터 절간에 의지했으니　　英豪自古法門依

황량한 길에 귀의할 곳 잃었다 말하기 어려우리　　難道荒塗失所歸

도성의 번화함에 내 정신도 몽롱한데　　紫陌薈騰連我是

유관 쓴 사람들 얼마나 승복에 부끄러울까　　儒冠多少愧僧衣

흰 눈과 인가 연기가 어우러지고　　白雪人烟合

푸른 산과 도의 기운이 서로 통하네　　青山道氣通

새로운 나들이에 옛 절만 남았고　　新遊寺舊在

지난 일은 물 따라 흘러갔네　　往事水流空

307　다시……짓다 : 앞 시와 같은 때 지은 것이다. 여기에 등장하는 조군소(趙君素)
는 조학은(趙學殷, 1759~?), 이숙가(李叔嘉)는 이영현(李英顯, 1758~?), 김명원
(金明遠)은 김조(金照, 1754~1825), 유자범(兪子範)은 유한식(兪漢寔, 1761~?),
김사정(金士精)은 김려(金鑢, 1766~1821), 이문오(李文五), 이사소(李士昭)는 이희
현(李羲玄, 1765~?), 조사현(趙士顯)은 조진익(趙鎭翼, 1762~?)인데, 모두 시사
(詩社)를 함께하는 인물들이다. 이문오(李文五)는 누구인지 미상이다.

지하에서 누구를 만날까	地下誰從晤
술동이 앞에서 눈물이 하염없네	樽前淚不窮
문득 꿈에 들었던 혼이 놀라니	忽驚魂入夢
새벽녘 지붕의 달이 몽롱하네	樑月曉朦朧

이것은 내가 봉원사(奉元寺)를 유람하고 지은 것이다. 함께 유람한 사람은 조군소(趙君素), 이숙가(李叔嘉), 김명원(金明遠), 유자범(兪子範), 김사정(金士精), 이문오(李文五), 이사소(李士昭), 조사현(趙士顯)인데, 모두 화답시를 지었다. 하룻밤을 지나 자범(子範)이 꿈을 꾸다가 이형 백고씨(李兄伯古氏)[308]를 평소처럼 만나니, 이형이 "너희들의 유람을 내가 이미 알고 있다. 너희들이 통(通) 자로 압운했는데, 어찌 이와 같단 말인가."라고 하고서 이윽고 "白雪人烟合, 靑山道氣通."라고 암송하였으니, 기이하다. 이형의 무덤에 풀이 한창 우거졌는데도 그 영걸함이 사라지지 않아 오히려 아득하고 혼미한 중에도 우리들을 그리워하신단 말인가. 스스로 서글픈 감정을 금하지 못하여 눈물을 줄줄 흘렸다. 또 함께 유람한 자들이 많았는데도 자범만이 홀로 꿈을 꾸었으니, 그의 마음이 허광(虛曠)함을 볼 수 있었다. 나는 차마 그 꿈을 허망한 것으로만 돌릴 수 없어서 이미 나의 시로써 기록하고, 또 이 말을 써서 군소(君素)에게 주니, 군소는 감정이 풍부한 자이므로 반드시 이 꿈이 허망한 것이 아니고, 이 기록이 없을 수 없다는 점을 알 수 있을 것이다.

---

308 이형 백고씨(李兄伯古氏) : 이영소(李英紹, 1754~?)를 가리킨다. 본관은 전주(全州), 자는 백고로 이영현(李英顯)의 형이다.

천안 수령으로 가는 효전을 보내며[309]
送孝田宰天安

생각하매, 내가 일찍이 뜻을 펴지 못했을 때 念我曾無得意時
세상풍파에 흰머리가 갈수록 서글펐는데 紅塵白首轉堪悲
좋은 이웃과 모임을 하고부터는 自從結個芳隣約
네 노인이 등불 앞에서 잠시 이마를 폈네 四老燈前蹔展眉

---

309 천안(天安)……보내며 : 1819년(순조19) 8월경에 지은 시이다. 효전(孝田)은
정조와 순조 연간에 활동한 학자이자 문인인 심노숭(沈魯崇, 1762~1837)의 호이다.
본관은 청송(靑松)이고, 자(字)는 태등(泰登), 다른 호는 몽산거사(夢山居士)이다.
노론 시파인 심낙수(沈樂洙, 1739~1799)의 장남으로 1790년(정조14) 진사시에 급제
하였고, 문과에는 오르지 못했다. 정조가 사망하고 벽파 정권이 성립되자 벽파에 의해
1801년(순조1) 경상도 기장현에 유배 가서 벽파가 몰락한 1806년(순조6)에야 풀려났
다. 그 뒤 1808년(순조8)에 친구인 풍고의 배려로 의금부 도사에 임명된 뒤 차례로
태릉 직장, 형조 정랑, 논산 현감, 천안 군수, 광주 판관, 임천 군수 등을 역임하였다.
젊은 시절 풍고와 김려(金鑢), 강이천(姜彛天) 등과 어울려 소품문(小品文)에 매료되
었고, 풍고와는 많은 시를 주고받았다. 《효전산고(孝田散稿)》를 비롯한 많은 저술을
남겼다.

서장관으로 가는 권경희 돈인 를 전송하며[310]

送三行人權景羲 敦仁

노쇠한 나이에 생동하는 생각을 금할 길 없으니	衰年不禁意飛騰
그대가 떠나는 만 리 길을 나도 전에 다녀왔네[311]	萬里君行我亦曾
험준한 연산의 눈밭에서 잠을 자고	贔屭燕山眠處雪
아득한 요수에서 얼음물을 마셨었지	嵯峨遼水飮餘氷
험한 길에 외국 풍속의 기이한 광경을 접해보고	梯航遠俗殊觀得
왕패의 큰 계책을 옛 유적에서 살펴보소	王霸雄圖古蹟憑
천하의 인재가 가득 모인 연회석에서	四海彌天樽俎裏
마음의 즐거움은 대보름 등불놀이보다 나으리	賞心勝似上元燈

---

310 서장관으로……전송하며 : 권돈인(權敦仁, 1783~1859)의 본관은 안동(安東), 자는 경희(景羲), 호는 이재(彛齋)·우랑(又閬)·우염(又髥)·번상촌장(樊上村庄) 등이다. 1813년(순조13) 문과에 급제하여 내외직을 두루 거쳐 벼슬이 영의정에까지 올랐다. 1819년(순조19)에 동지사의 서장관으로 청나라에 다녀왔다.

311 나도 전에 다녀왔네 : 풍고는 1792년(정조16) 10월부터 이듬해 3월까지 동지 겸 사은사의 서장관으로 청나라에 다녀왔다.

매화 아래서 원·이 두 선비와 함께 산곡의 시에 차운하다[312]
梅下共元李二生 次山谷韻

창밖은 사흘 춥다 나흘간 따스한데	窓外三寒還四暄
방 안에는 책상이 하나에 술동이가 둘이네	室中一榻復雙樽
감매에 꽃눈 달린 섣달 그믐날에	龕梅着雪當殘臘
좋은 솜씨로 칠언시를 짓게 하네	椽筆題詩限七言
감히 문인으로 길을 안다고 자부할 수 있으랴	敢擬文人誇識路
재사들이 내 집을 찾아주어 몹시 부끄럽네	多慚才子辱登門
청담을 나누고 술잔 기울이며 피곤함을 싹 잊으니	淸談細酌渾忘倦
수풀 끝에 석양이 빛나는 줄 깨닫지 못했네	不覺林梢夕照翻

312 매화……차운하다 : 산곡(山谷)의 시는 송나라 황정견(黃庭堅)의 〈혁기 2수를 임공점에게 드리다.〔弈棋二首 呈任公漸〕〉라는 시이다.

봄날 밤에 옥호정사에서 자다

春夜宿玉壺精舍

잠들지 못하는 봄 산의 밤에	不寐春山夜
띠풀집 뜨락 가득 달빛이 비추네	茅齋月滿庭
잔디의 빛은 이슬 젖은 섬돌에 맑고	莎光澄露砌
꽃 그림자는 드리운 구름에 잠겼네	花影宿雲扃
적막하고 현묘하여 마음이 동화되고	寂妙心同化
서늘하고 맑아 기운이 절로 각성되네	淒淸氣自醒
그대가 감상을 잘함을 알지만	知渠堪解賞
함께 와서 머물지 못함이 한스럽네	恨未共來停

우연히 읊다
寓吟

흰 구름은 눈보다 희고	白雲白於雪
푸른 하늘은 물보다 푸르네	碧霄碧於水
소리와 냄새가 모두 없는데	聲臭旣兩無
모양과 빛깔이 어디에서 생겼는가	形色從何起
아득하고 또 적막하여	悠悠復寥寥
끊임없이 바라봐도 그저 그럴 뿐이네	積望但如彼
간혹 그렇지 않을 때도 있으니	有時而不者
또 누가 이것을 주재하는가	又孰主張是
모두 하늘이 일부러 한 것은 아니어도	並雖非天故
하늘이 아니면 어찌 저렇게 되랴	非天亦曷以

봄날 아침에 부질없이 읊다

春朝漫吟

꽃가지 움직이지 않으니 이슬방울 둥글고　　　花枝不動露珠團

주렴 드리운 누각 아침 햇살에 묵은 냉기가 흩어지네

　　　　　　　　　　　　　　　　　　簾閣朝暄散宿寒

추위를 이긴 벽오동의 빛이 가장 사랑스러우니　最愛碧梧經歲色

푸르른 창자루가 난간을 지나 뻗었네[313]　　　綠沈槍製過闌干

---

313 푸르른……뻗었네 : 원문의 녹침창(綠沈槍)은 짙은 푸른색 자루가 달린 창으로
벽오동 줄기를 가리킨다.

봄비에 느낌이 일어 송나라 사람의 시에 차운하여
두실께 드리다[314]
春雨有感 次宋人韻 奉呈斗室

봄바람이 냉랭한데 봄비가 부슬부슬 내려 　　　　春風惻惻春雨細
봄 대낮에 사람 없어 작은 창이 닫혔네 　　　　春晝無人小窓閉
책을 안고 스르르 잠들었다 저절로 깨니 　　　　抱書自睡睡自覺
베개 무늬가 뺨에 찍히고 소매엔 침 자국이 남았네 　枕痕印頰唾浣袂
살아서 사업을 이루지 못했으니 어찌 속인 게 아니랴 　生不濟事豈相瞞
죽어서도 어리석음 버림이 어렵지만 그것이 상책일세
　　　　　　　　　　　　　　　　　　死難捨愚惟長計
고단한 인생이 백 년을 기약하니 　　　　　人生役役期百年
백 년의 뒤에는 누굴 시켜 이어가랴 　　　　百年之後敎誰繼
문득 여주로 가던 강둑길을 생각하니 　　　　忽憶黃驪江上路
무수한 청산이 부처 머리와 닮았었네 　　　　無數靑山似佛髻
이 사이에 나를 묻어줄 땅이 있으면 　　　　此間如有葬我地
진정 군평과 세상이 모두 서로 잊으리[315] 　　　眞成兩棄君平世

---

314 봄비에……드리다 : 송나라 사람의 시는 송나라 소식(蘇軾)의 〈보조사로부터 두
암자를 유람하다[自普照遊二菴]〉라는 시이다. 두실(斗室)은 심상규(沈象奎)의 호이다.
315 군평(君平)과……잊으리 : 자연 속에서 죽어 세상과의 연관을 끊고 싶다는 의미
이다. 군평은 전한(前漢)의 은사 엄준(嚴遵)의 자(字)이다. 촉(蜀) 땅에 은거하여 성도
(成都)의 저자에서 점을 보아주며 생계를 꾸려가면서 "세상이 군평을 버린 것이 아니라
군평이 세상을 버린 것이다."라고 하였다고 한다.

석한316이 고기잡이하는 배 위에 부치다
寄石閒捕魚舟次

갑자기 헤어져 오십 일이 지나니	居然契闊五經旬
좋은 시구절 누구와 함께 고치시는가	佳句吟誰與訂新
꽃 계절에 이웃집 술동이를 헛되이 기다리고	花事虛期隣舍酒
산천유람은 또 지난해 봄이 마지막이었네	山遊又謝去年春
닭 울고 비바람 불면 군자가 그리운데	鷄鳴風雨懷君子
물고기 잡으며 강호를 잊으니 도인과 닮았네317	魚忘江湖似至人
한없는 수심을 삭일 길 없어	無限閑愁消不得
포구의 방초에 그저 마음만 상하네	海門芳草正傷神

316 석한(石閒) : 김조(金照)의 호이다. 329쪽 주17 참조.

317 물고기……닮았네 : 석한이 작자를 버려두고 홀로 유유자적하게 지냄을 비난하
는 말이다. 《장자》에 "샘이 말라 물고기가 육지에 함께 모여 서로 입김을 불어 축축하게
하고 서로 침으로 적셔주는 것보다는 강이나 호수에서 서로를 잊고 지내는 것만 못하
다.〔泉涸, 魚相與處於陸, 相呴以濕, 相濡以沫, 不如相忘於江湖.〕"라는 내용이 있다.
《莊子 大宗師》《古今事文類聚後集 卷34 鱗蟲部 魚》

이랑 긍우가 영남으로 공부하러 간다기에 지어서 주다[318]
李郎肯愚將遊嶺南 賦贈

강 건너에서 만나지 못함이 상심스러운데	隔江不見尙勞哉
영남으로 헤어지면 어떠한 심정이랴	嶺外睽分作底懷
인척간이 아니라도 청안을 허락했을 텐데	瓜葛未專靑眼許
사그라지는 정채를 흰머리가 재촉하네	菁華欲盡白頭催
길가의 구름과 나무[319]에 천 리 길 아득하니	行邊雲樹迷千里
이별의 수심에 봄 등불 아래 한잔 마셔야지	別意春燈湛一杯
공자 맹자의 유풍은 영남이 으뜸이니	鄒魯遺風言此地
그대가 강습하여 인재를 이룰 줄 알겠네	知君講習足成材

318 이랑(李郎)……주다 : 영남으로 공부하러 떠나는 사위 이긍우(李肯愚, 1802~
?)에게 지어준 시이다. 이긍우의 본관은 연안(延安), 자는 중구(仲搆)이다. 아버지는
이재수(李在秀)이고 어머니는 오재소(吳載紹)의 딸이다.

319 구름과 나무 : 원문의 운수(雲樹)는 벗을 그리워하는 마음을 뜻하는 말로, 두보
(杜甫)의 〈봄날 이백을 생각하며〔春日憶李白〕〉라는 시에 "위수 북쪽엔 봄 하늘에 우뚝
선 나무, 강 동쪽엔 저문 날 구름.〔渭北春天樹, 江東日暮雲.〕"이라는 구절이 있다.

안채의 중수가 끝나 시로써 기쁨을 기록하다
內舍重修畢 詩以志喜

경영하여 이룬 시간이 오십 일이라	經始成之摠五旬
옛 모습 따랐어도 새롭기 마련이네	雖然仍舊亦維新
위형은 온전하고 아름다움으로 만족하였는데[320]	衛荊元足居完美
장로는 도리어 화려하다 송축하리[321]	張老還應頌奐輪
기꺼이 나의 아내와 만년의 계책을 상의하여	樂與寡妻商晩計
충분히 여지를 남겨두어 훗날을 기약했네	剩留餘地待來辰
책 끼고 매양 이웃집에 가서 잠을 잤던	携書每向隣家宿
나는야 삼십 년 전 그런 신세였다네	三十年前似許身

---

320 위형은……만족하였는데 : 위(衛)나라 공자(公子) 형(荊)이 부귀를 추구하지
않고 현재의 상황에 만족하며 겸허한 태도를 지닌 것을 가리킨다. 《논어》〈자로(子
路)〉에 공자가 위나라 공자 형을 평가하기를, "그는 집안 살림을 아주 잘한다. 처음
살림을 차려 재물을 소유하게 되자, '이만하면 모였다.'라고 하였고, 조금 더 장만하게
되자, '이만하면 충분히 갖추었다.'라고 하였으며, 부유하게 되자, '이만하면 충분히
훌륭하다.'라고 하였다.〔善居室, 始有曰苟合矣, 少有曰苟完矣, 富有曰苟美矣.〕"라는
구절이 있다.

321 장로(張老)는……송축하리 : 새로 지은 건물을 장로라는 사람이 보았으면 화려
하다고 감탄했을 것이란 뜻이다. 진(晉)나라 문자(文子)의 집이 완공되었을 때, 대부
장로가 그 으리으리한 규모를 보고는 "아름답도다 높고 크며, 멋있도다 없는 게 없네.
〔美哉輪焉, 美哉奐焉.〕"라고 노래하였다. 《禮記 檀弓下》

4월 13일 저녁에 옥호정사에서 자다 병서

四月十三夕宿壺舍 幷序

이날 밤에 갑자기 오니 두 겸종만 따라왔다. 군소(君素 조학은(趙學殷))
를 초대하니 재계 중이라 사양하였다. 밤이 되자 산 위의 달이 촛불처
럼 밝았다. 첩운루(疊雲樓)에서 잠깐 쉬고 소나무 그림자 아래에서
천천히 거닐자 뜻이 몹시 여유로웠다. 그런데 어울려 이야기 나눌 사
람이 없어서 드디어 방으로 들어와 등불을 켜고 형제천(兄弟泉)의 물
을 떠서 꿀과 송화를 타서 마시니, 달고 향기로운 맛이 폐에 스몄다.
책상 머리에서 축 하나를 뽑으니, 바로 석한(石閒 김조(金照))이 지난
해 제석(除夕)에 아이 원근(元根)에게 보내준 절구였다. 펼쳐 보니
벌써 나도 모르게 마음이 서글퍼졌다. 왜냐하면 석한이 유근(逌根)을
따라 평양(平壤)에서 노는데, 원근은 해서(海西)로부터 떠나 그 형과
만날 계획이었다. 대가들이 질탕하게 명승지에서 즐거이 노는데, 나
만 홀로 그곳에 갈 수 없었다. 이에 먹을 갈고 종이를 펴서 붓 가는
대로 운을 따라 그 사실을 기록한다.

나에게 옥호정사가 있어	我有玉壺舍
나그네처럼 왕래하네	往來如逆旅
지난겨울 몇 차례나 들렀는가	去冬曾幾何
올해도 벌써 더위가 닥쳤네	今節已屆暑
이웃의 늙은 시인은	比隣老詩人
멀리 대동관을 유람하는데[322]	遠遊大同舘

어찌 알았으랴, 오늘 밤 달을	寧知今夜月
내가 산속 집에 와서 볼 줄을	我來山舍看
앞 골목의 조부자는[323]	前巷趙夫子
재계 중이라 적막하게 지내면서	持齋耐寥寂
불러도 오려 하지 않고	相邀不肯來
산중 노복을 대신 보내 사의를 표했네	送敬惟山僕
풍경은 예전과 똑같은데	境是然而然
시는 짓지 않을 수 없어	詩惟不得不
지팡이 멈추고 노송에 기대니	停筇倚老松
낮은 가지가 구름에 닿았네	低枝雲共拂
산 달은 멀리 또렷이 떠서	山月逈無翳
수염 덥수룩한 사람을 마주했는데	如對于鬖客
일행은 괴로운 벼슬아치가 되어	一行苦作吏
봄이 다 지나도록 소식이 막혔네	春盡音書隔
해가 뜨면 일이 생겨나니[324]	日出則還生
처리하기 어려운 일 얼마나 많을까	幾多難平事

---

322 이웃의……유람하는데 : 평양(平壤)을 유람 중인 석한(石閒) 김조(金照, 1754~1825)를 가리킨다.

323 조부자는(趙夫子) : 당시 팔판동(八判洞)에 거처를 마련하여 가까이 살았던 조학은(趙學殷, 1759~?)을 가리킨다.

324 해가……생겨나니 : 당나라 무원형(武元衡)의 〈하야작(夏夜作)〉이라는 시에 "밤이 깊어지니 소란이 잠시 멈추고, 못가의 누대에 밝은 달빛만 비치네. 맑은 풍경 누릴 틈이 있어야지, 해가 뜨면 일이 자꾸 발생하니.〔夜久喧暫息, 池臺有月明. 無因駐清景, 日出事還生.〕"라는 내용이 있다.

어찌 알랴, 고요와 기가	寧知皐與夔
소부와 허유의 뜻을 품지 않았을 줄[325]	不懷巢許志
산속 집은 통금 북소리에 막히고	山屋隔更鼓
한밤도 달의 움직임 따라 깊어가네	夜分依月轉
부산스러운 고갯마루의 구름은	多事嶺頭雲
무심한 중에도 무수히 변하네	無心猶百變
숲속 등불은 빛이 밝게 빛나건만	林燈耿相射
마을의 집은 궁벽한 시골과 같네	村舍如窮鄕
밤 깊어 빨래하는 소리 들리니	夜深聞浣澣
산의 정취가 더욱 청량하네	山意增淸涼
누가 옛날에 집터를 잡아	誰子卜於昔
내가 지금 소요하게 되었나	逍遙吾自今
맑은 시내가 푸른 봉우리를 감싸니	淸溪抱碧巘
아득히 천지가 깊네	悠悠天地深
새벽달은 서쪽 봉우리에 걸리고	曉月掛西峰
가파른 절벽은 서리가 엉긴 듯한데	峭壁如凝霜
마음속에 스스로 다짐하는 뜻은	將心自勸意
지금의 이 광휘를 길이 잊지 말아야지	光輝永無忘
시렁에서 장폭을 빼드니	抽架得長幅

---

325 고요와……줄 : 옛날의 훌륭한 신하들도 고단한 벼슬생활 중에 은거할 뜻을 품었
을 것이라는 의미이다. 고요(皐陶)와 기(夔)는 순 임금을 보필한 어진 신하이고, 소부
(巢父)와 허유(許由)는 요 임금 때 왕위를 받지 않으려고 기산(箕山)과 영수(潁水)에
은거했던 은자이다.

내 두 눈이 유난히 밝아지네   雙眸分外明

이 노인이 주정뱅이일지라도   此老雖酣酊

고심해 짓는 시에 바른 성조가 많네   苦吟多正聲

계곡에서 홀로 깨어 노래할 제   在磵寤歌獨

술도 이미 많이 마셨다네   飮酒旣多又

우스워라, 그의 시가 특이하여   自笑詩不群

옛 버릇대로 광태를 부렸구나   狂態發其舊

석한[326]이 편지를 보내 원근이 허리춤의 관인을 풀고서 전원으로 돌아가 한가롭게 십 년 동안 책을 읽기를 원한다는 내용이 있었다. 장난삼아 절구를 지어 그의 뜻을 되돌리니, 대체로 권면하는 뜻을 붙인 것이다

石閒有書 道元根願解腰間墨綬 歸田閑[327]讀十年書云 戲賦絶句 反其意 蓋亦寓勉也

한가로이 십 년 동안 독서한단 말은 좋으나	閑讀十年言固善
말은 오히려 겉치레요 일이야말로 현실이네	言猶外耳事方眞
내가 지난날을 가지고 장래를 생각하면	若將過往思來者
벼슬살이 못한 것이 벼슬한 사람과 같겠는가	未宦曾如已宦人

바깥일이 어찌 내 좋아함을 움직일 수 있으랴	外事豈能移所好
처지에 따라 마음을 세움이 가장 중요하다네	立心隨地最要眞
고된 일로 농사일만 한 것이 또 있으랴만	焦勞孰並田家作
그래도 주경야독하는 사람 있었다네	尚有朝耕暮讀人

---

326 석한(石閒) : 김조(金照)의 호이다. 329쪽 주17 참조.

327 田閑 : 저본에는 '閑田'으로 되어 있으나, 문맥이 순탄치 않을뿐더러 본문에 '閑讀十年'이란 구절이 있으므로 수정하였다.

옥호정사에서 밤에 비바람 소리를 들으며

玉壺夜聽風雨

수풀 속 일만 구멍이 시끄러워 잠 못 들고 不寐中林萬竅囂
빈 계단 낙숫물 소리에 적막하기 그지없네 空階聽滴更寥寥
남풍이 급히 불어 산을 옮겨갈까 의심되고 南風吹急疑山徙
동해만큼 시름 깊어 밤이 긴 것을 깨닫네 東海愁深覺夜遙
도회지와 통하는 정원 안에 정자가 있으니 謾有園亭通市陌
어찌 밭 갈고 땔나무 할 근력이 없으랴만 那無筋力給耕樵
흐르는 세월 속에 그대들과 어울려 年馳日邁從君輩
술잔 들고 시 논하며 나날을 보내려네 將酒論詩送暮朝

이천 수령 유화지가 돌솥을 주기에 한퇴지의
〈석정연구〉의 운자를 따라 지어 사례하다[328]
伊川倅柳和之惠石鼎 遂次退之石鼎聯句韻以謝之

이천의 유부사께서	伊川柳府伯
나에게 찌고 삶을 솥을 주시니	貽余資飪烹
영롱하기가 옥에 버금가고	瑩瑩次玉質
단단하기는 경쇠소리를 품었네	硜硜蓄磬聲
오묘한 이치는 감리와 짝이 되고[329]	妙理配坎离
미더운 덕은 원형에 부합하네[330]	允德叶元亨
상상해보면 솜씨 좋은 장인이 깎아	想像巧匠斲
참으로 산신을 놀라게 하네	定使山神驚
제도 또한 예스럽고 기이하여	制度尙古奇

---

328 이천(伊川)……사례하다 : 유화(柳訸, 1779~?)의 본관은 전주(全州), 자는 화지(和之)이다. 1801년(순조1) 문과에 급제, 내직으로 헌납·장령 등을 지냈다. 1813년(순조13) 삭녕 군수(朔寧郡守), 1814년(순조14) 12월 강동 현감(江東縣監), 1820년(순조20)에 이천 도호부사(伊川都護府使)를 지냈다. 한유(韓愈)의 〈석정연구(石鼎聯句)〉는 도사(道士) 헌원미명(軒轅彌明), 유사복(劉師服), 후희(侯喜) 세 사람을 등장시켜 번갈아 주고받는 형식으로 지은 시이다.

329 오묘한……되고 : 감리(坎離)는 물과 불을 가리키는데, 솥에 물을 부어 불에 끓이는 것을 가리킨 말이다.

330 미더운……부합하네 : 원문의 윤덕(允德)은 음식을 삶아서 생명을 유지시켜주는 솥의 기능을 찬미한 말이다. 원형(元亨)은 크게 형통하여 길하다는 의미로 《주역》〈정괘(鼎卦)〉에 "크게 길하고 형통하다.〔元吉亨〕"라고 한 것을 가리킨다.

갈고 쪼아 더욱 단단하고 정결하니	磨琢彌堅貞
구리 말과 등급이 서로 같고	銅斗品相等
질동이와 이름을 감히 다투네	瓦樽名敢爭
지금 보니 게딱지와 닮았으니	今看似蟹匡
말뱃대끈에 비유한 말은 잘못되었네[331]	昔譬謬馬纓
겉모습은 장중함이 있고	外貌有凝重
중심은 공평하지 않음이 없네	中心無不平
끌질로 틈새가 생긴 곳 없고	除鑽生罅隙
대패로 돋은 싹을 밀어버린 듯하네	若鏟落牙萌
귀를 만든 것은 듣고자 함이 아니고	設耳非爲聰
발이 다부지니 기울까 걱정할 것 없네	斂足勿憂傾
저절로 창윤한 빛을 띠어	色自帶蒼潤
늘 서늘하고 맑은 기운 머금었고	氣常含冷淸
모양과 법식이 척도에 맞아	型範恰中規
받아들임에 가득참을 경계할 만하네	接受宜戒盈
도철[332]의 형상을 새기니	篆以饕餮形
무늬는 이끼가 낀 듯하여	紋如苔蘚成
그릇을 대신해 마르고 젖은 음식 담고	代器貯乾濡
주추처럼 비가 올지 갤지를 징험하네[333]	比礎驗雨晴

---

331 말뱃대끈에……잘못되었네 : 당나라 한유(韓愈)의 〈석정연구(石鼎聯句)〉에서 "크기는 열사의 간담과 같고, 둥글기는 전마의 뱃대끈 같아.〔大似烈士膽, 圓如戰馬 纓.〕"라고 한 구절을 가리킨다.

332 도철(饕餮) : 전설상의 탐욕스럽고 잔학한 괴물의 일종으로, 사람을 잡아먹는다 는 악수(惡獸)이다. 종종 탐욕스러운 사람을 비유할 때 쓰이기도 한다.

어찌 소나무로 뚜껑을 덮게 하랴   奚令松冠戴

참으로 무쇠 다리로 버텨야 하리   端合鐵脚撐

납과 수은을 달일 화로를 부질없이 안치했고   鉛汞漫安爐

산천을 새긴 솥을 그 누가 끓였던가[334]   山川誰煮鐺

자라국 찍으려 손가락 움직이지 말라[335]   染鼈休動指

용마를 기르려면 구덩이에서 불러내야 하리[336] 養龍差號坑

재질은 부처를 실은 배와 같고   材餘渡佛船

모양은 군대 실은 목앵과 닮았네[337]   狀肯浮軍罌

333 주추처럼……징험하네 : 비가 오려 할 때 돌솥에 물기가 맺힌다는 의미이다. 《회남자(淮南子)》〈설림훈(說林訓)〉에 "산 구름이 뭉게뭉게 오르면, 주춧돌에 윤기가 감돈다.〔山雲蒸, 柱礎潤.〕"라는 구절이 있다.

334 납과……끓였던가 : 납과 수은을 달인다는 것은 도가에서 솥에다 단약을 굽던 것을 가리키고, 산천을 새겼다는 것은 구정(九鼎)과 같은 기물에 산천의 형상을 새긴 것으로 실제 음식을 조리하지 않는다는 의미이다.

335 자라국……말라 : 분수 밖의 이익을 도모하지 말라는 의미이다. 춘추 시대 정영공(鄭靈公)의 궁전에서 일찍이 요리사가 자라〔鼈〕 요리를 하고 있을 때, 공자(公子) 공(公)이 마침 부름을 받고 궁전에 들어갔는데, 이때 영공이 다른 대부(大夫)들에게만 자라 요리를 먹이고 공자 공에게는 주지 않자, 공이 성을 내며 자라 요리를 했던 솥 안에 손가락을 적셔 맛을 보았다고 한다. 《春秋左氏傳 宣公4年》

336 용마를……하리 : 귀주(貴州)에 양룡갱(養龍阬)이란 곳이 있는데, 깊고 으슥하여 교룡이 그 아래에 웅크리고 있다고 한다. 봄이 되어 깨끗한 암말을 구덩이 곁에 세워 놓으면 구름이 어두워지고 어떤 물건이 구불거리며 말을 덮치는 것과 같은데, 한참 후에 준마를 낳아 용구(龍駒)를 얻을 수 있다고 한다. 《佩文韻府 卷23 養龍阬》

337 재질은……닮았네 : 원문의 도불선(渡佛船)은 부처가 마갈제국(摩竭提國)에서 비구(比丘)들을 거느리고 유람을 다닐 때 항하(恒河)를 건너게 되었는데, 이때 배를 가진 선사(船師)가 값을 내라고 버텼다. 이에 부처는 사공이 배로 사람을 건너게 해주는 것이 중생들을 고해(苦海)의 바다에서 건져주는 것과 같다고 설법하자, 사공이 감동하

두둑한 배를 어찌 저버릴쏘냐   便腹肯相負

한 손으로도 떠받들 수 있네   隻手猶可擎

공로를 말하자면 여와씨의 반죽[338]에 비견되고   語功參媧鍊

맛을 조미하면 은나라 국[339]에 필적하네   調味適殷羹

자리 잡을 때는 평탄한 곳을 살펴야 하고   厝必審安危

가벼운지 무거운지도 살펴야 하네   問寧及重輕

길하면 끝내 치고를 먹을 수 있고[340]   吉終食雉膏

깨끗하면 제사 곡식도 바칠 수 있네   蠲矧供粢盛

안개는 남전에서 나오고[341]   烟試藍田出

여 비구들을 건너게 해준 일이 있다. 《撰集百緣經 卷3 船師渡佛僧過水緣》 목앵(木罌)
은 나무로 만든 통을 엮고 그 위에 판자를 깔아 만든 뗏목이다. 한신(韓信)이 위왕
표(魏王豹)를 사로잡을 때 임진(臨晉)에서 이 목앵부(木罌缶)로 군사를 실어 물을 건
너 위왕 표를 사로잡은 일이 있다. 《史記 卷92 淮陰侯列傳》

338 여와씨의 반죽 : 옛날에 복희씨(伏羲氏)의 며느리인 여와씨(女媧氏)가 오색돌을
반죽하여 허물어진 하늘을 때우고, 자라의 다리를 잘라 사방을 지탱시킴으로써 천하가
안정되었다고 한다. 《淮南子 覽冥訓》

339 은나라 국 : 원문의 은갱(殷羹)은 은나라의 국이라는 뜻인데, 재상의 지위에 올
라 국정을 주도하는 것을 비유한 말이다. 은나라 무정(武丁)이 재상 부열(傅說)에게
"만약 술과 단술을 빚을 때에는 네가 누룩이 되어주고, 만약 양념을 쳐서 국을 끓일
때에는 네가 소금과 매실이 되어라.〔若作酒醴, 爾惟麴蘗. 若作和羹, 爾惟鹽梅.〕"라고
한 데서 유래하였다. 《書經 說命下》

340 길하면……있고 : 치고(雉膏)는 꿩고기로 맛있는 음식을 가리킨다. 《주역》〈정
괘(鼎卦)〉에 "구삼은 솥의 귀가 변하여 그 감이 막혀서 꿩의 아름다운 고기를 먹지
못하나, 장차 화합하여 비가 내려서 부족한 뉘우침이 끝내 길하게 될 것이다.〔九三,
鼎耳革. 其行塞, 雉膏不食, 方雨, 虧悔終吉.〕"라고 하였다.

341 안개는 남전에서 나오고 : 당나라 이상은(李商隱)의 시 〈금슬(錦瑟)〉에 "바다에
뜬 밝은 달은 교인이 흘린 진주눈물이요, 남전에 햇볕 따스하자 옥산에 안개가 서리네.

구름이 덮여 태치[342]에 가로놓였네	雲覆泰畤橫
증기를 뿜으니 밝은 빛 오르고	耿光歊蒸嘘
끓어넘치매 은은한 소리 나네	暗籟瀉沸鳴
수북한 밥[343]에서 진실함을 보고	饛飧見有實
물고기를 삶으며[344] 지성을 생각하네	烹魚懷至誠
쓰임에 만약 네 재주를 다한다면	用苟盡爾才
그 미덕이 응당 내 마음에 흡족하리	美應厭我情
물은 경위를 먼저 구분해야 하고	水先涇渭辨
불은 문무를 조화시킴이 귀하네[345]	火貴文武幷
쟁반과 술그릇도 솥보다는 아래에 있어	敦匜斯風下
더위와 추위에 따라 본색이 드러나네	炎涼却露呈
점괘를 헤아리다 금현[346]을 만나고	翫占逢金鉉

[滄海月明珠有淚, 藍田日暖玉生煙.]"라고 하였다. 섬서 지방의 남전은 좋은 옥의 생산
지로 유명한데, 맑고 따뜻한 날 산을 보면 산 위에 온통 안개 같은 영명한 기운이 엉겨
있다고 한다. 《古今事文類聚 續集 卷22 評義山瑟詩》

342 태치(泰畤) : 천신에 제사하는 단을 가리킨다.

343 수북한 밥 : 《시경》 〈대동(大東)〉에 "그릇에 가득한 밥이요, 굽은 가시나무 수저
로다. [有饛簋飧, 有捄棘匕.]"라는 말이 나온다.

344 물고기를 삶으며 : 망해가는 나라를 붙들 만한 훌륭한 인재를 생각한다는 뜻이다.
《시경》 〈비풍(匪風)〉에 "그 누가 물고기를 요리하려는가. 내가 크고 작은 가마솥을
씻어주리. [誰能烹魚, 漑之釜鬵.]"라고 하였다.

345 물은……귀하네 : 경위(涇渭)를 구분한다는 말은 맑고 탁한 물을 가려야 한다는
말이다. 문무(文武)를 조화시킨단 말은 약이나 차를 달일 때 화력을 높이고 낮추는
것을 말한다.

346 금현(金鉉) : 단단하게 부착된 세 개의 솥귀로 삼공(三公)을 비유하는 말이다.
정괘(鼎卦)에 "육오는 솥이 누런 귀에 금으로 만든 현(鉉)이니, 정고(貞固)함이 이롭

장수를 빌어 전갱[347]보다 오래 사네	延壽邁籛鏗
백붕의 총애[348]가 분수에 지나치지만	百朋寵踰分
반복해 감상함에 기쁨을 형언키 어렵네	三復喜難名
방 안에 앉아 오래도록 매만지고	室坐長摩挲
바위굴에 살면서도 가지고 다녔네	巖棲亦挈擎
오래도록 누런 기장밥 지었으니	久已炊黃粱
정녕 청정반을 먹었다 하리[349]	會須餌靑精
바람결에 아름다운 은혜를 되새기며	臨風誦嘉惠
이에 돌솥을 노래하네	爰賦石鼎行

다.〔六五, 鼎黃耳金鉉, 利貞.〕”라고 하였다.

347 전갱(籛鏗) : 사람 이름으로 팽조(彭祖)를 가리킨다. 성은 전이고 이름이 갱이다.

348 백붕(百朋)의 총애 : 본래 선물로 많은 재물을 받는 것을 말하는데, 여기서는 돌솥을 보내준 것이 백붕만큼 감사하다는 뜻이다.

349 청정반(靑精飯)을 먹었다 하리 : 이 돌솥에 밥을 해먹은 것이 장수에 도움이 되리라는 의미이다. 청정반은 도가에서 청정석(靑精石)으로 지은 밥을 말하는데, 이 밥을 오래 먹으면 안색이 좋아지고 장수한다고 한다.

명원, 천민, 의민에게 주다[350]

贈明遠天民義民

석한이 술잔 속의 물건을 사랑하여	石閒愛進杯中物
문 앞의 풀빛이 중울의 집과 같네[351]	門前草色如仲蔚
용성[352]은 목소리가 좋아 초나라 소리를 잘 내니	蓉城音好能楚聲
백편을 입으로 암송해도 더듬지 않네	百篇口誦無一吃
광산은 개결한 성품이 오릉중자 같은데[353]	匡山介性如於陵
글씨를 써 식량을 마련하며 구걸을 일삼지 않네	以書爲糧不事乞
세 사람은 평범한 새가 아니건만	三人者非凡鳥群
누가 내 그물로 그들을 몰아주었나	誰使翩翩入我罻
죽방과 매옥에서 밤중까지 모임을 이어	竹房梅屋夜繼晷
기쁘게 시와 글씨와 청담을 나누면서	驩然詩筆與談拂

---

350 명원(明遠)······주다 : 명원은 김조(金照)의 자(字)이고, 천민(天民)은 이의철(李懿喆)의 자이며, 의민(義民)은 원유영(元有永)의 자이다.

351 문······같네 : 문 앞에 잡초가 우거진 것을 가리킨다. 중울(仲蔚)은 동한(東漢)의 고사 장중울(張仲蔚)을 가리킨다. 그는 벼슬하지 않고 은거하며 안빈낙도(安貧樂道)하였는데, 그의 거처에 쑥대가 우거져 사람 키가 넘도록 집을 덮었다고 한다. 《高士傳 卷中 張仲蔚》

352 용성(蓉城) : 이의철(李懿喆, 1779~?)의 호이다.

353 광산(匡山)은······같은데 : 광산은 원유영(元有永)의 호이다. 오릉중자(於陵仲子)는 전국 시대 제나라의 은자 진중자(陳仲子)를 가리킨다. 지나치게 청렴함을 추구하여 형이 받는 녹봉조차 불의하다고 하며 가족을 떠나 오릉에서 아내와 청빈하게 살았다. 《孟子 滕文公下》

형체도 나이도 잊은 채 천성대로 어울리니　　　忘形忘齒得天倪

옛날에 이른 신교가 이제야 비슷하다 하리　　　古云神交今髣髴

나 또한 가슴 사이에 청운의 뜻이 있어　　　余亦胸間有靑霞

그대들 향해 온종일 울울한 심정을 토로하노니　　　爲君朝暮吐鬱鬱

눈앞에 보이는 화사한 봄 산의 빛에　　　望中多少春山色

어찌하면 서로 어울려 벼슬길을 사양할까　　　安得相携謝簪紱

박옹의 시에 차운하다[354]

次泊翁韻

산기운 어슴푸레하고 햇빛도 침침한데	山氣蒼蒼日色沉
숲속에 들어오는 말과 수레조차 없구나	更無車馬到中林
우는 매미는 높이 오를 흥취를 자아내는 듯	鳴蟬似引登高興
깃든 새는 조용한 생활 익히는 마음 엿보네	棲鳥時窺習靜心
지난 자취 모호하여 봄꿈도 흩어졌는데	往迹糢糊春夢散
참된 벗들 차례로 무덤 깊이 들어갔네	眞交次第九原深
긴 여정에 힘도 다하고 세월이 재촉하니	長途力盡流光促
어찌 여강 남쪽으로 돌아가지 않으랴	胡不歸歟驪水陰

---

354 박옹의 시에 차운하다 : 박옹(泊翁)은 이명오(李明五)의 호이다.

숙직소에서 더위에 고생하며 학사 박미호 기수 가 보내준 시에 답하다[355]

直廬苦熱 答朴學士眉皓 綺壽 見寄韻

무거운 구름 문득 흩어져 해가 쨍쨍 뜨니	萋萋忽散露杲杲
희생과 폐백 갖춘 아경의 기도도 보람이 없네	牲幣無靈亞卿禱
좁고 누추한 숙직소는 하늘이 보이지 않아	直廬庳隘不見天
하루가 지날수록 하루의 수심을 더하네	一日便添一日惱
찌는 듯한 시루 속 더위에 앉자	氣歊炊甑坐其中
머리는 지끈지끈 마음은 쿵쿵 울려	頭也涔涔心焉擣
백방으로 모면하려 해도 되지 않으니	百方思救救不得
탕 임금의 가뭄보다 요 임금의 장마가 낫네	與其湯旱寧堯潦
장마는 지난해에 이미 겪어서	潦亦前年所已經
백성들 목숨이 거의 살아나지 못할 뻔하였는데	民命幾令不重造
만물이 모두 녹아서 온통 뒤섞이려 하니	萬物瀜解欲混沌
어찌 모양이 있으면서 마르는 것만 같으랴	曷若有形而乾槁
가뭄에는 흔적이 남으나 장마에는 흔적 없다더니	旱猶有滓潦無滓
이 속담은 늙은 농부들 사이에 전부터 전해왔네	此諺久傳農家老

---

355 숙직소에서……답하다 : 박기수(朴綺壽, 1774~1845)의 본관은 반남(潘南), 자는 미호(眉皓), 호는 이탄재(履坦齋)이다. 우부승지 종신(宗臣)이며, 어머니는 최수일(崔粹一)의 딸이다. 1806년(순조6) 문과에 급제, 대사헌·이조 판서·지중추부사·판의금부사 등을 지냈다.

하물며 지금 농사형편이 날마다 귀에 들려	矧今農情日入聞
서남 지방의 장마와 가뭄은 오도가 마찬가지네	雨暘西南均五道
동북의 경기 지방은 약간의 재해는 있더라도	東北畿甸雖少愆
헤아려보매 끝내 흉년에는 이르지 않을 듯하니	料度不應遂無稻
이때에 한번 시원하게 비가 내려준다면	一霈儵能及此時
농사와 더위의 걱정근심 한꺼번에 사라지고	農憂暑苦當並掃
비는 내리지 않아도 시원한 바람만 불어준다면	不然不雨但淸風
여러 생명 잠시나마 휴식할 수 있으리	定使群生得暫好
이 소망이 사치하지도 어렵지도 않으니	所望非奢亦非難
하느님도 울적한 회포를 헤아려주시지 않으랴	天公不肯諒幽抱
땀에 젖은 적삼은 이끼가 낀 듯 얼룩지고	汗濕蒸薰化紫苔
온몸에 풀이 돋아나듯 땀띠가 솟아	遍體粟發如滋草
태관[356]이 얼음물로 가끔 적셔주어도	太官氷漿縱時霑
화로에 떨어진 눈송이처럼 물이 곧장 마르네	點雪洪爐沃便燥
발광하여 부르짖고자 해도 감히 할 수 없어	發狂欲叫又不敢
의대를 풀고서 하릴없이 쓰러지는데	解抛衣帶謾顚倒
바라건대 별안간 날개가 돋아	却願驀然生羽翰
강과 바다를 높이 날아 세상을 굽어보고 싶네	高擧江海俯浩浩
다시 원하노니 열녀와 같은 정성으로	復願精誠似烈婦
창천을 감동시켜 싸늘한 서리라도 흩날렸으면	霜飛凜凜感蒼昊
둘 다 이룰 수 없다면 하책이 있으니	兩莫能遂出下策

---

356 태관(太官) : 궁내에서 백관의 찬선(饌饍)을 맡은 관원을 가리킨다.

금성이 좋다지만 일찍 집에 돌아감만 못하리[357]　　　錦城不如還家早
번민에 시달리며 하소연할 곳 없어　　　　　　　　　迫窘懣煩訴無地
억지로 서재를 향해 지필묵을 들이라 소리쳐　　　　强向文房喚四寶
더위에 고생하는 심정 어지러이 썼으나　　　　　　胡亂寫罷苦熱吟
미친 소리라서 보존할 시고는 못 되리　　　　　　　狂譫不合存其稿

357　금성(錦城)이……못하리 : 번화한 벼슬이 아무리 좋아도 고향에 돌아가는 것이
더 좋다는 말이다. 금성은 중국 성도(成都)에 있는 금관성(錦官城)을 가리킨다. 이백
(李白)의 〈촉도난(蜀道難)〉에 "금관성이 즐겁다고는 하나, 집으로 일찍 돌아가는 것만
못하리.〔錦城雖云樂, 不如早還家.〕"라고 하였다.

우연히 읊다

偶題

쓸쓸히 누각에 거처하니 절간과 같은데   寥落樓居似佛天

향 사르며 이것이 관직 덕분인 줄 깨닫지 못하네   燒香不省是官緣

시냇물 콸콸 흐르는 곳에 찬 모래가 나오고   溪流濺濺寒沙出

산의 나뭇잎 무성한데 저녁비가 내리네   山葉離離夕雨懸

바둑판이야 있지만 그야말로 적막하니   自有枯棊當寂寞

길든 학 없었으면 어울릴 것이 없었으리   如無馴鶴絶周旋

이곳을 일찍이 몇 사람이나 지나갔나   此間曾着人多少

이런 풍경을 그들 또한 저마다 누렸으리   消受還能箇箇然

영사
詠史

모든 여씨가 어찌 배반자랴	諸呂豈叛者
주허가 본래 형이 된 때문이지[358]	朱虛自爲兄
위고가 간사한 환관을 끼니	韋皐挾奸閹
팔현이 악명을 뒤집어썼네[359]	八賢蒙惡名
인끈 놓기를 흙덩이 내던지듯 했더라면	釋印如擲塊
한나라 조정에 누가 군대를 함부로 움직이고	漢朝誰弄兵
병든 정치를 일시에 제거했더라면	疵政一時去

---

358 모든……때문이지 : 주허후(朱虛侯)는 한(漢)나라 때 제 도혜왕(齊悼惠王)의 아들인 유장(劉章)을 가리키는데 주허후는 그의 봉호이고 시호는 경(景)이다. 그는 본디 한 나라의 종실(宗室)로서 여태후(呂太后)에 의해 주허후에 봉해졌었는데, 여태후가 죽은 뒤에 주발(周勃), 진평(陳平)이 모의하여 여산(呂産)과 여녹(呂祿)을 주살하고 여씨 남녀를 모두 잡아 어린이 어른 할 것 없이 참살(斬殺)하였다. 그 뒤에 주허후를 성양왕(城陽王)에 봉해주었다. 《前漢書 卷38》

359 위고가……뒤집어썼네 : 위고(韋皐, 745~805)는 당나라 경조(京兆) 사람으로 자는 성무(城武), 시호는 충무(忠武)이다. 당나라 순종(順宗) 때에 한림학사 왕숙문(王叔文)이 왕비(王伾)와 힘을 합쳐 개혁정치를 펼치자 모든 사람이 환호성을 질렀으니, 이런 개혁을 '영정혁신(永貞革新)'이라 불렀다. 그런데 위고가 환관과 결탁해 역공을 취하여 환관 구문진(俱文珍)이 순종을 퇴위시키고 헌종(憲宗)을 옹립하자, 평소 왕숙문의 전횡에 불만이 많던 대신들도 가담하여 헌종에게 왕숙문의 개혁에 반대하도록 사주하였다. 이에 왕숙문의 개혁을 지지하던 조정 대신 8명도 왕숙문과 같은 당파로 몰려 좌천되거나 변경의 사마(司馬)로 쫓겨났다. 역사상 이 8명을 왕숙문, 왕비와 더불어 '이왕팔사마(二王八司馬)'라고 부른다.

당나라 사직이 어찌 위태롭고 기울었으랴 　　　　唐社寧危傾

공명은 참으로 지키기 어렵고 　　　　功名信難處

진짜와 가짜에 늘 심정이 달라지네 　　　　眞假常易情

맹자는 독서를 잘하여 　　　　鄒叟善讀書

〈무성〉에서 몇 조목만 취하였네[360] 　　　　數策取武成

묻노니, 현학을 논하는 선비들은 　　　　借問談玄士

무슨 방도가 있어 나라에 보탬이 되랴 　　　　何術補邦家

피비린내와 먼지가 천지에 가득하고 　　　　腥塵滿天地

중원은 오이가 갈라진 듯한데 　　　　赤縣似裂瓜

한 조각의 강 모퉁이 땅에서는 　　　　一片江隅土

우물 속 개구리가 이따금 울어대고 　　　　時鳴井底蛙

처량할사 육조의 시대는 　　　　凄涼六朝間

지나가는 새와 날리는 꽃이었네 　　　　過鳥更飄花

버려두고 말할 필요 없으니 　　　　置置不須道

나로 하여금 장탄식하게 만드네 　　　　使我長發嗟

---

360 맹자는……취하였네 : 역사서를 다 믿을 수 없다는 의미이다. 〈무성(武成)〉은
《서경》주서(周書)의 편명이다. 맹자가 말하기를 "《서경》을 모두 믿는다면 《서경》이
없는 것만 못하다. 나는 〈무성〉에서 두세 쪽만 취하겠다.〔盡信書則不如無書, 吾於武成
取二三策而已矣.〕"라고 하였다. 《孟子 盡心下》

지은이 김조순(金祖淳)

1765(영조41)~1832(순조32). 본관은 안동(安東), 초명은 낙순(洛淳), 자는 사원(士源), 호는 풍고(楓皐), 시호는 충문(忠文)이다. 영의정 김창집(金昌集)의 4대손으로, 부친은 부사를 지낸 김이중(金履中)이다. 21세 때인 1785년(정조9)에 문과에 급제하여 정조로부터 조순(祖淳)이라는 이름을 하사받았으며, 1786년 초계문신(抄啓文臣)에 뽑혔다. 1792년(정조16)에 담정(薄庭) 김려(金鑢)와 함께 《우초신지(虞初新志)》를 모방하여 《우초속지(虞初續志)》를 만들었다. 이해 10월에 동지겸사은사의 서장관으로 연행하였으며, 패관소설의 탐독으로 문체가 바르지 못하다는 정조의 견책을 받고 연행 도중 자송문(自訟文)을 지어 올렸다. 1800년(정조24) 6월 정조가 승하한 뒤 정조의 시책문(諡冊文)을 지어 올렸다. 병조·예조·이조의 판서를 거친 뒤 1802년(순조2)에 문형이 되었으며, 이해 9월에 딸이 순조의 비(妃)가 되자 영안부원군(永安府院君)에 봉해졌다. 1804년(순조4) 무렵 삼청동(三淸洞)에 별장인 옥호정(玉壺亭)을 조성하였으며, 이곳을 중심으로 많은 문인들과 시회를 펼쳤다. 이후 훈련대장과 금위대장을 역임하였고, 1826년(순조26)에 다시 문형이 되었다. 1832년(순조32) 4월 3일 세상을 떠나 여주(驪州) 효자리(孝子里)에 묻혔으며, 1841년(헌종7)에 이천(利川) 가좌동(加佐洞)으로 이장되었다. 정조의 묘정에 배향되었으며, 양주의 석실서원(石室書院)과 여주의 현암서원(玄巖書院)에 제향되었다. 저서로 《풍고집》이 있다.

옮긴이 이성민(李聖敏)

1970년 부산에서 태어났다. 동아대학교 한문학과를 졸업하고, 성균관대학교 한문학과에서 석사 및 박사 학위를 받았다. 한국고전번역원의 전신인 민족문화추진회 부설 국역연수원에서 연수부 과정을 이수하였다. 한국고전번역원 전문역자를 거쳐 현재 성균관대학교 대동문화연구원에 재직하고 있다. 번역서로 《월사집 9》, 《환재집 3·4》, 《채근담》이 있고, 공역서로 《동유첩》, 《향산집 4》, 《논어주소 1》, 《연경재 성해응의 초사담헌》, 《석견루시초》, 《영재집 1》 등이 있다.

옮긴이 김채식(金采植)

1967년 충북 진천에서 태어났다. 성균관대학교 한문교육과를 졸업하고, 한림대학교 부설 태동고전연구소에서 한문을 수학했다. 성균관대학교 한문학과에서 석사와 박사학위를 받았다. 현재 성균관대학교 대동문화연구원 거점번역연구소에 재직 중이다. 박사

학위논문은 〈이규경의 오주연문장전산고 연구〉이고, 번역서로《무명자집 5·6·13·14》,《환재집 1·2》가 있으며, 공역서로《옛 문인들의 초서 간찰》,《조선시대 간찰첩 모음》,《완역 이옥전집》,《김광국의 석농화원》,《석견루시초》 등이 있다.

거점연구소협동번역사업 연구진

연구책임자　이영호(성균관대학교 HK 교수)
공동연구원　이희목(성균관대학교 한문학과 교수)
　　　　　　진재교(성균관대학교 한문교육과 교수)
　　　　　　안대회(성균관대학교 한문학과 교수)
책임연구원　김채식
　　　　　　이상아
　　　　　　이성민
선임연구원　이승현
　　　　　　서한석
연구원　　　임영걸

번역　　이성민 · 김채식
교열　　송기채(한국고전번역원 명예교수)
　　　　　임정기(한국고전번역원 자문위원)
교정　　이상희

풍고집 2

김조순 지음 | 이성민 · 김채식 옮김
2019년 12월 31일 초판 1쇄 발행
편집 · 발행 성균관대학교 출판부 | 등록 1975. 5. 21. 제1975-9호
주소 (03063) 서울시 종로구 성균관로 25-2
전화 760-1253~4 | 팩스 762-7452 | 홈페이지 press.skku.edu
조판 고연 | 인쇄 및 제본 영신사
ⓒ한국고전번역원 · 성균관대학교 대동문화연구원, 2019
Institute for the Translation of Korean Classics · Daedong Institute for Korean Studies

값 25,000원
ISBN 979-11-5550-363-8　94810
　　　979-11-5550-365-2 (세트)